中國詩法學

易闻晓 著

创于1897
商務印書館
The Commercial Press

本书为国家社科基金项目
“中国古代诗法理论的现代阐释”
（12BZW013）**结项成果（优秀）**。

目　录

绪　论

中国诗法以其浩博的文献积累和诗之创作的切实讲求成为中国诗学的主要内容，并以以句法为中心的字法、属对、篇法、声律、用韵、用事、脱化和体制等诗法讲求形成相对自足的学理体系和一门之学，不仅在“诗用”的层面落实“诗本”的设定，而且作为“诗本”的作用显现可借以归纳、总结和提升为重大的诗学理论。中国诗法学的系统阐释在整个中国诗学上具有深度拓宽研究领域、完善体用系统结构的重要学术意义。本书期以建立中国诗法学的学理体系，显示建立一门之学的重要价值，并以创作学、哲学、考据学、语言学、文字学以及中西诗学理论的参照突破唐宋以降诗法讲求的范囿，旨在建立开创性和开放性的阐释体系，并融通自《诗》直至晚近的整个中国诗和诗学理论的历时性进程，建立诗法学的中国诗史和诗学史。

现代中国对于古代诗学的研究所资取用的文献集中于“诗文评”的范围，但总量很少。例如郭绍虞先生所编《中国历代文论选》，基本包括中国古代重要的诗文评论著，其中不乏对戏曲和小说的论说，虽以诗学居多，但也只是其中的部分。相反，诗法著述却是汗牛充栋。唐代取士始试诗赋，同时诗格、诗式导人以法，应运而生；宋人转作诗话，其制“辨句法，备古今，纪盛德，录异事，正讹误也”[①]，确立了以句法为首务的诗法谈论，包括字法、属对、篇法、声律、用韵、用事、脱化等，都属字句之用；元人复为诗式、诗格之制；明清仍作诗话，著述滋盛。宋阮阅辑《诗话总龟》、魏庆之辑《诗人玉屑》、胡仔辑《苕溪渔隐丛话》，清王士禛辑《五代诗话》、孙涛辑《全宋诗话》、何文焕辑《历代诗话》，近代丁福保成《历代

① 许颉：《彦周诗话》，何文焕辑：《历代诗话》，中华书局，1981 年，第 378 页。

诗话续编》并辑《清诗话》，今郭绍虞有《宋诗话辑佚》，郭绍虞、富寿荪有《清诗话续编》，又周德维辑《全明诗话》、张伯伟撰《全唐五代诗格校考》、张健撰《元代诗法校考》，庶几得其大概。可以说诗法讲求乃是中国诗学的主要内容，但由于诗式、诗格、诗话体例逐条随说而详尽芜杂，无所不包而不繇其统，在纯理论的视角中似乎缺乏诗学理论的价值，且以卷帙浩繁，抽绪不克，故或视为畏途，尤其今世既罕为诗，其于诗法写作讲求，固所不契，都是诗法学研究未能展开和深入的客观原因。

尽管如此，现代以来对于古人诗法的个案研究却从未间断，这是由于某家诗论关涉诗法，故以并论阐发大概，实际上也通合了理论与写作实践的诗法之学。关于这方面的论文愈益多见，其势方兴，只是个案的研究无由达到诗法体系的融通，相对于诗法散乱繁多，这当然是困难的。然而现代学界早已致力于诗法本身，诸如体例和谈说方式的规律性梳理，在这方面，蔡镇楚先生做了较多有益的工作，其《诗话学》①《中国诗话史》②是现代中国专门研究诗话体例、内容和历史的较早著作，后者对宋诗话、金元诗话、明诗话、清诗话进行历时的叙述，董理诗话的统绪。刘德重、张寅彭《诗话概说》也是一部叙述诗话史的专著，该书第二章“宋诗话”主要讨论苏、黄诗风与北宋后期诗话，其第三节综述江西诗说的发展与南宋前期诗话，也是本诸历史顺序的叙述介绍。③ 相关问题的研究论文如明见《中国诗法理论史简论》④，即于众多诗话著作提挈简略的线索。在诗话体例研究方面，陈良运《诗话学论要》是值得一提的论文，作者研究中国诗学注重系统的建构，曾出版《中国诗学体系论》⑤。此文也从总体的角度抉发诗话“随想随写”的“闲谈”话语方式，指出诗话是一种“无法度约束”的文体，它“不必作出什么论证”“不以理论建设为目标”，本质上是文学语言，关键还在于“诗话的作者们都能写诗”，故多“诗人的悟性”，能“用诗的语言描述诗的种种审美特征乃

---

① 蔡镇楚：《诗话学》，湖南教育出版社，1990 年。
② 蔡镇楚：《中国诗话史》（修订本），湖南文艺出版社，2001 年。
③ 刘德重、张寅彭：《诗话概说》（修订版），安徽教育出版社，2009 年。
④ 明见：《中国诗法理论史简论》，《黄冈师范学院学报》，2004 年第 1 期。
⑤ 陈良运：《中国诗学体系论》，中国社会科学出版社，1992 年。

至作诗的方法和技巧”①。对照现代学界中国诗学研究难以深入诗话的现状,此番评论可谓切中要害。此外,如张一平《古代诗话对传统批评体裁的自我反思》一文认为,古代诗话自身对于诗话体制批判“断绝了20世纪初文论转型时,诗话与现代文论血缘承继的最后希望”②,虽于原因推论不切,但对于现代学术之与古代诗法的断裂,却是有价值的判断。

在总体上,现代学术关于中国诗学的研究鲜能取用诗法的资源,但也可见不带理论激情的学人本于创作体悟接续诗法的谈论,他们的象牙之塔似乎远离了当代学术的理论建构。最有代表性的也许是钱锺书《谈艺录》③所涉诗学的部分,其一仍古人的诗法谈论方式不仅在于学问的渊深,更主要的是在于一己写作的感悟堪能把握诗法的要旨。同类的著作如周振甫的《诗词例话》④,它并不在乎理论的系统性和诗话本身的特点,而是撷取古人诗法谈说以资例举,针对诗的写作提供切要的帮助,至少对于诗之鉴赏所涉及的诗法种类,乃是有用的介绍,较诸诗话本身的系统和特点的阐发来得实在。又如霍松林《唐宋诗文鉴赏举隅》⑤关于诗的鉴赏,也是援取诗法的谈说,尤具价值的是参合自己作诗的体会,亲切到位。此外,尚有不少诗词写作或格律介绍的一般性论著,可以视为古代诗式、诗格的异代传承,但多初导门径,并不专精。当然不乏学问耆宿的著作,或从语言学角度授人以法,如王力《汉语诗律学》⑥和蒋绍愚《唐诗语言研究》⑦的部分内容,并论汉语格律、句法,虽其现代语言学的基本视角固所不切,但以学术影响启迪后进甚或反对的意见,首预力焉。此外不乏针对诗法具体问题的探讨,尽管不以诗法效功,但以问题的针对性可解决某些诗法学的重要问题,例如葛晓音、赵敏俐等讨论中国诗句式的有关论文⑧,也于诗法之学嘉惠良多。

诗法的谈论零散随意,然其谈论的问题总是集中于以句法为中心的体系,包

---

① 陈良运:《诗话学论要》,《福建论坛(人文社会科学版)》2001年第4期。

② 张一平:《古代诗话对传统批评体裁的自我反思》,《文艺研究》2005年第7期。

③ 钱锺书:《谈艺录》(补订本),中华书局,1984年。

④ 周振甫:《诗词例话》,中国青年出版社,1962年。

⑤ 霍松林:《唐宋诗文鉴赏举隅》,人民文学出版社,1984年。

⑥ 王力:《汉语诗律学》(增订本),上海教育出版社,1979年。

⑦ 蒋绍愚:《唐诗语言研究》,中州古籍出版社,1990年。

⑧ 葛晓音:《初盛唐七言歌行的发展——兼论歌行的形成及其与七古的分野》,《文学遗产》1997年第5期;赵敏俐:《论七言诗的起源及其在汉代的发展》,《文史哲》2010年第3期。

括字法、属对、篇法、声律、用韵以及用事、脱化，乃至抒情、写景、叙事、议论等较高层级的“表现手法”。不同时代的不同论者对于相同的问题发表不同的议论和辩难，看似漫不经心的随笔式谈论实际上形成完整而庞大的体系，而且诗法谈说唯以异于诗文评以理论建设为目标的严谨性而别具特点，实际上完全具备形成一门之学的充分条件，因而“诗法学”的观念是必要的。然而除了罕见的特例之外，对于诗法的学理定位尚未提升到这一层面。这种现状应当改变，不仅因为“诗法学”的建构可以促进更为深广而严谨的研究，而且可资推动诗法学全面进入整个中国诗学的系统——从其文献浩繁和内容广博的角度来说，诗法学的缺席让整个中国诗学显得单薄。当然，诗法学彰显其自身的相对独立性，它与整个中国诗学的融合必以其本身的梳理整合为前提。

本书作者业已通过《中国古代诗法纲要》《中国诗句法论》等书对中国诗法学进行了系统的梳理，但其体系的建立却不是诗法学研究的最后目的。对于诗法学本身，我们有理由追诘它对于整个中国诗学理论的价值和作用。实际上，正是具体而散漫的诗法讲求蕴含十分丰富的诗学理论，例如体用思辨对于诗法的统摄以及自然与工力的相反相成，诗道高雅在用事、借代以及成辞祖述和脱化等多方面的体现，无不基于具体的讲求，隐含一以贯之的思理，或者在具体的讲求中表现为共通的理论倾向。由于诗法与创作密切相关，这种理论的提升和概括显得十分必要，诗文评的理论很少涉及这方面的问题。另一方面，则是由于现代以来对于“旧诗”传统的抛弃，于是本诸传统内部的肯定已经不能维护传统自身的合法性，这种处境迫使我们出脱诗法学本身而寻求“局外”的观照，因而不得不拉开一定的距离，转而从哲学、语言学、文字学、考据学等不同的视角对诗法学进行阐释，这是本于学科综合的方法。同时，唯以现代对于“旧诗”过时的“封建”定位，我们也不得不从现代的学理进行反向的推断，西方形式主义正好提供了这样的视角，因为中国诗以其更高程度的形式化恰恰印证了形式主义，这是他山之石的借用，不仅可能的相通，而且相互的差异也很重要。

本书首先从中国哲学推及诗学的体用思辨，在诗本层面统摄所有诗法的讲求，以期建立一个完整的诗学体系，并为诗法学的阐释搭建总体的框架。唯以汉语单音独字和稳定声调的应用对比西方多音节文字，才能认识中国诗的本质特点，尤其是形式的优越性。基于汉语以及汉字的特性形成了一定的句式和体制，声调的应用又导致格律的产生，所以本书继论三、四、六言体制，而五、七言以有单音可资句法锻炼，故合而论之。并以积字成句、积句成章，属对成于两个单句的组合，故以句法为中心合并论述。而用事、借代、成辞及其脱化以其“文言性”的历史积淀显示诗道高雅的尊古意识和历史空间，最后以表现手法贯通自《诗》以迄晚近的整个诗史，形成中国诗法学的完整阐释体系。

研究方法的多样性取决于阐释的需要。中国诗学的体用相即，诗法谈论的思维定式和深层心理，汉字名物对举的诗性特征，属对类合的天道统摄，篇法的自然生机与一气贯注，以及情、兴、意之与景、象的对举，凡此需要哲学的思辨以及中西的对比。关于汉语韵律、汉字象形表意及其相对于汉语的稳定性，需要语言学和文字学的援用。对于各种句式和体制的形成，则需运用考据的方法，才能切实有指，不堕空论。同时关于中国诗学体用思辨相对于西方诗学的独特性、诗的语用通合文学创作学与语言领域以及形式主义理论之于中国诗的形式分析，显见研究方法的贯通和学术视野的开广。多重研究方法的并用有助于问题的发现和解决，体现研究成果的突出方面，例如形式主义的格律分析，属对的“对等原则”，三言句式的虚字运用，四言演变之受其他文体的影响，五、七各体之于乐府和拟乐府的传承，属对之于五、七律体形成的作用，六言自在及其高下评判，以及脱化源流之于作者的塑造，赋、比、兴的体制考察及其审美转化等，都以重要的新见反映本书研究的独特价值。

本书不仅就诗法学本身建立一个诗法学的体系，而且综合运用诗法学、哲学、语言学、考据学等方法，适当借鉴西方诗学，突破了古代诗法讲求的固有范围，超越了诗法本身，极大地扩展了诗法学的阐释空间。当然西学的引入必不偏离西为中用的立场并保证基本学理的融通，警惕牵强的比附。同时《诗》四言并三言、六言体考述的加入突破了古代诗法谈论以五、七言体为主的格局，从表现手法纵论自《诗》赋、比、兴以迄晚清以文为诗的创作和诗学的历史，又极大延伸了古代诗法学的历时维度，爰使中国诗法学贯通中国诗和诗学的整个历史。此外，由于创作的体悟保证了诗法阐释的切实可靠，也使本书的阐释区别于纯理论的疏阔推衍，这是本书的突出特点。

第一章　体用圆融的诗法统摄

体用之思乃是中国思想的基本方式，它与西方哲学的本体论具有根本的区别。汉语“本体”以及体用之思在儒、道、释思想中具有基本相同的模式，表现为儒家天命、天理，老庄之道及释教真如对于形下世界的统摄，凡此不待西方哲学及其本体论的输入而原本具有。体用之思的引入将整个中国诗学简化为一个最为明晰的框架，并由此统摄诗法学的系统。可以说，体用之思乃是中国诗学的基本思辨方式，这一思辨方式总是指向自然与工力的相反相成，“自然”是中国诗学的最高设定。在体用一如的圆融关系中，诗法的人力锻炼遂为“自然”所摄，这可见于篇法、字句、属对、声律各个方面的诗法讲求。中国诗学的体用之思与西方诗学所谓“形而上设定”存在根本的差异，后者根源于理性而执着于认识，适可比照中国诗学体用之思及其自然工力之辨的独具特征。①

第一节　本体及释氏体用思维

尽管作为“哲学”学科意义的“本体”范畴的建立和接受是晚近以中国固有名词移译西方哲学的结果，但是汉语“本体”以及“体用”之辨乃是中国本有的基本思维方式。关于“本体”以及体用关系的思辨，应当关注这种思辨方式本身的重要意义，而不是据西方哲学的本体意义进行削足适履的附会。“本体”一词较早见于《后汉书·应劭传》：“又集驳议三十篇，以类相从，凡八十二事。其见《汉

① 参拙文《自然与工力：中国诗学的体用之思》，《文学评论》2010 年第 3 期。

书》二十五,《汉纪》四,皆删叙润色,以全本体。"[①]"体"本指人的身体,引申为凡事物之形体、本原、性质、格局、规矩之称,则此"本体"是指《后汉书》体制的本原,即事物的自身或原样。又《北史・魏彭城王勰传》:"帝曰:'虽雕琢一字,犹是玉之本体。'"[②]玉的"本体"是谓"璞玉"之质,虽雕琢而无以害之。这个意义近代仍有使用。邹鲁《中国同盟会》:"军事用票发行之后,流通世面,与实银同一使用。然其本体无真价,不过代表实银。"[③]军事用票的"本体",即其本身,并无真价。"体"有体制、格局之义,"本体"亦然。北魏郦道元《水经注・河水四》:"余案周处此志……更为失志记之本体,差实录之常经矣。"[④]志记之"本体"即志记的体制、格局,又用以指事物的主体。南朝梁刘勰《文心雕龙・诸子》:"然繁辞虽积,而本体易总,述道言治,枝条五经。""本体"与"繁辞""枝条"相对,就是指事物的主体。"体"有本原、性质的意义,现代书面语亦用"本体"指谓本质和根本。李广田《论怎样打开一条生路》:"这段话真是简单扼要,说出了今天的文学的本体问题。"[⑤]"本体问题"就是根本或本质的问题。

当"本体"用指人所追究的事物本原,而本原非限于具体一物之时,它就有了事物根据的意义,"本体"乃思辨所至,具有名辩学的意义,较早见于三国魏阮籍的《乐论》。阮论略云:

> 夫乐者,天地之体,万物之性也。合其体,得其性,则和;离其体,失其性,则乖。昔者圣人之作乐也,将以顺天地之体,成万物之性也。故定天地八方之音,以迎阴阳八风之声,均黄钟中和之律,开群生万物之情,故律吕协则阴阳和,音声适而万物类,男女不易其所,君臣不犯其位,四海同其观,九州一其节,奏之圜丘而天神下,奏之方丘而地祇上;天地合其德则万物合其生,刑赏不用而民自安矣。[⑥]
>
> 圣人之为进退俯仰之容也,将以屈形体,服心意,便所修,安所事也。歌

① 范晔:《后汉书》,中华书局,1965 年,第 1613 页。

② 李延寿:《北史》,中华书局,1974 年,第 702 页。

③ 邹鲁:《中国同盟会》,《中国国民党史稿》,中华书局,1960 年,第 67 页。

④ 郦道元:《水经注》,岳麓书社,1995 年,第 51 页。

⑤ 李广田:《散文三十篇》,作家出版社,1956 年,第 124 页。

⑥ 陈伯君:《阮籍集校注》,中华书局,1987 年,第 78 ~ 79 页。

> 咏诗曲，将以宣平和，著不逮也。钟鼓所以节耳，羽旄所以制目，听之者不倾，视之者不衰；耳目不倾不衰则风俗移易，故移风易俗莫善于乐也。故八音有本体，五声有自然，其同物者以大小相君。有自然，故不可乱；大小相君，故可得而平也。若夫空桑之琴，云和之瑟，孤竹之管，泗滨之磬，其物皆调和淳均者，声相宜也，故必有常处；以大小相君，应黄钟之气，故必有常数。有常处，故其器贵重；有常数，故其制不妄。①

尽管“本体”仅为一用，但它作为“体”的意义却是上下贯通，“本体”就是“体”。“八音有本体，五声有自然”，八音五声只是音乐听之于耳的具体表现，其“大小相君”“调和淳均”而必有“常处”“常数”，即有一定的规律及其所以然的本原根据主乎其中，这就是“本体”，即“天地之体”“万物之性”，亦即玄学所主张的“自然”。由于“体”或“性”所设定的“常数”，所以“定天地八方之音，以迎阴阳八风之声，均黄钟中和之律，开群生万物之情”，乃是自然而然。“本体”或“体”在此已不限于具体事物的实体和原样，它是人于具体事物思辨追究所至的观念性存在，从而将这一观念作为具体事物如八音五声之所以如此的本原和根据。不管其所追究到的体或本体是否具有形而上的性质，这种思辨的追究本身，却具有哲学思辨的特点。阮籍是玄学家，他对于音乐之体的谈论本于玄学体用的思辨。如果认为玄学的思辨乃至其所本从的老庄自然之“道”及其向“气”“物”的降落尚不具备“哲学”思辨的资格，那么只能说“本体研究”所遵循的是近世传入的西学思路，与号称“中国哲学”的“本体”或体用思辨本来不同。

当佛经翻译借用中土“本体”旧词时，“本体”原有的本原、性质、根据意义益为虚化，它被佛学的思辨推至更为玄妙空无的境域，在这个层面上说，“本体”更具有所谓“哲学”的意义，但是它的基本意义以及推本的思辨无疑因仍了本土的先有。闫斌先生列举了西晋竺法护、后秦鸠摩罗什、隋代三论宗嘉祥吉藏和净影慧远的有关用法为证。② 竺法护所译《佛说如幻三昧经》，文殊师利菩萨请世界诸菩萨现身与忍界众生相见。“文殊师利……悉告此等诸菩萨众：‘汝族姓子一切菩萨，各当自现其身宫殿，各自显示所处佛土本之形体。’文殊师利适发此言，

---

① 陈伯君：《阮籍集校注》，第 85 ~ 86 页。

② 闫斌：《“本体”一词哲学含义起源考》，山东大学硕士学位论文，2012 年。

诸菩萨众寻时奉命，从三昧起各现本体。”①此所谓“本体”，即“本之形体”，“或有菩萨其身高长三百二十万里……或四里，或有身长短如此，忍界人身无异，诸菩萨等其身如是，高广长短，各各别异”②。从词义本身来看，“本体”只是仍用汉语本义，一如《北史》帝曰“玉之本体”，即本原之义，只是诸菩萨的本原，就其众殊之相究其本之形体为佛，而佛之法身广大，亦有亦无，则本体之神秘及诸菩萨之所现者，犹有未竟。佛学“本体”的宗教意义导致这一汉语旧词的神秘化，并借以达到“哲学意义”的形上化。在形上学看来，形上化乃是“本体”成为“哲学”范畴的必要标准。

在后秦鸠摩罗什的译籍中，“本体”指一切诸法的性相，如《持世经·四念处品》：“诸法从众缘生颠倒起，诸法无有决定相……诸法本体于诸法中无诸法。”③又如《五根品》：“菩萨修习五根时，信一切法皆从众因缘生，颠倒所起虚妄缘合……又信一切法虚妄无所有，犹如空拳如虹杂色诳于小儿，忆想分别假借而有，无有本体无一定法。”④是谓诸法皆从众缘生起，故为虚妄，没有确定不移的性相。“本体”的这种用法其实也是因仍汉语“体”字的本有意义。《吕氏春秋·贵生》“万物之形虽异，其情一体也”高诱注⑤、《文选·任昉〈王文宪集序〉》“夷雅之体，无待韦弦”吕向注⑥并谓“体，性也”，可资互证。但是佛经“本体”对于“性”义的借用，却将具体有形事物之“性”转向“众缘生起”的“虚妄缘合”性相，这对于“本体”过渡到佛法“实相”的推本具有哲学的意义。隋代三论宗嘉祥吉藏《中观论疏》《大品经游意》分别云：

> 问：“何故言终归于空？”
>
> 答：“道超四句，理绝百非，盖是诸法本体，言三乘一乘常无常等，皆是方便之用耳。若息一切用，则归于此本体，故言终归于空。又说一切教令悟

---

① 《佛说如幻三昧经》卷三，见日本大正新修大藏经刊行会编《大正新修大藏经》第 12 册，大藏出版株式会社，1924 年，第 142 页。

② 《佛说如幻三昧经》卷三，《大正新修大藏经》第 12 册，第 142 页。

③ 《持世经》卷三，《大正新修大藏经》第 14 册，第 658 页。

④ 《持世经》卷三，《大正新修大藏经》第 14 册，第 659 页。

⑤ 高诱注：《吕氏春秋》，《诸子集成》本，上海书店，1986 年，第 17 页。

⑥ 萧统编，李善等注：《六臣注文选》，中华书局，1987 年，第 876 页。

此理，故是终归于空。”①

正法波若，非愚非智，慧智等法，是其末用，故不得以其末翻彼本体。②

与鸠摩罗什用“本体”指世间诸法性相不同，吉藏所言“诸法本体”乃是相对于“三乘一乘常无常等”的“方便之用”及一切“慧智等法”而言的本体实相，一切佛法都是为了引领向善和修行的方便之设，若借此觉悟诸法是空，则诸法终须舍弃，若执持不舍，则万劫不悟。空的“实相”乃是诸法的本体，即一切诸法的本原和根据，这是波若空观的惯常持论。在此“本体”的用法，联系了体用的思维，具有哲学思辨的意义。然而中土体用的思维由来已久，亦如阮籍《乐论》“八音有本体，五声有自然”“合其体，得其性，则和；离其体，失其性，则乖”③的推论，都从具体物事（诸法）借助思辨推原其本从和根据，只不过“本体”的体用思辨被用于玄虚佛法的推本，所以被认为是哲学思辨的肇端。

至隋代净影慧远的“义记”如《大乘义章·佛性义》则已直追“如来藏性”为本体，《维摩义记》又谓“心是众生本体”④。“如来藏”是谓如来藏于众生心，故谓众生皆有佛性，而众生心染而不净，故称为“染时之体”；其所藏于众生心者为如来法身，故称“净时之体”；如来法身乃是神格化的转化，凭借形相引领信众的膜拜，实为思辨所至一切诸法的本体，故谓“此二唯就众生以说”，而“三真如体，旨通染净内外诸法，体融一味，故说为如”⑤。按《大乘义章·佛性义》“初体性者，论释有三”⑥的说法，从佛教哲学的思理来说，唯有“真如体”才是通于染、净一切诸法的本体，实际上只是佛法教理的哲学化，再通过宗教神格化转为如来法身⑦。凡此种种说法，具有不同的角度和受众，故谓“随义辨体，名乃无量”，终究归一，就是真如本体，它是一切诸法的最终根据，一切诸法都是其作用的显现；说为神格化的如来法身，则谓一切诸法都是法身的变现，这与《大乘起信论》的说

---

① 释吉藏：《中观论疏》卷二，《大正新修大藏经》第42册，第30页。

② 《大品经游意》卷一，《大正新修大藏经》第33册，第63页。

③ 陈伯君：《阮籍集校注》，第85、78页。

④ 慧远：《维摩义记》卷二，《大正新修大藏经》第38册，第456页。

⑤ 慧远：《大乘义章》卷一，《大正新修大藏经》第44册，第474页。

⑥ 慧远：《大乘义章》卷一，《大正新修大藏经》第44册，第474页。

⑦ 慧远《大乘义章》卷三：“唯如来藏真实法界，亦名真如，亦名实际，亦名法性，亦名一实，亦名佛性。”见《大正新修大藏经》第44册，第516页。

法相似，后者明言“体用”：

所言法者，谓众生心。是心则摄一切世间出世间法，依于此心显示摩诃衍义。何以故？是心真如相，即示摩诃衍体故。是心生灭因缘相，能示摩诃衍自体相用故。①

传为印度马鸣著、南北朝时真谛所译的《大乘起信论》融合心真如和唯识的思路，真如谓众生心，又称如来藏。作为“一法界大总相法门体”的真如本体，具有理性、形上性、浑沦性、本觉性、自足性、恒常性、遍在性、完满性、造作性的多重品格②：

真如自体相者，一切凡夫、声闻、缘觉、菩萨、诸佛，无有增减。非前际生，非后际灭，毕竟常恒。从本已来，性自满足一切功德。所谓自体有大智慧光明义故，遍照法界义故。真实识知义故，自性清净心义故，常乐我净义故，清凉不变自在义故，具足如是过于恒沙、不离、不断、不异、不思议佛法，乃至满足无有所少义故，名为如来藏，亦名如来法身。③

“真如自体相”的种种无比优越性表明它作为大乘所设本体的完美性，只是没有出现“本体”的字样，却使本体探讨的注意力忽略阙如。诚如《起信论》等所有大乘经论所设真如本体，却并不是为了“哲学”意义的需要，所谓“佛教哲学”只是一种思辨的方式，目的在于教义的宣传，借以引导众生的信仰，唯此，“亦名如来藏，亦名如来法身”的宗教神格化转换才是根本的目标。④

第二节　儒道体用思辨

体用关系的讨论自然不当局限于“本体”的字样，那种太过执持于“范畴”或“概念”的搜索显然是过于简单和拙笨的做法。早在先秦道家、儒家的典籍中，尽管未用“本体”或“体”之字，却必定具有体用的思维。大乘佛学以真如为本体，而道家本体为“道”，儒学本体则推原于“天”，或曰“天命”，或曰“天理”，王

① 高振农：《大乘起信论校释》，中华书局，1992 年，第 12 页。
② 参拙文《〈大乘起信论〉的思辨结构》，《海南师范学院学报(人文社会科学版)》2000 年第 1 期。
③ 高振农：《大乘起信论校释》，第 101 页。
④ 参拙文《〈大乘起信论〉的思辨结构》，《海南师范学院学报(人文社会科学版)》2000 年第 1 期。

阳明心学援禅入儒，则认“心”为本体。《老子》之“道”，当然就是所设天地万物的本体，而且道与万物构成体用的关系。老子著作被后人命曰《道德经》，“道”为本，德为用，乃是全书的纲领。“道”是形而上的本体，如果“道”没有达到形上之域，就不能说是哲学意义的本体。《易传》说：“形而上者谓之道，形而下者谓之器。”[①]这一关于本体“形而上”性质的经典表述十分切合《老子》之“道”的形上性质，陈鼓应认为《易传》受到老子道家之学的影响[②]，诚非虚论。《老子》第一章说：“无名天地之始，有名万物之母。”[③]第四十章说：“天下万物生于有，有生于无。”[④]“无”就是“道”，无生有，“有”包括具体万物，以及“无”生万物的中间层次即“阴阳”二气。第四十二章又说：“道生一，一生二，二生三，三生万物。万物负阴而抱阳，冲气以为和。”[⑤]“道”是老子思辨所达到的宇宙万物产生、存在的最后根据和终极原因，它是最终和唯一的，所以谓“一”。“一生二”，就是道分阴阳二气，阴阳交接，和合为一，产生万物。这是“道”本体形下降落的生物过程，阴阳乃至万物是道的作用，唯以作用才能生物。反之，万物的化生和存在可以归于阴阳二气的冲和作用，阴阳二气的冲和又最终复归于道。第十六章说：“万物并作，吾以观复。夫物芸芸，各复归其根。”根就是道，故谓“道乃久”[⑥]。

在此有必要略辨“冲气”的所指，冯友兰《关于老子哲学的两个问题》说：“三在先秦是多数的意思。二生三就是说，有了阴阳，很多的东西就生出来了。”[⑦]但“道生一，一生二”，“一”“二”是确数，及“三”而言多，则有不通。[⑧] 许抗生《帛书老子注译及研究》认为，“二生三”即阴阳二气相互作用生成的“和气”，乃指实为“第三个事物”[⑨]，却非合于“负阴而抱阳，冲气以为和”的思理，显然“冲气”就是阴阳相合，而不是合为另外一“气”。三国魏王弼注《老子》云：“故万物之生，吾

---

① 王弼注，孔颖达疏：《周易正义》，《十三经注疏》本，北京大学出版社，1999 年，第 292 页。
② 见陈鼓应《易传与道家思想》，生活·读书·新知三联书店，1996 年，第 1 页。
③ 王弼：《老子注》，《诸子集成》本，上海书店，1986 年，第 1 页。
④ 王弼：《老子注》，《诸子集成》本，第 25 页。
⑤ 王弼：《老子注》，《诸子集成》本，第 26～27 页。
⑥ 王弼：《老子注》，《诸子集成》本，第 9 页。
⑦ 冯友兰：《关于老子哲学的两个问题》，《老子哲学讨论集》，中华书局，1959 年，第 61 页。
⑧ 许振国：《“三”“负阴抱阳”“冲气”解诂》，《河南中医》1999 年第 3 期。
⑨ 许抗生：《帛书老子注译及研究》（增订本），浙江人民出版社，1985 年，第 15 页。

知其主,虽有万形,冲气一焉。"[①]据此可破冯、许之说。陈鼓应《老子注译及评介》认为,"冲气"指一种阴阳均匀调适的状态[②],这就是"和"。《广韵·东韵》:"冲,和也。"[③]但阴阳和合的状态若何,却鲜见切论。《说文·水部》:"冲,涌摇也,从水、中,读若动。"[④]"冲"显示一种生命的活力[⑤],但这种活力是弱小的。《书·金縢》:"昔公勤劳王家,惟予冲人弗及知。"[⑥]《书·盘庚下》"肆予冲人"孔安国注:"冲,童。"[⑦]又"冲""盅"通,义训空虚。南朝梁顾野王《玉篇·水部》:"冲,冲虚。"清段玉裁《说文解字注》:"冲,凡用'冲虚'字者,皆'盅之假借。'"《老子》第四章:"道冲而用之或不盈。"[⑧]清俞樾《诸子平议》:"盅训虚,与盈正相对,作冲者,假字也。"[⑨]"冲"又引申为谦虚义。《资治通鉴·汉献帝建安十三年》"拔敦实,斥华伪,进冲逊,抑阿党"胡三省注:"冲,谦虚也,和也。"[⑩]又南朝宋谢庄《月赋》"朒朓警阙,朏魄示冲"李善注:"示冲……人君有谦冲,不自盈大也。"[⑪]弱、虚、谦诸义互为关联。清魏源《老子本义》引吴澄注"道生一……冲气以为和"云:"此详言弱者道之用也。万物之生以此。冲气则既生之后,亦必以冲气为用,乃为不失其所以生之本。冲气虚而不盈,故曰弱。此言道所以弱而动之由也。"[⑫]在此,"冲气"具有虚、弱的意义关联,而且从"道"之虚来说,也推导出《老子》对于"处下"之谦的重视。而从哲学的思辨上说,"一生二"就是道分阴阳,"冲气"就是"万物负阴而抱阳"的冲和作用。

《老子》之"道"十分符合哲学形而上本体所要求的诸种品质。第一是唯一性,本体作为最后的本原和终极的根据,必定是思辨所追溯到的最终、唯一的形

① 王弼:《老子注》,《诸子集成》本,第 27 页。

② 陈鼓应:《老子注译及评介》,中华书局,1984 年,第 233 页。

③ 周祖谟:《广韵校本》,中华书局,2011 年,第 26 页。

④ 许慎:《说文解字》,中华书局,1963 年,第 229 页。

⑤ 参许振国《"三""负阴抱阳""冲气"解诂》,《河南中医》1999 年第 3 期。

⑥ 孔安国传,孔颖达疏:《尚书正义》,《十三经注疏》本,北京大学出版社,1999 年,第 339 页。

⑦ 孔安国传,孔颖达疏:《尚书正义》,《十三经注疏》本,第 244 页。

⑧ 王弼:《老子注》,《诸子集成》本,第 3 页。

⑨ 俞樾:《诸子平议》,上海书店,1988 年,第 144 页。

⑩ 司马光等:《资治通鉴》,中华书局,1956 年,第 2079 页。

⑪ 谢庄:《月赋》,萧统编,李善注:《文选》,中华书局,1977 年,第 197 页。

⑫ 魏源:《老子本义》,《诸子集成》本,上海书店,1986 年,第 35 ~ 36 页。

上存在。《老子》第三十九章说:“昔之得一者,天得一以清,地得一以宁,神得一以灵,谷得一以盈,万物得一以生,侯王得一以为天下贞。”[①]这是从道的作用彰显道之唯一的本体。第二是独立性。第二十五章说:“有物混成,先天地生,寂兮寥兮,独立不改。”[②]哲学思辨所达到的形上本体,必须是自足、自为、自在的独立存在,它既是唯一、最终和本原的,就必然不需要任何其他的存在决定它的存在,因为如果道的存在尚需他者的决定,就不是最终的和最后的本原,道的根据就在于自身,它自己决定自己的存在。第三是形上性,本体作为一切有形存在的最后本原和终极根据,必定是超越有形的存在,即形而上的存在。对于万物有形存在的根据的追问,必然达到无形无象的形上境域,因为如果所追问到的一切存在的终极原因和根据还是有形的具体存在,那么就必然不是最终的原因和根据,它存在的原因和根据尚需追问。“道”无形无象,故称为“无”,《老子》对“道”的形容是“玄妙”“恍惚”“寂寥”。第一章“元之又元,众妙之门”[③]、第二十一章“道之为物,惟恍惟惚”[④]、第二十五章“寂兮寥兮,独立不改”[⑤],都是对“道”的形上性描述。关于“道”的形上性,《庄子》具有更为明晰的思辨,认为道是“生天生地”的“物物者”[⑥],而“物物者非物”[⑦],将“道”与物做了明确的区分。《庄子·知北游》:“夫昭昭生于冥冥,有伦生于无形……而万物以形相生。”[⑧]按照《庄子》自然哲学的思辨,宇宙间万物乃是自然的存在,“万物以形相生”就是世界存在的真实状态,只是人的思辨要达到万物自然存在的本原和根据,才追究到那个“无形”的存在,从形上学思辨的角度上说,是“昭昭生于冥冥,有伦生于无形”,即《老子》所谓“有生于无”,于是人的思辨追究到那个“无形”的“物物者”,才达到形而上的境界。第四是不可知性。《老子》第十四章:“视之不见,名曰夷;听之不闻,名曰希;搏之不得,名曰微。此三者不可致诘,故混而为一。”[⑨]“道”无形

① 王弼:《老子注》,《诸子集成》本,第24~25页。
② 王弼:《老子注》,《诸子集成》本,第14页。
③ 王弼:《老子注》,《诸子集成》本,第1页。
④ 王弼:《老子注》,《诸子集成》本,第12页。
⑤ 王弼:《老子注》,《诸子集成》本,第14页。
⑥ 郭庆藩:《庄子集释》,《诸子集成》本,上海书店,1986年,第328页。
⑦ 郭庆藩:《庄子集释》,《诸子集成》本,第332页。
⑧ 郭庆藩:《庄子集释》,《诸子集成》本,第323页。
⑨ 王弼:《老子注》,《诸子集成》本,第7页。

无象，不是一个具体实有的存在，所以不是感知的对象。《庄子》亦谓道“无形”而“不可见”①，而“无形者，数之所不能分也”②，人们“不知其然”③，只能以自身的生命感受它的无所不在，即道在物中④，物是“道”的显现和作用。第五是不可说性。“道”不可感知，故无法命名，不可言说。《老子》第二十五章：“吾不知其名，字之曰道，强为之名曰大。”⑤“道”既不能感知，所以无法言说。第一章：“道可道，非常道，名可名，非常名。”⑥“字之曰道”乃是勉强的说法，虽然“道”不可言说，但不言说则无由知“道”，既已言说，也不可执其为一个实有的存在。魏源《老子本义》说：“道固未可以言语显而名迹求者也。”⑦而强名曰“道”，也不是指谓一个名词性的真实存在，而是作为性状的描述，即魏源所谓“道者取于无物不由也”⑧，按照《老子》的思理，“道”就是万事万物的自然而然。第六是生成性，“道”的生成性显示道作为本体的作用。《老子》第五十一章：“道生之，德畜之，物形之，势成之……生而不有，为而不恃，长而不宰，是谓元德。”⑨《庄子》谓道是生天生地的“物物者”，语义尤明。第七是周遍性。《老子》第二十五章说：“有物混成，先天地生……周行而不殆，可以为天下母。”⑩第三十四章又说：“大道泛兮，其可左右，万物恃之而生而不辞，功成不名有，衣养万物而不为主。常无欲，可名于小。万物归焉而不为主，可名为大。”⑪“道”生形下万物，而本身却是无形无象的形上本体，亦如《庄子·知北游》“物物者非物”、道在物中之谓，只有作为形而上的存在，才能周遍万物，道在物中，却不着一物，以其形而上的性质超乎形下物事之上。凡此表明道的本体性质及其体用关系的思辨，这就是《老子》之所

---

① 郭庆藩：《庄子集释》，《诸子集成》本，第330页。

② 郭庆藩：《庄子集释》，《诸子集成》本，第253页。

③ 郭庆藩：《庄子集释》，《诸子集成》本，第26页。

④ 《庄子·知北游》：“东郭子问于庄子曰：‘所谓道，恶乎在？’庄子曰：‘无所不在。’东郭子曰：‘期而后可。’庄子曰：‘在蝼蚁。’曰：‘何其下邪？’曰：‘在稊稗。’曰：‘何其愈下邪？’曰：‘在瓦甓。’曰：‘何其愈甚邪？’曰：‘在屎溺。’东郭子不应。”见郭庆藩《庄子集释》，《诸子集成》本，第326页。

⑤ 王弼：《老子注》，《诸子集成》本，第14页。

⑥ 王弼：《老子注》，《诸子集成》本，第1页。

⑦ 魏源：《老子本义》，《诸子集成》本，第1页。

⑧ 魏源：《老子本义》，《诸子集成》本，第19页。

⑨ 王弼：《老子注》，《诸子集成》本，第31~32页。

⑩ 王弼：《老子注》，《诸子集成》本，第14页。

⑪ 王弼：《老子注》，《诸子集成》本，第20页。

以成为哲学，并成为中国第一形而上学的根本所在。

儒学在最为基本的本体设定上，是改造自然本体为善，即在自然之天上加以善的品格，使之成为道德伦理的最终依据和自然法则。《说文·一部》："天，颠也。至高无上，从一、大。"[1]《广雅·释诂一》[2]、《战国策·齐策一》"右天唐"高诱注[3]并谓"天，大也"。《礼记·礼运》"分而为天地"孔颖达疏："极大曰天。"[4]《庄子·德充符》"独成其天"陆德明《释文》曰："崔本天字作大。"[5]"天"本义至高、至大，这是人所推本万物于天的字义基础。在经籍的传释中，"天"由"大"义被引申推重为君父、为统理万物的至高、至大的存在。《诗·大雅·荡》"天降滔德"毛传曰："天，君。"[6]《尔雅·释诂第一》"天，君也"邢昺疏："天者，《说卦》云'乾为天……为君'，以其俱尊极故也。"[7]《尔雅·释诂》"天、帝，君也"郝懿行义疏曰："天、帝俱尊大之极称，故臣以目君焉。"[8]又《诗·鄘风·柏舟》"母也天只！"毛传曰："天谓父也。"[9]尊极为君、父的心理，是将天感受为至高、至大的力量和威严，这是中国人最为普通的心理感受，经传的解释基于这一普遍的心理，并且有意将君父伦理加诸天上，是乃"天"通向儒学本体的心理基础和观念前提。《周礼·天官冢宰第一》贾公彦疏引郑《目录》谓"天者统理万物"[10]，按照伦理的解释，统理万物为君，而统理万物的心理感受，加以形而上的哲学引领，则与"天理""天道"的本体化意义相通。汉代董仲舒及纬学则将天转向神格化。《春秋繁露·郊语》谓"天者，百神之大君也"；《春秋繁露·郊义》又谓"天者，百神之君也"[11]；王充《论衡·辨祟》亦谓"天，百神主也"[12]，可见董仲舒学说在汉代的影响。天的神格化增加了神秘性。

---

① 许慎：《说文解字》，第7页。
② 刘向集录：《战国策》，上海古籍出版社，1985年，第320～321页。
③ 王念孙：《广雅疏证》，中华书局，1983年，第5页。
④ 郑玄注，孔颖达疏：《礼记正义》，《十三经注疏》本，北京大学出版社，1999年，第707页。
⑤ 陆德明：《经典释文》，中华书局，1983年，第369页。
⑥ 郑玄笺，孔颖达疏：《毛诗正义》，《十三经注疏》本，北京大学出版社，1999年，第1156页。
⑦ 郭璞注，邢昺疏：《尔雅注疏》，《十三经注疏》本，北京大学出版社，1999年，第9页。
⑧ 郝懿行：《尔雅义疏》，商务印书馆，1933年，第2页。
⑨ 郑玄笺，孔颖达疏：《毛诗正义》，《十三经注疏》本，第180页。
⑩ 郑玄注，贾公彦疏：《周礼注疏》，《十三经注疏》本，北京大学出版社，1999年，第1页。
⑪ 苏舆：《春秋繁露义证》，中华书局，1992年，第398、402页。
⑫ 王充：《论衡》，上海人民出版社，1974年，第374页。

在个体的感受层面上,天乃是作为不可知的力量主宰着人的命运。人天生而不知自己的命运,只能归于天所命定,不可改变,所以人的命运就是“天命”。在先秦儒家典籍中,“天命”以其不可知的力量被尊敬而搁置。《论语·为政》“五十而知天命”皇侃疏谓“天命,谓穷通之分也”①。《国语·晋语四》“天命也”韦昭注谓“天命,天使之飨食也”②。“天命”的尊贵非唯儒家的传统,是乃周人的普遍心理,并且一直延续至今,尽管早有“天理”本体的建立和现代科学的阐释。因此可以说,天本体的建立乃是基于中国人的普遍心理感受。孟子心性学首次意指天的善性,为儒家天本体和心本体的建立提供了共享的资源。《孟子·尽心上》说:“莫非命也,顺受其正。”③按照孟子“四端”的说法,人之初生,莫不有恻隐、羞恶、辞让、是非之心:“恻隐之心,仁之端也;羞恶之心,义之端也;辞让之心,礼之端也;是非之心,智之端也。”④孟子试图在人心初念中找到仁义礼智的伦理本原。仁义礼智都是善心的发用,而人本有此心,则是由于人的天性具有本然之善,天性有本然之善,则是天命使然,最终意指天的善性,反过来推论,则天善决定性善,性善决定心善,于是天遂有善的终极意义。孟子说:“尽其心者,知其性也。知其性,则知天矣。”⑤又说:“存其心,养其性,所以事天也。殀寿不贰,修身以俟之,所以立命也。”⑥天命不可知,但人生于天,顺受天命乃是人生的必然。这并不是迷信或消极主义的逆来顺受,而是本于天命之善的积极态度,就是通过存养心、性之善的积极道德行为来顺受天命、执行天的道德命令。及《礼记·中庸》“天命之谓性”,明确将人性置于天命的决定和管照之下,郑玄注谓“天命,谓天所命生人者也”⑦,但这种章句的释读并未揭示天命的善性。《书·西伯戡黎》“不虞天性”孙星衍《今古文注疏》言:“天性,谓天命之性,仁义礼智信也。”⑧这参合了孟子和《中庸》的思理,对于上述的推论可资旁证,意指一种天本

---

① 何晏集解,皇侃义疏:《论语集解义疏》,《丛书集成初编》本,商务印书馆,1937 年,第 15 页。
② 徐元诰:《国语集解》,中华书局,2002 年,第 331 页。
③ 焦循:《孟子正义》,《诸子集成》本,上海书店,1986 年,第 518 页。
④ 焦循:《孟子正义》,《诸子集成》本,第 139 页。
⑤ 焦循:《孟子正义》,《诸子集成》本,第 517 页。
⑥ 焦循:《孟子正义》,《诸子集成》本,第 517 页。
⑦ 郑玄注,孔颖达疏:《礼记正义》,《十三经注疏》本,第 1422 页。
⑧ 孙星衍:《尚书今古文注疏》,中华书局,1986 年,第 251 页。

体构架的雏形，而善心的出发点，又为后世儒家心性学的建立提供了先儒的支持。

儒家赋予自然之“天”以伦理之善的意义，显然有取于道家而进行了伦理学的改造。《庄子·天道》“先明天而道德次之”郭象注[①]、《庄子·齐物论》“而照之于天”成玄英疏并谓“天，自然也”[②]。自然即“道”的品格。《庄子·天地》：“无为为之之谓天。”[③]《庄子·在宥》“广成子之谓天矣”郭象注：“天，无为也。”[④]道无为，天亦无为，道法自然，天亦自然，“天”作为一种形状的描述，与自然无为同义。《庄子·山木》：“有人，天也；有天，亦天也。”郭象注：“凡所谓天，皆明不为而自然。”[⑤]在“自然”的意义上，“天”与“道”乃是对等的称谓，因以“天道”并用。《庄子·庚桑楚》：“夫春气发而百草生，正得秋而万宝成。夫春与秋，岂无得而然哉？天道已行矣。”郭象注：“皆得自然之道，故不为也。”[⑥]“天道”就是“自然之道”，在名词或名言的用法上将天提升到道的高度，适可资于后来理学的引申。

真正将“天”本体化的是宋儒理学，宋儒将道德伦理的法则建立在自然之天的基础上，使伦理之善成为自然的法则和天的命令，于是“天理”或“天道”之善遂成伦理之善的最后本原和终极根据。程颢说：“天者理也，神者妙万物而为言者也。”[⑦]第一次将“天”表达为“理”，去除了天的神秘性及其迷信和神格化的色彩，彰显了天的理性品格，同时也将天提升为本体，从“妙万物而为言”的“神者”来看，天具有万物本原和根据的意味。而程颐说：

> 又问：“天道如何?”曰：“只是理，理便是天道也。且如说皇天震怒，终不是有人在上震怒，只是理如此。”[⑧]

“天道”即“天理”。本来“天”“道”单用，在庄子那里是谓自然而然的性状描述，

---

① 郭庆藩：《庄子集释》，《诸子集成》本，第 210 页。
② 郭庆藩：《庄子集释》，《诸子集成》本，第 32 页。
③ 郭庆藩：《庄子集释》，《诸子集成》本，第 183 页。
④ 郭庆藩：《庄子集释》，《诸子集成》本，第 174 页。
⑤ 郭庆藩：《庄子集释》，《诸子集成》本，第 304 页。
⑥ 郭庆藩：《庄子集释》，《诸子集成》本，第 335 ~ 336 页。
⑦ 程颢、程颐：《二程遗书》，上海古籍出版社，2000 年，第 178 页。
⑧ 程颢、程颐：《二程遗书》，第 345 页。

而“天道”的名词化在宋儒理学中则成为具有善性决定意义的本体。固然二程所谓天道有启于《易传》。程颢说:“《系辞》曰:‘形而上者谓之道,形而下者谓之器。’……阴阳亦形而下者也,而曰道者,惟此语截得上下最分明。”①所谓“截得上下最分明”,乃是“道”“器”体用关系的明晰表述。考虑到《易传》参合老子道家思理的可能性,宋儒并取自然之道与《易传》建立“天理”本体,就是容易理解的情形。《易传》所谓形而上之道,本有规律的含义,《易》就是万事万物的变化规律,万事万物的变化,其中有道在焉,而程颐所谓“只是理如此”,当然也是确认万事万物之所以和必然如此的普遍规律,但是“天理”的形上性却使它达到本体的境域。程颐理学对于体用关系有十分明确的表述:

至微者理也,至著者象也。体用一源,显微无间。②

这是对《易传》“道”“器”关系的阐发,“至微”是“道”,即“天道”,天道是理,为体,体“至微”而无形无象,即《易传》所谓“形而上者”;“至著”者象,事物的存在有形有象,即《易传》所谓“器”,属于“形而下者”。“显微无间”,就是体用相即。本来《易传》“形而上”之“道”,就是所谓“哲学本体”最为精准的定义,而“道”“器”之于“形而上”“形而下”上下相对,也是体用思维的经典表述,只是由于不用“本体”的“概念”,或为“本体”探讨所略。程颐将“道”落实于“理”,那么“理”就是本体,“象”就是作为本体作用的显现。及朱熹讲理一分殊,道与象的体用一源、显微无间,就是天理遍在万物,万物悉见天理。

朱熹接着二程的说法而在理、物之间推进了体用关系的精致思辨。《论语·八佾》“获罪于天”朱熹注谓“天,即理也”③。合谓“天理”,天的实质是理,理是天道流行之则,所以又谓“天者,理势之当然也”④。从这个角度上说,天理即天道,故谓“天道者,天理自然之本体”⑤。天理是万物存在之所以如此的当然之则,即万事万物的最后本原和终极根据。朱熹论理气及体用,乃是接续程颐所援《易传》的思路,《答黄道夫》云:

---

① 程颢、程颐:《二程遗书》,第165页。
② 程颐:《易传序》,王孝鱼点校:《二程集》,中华书局,1981年,第582页。
③ 朱熹:《论语集注》,《四书章句集注》,中华书局,1983年,第65页。
④ 朱熹:《孟子集注》,《四书章句集注》,第279页。
⑤ 朱熹:《论语集注》,《四书章句集注》,第79页。

天地之间，有理有气。理也者，形而上之道也，生物之本也；气也者，形而下之器也，生物之具也。是以人物之生，必禀此理然后有性，必禀此气然后有形。[1]

在程朱理学中，宇宙的发生论、存在论和人性论是统一的，即通过宇宙的发生论和存在论达到人性论的建构。朱熹将气作为形而下之器，在理与人、物之间加上了气的中介，形而上之理是最终的本体，它必然是无形无象的形上境域，所以气只能作为形下之器；气是理生人、物的中间阶段和必要环节，显然接受了老庄道家的理路。北宋理学开山祖周敦颐讲太极是本体，太极分阴阳，阴阳又分五行，五行化生万物[2]，本就注重本体与物之间的过渡环节。朱熹为周敦颐《太极图说》做了解释："盖太极者，本然之妙也；动静者，所乘之机也。太极，形而上之道也；阴阳，形而下之器也。"在朱熹看来，太极就是理。太极之理依于阴阳二气并借以生人生物，乃是相依不断、不能分隔的流程：

太极理也，动静气也。气行则理亦行，二者常相依而未尝相离也。太极犹人，动静犹马；马所以载人，人所以乘马。马之一出一入，人亦与之一出一入。盖一动一静，而太极之妙未尝不在焉。[3]

体用的关系出于形而上的思辨，宇宙间无往非物，只是人的思辨要追究万物之所以产生和存在的本原与根据，再思辨由物到气、由气到理的先后顺序。这些顺序的区分只是思辨的结果。朱熹晚年讲学时特别解答了这一问题："或问'理在先，气在后'。曰：'理与气本无先后之可言。但推上去时，却如理在先，气在后相似。'"[4]哲学"推"论本体并且把握体用的关系，必然具有理、气及物的先后顺序，但世界只是物的世界，我们追究万物之所以产生和存在的原因和根据，于是思辨到阴阳二气，追究阴阳二气产生和存在的原因和根据，于是思辨到理，反过来就将最终追究到的"理"作为万物生生的本原和根据，理分阴阳动静，阴阳化生万物，于是理就被作为本体建立起来，阴阳

① 朱熹撰，朱杰人等主编：《朱子全书》第23册，上海古籍出版社、安徽教育出版社，2002年，第2755页。

② 周敦颐：《太极图说》，陈克明点校：《周敦颐集》，中华书局，1990年，第4页。

③ 黎靖德编，王星贤点校：《朱子语类》，中华书局，1986年，第2376页。

④ 黎靖德编，王星贤点校：《朱子语类》，第3页。

二气及其所化生的万物都是理的作用。然而理在气中,气在物中,物中有气,气中有理,物中有理有气,世界的真实只是物的存在,实际上并不存在理、气、物的先后顺序。

从理气先后的宇宙发生论显现朱熹体用关系的思辨,而从理遍在万物的融摄性来说,则理一分殊作为程朱理学思辨的理论基石,尤能彰显理、物之间的体用关系。程颐回答杨时对于《西铭》的疑问时说:"《西铭》明理一而分殊,墨氏则二本而无分。"[①]朱熹论一太极与万物的关系,显然基于理一分殊的思辨:

> 是合万物而言之,为一太极而已也。自其本而之末,则一理之实,而万物分之以为体。故万物之中,各有一太极……[②]
>
> 本只是一太极,而万物各有禀受,又自各全具一太极尔。如月在天,只一而已;及散在江湖,则随处而见,不可谓月已分也。[③]

这正如永嘉玄觉禅师《证道歌》:"一性圆通一切性,一法遍含一切法。一月普现一切水,一切水月一月摄。诸佛法身入我性,我性同共如来合。"[④]"一性"是佛性,"一切性"是众生性,众生心谓如来藏,则众生皆有佛性,佛性即在众生心中;"一法"即释氏净法之于世间"一切法"的"遍含",唯一如来法身之于一切诸佛的应身,都如一月普现一切江海湖泊,一切江海湖泊映现天上一月。这种一与万的关系就是体用相即。永嘉这段话头当然适应天台宗"一心三观"的一、三相摄,但体用关系的绝妙譬喻也为他宗作为话头参悟,例如临济宗黄龙惠南门下入室弟子宝峰对云门宗弟子进行参问,就有相似的话头。可以参照《华严经》"一"与"多"的相即相入以及华严宗"理事无碍"和"事事无碍"的思辨。按照《华严经》的教理,毗卢舍那如来法身普入一切世间之身,佛身一毛孔能出一切佛刹微尘数化身,现一切佛、一切众生,而毛孔不见大;不可说佛刹微尘数世界悉入佛身一毛孔,而世界不见小。[⑤] 从佛法来说,则佛法是一,世间法是多。华严宗人进而展

---

① 程颐:《答杨时论西铭书》,《二程集》,第609页。

② 周敦颐:《通书解》,《周敦颐集》,第31页。

③ 黎靖德编,王星贤点校:《朱子语类》,第2409页。

④ 玄觉:《证道歌》,《大正新修大藏经》第48册,第396页。

⑤ 《大方广佛华严经》卷八〇,《大正新修大藏经》第10册,第440页。

开“一真法界”和“四法界”关系的思辨，一真法界是指本性清净而平等无差别的法界，它展开为四法界，即事法界、理法界、理事无碍法界、事事无碍法界。理法界的本质就是佛法教理，它是一切事物的普遍本质，乃是恒常不变的存在；事法界则指判然各别的森然万象，属于世俗的存在。佛法统摄一切法，一切事物都是佛法教理的显现，这就是理事无碍法界；一切事物都是佛法教理的显现，根据同一本体而彼此具有圆融无碍的同一性，这就是事事无碍法界。以此来看朱熹理、物关系的思辨，太极为理而一，“一理之实，而万物分之以为体”，则理、物无碍。是如《华严经》所谓一佛身与无数应身及不可说佛刹微尘数世界的关系，无数应身及不可说佛刹微尘数世界分如来法身以为体，但如来法身只有一个，一切众生所具有的佛性都是一个整体。而“万物中各有一太极”，则以万物各见天理而具有同一性，所以可谓物物之间圆融无碍。理与事的关系，就是体用的关系，只是佛法教理换成了天理，天理遍在万物的生生不息及其伦理之善的注入完全改变了佛法教理所主真如本空的虚无性质。在《华严经》中，佛法教理与世间万法的关系，本来就是真心与万法、如来与众生关系的另一表述。大乘佛教以其冥想之“空”作为教理的至境，而将此境说为真如，并神格化为如来法身。佛教的思辨，也起于万法本原和根据的追究，但当它追究到真如之空的时候，却只认此本体之空，虽说一切万物都是真如本体的作用显现，但又认为万法的作用显现悉属虚妄，唯有真如本体之空才是真实的，可知释教的体用思辨，初亦即体即用，终则斩截体用，唯认本体而弃截作用，终究不得体用圆融。而儒学理、物的体用关系则理在物中，不是真如那样最终高居于万法之上；万物悉见天理，天理的作用必以万物显现，世界只是物的世界，理、气俱在其中，即理即物，即体即用，彻上彻下，真正达到圆融无碍的境界。道家之道与万物的体用关系也是如此，只是儒家天理被赋予伦理之善的品格。在儒道与佛学本体以及体用关系的辨别上，这是至为关键的，宋儒批评释氏遗弃人伦物理，出家人抛弃君父家庭的现实责任，都是体用隔绝的必然结果。

程朱理学通过宇宙发生论和存在论达到伦理学的建构，它要用理物的体用思辨阐发心性之善的可能性和必然性。由于理被赋予善的品格，所以理学可以轻而易举地完成从存在论到人性论的转向。程颐说：“性即是理，理则自尧、舜至于涂人，一也。才禀于气，气有清浊。禀其清者为贤，禀其浊者为愚。”[①]朱熹《答黄道夫》谓“人物之生，必禀此理然后有性，必禀此气然后有形”[②]，更加明确了性之于理的善性本原，天理粹然至善，乃是人性善的终极依据，天理所禀受于人性者就是“天命之性”，人性必禀此理，这是人性之善的可能前提。然人必禀此气，气有清浊，所以有善有不善，这又说明了人性不善的可能性，更为重要的是论证修善的必要性。朱熹《答严时亨》说：

> 此理堕在形气之中，不全是性之本体矣。然其本体又亦未尝外此。要人即此而见得其不杂于此者耳。[③]

这正如宇宙发生论所谓“气行则理亦行，二者常相依而未尝离”的假设，理作为形而上的本体粹然至善，但随着气生万物的形下降落，却有了善与不善的双重可能。然而正如《庄子》所谓“物物者非物”，从思辨的逻辑来说，必须在气的运动流行之中看到理本体不杂于气的无形无象和粹然至善，亦如释教所谓真如遍在万法而不染，保持常乐我净。究之体用思辨既须明辩形上、形下的区分，否则世界就只是本然的物的世界，又须融通地看待体用关系的相即相入，这是中国体用思维的本质特点，诗学的援用即以此达到诗本与诗法的全面贯通。

第三节　诗学推原的性情之本

从“文化”的角度看，所谓“中国诗学”乃是意指一种民族文化的固有品性，在“中国文化”的既定情境中，中国诗学以及中国文学艺术的所有方面，必然深受文化的熏染，最为根本地表现为人们对于文学乃至诗学的基本思维方式，毋宁说存在一种固定的思维模式来看待文学艺术的整个问题，甚至积淀为一种恒常俱在的心理定式。既然中国人以体用的思维看待这个世界和自身的存在，也在我们的生命中时刻感受到“天生”和“天命”的实存，这是我们与生俱来的生命本质，那么这种思维定向和心理感受必然存在于我们观照身心所及的一切方面，对

① 程颢、程颐：《二程遗书》，第254页。
② 朱熹撰，朱杰人等主编：《朱子全书》第23册，第2755页。
③ 朱熹撰，朱杰人等主编：《朱子全书》第23册，第2964～2965页。

于中国诗学也是如此。事实上，中国诗学的所有阐论都在体用关系中展开，这是中国思维特点在诗学上的显现。

体用之思在诗法学中的运用，一方面是推究诗的本从，一方面则落实于诗法之用。诗之本，推原于情、心、气而究归于道；诗之用，包括在字句、篇法、属对、声律、用韵等各方面的具体讲求。或悬诸本体而主张自然，或于诗之用讲求诸法，都在本末体用之间，归于自然与工力。诗本自然，但必经工力[1]，自然与工力，就是中国诗学体用之思始终权衡的两个方面。由于诗之本被推原于天道自然，所以诗之用就被看作天道自然的显现，诗的写作恒以自然为导向，而种种诗法的工力锻炼，往往被认为有悖自然，这是偏主体之一端而忽视了诗法的作用，是谓"崇本息末"，体用遂有间隔。然而唯以本体的天道自然必赖作用显现，那么诗法的一切工力锻炼也就为本体所统摄，这就是体用一如，圆融无碍。[2]

论诗援取体用为说，尽管未尽上升到哲学的层面，但于诗学本末体用，却是本于哲学的思辨，其意义在于诗学讲求的层级区分，借以导引学诗的取径，并向当代的研究提供诗学体用构架的思想材料。明许学夷《诗源辩体》卷三四述其学诗经验说：

> 诗有本末。体气，本也；字句，末也。本可以兼末，末不可以兼本。予少学古诗，于汉魏主体，于李杜主气，故于元嘉以后之诗，多所不喜，而于唐人以律为古者，尤所痛疾。大本既立，旁及支末，则凡六朝唐人所称佳句，多有可取，而于后人所谓诗眼者，亦间有可述。今之学者专心于字法、诗眼，于古人所称佳句已不能识，又安知有体气耶？[3]

学诗取径固有本有末次第。"体"之于汉魏诗，不仅在于所谓"古体"的形式方面，更重要的是汉魏诗所具有的一种体貌风致，一种读者、学诗者的整体感受，它是难以言说的，对于学诗者来说，学习汉魏诗就要学到汉魏诗那样，一唯学者自心体会。我们已经知道"体"在中国语境中的意义，包括事物之形体、本原、性

---

① 朱庭珍《筱园诗话》卷一所谓"诗中天籁，仍本人力"，其意庶几近之。郭绍虞编选，富寿荪校点：《清诗话续编》，上海古籍出版社，1983 年，第 2328 页。

② 参拙文《自然与工力：中国诗学的体用之思》，《文学评论》2010 年第 3 期。

③ 许学夷：《诗源辩体》卷三四，人民文学出版社，1987 年，第 326 ~ 327 页。

质、格局、规矩之称，汉魏诗之“体”包含了这些方面，而又不可指实，乃是包括其形体、本源、性质、格局、规矩等方面的总体风貌，不唯字句拟模所至。尽管许氏区分本末，而于字句“旁及支末”，这在学诗的过程和操作中是可行的，但是对于本末的思考，固然“本可以兼末”，然谓“末不可以兼本”，却不是圆通的说法。虽其推本未至而体用不即，但在本末思理本身，对于诗学理论层级的区分却具有重要意义。又清代薛雪《一瓢诗话》论体用云：

诗之用，片言可以明百义；诗之体，坐驰可以役万象。所以杜浣花集古今大成于开、宝间，上薄《风》《骚》，下凌屈、宋，无有议者。[①]

唐刘禹锡《董氏武陵集序》谓“片言可以明百意，坐驰可以役万景”[②]，薛雪借以体用论之。“片言”即字句之用，与许学夷之所言诗“末”略同；“体”亦影掠《风》、《骚》、屈、宋，指向诗的体制及诗家风格。“体”之所以“坐驰可以役万象”，则以杜诗取法为广，融会贯通，然后自成大家，因而诵其诗，若“游文章之林府”[③]，于此可以领略《风》《骚》乃至屈、宋的众多体格风貌。“体”“用”的这种用法，与许学夷所论“本末”相近，但薛雪以“片言”字句为用，却是较为圆通的说法。我们只看体、用相对的思理，在古代文化的语境中，这种随意的援用乃是基于一种思维的定式，用资当下的评说。但如清庞垲体用为说，则已推原诗之所本，并落实于诗之作用：

诗有道焉：性情礼义，诗之体也；始终条理，诗之用也。[④]

在此明确性情礼义为诗的本体，它是诗之所以为诗的本原，而“始终条理”则包括章法、字法、句法、属对、声律等方面的诗法讲求，因为“始终条理”必赖作法以成，是为“诗之体”发露和表现的作用。从诗学体用对于诗法之学的融摄意义上说，这是十分重要的论断。

诗学本体的推原，必至于一，但说者取径不一，因而所至不同。首先是情与性情。“言志”“缘情”由来已久，“情”“志”即诗之所本。《尚书·舜典》舜谓“诗言志，歌永言，声依永，律和声”，“诗言志”被朱自清称为中国古代诗论“开山的

① 薛雪：《一瓢诗话》，《清诗话》，上海古籍出版社，1978 年，第 696 页。

② 董诰等编：《全唐文》卷六〇五，中华书局，1983 年，第 6113 页。

③ 陆机：《文赋》，《文选》，第 240 页。

④ 庞垲：《诗义固说》上，《清诗话续编》，第 727 页。

纲领”[①]。并《左传·襄公二十七年》记赵文子对叔向曰“诗以言志”[②]、《荀子·儒效》“《诗》言是其志也”[③]，形成最初的“诗本”传统，旨在追究诗的本原，诗之作，就是“志”的表达。闻一多考证《尚书·舜典》所谓“诗言志”之“志”专指怀抱，与杨树达所见相同，认为“志”“诗”通训，实即一字而已。[④]《诗大序》说：“诗者，志之所之也，在心为志，发言为诗，情动于中而形于言。”[⑤]对于作诗者的主体精神指谓，在心曰志，触发曰情，言以达情就是诗。“在心为志”具有主体精神的包含性，包括情、意、知（智）。情、志并举，言志就是述情。孔子说《诗》可以兴、观、群、怨[⑥]，是谓《诗》的功用，但《诗》能动人，固以情志为本。及晋陆机《文赋》谓“诗缘情而绮靡”[⑦]，则明确情为诗的本原，只是《诗大序》所谓情志具有礼义的制约，陆机则注重情的个体性。但缘情说亦未穷究诗之所本，因为情感的来源和性质尚需追究。《诗大序》释“变风”谓“吟咏情性，以风其上”[⑧]。《荀子·性恶》：“故顺情性则不辞让矣，辞让则悖于情性矣。”[⑨]《韩非子·五蠹》：“人之情性，莫先于父母，父母皆见爱而未必治也。”[⑩]“性”是主体精神中比较稳定的因素，“情性”的合称似乎隐含“性”对“情”的制约。《诗大序》说“变风发乎情，止乎礼义”[⑪]，也明确礼对于情的节制，但尚未形成情本之上的进益推原。

在儒学心性学上，自孟子“尽心”“养性”，及《中庸》“天命之谓性”揭橥人性之善的本原，至宋代理学将人性置于天理的决定和照管之下，如程颐谓“性即理”、朱熹论证禀于天理的人性之善，都阐明了性、情的关系。朱子说“心主于身，其所以为体者性也，所以为用者情也”[⑫]，是谓心统性情。其说本于北宋理学家张载之论：“心统性情者也。有形则有体，有性则有情。发于性则见于情，发

① 朱自清：《诗言志辨·序》，古籍出版社，1956年，第4页。
② 杜预注，孔颖达正义：《春秋左传正义》，《十三经注疏》本，北京大学出版社，1999年，第1064页。
③ 王先谦：《荀子集解》，《诸子集成》本，上海书店，1986年，第84页。
④ 朱自清：《朱自清说诗》，上海古籍出版社，1998年，第7页。
⑤ 郑玄笺，孔颖达疏：《毛诗正义》，《十三经注疏》本，第6页。
⑥ 《论语·阳货》，刘宝楠：《论语正义》，《诸子集成》本，上海书店，1986年，第374页。
⑦ 萧统编，李善注：《文选》，第241页。
⑧ 郑玄笺，孔颖达疏：《毛诗正义》，《十三经注疏》本，第15页。
⑨ 王先谦：《荀子集解》，《诸子集成》本，第291页。
⑩ 王先慎：《韩非子集解》，《诸子集成》本，上海书店，1986年，第342页。
⑪ 郑玄笺，孔颖达疏：《毛诗正义》，《十三经注疏》本，第15页。
⑫ 朱熹撰，朱杰人等主编：《朱子全书》第22册，第1839页。

于情则见于色,以类而应也。”[①]朱熹称赞“横渠云‘心统性情’,此说极好”,并解释说:“统,犹兼也。”“‘心统性情。’性情皆因心而后见。心是体,发于外谓之用。”又说:“性者,理也。性是体,情是用。性情皆出于心,故心能统之。”[②]心有体有用,心之体是性,心之用是情,朱熹喻为“心如水,性犹水之静,情则水之流”[③]。而性、情的体用相即,则是“未发”和“已发”的关系:“性、情一物,其所以分,只为未发已发之不同耳。”[④]朱子《太极说》又云:

情之未发者,性也,是乃所谓中也,天下之大本也;性之已发者,情也,其皆中节,则所谓和也,天下之达道也。[⑤]

性、情本是一物,未发则是禀于天理的善性,它是稳定的存在,所以为体;已发则是本性遇于物事的反应,所以为用。禀于天理的稳定善性对于已发之情具有照管和约束的作用,于是情之于性乃至理的推本就获得清晰的阐发。当朱子将他的理学性情论用以论诗时,诗本的推原也随之获得了最为精致的思辨:

或有问于余曰:“诗何为而作也?”余应之曰:“人生而静,天之性也;感于物而动,性之欲也。夫既有欲矣,则不能无思;既有思矣,则不能无言;既有言矣,则言之所不能尽,而发于咨嗟咏叹之余者,必有自然之音响节奏而不能已焉,此诗之所以作也。”[⑥]

“感于物而动”本于《礼记·乐记》之说:

凡音之起,由人心生也。人心之动,物使之然也。感于物而动,故形于声。声相应,故生变,变成方,谓之音。比音而乐之,及干戚、羽旄,谓之乐。[⑦]

音乐起于人心感物而动,人心形于声、音、乐的次第表达,有类于《书·舜典》舜曰“诗言志,歌永言,声依永,律和声”[⑧],并“比音而乐之,及干戚、羽旄,谓之

① 章锡琛点校:《张载集》,中华书局,1978年,第374页。
② 黎靖德编,王星贤点校:《朱子语类》,第1286、2513页。
③ 黎靖德编,王星贤点校:《朱子语类》,第93页。
④ 朱熹撰,朱杰人等主编:《朱子全书》第22册,第1830页。
⑤ 朱熹撰,朱杰人等主编:《朱子全书》第23册,第3274页。
⑥ 朱熹撰,朱杰人等主编:《朱子全书》第24册,第3650页。
⑦ 郑玄注,孔颖达疏:《礼记正义》,《十三经注疏》本,第1074页。
⑧ 孔安国传,孔颖达疏:《尚书正义》,《十三经注疏》本,第79页。

乐”[①],亦与《书·舜典》夔曰“於！予击石拊石,百兽率舞”[②],同样反映了上古舞、乐不分的情形。西晋陆机《文赋》谓“遵四时以叹逝,瞻万物而思纷,悲落叶于劲秋,喜柔条于芳春”[③],不妨视为物感说之于文学所本的形象描述。及南朝梁刘勰《文心雕龙·明诗》谓“人禀七情,应物斯感,感物吟志,莫非自然”[④],同书《物色》篇言“物色之动,心亦摇焉……情以物迁,辞以情发”[⑤],并钟嵘《诗品序》“气之动物,物之感人,故摇荡性情,形诸舞咏”之说[⑥],则援物感说以论诗本。古人往往“物事”“事物”连用,感物亦如感于人事。《汉书·艺文志》“感于哀乐,缘事而发”[⑦],可以理解为感事而发。《乐记》又说到政治与音乐的关系:“是故治世之音,安以乐,其政和。乱世之音,怨以怒,其政乖。亡国之音,哀以思,其民困。”结论是“声音之道,与政通矣”[⑧],国家的治乱作为国民政治生活中的大事必然影响人的情感,安乐、怨怒、哀思,就是人心感于国事的情感表现。《诗大序》释变风亦云:“至于王道衰,礼义废,政教失,国异政,家殊俗,而变风、变雅作矣。国史明乎得失之迹,伤人伦之废,哀刑政之苛,吟咏情性,以风其上,达于事变而怀其旧俗者也。”[⑨]变风之作,乃是哀伤于人伦刑政而“吟咏情性”的结果,亦是感事而发,故释风谓“一国之事,系一人之本,谓之风”[⑩],释雅谓“言天下之事,形四方之风,谓之雅”[⑪],明确国事、天下事之与人的情性及其形之于吟咏的感发联系。即如钟嵘《诗品序》物感说既以“春风春鸟,秋月秋蝉,夏云暑雨,冬月祁寒,斯四候之感诸诗者也”[⑫],亦以种种人事情境说明缘事而发的诗作所由:“嘉会寄诗以亲,离群托诗以怨。至于楚臣去境,汉妾辞宫,或骨横朔野,或魂逐飞蓬,或负戈外戍,或杀气雄边;塞客衣单,孀闺泪尽;又士有解佩出朝,一去忘返;女有扬

---

① 郑玄注,孔颖达疏:《礼记正义》,《十三经注疏》本,第1074页。
② 孔安国传,孔颖达疏:《尚书正义》,《十三经注疏》本,第79页。
③ 陆机:《文赋》,《文选》,第240页。
④ 刘勰著,范文澜注:《文心雕龙注》,人民文学出版社,1962年,第65页。
⑤ 刘勰著,范文澜注:《文心雕龙注》,第693页。
⑥ 曹旭:《诗品笺注》,人民文学出版社,2009年,第1页。
⑦ 班固:《汉书》,中华书局,1962年,第1756页。
⑧ 郑玄注,孔颖达疏:《礼记正义》,《十三经注疏》本,第1077页。
⑨ 郑玄笺,孔颖达疏:《毛诗正义》,《十三经注疏》本,第14~15页。
⑩ 郑玄笺,孔颖达疏:《毛诗正义》,《十三经注疏》本,第16页。
⑪ 郑玄笺,孔颖达疏:《毛诗正义》,《十三经注疏》本,第16页。
⑫ 曹旭:《诗品笺注》,第28页。

蛾入宠，再盼倾国：凡斯种种，感荡心灵，非陈诗何以展其义，非长歌何以释其情？故曰：'《诗》可以群，可以怨。'"①凡上所述物感说以及缘事而发的诗论传统，都可作为朱熹持论的根据，但"感于物而动，性之欲也"的表述却是依于"未发""已发"的心性论思辨，在理学的思辨看来，"人生而静，天之性也"就是情之"未发"，粹然至善，"感于物而动，性之欲也"则是性之已发，感物而动，为情为欲，则有善与不善。性之已发为情，具有表达的冲动，乃形之于歌咏。在此关键的是禀于天理的善性对于人欲及情的节制，情"皆中节则所谓和也"，合乎《诗大序》所谓"发乎情，止乎礼义"的旧训，这是传统诗教恒久坚持的原则。不论朱熹这种基于诗教的观念如何规范诗人的自然情感，只就诗本的推求看，将诗的本原推至天理至善的形上境域，这在中国诗学本体的建立上具有重大意义。理学之后，诗学言性情者多所本从，考虑到诗话的兴起是在理学昌明的宋代，而且宋以降诗学的援引也可能受到理学作为官方意识形态的深刻影响，这是容易理解的情形。元人《总论》云：

> 夫作诗之法，只是自己性情中流出。这个道理，亘古亘今，彻上彻下，未尝有丝毫间隔，亦无丝毫形迹，触处皆是，随感而应，大似色里胶青，水中盐味。②

"性情""道理"云云，并其言语风调，显系援取理学话头。所谓"亘古亘今，彻上彻下，未尝有丝毫间隔"的"这个道理"，即性情之于天理的形上推本，天理至善，禀于人性，情以性约，皆能中节，发于吟咏，"触处皆是，随感而应"，悉见天理流行。由于性情被推本于天理本体，所以诗"从性情中流出"，必然天机活泼，触处成春，所谓"色里胶青，水中盐味"，则援司空图"咸酸之外"的"韵外之致"③，要归自然之旨。但在诗学体用的关系上，强调"只是自己性情中流出"，而缺乏诗法之用的关注。在清代朱庭珍《筱园诗话》卷四的近似论说中，则具有更为融通的理解：

> 诗所以言志，又道性情之具也。性寂于中，有触则动，有感遂迁，而情生

---

① 曹旭：《诗品笺注》，第 28 页。

② 张健：《元代诗法校考》，北京大学出版社，2001 年，第 200 页。

③ 司空图：《与李生论诗书》，祖保泉、陶礼天：《司空表圣诗文集笺校》，安徽大学出版社，2002 年，第 193 页。

矣。情生则意立,意者志之所寄,而情流行其中,因托于声以见于词,声与词意相经纬以成诗,故可以章志贞教、怡性达情也。是以诗贵真意。真意者,本于志以树骨,本于情以生文,乃诗家之源,即诗家之先天。①

"性寂于中"就是朱熹理学所谓情之未发,是为禀于天理的人性本善;"有触则动,有感遂迁,而情生矣",则是朱熹所谓性之已发,固以善性的照管和节制保持情感所发的不偏之正,只有性之于情的节制照管,才堪保证诗作"章志贞教、怡性达情"的中和表现,即朱熹《太极说》所谓"其皆中节,则所谓和也,天下之达道也"②。朱庭珍援取理学的思辨,要义在于阐明性情乃至天理的诗学本体,他并未像元人《总论》那样从本体之设强调为诗的自然,但其"因托于声以见于词,声与词意相经纬以成诗"的表述,却显然关注本体之于作用的显现,诗从天理性情中来,但也必赖声律词句的"经纬",这正是诗法讲究的切实内容,因此朱庭珍就在体用关系的思辨中融摄了诗法的系统,这是应当特别注意的。

宋代理学之后的诗法性情之论,往往隐含理之于性情的本体先在,在普遍接受理学基本思理的语境中,理之于性情的先在设定乃是无须言说的当然之则,而且诗学推本的意义更多在于体用关系的洞彻理解,并不需要像理学那样总是站在天理形上高度对诗的情感进行善性的制约提醒。因此诗法学的持论多从情或性情说起,其所关注的乃是自然与工力的体用相即。而善说者正以性情论法,则以本赅末,以体摄用。明代徐祯卿《谈艺录》论曰:

情者,心之精也。情无定位,触感而兴,既动于中,必形于声。故喜则为笑哑,忧则为吁戏,怒则为叱咤。然引而成音,气实为佐;引音成词,文实与功。盖因情以发气,因气以成声,因声而绘词,因词而定韵,此诗之源也。然情实眑眇,必因思以穷其奥;气有粗弱,必因力以夺其偏;词难妥帖,必因才以致其极;才易飘扬,必因质以御其侈。此诗之流也。由是而观,则知诗者乃精神之浮英,造化之秘思也。若夫妙骋心机,随方合节,或约旨以植义,或宏文以叙心,或缓发如朱弦,或急张如跃楛,或始迅以中留,或既优而后促,

① 朱庭珍:《筱园诗话》卷四,《清诗话续编》,第2404页。

② 朱熹撰,朱杰人等主编:《朱子全书》第23册,第3274页。

或慷慨以任壮,或悲凄以引泣,或因拙以得工,或发奇而似易。此轮匠之超悟,不可得而详也。《易》曰:"书不尽言,言不尽意。"若乃因言求意,其亦庶乎有得欤!①

其论直从情起,可以谓之"情本论",当然我们不当以为论者不谙理学的推本,他只是"悬置"了理与性的预设,在诗学的讨论中,更为重要的乃是作用层面的写作学探求,这是诗法学的内容。情的发用既是人所共知的道理,其实于气、形于声、成于词、定于韵的节目次第才是诗法所须注重的切要讲求,这就是由"诗之源"次第生成的作用表现。从这个次第顺序看来,"诗者乃精神之浮英,造化之秘思也",因而诗的写作,强调的就是顺应情之发露表现的自然过程。然而从诗之写作的作用本身来说,由于情的虚渺难征、气的粗弱不等、才的飘扬莫定,所以必须深思用力,并以质实节其繁侈,这是仅就"诗之流"的工力作用而言。只有源流合一、体用相即,本于情的自然发露,而又深于工力锻炼,才能有至。但是自然与工力的相合,只是理论上的设定,而在诗之创作的实际操作中,却不易达到得心应手,这在陆机《文赋》中早有形象的描述:"或妥帖而易施,或岨峿而不安……及其六情底滞,志往神留。兀若枯木,豁若涸流。揽营魂以探赜,顿精爽于自求。理翳翳而愈伏,思乙乙其若抽。是以或竭情而多悔,或率意而寡尤。"②凡此种种,都是诗之创作常有的情状。显然,徐祯卿"若夫妙骋心机,随方合节,或约旨以植义,或宏文以叙心……"的描述有启于《文赋》,但他只说到创作顺畅的情况。

诗论推本性情体用关系的明确表述,莫过于清代徐增和沈德潜关于性情与诗法的直接论断。徐增《而庵诗话》批评当时诗人说:

今之诗人,务求捷得,不从性情、法律处下手。其所谓性情,非真性情;其所谓法律,非真法律。譬彼画家,多蓄粉本,依样葫芦。以为古人不是过,薄于自待而并薄待古人耶?古人所作,皆由真才实学,其诗具在,斑斑可得而考也。③

---

① 徐祯卿:《谈艺录》,《历代诗话》,第765~766页。

② 陆机:《文赋》,《文选》,第240~243页。

③ 徐增:《而庵诗话》,《清诗话》,第426页。

性情为本,法律为用,当从体用上下着手,既要本于真性情,又要在作诗之法上深着功夫。若无真情实感,则是无病呻吟,不能感人;若空有性情,而无真才实学,不肯在诗法锻炼上下功夫,则必粗陋浅薄。虽然徐增是从作诗实践谈论性情和法律的问题,要求作者上下着眼,但从体用的关系来说,性情的表现也必然依靠诗法的锻炼,这是性情、法律并举之论所可阐发的切要之义。沈德潜《说诗晬语》卷上云:

> 诗贵性情,亦须论法。杂乱而无章,非诗也。然所谓法者,行所不得不行,止所不得不止,而起伏照应,承接转换,自神明变化于其中;若泥定此处应如何,彼处应如何,不以意运法,转以意从法,则死法矣。试看天地间水流云在,月到风来,何处着得死法![①]

沈德潜之论最值得阐发的要点,是将诗法的运用直接说为自然的运行,反之则为“死法”,显然有取于宋人“活法”之说。宋吕本中《夏均父集序》云:“学诗当识活法。所谓活法者,规矩备具而能出于规矩之外,变化不测而亦不背于规矩也。是道也,盖有定法而无定法,无定法而有定法。知是者则可以与语活法矣。”[②]吕氏取于禅家之参活句,如曾幾所谓“学诗如参禅,慎勿参死句”[③],死句是依理而可理解之言,而活句之理解则不依于理,若循义理以求理解,必然执于义理而不悟,而活句不依义理,参者心无所执。诗学“活法”不执持于规矩,“死法”则按部就班,这是诗法“死”“活”的分别。沈德潜也因仍了苏轼《文说》的说法,苏轼言其作文如泉源不择地:“常行于所当行,常止于所不可不止。”[④]又《与明上人二颂》其二谓“冲口出常言,法度法前轨”[⑤],都在强调法度的灵活运用。能运活法,则必以精熟规矩,及其临文措用,主于性情的表现而随意驱遣,这才是活法说的真谛。如果认为法既为活而竟至于无法,则无规矩可言,苏轼指其连襟王禹锡诗

---

① 沈德潜:《说诗晬语》卷上,《清诗话》,第524页。

② 吕本中:《夏均父集序》,《后村集》卷二四,文渊阁《四库全书》本,集部第1180册,上海古籍出版社,1987年,第256页。

③ 曾幾:《读吕居仁旧诗有怀其人作诗寄之》,见陈起《前贤小集拾遗》卷四。按陈起字宗之,南宋书坊主,刻《江湖小集》等书多种。

④ 苏轼:《与谢民师推官书》,孔凡礼点校:《苏轼文集》,中华书局,1986年,第1418页。

⑤ 苏轼:《与明上人二颂》其二,《苏轼文集》,第2422页。

"不入规矩"①,即是如此。而沈德潜将活法说置于性情与法的对待中,却具有可资阐发的体用意义,性情的自然表现必须依据一定的法度,一定的法度乃是性情表现的作用,法度的运用,有如"天地间水流云在,月到风来"的自如运掉,于是本于性情与用于法度,就获得了圆融无碍的体用相即。

第四节　气本诗论的自然指向

论诗以"气"为本,最为强调"一气浑成"的"自然"标格。所谓以气为本,在哲学上只是"悬置"了"道""理"或"太极"的预设,隐含了形上本体的先在。诗学气本论往往并不追究"气"的本原,也是对于本体的悬置,因为本体的先在人所共知,诗学所应注重的乃是"一气浑成"或"一气贯注"的条文节目,借以标举"诗道"的自然。中国哲学对于"气"的重视,莫过于《周易》的思辨。《系辞上》说:"一阴一阳之谓道。""阴阳"的本义为气。阴(陰)古文作"侌",从今从云,象云气回旋。《说文·云部》:"霒,云覆日也。从云,今声。侌,古文或省。"②阳(陽),古文作"昜"。《说文·勿部》:"昜,开也。从日、一、勿。一曰飞扬,一曰长也,一曰强者众貌。"③"昜"甲骨作"昜""昜","日"下有物,或以从日有物生长之义。《说文》篆作"昜",日下作"勿"。《说文·勿部》:"勿,州里所建旗,象其柄,有三游。杂帛,幅半异,所以趣民,故遽称勿勿。"④"勿"《说文》篆作"勿",固象旌旗,有柄有游,游者旌旗之流,随风飘拂,风以气动,则"昜"象日下旌旗飘扬之貌。云覆日,旗在日下,俱以气分阴阳,所以"阴阳"二字本义为气,老庄、宋儒说"气"为然。王弼注《系辞》此语谓"一"为"无"⑤,阴、阳以一为本,显系取于《老子》之说。孔颖达疏谓"言阴之与阳,虽有两气,恒用虚无之一,以拟待之"⑥,

① 《王直方诗话》:"王禹锡行第十六,与东坡有姻连,尝作贺知县喜雨诗云:'打叶雨拳随手去,吹凉风口逐人来。'自以为得意。东坡见之曰:'十六郎作诗怎得如此不入规矩。'禹锡云:'盖是醉中所作。'异日又持一大轴呈坡。坡读之云:'尔复醉耶?'"(郭绍虞:《宋诗话辑佚》,中华书局,1980年,第10~11页)

② 许慎:《说文解字》,第242页。

③ 许慎:《说文解字》,第196页。

④ 许慎:《说文解字》,第196页。

⑤ 王弼注,孔颖达疏:《周易正义》,《十三经注疏》本,第268页。

⑥ 王弼注,孔颖达疏:《周易正义》,《十三经注疏》本,第269页。

并其释“易”谓“变化运行，在阴阳二气”[①]，都以“阴阳”为气。固然《易》并《系辞》的“阴阳”之义已不止于“气”的本义，而已经上升到观念化的存在，用以解释变易的原因，但也保留了“阴阳”之气的本义。

“一阴一阳之谓道”，“阴阳”乃是《易》卦构成和推演的核心观念，《系辞上》说：“易有太极，是生两仪。两仪生四象，四象生八卦。八卦定吉凶，吉凶生大业。”[②]虽以“太极”之“一”作为阴阳未形的混沌之本，但以爻的阴阳变化才形成两仪、四象、八卦乃至六十四卦的推演。阴阳以定两仪，并生四象、八卦，既是宇宙万物生成的逻辑推演，也是万事万物存在的本质规律。《系辞下》说：“是故刚柔相摩，八卦相荡。鼓之以雷霆，润之以风雨。日月运行，一寒一暑。”[③]唯以阴阳刚柔的相互作用才是宇宙乃至万物生成之本。孔颖达云：“夫‘易’者，变化之总名……新新不停，生生相续……然变化运行，在阴阳二气，故圣人初画八卦，设刚柔两画，象二气也；布以三位，象三才也。谓之为‘易’，取变化之义。”[④]《易》的宗旨归于变化，变化的总因在于阴阳，《易》的哲学在于揭示宇宙间生生不息的变化规律，“新新不停，生生相续”乃是宇宙存在的本然真相，彰显生命哲学的“自然”真谛。诗学气本论的要旨，也以自然为标的，乃受《易》学思想连同老庄、儒学思想浸淫使然。

在老庄道家之学和宋儒理学中，“气”作为道与物、理与物的中间媒介和物质材料，在道、理本体形下降落的过程中充当第一形而下存在的作用。《老子》谓“道生一，一生二，二生三，三生万物。万物负阴而抱阳，冲气以为和”[⑤]，道是唯一“独立不改”[⑥]的形上本体，道一分为二，分阴分阳，阴阳交接，产生万物。《庄子·至乐》更为明晰地提出了道从无到气，再由气生物的过程：

> 察其始而本无生，非徒无生也而本无形，非徒无形也而本无气。杂乎芒芴之间，变而有气，气变而有形，形变而有生……[⑦]

---

① 王弼注，孔颖达疏：《周易正义》，《十三经注疏》本，第 4 页。

② 王弼注，孔颖达疏：《周易正义》，《十三经注疏》本，第 289 页。

③ 王弼注，孔颖达疏：《周易正义》，《十三经注疏》本，第 258 ~ 259 页。

④ 王弼注，孔颖达疏：《周易正义·周易正义卷首》，《十三经注疏》本，第 4 页。

⑤ 王弼：《老子注》，《诸子集成》本，第 26 ~ 27 页。

⑥ 王弼：《老子注》，《诸子集成》本，第 14 页。

⑦ 郭庆藩：《庄子集释》，《诸子集成》本，第 271 页。

“察其始”而“本无生”就是《老子》所谓“无”的境界，因其无形无象，姑名曰“道”，道变而有气，气变而有生，就是道通过气生万物的形下降落过程。不过宋儒理学如朱熹关于“气行理亦行”以及理禀于性、气禀于形的思辨更为精致而清晰。但在程朱之前，周敦颐和张载的阐发却更加接近老庄。理学开山祖周敦颐著名的《太极图说》云：

> 无极而太极。太极动而生阳，动极而静，静而生阴。静极复动。一动一静，互为其根；分阴分阳，两仪立焉。阳变阴合，而生水、火、木、金、土。五气顺布，四时行焉。五行，一阴阳也；阴阳，一太极也；太极，本无极也。五行之生也，各一其性。无极之真，二五之精，妙合而凝。“乾道成男，坤道成女”，二气交感，化生万物。万物生生，而变化无穷焉。①

“太极”就是最大和最后之极，它是人所思辨万事万物之所以然的最后本原和终极依据，因以作为宇宙万物的本体。本体乃是无形无象的形上境域，与道家之“无”和佛家之“空”无别，所以太极就是“无极”。但如“道”与理的形下降落一样，太极的形下运动分阴分阳，阳动阴静，相与作用，产生五气，即五行，五行又化生万物。这种自太极（无极）至阴阳再至五气再至万物的化生过程，良有取于《易传》之说。而且周敦颐据以阐发的太极图本出道教中人，其所阐发也具有道家的思路。周敦颐的思辨已经具备朱熹“气行理亦行”的精妙，从太极生物的形下降落来说，阴阳向五气的降落，只是思辨的说法，并不是两个阶段的隔阂，尽管思辨必须说明太极生物的条文节目，但实际的情形则是阴阳就在五气中，五气就在万物中，同样，太极就在阴阳中，太极本体的形下降落，最终落实在万物之中，实际上世界只是物的世界，因此说“无极之真，二五之精，妙合而凝”，一而已矣。对于诗学气论的引申来说，则“二气交感，化生万物。万物生生，而变化无穷”的表述，尤能彰显自然的高标。

宋代理学家中张载说“气”为多，或称“气本论”。其《正蒙·太和篇》阐发了“太虚即气”的思想：

> 太虚无形，气之本体，其聚其散，变化之客形耳……②

---

① 周敦颐：《太极图说》，《周敦颐集》，第3～5页。

② 张载：《正蒙·太和篇》，《张载集》，第7页。

太虚不能无气，气不能不聚而为万物，万物不能不散而为太虚。[1]

气之聚散于太虚，犹冰凝释于水，知太虚即气，则无无。[2]

尽管张载重“气”，但“气”之上仍然设置了“太虚”的本体。气散而为太虚，所以说“太虚即气”，但这只是思辨的推论，从本体的预设来看，“太虚无形”，必是形而上的境域。固然太虚、气、物的形下降落，就如周敦颐《太极图说》所谓“无极而太极”，虽谓为“无”，但不是如释氏真如那样的“毕竟空”，“无极”或“太虚”必然随着气的流行，存在于物的变化之中。显然“无无”的论断乃是为了破除释教之空，程朱实“天”以理，也是为了防止本体的虚化。实际上，《易传》以至宋代理学的“气”论，如果搁置其伦理道德或心性学的内容，从纯粹的宇宙发生论和存在论来看待“气”生万物的生命流程，则与老庄道家哲学的“自然”旨趣并无相左，而程朱理学将善的品格加于“天”上，也旨在建立道德伦理的“自然法则”。对于诗学气本论来说，“自然”乃是共与引申的唯一要旨。

在诗学气本论看来，二气化生万物，“人身及万物动植，皆全是气所鼓荡”，“诗文亦然”[3]，这是清代方东树《昭昧詹言》的说法，并以“诗文者，生气也”[4]主张自然，故谓“雕刻无生气”[5]、“太炼则伤气”[6]，但诗法必然落实于工力的讲求，《昭昧詹言》强调各种诗法锻炼最为突出。不过以气论诗的主旨，乃在“一气浑成”“一气贯注”[7]的生气运注与自然天工，这得自哲学气生万物的生生之义，只是哲学思辨必须落实于一定的条文节目以为气生万物的不同阶段，而诗文写作的“一气浑成”和“一气贯注”也必然措实于字句、属对、声律、章法的诗法讲求，这才是体用相即的圆融无碍。元人《诗家一指》论“十科”“四则”等，多为切实之法，然其自明述旨，乃一本于“乾坤之清气”：“有气则有物，有事斯有理。”故“必先养其浩然，存其真宰”，然后才能将法转换成有如己出的灵活操作，以至于“触

---

① 张载：《正蒙·太和篇》，《张载集》，第 7 页。

② 张载：《正蒙·太和篇》，《张载集》，第 8 页。

③ 方东树：《昭昧詹言》卷一，人民文学出版社，1961 年，第 25 页。

④ 方东树：《昭昧詹言》卷一，第 25 页。

⑤ 方东树：《昭昧詹言》卷一，第 25 页。

⑥ 方东树：《昭昧詹言》卷五，第 135 页。

⑦ 二语乃古人论诗常言，随举其例，则前语见清吴骞《拜经楼诗话》，《清诗话》，第 729 页；后语见薛雪《一瓢诗话》，《清诗话》，第 708 页。

处成真"①,自然而然。或从创作过程说之,如唐王昌龄《诗格》云:

> 夫文章兴作,先动气,气生乎心,心发乎言,闻于耳,见于目,录于纸。②

在此,"气"已内化为作者的主体精神,而不是就作品的表现而论,但人之有"气",当然是作为灵长的气禀,人身一气,恒与天地之气相通。在诗文写作的过程中,主体精神之气的流行既是自然而然的过程,但必以字句、声律等种种诗法的讲求才能形诸笔墨,这些属于人力锻炼的作用,从体用论的达观视角来看,都是气之自然流行的条文节目,于是自然与工力的体用相即获得了圆通的理解。

"自然"乃是说者相与取论的要旨,无论本于性情,或气,都以自然为至。性情乃本于天命的自然禀受,气则是天地生机的自然流注。清张谦宜《絸斋诗谈》卷一说:"生机不息,自然运动。大而天地,小如文章,未有不流动而能久者。"③而元王近仁《与友人论诗帖》也说:"凡作诗文,当如行云流水,轻车熟路,不假用力,即无凝滞。"④诗论对于"诗本"自然的追求亘古弥新,"自然"似乎成了人所共知的当然高妙,但对于作者的实际创作,那种搜肠刮肚的冥想、捻须推敲的迟回,更有"兀若枯木,豁若涸流"⑤的焦灼,却不是"行云流水,轻车熟路"般的畅适,所谓"不假用力"如果不是自欺欺人的大话,就是粗率不堪的结果,只有经过深思苦吟的磨砺锻炼,才能达到一气自然流注的效果。因此援取自然之义,当在体用的相摄,推原本从,必乃弥纶天道,论其作用,则必统贯诗法,在诗本自然之中,必有诗法的作用。举凡字句、篇章等诗法讲求的一切方面,作为工力锻炼,都是本体的作用,归于自然的流行。但诗法在于工力锻炼,自然本于天道,自然与工力相反相成,必须斟酌于其间。清刘熙载《诗概》云:"西江名家好处在锻炼而归于自然。"⑥潘德舆《养一斋诗话》卷二也说:"诗有三境,学诗亦有三境。先取清通,次宜警炼,终尚自然。"⑦对于成反之理,这是最为通达的见解,也成为论者的共识,但说之为易,作之为难,锻炼或显痕迹,自然或落平直,都是过犹不及,作

---

① 《诗家一指》著者佚名,或题范德机撰,见张健《元代诗法校考》,第 276 页。
② 弘法大师原撰,王利器校注:《文镜秘府论校注》,中国社会科学出版社,1983 年,第 286 页。
③ 张谦宜:《絸斋诗谈》卷一,《清诗话续编》,第 796 页。
④ 王近仁:《与友人论诗帖》,《元代诗法校考》,第 368 页。
⑤ 陆机:《文赋》,《文选》,第 243 页。
⑥ 刘熙载:《诗概》,《艺概》,上海古籍出版社,1978 年,第 69 页。
⑦ 潘德舆:《养一斋诗话》卷二,《清诗话续编》,第 2028 ~ 2029 页

者斟酌其间，庶几不造其极。只是像杜甫“语不惊人死不休”[①]，或如韩孟故求险怪，则是作者自我的刻意追求，那是别出一格。而且就体制论，例如五律造语坚整，适宜锻炼，七绝最重风神[②]，慎勿着力，盖体小有所不受，都是诗之创作的实际情形。但从总体上说，即于体用之间，斟酌自然、工力之际，不仅是为论所应持守的恒准，也是创作必须权衡的成反两端。

第五节　体用相即的诗法贯通

中国诗学的体用之思在诗之创作的所有方面一以贯之，自然与工力的相反相成则在所有诗法讲求中具有普遍性的意义，首在篇法之论，恒以一气为主。兹举方东树之论曰：

> 凡诗、文、书、画，以精神为主。精神者，气之华也。[③]
>
> 有章法无气，则成死形木偶。有气无章法，则成粗俗莽夫。大约诗文以气脉为上。气所以行也，脉绾章法而隐焉者也。章法形骸也，脉所以细束形骸者也。章法在外可见，脉不可见。气脉之精妙，是为神至矣。俗人先无句，进次无章法，进次无气。数百年不得一作者，其在兹乎！[④]

推崇义理乃是桐城一派的传统。方东树以桐城人学古文于姚鼐，论诗喜援古文义法，四十岁后专研义理，一宗朱子，著《汉学商兑》以攻考据之失。方氏《昭昧詹言》论诗主气，多取理学之旨。论诗常谓“一气呵成”“一线贯注”[⑤]，“气”贯注于诗文作品中，我们可以感受到生气、气势、气韵、气脉的存在，这是作品的灵魂，无生气则成木偶。而“精神者，气之华也”，作品之有精神，我们可以感受其存在，而又难以捉煞，不可言说。《庄子·秋水》说：“夫精粗者，期于有形者也；无形者，数之所不能分也；不可围者，数之所不能穷也。可以言论者，物之粗也；可以意

---

① 仇兆鳌：《杜诗详注》，中华书局，2015年，第981页。
② 王夫之：《姜斋诗话》卷下，丁福保辑：《清诗话》，上海古籍出版社，1978年，第18页。
③ 方东树：《昭昧詹言》卷一，第30页。
④ 方东树：《昭昧詹言》卷一，第30页。
⑤ 方东树：《昭昧詹言》卷一，第375页。

致者，物之精也；言之所不能论，意之所不能察致者，不期精粗焉。”①物有形而可以言说，道无形而不可知、不可言说。不论《庄子》本意如何，我们看道、物间之气，确是“可以意致”而不可言说，阴阳之气作为道生万物的中间阶段和物质媒介，其实乃是思辨所把握的万物之所以产生和存在的相互依存、相互作用的要素或力量，当然可以视之为“物之精”。作为“气之华”的“精神”亦然，我们可以感受它在作品中的存在，但却无法言说，不可捉摸。亦如《庄子·知北游》说道在物中、理学说气在物中，作品的精神之气，也存在于章法布局之中，从表面上看，章法是可以布局的形骸，内在却贯注了精神的生气。在古人诗论中，这是容易理解的常论，但是可资阐发的乃在“气本”“贯注”于章法作用的体用关系。论诗主气，必然指向“自然”的标格，但是“自然”却必须落实于章法布置的工力之上。不仅章法，而且字句、属对、声律等各方面的诗法讲求，凡以“自然”为其标格者，都将诗法的工力锻炼视为天道自然的流行，借以阐明体用相即的诗法融摄。

古人论诗之章法，主于自然而不舍诗法，求锻炼而归之自然，则归活法之说。明李东阳《麓堂诗话》论律诗起承转合云：

> 律诗起承转合，不为无法，但不可泥，泥于法而为之，则撑拄对待，四方八角，无圆活生动之意。然必待法度既定，从容闲习之余，或溢而为波，或变而为奇，乃有自然之妙，是不可以强致也。若并而废之，亦奚以律为哉？②

仅从写作角度来说，确指必有篇法，则必有锻炼之工；强调“自然之妙”，则必落实于活法之讲。所谓活法的讲求，必以承认有法为前提，所谓“规矩备具而能出于规矩之外，变化不测而亦不背于规矩也”③，不越规矩之囿。但活法说既然取于禅家话头，也极易从论法滑入无法之空。如晚明袁宏道“独抒性灵，不拘格套”④，“性灵”既本释教“真性”“灵知”，又与阳明心学“良知”“一念灵明”相表里，在晚明狂禅、心学炽盛的语境中，不免堕入一大虚空⑤，则创作本于“性灵”，并一切法度都被视为“格套”而并至于“无”，所以袁氏论“唐人妙处，正在无法”，

① 郭庆藩：《庄子集释》，《诸子集成》本，第253页。

② 李东阳：《麓堂诗话》，《历代诗话续编》，中华书局，1983年，第1376页

③ 刘克庄：《后村集》卷二四，文渊阁《四库全书》本，集部第1180册，第256页。

④ 袁宏道：《叙小修诗》，钱伯城：《袁宏道集笺校》，上海古籍出版社，1981年，第187页。

⑤ 参拙著《公安派的文化阐释》，齐鲁书社，2003年，第208页。

又“如六朝、汉、魏者,唐人既以为不必法,沈、宋、李、杜者,唐之人虽慕之,亦决不肯法,此李唐所以度越千古也”[①]。这种令人奇怪的谈论罔顾唐诗自六朝拟乐府而来、及中唐元白、韩孟并祖杜甫的事实,乃以释氏性灵无住,导致法之所无,其弊为甚。清王夫之以哲学家论诗,虽于诗学重要关目发明良多,但对于诗法的讲求则持鄙屑的态度,固多无法之论。王氏亦论“起承转收”章法云:

> 起承转收,一法也。试取初盛唐律验之,谁必株守此法者?法莫要于成章;立此四法,则不成章矣。且道“卢家少妇”[②]一诗作何解?是何章法?又如“火树银花合”[③],浑然一气;“亦知戍不返”[④],曲折无端。其他或平铺六句,以二语括之;或六七句意已无余,末句用飞白法飏开,义趣超远:起不必起,收不必收,乃使生气灵通,成章而达。[⑤]

王夫之论诗,着眼甚高,往往取于六朝,卑下宋人,而以“情景”“现量”为的,标举名句如“‘池塘生春草’[⑥]、‘胡蝶飞南园’[⑦]、‘明月照积雪’[⑧],皆心中目中与相融浃,一出语时,即得珠圆玉润;要亦各视其所怀来,而与景相迎者也”[⑨]。是所谓情景相融的“现量”[⑩]呈发,但所标举者,千百年间仅得数语,即谢灵运“池塘生春草”一语,也必与“园柳变鸣禽”相对,始可成对,而后语凑泊,不可再谓心、目融浃,且以一联而凑足一篇,不乏精工锻炼,后代取法谢诗,大半在此,安可止取一语以为标的?假如尽去诗法锻炼,则千古诗史,但可盈掬而已。这与金元好问的大放厥词如出一辙。其《论诗绝句》云:“池塘春草谢家春,万古千秋五字新。传

---

① 袁宏道:《答张东阿》,《袁宏道集笺校》,第753页。

② 沈佺期:《古意呈补阙乔知之》,陶敏、易淑琼:《沈佺期宋之问集校注》,中华书局,2001年,第18页。

③ 苏味道:《正月十五夜》,《全唐诗》卷六五,中华书局,1960年,第753页。

④ 杜甫:《捣衣》,《杜诗详注》,第734页。

⑤ 王夫之:《姜斋诗话》卷下,《清诗话》,第12页。

⑥ 谢灵运:《登池上楼》,顾绍柏:《谢灵运集校注》,中州古籍出版社,1987年,第64页。

⑦ 张协:《杂诗》,《文选》,第422页。

⑧ 谢灵运:《岁暮》,顾绍柏:《谢灵运集校注》,第22页。

⑨ 王夫之:《姜斋诗话》卷下,《清诗话》,第8页。

⑩ 王夫之《姜斋诗话》:“‘僧敲月下门’,只是妄想揣摩,如说他人梦,纵令形容酷似,何尝毫发关心?知然者,以其沉吟‘推敲’二字,就他作想也。若即景会心,则或‘推’或‘敲’,必居其一,因景因情,自然灵妙,何劳拟议哉?‘长河落日圆’,初无定景;‘隔水问樵夫’,初非想得。则禅家所谓‘现量’也。”(《清诗话》,第9页)现量为因明学三量之一。佛教认为只有不加入思维活动、不能用语言表述出来的纯粹感觉,才是真现量。谈锡永主编《因明入正理论导读》:“此中现量,谓无分别。若有正智于色等义离名、种等所有分别,现现别转,故名现量。”(中国书店,2007年,第283页)

语闭门陈正字，可怜无补费精神。”[①]黄庭坚《病起荆江亭即事》略云：“闭门觅句陈无己，对客挥毫秦少游。正字不知温饱未，西风吹泪古藤州。”[②]元好问不仅以此讥讽陈师道，而且对以黄庭坚为首的江西诗派深感痛切，故有“论诗宁下涪翁拜，未作江西社里人”[③]云云。而王夫之所举唐人苏味道诗，乃专拣章法平易者证明必无起承转收之法。苏味道《正月十五夜》诗云：“火树银花合，星桥铁锁开。暗尘随马去，明月逐人来。游伎皆秾李，行歌尽落梅。金吾不禁夜，玉漏莫相催。”[④]是诗固谓“浑然一气”，但四联八句，平铺直叙，缺乏转折委曲之致，正以不讲章法，固非上乘之作，适见论者蔽于自然而不知法，荀子《解蔽》批评庄子“蔽于天而不知人”[⑤]，于庄子实有可议，移于王氏论诗，却是切中肯綮。至于沈佺期《古意呈补阙乔知之》，则以颇承六朝余韵，大约王氏喜好六朝，故为举例。诗云：“卢家少妇郁金堂，海燕双栖玳瑁梁。九月寒砧催木叶，十年征戍忆辽阳。白狼河北音书断，丹凤城南秋夜长。谁为含愁独不见，更教明月照流黄。”[⑥]中二联宕开，极其博阔，杜甫七律多有取法，而末联收束，何可谓之无法？杜甫《捣衣》极具章法，不知王氏为何谓“起不必起，收不必收”，当知杜诗“生气灵通”，乃是锻炼之至而归于自然之极，若真无章法，则不称诗家作手，王氏岂能不知？

从理论的设定上，必于自然与工力之间的体用关系有透彻的理解，才有圆融之论。清李调元《雨村诗话》卷上谓“文章亦如造化”，“起承转合亦然”[⑦]，作为造化的作用而必赖工力布置，庞垲《诗义固说》卷上亦谓“天地之道，一辟一翕，诗文之道，一开一合。章法次序已定开合”[⑧]，则将章法“一开一合”直接系于“天地之道”的“一辟一翕”，于是自然与工力之间，获得了体用相即的融通理解。朱庭珍《筱园诗话》卷一亦谓“律诗谋篇，贵一气相生……用笔则贵有抑扬顿挫，开阖纵擒之奇”[⑨]，都以标举自然而不舍工力，乃得体用无间，上下通彻。天地翕辟

---

① 郭绍虞：《杜甫戏为六绝句集解　元好问论诗三十首小笺》，人民文学出版社，1978 年，第 84 页。
② 黄庭坚：《病起荆江亭即事》其八，刘琳等校点：《黄庭坚全集》，四川大学出版社，2001 年，第 227 页。
③ 郭绍虞：《杜甫戏为六绝句集解　元好问论诗三十首小笺》，第 82 页。
④ 苏味道：《正月十五夜》，《全唐诗》卷六五，第 753 页。
⑤ 王先谦：《荀子集解》，《诸子集成》本，第 262 页。
⑥ 沈佺期：《古意呈补阙乔知之》，《沈佺期宋之问集校注》，第 18 页。
⑦ 李调元：《雨村诗话》卷上，《清诗话续编》，第 1520 页。
⑧ 庞垲：《诗义固说》卷上，《清诗话续编》，第 729 页。
⑨ 朱庭珍：《筱园诗话》卷一，《清诗话续编》，第 2336 页。

之道在于诗的表现，必有起承转合之法，与“抑扬顿挫，开阖纵擒之奇”，必以人工布局才能达到，那种抛弃章法的谈论，在创作中实际上就是毫无章法，或平铺直叙，或杂乱无章，有悖天地翕辟的自然之道。

其次则在字句锻炼，自然与工力的体用之思落实于具体的讲求。“句法以一字为工”[①]，诗“以一字论工拙”[②]，“吟诗要一字两字工夫”[③]，这都是宋人的主张，可见“宋人诗话多论字句”[④]。但杜甫《寄高三十五书记》谓“佳句法如何”[⑤]，皮日休谓“百炼成字，千炼成句”[⑥]，在观念上已经重视字句的锻炼，而唐代诗格、诗式之说，尽管说在规则、范式之间，也多落实于字句的讲求，只是未以“字法”“句法”为论。宋人诗话的谈说，多以“辨句法”为首务[⑦]，这是宋诗创作风气的反映。宋末严羽总结一代之诗，批评宋人“以文字为诗”[⑧]，包括字句锻炼，标举“汉魏古诗，气象混沌”[⑨]，这是不事雕琢的自然表现。但魏诗“句法字法，稍稍透露”[⑩]，如曹植诗，已多锻炼之实。逮齐梁及唐，声律大兴，句法随之，“以句法就声律”[⑪]，字句锻炼，其势必然。严氏之说，影响甚远，自金王若虚以来，率多趋附。但诗的创作必赖字法、句法的工力锻炼，舍此别无路径。从诗的创作实际来说，字句的锻炼亦如章法之讲，也只在锻炼而至于自然，才是论者可资为说的切实之处，那种悬诸“兴趣”“气象”的高谈多半只具有理论导向的意义。清贺贻孙《诗筏》说：

> 炼字炼句，诗家小乘，然出自名手，皆臻化境。盖名手炼句如掷杖化龙，蜿蜒腾跃，一句之灵，能使全篇俱活。炼字如壁龙点睛，鳞甲飞动，一

① 范温：《潜溪诗眼》，《宋诗话辑佚》，第333页。

② 晁补之：《鸡肋集》，胡仔：《苕溪渔隐丛话》前集卷三引，人民文学出版社，1962年，第16页。按此本是晁补之《题陶渊明诗后》语。

③ 蔡梦弼：《杜工部草堂诗话》卷二，《历代诗话续编》，第212页。

④ 吴乔：《围炉诗话》卷一，《清诗话续编》，第506页。

⑤ 仇兆鳌：《杜诗详注》，第240页。

⑥ 王世贞：《艺苑卮言》卷一引，《历代诗话续编》，第954页。

⑦ 许顗：《彦周诗话》，《历代诗话》，第378页。

⑧ 郭绍虞：《沧浪诗话校释》，人民文学出版社，1983年，第26页。

⑨ 郭绍虞：《沧浪诗话校释》，第151页。

⑩ 胡应麟：《诗薮》内编卷二，上海古籍出版社，1979年，第32页。

⑪ 冒春荣：《葚原诗说》卷一，《清诗话续编》，第1580页。

字之警，能使全句皆奇。若炼一句只是一句，炼一字只是一字，非诗人也。[①]

炼字炼句而臻于化境，并使“全篇俱活”“全句皆奇”，固以锻炼而达于自然为至，但若只是执于一字一句的锻炼，就落于“死法”的推敲，这是名手之与“小乘”的分别，当然才有高下，但就诗法锻炼本身而言，也是锻炼至与未至的差别。清王寿昌《小清华园诗谈》卷上则谓“古体欲无句，近体欲无字”，以明“天道、人道之殊”：

古体何以无句？曰：《十九》首，诗之祖也。吾见其诗矣，未见其句也。尔后惟陶堪嗣响，至谢乃有句可摘，而格斯降已。

近体何以无字？曰：“江流天地外，山色有无中”[②]，较诸“树点千家小，天围万岭低”[③]，奚啻天道、人道之殊哉！[④]

所谓“天道”“人道”之殊，就是自然与工力的区别，十九首无句可摘，依王氏的理解，这是“天道”自然的表现。十九首作为文人拟乐府之作，它与汉乐府古辞《西门行》《艳歌行》《长歌行》具有情感、意趣、用语等方面的密切关系，而又具有文人创作的独特情味，影响其后文人拟乐府的创作，但十九首既然被后人视为“文人诗”的肇端，就必然在字句方面具有不同于乐府古辞的特点。乐府与“古诗”之异，一在述事、主情之别，二在含蓄、浅直之殊，三在和雅、俚俗之分，既称文人诗，古诗辞气必趋和雅，而民间所采，既出里巷，固属俚俗。十九首的造语，虽称“高浑自然”[⑤]，然因不主叙事，必“以典则为其辞”[⑥]，例如“胡马依北风，越鸟巢南枝”“秋蝉鸣树间，玄鸟逝安适”“弹筝奋逸响，新声妙入神”[⑦]等，属对略成大体；而“浮云蔽白日”“玉衡指孟冬”“绿叶发华滋”等，“蔽”“发”，并“巢”“奋”诸字锻炼，已见端倪。[⑧] 正如明胡应麟《诗薮》内编卷二所谓“句法字法，稍稍透

---

① 贺贻孙：《诗筏》，《清诗话续编》，第 141 页。
② 陈铁民：《王维集校注》，中华书局，1997 年，第 168 页。
③ 廖立：《岑嘉州诗笺注》，中华书局，2004 年，第 684 页。
④ 王寿昌：《小清华园诗谈》卷上，《清诗话续编》，第 1857 页。
⑤ 朱庭珍：《筱园诗话》，《清诗话续编》，第 2350 页。
⑥ 毛先舒：《诗辩坻》卷一，《清诗话续编》，第 23 页。
⑦ 萧统编，李善注：《文选》，第 409、410 页。
⑧ 萧统编，李善注：《文选》，第 409 ~ 411 页。

露"[①],不待魏诗。后者则如曹植《公宴》"秋兰被长坂,朱华冒绿池"[②]、《赠丁仪》"凝霜依玉除,清风飘飞阁"[③],可谓"辞极赡丽。然句颇尚工,语多致饰,视东、西京乐府,天然古质,殊自不同"[④],其实都已肇端于十九首的文人创制。从后代愈趋精工锻炼视之,可谓"古体欲无句",但从汉乐府比较而言,则正可谓"古体始有句"的字句锻炼,乃是文人诗自乐府民歌模拟所必然趋向的"发展"演变,未可借以否定后世创作的"有句可摘"。至于王氏所举近体诗句,则岑参《西亭观眺》"树点千家小,天围万岭低"[⑤],正如上引贺贻孙《诗筏》所谓"炼一句只是一句,炼一字只是一字"[⑥],气魄远逊王维《汉江临眺》"江流天地外,山色有无中"[⑦],属对精工而不露痕迹,有若天然,或由偶然兴会所至,或由锻炼而归自然,比较杜甫锻炼,后者"语不惊人死不休",却正有句格取向的不同,不必以较短长。然而王氏的高下品评,却也仍然是在"天道""人道"之间的拟议计较,只是"天道"之本与"人道"之用,在于善说者却正是体用相即。明谢榛论曰:

> 诗有造物,一句不工,则一篇不纯,是造物不完也。[⑧]
>
> 凡炼句妙在浑然。一字不工,乃造物之不完……[⑨]

本体必以作用显现,自然必赖工力,雕造必至浑成,锻炼终归自然。而"自然"之旨,论者或借以否定诗法讲求,但善说者适以主张字句锻炼,此中成反之理,唯在体用相即。

再次在属对的讲求上,也被推原于天道阴阳即一体二分的宇宙生成模式。天道为一,道分阴阳,化生万物,胥相配对,诗文属对亦本造化,"盖天地自然之数"[⑩]。清李兆洛《骈体文钞 · 自序》论骈语,也推原于"天地之道"统摄的阴阳、

---

① 胡应麟:《诗薮》内编卷二,第 32 页。
② 赵幼文:《曹植集校注》,人民文学出版社,1984 年,第 49 页。
③ 赵幼文:《曹植集校注》,第 129 页。
④ 胡应麟:《诗薮》内编卷二,第 29 页。
⑤ 岑参:《早秋与诸子登虢州西亭观眺》,《岑嘉州诗笺注》,第 684 页。
⑥ 贺贻孙:《诗筏》,《清诗话续编》,第 141 页。
⑦ 王维:《汉江临眺》,《王维集校注》,第 168 页。
⑧ 谢榛:《四溟诗话》卷一,《历代诗话续编》,第 1139 页。
⑨ 谢榛:《四溟诗话》卷四,《历代诗话续编》,第 1223 页。
⑩ 李壮鹰:《诗式校注》,人民文学出版社,2003 年,第 57 页。

奇偶、方圆[1],这种辩证思维本于类的观念,由于阴阳反合形成万物的类合,凡物孤不自成,必有偶配,而属对取类,无穷无尽,乃至千变万化,在于作者取裁而已。因此属对也以自然为至。清贺贻孙《诗筏》说:“诗律对偶,圆如连珠,浑如合璧。连珠互映,自然走盘……神而化之。”[2]自然浑成,是谓天巧,但也必待工力,向谓“工整”“工稳”“工切”,莫不求工。沈德潜《说诗晬语》卷下谓“对仗固须工整”[3],冒春荣《葚原诗说》卷一谓“律诗以对仗工稳为正格”[4]。属对求工,是谓“工切”。工切而精,又称“精切”,如明谢榛《四溟诗话》卷一称束皙《补亡》诗“对偶精切”[5]。属对虽称“工切”“精切”,但如元人《总论》谓“不要太切,太切则拘滞”[6],则有失自然。宋吴可《藏海诗话》则谓“诗切对求工,必气弱”[7],蔡居厚《诗史》亦指“晚唐诗句尚切对,然气韵甚卑”[8]。其中思理,也是自然落实于工力,追求工切而出以自然。

最后,诗的声律之讲,亦本“天然音节”。清乔亿《剑溪说诗》卷下谓“性情,诗之体,音节,诗之用”[9],沈德潜《说诗晬语》卷上谓“诗以声为用者也,其微妙在抑扬抗坠之间”[10]。清宋徵璧《抱真堂诗话》亦谓“诗以声调为工”[11]。近体格律对于平仄与用韵具有严格的规范,这是天然音律的应用,本于汉语单音独字及其声、韵、调的独具特点,形成高度形式化的结构。古体也有大致的平仄讲求,如三平、三仄及平仄平、仄平仄,以其区别于近体造语双音节奏的平仄交替规律,成为古体的常式。清赵执信《声调谱》、王士禛《古诗平仄论》[12]等,总结了古体平仄的大致规律。其实“毋论古、律……皆有天然音节”[13],只是有待诗人的工力妙用。

---

① 李兆洛编,殷海国、殷海安校点:《骈体文钞·自序》,上海古籍出版社,2001 年,第 629 页。
② 贺贻孙:《诗筏》,《清诗话续编》,第 144 页。
③ 沈德潜:《说诗晬语》卷下,《清诗话》,第 552 页。
④ 冒春荣:《葚原诗说》卷一,《清诗话续编》,第 1574 页。
⑤ 谢榛:《四溟诗话》卷一,《历代诗话续编》,第 1145 页。
⑥ 佚名:《总论》,《元代诗法校考》,第 217 页。
⑦ 吴可:《藏海诗话》,《历代诗话续编》,第 331 页。
⑧ 蔡居厚:《诗史》,《宋诗话辑佚》,第 448 页。
⑨ 乔亿:《剑溪说诗》卷下,《清诗话续编》,第 1098 页。
⑩ 沈德潜:《说诗晬语》卷上,《清诗话》,第 524 页。
⑪ 宋徵璧:《抱真堂诗话》,《清诗话续编》,第 127 页。
⑫ 翁方纲:《赵秋谷所传声调谱》《王文简古诗平仄论》,《清诗话》,第 245 ~ 258、223 ~ 242 页。
⑬ 王士禛:《师友诗传续录》,《清诗话》,第 152 页。

元《虞侍书诗法》“十科”以“气”论曰，“五气，贵乎流通”，又“四则”条说，“四律，所以条达气神”[①]。字分平仄，韵有响哑，人之发声，唯以吞吐呼吸，逆顺通塞，清浊抑扬，都在喉牙唇吻之间，一气所遇不同，发声遂多变态，莫不自然而然。在此，体用的相即达到了圆通的解释。这种中国体用思辨的诗学运用，反映了中国思想和诗学的基本特质，在中西诗学的比照中具有根本上的意义。

第六节　本体论与中西诗学

尽管中国早在汉代已有“本体”一词，魏晋已经出现关于体用的思辨，但所谓哲学的“本体论”却是近世才从西方引进而来，而此后我们所知“本体论”也完全是西方哲学的含义，以至于怀疑中国本有的“本体”以及体用的思想，或者只是依照西方哲学的框架来对中国思想资料进行本体论的重构。仅从哲学移植的方面看，这一令人诧异的情形其实主要出于名言移译的语义错位，在中国学术史尤其是近代以来的学术史上，这不是个别现象。关于西方哲学的本体论，俞宣孟先生《本体论研究》一书进行了系统的梳理和深入探讨，根据此书的论述，本体论是研究“是”的学问，但以中国本有的“本体”作为译词原来并不妥当，由此造成中西“本体论”的语义误解。西方本体论起于柏拉图的学说，但是直到 18 世纪才由德国哲学家沃尔夫（Christian Wolff，1679—1754）为它定义：“本体论，论述各种抽象的、完全普遍的哲学范畴，如‘是’以及‘是’之成为一和善，在这个抽象的形而上学中进一步产生出偶性、实体、因果、现象等范畴。”[②]俞宣孟先生解释说，“是”是无所不包的，“是”包容着一切所是，由于“是”中包含一切所是，于是，从“是”便可推出各种所是，如“一”“善”，以及“偶性”“实体”“因果”“现象”等范畴。本体论研究抽象、普遍的“是”，属于先验的领域，柏拉图称为理念世界。基督神学用“是”指称上帝，因为“是”作为“一”乃是最高的善的理念，所以上帝是最完满的“是”。柏拉图的理念在黑格尔这里转变为“绝对理念”或“绝对

① 《元代诗法校考》，第 308 ~ 309 页。张健认为《虞侍书诗法》与《诗家一指》本是一书，但版本甚异，见张健《元代诗法校考》，第 306 页。

② 俞宣孟：《本体论研究》，上海人民出版社，2012 年，第 14 页。

精神”。俞先生指出,本体论就是这样与经验世界隔绝或者先于经验世界的理念世界,它是纯粹的原理和“第一哲学”,这些原理乃是“概念自身逻辑运动的结果”①。

据俞宣孟先生的研究,“本体论”是汉语对 ontology 一词的译名。② ont 是希腊文 on 的变化式,on 相当于英文不定式 to be 的希腊文 einai 的中性分词,即 being。因此,ontology 表明了它是一门关于 being 的学问。作为 to be 的分词,being 的意义取决于 to be。to be 作为系动词在行文中随着主语人称、单复数以及句子所表达的不同时态而有形式的变化,但最常表达的基本意义相当于现代汉语中唯一的系词“是”。英文中 to be 的动名词形式和现在分词在语法上有明确区别,但在词形上却无区别,都写作 being,而在与之相应的德语的词中却有明确的区分,不定式 sein(是)的动名词写作 Sein,分词则写作 seiend,而且还有一个由分词转化成的动名词 das Seiendes,这直接关系到由这些不同词性所表达的哲学概念的意义。俞先生引述研究海德格尔哲学的学者理查逊(W. J. Richardson)的话说:“在古时的语法学家看来,这意味着这个词同时‘分有’其名词和动词两种意义……对柏拉图来说,这个词表达了‘诸所是’(beings)和‘是’(Being),即理念之间的关系。”据此,可以说以 on(being)为研究对象的 ontology,是一门关于“是”和一切“是者”的学问,或者说,它其实应当称为“是论”,因为一切“所是”或“是者”都被认为是分有“是”才是其所是的。③

俞宣孟先生认为,把哲学范畴的“是”和日常语言中的“是”的意义区别开来,是它的逻辑规定性。假如需要回答“什么是大”,一个持朴素经验态度的人会指着较大的物件说这就是大,但这不能使一位柏拉图主义者满意,因为他想要得到的是关于“大”本身的回答,经验世界中较大的物件是相对的,“大”本身才是绝对的。但作为理念的“大”本身是超出经验之外的,我们不能以经验中的事物指明它的意义,对此柏拉图主义者找到了一种解决的办法,即让一个理念通过另一个理念来说明,绝对的“大”应当通过同样是绝对的“小”来说明:“大”是

① 俞宣孟:《本体论研究》,第 19 页。
② 俞宣孟:《本体论研究》,第 10 页。
③ 俞宣孟:《本体论研究》,第 11 ~ 12 页。

“小”的反面。并且在此两者之间还可进一步引出“中”或其余程度不等的量，如“等”“不等”“大于”“小于”等。所有这些概念作为理念，都存在于经验世界之外的另一个世界里，它们的关系是必然的、普遍的。[①] 它们中的每一个都需通过与其他的关系来说明自己的意义，这种意义就是本体论范畴的逻辑规定性；或者说，所谓逻辑规定性是指，在本体论哲学中一个范畴从与其他范畴的关系中获得的意义。[②]

在《本体论研究》一书中，俞宣孟先生以上篇第三章对西方哲学的本体论与中国哲学的“道”进行了本体层面的比较论述，他选取“道”作为中国思想相对于西方哲学“本体论”来做简略的比较，在儒道佛“三教”思想中是具有代表性的。根据前文的论述，我们知道宋代理学将“理”落实于“天道”，后者与“天理”异名同实，其本质的要旨是将伦理之善加于自然之天，乃使天理成为伦理之善的自然法则和最终规定。事实上，融合了道家思想的释教禅宗也以“悟道”作为体认佛性的过程和境界，在禅宗直认“本原”的思路看来，只要悟到我心有佛甚至我即是佛，或者究竟为空，则行住坐卧，担水砍柴，无非是“道”。尽管“三教”为“道”不一，其所设定的本体境界究有差别，但无论道家自然无为、儒家明理至善，或禅家觉悟为空，它们作为体道的境界却是“三教合一”。俞先生选取“道论”作为“中国传统哲学的典型或代表”，以与西方哲学本体论相互比照，由此指出中西哲学在形态上的一个根本区别，即“一体与两离”。“一体”是中国哲学的特点，“它是指，中国哲学并不把世界描述为分离的两个，哲学的精神——道也不游离于我们唯一的现实世界之外”；而“两离”则是西方哲学的特点，在此存在可感的世界以及另一个与之分离的不可感的世界，“后者是哲学精神——即本体论所表达的那些纯粹原理所栖身的地方”。[③] 所谓中国哲学“一体”的特点，与我们所述体用的相即是完全相通的，在我们看来，“一体”正是形上本体对于形下作用的统摄，而形下的存在乃是本体的作用，故谓体用相即。中国的思想当然达到了形而上的境域，但并不是像西方哲学的本体论那样与形而下的经验表象世界隔

---

① 俞宣孟：《本体论研究》，第 37 ~ 38 页。

② 俞宣孟：《本体论研究》，第 38 页。

③ 俞宣孟：《本体论研究》，第 61 页。

离开来,“道”是思辨所追究到的形上境界,但问道在何处?则道在物中,道就是万事万物的自然而然,在儒家如宋儒理学,则天理遍在伦物,万物悉见天理,而释教真如佛性也就存在于众生心中,称为“如来藏心”。人生活于现象的世界,与物同一为“道”“天理”或“真如”的作用和显现,所以人以自身的生命体道、明理、悟佛,形而上的境界终究落实于人在形而下的体验,从这个角度说,中国的思想所开示的乃是一种人生的境界。

因此,中西哲学的另一重大区别,就是俞宣孟先生所谓“境界和真理”的不同。按照他的说法,古希腊人从事哲学的本意是热爱智慧,然而柏拉图以知识取代了智慧,使西方哲学的命运发生了决定性的变化,从此整个西方哲学史成了一部追求绝对真理的历史。俞先生引用黑格尔的话说:“哲学的目的就在于认识这唯一的真理,而同时把它当作源泉,一切其它事物,自然的一切规律,生活和意识的一切现象……依照着表面上似乎相反的路线,引回到那唯一的源泉,但为的是根据它来把握它们,这就是说,认识它们是从它派生出来的。”[①]作为源泉的这个绝对真理必与现实的社会和自然相分离,在它们之外的领域里独立存在,这样的真理不是认识的结果,反倒是认识的前提。因此,西方哲学两离性的特点在这里还表现为真理作为普遍本质与现象世界的分离,它又进一步导致西方哲学中对逻辑真理和事实真理、演绎的命题和归纳的命题等的划分。[②] 俞先生认为,中国哲学以“道”为最高目的,其“道”不离“器”的一体性特征,表明中国哲学在追求最高目的时与西方哲学不同,中国哲学对道的追求与其说是认识真理,不如说是要获得一种做人的境界。[③] 从中国儒道释哲学的最终目的来说,当然可以说体道或得道、成圣或成佛总与人生的存在不可分离。但从中国思想的体系来看,有关人性论的部分总是建立在宇宙发生论和存在论之上,例如庄子《逍遥游》顺适自然的人生智慧,必待道生万物和道在万物的发生论与存在论的阐发,才与齐物论一同落实到人的存在层面,而朱熹“心统性情”和“未发”“已发”的人性论建构,也只有在理、气、物的宇宙生成和存在论的基础上,才是水到渠成的必然归

---

① 黑格尔著,贺麟、王太庆译:《哲学史讲演录》第1卷,商务印书馆,1959年,第24~25页。

② 俞宣孟:《本体论研究》,第67页。

③ 俞宣孟:《本体论研究》,第68页。

趋。或许不妨说，中国思想关于宇宙发生论、存在论以及对于整个世界包括形而上的思考都内在地包含了人性论，这当然显示为天人、形上和形下融合的整体性，但也不当据以否定中国思想本来具有形而上的追求与建构，如果思想并未进入形而上的境域，那么就很难称之为“哲学”的思维。问题的实质在于中国的“哲学”并未将其所达到的形上思维自我封闭为一个纯粹的先验存在，在西方“第一哲学”看来，这也许是不足或者够不上他们自己关于“哲学”的标准，但是形上和形下，即本体与作用的相即，却正好弥补西方哲学先验世界与经验世界的“两离”缺陷。对此，俞宣孟先生指出：“事实上，哲学并不一定要有两离的形态，形而上学也不一定非脱离在经验之外，这也就是说，哲学不一定要有本体论的形式。”[①]而且归根结底，所谓“哲学”并不一定要按照西方哲学那样才成其为“哲学”。实际上，philosophy 一词本身是由日本明治维新时期哲学家西周将汉字“哲”和“学”拼凑而成的，而且希腊文 Φιλοσοφία 与据其转译的英文 philosophia，都是“爱智慧”的意思，借以比照汉字“哲”的贤明、智慧之义，如果我们不否认中国“哲人”的智慧，那么就应当承认在西方 philosophy 传入而变成“哲学”之前，我们早就具有我们自己的哲学。何况西方经验主义哲学导致本体论的消解，经由马克思主义的批判，作为“本体论最后辉煌”[②]的黑格尔本体论解体了，“这标志着西方哲学史上一个时代的结束。没有人再能够用范畴的逻辑推论去构造出统治整个世界的绝对精神”[③]。此后例如海德格尔批判传统本体论将“是”变成“是者”而遗忘“是”本身，以此他要进入“是”本身的展开，他借用中国禅宗的“畏”“烦”从人在时间中的生存状态去把握“是”的潜在意义的可能性，使西方传统本体论的“是”变成人的生存状态的范畴，旨在消解本体论的超验精神体系。而且海德格尔追寻“是”在“说”中的“显现”，确如老子的大道无言。尽管中西方哲学背景不同，但是西方本体论消解之后转向人生或现象界的探寻，却启示了中西思想交流的可能，并可借此反思中国思想的根本特性，那就是不同于西方本体论先验建构的体用相即，后者在中国诗学中形成自然与工力的融合，同样显现为中国

① 俞宣孟：《本体论研究》，第 63 页。
② 俞宣孟：《本体论研究》，第 320 页。
③ 俞宣孟：《本体论研究》，第 347 页。

诗学的本质特点。

体用之思作为中国诗学的基本思辨及其对于整个诗学的构成意义，相对于西方诗学之与本体论的联系，具有根本的差异，这又关系到“形而上学”的中西异质，并须落实到作为西方诗学开端的亚里士多德诗学之上，主要借以看清中西诗学的根本区别。在此就诗学的“自然”之义援引饶芃子先生的观点，他认为中、西诗学的最高追求就是“自然”，因为中、西方对于“文学本质的形而上设定”俱在“自然之道”①，表现为“无为自然论”和“妙造自然论”的两向演化②。西方的“无为自然论”被类比为老庄之思，饶先生指其源于古老的“灵感论”，引申为后世西方诗论，即为“自然诗人”（天才诗人）的“无意识灵感”所支配的写作方式，饶先生视其为“自然”③。我们知道，柏拉图主张“灵感论”，而其“形而上设定”固通神灵，实质上乃是“理念”的唯心造作，无与“自然之道”的形上预设，而且他的“灵感”推崇导致对“技艺”的轻贱。“妙造自然论”则可追溯到亚里士多德诗学④，以其作为西方诗学奠基的重要意义，必须进行切要的对比。当然亚氏诗学主张“模仿”的“反映”，取决于古希腊“诗”的叙述特征，乃同戏剧浑合不分，本与中国诗“言志”“缘情”以至于物我合一的“兴象”“意境”判然有别，这是讨论亚里士多德诗学预当明确的区分。⑤

汉语“自然”的本义，乃是作为性状的描述，就是“自己如此”，表示人或物依其本然而存在，亦即自然而然，这与西语的“自然”必有区别。根据布鲁格编著、项退结编译的《西洋哲学辞典》，“自然”在英文中为 nature，源自拉丁文 natura，意义完全和希腊文 physis 一样，俱与“出生”有关，表示“生命体生来就有或成长时出现的特征”，广义上乃指“任何存有物从其起源即已具有的本质特征”。与人所独具的精神相对，nature 也指“具变化的天性的事物之整体，中文可译为自然界或大自然”。应当注意 nature 或 physis 所表示的“自然”之与“人为”的“制作”或“技艺”（techne）的间隔，尽管人的天性受到自然的“构造计划”或“自然

---

① 饶芃子等：《中西比较文艺学》，中国社会科学出版社，1999 年，第 17 ~ 18 页。

② 饶芃子等：《中西比较文艺学》，第 24 页。

③ 饶芃子等：《中西比较文艺学》，第 25 页。

④ 饶芃子等：《中西比较文艺学》，第 27 页。

⑤ 俞宣孟：《本体论研究》，第 77 页。

律”的支配，但是唯有人才是理性的动物，他以理性追求知识、进行制作和艺术创造。因此“自然与精神相区别”“和文化相区别”，就是明确 nature 的意义时必须做的“进一步的区分”①。反映在诗学本体的设定上，这一区分不能导致自然与人及其“制作”技艺的相融相即。

亚里士多德《形而上学》正是超乎“自然”的本体论，它本是“物理学以后”（metaphysics）诸篇的辑录，而“物理学”（physics）与“自然”同字，指自然事物及其运动变化的原则，所以“后物理学”就成为超出“自然”感性对象的“第一哲学”。日本明治时期哲学家井上哲次郎取于《易传·系辞》“形而上者谓之道”，将 metaphysics 译为“形而上学”，这当然是一个最好不过的汉文借用，表明译者对于中西方哲学的熟悉，但字面的重合却遮蔽了中、西本体之思的根本差异。《易传》“形而上”之道乃与“形而下”之器具有体用一如的相即关系。而在亚里士多德这里，《形而上学》（*metaphysics*）是研究“第一哲学”的，“第一哲学”则是研究“是者之为是者”的学问。俞宣孟先生指出：“在西方哲学史上，人们把本体论、宇宙论、理性心灵学和理性神学归入过形而上学。后来，宇宙论为天体物理学所取代，理性心灵学则为现代心理学所取代，而理性神学本来就更依赖于基督教，只有本体论始终留在形而上学内。因此，有人也把形而上学等同于本体论。”②亚里士多德否定了柏拉图的理念论，并不承认由理念及其关系构成的“第二世界”，但又认为人的认识可以由个别上升到一般、从对现象世界事物的把握达到所谓“第一原理”或“第一原因”，即永恒不灭的普遍存在，这就是“形式”，它在亚里士多德《形而上学》中居于本体的地位。这样，就“使得我们不能简单地把亚里士多德哲学归于经验论或理性主义、本体论或非本体论”③。对于本书的要旨来说，问题的重要性在于，我们既已说明作为西方哲学的本体论悬置“理念”或“绝对精神”于经验世界之上，这当然不能形成诗学体用的上下融摄，那么亚里士多德“形而上学”在作为“第一原理”或“第一原因”的“形式”本体中，又是如何引导西方诗学开端的呢？

---

① 布鲁格编著，项退结编译：《西洋哲学辞典》，台湾“国立编译馆”，1976 年，第 278 ~ 279 页。

② 俞宣孟：《本体论研究》，第 77 页。

③ 俞宣孟：《本体论研究》，第 216 ~ 217 页。

根据汪子嵩先生的研究,在亚里士多德本体学说中,个别事物由形式和质料构成,质料只是潜在的可能存在,它必待形式的赋予,才能成为事物。将一切存在的事物的质料及其种种属性去掉,那么就抽象出最后的纯粹"形式",这就是本体。这一逻辑抽象的方法就是"定义"和"公式",假定说房屋是"由泥土和石块构成的用于人居住的空间",这是房屋的定义或"公式",即房屋的"形式",也就是房屋之为房屋的本质(即个别事物之"所以是")①,房屋的现实存在取决于此,所以形式是现实性和第一性的。作为事物的本质,形式以抽象的一般存在于事物之中。这种本质与现象、一般与个别的联系异于"形而上之道"的虚无,并未出脱有形,所以译为"形而上学"未若"万有论"为当,从这一点上说,似乎亚氏的本体尚存"唯物"的成分,这导致哲学史家对其"唯心主义"定性的犹豫。② 但是形式的抽象、本质的概括出于理性的认识,而作为本体的本质,就是理性认识的目的,因此亚里士多德"形而上学"的本体论设定,究归理性的认识,理性是最后的动因和目的因。理性以自我为思想的对象,本体自足,乃是"绝对的善"③,其"纯粹的活动性"和"自在自为"性④,也就是"神",理性—善—神才是一切秩序的安排者和"第一本体"⑤。理性的自我认识导致自身的实体化和神化,固与老庄之"道"虚悬其体的可能性判然有别。依照崔宜明先生的见解,从形而上的思辨角度说,可谓道生万物,但是物的实际形下生成,却只能是"万物以形相生"⑥,即物生物;本体之"道",只是形上学思辨所达到的可能世界,它必须落实于形下的物事才有实存的意义,道生物而即在物中,万物自然而然即道,万物存

---

① 亚里士多德著,苗力田译:《形而上学》,中国人民大学出版社,2003 年,第 138 页。参看汪子嵩《亚里士多德关于本体的学说》,生活·读书·新知三联书店,1982 年,第 189 页。

② 汪子嵩:《亚里士多德关于本体的学说》,第 310 ~ 318 页。

③ 亚里士多德著,苗力田译:《形而上学》,第 252 ~ 253 页。参汪子嵩《亚里士多德关于本体的学说》,第 81 页。

④ 黑格尔论亚里士多德"隐德来希"(ent - elecheia)语。黑格尔认为"隐德来希"是"绝对的实体、真理""'不被推动的'、不动的'和永恒的',而同时都又是'推动者'、纯粹的'活动性'",实质上乃是理性自身的绝对实体化。见黑格尔著,贺麟、王太庆译《哲学史讲演录》第 2 卷,商务印书馆,1960 年,第 294 ~ 295 页。

⑤ 汪子嵩先生说:"亚里士多德所说的这个'神',不是宗教的神,而是哲学的神……神——理性的内容……直接影响了中世纪的经院哲学;从长远说,西方哲学史中的唯心论思想,几乎都是从他的这个思想出发的。"(《亚里士多德关于本体的学说》,第 83 页)

⑥ 郭庆藩:《庄子集释》,《诸子集成》本,第 323 页。

在的“目的”，就在物的自然而然。[1] 然而亚里士多德援自阿那克萨戈拉的“努斯”（理性）永恒存在论以及苏格拉底到柏拉图的目的论思想，必然走向唯心主义。究之其哲学本体基于抽象的思维、逻辑的分析和理性的认识，非如“道”或“天理”的生命体悟；其执于认识论的主、客分离不出“唯物”“唯心”之际，无与“自然之道”的天人合一与物我融摄。凡此“形而上学”的设定，都对亚氏诗学具有本体论的制约。

首先，“形而上学”的本体论探求存在（being），即事物本质之“是”，即求知，哲学所探求的乃是“最高层次的普遍知识”[2]。《形而上学》开篇即谓“求知是所有人的本性”[3]，“求知”就是亚氏诗学的本体设定，诗的模仿出于人的求知的天性[4]。《伦理学》则谓艺术“包括真正推理的过程”[5]，《形而上学》说“知识和技能更多地属于技术而不是经验”[6]，朱光潜先生译为“知识和理解属于艺术较多，属于经验较少”[7]，因为古希腊人将“艺术”视为“技术”（技艺）的创制。当知亚氏所谓“知识”仅限理性的认识，对于个别事物的经验却只是“意见”，这本是古希腊哲学的流行看法。[8] 即此以求诗之所本，虽谓“形象反映”，究归理性认识。诗的“技艺”作为“创制”的知识形态，也必然具有理性的品质，但这种理性的“技艺”却未通过形上之道获得“自然”的认同。

其次，基于《形而上学》的本质认识论，亚里士多德认为，“写诗这种活动比写历史更富于哲学意味……因为诗所描述的事带有普遍性，历史则叙述个别的事”[9]。这就是说，“模仿的本质在于通过个别表现一般，通过特殊表现普遍……揭示生活的内在本质和规律”[10]。诗人写作之所以能够反映“本质规律”，是由于

---

① 此从崔宜明先生之说。见崔宜明《生存与智慧——庄子哲学的现代阐释》，上海人民出版社，1996 年，第 170 ~ 171 页。

② 亚里士多德著，苗力田译：《形而上学》，第 4 页。

③ 亚里士多德著，苗力田译：《形而上学》，第 1 页。

④ 亚里士多德著，罗念生译：《诗学》，《诗学　诗艺》，人民文学出版社，1962 年，第 11 页。

⑤ 见朱光潜《西方美学史》上卷，人民文学出版社，1979 年，第 69 页。按此为朱光潜据亚里士多德《伦理学》劳斯英译本第六卷第四节所译。

⑥ 亚里士多德著，苗力田译：《形而上学》，第 2 页。

⑦ 朱光潜：《西方美学史》，第 72 页。

⑧ 汪子嵩：《亚里士多德关于本体的学说》，第 171 页。

⑨ 亚里士多德著，罗念生译：《诗学》，《诗学　诗艺》，第 29 页。

⑩ 胡经之主编：《西方文艺理论名著教程》上，北京大学出版社，1986 年，第 60 页。

他所叙写的是“按照可然律或必然律可能发生的事”[1]。“可然律”是潜在的可能性；“必然律”则是本质规律的指向，在于“生活”的“客观”方面。那么按照“必然律”的写作活动，固当适合其所描写的“客观”对象；而“技艺”（技巧）则应“遵循形式美的客观法则”[2]，这是由于“形式美”作为本体——形式所本有的“绝对的美”，乃是理性对于客观事物抽象所认识的形式法则，显见“技艺”的本体——形式制约。在此，“形式美的客观法则”不曾通融“运法”之我，因为主、客的际隙缺乏“自然之道”的整体弥合。即便说“形式美的客观法则”可以视为“自然的设定”，这种“自然”的客观性也并未照顾“人工”运法的活脱，在中国诗学中，这是“出于规矩之外”[3]的遣法自由和变化莫测。兹观亚氏对于悲剧“完整”及其“行动”的“长度”、悲剧与史诗情节之“有头，有身，有尾”[4]，以及“美的事物”之“体积大小”[5]等规定，可知凡此“形式美的客观法则”对于诗人写作的技艺就是客观的限定。

再次，从“技艺”的理性品质看来，它所遵循的“必然律”和“形式美的客观法则”，究属理性认识的产物，诗人自觉地遵守其则，乃是理性的“自律”，他根据理性进行艺术的创制。这种理性的主动就是主观能动性，诗是人的能动创造。“能”或“能力”是潜在的，自然的“能”如无机物的潜在质料是被动的，人的“能”或“能力”则包含了“逻各斯”即“理性的公式”[6]，这种潜能被亚里士多德称为“有理性的潜能”[7]。揆此以视诗的写作，则谓诗人的职责“在于描述可能发生的事，即按照可然律或必然律可能发生的事”，就是说诗人以其包括技艺的能力将可能发生的事写成（像）现实一样的事。“可然律”仅有潜在的可能性，通过诗人的创造赋予它艺术的形式。诗人的“能力”（技艺）运用不是漫无目的，而是按照可然律或必然律进行，因为其“能力”本身包含了“理性的公式”，这种能力也就是人乐于模仿的“天性”——原在理性的求知，技艺恒系于此。因此诗人的能动

---

① 亚里士多德著，罗念生译：《诗学》，《诗学　诗艺》，第 28 页。
② 胡经之主编：《西方文艺理论名著教程》上，第 68 页。
③ 见上文所引吕本中《夏均父集序》活法之说。
④ 亚里士多德著，罗念生译：《诗学》，《诗学　诗艺》，第 82 页。
⑤ 亚里士多德著，罗念生译：《诗学》，《诗学　诗艺》，第 25 页。
⑥ 汪子嵩：《亚里士多德关于本体的学说》，第 213 页。
⑦ 亚里士多德著，苗力田译：《形而上学》，第 176 页。

创造,“来源在于创造者而不在所创造的对象本身”①,乃是“真正推理的过程”,职在认识生活的本质。归根到底,亚里士多德诗学的“形而上学”最高设定,就是理性本身,诗的创造,即是理性自我认识的过程,诗人的技艺囿乎其中。这与天人合一的道、物相摄,以及物我交融的“兴象”浑沦所体现的自然与工力的融合固无关涉,而由此比照的乃是中国诗学体用之思及其自然工力之辨的独特意义——是乃中国诗学所特有的基本思辨方式。②

① 朱光潜:《西方美学史》,第69页。按此为朱光潜据亚里士多德《伦理学》劳斯英译本第六卷第四节所译。

② 本章关于亚里士多德诗学的论述,参拙文《自然与工力:中国诗学的体用之思》,《文学评论》2010年第3期。

第二章　汉字的诗性

汉字作为仍在广泛使用的表意文字，具有与表音文字相对的本质特性，其单音独字和声调高低缓促乃是形成中国诗特有形式的文字基础。相对于表音文字，汉字最重要的特性就是“字本位”与汉语的关系。对于汉字的质疑主要在于汉字非直接表音及其所带来的繁难与学习的困难，负面的评价无一不是以表音文字的标准为轩轾，这是西方“语音中心主义”在学术立场上的顽固表现。然而正是与表音文字相对的汉字优点，或汉字唱衰论所认为的汉字“劣势”，却无疑显发汉字无与伦比的“诗性”特质，主要表现为汉字象形表意与物的直接对应、汉字系统所呈现的万物生机和道的遍在，以及汉字字形的想象生发、为诗择字的字形考量、汉字“文言性”的诗意内涵。如果我们无法否认中国曾经是诗的国度，那么完全可以说汉字成就了中国诗的创造和诗性的文化。

第一节　语音中心主义

汉字作为表意的文字，它的特质可以在与表音文字的比照中被认知，对本书的论旨来说，就是汉字更加具有诗性的特点。因此首先需要引入西方表音文字的视野，当代法国哲学家德里达的解构主义恰好提供了一条便捷的途径，他从解构索绪尔的语言结构系统出发，追溯了西方逻各斯即言语中心的整个历史，并借“文字学”消解“逻各斯中心主义”即“语音中心主义”（又译“言语中心主义”）。逻各斯理性传达于语音的言说，一直是西方深信不疑的观念，在德里达看来，西方“在场”的形而上学史，就是逻各斯自我言说和自我倾听的历史。在场（presence）

是谓逻各斯以言说呈现，言说以词语进行，词语是声音和意义相结合的符号，符号所指的意义来自逻各斯的理性，逻各斯借助言说的意义——声音显示为当下的在场。德里达对"逻各斯中心主义"的解构受海德格尔的影响，在《存在与时间》一书中，海德格尔借用了胡塞尔的"摧毁"概念，但胡塞尔的"摧毁"是一种悬搁的方法，而海德格尔则要摧毁西方哲学的本体论历史，由此他追溯了这种传统的"源泉"，即"逻各斯"。希腊语中"逻各斯"有聚置和言说的意义，在拉丁文中指理性和言说，逻各斯的本义，就是思以言说。

对"逻各斯"传统的追问可以达到古希腊先哲赫拉克利特的思想。在希腊哲学中，逻各斯被赫拉克利特说为世界的道理、定则和本原，但也保留了逻各斯的言说精神。在他看来，"万物自同的宇宙既不是任何神，也不是任何人所创造的，它过去是、现在是、将来也是一团永恒的活生生的火，按照一定的分寸燃烧，按照一定的分寸熄灭"①，逻各斯作为万物之所以如此的客观规律和生成根据标识着世界万物的生生不息，永恒的火在燃烧，"太阳……每天都是新的"②。赫拉克利特将世界的基质和本原归之于火，与泰勒斯归之于水一样，都是关于宇宙的发生论和存在论，并不是本体论，因为他们所设想的基质和本原与万物存在的经验世界相通，而严格意义上的本体论却只能发生在先验或超验的领域，所以俞宣孟先生提醒我们必须时常注意"划清本体论与宇宙论的界线"③。但是从某种角度来看，这种归于基质的发生论和存在论却与东方老庄之"道"恒在万物的自然生生，以及《易传》形而上之"道"与形而下之"器"的体用相即具有可以沟通的思理，固然后者以其成熟的体用思维表明"道"与万物的融摄，这是前者尚未达到的境界。

逻各斯也是智慧的源泉，这与老庄之思被称为智慧相通。赫拉克利特说："如果不听从我而听从这个逻各斯，就会一致说万物是一，就是智慧。"④但是柏拉图将智慧变成了知识，导致逻各斯言说的封闭，他在《巴门尼德篇》"演示了一种存在于理念世界的、由理念的相互结合组成的知识，即西方哲学史上最早的本

---

① 苗力田：《古希腊哲学》，中国人民大学出版社，1989年，第36~37页。

② 苗力田：《古希腊哲学》，第39页。

③ 俞宣孟：《本体论研究》，第20页。

④ 苗力田：《古希腊哲学》，第38页。

体论学说”[1],从而在西方哲学史上首次建立了本体论。本体论建立在与经验世界隔绝的“理念”世界,它是概念自身逻辑运动的结果,在本体论哲学中,一个概念只能从与其他概念的关系中获得意义。在此,逻各斯的智慧就变成从“理念”获得的知识。西方哲学将本体论归入形而上学,因此形而上学也就等同于本体论,那么逻各斯所标示的客观规律或真理,以及对于客观规律或真理的思与言说,就成为与本体论和形而上学二而一的指谓。

柏拉图继承了巴门尼德关于真理与意见的说法,将知识定义为理性认识理念的产物,理念是超验的,乃是理性自身的造作,逻各斯之于理念,作为理性的自我认识,其实就是理性自身。由于理念的超验性,逻各斯也被限定于超验的领域,这被认为是逻各斯的封闭,它封闭了逻各斯本来意义的自律性,即思与言说的开放性,并以知识取代了智慧,从而使逻各斯在认识论上成为认识理性,从本体论上成为理性形而上学,从道德伦理上成为目的性。[2] 柏拉图之后,封闭的逻各斯即形而上学的本体论在各个历史时期以不同的形式在场。杨乃乔先生指出:“从赫拉克利特的‘逻各斯’到巴门尼德的存在、柏拉图的理念、亚里士多德的实体,新柏拉图主义者普罗提诺的太一、基督教经院哲学的上帝、欧陆理性主义者笛卡尔的天赋观念、康德的物自体,再到黑格尔的绝对理念,后来者都是以不同的理论表达式来谛听、复现、承诺‘逻各斯’的言说。可以说,至少西方古典哲学正是以‘逻各斯’为本体、为终极、为始源、为非受动的始动者和为中心推演出一部古典在场形而上学的本体论发展史。”[3]所以说,“‘逻各斯’在它的自律性中曾经封闭了西方的整个哲学文化传统”[4],这就是德里达所说的“逻各斯中心主义”。

德里达对“逻各斯中心主义”的解构就是对“语音中心主义”的解构。德里达追溯了亚里士多德“言语是心境的符号,文字是言语的符号”[5]的观点,然后指

---

① 俞宣孟:《本体论研究》,第 6 页。

② 王立:《“逻各斯”言说的精神》,《成都大学学报(社会科学版)》2002 年第 2 期。

③ 杨乃乔:《解构的阐释与逻各斯中心主义——论德里达诗学及其解构主义阐释学思想》,《中国诗歌研究》第 1 辑,2002 年,第 290 页。

④ 杨乃乔:《解构的阐释与逻各斯中心主义——论德里达诗学及其解构主义阐释学思想》,《中国诗歌研究》第 1 辑,2002 年,第 296 页。

⑤ 亚里士多德《解释篇》:“口语是内心经验的符号,文字是口语的符号。”(《亚里士多德全集》第 1 卷,中国人民大学出版社,1990 年,第 49 页)德里达《论文字学》第 14 页引作“言语是心境的符号,文字是言语的符号”。

出“心灵与逻各斯之间存在着约定的符号化关系”①,言语就是逻各斯的符号。德里达认为,形而上学的历史“不仅自柏拉图到黑格尔(甚至包括莱布尼兹),而且超出这些明显的界限,自前苏格拉底到海德格尔,始终认定一般的真理源于逻各斯”②,真理是理性之思,说话者以心灵贴近理性,所以人的言说就是逻各斯理性的在场表达。甚至在亚里士多德早已提出以迄索绪尔语言学所指与能指相合的符号概念,“这一概念也属于逻各斯中心主义的派生物,而逻各斯中心主义也不过是一种言语中心主义(phonocentrisme)”③,它作为西方的传统以自己的拼音文字为其固有的局限一直坚持着对于文字书写的贬损,实际上反映出一种“人种中心主义”的狭隘和偏执。德里达指出,索绪尔将文字归于外在于语言内部系统的工具性。④ 事实上,早在柏拉图,其《斐德若篇》已经提到,文字的弊端是外来的。⑤ 经过亚里士多德,一直到黑格尔,他“十分明确地指出了声音(son)在理想化过程中、在概念的形成和主体的自我显现过程中所具有的奇怪特权”⑥。在德里达看来,即使到海德格尔的言说敞开存在——“我思”,也还是敞开了逻各斯的言说,“并未完全摆脱这种逻各斯中心主义”⑦。这样,“作为符号织体(tissu)的一般文本处于次要地位。真理或由逻各斯的因素并在逻各斯因素内构成的意义则处于优先地位”⑧。逻各斯决定意义,意义由语音传达,文字又是语言的符号,所以言语中心主义就是逻各斯中心主义。德里达对逻各斯中心主义的解构,同时也是对于“言语中心主义”亦即语音中心的解构,这样德里达就可以建立一门先于语音言说的广义“文字学”。

德里达所谓“文字学”(Grammatologie),原本是针对索绪尔的符号学提出来

① 雅克·德里达著,汪堂家译:《论文字学》,上海译文出版社,1999年,第14页。

② 雅克·德里达著,汪堂家译:《论文字学》,第3~4页。

③ 雅克·德里达著,汪堂家译:《论文字学》,第15页。

④ 雅克·德里达著,汪堂家译:《论文字学》,第46页。

⑤ 雅克·德里达著,汪堂家译:《论文字学》,第47页。柏拉图的言论见《柏拉图文艺对话集·斐德若篇》:“这个发明结果会使学会文字的人们善忘,因为他们就不再努力记忆了。他们就信任书文,只凭外在的符号再认,并非凭内在的脑力回忆。”(柏拉图著,朱光潜译:《柏拉图文艺对话集》,人民文学出版社,1963年,第169页)

⑥ 雅克·德里达著,汪堂家译:《论文字学》,第15页。

⑦ 雅克·德里达著,汪堂家译:《论文字学》,第16页。

⑧ 雅克·德里达著,汪堂家译:《论文字学》,第19页。

的。“Grammatologie”这个词明显带有逻各斯中心的意义，德里达正是要通过对索绪尔符号学的解构来达到对西方逻各斯中心主义、在文字学的角度也是对语音中心主义的解构。在其逝后由其学生整理出版的《普通语言学教程》（以下简称《教程》）中，索绪尔第一次阐述了语言符号的性质，即所指和能指的结合，一个词所表示的概念是所指，而它的音响形象是能指——

> 语言符号连结的不是事物的名称，而是概念和音响形象。后者不是物质的声音，纯粹物理的东西，而是这声音的心理印迹，我们的感觉给我们证明的声音表象……因此语言符号是一种两面的心理实体……这两个要素是紧密相连而且彼此呼应的。[①]

能指和所指的结合形成了词的表达，语词是“思想—声音”构造的统一体，思想（意义）与声音之间形成“自然的唯一真正的纽带”[②]，正是这一纽带将思想（意义）传给声音，同时声音—文字的另一纽带又将声音传给文字，但是后者是表面的，它造成一种完全虚假的语言的统一性。[③] 索绪尔认为，“语言学的对象不是书写的词和口说的词的结合……但是书写的词常跟它所表现的口说的词紧密地混在一起，结果篡夺了主要的作用；人们终于把声音符号的代表看得和这符号本身一样重要或比它更加重要”[④]。在索绪尔看来，“语言和文字是两种不同的符号系统，后者唯一的存在理由是在于表现前者”，因此，相对于说出的“语言”而言，文字本身与语言的内部系统无关[⑤]，这就是说，文字本质上外在于语言内部系统，它只是符号的符号，是第二性的、无关紧要的甚至是对口语有害的。尽管西方表音文字乃是作为语言的记号忠实地记录口语，但在文字拼写中也有与口语龃龉的情形，索绪尔在《教程》“绪论”第六章第四节“写法和发音发生龃龉的原因”、第五节“写法和发音发生龃龉的后果”[⑥]举出很多法语的例子。不仅如此，文字似乎无关紧要，是因为“语言有一种不依赖于文字的口耳相传的传统，

---

① 索绪尔著，高名凯译，岑麒祥、叶蜚声校注：《普通语言学教程》，商务印书馆，1999 年，第 101 页。
② 索绪尔著，高名凯译，岑麒祥、叶蜚声校注：《普通语言学教程》，第 50 页。
③ 索绪尔著，高名凯译，岑麒祥、叶蜚声校注：《普通语言学教程》，第 50 页。
④ 索绪尔著，高名凯译，岑麒祥、叶蜚声校注：《普通语言学教程》，第 47 ~ 48 页。
⑤ 索绪尔著，高名凯译，岑麒祥、叶蜚声校注：《普通语言学教程》，第 47 页。
⑥ 索绪尔著，高名凯译，岑麒祥、叶蜚声校注：《普通语言学教程》，第 52 ~ 53 页。

这种传统并且是很稳固的，不过书写形式的威望使我们看不见罢了”[①]，这样，从理论上来说，作为符号的符号的文字似乎是多此一举；然而“书写形式的威望”表现为文字对口语的遮蔽，它以词的书写形象的稳定性和永恒性使人们误认为文字的视觉印象比口语的音响印象来得明晰和持久。[②] 总之是“文字遮掩住了语言的面貌，文字不是一件衣服，而是一种假装”[③]，但“文字的威望”却使人们对它尊敬，以至于外在性的文字显得比内在性的声音更为重要。

索绪尔的能指和所指，即声音（意义、思想）与概念构成的内在系统，以及文字相对于这一内在系统的外在性形成了一个层级的结构系统，与出于逻各斯形而上学的主次划分一脉相承，这种“外在/内在，印象/现实，再现/在场”的二元对立，“都是人们在勾画一门科学的范围时依靠的陈旧框架”[④]。德里达之所以将索绪尔当作靶标来解构西方逻各斯中心主义传统，就是因为索绪尔作为结构主义的开创者，在德里达看来，“仍然支配着当代语言学和符号学”而把自己“限制在必须解构的形而上学之内”[⑤]，其能指（音响形象——声音的心理印迹）最终指向逻各斯的终极本原，表现为形而上学的在场，而且索绪尔对文字的贬低突出反映了语音中心论的传统。尽管索绪尔对于符号的专精研究未必有意遵从如德里达所定义的逻各斯中心主义传统[⑥]，但德里达“已给索绪尔的著作赋予特权，从而证明这种‘解构’的必要性”[⑦]，他抓住了符号的任意性和差异性。

首先是符号的任意性。索绪尔指出：“能指和所指的联系是任意的，或者，因为我们所说的符号是指能指和所指相联结所产生的整体，我们可以更简单地说：语言符号是任意的。”[⑧]例如“姊妹”的观念在法语里同用来做它的能指的 s－ö－r（sœur）这串声音没有任何内在的关系。索绪尔声称，符号的任意性原则没有人反对，而且是头等重要的原则[⑨]，但是这种任意性并不意味着符号完全取决

---

① 索绪尔著，高名凯译，岑麒祥、叶蜚声校注：《普通语言学教程》，第 49 页。
② 索绪尔著，高名凯译，岑麒祥、叶蜚声校注：《普通语言学教程》，第 50 页。
③ 索绪尔著，高名凯译，岑麒祥、叶蜚声校注：《普通语言学教程》，第 56 页。
④ 雅克 · 德里达著，汪堂家译：《论文字学》，第 45 页。
⑤ 雅克 · 德里达著，汪堂家译：《论文字学》，第 105 页。
⑥ 参鲍贵《索绪尔和逻各斯中心主义》，《外语研究》2009 年第 3 期。
⑦ 雅克 · 德里达著，汪堂家译：《论文字学》，第 105 页。
⑧ 索绪尔著，高名凯译，岑麒祥、叶蜚声校注：《普通语言学教程》，第 102 页。
⑨ 索绪尔著，高名凯译，岑麒祥、叶蜚声校注：《普通语言学教程》，第 103 页。

于说话者的自由选择，而是在语言集体中确立的。它是不可论证的[①]，“符号的任意性本身实际上使语言避开一切旨在使它发生变化的尝试”[②]，因此，这种由集体语言确立的任意性又被称为“独断性”[③]。其次是符号的差异性。索绪尔认为，“语言中只有差别”，“语言系统是一系列声音差别和一系列观念差别的结合，但是把一定数量的音响符号和同样多的思想片段相配合就会产生一个价值系统”，因此，“一个符号所包含的观念或声音物质不如围绕着它的符号所包含的那么重要”[④]。这种差异性表现于同一语言内部，所有表达相邻近的观念的词都是互相限制的，例如法语同义词 redouter（恐惧）、craindre（畏惧）、avoir peur（害怕），只是由于它们的对立才各有自己的价值。[⑤]

然而符号任意的独断性却与索绪尔自己所给定的意义（概念）——声音（音响形象）——文字作为记号的外在性的等级划分相悖。德里达置辩说，“自人们将所有特定的言语符号，尤其是书写符号看成无目的的约定以来，就必须排除能指或能指顺序之间的所有自然从属关系，排除它们之间的所有自然等级关系”[⑥]，所谓“无目的的约定”就是符号的任意性。换言之，既然音响形象的能指被确立为传达意义（概念）的所指，按德里达所见，意义的所指乃是作为在场形而上学最终指向逻各斯的终极，那么能指和所指的关系就必然不是任意性的。对于索绪尔而言，在符号的等级系列中，声音（音响形象）的优越性在于它是传达意义（概念）的“自然的唯一真正的纽带”，而符号的任意性则否定了声音与意义联系的基础，这在德里达看来，正好在言语中心论的系统内部撕开了一道裂缝，根据任意性原则，文字也不必充当语言的记号和补充。问题的实质在于索绪尔认为，任意性原则基于这样的事实：思想离不开语言，所指（思想、观念）离不开能指（声音），“思想离开了词的表达，只是一团没有定形的、模糊不清的浑然之物……没有符号的帮助，我们就没法清楚地、坚实地区分两个观念……预先确

---

① 索绪尔著，高名凯译，岑麒祥、叶蜚声校注：《普通语言学教程》，第 104 页。

② 索绪尔著，高名凯译，岑麒祥、叶蜚声校注：《普通语言学教程》，第 109 页。

③ 刘鑫：《文字与语言——论德里达对索绪尔的解构》，《清华大学学报（哲学社会科学版）》1994 年第 4 期。

④ 索绪尔著，高名凯译，岑麒祥、叶蜚声校注：《普通语言学教程》，第 167 页。

⑤ 索绪尔著，高名凯译，岑麒祥、叶蜚声校注：《普通语言学教程》，第 161 ~ 162 页。

⑥ 雅克·德里达著，汪堂家译：《论文字学》，第 61 页。

定的观念是没有的。在语言出现之前，一切都是模糊不清的"[①]。易言之，能指（声音）在指向所指（思想、观念）之前不成其为能指，所指在被能指指定之前也不成其为所指，它们的结合并不是形而上学所要求的那样——逻各斯的理性产生意义（思想、观念），意义传达给声音，声音再传达给文字，而是一种不可论证的任意性的结合。那么究竟是先有意义（思想、观念）来决定所指和能指的结合，还是有待所指和能指的结合才产生意义（思想、观念）呢？在德里达看来，这是一个深刻的矛盾，显示了索绪尔结构系统的裂缝，无异于否定了形而上学的逻各斯中心主义和语音中心主义决定论。

循着这一裂缝，德里达提出了自己的"文字学"，这种"文字学"正从揭露索绪尔的抵牾入手："因此，我们应该以符号的任意性的名义不接受索绪尔将文字定义为言语的'图画'——因而定义为自然的记号。"[②]在索绪尔看来，"言语的图画"或"自然的记号"，就是文字相对于意义——声音这个内部系统的外在性。其实，在索绪尔这里，记号和符号是有区别的，拼音文字（表音文字）因其对语音（言语）的直接记录，索绪尔并未给它一种"符号"的地位，而汉字的情形正好相反。德里达诘问说："我们只需考虑索绪尔如何看待记号与符号的区别，就足以向索绪尔提出质疑：他怎能认为文字是言语的'图画'或'形象表达'，而又在别处将言语与文字定义为'两种不同的符号系统'[③]呢？因为符号的特征就在于它不是图画。"[④]那么，德里达的"文字"当然就不再是这样一种作为"言语图画"的"自然记号"，而是"不可规约为自然必然性与主观动机性的任何符号系统。因而它既包括文字，也包括语言"[⑤]，也就是说，"如果'文字'表示铭文，尤其是表示一种符号的持久约定（这是文字概念的唯一不可削减的核心），一般文字就涵盖整个语言符号的领域"[⑥]。

德里达所谓"一般文字"也就是"原始文字"，或译作"原文字"（archi-

---

① 索绪尔著，高名凯译，岑麒祥、叶蜚声校注：《普通语言学教程》，第 157 页。

② 雅克·德里达著，汪堂家译：《论文字学》，第 62 页。

③ 索绪尔著，高名凯译，岑麒祥、叶蜚声校注：《普通语言学教程》，第 47 页。

④ 雅克·德里达著，汪堂家译：《论文字学》，第 62 页。

⑤ 刘鑫：《文字与语言——论德里达对索绪尔的解构》，《清华大学学报（哲学社会科学版）》1994 年第 4 期。

⑥ 雅克·德里达著，汪堂家译：《论文字学》，第 61 页。

écriture）。相对于我们习以为常的“通俗的文字概念”——这种实用的文字正是被视为言语的“图画”或“记号”，“原文字”只是在德里达语言哲学上使用的一种隐喻、一种象征，它不显示为视觉或书写的形象，而是一团若隐若现、漂浮不定但又擦除不净的“踪迹”（trace），由于它被类比为文字，所以译作“字迹”为优。“字迹”并不取决于被刻写，因而可以说，“在与雕刻、版画、绘画或文字联系起来之前，在与能指（这种能指通常又指称由书写符号表示的能指）联系起来之前”[①]，它应该被理解为已经“存在”。“原文字”不仅不再是索绪尔所理解的语言内部系统的外在性，而且因此也出脱了言语的语音支配乃至意义（思想、观念）对于逻各斯中心的终极依附，正如尚杰先生所言，它“是无法言说的，与心灵没有直接的同一性……这是一种默哑的‘言说’，它返回思维逻辑之前的‘原始自然状态’，这里无传统的精神污染”[②]。我们看到，德里达是用“字迹”代替索绪尔的符号[③]，后者乃是建立在逻各斯决定的“意义—声音”的统一体，而“字迹”的非言说、非形象性则解构了西方逻各斯中心主义即语音中心主义的形而上学传统，在“字迹”漂浮之处，逻各斯已不在场。但是“字迹”并非虚无，它没有确定的源头，也不知所终，它只是德里达借以驱除逻各斯在场的一种隐喻性或象征性的假设，旨在让人“从意识形态的幻象结构中脱逸出来”[④]，从逻各斯中心和语音中心走出来。也就是说，“字迹”假设在“字迹”之前，必有字迹，以至于不可还原，但在逻辑的假设上，它必然是先于能指指向所指之前，以此超越逻各斯的终极“意义”。在突破了逻各斯在场形而上学的终极之后，只剩下“字迹”的不断叠加和擦拭，如此书写的“文本”，无不具有擦拭不净的“原始的字迹”，却无法达到一个原始的起点，一切只是“字迹”本身的印象和残留。

进而“字迹”在差异性上导致“延异”。德里达用“字迹”取代索绪尔的符号，是符号任意性在“文字学”上的发挥，而符号另一重要原则——差异性也被借来构造文字的“延异”。德里达认为，因为符号具差异性，所以才是独断性的。正

---

① 雅克·德里达著，汪堂家译：《论文字学》，第63页。

② 尚杰：《思·言·字——评德里达对形而上学的批判》，《中国社会科学》1996年第1期。

③ 刘鑫：《文字与语言——论德里达对索绪尔的解构》，《清华大学学报（哲学社会科学版）》1994年第4期。

④ 尚杰：《思·言·字——评德里达对形而上学的批判》，《中国社会科学》1996年第1期。

如索绪尔认为符号即语言系统“是一系列声音差别和一系列观念差别的结合”[①]，德里达因其“字迹”对符号的替代，也将“字迹”（“文字”）理解为一种差异性的活动，在书写形式上，表现为字母的差异。为此，德里达生造了“différance”一词，中文只能译为“延异”，它与法语“différence”（差异）意义无异，读音相同，但以写法“a”与“e”一字之差，却反映了文字之于言语（语音）的不对应和不可还原的差别。德里达杜撰“延异”的字面意义，可以理解为延缓与差异，这两重意义都来自符号所指向的意义乃至逻各斯的在场与否。索绪尔的语言符号学认为，语音能指与意义（概念）所指相结合的符号总是代替形而上学的在场，按照德里达的理解，逻各斯以其意指的意义的在场，它自己延缓了出场。因此，“意指活动是一种推迟或延缓。但这种推迟或延缓是临时性的。符号是暂时的替代”[②]，逻各斯才是终极的所指。但在德里达看来，“文字学”的“延异”以“字迹”本原的不可追溯表明逻各斯的出场是无限期的，这就是说，由于“字迹”没有源头，只是一团踪迹的历时性叠加和擦拭，所以“文字”突破了逻各斯中心的牢笼，而“字迹”此时的在场，与逻辑上先于此一“字迹”的“字迹”的在场，本质上必然是一种差异。归根结底，“文字”以其“字迹”所显示的历时性差异，其本身本来就是一种差异性的活动，这样，德里达“文字学”意义上的“延异”，也就出脱了索绪尔符号学所依傍的逻各斯中心主义和言语中心主义的藩篱。进而从“différance”这个杜撰本身，乃以其刻意的生僻、默哑的言说孤兀地显示着西方言语中心主义，即形而上学的逻各斯中心主义堡垒的倒塌。尚杰先生指出：

> 它是不守文法规范、多方位、无秩序的……它从写音文字中“溢出”，用a代替e，只是字形变化，可以读它，写它，但无法听它，无法在说话中理解两字的区别（发音相同）。这与西方传统理解方式相悖（按照传统，写是写出的读音，由读音可理解文字意义），它使理解成为静默的符号、铭刻。德里达甚至由符号的形状想到古埃及的金字塔。différance 中的 a 是个死寂的“古墓”，那里有座石碑：“假如人们知道如何破译铭刻的碑文——它近乎宣

① 索绪尔著，高名凯译，岑麒祥、叶蜚声校注：《普通语言学教程》，第 167 页。

② 刘鑫：《文字与语言——论德里达对索绪尔的解构》，《清华大学学报（哲学社会科学版）》1994 年第 4 期。

布该暴君的死亡”[①]。这个暴君无疑象征着逻各斯的写音文字传统。“延异”(différance)从不显现出它完整的意思,它不是观念或概念,离开了西方真理传统。[②]

碑刻的静默,古墓的死寂,金字塔的沉凝,无不显示 différance 的隐喻,它以“摧毁”的快乐宣布逻各斯“暴君”的死亡。然而逻各斯中心主义和言语中心主义的堡垒真的倒塌了吗?它是否像德里达自己所说的那样成为留在文本上擦拭不去的“字迹”?至少德里达“解构”的理论思路,也一样遵循着逻各斯的理性思维,它与我们借助汉字所表达的思理和感受,体现两种文化的根本区别。

第二节 汉字表意的哲学诗性

汉字以其表意的符号自立于西方言语中心之外,也从未指向逻各斯中心,它以表意的字形系列呈现着万事万物的真实而活生生的存在,显示着“道”的无声言说,在“道”与万物的体用关系中随处潜藏着一种“哲学的诗性”,确实,诗性蕴藏于哲学的深层。西方言语中心主义很难跳出它的坎井,以迄索绪尔的结构主义语言符号学仍将汉字置之一隅。在《普通语言学教程》中,索绪尔表示他的研究只限于表音体系[③],而在表意的文字系统中,“一个词只用一个符号表示,而这个符号却与词赖以构成的声音无关。这个符号和整个词发生关系,因此也就间接地和它所表达的观念发生关系。这种体系的典范例子就是汉字”[④],“对汉人来说,表意字和口说的词都是观念的符号;在他们看来,文字就是第二语言”[⑤]。苏新春先生认为,这准确揭示了汉字的若干重要特征[⑥],但对于德里达而言,索绪尔的意义——语音系统将表意文字排除在外,“有理由把它视为西方人种中心主义”[⑦]。德里达在《论文字学》中引述了德国哲学家、数学家莱布尼茨(Gott-

---

① 德里达:*Marigins of philosophy*(《哲学的边缘》),芝加哥大学出版社,1982 年,第 4 页。

② 尚杰:《思·言·字——评德里达对形而上学的批判》,《中国社会科学》1996 年第 1 期。

③ 索绪尔著,高名凯译,岑麒祥、叶蜚声校注:《普通语言学教程》,第 51 页。

④ 索绪尔著,高名凯译,岑麒祥、叶蜚声校注:《普通语言学教程》,第 50 ~ 51 页。

⑤ 索绪尔著,高名凯译,岑麒祥、叶蜚声校注:《普通语言学教程》,第 51 页。

⑥ 苏新春:《汉字的语言性与语言功能》,山东教育出版社,2014 年,第 5 页。

⑦ 雅克·德里达著,汪堂家译:《论文字学》,第 55 页。

fried Wilhelm Leibniz，1646—1716）对于汉字的好感。莱布尼茨打算草创一种以汉字为蓝本的文字，因为汉字看起来像是“人工语言”，它“是通过纸上的永久笔划提供思想符号……不必与发音相联系”，似乎是“聋子创造的”和“完全任意的”[①]。汉字不与发音相联系，也就不通过发音与意义（思想）相联系，这在莱布尼茨看来，“中文模式反而明显地打破了逻各斯中心主义”[②]；但是汉字本身“也许更具有哲学特点并且似乎基于更多的理性考虑，它是由数、秩序和关系决定的；于是，只存在不与某种物体相似的孤零零的笔划”[③]，这提醒我们关注汉字与中国哲学的关系，而不是在西方逻各斯中心主义的形而上学背后亦步亦趋。但是对于这样的“汉字概念”，德里达仍然说是“欧洲人的一种幻觉”[④]，对于我们来说，重要的是把握不同于西方逻各斯中心主义和言语中心主义的汉字表意指向。

汉字是表意文字的说法必不排除其表音性，从最根本的定义上来说，文字作为语言的记录必定是表音的，否则就不具备文字的职能。刘志基先生说：

> 视汉字为表意文字，其实只是说人们在创制和识读汉字的过程中比较偏向字形与语义的联系，但实际上，语言单位总是音义的结合体，汉字在记录了语义的同时也无可避免地记录了语音。因此，汉字构形除了需要显示语义以外，也不免有着与语音相协调的必要。从这个角度看，不难发现汉字的方块体态又与汉语的语音特征相联系。汉语的语音，即是一种音节单位自身内部高度整体和谐，相互之间差别明显、各自独立的块体组合，这与汉字所呈现的互不勾连的方块组合形态也是极相吻合的。[⑤]

汉字表意和表音，是密切相关的重要问题，但是汉语学界对于汉字“意象性”的“文化阐释”总是强调汉字表意象形的功能。而对于汉字的符号学研究则最终显示汉字意指的浑成性或模糊性[⑥]，这种“所指边界的不确定性使得汉民族更喜欢玩弄真相”[⑦]，甚而导致汉人“既无追求真相、真理的纯原点思维，亦无追求信

---

① 雅克·德里达著，汪堂家译：《论文字学》，第115页。
② 雅克·德里达著，汪堂家译：《论文字学》，第115页。
③ 雅克·德里达著，汪堂家译：《论文字学》，第116页。
④ 雅克·德里达著，汪堂家译：《论文字学》，第117页。
⑤ 刘志基：《汉字体态论》，广西教育出版社，1999年，第197～198页。
⑥ 孟华：《汉字主导的文化符号谱系》，山东教育出版社，2014年，第95页。
⑦ 孟华：《汉字主导的文化符号谱系》，第17页。

仰、反思、理想的纯原典精神”[①]。按照这样的思路，汉字不是像表音文字的拼写那样直接传达语音，也就不能通过所指的意义通向逻各斯理性的终极所在，这直接就是德里达所解构的言语中心主义，即逻各斯中心主义，实质上反映了国内学界仍然“无法摆脱欧洲中心主义的偏见”[②]。我们不免惊讶于学者的专精研究总是有意无意忽略文字的基本功用，即“汉字在记录了语义的同时也无可避免地记录了语音”。毋庸学者研究的简单道理就是：文字首先是言语的记录，因而汉字必定首先是汉语的记录。这是所有汉字研究必须预先确立和予以普遍承认的公则和前提。关于汉字的表意研究，关于这种表意的“文化阐释”，乃至关于表意汉字的“诗性”阐发，都必须首先承认这一公则和前提，才不至于失去起码的真实性和科学性。实际上，我们可以将汉字表意及其由此具有的“文化”和“诗性”的功能当作汉字表达言语功能之上的附加，较诸表音文字之于意义乃至逻各斯理性的线性传达的单调冰冷，汉字确实具有“额外”的文化和“诗性”功能，唯其如此，汉字才获得了相比于表音文字的根本特点和优越性。

20 世纪初期以来甚嚣尘上的“汉语拼音化运动”之所以决意废除汉字，根本上是在西方言语中心主义的影响下痛切于汉字之与言语的隔阂，以及由此导致的汉字学习的繁难，它只看到字母拼写之于西方言说的同一性，却对汉字记录汉语的亘古事实熟视无睹。作为屈折语的印欧语系适合字母的拼写，汉语单音而多同音也适合汉字的记录，否则“事事”与“试试”“试释”“逝世”“事势”将是无法区分的。当然汉字表音与字母拼写的即时性不同，在时间上汉语的变化并不导致汉字的根本变化，历史上的隶变、楷变和简化不是根本的，字还是表意的；空间上尽管产生过不少适合方言的异体字，但它们本身不断的“雅音化”以及绝大多数字的跨方言性质防止了汉字的区域分化，这就导致同一汉字的方言异读。比起印度英语的地域腔调与英国母语的龃龉来说，汉字的情况是要复杂一些，但同样并不妨碍各种方言间的正常交流，汉语依靠汉字表意，无异于说汉字统一了方言。汉字与汉语语音的这种非完全对应，表明索绪尔所谓汉字的“第二语言”性质，它不仅是汉语符号的符号，而且是在汉语符号之上具有自己的系统的符

① 孟华：《汉字主导的文化符号谱系》，第 425 页。

② 张玉金、夏中华：《汉字学概论》，广西教育出版社，2001 年，第 46 页。

号,孟华先生称之为"汉字(对于汉语)的建构,因为汉字以其自己的符号系统参与了汉语的建构,他提出"汉字建构在先,汉语变化在后",因此"汉语打上了汉字的深刻烙印"[①]。申小龙先生说:"汉字的使用很大程度上出于记录汉语的需要,但表意汉字一经产生,其意象形式本身就积极参与了汉语组织的建构。它不仅清晰地辨析了汉语中大量的同音音节,而且像积木一样以自身在字音、字形、字义理解上的极大的灵活性创生无数新的概念和表达形式。"[②]即使现代汉语口语,也还保留着来自文言的成语或成辞,那是因为读书人口语中的文言积淀,已经深深注入口语流传的历史,成为口头语汇的一部分。那么汉字是如何实现既表意又表音的职能的呢?孟华认为是直接表意、间接表音:

> 自然语言的声音要在汉字符号系统中发出自己的声音,它必须经过一番改造和乔装打扮,按照汉字的方式来实现自己。而自然的语音一旦在汉字符号系统中实现了自己,它所发出的声音已经不是纯然的语音,而是经过汉字检查机制过滤、净化、整合、规范、统一了的语音,这就是今天的普通话的声音。每个汉族人在生活中使用的自然语言是自己的方言,这些方言在汉字里是发不出声音的。当然我们可以用方音读汉字,但那是不规范的文化行为,汉字的规范读音系统只与普通话相联。所以,反过来说,普通话是一种靠了汉字规范而得以普及天下的超自然语言,是一种文本性、汉字性的人工语言。[③]

实际上,"雅言"即"正言"在历史上已经在华夏文化一统中做出了巨大贡献,汉字通过自己的系统规范间接表音,方言区的人通过"雅言"达到全国的语言交流,自古至今并未有过什么特别的麻烦,汉字在文化和民族交融的国家政治意义上起到的作用无论怎样高估都不为过。如果汉语脱离汉字,汉语就不复存在,"很可能部落化为不同的区域性语言……将不是整个民族的文化记忆载体,汉民族也将失去文化系联的纽带"[④]。

从文字表音的基本功能上来说,汉字表意必然通过语音指向意义,只是汉字

① 孟华:《汉字主导的文化符号谱系》,第99页。
② 申小龙等:《汉字思维》,山东教育出版社,2014年,第10页。
③ 孟华:《汉字主导的文化符号谱系》,第10页。
④ 孟华:《汉字主导的文化符号谱系》,第11页。

的字形较诸相应的语音可能具有更为灵活和丰富的意义指向，这就是说，汉字以其稳定的形体在历史上积淀了多种相关的意义。汉字的引申义肯定比语音要多，在特定的言说语境中，一个语音只能表达一个确定意义，除非是有意的双关，否则听者不明其意，交流就有可能发生困难，如果将一个字与这个语音相联系，那么这个字的意义指向就必然是明确而无歧义的。现在，我们只是在汉字作为"第二语言"，即其作为符号本身层面上来讨论它的表意问题。

首先是汉字符号的意义指向问题，它是指向现实的事物还是图像或概念？我们应当明确，意义的表达必然指向事物，当然也包括人们的思想观念，只是表音文字作为语音的替代将意义交给语音，它自己却没有越出语音的意义；而且西方形而上学的逻各斯中心主义将声音视为逻各斯理性的言说，那么言说的语音非但表示事物层面的"意义"，而且这种意义表证着逻各斯的在场，作为语音忠实记号的字母拼写亦然。汉字当然也通过语音表达意义，但是语音所表达的意义却并未指向逻各斯理性的终极，汉字作为第二语言的符号系统所指向的意义也是这样。换句话说，汉字表意与汉语表意在根本上是同一性质的问题，汉字的表意固然具有其本身的特点，但是这种特点在本质的方面也还是汉语决定使然。如下的讨论假设了这个前提，尽管是针对汉字表意的问题。

汉字作为能指的所指是观念还是物？概念还是名物？图像还是事物本身？按照古人的习惯，"物事""事物"连用，说"物"的时候，也包含了"事"，因此我们在此所谓"物"，就是概谓事物。国内学界将汉字作为符号进行系统深入研究者，当推孟华《汉字主导的文化符号谱系》一书，他根据索绪尔的符号结构对汉字符号做了不同的界定，认为汉字是一种"类符号"，作为"类符号"的"汉字所表达的所指具有介于现实物、观念物和语义物的中间性质"[①]。现实物存在于经验世界，汉字字形"如'山''月'已经褪去象形色彩而无法与经验世界直接关联，所谓的汉字意符……就是作为观念意义……被使用的"。而"观念是现实事物的抽象形式，它以现实对象为基础并概念性地反映或约定性地代表着现实对象。视觉符号的抽象形体对应的是观念物"，例如"我们看到'鸟'这个抽象方块汉字，首先想到的是关于'鸟'这个词及其概念，然后才是由这个概念唤起并在脑

① 孟华：《汉字主导的文化符号谱系》，第94页。

海中生成的物象——鸟的形象，这个由概念生成的物象或基于物而生成的概念就是观念物”[①]。所谓“语义物”就是例如“鸟”这个字形指向的词义，从能指的字与所指的词的关系来说，只涉及语义的范围。显然孟华对汉字“类符号”所指的观念物与现实物的区分完全因仍了索绪尔，后者认为声音（能指）指向概念（所指），符号就是二者的结合；只是汉字由于表意的性质关联观念物、现实物和语义物的所指，所以称为“类符号”。

对此，我们的问题是，汉字作为符号的能指，其指向的所指究竟是概念还是实物？抑或名物？在中西思想的区别上，这是一个重要的问题。相关的还有张玉金、夏中华的观点，他们否定了“汉字的‘形’不能单独直接表达概念”的说法[②]，声称对聋哑人和失语症患者的研究结果表明语义同物质手段可以是语音形式，也可以是文字、手语形式，并根据现代心理学的实验，指出“认读方块汉字可以直接从图像获取意义信息，不像认读拼音文字那样，必须通过语言的分析才能了解意义”[③]。这印证了英国语言学家帕默尔的说法：“（汉字的）视觉符号直接表示概念，而不是通过口头的词再去表示概念。”[④]普通的看法是概念对于言说的依赖，即思以言说，汉字以形表意，所以并不直接表示概念，而相反的观点却未及从根本上考虑“概念”之与汉语语境的扞格。让我们引述俞宣孟先生在本体论层面对“概念”的看法：

> 本体论使用的是经过哲学家改造了的语言，其概念的意义不在于这个词所指的实际对象，而是通过概念之间的相互关系得到规定的，这样的概念就是具有逻辑规定性的范畴……
>
> 对于中国文化来说，“概念”是一个外来词，中国哲学中与“概念”大致相当的术语是“名”……然而其各自的含义、性质及作用却有很大的区别：本体论的概念是逻辑范畴，其意义不在于这个词所指的实际对象，而是取自概念间相互关系的逻辑规定性；而中国哲学中的名正好相反，名必副实，这就是说，名始终应当是依赖于实际事物的，离开了实，名就不正了，就没有意

---

① 孟华：《汉字主导的文化符号谱系》，第85页。
② 张玉金、夏中华：《汉字学概论》，第47页。
③ 张玉金、夏中华：《汉字学概论》，第47页。
④ L. R. 帕默尔著，李荣等译：《语言学概论》，商务印书馆，1983年，第99页。

义可言了。[①]

起于亚里士多德形式逻辑的“概念”含义，在经验世界中固然就是事物的概括，但是概念的概括必然达到最终的“形式”，即形而上学的本体。尽管亚里士多德否定了柏拉图的理念论，但又认为人的认识从对现象世界事物的把握达到所谓“第一原理”或“第一原因”，即永恒不灭的普遍存在，这就是“形式”。无论在柏拉图还是亚里士多德那里，概念总须达到形而上的本体境域，这与德里达所认定的——索绪尔将语音能指指向的概念（意义）系于逻各斯的理性，本质上一脉相承。而中国语境中的“名”却“始终应当是依赖于实际事物的”，在汉字所指的层面上，这是十分重要的区分，而“名”以字定，名就是字。我们看到，由于照搬索绪尔的说法，所谓汉字“类符号”的“观念物”与“现实物”的判别，并不切合汉字的所指。实际的情形恰恰就是，汉字正是以形固定“名”的言称，指向实际的事物，只有从这个角度去理解，相对于表音字母拼写成的冰冷僵死的语音记号，表意的汉字之形才具有特殊的“意味”——它以可感的形体直接唤起活生生的事物，如同事物的当下呈现，例如鸟类在诗中作为“意象”的存在——“燕燕于飞，差池其羽”[②]，“江晚正愁余，山深闻鹧鸪”[③]，犹如燕飞在目，鹧鸪在耳，难道我们一定要按照索绪尔的规定，不能直接视听那飞鸟的声象，而必须绕道“概念”的逻辑引渡吗？对于中国诗法学而言，正是意象的直觉排除了释家所谓“比量”[④]的拟议计较即逻辑思理，不是帕默尔所谓“视觉符号直接表示概念”，毋宁说这是汉字意象有如释家“现量”的直接呈现[⑤]。但是孟华根据汉字“类符号”所指而区分“现实物”“观念物”和“语义物”，进而看到三者相互“跨界”与混淆的奇怪现象：

> 当我们说汉字的所指是一个意义概念时，又会发现它常常被字形的可视形象所表征化，仿佛所指的不是概念而是一个具象物；当我们说汉字的所

---

① 俞宣孟：《本体论研究》，第71页。

② 郑玄笺，孔颖达疏：《毛诗正义》，《十三经注疏》本，第121页。

③ 辛弃疾：《菩萨蛮·书江西造口壁》，邓广铭：《稼轩词编年笺注》，上海古籍出版社，1993年，第42页。

④ 比量是因明学术语，犹推理，以一定的理由（因）为媒介，从已知经验推到未知事物。

⑤ 参本书第一章第五节、第八章第四节“现量”注。

指是一个具体物的时候，这个物又被抽象化，成为一个观念物。进一步说，汉字的类所指性表现为：它将所指涉的概念意义世界物化为一个可视的自然世界，又将一个可视的物的世界改造为意义性、意象性的、人的世界，并且在这两个世界之间做语用性、权衡性、临界性的选择。①

这种奇怪的现象是区分“现实物”和“观念物”的结果，在对汉字表意所指的静态考察上也许具有一定的意义，但是在汉字的书写和文本阅读中决然不会出现这样的拟议，在这种情况下，而且汉字文本也唯以这种情况发挥着作为文字书写的传播功能，文字只是一种符号，“天”“地”这两个汉字所指的究竟是天、地本身还是关于天、地的概念，书写者和读者的意识绝不稍驻于此。对汉人来说，“天地”绝不是一个逻辑的规定，在“天”“地”意符化存留的“象形”字符中，只是“天”“地”之名不假思虑地隐含着天、地实有的存在，我们感受到天的高远和地的博阔，如果具备老、庄、程、朱的伟大心胸，就会感受自身立于“两仪”之间的伟岸存在，于是体验在类似于“天人合一”的境界中“诗意地栖居”，这里隐含着哲学的诗性，而不是像柏拉图和黑格尔那样，自始就在“理念”或“绝对理念”的先验终极维度上进行枯燥、繁琐、无谓的逻辑规定。当然，在严谨学者的反思看来——

汉字的类所指特征最终导致一种跨界性的名物思维：将物概念化，将观念物化；或物的名化，名的物化。这也是中国哲学的根本世界观：热衷于在名与物之间进行暧昧操作……而放弃对真相和真理的追求。②

原来马克斯·韦伯（Max Weber，1864—1920）也曾说过中国文人的非逻辑思维源于语言文字的“非逻辑性”和“高度文学性”③，难道这种“诗性”必以“非逻辑性”的表达缺陷为代价吗？在这种“西方偏见”深入骨髓的中国学者眼中，原来汉字的“名物思维”终究离不开经验的世界，所以中国人缺乏对于逻各斯理性的形而上学追求，这或许更加导致中国科学工具理性的深度缺乏。显然在中国人的名物思维中，诚如俞宣孟先生所谓“名始终应当是依赖于实际事物的”，人对物命名并通过汉字的名化维系了人与万物的生命交融，因而才有“苞括宇宙”④、

① 孟华：《汉字主导的文化符号谱系》，第 96 页。
② 孟华：《汉字主导的文化符号谱系》，第 95 页。
③ 张隆溪著，冯川译：《道与逻各斯》，四川人民出版社，1998 年，第 18、89 页。
④ 司马相如语，见葛洪《西京杂记》卷二，《燕丹子　西京杂记》，中华书局，1985 年，第12 页。

磅礴万物的博大心胸，如果一定要将"国民性"归咎于汉字符号所指的浑成性——实际上被视为模糊性或混乱性，那也是汉字的系统统一了"天下"的方言、维系了泱泱华夏自古迄今的大国存在。无论如何，即使汉字的专精研究不可避免地要导致对于"逻各斯真理"的追问，我们也不要忘记文字作为文字的基本功用。申小龙说"汉字的使用很大程度上出于记录汉语的需要"①，在语言文字的工具性层面上，我们能够否认"名物思维"不能把握科学的"真理"吗？在科技文明日益昌盛的今天，"如果说仍旧讲中国话、写中国字的中国人进入了后现代工业时期而突然脱胎换骨式地转入逻辑思维方式，或者说中国人仍然用直观感悟式思维方式在放卫星、造电脑，那肯定会缺乏起码的说服力"②，更不用说，习惯于汉字的东方大脑造就了古代中国的科学辉煌，那是写着表音文字的西方人都不能同时取得的成就。

其次，则是汉字所指事物本身及其相互的关系，它们形成一个事物的系统，呈现着宇宙的生生活力，在这里没有逻各斯理性的僵死在场，没有冰冷概念的相互规定，没有逻辑关系的枯燥演绎，而只是以字形的表意——事物的直接呈现表证形上之"道"的周遍存在，大道无言，大音希声，道在物中，万物生生即道。从秦汉时人所作《尔雅》③的词类编排来看，其十九篇分别为释诂、释言、释训、释亲、释宫、释器、释乐、释天、释地、释丘、释山、释水、释草、释木、释虫、释鱼、释鸟、释兽、释畜，将"释言、释训"置于首位，反映了对语言的重视，申小龙先生称为"一种本体论的语言观"，而整个的词类系统"反映的是中国先秦两汉时期人的文化知识解构"④。"释亲、释宫、释器、释乐"则归人文的名物，"释亲"人伦居首，"释宫、释器"以生活所需，"释乐"则以陶悦性情，反映了古代人文主义世界观，这与以下的名物系列构成天人合一的世界系统。"释天、释地"则如《易传》"天尊地卑，乾坤定矣"，天地既定，则"鼓之以雷霆，润之以风雨"⑤，形成丘、山，水以滋润，于是草、木、虫、鱼、鸟、兽、畜，衍生动植万类，这就是古人心中宇宙万

---

① 申小龙等：《汉字思维》，第10页。

② 范捷平：《"逻各斯"辨误》，《杭州大学学报(哲学社会科学版)》1997年第4期。

③ 郭璞注，邢昺疏：《尔雅注疏》，《十三经注疏》本。

④ 申小龙：《语文的阐释》，辽宁教育出版社，1991年，第1～2页。

⑤ 王弼注，孔颖达疏：《周易正义》，《十三经注疏》本，第257、258页。

物产生和存在的全部图景，凡此都以汉字的形体排列显示为相互联系的完整系统，与人文名物一起构成天人和谐的整体，这是古人眼中的世界存在，都以言辞文字呈现出来。在此，文字的言说敞开了宇宙万物的存在，无处不蕴含着哲学的诗性。而且名物的系列反映了“方以类聚，物以群分”的观念[①]，字的类合则为“字类”，在诗法学中，属对利用字类相属，如烟云、草木为同类相对，南北、东西为异类相对，分类的层级和广狭不同，在更高一级的类属中，异类相对就转为同类相对。同时字类的编排成为字的类书，以供诗赋写作的选择，由于作者对于用字的精致讲求，在相当程度上可以说中国诗的写作，就是作为“文字诗”的“艺术游戏”。

而在中国哲学之“道”的层面上，表意的汉字之与西方表音文字的逻各斯中心主义获得了对比的空间，在此对比中显示了汉字表意的“哲学诗性”。汉字所表证的名物系列呈现了宇宙万物，道在物中，万物自然而然即道，因此可以说汉字的名物显示了道的存在，它是道的言说。道与逻各斯作为东、西方可以追溯到的哲学原点，在现当代国内学界不乏讨论。关于道的含义，古人已经做了详尽的注疏，当代学术则援西方逻辑分析以适所需。道的含义必与这个字的本义相关，《说文・辵部》谓“道，所行道也”[②]，转为动词则谓行道，如《史记・魏世家》“若道河内”[③]，道路通达，所以“道”引申为言辞的通达，即口说。而且循道而行，是谓有轨，所以道引申为抽象的道理和规律，而老子哲学意义上的道也指道理[④]或“世界的统一和发展原理”[⑤]。道生万物，也是生物者。《庄子・知北游》说：“天不得不高，地不得不广，日月不得不行，万物不得不昌，此其道与！”[⑥]天地万物“不得不”有而如此者，就是其之所以然的必然规律和客观道理。但是道理或规律是人通过思考获得的。我们用思辨追溯万物的本原，当将一切万物归于“有”时，问题就出来了：有又是从何而来的呢？所以“有”如果还有本原的话，就必然

---

① 王弼注，孔颖达疏：《周易正义》，《十三经注疏》本，第 258 页。
② 许慎：《说文解字》，第 42 页。
③ 司马迁：《史记》，中华书局，1959 年，第 1857 页。
④ 钱锺书：《管锥编》，中华书局，1979 年，第 408 页。
⑤ 丁祯彦、臧宏主编：《中国哲学史教程》，华东师范大学出版社，1989 年，第 40 页。
⑥ 郭庆藩：《庄子集释》，《诸子集成》本，第 324 页。

是“无”，反过来看，“无”就是万物之“有”的本原或本体，而“无”是不可说的，“吾不知其名，字之曰道，强为之名曰大”[①]。因此陈鼓应先生谓“道”只是老子所预设的概念上的存在[②]，孙叔平先生则干脆就说它是精神的，“乃是脱离了自然界而独自存在的世界理性、绝对观念或精神，就是脱离了物质而独自运行的抽象规律”，这种“绝对观念或精神”就是“天地万物的创造主”[③]；也有人认为“道”在时空上是先于逻各斯之“思”的原始感性，类似于柏格森式的主体与客体交融于心象之内的“非理性的直觉”[④]，有人则索性说道是“一切实存物的神秘本源……是宇宙不可言传的神秘本体”[⑤]。“道”到底是客观的规律还是精神的“绝对观念”？各执一端的解释层出不穷，不可究诘。问题的关键在于缺乏体用关系的辩证思考。简单地说，道虽是“无”而不可知，为“希”、为“夷”、为“微”，为“混成”，为“寂寥”，为“恍惚”，为“玄妙”而“独立不改”，[⑥]“自古以固存”[⑦]，但“大道泛兮，其可左右”[⑧]，道在何处？“道”就在物中，无所不在，“在蝼蚁”“在稊稗”“在瓦甓”“在屎溺”[⑨]，在庄子看来，万物自然而然即道。道作为思辨所追溯到的形而上本体，必然落实到形而下的作用，道与万物的关系，就是体用相即，上下圆融。

那么，再看人们对“道”的种种解释，莫不偏于一端，说它是事物的客观规律，就忽略了道作为形上本体的预设，说它是“理性、绝对观念或精神”，则不知“道”作为形而上的本体必然显现于形而下的物事。后者的说法照搬西方柏拉图和黑格尔的本体论，它是不与经验世界即形下物事相通的，“都是活动在这片

---

① 王弼：《老子注》，《诸子集成》本，第 14 页。

② 陈鼓应：《老子今注今译》，商务印书馆，2003 年，第 62 页。

③ 孙叔平：《中国哲学史稿》，上海人民出版社，1980 年，第 100 页。

④ 杨乃乔：《悖立与整合：东方儒道诗学与西方诗学的本体论、语言论比较》，文化艺术出版社，1998 年，第 155 页。

⑤ 毛峰：《神秘主义诗学》，生活·读书·新知三联书店，1998 年，第 149 页。

⑥ 凡所描述“道”的言辞，都为《老子》语，具见各章。

⑦ 郭庆藩：《庄子集释》，《诸子集成》本，第 112 页。

⑧ 王弼：《老子注》，《诸子集成》本，第 20 页。

⑨ 《庄子·知北游》：“东郭子问于庄子曰：‘所谓道，恶乎在？’庄子曰：‘无所不在。’东郭子曰：‘期而后可。’庄子曰：‘在蝼蚁。’曰：‘何其下邪？’曰：‘在稊稗。’曰：‘何其愈下邪？’曰：‘在瓦甓。’曰：‘何其愈甚邪？’曰：‘在屎溺。’东郭子不应。”（郭庆藩：《庄子集释》，《诸子集成》本，第 326 页）

先验的领域之中、并且以之为对象的”[1]，它只是概念的逻辑关系的相互规定，与老庄和《易传》之道的体用相即固有不同。其实所谓主观、客观和唯心、唯物的判别，都是西方哲学的观念，老庄既没有将道封闭于先验的形上领域而构造“绝对理念”，也没有将它视为“客观”的实体性存在，道与物的体用相即消解了西方哲学主观、客观和唯心、唯物的对立。这种体用的相即，在物就是显现道的大化流行，在人就是“体道”的境界，即钱锺书所谓“拈形而下者，以明形而上”[2]，其中蕴含着诗学的“妙悟”与“直寻”[3]，显示着“意象”“情景”的物我相融。

回到表意汉字的字形对于万物的直观视觉显现，既然“道”在物中，究之也可以直接说道在汉字之中，汉字所指的名物系统直接显现着生生之道的“形而下”存在。这种“显现”在隐喻的意义上就是道的言说，也是表意汉字的无声言说。老子当然说过“大音希声”[4]，庄子也以无声的“天籁”作为道的譬况，这是天地万物之于道的静默言说，显然引申于“道”字的言说意义。相对于西方逻各斯的言说，张隆溪说：“‘道’这个汉字也同样再现了最重要的哲学思想，它也同样在一个词里包含了思想与言说的二重性。”[5]于是道与逻各斯就在言说的意义上获得了学者的同一性阐释。然而逻各斯的言说诉诸语音，它的本义就是言说，而“道”的“言说”引申于这个有形汉字的本义，所以徐复观先生仍然区分了逻各斯“在希腊则是由‘语言’发展出来的”，而道“则是由道路及在道路上行走发展出来的”。[6] 而且我们不应忘记柏拉图对于逻各斯言说的封闭，在他的观念及其身后的西方形而上学中，原本开放的逻各斯的言说变成了封闭的“理念”或“绝对理念”的自我言说，从而隔断了形而下世界即经验世界的沟通，而“道”在有形汉字所指的名物世界里，则是体用相即的上下融通与大化流行的生生不息。

---

① 俞宣孟：《本体论研究》，第19页。

② 钱锺书：《谈艺录》（补订本），第228页。

③ 《诗品序》：“若乃经国文符，应资博古；撰德驳奏，宜穷往烈。至乎吟咏情性，亦何贵于用事？‘思君如流水’，既是即目；‘高台多悲风’，亦唯所见；‘清晨登陇首’，羌无故实；‘明月照积雪’，讵出经史？观古今胜语，多非补假，皆由直寻。”“直寻”主张由物象的“即目”“所见”触发人的感思，而不必用典。（曹旭：《诗品笺注》，第98页）

④ 王弼：《老子注》，《诸子集成》本，第26页。

⑤ 张隆溪著，冯川译：《道与逻各斯》，第72页。

⑥ 徐复观：《中国人的生命精神》，华东师范大学出版社，2004年，第168页。

第三节　汉字象形的诗性生发

汉字初多象形，发展到表意为主，所以称为表意文字，但是字形仍然保留着象形的原始关联，而且从汉字字形相对于表音字母来说，广义上都是表意的可视形体，正是在这一意义上，人们把汉字称为“表意文字”，或称为“象形文字”。狭义的“象形”为“六书”之一，以独体象一形，例如“山”，“有石而高，象形”①，甲骨文“”、金文“”象山峰并立之形；“鹿”，甲骨文“”，“象头角四足之形”②。指事在主体上加一抽象标示，也是独体造形，例如“刃”字是在“刀”口加一点指示锋利之处，“上”甲骨文“”是在主体“一”之上加一符号指示在上，其中主体或为象形字如“刀”，即使“上”二画，也是有形可视。会意是合体造形，由两个或多个独体字组合表意。例如“解”表示“刀”分割“牛”与“角”之义，构成会意部件的独体字多为象形。形声字也是合体造形，由声符和意符（义符）组合而成，例如“管”，意符为“竹”，声符为“官”，在形声字中，意符有可能是象形字如“竹”，声符往往也是一个独体表音字，也有可能是象形字，如“耘”的声符“云”为“雲”本字，象云之形。转注字在许慎《说文解字叙》中解释为“建类一首，同意相受，‘考’、‘老’是也”③，后人理解多有歧异，戴震、段玉裁认为转注就是互训，即意义相同或相近的字互相解释，用于互训的字，当然也多有象形的部件。至于假借则是“本无其字，依声托事”④，被假借的字也多象形。总之，尽管六书造字的情况各有不同，但是指事、会意、形声都以象形为基础，而且无论如何，汉字总是呈现为一个可视的形体，即使其中某些“抽象”的符号，也有意义的所指，所以我们说汉字“表意”，在本来的意义上与象形相关，而表音的单个字母本身却缺乏任何意义关联，也就没有任何表意的“形象”，这是我们认识汉字“表意”的“象形性”的基本前提。

但是汉字从狭义的象形到整体的表意却经历了一个演变发展的阶段。汉字

① 许慎：《说文解字》，第 190 页。
② 许慎：《说文解字》，第 202 页。
③ 许慎：《说文解字》，第 314 页。
④ 许慎：《说文解字》，第 314 页。

在初创时期基本上以象形表意为主,后来由于书写速度的要求而变化象形线条成为简省的笔画,于是最初的象形发生了形体的变化,变得不那么象形了,而被视为表意的“字符”,即使如“山”“鹿”这样的象形字,尽管保留了象形,但是笔画的变形和规范出脱了原初线条描画“”“”象形,可以作为字符来再造新字,从“山”者如“峻”“岭”,从“鹿”者如“麋”“麒”诸字。沈兼士先生指出,“由文字画蜕化为六书文字,中间应有一过渡时期,逐渐将各直接表示事物之图形,变为间接代表言语之符号。其形音义或由游离变为固定,或由复合变为独立,今姑名之为初期意符字”[①]。从象形到符号,从形音义的游离到固定,从线条到固定而简省的笔画,使汉字从类于图画的象形出脱为纯粹表意的字符,从此固定了文字作为“符号”的功能。然而由于表意字符与原初象形的关联,它被称为一种“类形体”,这是孟华汉字符号学的术语,“指介于图像和文字之间的视觉形体结构”[②],而“笔画与文字有关,线条与图像有关”[③]。当然,说汉字用线条象形是相对于后来笔画的固定化而言,实际上“甲骨文所以组字构形的‘线’,与绘画的线条又有本质的差异:绘画的线条,以逼真地勾勒出变化无穷的种种艺术形象为目的……甲骨文的线条,因构字元素的定型而趋向某种程度的程式化,惟其有程式,便可因不断反复而熟练,进而提高书写效率”[④]。如果可以将例如新石器时代的西安半坡、临潼姜寨仰韶文化彩陶上的“陶符”追溯为文字更早的“前身”或起源,那么陶符的线条确实因为处于“绘画”的阶段而与甲骨文线条的程式化有所不同。从严格的意义上说,后者才真正获得了“文字”的称谓,只是前者作为“绘画”的线条,还根本谈不上所谓“逼真地勾勒”的程度,后者是毛笔使用的结果,用后代绘画对比上古殷商的甲骨文线条,并不确切。

随着线条的笔画化,象形的符号化演变是否会导致汉字“象形性”的完全丧失呢?唐兰先生早就说过,“图画文字和记号文字本是衔接起来的,图画演化得过于简单,就只是一个记号”,但“截至目前为止,中国文字还不能算是记号文

① 葛信益、启功整理:《沈兼士学术论文集》,中华书局,1986 年,第 207 页。
② 孟华:《汉字主导的文化符号谱系》,第 67 页。
③ 孟华:《汉字主导的文化符号谱系》,第 69 页。
④ 刘志基:《汉字体态论》,第 67 页。

字……还是形声文字”①。与此相应，张玉金、夏中华在21世纪初认为汉字“如果不被废弃，它将迈进记号文字（在文字体系里记号这种字符占大多数）的大门，这是不以人的意志为转移的”②。所谓“记号文字”，在汉字中是指“在语音和意义上都没有联系”③的字符或字。一个由记号和声符或意符组成的汉字，董治刚先生称之为“半记号字”④，例如“烛”，“火”是意符，“虫”是一个既不表意也不表音的纯粹“记号”。如果一个汉字整体上既不表音也不表意，那么也就只剩下“记号”的功能，董氏称之为“独体记号字”⑤，例如“年”字，《说文·禾部》：“年，谷孰也，从禾，千声。”⑥容庚《金文编》：“年，从禾，从人，人亦声。”⑦《尔雅·释天》：“载，岁也。夏曰岁，商曰祀，周曰年，唐虞曰载。”郭璞注：“岁，取岁星行一次；祀，取四时一终；年，取禾一熟；载，取物终更始。”邢昺疏：“年者禾熟之名。每岁一熟，故以为岁名。”⑧“年”甲骨作“”，容庚谓从禾从人为是，本是形声字，但是睡虎地简作“”，东汉熹平六年尹庙碑作“”，并《说文》篆作“”，讹“人”为“千”，楷化为“年”，早已看不出从人、从禾的合体结构，变成独体字，失去了表意和表音的联系，所以属于“独体记号字”。这是汉字隶变和楷变的情形，原因在于书写笔画的变异。人为的简化也导致相似的情况，例如“趙”，《说文·走部》谓“趙，趋趙也，从走，肖声”⑨，但简化改从“肖”为从“乂”，则已失去“肖”的声音关联，“乂”就是一个不关音、义的记号，它与“走”结合成为“半记号字”，但即使这样，“走”的表意还是“趋”的本义。我们知道，简化汉字很多来自草体，不管其变形多么简便和诡异，也还是从本字“繁体”变化而来，例如明代陈淳书“遇”为“”，也还是隐约可见“辵”（辶）的影迹。除非汉字简到像西方拼音字母一样抽象，否则作为象形、表意为本的汉字一定还会保留某种程度的“形象性”。

① 唐兰：《中国文字学》，上海古籍出版社，2005年，第87、86页。
② 张玉金、夏中华：《汉字学概论》，第101页。
③ 裘锡圭：《文字学概要》，商务印书馆，1988年，第11页。
④ 董治刚：《汉字记号化研究》，江西师范大学硕士学位论文，2006年，第24页。
⑤ 董治刚：《汉字记号化研究》，江西师范大学硕士学位论文，2006年，第25页。
⑥ 许慎：《说文解字》，第146页。
⑦ 容庚：《金文编》，中华书局，1985年，第501页。
⑧ 郭璞注，邢昺疏：《尔雅注疏》，《十三经注疏》本，第169页。
⑨ 许慎：《说文解字》，第37页。

严格地说，汉字的整个系统变成与表意、表音毫无关系的纯粹“记号”，这是根本不可能的，对此，我们不必理会学者们“从理论上来说”之类的迂阔推论，但是必须时刻警惕“汉语拼音化”的险恶用心，如果得逞，汉字当然就变成彻头彻尾的记号了。不仅如此，我们还要努力阻止汉字的进一步简化，因为简化已经造成“親”不“見”，“愛”无“心”的恶果。[①] 孟华的汉字符号学证明了这一点，如上所述，笔画的规范形成了汉字表意的符号，但这种被称为“类形体”的表意符号“介于图像和文字之间”，仍然是一种“视觉形体结构”。具体说来就是：

> 汉字意符的能指一般是具有某种实体性或意义性的符号，但它的形体已经是抽象的方块笔画，与其所指之间不具有像似性的图画关系。[②]

尽管如此，这种“抽象的方块笔画”仍可从视觉上唤起汉字象形的记忆，即由意符的“抽象感性”唤起“具体感性”[③]，正如上文所述，这是因为孟华遵照索绪尔言语对应于概念的观点，所谓“抽象的方块笔画”构成的意符也是对应于概念的，从意符的“实体关联度”来说，它对应的就是所谓“观念物”而不是“现实物”，而它与“现实物”的关联，要通过“观念物”的中介才能实现。对于我们来说，这个中介的设定是多余的，汉字意符指向的不是概念，它本身就是事物之“名”，“名”固化在汉字意符的可视形体之上，字形的可视性就成为“名”的对应，这就是物。换言之，仅仅是汉字有形可视的表意字符本身就直接唤起事物的形象，达到名物相副，这也是汉语和汉字表意亦即表达的基本功能之所以能够实现的可靠基础。

汉字的使用形成了中国的“文字诗”。除了《诗》、汉乐府及后代一些民间歌谣之外，自屈辞作为首次出现的“文人”创作并《楚辞》收录的他人“诗歌”起[④]，

---

① 针对2015年2月光明网所发表社科院专家谈“汉字还有继续简化空间”的意见，一位台湾网友发帖说：“汉字简化后，親不见，愛无心，產不生，廠空空，麵无麦，運无车，導无道，兒无首，飛单翼，湧无力，雲无雨，開關无门，鄉里无郎，聖不能听也不能说，買成钩刀下有人头，輪成人下有匕首，進不是越来越佳而是往井里走。”见 http://www.gmw.cn/content/2015-02/13/content_14841112.htm.

② 孟华：《汉字主导的文化符号谱系》，第62页。

③ 孟华：《汉字主导的文化符号谱系》，第62页。

④ 《诗》《骚》相对，表明《骚》及楚辞部分篇章与诗具有相近的特点，在于抒情、比兴和韵文诸方面。但是屈原《离骚》等开启了宋玉赋，于是辞、赋并称，表明《离骚》等屈辞与赋相近的体制特点，表现为篇幅之长、名物之广、句式之散等方面。宋玉赋改变屈辞抒情为写物，开启汉大赋传统，但“骚体赋”继承屈主情，在汉代另为一宗，到东汉末衍为抒情小赋，又开启六朝赋抒情咏物的传统。参拙文《汉赋“凭虚”论》，《文艺研究》2012年第12期。

至东汉文人诗如《古诗十九首》、六朝文人拟乐府，下迄唐宋以降，中国诗的绝大多数都是形之于文字的文人之作，相对于口传的歌谣，可以称之为"文字诗"，且《诗》篇及汉乐府民歌也许经过"文化人"的整理甚至润色。中国的文人用有形可视的表意汉字写诗，汉字成为诗的可视载体，那么汉字本身的特点就必然成就中国诗的独特品质。毫无疑问，汉字是最具有"诗性"的文字，对比表音文字只能作为语音的记号忠实传达逻各斯理性的抽象、刻板、冰冷，表意汉字的可视之形充满了意象生发的潜质。即使在西方学界也不乏涌现关于这两种文字系统特质的见识，郑敏《结构—解构视角：语言·文化·评论》一书引述了美国语言学家范尼洛萨（E. Fenollosa，1853—1908）的几段话：

> 诗在其词藻的色彩上不同于散文。它不能仅只给哲学提供意义。它必须以直接的印象的魅力向感情申诉，这种魅力如电闪穿过智性只能摸索到的领域。诗歌不能只传达意思，而必须呈现所涉及之物。抽象意义没有多少鲜活性，而幻想的丰满可提供一切。中国诗要求我们放弃我们狭窄的语法范畴，而用一堆丰富的具体的动词研读那创造性的文本。
>
> 你或会问道汉文如何能以绘画的书写建立起这样庞大的智性结构？对于一般西方头脑，这种功业似不可能，因为他们认为思想是与逻辑范畴有关，而逻辑是蔑视直接想象的功能的。但是汉语以它的特殊材料穿透了可见，而达不可见的境地。①

孟华在《汉字主导的文化符号谱系》中也引述了美国诗人、意象派代表庞德（Ezra Pound，1885—1972）对汉字的看法：

> 中国表意文字并不企图成为某一声音的图形，或者唤起某一声音的书写符，但它仍是某一事物的图形；是一个置身于特定位置或关系的事物的图形，或者是诸多事物结合的图形。②

范尼洛萨所谓诗歌的"直接的印象的魅力""呈现所涉及之物"以及"幻想的丰满"，在中国诗中表现为汉字表意字形的诗性显现，郑敏认为，"这正是因为汉文

① E. 范尼洛萨：《汉字作为诗歌的媒体》，转引自郑敏《结构—解构视角：语言·文化·评论》，清华大学出版社，1998 年，第 78 ~ 79、83 ~ 84 页。

② 孟华：《汉字主导的文化符号谱系》，第 75 页。

字的丰富感性素质比拼音文字与语法的抽象素质、逻辑性更有利于对读者产生感性、感情的审美激荡。汉字的象形性拥有视觉艺术的造型美,直接诉诸读者的感官”①。至于“抽象意义”“传达意思”“给哲学提供意义”,更像是表音文字的特质,它的字母没有形象,无情无意(需要拼写才能成词),只是冰冷的抽象符号;按照西方形而上学的观点,这种符号所指的“意义”只是作为逻各斯在场的凭证,“思想”与“逻辑范畴”相关,这正是西方表音文字的固有特点,与汉字“直接想象的功能”形成鲜明的对照。汉字不待语音对于意义的指向,不是指向先验形而上学的逻各斯理性终极,而是以“图形”的表意直接指代事物,呈现事物的关系和人与世界的本来图景,并以鲜活灵动的可感“图画”显示着东方之“道”存在于万事万物的体用圆融。

西方对于汉字“直接想象的功能”与“直接的印象的魅力”的发现,触及了汉字的“意象思维”,对此姚淦铭《汉字心理学》进行了讨论。他引述了唐代经学家孔颖达《尚书序》疏谓“言者意之声,书者言之记”②,以及清代学者陈澧对孔说的阐释和发挥:

> 盖天下事物之象,人目见之,则心有意。意欲达之,则口有声。意者,象乎事物而构之者也。声者,象乎意而宣之者也。声不能传于异地,留于异时,于是乎书之为文字。文字者,所以为意与声之迹也。未有文字,以声为事物之名;既有文字,以文字为事物之名,故文字谓之名也。③

意“象乎事物”、书于文字、成为名,而言以呼名,构成了言、象、意关系的三重融合。言、意关系见于《庄子·天道》:“语之所贵者意也,意有所随。意之所随者,不可以言传也。”④言、象、意的关系则见于《周易·系辞上》:“子曰:‘书不尽言,言不尽意。’然则圣人之意,其不可见乎?子曰:圣人立象以尽意,设卦以尽情伪,系辞焉以尽其言。”⑤这种思辨的哲学与汉字之象的表意、表音具有相通之理。所谓汉字的“意象思维”,在造字上体现为意寓象中,如南宋大学者郑樵所

---

① 郑敏:《结构—解构视角:语言·文化·评论》,第79页。

② 孔安国传、孔颖达疏:《尚书正义》,《十三经注疏》本,第1页。

③ 陈澧:《东塾读书记(外一种)》,生活·读书·新知三联书店,1998年,第228页。

④ 郭庆藩:《庄子集释》,《诸子集成》本,第217页。

⑤ 王弼注,孔颖达疏:《周易正义》,《十三经注疏》本,第291页。

谓“正生、侧生、兼生”，即汉字形象的三个类别。“正生”有天地之形、山川之形、井邑之形、草木之形、人物之形、鸟兽之形、虫鱼之形、鬼物之形、器用之形、服饰之形，构成天地与人的生存世界的名物系列；“侧生”即象貌、象数、象位、象气、象声、象属，则是不可直接视听的存在，或为抽象之物；至于“兼生”，则是形兼声、形兼意，前者就是形声字，后者是指表意的形体中保留着象形的关联。在郑樵所说的“三生”中，“正生”即如所举部类的代表字“天”“地”“山”“川”“井”“邑”“草”“木”“人”“物”“鸟”“兽”“虫”“鱼”，大多是象形字，而会意字“天”、形声字“地”“物”的表意部件也是象形；即使表音部件也是象形，只不过借其声表音而成为“声符”，如“勿”为“州里所建旗”，状旗帜飘忽之象，“也”为“女阴也，象形”①，沈子毁铭文作“”，信阳楚简一作“”，一作“”，隶变接近“也”形。“侧生”象数之字如“一”“二”“三”，则将抽象的观念形于线条而成笔画，人们仍然可以借此生发一或二、三具体物的存在，例如“二”，在意识中可以是任何二物的并列。“兼生”则形声、形意，自有象形的存在。总之，汉字的造形是可视的形象，除非变成拼音字母那样完全抽象的记号，那样的话，我们就不能称之为表意的汉字了。这是造字角度的“意象思维”。姚淦铭先生说：

> 再从《说文》直至当代的部首中，可以看到汉字意象的诗意的栖居，部首或有关于人的，如人本身、性别、称谓、器官、动作等大都是有形可视，部首或有关生产、生活、武器、动物、植物、天地、山水、金石等等，也大都有象可睹，又通过相当稳定的“六书”方式繁衍不息地（主要是形声和会意）生成汉字，使象形基因代代相传，因此汉字的生存空间是相当的桃花源式的，血统相当的纯净，栖居相当的有诗情画意。②

所谓“汉字意象的诗意的栖居”，说法显得玄妙，道理却很简单，这就是汉字以象表意，字的形象直接唤起名物，呈现出万事万物活生生的存在，同时以“象”表意，意以象著，意在象中，这与中国诗学的物我合一或意象相融高度契合，可以想见的是，如果不是汉字的使用，中国诗可视而想的意象就不会产生。

那么，从汉字书写的阅读即“看字”的情况来说，我们从有形的汉字中是怎

① 许慎：《说文解字》，第196、265页。

② 姚淦铭：《汉字心理学》，广西教育出版社，2001年，第134页。

样生发“意象”的呢？姚淦铭引录了德裔美籍心理学家、美学家鲁道夫·阿恩海姆（Rudolf Arnheim，1904—2007）《视觉思维》一书关于视觉意象的论述：

> 在思维活动中，视觉意象之所以是一种更加高级得多的媒介，主要是由于它能为物体、事件和关系的全部特征提供结构等同物（或同物体）。视觉形象在多样性和变化性方面堪与语言发音相比。然而更重要的原因在于，它们能够按照某些极易确定的形式组织起来，各种几何形状就是最确凿的证据。这种视觉媒介的最大优点就在于它用于再现的形状大都是二度的（平面的）和三度的（立体的），这要比一度的语言媒介（线性的）优越得多。这种多维度的空间不仅会提供关于某些物理对象或物理事件的完美思维模型，而且能够以同构的方式再现出理论推理时所需要的各个维度。[①]

汉字的象形呈现可视的二度平面，它通过直觉唤起“等同物”，尤其是汉字六书的构形以及汉字的庞大复杂系统，可以说在“多样性和变化性方面堪与语言发音相比”，汉字能够表达汉语，适用交流就是证明；同时它由于具有视觉意象，所谓“百闻不如一见”，就完全可以说是比拼音字母“更加高级得多的媒介”，在文字作为言语记号这个基本的功用之外，汉字的视觉意象就是附加的更高等级，在这个等级上彰显着“诗性”或“诗意”的优越特点。阿恩海姆举出“思想深奥”的例子，英文为 profundity，仍然包含着拉丁语 fundus（最底下的），例如水井和思想之深，可是“深”是无形的，由于深不可见，所以只能是一种揣度和隐喻。[②] 这在汉字中的情形恰好相反，“深”字迄今的形体从水，至少可以唤起水深的意象。《说文·水部》：“深，水出桂阳南平，西入营道。从水，罙声。”[③]其本字当为“罙”，中山王壶作“”，象水从穴流出，为会意字，《说文》篆作“”，加“水”旁，变为形声字，老子甲四六已作“”，右“罙”下“水”变“木”形。“思”，《说文》篆作“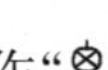”。《说文·思部》：“思，容也。从心，囟声。”[④]“想”，《说文》篆作“”。

① 鲁道夫·阿恩海姆著，滕守尧译：《视觉思维——审美直觉心理学》，光明日报出版社，1987年，第341页。

② 姚淦铭：《汉字心理学》，第134～135页。

③ 许慎：《说文解字》，第226页。

④ 许慎：《说文解字》，第216页。

《说文·心部》:“想,冀思也,从心,相声。”①“奥”,《说文》篆作“”。《说文·宀部》:“奥,宛也。室之西南隅。”段玉裁注:“宛奥双声。宛者,委曲也。室之西南隅,宛然深藏,室之尊处也。”②将四个篆字合起来,“”所呈现的视觉意象,像是进入到心里深邃广奥的空间,即使“思想深奥”的楷化也还保持着这样的意象生发,这绝非依靠语音的线性或字母线条连接的拼写能获得的效果,它可以说是一种视觉引起的意象呈现或想象唤醒。

对于中国的“文字诗”来说,汉字的象形表意尤其生发诗的意象。石虎先生已经说过:“当一个字打入眼眸,人首先感知的便是字象。这是一重字象的思维。它是由线条的抽象框架形象所激发的字象思维。它一定会去复合字所应对的物象。字象在音意幻化中与物象复合,这里便发生了又一重物象的思维,构成了汉字的两象思维特质。两象相互作用复合,字象便具有了意的延绵。这种字象意延绵具有非言说性,它决定了汉诗诗意本质的不可言说性。”③的确,汉字的这种“诗意”就存在于它的视觉形象中。我们看杜甫诗“星垂平野阔,月涌大江流”④:“星”的“日”形让我们看到星在天空闪烁;“野”中田土广袤,远接苍穹,空阔有如突破“门”的封闭,顿觉心胸开广;半“月”如钩,浩波汹“涌”,水月辉映;“江流”蜿蜒,流向天边。在这里,所有的字形相与形成浑茫的意象,正是这些文字的象形唤起我们的联想,视通茫茫夜色,生发广远、廓落、幽寒、悲凉的情怀。再来看一首孟浩然的诗:

故人具鸡黍,邀我至田家。
绿树村边合,青山郭外斜。
开筵面场圃,把酒话桑麻。
待到重阳日,还来就菊花。⑤

我们简要摘出几个字,“鸡黍”当然是要做熟待客的,但是相对于都市的“车马”

① 许慎:《说文解字》,第218页。
② 段玉裁:《说文解字注》,上海古籍出版社,1981年,第338页。
③ 石虎:《论字思维》,谢冕、吴思敬主编:《字思维与中国现代诗学》,天津社会科学院出版社,2002年,第2页。
④ 仇兆鳌:《杜诗详注》,第1486页。
⑤ 孟浩然《过故人庄》,徐鹏:《孟浩然集校注》,人民文学出版社,1989年,第261页。

来说，“鸟”所呈现的禽类闲啄于“禾”之所示的田野中，就唤起了乡村“田家”的意象，中有“十”字分割的“田”畴；“村”旁有“木”，绿荫青藤，悬蔓如“糸”，“郭”中为“邑”（㔾、阝），邑外为“山”（⛰），峰峦并立；推“門”而“開”，场中平“土”空阔，疏篱“囗”起的菜园；酒从“酉”中倾出，“氵”如滴沥，绵绵甘醇；而谈话所及，总是“木”之树艺的“桑麻”；难得悠闲，在悠闲中享受生命的时光，秋日的重“陽”寓意着“日”光的流逝，也许行将老去，有如金色的“菊”花。所有这一切，都是依赖汉字象形的生发，否则我们只能在连写的字母线条中捕捉转瞬即逝的声音，才能对应繁琐的概念，可是这种理性的逻辑一旦参与其中，我们重阳的时日，就再也不是悠闲情境中的默然意会了。在亚瑟·韦利（Arthur Waley）翻译陶渊明《饮酒》“采菊东篱下，悠然见南山”的句子中，我们确实见到这样的情形：

> I pluck chrysanthemums under the eastern hedge,
> Then gaze long at the distant summer hills. ①

不必说“南山”被定冠词 the 指为 distant summer hills（远处的夏天的山），已经隐去“南山”所呈现的并列的峰峦（⛰），而且“南山”和“东篱”一样，并不是特指那东边的（the eastern）方位，而是高人雅士吟咏啸傲的场所。同样在作为纯粹“记号”的字母拼写中，“篱”隐去了竹枝的披篱，“菊”不见了草卉叶茎（艹、艸、屮），没有任何可视的形象供给我们视觉的联想，只有被孟子称为“鴃舌”的咕噜不断，并由此引导在思想中寻找精确的理性指向。

第四节　汉字字形的诗法讲究

汉字表意指向宇宙间活生生的事物，并以象形唤起诗性的意象，这是它作为文字符号的功用。除此之外，汉字特殊的形体构造本身也呈现字母拼写根本无法比拟的视觉美感。刘志基《汉字体态论》第五章第一节“方形的诠释”对汉字方块形态做了探讨，这是人们司空见惯而又容易视若无睹的方面。刘先生追溯了方形形成的渊源及其得以保持不变的原因，首先，方形适合视知觉所趋向的规则、对称、简化的结构要求，它具有被人强烈认同的趋势，例如窗户、书籍、画框、

---

① Arthur Waley, *Chinese Poems*, Unwin Books, 1961.

电视屏幕等,专为人的视觉设计的无数方形产品证明了方形之于视觉的优势。其次,汉先民具有一种积久深厚的方形嗜尚,“方”乃天下大地的总名,故有“方州”“方仪”“方载”“方局”之谓,而诸侯以“方”为通名,则有“方侯”“方维”“方牧”之称。对于这样的方比,也许有人提出中国人不是也喜欢圆满吗?例如太极图的圆和“大团圆”的故事结构,但也不能否定方圆并驾的好尚,这正如联言推理的两个联言支,并不因为只说其一而否定另外一支的真实性。再次,汉字得于原始图形符号的遗传,保留了方形的基本格局,这是“书画同源”的表现。第四,汉字构形的复杂性并不方便统一在一个圆形中,当然也不适合拼音书写的线性勾连,而且汉字方块的组合不是正好切合汉语单音表意的言语之流吗?这真是一个极为智慧的猜测,这样的话,我们不也完全可以说屈折的缺舌连带恰恰适应字母拼写的蛇形蜿蜒吗?后者的情形必定是真实的。关于“方形的内涵”,刘志基提出汉字构形的“两分与对称”和“中轴定势”,因为“在中心位置上就比较稳定”。关于汉字方形的视觉艺术,他指出“方形作为人类视觉最自然的一种选择,赋予了汉字最充分的艺术气质”,例如在书法上整篇文字的布白,以及刻版方块字的齐整,这些都是表音文字的线性书写不可企及的方面。① 在古代,诗人作诗是书于纸上,翩若惊鸿的线条和元气淋漓的墨色,对于诗意的表达不可或缺,在诗成之后平添了书法的韵味。在西方,德国古典哲学家赫尔德(Johann Gottfried von Herder,1744—1803)就说过:“象形文字的艺术形式描摹出中国人那高深莫测的思维方式。人们在书写象形文字时必须全神贯注于字形笔画,从而使得这个民族的整个思维方式流泻出捉摸不定的、任意的特征。”②诚然,汉字艺术书写的韵味或气韵,在龙翔凤翥之际是难以捉摸的,诗、书作为传统文人必须兼擅的艺术修养,融合于主体的气质,发挥于笔墨之间。至于刻版的齐整,则如可视的格律,其中起承转合、用字造语和联对相属,都以方块汉字的排列展示于目前,凡此都是中国诗研究应当涉及的问题。

而在传统的文学创作中,不仅字义的选择是炼字的精致推敲,而且字的形体选择也是作家颇费考量的方面,无疑这只有在表意象形的汉字中才是可能的

---

① 刘志基:《汉字体态论》,第 194 ~ 207 页。

② 夏瑞春编,陈爱政等译:《德国思想家论中国》,江苏人民出版社,1995 年,第 90 页。

“额外”追求，那种纯粹作为语音记号的字母拼写，它仅有的平庸死板的实用性，丝毫无与这样的讲究。刘志基说：

> 文章之美，原本是可以独立存在的，然而，一旦置身于中国文化的宏大系统中，却总与文字形式之美难脱干系。撰写文章，不仅文字内容须苦心推敲，字形体态也应精心选择。这种讲究，今人或许已经陌生，却实实在在曾为古人所重。①

这种“今人已经陌生”的字形讲究，在古人创作中却原本就是必然而普遍的现象，只是今世科班教师不越官定教材照本宣科的“思想内容”和“艺术形式”分析对此未曾梦见，原因在于既不能搦翰临文，而自矜为学者的持重却又根本不屑“文人”的轻薄。在中国文学的传统文体中，正是那些被后人耻为“词臣”的大赋献制因为追求古拙厚重，借以炫耀才学，夸诞铺陈，堆砌殊方名物，类聚古今语词，所以多用难僻之字，而且用字联边相从，鱼贯排列，在此，字形乃是重要的考量。元祝尧《古赋辩体》卷四谓“自楚《骚》已多用连绵字及双字，长卿赋用之尤多，至子云好奇字，人每载酒从问焉，故赋中全喜用奇字十句而八九矣”②，但汉大赋自枚乘《七发》已多奇字，相如益夥，已开风气，而扬雄笃之弥深。例如《七发》“歠”③，饮也；《子虚赋》“嵂崒”④，巀嶭貌；“勃窣”，“缓行之貌”⑤；司马相如《上林赋》“泌㳿”，水势猛急貌；“訇礚”，鼓怒声，借字拟声；“巀嶭”，山势高峻貌⑥；扬雄《甘泉赋》“茇葀”，草名；“摧嗺”，“崔巍”同声之变；“翍猭”，风吹帷帐之声；“魖”，耗财之鬼⑦；扬雄《羽猎赋》“嘄”，古同“叫”而故用难僻；“蠵”，大海龟。⑧ 凡此之类，繁难僻涩，或以方言异形，或以今古文之异，或以六国文字之遗，或以借声衍形，不一而足，都在猎奇致异，以取古拙厚重；反之在大赋长篇巨

---

① 刘志基：《汉字体态论》，第143页。

② 祝尧：《古赋辩体》卷四，王冠辑：《赋话广聚》第2册，北京图书馆出版社，2006年，第192～193页。

③ 萧统编，李善注：《文选》，第480页。

④ 杜甫《桥陵诗三十韵因呈县内诸官》“高岳前嵂崒”句，仇兆鳌注：“嵂崒，巀嶭貌。”见《杜诗详注》，第289页。

⑤ 胡绍煐：《文选笺证》卷九“媻姗勃窣”，胡绍煐按“缓行之貌”，《续修四库全书》本，集部第1582册，上海古籍出版社，2002年，第117页。

⑥ 萧统编，李善注：《文选》，第123～124页。

⑦ 萧统编，李善注：《文选》，第112、114、111页。

⑧ 萧统编，李善注：《文选》，第133、134页。

制，倘使数千字中无一繁难生僻之字，则必不古拙厚重，其名物铺陈亦必平凡无奇，而大赋的“凭虚”夸诞也就失去了骇人耳目的震撼效果。[①] 在此需要特别指出的是，仅从字面的视觉形象来说，繁难僻涩的字形堆砌，也给读者带来深奥衍博的第一感觉，这种令现代人望而生畏的繁难僻涩，以其傲兀的态度考验着人们的好奇心和知识水平。而且大赋用字的联边相从，也旨在追求字形整饬的绵密堆砌，例如《西京赋》“木则枞栝棕楠，梓棫楩枫……草则葴莎菅蒯，薇蕨荔艽……其中则有……鳣鲤鲔鲖，鲔鲵鲿鲨……鸟则鹔鹴鸹鸨，驾鹅鸿鹍”[②]，部首相从，视觉齐整，排比缜密，鳞次栉比，珠连鱼贯，极度发挥着汉字形体的视觉功能。南朝梁刘勰《文心雕龙·练字》早已强调这种字形讲究的必要：

若夫义训古今，兴废殊用，字形单复，妍媸异体，心既托声于言，言亦寄形于字，讽诵则绩在宫商，临文则能归字形矣。是以缀字属篇，必须练择：一避诡异，二省联边，三权重出，四调单复。诡异者，字体瑰怪者也。[③]

所谓“诡异”“联边”，正是大赋用字所尚，刘勰的喜好与此相左，但足以反映中国文学创作讲究字形的重要现象。所谓“练字”的讲求当然不限于赋体，唐宋乃至以后诗的创作和诗式、诗格、诗话对此有太多的讲求，刘勰对于赋体铺陈的虚诞本来就持反对的态度，则其难免更加不赞同大赋用字的“诡异”“联边”。刘勰论赋的取向，本于班固“赋者古诗之流”的假设，坚持班固的《诗》学讽喻立场和对汉大赋“但有浮华之辞，不周于用”[④]，以及“竞为侈丽闳衍之词，没其风谕之义”[⑤]的根本性批评。像班固将《离骚》等屈辞纳入《诗》的流变系统，并视之为宋玉及汉赋的源头而又指责其虚夸不经一样，刘勰也借批评《离骚》的虚浮否定了汉赋“凭虚”铺陈的传统。对于《离骚》，刘勰批评其“托云龙，说迂怪”[⑥]的虚诞无征；对以司马相如、扬雄等人为代表的汉大赋，他指斥其“为文而造情”，其所坚持的《诗》学本位，就是“诗人什篇，为情而造文”[⑦]，就赋体铺陈的本质特征

① 参拙文《汉赋“凭虚”论》，《文艺研究》2012年第12期。

② 萧统编，李善注：《文选》，第43～44页。

③ 范文澜：《文心雕龙注》，第624页。

④ 萧统编，李善注：《文选》，第682页。

⑤ 班固：《汉书》，第1756页。

⑥ 范文澜：《文心雕龙注》，第46页。

⑦ 范文澜：《文心雕龙注》，第538页。

来看，这种《诗》学本位的赋论无疑是错位的，因而其所谓“练字”的好尚并不能够引为我们对于大赋用字风气的态度①。

诗的情况正好相反，或许刘勰欲以祛除用字的“诡异”“联边”，在另一方面也是基于魏晋以降诗的创作以及赋之“诗化”的时代审美观念，于时赋体的创制逐渐与诗趋近，表现为述情、体物、用事的共同讲求，因而不是难僻字的堆砌铺陈，而是平易习见的字形容易唤起忧郁的诗情和物我相融的意象。相对于大赋的古拙厚重来说，诗，尤其是近体由于篇幅之短、句式一定、主于情景、呈现意象、讲究风神而显得轻便灵巧，与大赋堆砌繁难相去胡越。尤其七绝一体，王夫之认为其体轻便，“稍以郑重，故损其风神”，而不堪“滞累”“蹇踬”“矜庄”②，在字面的取用上，凡繁难生僻之形，如汉大赋中“嵂崒”“勃窣”“泌㳌”“訇礚”“巀嶭”之类，万不可一字有之，即近体各式亦不可用，否则如飞燕负重、黛玉执斧，颓肩纤手，并所不受。

不仅如此，诗法讲求的字面之用，要义在于诗道高雅。“诗，雅道也”③，诗道所尚，恒在“典而古者”④，必须“脱去流俗”⑤、“脱凡近浅俗”⑥。在用字的讲求上，也必然尚雅避俗。清王士禛要求“凡粗字、纤字、俗字，皆不可用”，同时张笃庆亦指凡“一切……涉俚、涉佻……涉淫……者，戒之如避酖毒可也”，⑦不唯字义涉俗，而且字形如污秽者，不可见之于诗，凡一切书面亦当避之，原因在于汉字象形表意直接给予人们这些不堪的视觉形象，而在字母拼写那里，这些龌龊的“意义”或“概念”只有在发声时才传达出来。清冒春荣《葚原诗说》卷一也说：“用字最宜斟酌，俚字不可用……用俚字是刘昭禹《郡阁闲谈》所谓‘四十个贤人，着一屠沽儿不得’也。”⑧而张笃庆既指诗为雅道，在字面上则主张“择其言尤雅者为之可耳”⑨。所谓字之雅者，当然首先是从字义上来说的，但由于意义的

---

① 参拙文《“赋亡”：铺陈的丧失》，《文学评论》2015 年第 3 期。
② 王夫之：《姜斋诗话》卷下，《清诗话》，第 18 页。
③ 张笃庆语，见《师友诗传录》，《清诗话》，第 138 页。
④ 叶燮：《原诗》卷一，《清诗话》，第 574 页。
⑤ 黄庭坚：《跋王荆公禅简》，《黄庭坚全集》，第 696 页。
⑥ 方东树：《昭昧詹言》卷一，第 14 页。
⑦ 王士禛等：《师友诗传录》，《清诗话》，第 138 页。
⑧ 冒春荣：《葚原诗说》卷一，《清诗话续编》，第 1582 页。
⑨ 王士禛等：《师友诗传录》，《清诗话》，第 138 页。

雅致表现为象形的字面，那么择字之雅，实际上同时也是字形的讲究。冒春荣谓“诗中用字，本之书卷”[1]，同代张谦宜亦谓“凡所读之书，其菁华香泽，久而滑滋……前民雅字，再加镕铸，用之自然如意”[2]，都是从用字的角度坚持尚雅避俗的要旨，所谓“前民雅字”，就是“本之书卷”的“文言”。唐刘知幾《史通》谓“文言美辞列于章句”[3]，“文言”就是美辞。“言”之于形，就是“字”。《论语·卫灵公》：“子贡问曰：‘有一言而可以终身行之者乎？’子曰：‘其恕乎！’”[4]“恕”之“一言”就是一字，它不是表音文字的一个无意义的冰冷字母，而是具有独立自主的意义，字充当了“词”的功用，字就是“词”，当某字处于一定的对话语境中，也可以成为一句。“言”也有句子的意思，倘若孔子回答子贡就是直接说一个“恕”字，那么“恕”就是作为孔子回答的“一字句”。又《汉书·艺文志》“说五字之文，至于二三万言”[5]，白居易《琵琶行》序“凡六百一十二言，命曰《琵琶行》”云云[6]，“言”都是确指为字。固然“言”的本义是说。《说文·言部》：“言，直言曰言，论难曰语。从口，辛声。”[7]郑樵《通志》：“言，从二，从舌。二，古文上字。自舌上而出者，言也。”[8]郑樵的解释是合理的，西周早期伯矩鼎“言”作“”，下象舌形，《说文》篆作“”，《老子》甲七一作“”，睡虎地简一〇·一隶变作“”，汉石门颂再变作“”，可以清晰地看到“舌”形的嬗变。“言”之于形，就是字，文人书字为诗，就是“文字诗”，而不是“口语诗”。那种将汉字作为单纯口语记号的看法忽视了汉字象形表意的“第二语言”[9]特征，更不用说今人将诗歌作为口头白话的记录，那是错谬之甚！因此古人以字写诗，字则“本之书卷”，见载典籍，其字形本身必然带着“经典”的古雅气质，这是择字尚雅的切近因由。

为诗用字尚雅，所以诗用经典拙重字面，在诗法的讨论中也有不同的看法，

---

① 冒春荣：《葚原诗说》卷一，《清诗话续编》，第1580页。
② 张谦宜：《絸斋诗谈》卷一，《清诗话续编》，第795页。
③ 刘知幾撰，浦起龙释：《史通通释》，上海古籍出版社，1978年，第132页。
④ 刘宝楠：《论语正义》，《诸子集成》本，第343页。
⑤ 班固：《汉书》，第1723页。
⑥ 顾学颉校点：《白居易集》，中华书局，1979年，第242页。
⑦ 许慎：《说文解字》，第51页。
⑧ 郑樵：《通志》，中华书局，1987年，第491页。
⑨ 索绪尔著，高名凯译，岑麒祥、叶蜚声校注：《普通语言学教程》，第51页。

因为诗取轻灵，近体尤甚，在体制的本质要求上与大赋用字繁难殊相异趣。诗用经典字面易落板腐，好古者用之，则取古雅厚重。胡应麟《诗薮》内编卷五指出：

曰仙、曰禅，皆诗中本色。惟儒生气象，一毫不得着诗；儒者语言，一字不可入诗。①

这真是令人诧异的论断。不是"诗教"的千古传承表明儒家的诗学正统吗？不是"风雅"的经义一直作为诗家悬想的标的吗？不是"旧体"在今世也被视为封建的流毒而不能与儒家脱离干系吗？但其实诗近道、禅，所以严羽教人学诗，谓"大抵禅道惟在妙悟，诗道亦在妙悟……惟悟乃为当行，乃为本色"②。所谓"禅道"，固然是指修禅之道，但释教进入中土，以"空"攀附老庄之"无"作为"入乡随俗"的捷径，所以在魏晋玄学中，佛、道已经互渗，及唐宋早已不复"纯正"的"禅道"，老庄之道已经深入禅悟的骨髓。当知老庄形上之"道"，必以体悟为本，那么"曰仙，曰禅，皆诗中本色"，诗于禅、道两家为近，而与"儒生气象"的经学不相为侔，尽管本于《诗经》学的"诗教"表面上作为中国传统诗学的纲领，但是所谓"风雅"的追求毋宁说是悬诸尊古好雅的标格，实际上例如李白"大雅久不作，吾衰竟谁陈"③的慨叹，并不表明创作的追拟，他那"且放白鹿青崖间，须行即骑访名山"④的愿望，正如匡庐隐居的行迹，究竟在于"诗仙"的飘然自在。即使现代的学者，也能在特定的历史情境中遥想仙佛的遗风。黄保真先生曾在《中国文学理论史·绪言》中指出：

道释两家(包括玄学在内)以其宇宙观、方法论和完整、丰富的概念、范畴，为人们探求文学的内部联系、审美规律提供了思想武器，或直接或间接地推动了以审美为中心的文学理论的发展。中国传统的审美本体论、审美认识论、审美现象论，简直可以说无不借助于道、释哲学……⑤

儒、道、释与中国诗学的关系，是儒家为外，而道、释为内，后者是关于中国诗审美特性的本质所在。明白了这一点，我们就不难理解胡应麟在诗的用字层面上对

---

① 胡应麟：《诗薮》内编卷五，第 91 页。
② 郭绍虞：《沧浪诗话校释》，第 12 页。
③ 李白：《古风》，王琦注：《李太白全集》，中华书局，1977 年，第 87 页。
④ 李白：《梦游天姥吟留别》，《李太白全集》，第 708 页。
⑤ 蔡钟翔、黄保真、成复旺：《中国文学理论史》第 1 册，北京出版社，1987 年，第 23 页。

于“儒者语言”的排斥。但是“雅道”的好古追求却总是围绕着经籍的字面不肯遽舍。清叶矫然《龙性堂诗话续集》举例云：

黄山谷“相戒莫浪出，月黑虎夔藩”①，“夔”字用老杜“虎恃爪牙，昏黑搘突，夔人屋壁”②之语。东坡“主孟当啖我，玉鳞金鲤鱼”③，“主孟”字用优施谓里克妻之语。二诗古色斑斑，不必过求字义作解，累纸不休。④

“主孟”字形并非难僻，但二字出于《国语·晋语二》晋大夫里克之妻语：“主孟啖我，我教兹暇豫事君。”韦昭注：“大夫之妻称主，从夫称也。孟，里克妻字。”陈瑑曰：“孟者，且也，言且啖我。”⑤苏轼《与赵陈同过欧阳叔弼新治小斋戏作》⑥诗用之，借指主人之妻。“夔”字则祖述杜甫，洪迈《容斋随笔》云：

黄鲁直《宿舒州太湖观音院》诗云：“汲烹寒泉窟，伐烛古松根。相戒莫浪出，月黑虎夔藩。”⑦“夔”字甚新，其意盖言抵触之义，而莫究所出。惟杜工部《课伐木》诗序云：“课隶人入谷斩阴木，晨征暮返，我有藩篱，是阙是补，旅次于小安。山有虎，知禁。若恃爪牙之利，必昏黑搘突。夔人屋壁，列树白桃，镘焉墙，实以竹，示式遏。为与虎近，混沦乎无良宾客。”⑧其诗句有云：“藉汝跨小篱，乳兽待人肉。虎穴连里闾，久客惧所触。”⑨乃知鲁直用此序中语。然杜公在夔府所作诗，所谓“夔人”者，述其土俗耳，本无抵触之义，鲁直盖误用之。⑩

洪氏考据精审，但于一字来处，不可完全措实。倒是诗法学“不求甚解”地指出“夔”与“主孟”二字“古色斑斑”⑪，中其肯綮。“夔”字多见秦汉载籍，商周彝器

---

① 黄庭坚：《庚申宿观音院》，《黄庭坚全集》，第949页。

② 杜甫《课伐木》序略云：“课隶人伯夷、辛秀、信行等，入谷斩阴木……山有虎，知禁，若恃爪牙之利，必昏黑搘突。夔人屋壁，列树白菊，镘为墙，实以竹，示式遏。”（仇兆鳌：《杜诗详注》，第1985页）

③ 苏轼：《与赵陈同过欧阳叔弼新治小斋戏作》，此句一作“金尾鱼”，见王文诰辑注，孔凡礼点校《苏轼诗集》，中华书局，1982年，第1812页。

④ 叶矫然：《龙性堂诗话续集》，《清诗话续编》，第1051页。

⑤ 徐元诰：《国语集解》，第276页。

⑥ 苏轼：《与赵陈同过欧阳叔弼新治小斋戏作》，《苏轼诗集》，第1812页。

⑦ “烛”当为“竹”。黄庭坚：《庚申宿观音院》，《黄庭坚全集》，第949页。

⑧ 杜甫：《课伐木》，《杜诗详注》，第1985页。

⑨ 杜甫：《课伐木》，《杜诗详注》，第1987～1988页。

⑩ 洪迈：《容斋随笔》卷一二，上海古籍出版社，1978年，第155页。

⑪ 叶矫然：《龙性堂诗话续集》，《清诗话续编》，第1051页。

多铸其形以为文饰。《国语·鲁语下》:"木石之怪曰夔、蝄蜽。"韦昭注谓"或云:夔,一足,越人谓之山缫"①。《庄子·达生》:"桓公曰:'然则有鬼乎?'曰:'有……山有夔……'"②陆德明《经典释文》:"夔,司马云:'状如鼓而一足。'"③《文选·张衡〈东京赋〉》:"残夔魖与罔像。"④又《山海经·大荒东经》:"东海中有流波山,入海七千里。其上有兽,状如牛,苍身而无角,一足,出入水则必风雨,其光如日月,其声如雷,其名曰夔。黄帝得之,以其皮为鼓,橛以雷兽之骨,声闻五百里,以威天下。"⑤此外,"夔"在上古也用为人名。《书·舜典》:"帝曰:'夔!命汝典乐,教胄子……"⑥《礼记·乐记》:"夔始制乐以赏诸侯。"⑦凡此可见"夔"字见载典籍的高古形义,大赋喜用,而诗人黄庭坚的用字偏嗜,反而略近赋体用字繁难生僻的古拙厚重,仅从字面来看,"夔"字的构形真有"古色斑斑"的视觉效果。

在盛唐以兴象、兴趣为尚之后,以"山谷体"及江西诗派为代表的宋诗走上"偏仄"之路,所谓"以文字为诗",正合严羽之论:"夫诗有别材,非关书也;诗有别趣,非关理也……近代诸公乃作奇特解会,遂以文字为诗,以才学为诗,以议论为诗。"⑧诗用经籍字面,正是"以文字为诗",同时也是以散文句法为诗,而且多涉说理议论,因此"以文字为诗""以才学为诗""以议论为诗",三者相与表里,道通为一,都是归于"多读书、多穷理"所致。黄庭坚的诗学理论足为代表,引导着宋人诗话的论诗取向。黄庭坚强调"诗词高胜,要从学问中来"⑨,在"诗本"上强调心性和学问涵养,在"诗用"上讲求诗法,尤其是"点铁成金""夺胎换骨"⑩,为诗用字,取用经籍,旨在尚雅避俗,仅从字形的"古色"来说,也具有迥出流俗的

① 徐元诰:《国语集解》,第191页。
② 郭庆藩:《庄子集释》,《诸子集成》本,第286~287页。
③ 陆德明:《经典释文》,第385页。
④ 萧统编,李善注:《文选》,第63页。
⑤ 袁珂:《山海经校注》(增补修订本),巴蜀书社,1993年,第416页。
⑥ 孔安国传,孔颖达疏:《尚书正义》,《十三经注疏》本,第79页。
⑦ 郑玄注,孔颖达疏:《礼记正义》,第1099页。
⑧ 郭绍虞:《沧浪诗话校释》,第26页。
⑨ 胡仔:《苕溪渔隐丛话》前集卷四七引,第320页。
⑩ 黄庭坚:《答洪驹父书》,《黄庭坚全集》,第475页;惠洪等撰,陈新点校:《冷斋夜话·风月堂诗话·环溪诗话》,中华书局,1988年,第15页。

视觉效果。

其实诗用难僻字面，杜甫古体如《自京赴奉先县咏怀五百字》等，已开一途，“凌晨过骊山，御榻在嵽嵲”“忧端齐终南，澒洞不可掇”[①]，“嵽嵲”用字，有如大赋以类相从，如《子虚赋》“崔崒”、《上林赋》“巀嶭”[②]联绵状山之类。“澒洞”亦辞赋形容语，祖贾谊《旱云赋》[③]，而扬雄《羽猎赋》作“鸿絧”[④]，王褒《洞箫赋》作“鸿洞”[⑤]，马融《长笛赋》作“港洞”[⑥]，盖联绵因声求义，字无定形，随写而然。杜甫古体用之，以取古朴拙重，开启韩愈，专从险怪朴拙一路。韩愈《南山诗》《陆浑山火和皇甫湜用其韵》《石鼓歌》诸什，足为代表，如《南山诗》“飘簸”“沮洳”“崔崒”“歊歔”[⑦]等，出于《诗》《礼》《周易》《左传》《尔雅》《说文》《老子》《庄子》《史记》及汉赋，唐人罕用，近体避之，但用于古体长篇，以矫敷衍，如白居易歌行，连篇累牍，流丽有余，而失之浮滑，正唯使事少、内涵薄，用字过于平易，不能深厚。但清庞垲《诗义固说》卷下乃指韩愈此诗“如烂砖碎瓦，堆垒成丘耳，无生气，无情致，无色泽”[⑧]。明谢榛《四溟诗话》卷二曾说：“《诗》曰：‘游环胁驱，阴靷鋈续。’又曰：‘钩膺镂钖，鞹鞃浅幭。’[⑨]此语艰深奇涩，殆不可读。韩柳五言，有法此者，后学当以为诫。”[⑩]若以情致灵动言，谓之非诗亦可，但以“别体”视之，当许独创一格，难僻字之用，正是着意追求古雅拙重、以取古色斑斓。

诗用经籍难僻之字，本于尊古尚雅以避凡俗，只是尊尚太过，反成险怪。从总体上说，诗的用字具有一定的普遍要求。冒春荣《葚原诗说》卷一说：

> 大概诗家常用者，自然秀而隐，反是则笨而险；近体中常用者，自然雅而清，反是则俗而浊。世有喜新厌熟，务用艰涩字面者，固不可与言诗矣。至于古诗字料，尤难入近体。六朝人竞尚绮靡……自唐兴律体，扫涤繁芜，一

① 仇兆鳌：《杜诗详注》，第328、335页。
② 萧统编，李善注：《文选》，第119、124页。
③ 陈元龙编：《历代赋汇》，江苏古籍出版社、上海书店，1987年，第28页。
④ 萧统编，李善注：《文选》，第132页。
⑤ 萧统编，李善注：《文选》，第245页。
⑥ 萧统编，李善注：《文选》，第250页。
⑦ 韩愈：《南山诗》，方世举：《韩昌黎诗集编年笺注》，中华书局，2012年，第201页。
⑧ 庞垲：《诗义固说》卷下，《清诗话续编》，第738页。
⑨ 见《诗・秦风・小戎》《诗・大雅・韩奕》，《毛诗正义》，《十三经注疏》本，第415、1229页。
⑩ 谢榛：《四溟诗话》卷二，《历代诗话续编》，第1168页。

轨大雅,学者所宜亟辨,恶可混用乎?①

为诗用字尚秀隐,不取笨险,这是普遍的要求。近体用字宜清、雅,俗、浊不可入;即使古体使字浑朴,也不宜艰涩字面。此外如乐府诗,虽谓不避鄙俗,但必有度。从诗道高雅的普遍尊尚来说,粗俗固所不许。概略言之,固有一类粗俗之字,各体皆不可入,为文亦然。如粪土秽物,字面望之令呕,断不可入。又方言俚语,如"诗忌俗字,'摩挲''抖擞'之类是也"②。再如"'花''葩'一也,而'葩'字较俗"③。宋周紫芝《竹坡诗话》举诗"痛遭俗人改易"例,如"樱桃欲破红"改作"绽红","梅粉初坠素"改作"梅葩","殊不知绽葩二字,是世间第一等恶字,岂可令入诗来。"④"花""葩"义同,而不取后者,唯以字形着俗。在特定的文化情境中,人们对俗体的字形本身产生一种心理上的排斥,例如江西新干,秦始皇二十六年置新淦县,以县治临紫淦山及淦水得名,1957年因字生僻,改作"新干",不仅字义无谓,而且相对于乡人文化记忆的亲切,"干"字的异形当有今俗的疏离感受,这无疑印证了汉字象形表意的视觉功能。

此外,当代文字学的研究注意到汉字"类化"的现象,这是两字偏旁改易导致字形的统一,如"火伴"类化为"伙伴"、"胡蝶"类化为"蝴蝶"、"仓浪"类化为"沧浪"⑤,类化的原因,丝毫不关字义,乃在字形整饬的视觉效果。申小龙先生也谈到"汉字偏旁在对联中的功能",并举一联:"宠宰宿寒家,穷窗寂寞;客官寓宫宦,富室宽容。"据说这是一个宰相到状元家做客时的对联,它的意义在于,"同在一个'宝盖头'下,既可以'穷窗寂寞',亦可以'富室宽容'……汉字义类偏旁提供的创作空间可见一斑"⑥。与前者造字不同,这是用字的临时组合,产生字形整饬的美感。而古人属对,早已存在字形相属的讲求。日僧空海《文镜秘府论》引元兢所说"侧对"云:

侧对者,若冯翊、龙首。此为"冯"字半边有"马",与"龙"为对;"翊"字

① 冒春荣:《葚原诗说》卷一,《清诗话续编》,第1580~1581页。
② 李洪宣:《缘情手鉴诗格》,《全唐五代诗格校考》,陕西人民教育出版社,1996年,第371页。
③ 陈仪:《竹林答问》,《清诗话续编》,第2243页。
④ 周紫芝:《竹坡诗话》,《历代诗话》,第357~358页。
⑤ 孟华:《汉字主导的文化符号谱系》,第135页。
⑥ 申小龙等:《汉字思维》,第266页。

半边有"羽"，与"首"为对：此为侧对。又如泉流、赤峰，"泉"字其上有"白"，与"赤"为对。凡一字侧耳，即是侧对，不必两字皆须侧也。①

"侧"为一侧偏旁，"侧对"就是偏旁相对，这是偏旁以对独字，当然也有偏旁对偏旁的情况，总在字形的相属，唯以汉字形体的象形表意，才能具有这种"文字游戏"的快乐。

为诗又忌重字，意复可厌。在大赋中以异体之用避免重复，反而凸显赋家多识字形的博学广知。对诗来说，则因体制之限，即近体中最长者七律仅56字，最短者五绝20字，即使称为古体"长篇"者如杜甫《北征》也只有700字，所以字字精练，不使一字重复，以闲其字之位。相对于"新诗"用字重复漫衍的不成方圆，这当然是"旧体"经由千载锤炼的严谨要求。清王寿昌《小清华园诗谈》卷下说："诗之可宽者……字意重沓……然亦有虽似无害而实不可援以为例者。"②其实字义的重复尚不致引起一般阅读者的特别注意，倒是字形的重复尤其在区区几十字的篇幅排列中显得特别刺眼，这是作诗人常有的感受，非得将它调换才能安榻而卧，否则心中难以祛除的瑕疵总是扰乱夜半的好梦。毛先舒《诗辩坻》卷三举"张乔'波影逐游人，自是游人老'，叠句可憎。于武陵亦有'又渡湘江水，湘江水复春'"③，二例良以古体造语，不避重字，但在精严的近体格律断乎不可。其实诗之重复，往往是聊以自恕的妥协结果，凡事精益求精，所谓"文章千古事，得失寸心知"④，作者自己心知肚明，只是偷懒而已。对于诗避重字的字形考虑，我们不得不感佩于中国"旧诗"的严谨，那种毫厘必争的态度，与表音字母拼写的语音记录，不可同日而语。

第五节　汉字文言性的诗意内涵

相对于西方文化的"逻各斯中心主义"和"语音中心主义"重言说的传统，中

---

① 弘法大师原撰，王利器校注：《文镜秘府论校注》，第254页。

② 王寿昌：《小清华园诗谈》卷下，《清诗话续编》，第1894～1895页。

③ 毛先舒：《诗辩坻》卷三，《清诗话续编》，第54页。

④ 仇兆鳌：《杜诗详注》，第1863页。

国文化则重文字、重书写，这被称为“字本位”①，表明汉字在中国文化中的重要地位。当然，如申小龙从字在章句结构中的重要性来看“字本位”，则是有取于文章学的角度。②《文心雕龙·章句》云：“夫人之立言，因字而生句，积句而成章，积章而成篇。”③在诗法学的讲求上，炼字就成为“句法”的核心。宋张表臣《珊瑚钩诗话》卷一谓“诗以意为主，又须篇中炼句，句中炼字，乃得工耳”④，清张谦宜《絸斋诗谈》卷三亦谓“积字成句，一字不稳则全句病，故字法宜炼”⑤，这显示了诗法学的字本位立场。

中国文化和文章学乃至诗法学对字的看重，当然是由于汉字以其表意象形充当了“第二语言”的重要角色，但从文化的深层来说，汉字在古代中国近乎神圣的地位、它自身的文化积淀，以及书面用字的尊古尚雅，导致人们对它的尊崇，“神圣性”和“古文性”乃是汉字尊崇的关键词，后者尤为重要。有人认为族徽和图腾是汉字的“前身”，借以抬高汉字的“神圣性”⑥，追溯关于创造汉字的神奇传说，如“仓颉作书，而天雨粟、鬼夜哭”⑦，仓颉作为造字之神“龙颜侈哆，四目灵光，实有睿德，生而能书”⑧，又如甲骨文用为占卜，道教字符以为祛邪，是通神灵，都表明汉字的“神圣性”。在甲骨文的时代，史官、贞人掌握了书写的“特权”，因而“早期汉字的这种神圣职能及其垄断者的神圣身份，都足以造就文字本身的神圣性质……更重要的是，文字的这种神圣性质又无可避免地塑造了中国传统文化中敬畏文字的意识”⑨。不用说古代学童入塾先拜圣像，在某种意义上也是膜拜文字和知识，而且迄今对于读书人的尊重——识字就是具有“文化”的表征，无不反映对于文字的“敬畏”。当然汉字被掌握在少数人手中当作“文化统治”的工具，而且如传国重器的款识、钟鼎铭文、帝王印玺等都被视为“尊者

① 王蒙：《汉字与中国文化》，《文汇报》2004年9月12日。
② 申小龙等：《汉字思维》，第13页。
③ 范文澜：《文心雕龙注》，第570页。
④ 张表臣：《珊瑚钩诗话》卷一，《历代诗话》，第455页。
⑤ 张谦宜：《絸斋诗谈》卷三，《清诗话续编》，第811页。
⑥ 刘志基：《汉字体态论》，第123页。
⑦ 高诱注：《淮南子·本经训》，《诸子集成》本，上海书店，1986年，第116页。
⑧ 马骕撰：《绎史》，中华书局，2002年，第43页。
⑨ 刘志基：《汉字体态论》，第124页。

标签”[1]，显示着汉字在中国文明中的重要地位。张光直议论说：

> 古代中国文字的形式本身便具有内在的力量。我们对古代中国文字与权力的认识看来证实了这种推测。文字的力量来源于它同知识的联系；而知识却来自祖先，生者须借助于文字与祖先沟通。这就是说，知识由死者所掌握，死者的智慧则通过文字的媒介而显示于后人。[2]

文字作为人的发明当然要为人事服务，也包括统治阶级的统治；文字一旦书写流传而被后人阅读，也就必然发生生者与死者的交流。除非西方的字母拼音书写不为古代的统治者所用，否则文字的“内在力量”不为汉字独专，那么文字的“专制性”或它所传承智慧的“死人性”却也并不只是汉字所仅有的可憎之处。当然“古代中国文字的形式本身”作为“第二语言”具有象形表意的独特性，而且由于不易掌握，最初才被掌握在少数人手里。但是文盲却也不是中国的发明，使用英语的印度至今仍然维持着30%左右的文盲率，不也是被剥夺了学习和掌握文字的权力吗？正是由于政治、经济等各方面的原因造成所谓文字的“垄断”，而不是文字本身的问题。就如过去任何的学术都被意识形态化一样，当今汉字的研究若非要与权力政治扯在一起，那也一定可以证明汉字的“专制性”，仿佛中国文化在新进学者看来当然就是封建的、保守的或惰性的，在深层上就是汉字的过错，似乎那是仓颉发明的最大的悲剧一样。

而且张光直分析了东周的文献，从中可以发现“有一批人掌握了死者的知识，因而能够汲取过去的经验，预言行动的后果”，例如《孟子》“全书二百六十节，处处是孟子对君主的谏言，至少在五十八节中它引古人为证”[3]，有的是帝尧，有的是帝舜，有的是大禹，有的是商汤，有的是周代先王或早期诸王[4]。也许张光直先生并没有贬低汉字“死人性”的恶意，但是孟华却由此引出为一个事关整个中国文化的严重事件。他说，“君王们‘预见未来’以操控现实社会的依据是古代圣贤事迹，而这些事迹（实际上是汉民族关于华夏文明起源的汉字叙事）又主要是由儒家学者通过汉字的书写和阅读来完成的”，进而“借助于原始起源

---

① 刘志基：《汉字体态论》，第127页。

② 张光直：《美术、神话与祭祀》，辽宁教育出版社，2002年，第66页。

③ 张光直：《美术、神话与祭祀》，第72、73页。

④ 张光直：《美术、神话与祭祀》，第73页。

事件的不在场,文人掌握的书写性文本尤其是儒家经典成了汉民族对自身起源和历史记忆的唯一方式。也就是说,借助于起源的缺失,汉字及其文本反而成了起源或所指……人们通过掌握文字而掌握历史叙事或本源模仿的权力,并通过这种叙事权力而获得世俗的统治权——君权"①。这种将专制归咎于汉字的激愤似乎是深刻和振聋发聩的,但却不是中国学者的发明,我们有理由视它为黑格尔的应声虫。黑格尔对中国文化和文字总是怀着恶毒的贬损,他拒绝承认老子的思想可以称为哲学,认为在孔子的言论中,"思辨的哲学是一点也没有的"②,即使《易经》中"那些图形(笔者按:黑格尔似乎不知道这个叫卦象)的意义是极抽象的范畴",也还是"没有概念化,没有被思辨地思考"③。这是由于黑格尔从先验的本体论的角度认为中国哲学尚且处于经验的领域。然而正如本书第一章说过的那样,俞宣孟就以中国"一体"(即体用相即)哲学区分了西方"两离"(先验世界与经验世界的分离)的哲学④,"哲学"不应该只存在西方本体论封闭于先验之域的唯一形态。在对汉字的态度上,黑格尔断言,"这种文字是为一个民族的极少数人、为那些占领精神文化的专门领域的人保留的"⑤。为什么中国的学者总是不假思索地接受西方对于中国文化的鄙视?除了学术的严谨性之外,恐怕还是不能出脱文化自卑的阴暗心理,抑或就是德里达所谓"人种中心主义"的妄自菲薄。新儒家教人对于中国文化尚需有"同情的理解",但我们只能寄希望于西方明智之士的理性声音。实际上对于汉字的"专制"来说,首先是君权的获取历来多半是诉诸武力的结果,利用文字的"文治"至多是政权巩固的辅助手段。其次则不仅是儒家甚至百家者流,例如墨家、道家庄子也一样进行了关于"华夏文明起源的汉字叙事",同时史家著作如《尚书》《春秋》《左传》《国语》也用汉字记载着当时的大事,下及《史记》,尽管前三者被后儒纳为儒家经典,但不能说它们的作者就是儒家学者,这是中国文化的常识。正是依靠它们对于华夏远古和上古历史的汉字叙事,我们才能在此讨论所谓中国的文化和历史,难道这

① 孟华:《汉字主导的文化符号谱系》,第 109 页。
② 黑格尔著,贺麟、王太庆译:《哲学史讲演录》第 1 卷,第 119 页。
③ 黑格尔著,贺麟、王太庆译:《哲学史讲演录》第 1 卷,第 120 ~ 121 页。
④ 俞宣孟:《本体论研究》,第 61 页。
⑤ 转引自雅克·德里达著,汪堂家译《论文字学》,第 35 页。

些文字的叙事仅仅就在于获取世俗的权力？难道它们对于“汉民族对自身起源和历史记忆”都是疑古派所说的完全虚无？难道它们被后人纳入儒家经典就减损了原初的史学价值？似乎不假思虑的就是：中国文化是保守的，而保守落后的原因就在于儒家，儒家用汉字书写，汉字就是中国文化保守性的罪魁祸首。

这种思路虽然是隐约的，但是联系20世纪初以来不断涌现的汉字改革和拼音化运动，以及迄今对于汉字进一步简化的坚持，这种文化虚无主义自是积弊甚深，哪怕在严谨的汉字学研究的字里行间，也不时隐现着这种阴郁的沉思。对于孟华先生的汉字“文化符号”研究来说，汉字作为符号能指的所指即历史远古事件的缺失，使它自己变成了所指。我们不免要急于知道全世界所有民族的历史究竟是依靠除了文字之外的何种符号才得以流传至今。确实，在“言语中心主义”①的西方语境中，柏拉图首先指责了文字的弊端。在他看来，来自“理念”的知识是灵魂的回忆，文字使记忆力退化为简单的模仿和重复，所以被视为蛊惑心灵的危险毒药②；紧接着亚里士多德也说“口语是心灵的经验的符号，而文字则是口语的符号”③，所以文字对心境的表达是有隔膜的；一直到黑格尔也还相信耳朵对于言语感知更加接近意义④，文字则有间隔。尽管西方“言语中心主义”一直坚持着对于文字的贬损，但是谁也不曾真正想过要废除这种“符号的符号”，否则他们的文化和历史将是毫无记忆的一片空白。反过来看“汉字符号”的研究，在骨髓里也深受西方“言语中心主义”的影响：由于汉字作为“第二语言”的表意象形性质妨碍了语音与意义所指的直接对应，就造成所指的僭越；并且“汉字的类所指特征最终导致一种跨界性的名物思维”，这反映中国人“热衷于在名与物之间进行暧昧操作……而放弃对真相和真理的追求”⑤。不仅如此，而且汉字的繁难一直就是被要求拼音化或不断简化的原因。汉字比表音文字确实难学些，所以小学多学识字、写字，但是幼儿汉字教学也是一个很大的问题，它

---

① 雅克·德里达著，汪堂家译：《论文字学》，第16页。柏拉图的言论见《斐德若篇》，《柏拉图文艺对话集》，第155页。

② 柏拉图著，朱光潜译：《柏拉图文艺对话集》，第169页。

③ 亚里士多德著，方书春译：《范畴篇　解释篇》，商务印书馆，1959年，第55页。

④ 黑格尔著，朱光潜译：《美学》第3卷，商务印书馆，1979年，第331页。

⑤ 孟华：《汉字主导的文化符号谱系》，第95页。

一般按照所谓“儿童心理学”的特点定量分配学年的汉字教学，导致教学时间过度拉长，借以防止青年过早进入工作和社会福利的竞争。实际上，集中的学习是可行的，古人已经证明这一点，并且现代私塾正以此否定着制度化的小学识字教育。孟华说他女儿的女儿在法国上小学一年级（读法语），“她已经抱着很厚的带图地理书饶有兴趣地阅读……这实在令人感慨”①，感慨的是远在大陆此方的中国同龄人还在辛苦地认识汉字。但是发着感慨的时候不能忘记幼儿英语乃至博士、出国的英语考试正在摧残中国的儿童、青年和壮年的身心，如果将教育体制的问题归咎于祖宗发明的汉字，那岂不荒唐？而且对于大多数不能移民的中国儿童来说，汉字的阅读乃是必然的选择，如果汉字不至于在国人的诅咒中消亡，那么它的继承人必定是这些抱着汉字读本的孩子。同时，那些怀着汉字忧虑的学者家长们应当不会否认联合国文本中中文最薄，我们掌握4000个汉字就足以阅读一般的文本。当字母世界日益兴叹于词汇浩如烟海，我们宁可听从“磨刀不误砍柴工”的古训，努力掌握4000个汉字，然后不靠字典阅读，就是终身受益的轻松快乐了。

不管是对于所谓汉语“神圣性”的恭维还是对于它的专制、繁难的指责，实际上都是过多的引申。应当再三重申汉字传达汉语的基本功能，在其实用性上，恐怕并没有让使用者时刻感到“神圣性”或者“专制”的压迫，或者“繁难”得不堪传达语义，中国人几千年来习惯了汉字的使用，普通人并未意识到汉字还有这么多“优劣”的说法。对于所谓汉字的“古文性”也是如此，只有在确认汉字的普通使用功能的前提下，我们才可以用学术的眼光看待这个“额外”的话题。在这个前提下，孟华提出的汉字“古文性”可以向诗学引申。所谓“古文性，是指汉字示源、通古即凝固、保存古代语言的能力”②，简单地说，就是从现代某个汉字所使用的意义，回溯它的本义和在历史过程中产生的种种引申义，即在汉字字形中保存着它的历史意义的踪迹，但字形却没有根本的变化（除了书体的变化或简化等）。汉字的本义以及较早产生的引申义（这些引申义离本义比较切近）大多是其在“经典”中的意义，因此所谓“古文性”也

---

① 孟华：《汉字主导的文化符号谱系》，第76页。

② 孟华：《汉字主导的文化符号谱系》，第110页。

指向古昔的经典，这就与经典文字的“神圣性”或它的“专制”性质具有相同的趋向，即对汉字的尊崇。孟华指出：

拉丁字母缺少这样的能力（按指“示源、通古”），今天的英国人读不懂14世纪乔叟的作品，因为拼音文字跟着语音的变化走，语音变化了，字母的拼写形式就发生变化，所以后人就不能通过今天的文字来理解当时的语言了。而汉字的这种古文性质，保持了华夏文明的连续性。当然，汉字作为看待汉语的一种物质铭刻方式，同时也具备另一种“今文性”的功能，即适应汉语变化和需要而淡化历史记忆的功能。例如，意为斗争的“鬥”，繁体字还保留了两手格斗的象形性，而简化后写为“斗”，其古文性丧失，而服从于简便、经济的书写目的，这就是今文性。①

孟华借用于汉代经学的“古文性”和“今文性”观念十分恰切地说明了汉字示源通古和实用两方面的功能。但严格说来，“斗”并不是“鬥”字的简化，二字在古共有，前者本义为酒器，引申为一般的量器，今世以“斗”代“鬥”，只是因声假借，所以并不适合用来证明汉字的“古文性”和“今文性”的问题。我们所理解的“古文性”，是字形不变或虽有小变而尤可辨为同字者，如“监”之于“監”才是真正的简化，由于二者本系一字，我们才能说同一字形（理论上是字形不变）所显示的本义及其引申的历史积淀，在现代使用这个字的“今文”意义的时候，我们的潜意识中似乎可能浮现它在古代的本义或引申义。当然在实用的表意中，没有人会在意识的层面冥想单个汉字的古义，只有当其拥有一定古文字学知识时，才有可能在脑海中浮现文字的古义。这就是说，汉字示源通古的功能必须依靠一定的文字知识才能从字形上被当下唤起。但是拼音文字并不象形表意，所以就不具有这样的功能；汉字有之，又不妨碍“今文性”的简便实用，那么还有什么理由再否认汉字这个“额外”的优越性呢？然而在借用“古文性”观念的孟华看来，正是由于汉字的能指指向古义，而不是指向那个声音所示的确定概念，用他自己的话说，就是汉字使自己变成了所指，将物（按孟华的说法，其实就是“概念”）“名化”，或将名“物化”，即汉字作为“名”代替了物。而且汉字的“古文性”更导致物的古代“名化”，这样汉字就不能直接指向当下的现实物（其实是“概念”），而

① 孟华：《汉字主导的文化符号谱系》，第110页。

是一个古代的“名”。由此孟华说是“中国哲学的根本世界观:热衷于在名与物之间进行暧昧操作……而放弃对真相和真理的追求”①,“真理”就是柏拉图式的“理念”所预定的“概念”,在西方思维中就是逻各斯中心。显然,深入了解德里达对逻各斯中心主义和语音中心主义解构语言哲学的学者,却最终陷入了德里达所解构的逻各斯中心和语音中心,他更多地固守了索绪尔的符号学立场,在索绪尔符号观念的精确定义上,他发现汉字深着西方一直贬损的妨碍言语的文字之弊,这就是汉字作为“第二语言”的缺陷,在严格的意义上,汉字不是精确的符号,由于它在名物之间的暧昧所指性,只能称为“类符号”。

然而汉字“额外”或“附加”的“古文性”,却在简便实用的“今文性”之外获得了诗法的阐释,这是我们的目的。在诗法学中,一个字在诗中除了语境中的当下意义,它的字形还可能唤起读者对于本义或前此引申义的联想。例如孟郊《秋怀十五首》其二:

> 秋月颜色冰,老客志气单。
> 冷露滴梦破,峭风梳骨寒。
> 席上印病文,肠中转愁盘。
> 疑怀无所凭,虚听多无端。
> 梧桐枯峥嵘,声响如哀弹。②

这是孟郊典型的“苦寒”诗,整篇透出一股入骨的寒气,其中用字,都应当从这种苦寒的心境去理解,或有“无意识”的字义联想。例如“客”字,当然是指孟郊自己,但为何不直说“我”或“郊”而指为“客”,稍有“文化”的人会在“客”字上获得一点浮想,但是教鞭下的死板背诵却只是指认孟郊这个“主人公”或称为“我们的诗人”。“客”的本义是宾客,周代金文多“宾客”连文。《广韵·陌韵》:“客,宾客。”③《礼记·曲礼下》:“主人敬客,则先拜客,客敬主人,则先拜主人。”④引申为寄居、旅居。《说文·宀部》:“客,寄也。从宀,各声。”⑤段玉裁注:“自此托

① 孟华:《汉字主导的文化符号谱系》,第95页。
② 孟郊:《秋怀十五首》其二,韩泉欣:《孟郊集校注》,浙江古籍出版社,1995年,第131页。
③ 周祖谟:《广韵校本》,第513页。
④ 郑玄注,孔颖达疏:《礼记正义》,《十三经注疏》本,第117页。
⑤ 许慎:《说文解字》,第151页。

彼曰客。”[①]王筠《句读》：“偶寄于是，非久居也。”[②]又引申为旅人、游子。《楚辞·九章·哀郢》：“顺风波以从流兮，焉洋洋而为客。”[③]又引申为门客、食客，其人寄食于豪贵之门而事奉之。《战国策·齐策四》：“后孟尝君出记，问门下诸客：‘谁习计会……’”[④]又引申为出使他国的使臣。《周礼·秋官·大行人》：“大行人掌大宾之礼及大客之仪，以亲诸侯。”[⑤]段玉裁《说文解字注》：“《周礼·大行人》‘大宾’‘大客’别其辞。诸侯谓之大宾，其孤卿谓之大客。”[⑥]又引申为客卿，即在本国为官的外国人。《史记·李斯列传》：“诸侯人来事秦者，大抵为其主游闲于秦耳，请一切逐客。”[⑦]

回到孟诗的语境，“客”这个字形使读者在意中联想“客”义的所指，大约就是旅人和游子吧，他是出于寄居的状态，当然就是寄食，未必像冯谖客孟尝君、枚乘和司马相如客梁王那样被优待，但冯、司马、枚不是也有不得志的烦忧吗？即如客卿之在秦，因其被逐也是甚为烦心。我们知道孟郊游子寄食式的客居是最惨的，这个不幸的“天地最穷人”[⑧]的餐饮竟至于“渴饮浊清泉，饥食无名蔬”[⑨]的糟糕状况，这种“客”游的滋味真是不堪。对于读者来说，“客”字的形体却可能勾起凡上所见的种种意义，唤起漫漫人生征途中羁旅、寄食、游宦的悲苦和愁情，这就是汉字“古文性”所导致的隔世感通。再说“凭”（凴）字。《小尔雅·广言》：“凭，依也。”[⑩]《书·顾命》：“相被冕服，凭玉几。”[⑪]陆德明《释文》：“凴，《说文》作‘凭’，云‘依几也’。《字林》同。”[⑫]《世说新语·雅量》：“子敬神色恬然，徐唤左右，扶凭而出。”[⑬]引申为依赖、依仗，意义较为抽象。《南史·梁武帝纪

---

① 段玉裁：《说文解字注》，第341页。
② 王筠：《说文解字句读》，中华书局，1988年，第273页。
③ 洪兴祖：《楚辞补注》，中华书局，1983年，第134页。
④ 刘向集录：《战国策》，第396页。
⑤ 郑玄注，贾公彦疏：《周礼注疏》，《十三经注疏》本，第992页。
⑥ 段玉裁：《说文解字注》，第341页。
⑦ 司马迁：《史记》，第2541页。
⑧ 杜荀鹤：《郊居即事投李给事》，《聂夷中诗　杜荀鹤诗》，中华书局，1959年，第31页。
⑨ 孟郊：《靖安寄居》，《孟郊集校注》，第141页。
⑩ 杨琳：《小尔雅今注》，汉语大词典出版社，2002年，第144页。
⑪ 孔安国传，孔颖达疏：《尚书正义》，《十三经注疏》本，第495页。
⑫ 陆德明：《经典释文》，第50页。
⑬ 余嘉锡：《世说新语笺疏》，中华书局，1983年，第375～376页。

上》:“退保朱雀,凭淮自固。”[①]孟诗“疑怀无所凭,虚听多无端”,“凴”的字形让我们感到无所依靠的空空落落,这是字形唤起本义或前此引申义的联想。

但大多数情况下,不是字形唤起其本义和以往引申义的联想,而是字形唤起当下意义的相关联想,这种联想在于相同意义的“典实”联系,经由历史积淀于可视的字形,成为类似于德里达所谓擦拭不去的“痕迹”,毋宁说这是汉字字形唤起的“文化记忆”,对于汉字的本义和以往的引申义,情况也是如此。由于汉字自古使用迄今而字形基本不变(变化是相对的,即如简化字也大都与“繁体”具有形体的关联,例如“广”之于“廣”),它在历史中就积累了许多文本使用的意义,所以也可以说是“文本间性”遗留的“痕迹”。汉字在古代的文本中使用成为“文言”,因而汉字形体保留了“文言性”的“文化记忆”,“文言性”的称谓较诸取自文字学术语的“古文性”更加彰显汉字的“高雅”特质,在诗的写作中,这一点十分切合尊雅尚古的普遍意识,在诗法上表现为经籍字面的运用以及诗家用字的递相祖述。

如本章前文所述,德里达所谓“原文字”的“踪迹”或“字迹”乃是语言哲学的一种隐喻或象征,“字迹”是一种历时性的差异性的活动,通过不断叠加和擦拭打破逻各斯指向的确定意义,使文字的意义变得多样、模糊和不确定,这揭示了文字意义指向的一种普遍现象。在具体的文本语境中,文字具有确定的意义,否则不能具有言语记录的功能,但是文字多半具有多义性,它本身会导致读者多义的联想。对于汉字来说,由于表意象形的可视性更能保留多重意义,所有意义的踪迹就存留在可视的字形中。字迹的叠加和擦拭乃是文本间的运动。当代结构主义符号学家克里斯蒂娃(Julia Kristeva)提出“文本间性”或“互文性”,认为一个文本的意义与另一个文本具有关联,意义在文本间生成。德里达“字迹”的“延异”也是在文本间实现的,在文本间的历时性“延搁”中造成“文字”的差异性运动,所指的意义不断被文本的叠加所延搁,变成一团擦拭不去的字迹。

汉字的“文言性”大多表现为字形唤起当下意义的相关联想,这种联想当然也存在于散文语境乃至当代汉语口语记录的书面语中,但在这种情况下,文字以准确传达当下语义为务,读者的注意力也以语义的准确接受为目的。上文说过,

① 李延寿:《南史》,中华书局,1975 年,第 175 页。

尽管汉字因其表意象形而具备表音文字所缺乏的“附加”或“额外”的“诗性”潜质，但是我们也不时重申汉字记录汉语的表达功能，不管汉字具有多么丰富的诗性蕴含，或者如孟华所言汉字作为“类符号”表现为所指的不确定性甚至模糊性，我们也必须首先确认汉字的基本表达功能，否则它就不能被称为文字。在以语义传达为目的的书面语体中，汉字意义联想的可能性被极大降低。例如我们讲“春季拍卖会”“秋天吃什么”，“春”“秋”只是表达季节之“名”，识字的人在讲这两句话的时候也许会在头脑中浮现“春”“秋”这两个汉字的字形，也许“春”引发明丽、“秋”引发萧索的相关联想，但不会停留于字面去体会其中的意味；若用文字写下，看的人由于“春”“秋”象形表意的视觉印象，也许更能引起这种相关联想，但这种联想不会停留太久，当然更可能的一般情况是以接受表达的意义为足。在诗中的情况就不相同，杜审言“云霞出海曙，梅柳渡江春”①，王维“空山新雨后，天气晚来秋”②，李白“笛中闻折柳，春色未曾看”③，皮日休“秋深橡子熟，散落榛芜冈”④，“春”“秋”二字当可唤起许多相关的联想。“春”，《说文·艸部》作“萅”，释云：“推也，从艸，从日。艸，春时生也。屯声。”⑤段玉裁注：“日、艸、屯者，得时草生也。屯字象艸木之初生。”⑥“秋”，《说文·禾部》作“秌”，释云：“禾谷孰也，从禾，𪚰省声。龝籀文，不省。”⑦段玉裁注：“其时万物皆老而莫贵于禾谷，故从禾。”按，甲骨文作“[illegible]”，粹八七八作“[illegible]”。李孝定按：“卜辞假龜为𪚰。遂为许书籀文𪚰矣。”后增“禾”为形符，省“𪚰”为“火”，定形为“秌”，睡虎地简一六·一二〇已隶变为“秌”，故从“禾”从“火”为常。在今“春”字已无“艸”形，但犹存“日”字，尚可让人联想春日明丽、万物苏生。例如《诗经·豳风·七月》“春日载阳，有鸣仓庚”⑧，又如张衡《归田赋》“于是仲春令月，时和气清，原隰郁茂，百草滋荣，王雎鼓翼，鸧鹒哀鸣”⑨，文学描写的句意更能生发“春”的字义联想。当

---

① 杜审言：《和晋陵陆丞早春游望》，徐定祥：《杜审言诗注》，上海古籍出版社，1982年，第13页。

② 王维：《山居秋暝》，《王维集校注》，第451页。

③ 李白：《塞下曲六首》，《李太白全集》，第284页。

④ 皮日休：《橡媪叹》，《全唐诗》卷六〇八，第7019页。

⑤ 许慎：《说文解字》，第27页。

⑥ 段玉裁：《说文解字注》，第47页。

⑦ 许慎：《说文解字》，第146页。

⑧ 郑玄笺、孔颖达疏：《毛诗正义》，《十三经注疏》本，第494页。

⑨ 萧统编，李善注：《文选》，第223页。

然，春日的景色也引起惜春、自惜以及对于情人、亲人的思念，在古来的文本中不胜枚举，这些文本中的意义和情景积淀在“春”的字形中，有如擦拭不去的痕迹，对于诵读记忆较多的读书人，“春”的字形极易勾起他们的情思。对于后代的读者来说，目接唐诗中“春”字而唤起宋词中“春”的意境，也是自然的情形。杜审言“江春”一句与张若虚《春江花月夜》的意境真有“痕迹”的重叠，而在张若虚此作之前，已有数首同题之作[①]，“春”在同题的咏唱中已经积累了无数重叠的痕迹，寄托了浓得化不开的春愁。而“秋”的字形造成火烧禾草的联想意象，不必从文字学的字源追溯矫正这种联想的错误，秋日黄昏禾场新焚稻草的烟味，恰如晚秋的田园风景画，物华已经凋零，天地空旷，人增落寞。屈原《九歌·湘夫人》：“袅袅兮秋风，洞庭波兮木叶下。”[②]宋玉《九辩》：“悲哉秋之为气也！萧瑟兮草木摇落而变衰，憭栗兮若在远行，登山临水兮送将归……”[③]所谓“摇落深知宋玉悲”[④]，在“秋”之上迭加了无数文本中的悲凉意绪，或以文人感伤、美人迟暮，或如王维所咏山居秋暝，或如皮日休所写秋山廓落，都郁积着挥之不去的萧飒之气。身处汉字文化圈的中国人对于汉字字形的敏感，毋宁说是一种文化心理的积淀。事实上大多数名物字都具有这种引发联想的功能，例如经常出现在中国古典诗词中的“梅”“竹”“柳”“桃”“兰”“菊”“莲”诸字，它们不仅是一物的所指，更是充当了诗的意象，历代文人的情感意绪在无数文本中积淀于字形之上，“梅”的清冷孤洁，“竹”的高节独拔，“柳”的依依离情，“桃”的夭夭粉色，“兰”的幽雅芬芳，“菊”的晚晴艳丽，都以物我交融的意象，无不就此字形积累了深厚的“文言”意蕴，反映汉字“文言性”的诗性特质。

---

① 张若虚之前隋炀帝有《春江花月夜》两首，唐张子容《春江花月夜》两首。见郭茂倩《乐府诗集》，中华书局，1979年，第678～679页。

② 洪兴祖：《楚辞补注》，第65页。

③ 洪兴祖：《楚辞补注》，第182～183页。

④ 仇兆鳌：《杜诗详注》，第1812页。

第三章 形式与体律

在现代中国的文学语境中，“形式主义”作为内容匮乏或苍白的负面意义而被贬损，然而俄国形式主义在20世纪初已经宣称诗歌的形式是决定性的，它关于声音、节奏和语句的探讨本与格律相关，这促使我们重新认识中国诗的形式与体律。由于汉语单音独字和稳定声调的应用，中国诗以其节奏、句式和格律的高度形式化适可印证形式主义的理论发明。汉语单音独字形成节奏并由此产生稳定的句式，进而固定为三言、四言、五言、六言和七言诸体。诗的诵读节奏准此，但“句中之读”却形成不同的字组结构，这恰好切合五、七言单字着力的句法锻炼。至于近体平仄的句中交替和联对对举、联与联之间的粘连构成完美的格律体系，并诗之造语以及押韵的语音选择，尤其格律的高度形式化都表明基于汉语本质特点的精密科学性。

第一节 形式主义与格律

西方美学具有重形式的传统。前苏格拉底时代的哲学将万物的基原归于水、火或“种子”“原子”等物，毕达哥拉斯学派则归之于“数”，而数的形式被视为美的法则。在柏拉图“理念”或“理式”的先验本体论中，艺术作为影子的影子是对“理念”或“理式”的再度模仿。① 古罗马时期“新柏拉图主义”的代表普罗丁认为美在理式之中，石料成为石雕，乃是因为理式赋予前者以生机，而不是石料

① 柏拉图:《理想国》,朱光潜译:《柏拉图文艺对话集》,第66～89页。

本身。[1] 在柏拉图之后，亚里士多德以现象与本质的思理建立形而上学的本体论，与"理念"之于经验世界的隔绝不同，在此本体论中，"形式"相对于构成事物的"质料"乃是本质的和第一性的，艺术的模仿实际上是对形式的屈从，也就是事物本质的反映。古罗马诗人、批评家贺拉斯主张艺术的"合式"，包括作品的有机统一、人物性格的"定型化"、情节的恰当展开以及诗格、韵律的考究等，都体现了古典主义的典雅原则[2]，表明与内容隔离的形式成为自足的体系。直至康德本于感性"先验形式"的"审美判断"，乃是"通过愉快或不快的情感来判定形式的合目的性的机能"，它的"主观合目的性"是合乎情感的愉快，是"凭借完全无利害观念的快感和不快感对某一对象或其表现方法的一种判断力"[3]，而"美是那不凭借概念而普遍令人愉快的"[4]，是"一对象的合目的性的形式"[5]，而且是"不依赖概念而被当作一种必然的愉快底对象"[6]。这种审美判断存在于审美主体先天具有的"先验形式"中，连同亚里士多德的"形式"，实际上都是出于"理性"的自我造作，只是后者不像柏拉图或康德那样将理性封闭于先验的境域，就连黑格尔对于内容和形式统一的思理，也是基于"绝对理念"的虚构。凡此表明"形式"之于理性的本体预设，都属德里达所谓"逻各斯中心主义"的不同表现。

20 世纪出现的"形式主义"，作为其论敌发明的贬称，则是专指 1915—1930 间俄(苏)盛行的文学批评思潮，它被视为结构主义的前奏，其两大阵营是以雅各布森为首的"莫斯科语言学学会"和以什克洛夫斯基为首的"彼得堡诗歌语言研究会"，成员大多为莫斯科大学和彼得堡大学的学生。其宗旨在于"反叛封闭僵化的学院派文艺学和语言学……试图将语言学与文艺学结合起来，探索建立一种内在论的、科学的诗学体系，奠定本体论文艺学的基础，使文艺学建立在文学本身，而非文学的诸种'建筑材料'上，以此使之与社会学、心理学、人类学、历

---

① 《美学文献》第 1 辑，书目文献出版社，1984 年，第 411 页。
② 贺拉斯著，杨周瀚译：《诗艺》，《诗学　诗艺》，第 137 页。
③ 康德著，宗白华译：《判断力批判》上卷，商务印书馆，1964 年，第 47 页。
④ 康德著，宗白华译：《判断力批判》上卷，第 57 页。
⑤ 康德著，宗白华译：《判断力批判》上卷，第 74 页。
⑥ 康德著，宗白华译：《判断力批判》上卷，第 79 页。

史学等人文或社会科学相区别”[①]。19 世纪欧洲文论具有严重的社会学倾向，在无限扩大的批评视野中，文学成为哲学、美学、宗教、道德的附庸或者种族、环境乃至时代的注录，它可以是任何其他的东西而唯独不是它自己。于是当 20 世纪初哲学转向语言关注的时候，例如比利时哲学家 J. M. 布洛克曼所言“日内瓦语言学派(特别是德·索绪尔，以及通过他还有波兰语言学家 B. 德·库德内的音位学)、胡塞尔现象学(特别是他的 1901 年出版的《逻辑研究》第二卷)、还有象征主义、未来派和立体主义都对它产生过影响”[②]。胡塞尔把人视为语言的主体，“即把人看作一种创造语言的生物时，心灵显然具有合目的性的创生能力”[③]。而“象征主义意味着形式和内容之间的、象征者和被象征之间的、声音和意义之间的区别，都必须相对地来谈”，在象征主义那里，“语言的‘魅惑’用法展现了新的前景”[④]。未来派在某种程度上可以被视为对象征主义的一种反动，但象征主义“异化手法对它也起着重要的作用”[⑤]。总之，J. M. 布洛克曼所述俄国形式主义发生的“精神氛围”都集中于语言学方面的影响，这促成俄国形式主义对于诗歌语言的热烈讨论。原籍保加利亚的法国结构主义符号学家茨维坦·托多罗夫在编选《俄苏形式主义文论选》的说明中，谈到形式主义从一开始采取的原则，“就是把作品作为考虑的中心；他们拒绝接受当时支配俄国文学批评的心理学、哲学或社会学的方法……形式主义者认为，不能根据作家生平、也不能根据对当时社会生活的分析来解释一部作品”[⑥]；形式主义第一阶段的另一个重要观点就是维·什克洛夫斯基一篇文章题目所概括的“艺术作为手法”，形式主义者“试图用技术词语来叙述作品的制作，而抛弃一切神秘主义”，1917 年革命之后，这种“制作”的概念更加得到强化，这种思想扩大到整个俄(苏)文化领域，一种崭新的开端使人相信“技巧的力量”[⑦]。在诗歌方面，他们所探讨的“制作”或

---

① 张冰：《陌生化诗学：俄国形式主义研究》，北京师范大学出版社，2000 年，第 4 页。

② J. M. 布洛克曼著，李幼蒸译：《结构主义　莫斯科—布拉格—巴黎》，商务印书馆，1980 年，第 37 页。

③ J. M. 布洛克曼著，李幼蒸译：《结构主义　莫斯科—布拉格—巴黎》，第 44 页。

④ J. M. 布洛克曼著，李幼蒸译：《结构主义　莫斯科—布拉格—巴黎》，第 40 页。

⑤ J. M. 布洛克曼著，李幼蒸译：《结构主义　莫斯科—布拉格—巴黎》，第 40 页。

⑥ 茨维坦·托多罗夫编选，蔡鸿滨译：《俄苏形式主义文论选·编选说明》，中国社会科学出版社，1989 年，第 6～7 页。

⑦ 茨维坦·托多罗夫编选，蔡鸿滨译：《俄苏形式主义文论选·编选说明》，第 7 页。

“技巧”问题，包括“情感语言和诗歌语言的关系，诗句的声音结构（罗·雅各布森《俄国现代诗歌》和《论捷克诗歌》），声调作为诗句的结构原则（鲍·艾亨鲍姆《俄国抒情诗的旋律》），诗句和散文的格律、格律标准和节奏（鲍·托马舍夫斯基《论诗句》），诗歌中节奏和语义学的关系，文学研究的方法论（尤·迪尼亚诺夫《诗歌语言问题》）”①，概言之就是诗歌的语言问题。形式主义对语言问题的高度强调和认真钻研表明了一种“朴素的实证主义”态度，正如形式主义者往往在其著作开头宣称“科学不受任何理论制约”那样，显然这种自视为可以实证的“制作技巧”具有“形式主义”贬称不可避免的局限，但被认为在捷克结构主义中获得了突破。J. M. 布洛克曼在《结构主义　莫斯科—布拉格—巴黎》一书中引述了俄（苏）形式学派的重要代表艾亨鲍姆1925年的论文《形式方法的理论》中对布拉格学派成立前的形式主义成就的总结：

> （1）形式主义一方面按照语言功能，另一方面按照地域共时性语言类型，把并行存在的诗歌语言和实用语言加以区别。对诗歌语言、情绪语言和日用语言特别作了透彻的研究。
>
> （2）联系到程序（приём）和功能的问题来考察形式概念。
>
> （3）在形式主义中，音韵作为一种语言结构的组成成分被加以分析，而在同一语境内，语言结构的主要成分则是在使语言系统化的过程中去寻求的。这些问题使形式演变、程序方法和功能，都处于同一关联域中了。②

如果说这些都表明俄苏形式主义具有结构主义因素的话，那么后一点则尤其显得“使我们超出了有限的形式主义”③，在布洛克曼看来，这更加趋近于后来的结构主义。从俄国形式主义到结构主义，语言的程序和功能分析愈趋“语言系统化”，这可以视为结构主义观念促使研究的进益深入，但对于诗歌语言的研究保持了一脉相承。

俄（苏）形式主义相对于以往的西方“形式主义”具有自己的特点。雅各布森在20世纪60年代中期撰文，仍然对“形式主义”的称谓表达了不满，他说：

---

① 茨维坦·托多罗夫编选，蔡鸿滨译：《俄苏形式主义文论选》，第7页。
② J. M. 布洛克曼著，李幼蒸译：《结构主义　莫斯科—布拉格—巴黎》，第69页。
③ J. M. 布洛克曼著，李幼蒸译：《结构主义　莫斯科—布拉格—巴黎》，第69页。

“形式主义”这种说法造成一种不变的、完美的教条的错觉，这个含糊不清和令人不解的标签，是那些对分析语言的诗歌功能进行诋毁的人提出来的。可是，对于任何文学或科学运动来说，首先应依据创作的作品来评判，而不是根据运动的宣言的华丽词藻来判断，而且鲍·艾亨鲍姆也曾多次重复这一点。然而遗憾的是，人们在讨论“形式主义派”的总结时，总是把这一流派的开拓者们自负而天真的口号与其科学工作者创新的分析和方法混为一谈。①

张冰先生指出，俄国形式主义早期阶段与俄国未来派一样具有“好战、夸张、哗众取宠和偏激”的倾向②，这就是雅各布森所谓“这一流派开拓者们自负而天真的口号”的实情。但是实际上他们“依据创作的作品”的文本进行形式的分析，乃是一种可以称之为“科学”的运动，这种科学的文本形式分析与传统形式主义“不变的、完美的教条”，例如贺拉斯的古典主义形式原则，是不能等同的。李广仓先生概括了俄国形式主义理论中的“形式”概念：

(1)形式是诗语的不透明性在文本中的具体表现形式；这是从俄国传统的诗学语言学切入的。(2)形式就是使文本“奇特化”的各种手法或程序，是文本获得“文学性”的途径……(3)形式指一切将指材料(内容)予以“形式化”、从而构成文学文本所有方法的总和，这是一种总体上的定义……(4)形式作为一种“结构功能”概念。此为形式主义后期和布拉格时期索绪尔语言学的用法。③

在这里，第三条是“形式”的总体意义，或对于“形式”的总体看法。第二条是形式主义各种程序和技巧所要达到的效果，即“奇特化”或“陌生化”。“‘陌生化’是俄国形式主义的核心概念。其基本意义在于：诗歌或文学作品中的一切表现形式，都不是对现实的严格模仿、正确反映或再现，相反，它是一种有意识的偏离、背反甚或变形、异化……从广义上说，文学本身就是对现实生活本然样态的一种陌生化”④。因此可以看到，真正“各种手法或程序”的运用是在于第一条，

---

① 雅各布森：《诗学科学的探索》，《俄苏形式主义文论选》，第2页。

② 张冰：《陌生化诗学：俄国形式主义研究》，第4页。

③ 李广仓：《结构主义文学批评方法研究》，湖南大学出版社，2006年，第38页。

④ 张冰：《陌生化诗学：俄国形式主义研究》，第8页。

它归结为日常语言与诗语的不同,所有"形式"的实践归根结底就是诗语乃至其他文体的文学"制作",这才是最为切要的,它是俄国形式主义早期关注的主要问题,也是对现代西方文论贡献最大的领域。举凡诗语的声音、节奏和语句等方面的探讨,本质上都是为了区别于日常语言的诗语造作,这大略相当于中国诗法的字法、句法、声律、用韵等,至少表明中西都同样存在着诗之写作的形式讲求。

形式主义拒绝心理学、哲学或社会学的外部研究,转而注重文学形式本身,这是20世纪初西方文论的一大转变,其后发展为以布拉格为中心直到以法国为中心的结构主义,可以说注重文学的形式或结构成为20世纪西方文论的潮流。但在20世纪80年代以前,这一潮流并未对中国文论和诗学研究发生多少影响,相反,我们所接受的多半是从苏联引进的社会学批评方法,在相当长的一段时期内,这成为中国文论和诗学批评的主流,强调思想内容而轻视艺术形式乃是普遍的倾向。"旧诗"作为"封建"的、过时的文学形式被弃如敝屣,"新诗"则被强化其政治的功能,那么关于旧诗形式的研究,大体上并未成为学术对象。即如"文革"后一段时期的中国古代文学教材,也是以思想内容为主而附带所谓"艺术手法"的简要介绍,对于古典诗的"形式"本身,根本谈不上独立的关注。反观西方形式主义对于文学及其形式本身,乃至"艺术作为手法"的深入探讨,尤其是对于诗歌语言的精致分析,那种内容与形式对举的模式无疑过于简单和大而无当。相反我们倒还可以在"文革"后的文学史教材中看到对于古人"形式主义"的批评,例如黄庭坚的"夺胎换骨"和"点铁成金",这些诗法的讲求往往被认为是琐碎无用的且有损思想内容的表达。而新时期的文论热、美学热却又大体趋附于空泛理论的构架,多于中国哲学和思想的维度进行追溯和引申,这正如当时俄国形式主义所反对的情形。总之,在"旧诗"已被现当代隔离的情势下,它的形式很少获得认真的对待,即使20世纪后期古代文论的建构也鲜少关注中国古代诗法学的领域,后者恰恰就是远胜于西方形式主义的高度形式化讲求,这本来就是一个庞大而精密的体系。历史和现实的尴尬在于中国诗的形式甚至不能被认为是诗学研究的应有对象,只能借助西方形式主义的"时髦"标签以期唤起人们的认知。中国诗的形式首先表现为体律的系统,然而格律诗作为"旧诗"而被抛弃,格律的讲求当然也就成为毫无必要的东西。

由于论旨的需要,我们在此应当首先关注俄(苏)形式主义的诗语讨论所涉及的格律问题，借以与中国诗的格律进行最为基本的可能比照。在根本上，格律是诗语讲求的前提和稳定化形态，它是诗语以至诗之写作的基本“规矩”，没有规矩不成方圆。诗语异于日常语言，最根本的乃在格律的限定，从这个角度上说，所谓格律，毋宁易言“体制”或“体式”为当，相对于写诗必须遵守的规矩来说是格律。不同的格律基于不同的体制，中国诗七律与五绝体制不同，则其格律各异。在西方固然由于语言的差异不可能形成如中国诗的完备体制和格律，但俄国形式主义关于声音、节奏和语句的讨论本与格律相关。

艾亨鲍姆在《“形式方法”的理论》一文中简述了格律与节奏的问题，在1910—1917年间，西方和俄国理论家的许多著作和象征派的理论与实践围绕着节奏和格律展开了讨论，产生了一套专门的文献。但在艾亨鲍姆看来，相对于“格律方面的一些具体问题”，诗歌的声音、节奏以及节奏与句法的联系——总括起来就是一个“诗句问题”，且是更为普遍的问题，因此俄国形式主义将主要精力投入了后者。其中奥・勃里克的《节奏与句法》认为“揭示节奏和句法的形象，便彻底推翻了节奏作为停留在话语表面的外加部分的概念”①，这也许是说，节奏在格律中是现成规定的，其本身在诗语中的功能需要专门讨论。而“关于格律的具体研究的传统，在和象征主义有联系的理论家（安・别雷、瓦・勃留索夫、谢・博布罗夫、B. 丘多夫斯基等）当中依然存在；但是，它已逐渐走上准确的统计计算的途径，因而失去根本的重要意义”，在这方面，鲍・托马舍夫斯基著名的教材《俄语诗法》（1924）中关于格律的研究仍然起了很大的作用，“因此，格律退居到第二位，它只是一种辅助的学科，只涉及到很小范围的问题”②，这也就是俄国形式主义注重讨论诗歌声音、节奏、语句问题的学术前提，然而这些问题的因素本身却以格律的形式固定下来，只是有待专门的深入讨论而已。

鲍・托马舍夫斯基的《论诗句》较为集中地反映了俄国形式主义对于格律的态度。他认为“诗歌语言是一种可以分为相等的声调节的语言”，格律就是“掌握这种等量的既明确又明显的尺度”，这种尺度是“客观的”③。与散文相比，

---

① 茨维坦・托多罗夫编选，蔡鸿滨译：《俄苏形式主义文论选》，第40~41页。

② 茨维坦・托多罗夫编选，蔡鸿滨译：《俄苏形式主义文论选》，第43页。

③ 茨维坦・托多罗夫编选，蔡鸿滨译：《俄苏形式主义文论选》，第138页。

“格律是诗的特征”[1],它是对“诗歌语言”即“诗句”起到“声调节”作用的“尺度”;“在文学史上,‘诗句’和‘格律’这两个概念是密切联系在一起的。在某一个诗歌流派范围内,格律表示诗歌语言遵循的准则”[2],也就是“据以确定词组在所选定的诗歌形式里是可接受的或不可接受的标准”[3]。显然格律对诗句乃至诗句中词组的声音具有调节的作用,所谓“声调节”,第一包括声调的抑扬,第二则是节奏的组合。当然格律也包括诗韵的谐音:

> 诗韵是谐音的规范的、格律的形式。今天,人们似乎已经普遍承认诗韵不是诗句的声音的装饰,而是格律的一种组成因素。它不仅用来在构成诗韵的各种声音之间造成相似的印象,而且也用来将话语分成以它标志结尾的诗句。由于诗韵是一种格律的因素,不受形成押韵的语音条件的制约,由于它借助音的组合帮助听觉感觉诗歌语言的格律分析,因此谐音现象全都属于诗句的范畴,也就是说属于节奏范畴……[4]

诗韵的谐音是有规则的,所以是“规范的、格律的形式”、是格律的“组成因素”,同时诗韵唯其“是一种格律的因素”、即一种形式的规则或规定,它才“不受形成押韵的语音条件的制约”。韵脚词处于诗句的结尾,当然是诗句的组成部分,它自身的“语音条件”不仅与一首诗中的其他韵脚谐音,而且也与其所在的句子的其他词具有谐音或节奏的关联。换言之,韵脚词必然纳入诗句的“声调节”即声调抑扬和节奏截分的考量,这些都是格律静态的规范。当然“声调节”例如节奏本身之所以然,就不是现成格律规范的问题,它有待俄国形式主义的深入探讨,但是对于节奏和诗句的单向度研究并不表明其问题本身就与格律无关。在鲍·托马舍夫斯基看来,格律既是诗句声调节即节奏等的形式,这是作者应该遵守的规范,同时对于读者来说,也应当通过格律的分析获得朗读帮助,“以某种方式念出各种不同的诗句”,让他们找到“诗歌语言的感觉”[5]。

---

① 茨维坦·托多罗夫编选,蔡鸿滨译:《俄苏形式主义文论选》,第130页。
② 茨维坦·托多罗夫编选,蔡鸿滨译:《俄苏形式主义文论选》,第130页。
③ 茨维坦·托多罗夫编选,蔡鸿滨译:《俄苏形式主义文论选》,第139页。
④ 茨维坦·托多罗夫编选,蔡鸿滨译:《俄苏形式主义文论选》,第134~135页。
⑤ 茨维坦·托多罗夫编选,蔡鸿滨译:《俄苏形式主义文论选》,第132页。

格律的核心乃是诗句或“诗语”的规范，诗句形成于字的使用。西语以词为本位，“字”只是字母拼写的构件，词的多音节拼写和固定声调的缺乏导致西语诗格律和体式的不甚精严和单调乏陈。即便如此，也还产生了一套诗歌格律的讲求，例如英语诗抑扬格、扬抑格、抑抑扬格、扬抑抑格、扬扬格，就是基于英语轻重音步的语音特点形成的诗歌格律。英语音节有轻读与重读之分，轻重音的多种组合形成不同的音步，轻读为抑，重读为扬，如抑扬格音步是一个轻读音节后跟一个重读音节的轻—重组合音步，所以又称轻重格。当然英语多音节的拼读既不能形成汉语诗那样整齐的句式，其轻重组合也无法产生汉语固定声调交替的平仄格式及严格的粘对规则，但是本于英语多音节轻重组合至少形成了大致可以操作和普遍遵循的一定规律，毋宁说这就是格律的讲求。同样，例如十四行诗也被广泛运用而成为一种典范的体式（Sonnet），中文音译为富有韵味的“商籁体”。根据刘开富先生的介绍，按其格律特点有以意大利诗人彼特拉克（Francesco Petracrca）命名的彼特拉克体（Petrochar Sonnets）、以英国文艺复兴时期诗人斯宾塞（Edmund Spenser）命名的斯宾塞体（Spenseriar Sonnets）和莎士比亚体（Shakesperiar Sonnets）。这些格律主要包含行数、韵脚、音节、音调、结构等。十四行体要求有十四行，每行不一定是完整的句子，有时为了押韵把意思连贯的一句分成两行。在结构上一般分为前后两个部分，彼体由两节四行诗（共八行）和两节三行诗（共六行）组成，斯体、莎体由三节四行诗（共十二行）和一节两行诗（共两行）组成，形成起承转合的趋势。韵及韵脚则彼体四至五个，斯体六个，莎体七个。前后两部分韵脚的安排则彼体 abba abba cde dcd（四韵）或 cde cde（五韵），属抱韵；斯体属套韵，为 abab bcbc cdcd ee，最后两句是对偶句；莎体属双形体，为 abab cdcd efef gg。在音节上要求每个音步有一轻一重两个音节，斯体、莎体要求每行五个音步、十个音节，彼体要求十一个音节。① 三者作为成型的范本被广泛仿效，就成为格律，而读者固然也应当以其格律给定的规范进行朗读，但对于其格律诸种要素如节奏、韵律本身之所以如此，就属于形式主义的专门研究了。

---

① 刘开富：《试论中国近体诗与西方十四行诗格律》，《楚雄师专学报》1999 年第 1 期。

第二节　节奏与句式

俄国形式主义对于诗歌语言的“手法”探索，关键在于节奏的问题，所谓诗歌语言相对于日常语言的“陌生化”或“奇特化”，事实上也是节奏起着主导性的作用。那么，什么是诗的主导要素呢？简单地说，就是节奏，“这一观点获得了几乎所有形式主义者的赞同”，因为“节奏是诗最重要的形式因素”，诗“可以不押韵，可以不分行，不用对仗，但却不能没有节奏”，节奏形成诗语对于写作的强制，并使读者产生心理定式或“强制性期待”①。但诗属韵文，不押韵则不成诗，中国古代诗从来不见不押韵者，而现代“散文诗”作为多音节拼音文字诗的模拟，其舍长趋短的愚蠢实在不足为训。俄国形式主义对于节奏的讨论，具有代表性的是奥·勃里克的《节奏与句法》一文，他将节奏定义为：“凡是有规律的交替就称为节奏……音乐的节奏是指在一定时间里音的交替。诗歌的节奏是在一定时间里音节的交替。舞蹈的节奏是在一定时间里动作的交替。”总之，“节奏作为科学词语，意思是指运动过程的一种特殊表现……节奏是以特殊的形式表现的运动”②。但是奥·勃里克认为必须把运动和运动的结果截然分开，之所以如此，是因为研究诗歌节奏的“专家们”陷入诗句音节、音步的琐屑分析，在勃里克看来，“实际上，所有这些音步和音节本是并不存在的，而是作为某种节奏运动的结果存在的”，他坚持“节奏运动是先于诗句的”，并举例说明诗句可以按照两种不同的方式来读，那么对于它的音节、音步的组合和分析可以“永无休止”，却“永远也不会知道究竟应该怎样读”，只有按照整首诗的“激情”才能确定它应该读成长短格或扬抑抑格的。③ 显然这里所说的节奏并不是格律所规定的，这是因为多音节语言本身不易规定稳定的节奏，相反按照诗歌的“激情”易于在诵读的当下变换节奏，这也许就是西语诗的节奏主要在于读者朗读的原因。

---

① 张冰：《陌生化诗学：俄国形式主义研究》，第 141 页。

② 奥·勃里克：《节奏与句法》，《俄苏形式主义文论选》，第 121 ~ 122 页。

③ 奥·勃里克：《节奏与句法》，《俄苏形式主义文论选》，第 122 页。

而鲍·托马舍夫斯基所说的格律分析也是在于帮助读者朗读,对于诗歌节奏,他做出了三种区分:第一是单独诗句的个别结构的角度(也就是安·别雷所说的"节奏");第二是在这一个别事实中,在所选用的形式范围内实现无可置疑的传统格律规律的角度;第三是具体的节奏激情的角度,它决定一个诗人或是一种诗歌风格作品中具体形式的类型选择。关于第三者,托马舍夫斯基讨论了它与格律的不一致性:

> 节奏激情和格律不同,首先因为它远不如格律那样刻板:它确定的不是具体形式的绝对选择("抑扬格"——"非抑扬格","非抑扬格"在"抑扬格"系列中是严格禁止的),而是和其它形式比较而言对某些形式的偏爱。其次,节奏激情决定的不仅是处于意识明确范围内的现象,以及在传统格律中体现的现象,而且也决定各种现象的整个情结,这些现象虽然被模糊地感觉到,但是具有一种潜在的审美价值。第三,诗人在遵循节奏激情时,不大重视传统的规则,而更力求按照言语的节奏去组织话语,对于观察者来说,这些规律比分析最终确定的和一成不变的格律标准更有意义。①

由于受到"激情"的牵引或鼓动,所谓"节奏激情"是比较随意的和当下性的,甚至是不明确或模糊感觉到的,从而也就不像格律所规定的传统那样,它失去了标准的意义,对于多音节语言来说,例如读音的轻重长短扬抑,当然本来就缺乏汉语所具有的稳定性。但这并不是说节奏与格律没有联系,在托马舍夫斯基看来,至少在某些个别事实中,可以"在所选用的形式范围内实现无可置疑的传统格律规律",问题只在于,节奏在格律中是确定的和标准的,而受制于"激情"的节奏则不愿遵守这样的标准,在"激情"诗人那里,正是"诗句自由形式"的限制。托马舍夫斯基指出,"'自由诗'这个词通过它的消极特点把许多不同的具体形式联系在一起……'自由'这个词只是在它的消极特点上才有用处,因为它表示没有刻板的格律传统"②,究之所谓"自由诗"以及"节奏激情",乃是对格律所规定的节奏的破坏,它不遵守格律的统一规定,而是随心所欲地将不同的节奏糅合在一起,那么节奏也就失去了格律的规定作用。

---

① 鲍·托马舍夫斯基:《论诗句》,《俄苏形式主义文论选》,第140页。

② 鲍·托马舍夫斯基:《论诗句》,《俄苏形式主义文论选》,第141页。

张冰在《陌生化诗学:俄国形式主义研究》一书中详细介绍了“奥波亚兹”对于诗歌节奏的探讨。“奥波亚兹”是1916年成立于彼得堡的“诗语研究会”的俄文缩写,有时也用来代指俄国形式主义。在形式主义那里,诗歌节奏的性质被认为带有强制性,常常表现为一种陌生化的手法,将日常语言中“异质”(不同语义或不同系列)的词语,强行统辖在一个整体的语义场中,从而使其语义发生质的“飞跃”,使其成为“同构”的(即形式上相连属的)①,使得语词的本义消隐,而派生义或生发义彰显出来,与本义相互辉映,歧义便由此产生②。张冰引述了迪尼亚诺夫“在诗中,词语的意义被声音所修饰”的说法,这就是所谓的“变形语义学”,它主要表现在相邻语词的相互关系上,诗歌语音层次的严密组织,即诗行的整合和凝缩,使诗语更其紧密地相互靠近,使它们相关、交迭、辉映、互补、对照,以此揭示其“侧翼”的潜在的意义富源,这也就是艾亨鲍姆所说,“玩弄和构成这种违反日常语言联想习惯的侧面意义,是诗歌语义学的主要特点”③。按照这样的说法,诗语与日常语言或者散文语的区别,就在于节奏强制语词的排列,导致语词之间产生语句之外的语义关联,这很像中国诗学所说的“言外之意”。显然,诗语之所以为诗语,就在于它的形式对于语言的整合和制约,亦如规矩之于方圆的譬况,而节奏是主导性的。

多音节诗语容易产生节奏的变化,这当然十分适合“激情诗人”的自作主张。相对于多音节语言来说,汉语的节奏却是稳定、简明和整饬的,因而在此基础上形成的格律并不因为作者而改变,它不需要节奏的个性创造。毋宁说,中国诗的格律十分科学地反映了汉语的节奏规律。尽管西诗的传入也导致现代中国“自由诗”的兴起,最终破坏了中国“旧诗”的格律,但是多音节西语不甚固定的节奏形式,以及在此基础上创制的“自由诗”,却与汉语的特点扞格不入,必然的结果就是对中国诗固有格律与体制的毁弃,实质上是对汉语纯正性的破坏,联系起“欧化句式”的冗长不通,这绝非危言耸听。当知汉语单音独字与固定声调就是形成中国诗整齐句式及其体律的语言基础。唯有单音独字组合可以形成稳定

---

① 张冰:《陌生化诗学:俄国形式主义研究》,第148页。

② 张冰:《陌生化诗学:俄国形式主义研究》,第147页。

③ 张冰:《陌生化诗学:俄国形式主义研究》,第151页。迪尼亚诺夫语和艾亨鲍姆语,张冰分别引自《旧词与新词》1925年俄文版第409页、《诗的旋律》1987年俄文版第108页。

的音步节奏和整齐的句式，计有三言、四言、五言、六言、七言，不同的句式又形成不同的体制，为三言体、四言体、五言体、六言体、七言体，加以近体声调的规定，形成一定的格律，即五言绝句、五言律体、七言绝句、七言律体，尚有六言绝句、六言律体。汉字是中国诗体律的构成基石，中国诗乃是基于“字本位”而充分适应汉语言文字特殊规律的高度形式化创制。

在中国诗的固定句式中，节奏是大于单字而小于诗句的单位，它对三言、四言、五言、六言、七言的定型起到关键的作用。“节奏”在汉文语境中初与音乐相关。《说文·竹部》：“节，竹约也。”段玉裁注：“约，缠束也，竹节如缠束之状。”①引申为节制、制约、制度。竹以节分段，《易·节》“节，亨”陆德明《释文》谓“分段支节之义”②。音乐有以分节制约者，是为音节，引申为节奏。《论语·八佾》“皦如也”何晏《集解》谓“言其音节分明也”③。《楚辞·九歌·东皇太一》：“扬枹兮拊鼓，疏缓节兮安歌。”④又《楚辞·九歌·东君》“应律兮合节”蒋骥注谓“节，乐之节奏”⑤。蔡琰《胡笳十八拍》：“十五拍兮节调促，气填胸兮谁识曲？”⑥句中“节”显然指节奏。《文选·马融〈长笛赋〉》“薄凑会而凌节兮”李善注：“节，曲节也。”⑦自《九歌》以下数例，今多引训“节奏”，即使如此，但诸例“节”字本与“节”之乐器及其“节乐”相关。古以竹器节乐，因其竹节之制，即称为“节”，其制二圆竹，上合下开，形似箕，拍之成声以节乐。左思《蜀都赋》：“巴姬弹弦，汉女击节。”⑧《宋书·乐志》：“青饯之于郊，乃抚节悲歌，声震林木，响遏行云。”⑨“节”用于音乐，是先有“节”这样的乐器，还是这种乐器用于“节乐”才称为“节”，已不可知。《尔雅·释乐》“和乐谓之节”邵晋涵正义谓“节，即《虞书》所谓搏拊也”，⑩就是“节乐”的用法。《书·舜典》“夔曰：‘於！予击石拊石，百

① 段玉裁：《说文解字注》，第189页。
② 陆德明：《经典释文》，第30页。
③ 何晏集解，皇侃义疏：《论语集解义疏》，第42页。
④ 洪兴祖：《楚辞补注》，第56页。
⑤ 蒋骥：《山带阁注楚辞》，上海古籍出版社，1984年，第61页。
⑥ 逯钦立辑校：《先秦汉魏晋南北朝诗·汉诗》卷七，中华书局，1988年，第204页。
⑦ 萧统编，李善注：《文选》，第252页。
⑧ 萧统编，李善注：《文选》，第79页。
⑨ 沈约：《宋书》，中华书局，1974年，第548页。
⑩ 邵晋涵：《尔雅正义》，《续修四库全书》本，经部第187册，第159页。

兽率舞。'"[①]蔡沈曰:"重击曰击,轻击曰拊。"[②]"拊"是"抚"古字,"抚"以节乐,就是轻拍,所以衍为"节拍"之谓。《说文·手部》:"拊,揗也。"段玉裁注:"揗者,摩也。古作'拊揗',今作'抚循',古今字也。"[③]这是"节乐"之"节"作为"抚循"动作的意义,但邢昺疏谓"节,乐器名,谓相也"[④]。总之"节"之于乐,其器用以节乐,是无疑义。

"奏"也在击乐的意义上使用,其他意义也用为动作字,罕有用作名物者。《礼记·曾子问》"则从天子救日"孔颖达疏:"瞽奏鼓……奏犹击也。"[⑤]《周礼·春官·大司乐》"乃奏黄钟"贾公彦疏:"奏者,奏击以出声。"[⑥]击乐以奏,则"奏"谓作乐。《左传·襄公四年》:"金奏《肆夏》之三。"[⑦]又《左传·成公十二年》"金奏作于下"孔颖达疏:"作乐谓之奏。"[⑧]人声歌唱也称"奏"。《周礼·春官·大师》"令奏击拊"孙诒让正义:"此令奏即谓命瞽蒙歌诗。《周书·本典篇》云:'故奏鼓以章乐,奏舞以观礼,奏歌以观和。'是歌亦得谓之奏。"[⑨]

现在可以考察"节""奏"并列的意义和用法。《礼记·乐记》:"乐者,心之动也。声者,乐之象也。文采节奏,声之饰也。"[⑩]魏文帝曹丕《典论·论文》:"譬诸音乐,曲度虽均,节奏同检,至于引气不齐,巧拙有素,虽在父兄,不能以移子弟。"[⑪]唐裴铏传奇《元柳二公》曰:"有仙娥数辈,奏笙簧箫笛,旁列鸾凤之歌舞,雅合节奏。"[⑫]这是音乐的"节奏",但二字连用,在更早的时候也指礼节制度。《荀子·王制》曰:"案平政教,审节奏,砥砺百姓,为是之日,而兵刭天下劲矣。"[⑬]又《荀子·富国》:"必将修礼以齐朝,正法以齐官,平政以齐民,然后节奏齐于

---

① 孔安国传,孔颖达疏:《尚书正义》,《十三经注疏》本,第79页。
② 蔡沈注:《书经集传》,世界书局,1936年,第21页。
③ 段玉裁:《说文解字注》,第598页。
④ 郭璞注,邢昺疏:《尔雅注疏》,《十三经注疏》本,第160页。
⑤ 郑玄注,孔颖达疏:《礼记正义》,《十三经注疏》本,第592~593页。
⑥ 郑玄注,贾公彦疏:《周礼注疏》,《十三经注疏》本,第580~581页。
⑦ 杜预注,孔颖达正义:《春秋左传正义》,《十三经注疏》本,第829页。
⑧ 杜预注,孔颖达正义:《春秋左传正义》,《十三经注疏》本,第749页。
⑨ 孙诒让:《周礼正义》,中华书局,1987年,第1847页。
⑩ 郑玄注,孔颖达疏:《礼记正义》,《十三经注疏》本,第1113页。
⑪ 魏宏灿:《曹丕集校注》,安徽大学出版社,2009年,第313页。
⑫ 裴铏著,周楞伽辑注:《裴铏传奇》,上海古籍出版社,1980年,第44页。
⑬ 王先谦:《荀子集解》,《诸子集成》本,第109页。

朝,百事齐于官,众庶齐于下。”杨倞注:“节奏,礼之节文也。谓上下皆有礼也。”[①]音乐的“节奏”则是乐的“节文”,礼乐“节文”在于和。《吕氏春秋·本生》“节乎性也”高诱注[②]、《大戴礼记·文王官人》“其声顺节”王聘珍解诂[③]并谓“节犹和也”。礼乐的功用并在调和性情。《尔雅·释乐》谓“和乐谓之节”[④],节奏的功用在于调和音乐,这与现代诗“节奏激情”的随意性的和当下性不相为侔,犹如歌厅的狂热之于二雅的庄严,不可同日而语。名物性的“节奏”用法从动作字演化而来,“节”和“奏”单用都有击乐的意义,“节乐”也是击节以和乐,所以“节奏”连用,也是取于动作字的并列,才转为名物性的“节奏”之称。音乐的节奏,乃指音乐中交替出现的有规律的强弱、长短现象。

“节奏”移为语言的术语现代多见,或许是西语的移译导致西方语言和诗歌有关术语在中土的使用。言语也有强弱长短的分别,所以借用音乐术语,而有语句节奏之称。节奏是节拍的组合,节拍又由音节组成,节拍也是音乐术语,本指乐曲中周期性出现的、有一定强弱分别的一系列拍子,是衡量节奏的单位。而语言学的“音节”则是指由一个或几个音素组成的语音单位,汉语单音独字,一字即一音节。汉字有所谓“合文”,指将两个或三个单字合写在一起,变为一个字形,不过保留了组成合文的单字读音,这就造成一字有两个或多个读音的现象。但合文作为单字的合写,并不是汉语单音独字的例外,组成它的两个或三个单字原本就是单音。例如甲骨文“”,就是“五”和“十”的合写,仍读“五十”;“”则是“二”“百”的合写,仍读“二百”。这或是为了节约和充分利用龟甲的空间,或是由于甲骨书法尚未形成固定的行列顺序,以致相近叠加,又或是一种将二物或三物作为某种符号使用的习惯,如“”之为“太甲”的合写,乃是作为一个名号使用,有若后世印章的功能,直到今天的明星也喜欢将自己的姓名合写,造出一些古怪而丑陋的形状。在甲骨文中,或许合写只是临时的拼凑,至少后人仿效的甲骨文书法不取合文的写法。

汉语单音独字乃是区别于其他语言最为重要的特点,当然还有象形表意。

---

① 王先谦:《荀子集解》,《诸子集成》本,第130页。

② 高诱注:《吕氏春秋》,《诸子集成》本,第8页。

③ 王聘珍:《大戴礼记解诂》,中华书局,1983年,第191页。

④ 郭璞注,邢昺疏:《尔雅注疏》,《十三经注疏》本,第160页。

汉语一字一音,单音无法形成节奏,例如四字四个音节,我们不能就此分为四个节奏,那样一字一顿,不能成语。这里涉及音步的问题,简单地说,音步是构成节奏的音组,例如四言,就是双音步的组合。从汉语实际所指来说,音步相当于节奏。例如七言近体的平仄有"一三五不论,二四六分明"之说,可以推知在古人感觉中,节奏是两个单音字的组合,在这两个单音字中,前者为奇数,后者为偶数,奇数不在节奏点上,所以可平可仄,偶数处于节奏点上,所以平仄分明。例如李商隐《锦瑟》"沧海/月明/珠有泪,蓝田/日暖/玉生烟",上句按律第三"月"字当平而仄,就是"不论"的例子,但"海""明""田""暖"都以第二、第四字平仄不易,是二音节奏的末字,所以务须分明。这样的节奏划分与双音节构成的音步是一致的。从当代"韵律构词学"的角度看,"音步"属于"韵律词"的下位概念,是构成韵律词的基础。冯胜利所著《汉语的韵律、词法与句法》根据 McCarthy 和 Prince 在 *Prosodic Morphology* 中提出的韵律构词理论探讨汉语韵律词。韵律词"是从韵律学的角度来规定'词'的概念",是从这一角度来定义"最小的能够自由运用的语言单位",而"韵律学中的'语言单位'是'韵律单位'"[①]。韵律词的构成,至少必须有一个音步。汉语的单音独字不能构成韵律词,因为单音节不足一个音步。音步的构成必须满足所谓"二分枝"的要求:"音步必须同时支配两个成分,亦即严格遵行二分枝(Binary Branching)的原则":

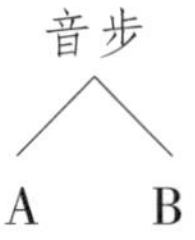

> "二分枝音步"的要求其实就是韵律节奏中"轻重抑扬"的反映。没有"轻重"就没有节奏,没有节奏就无所谓韵律。音步所代表的正是语言节律中最基本的角色,它是最小的一个"轻重"片段,所以必须是一个"二分"体。[②]

从"二分枝原则"来看,汉语独字单音并不表现出轻重抑扬的节奏。反之,双音词最为符合这一原则,由于双字二音在声纽的轻重清浊、韵母的开合响哑及声调

① 冯胜利:《汉语的韵律、词法与句法》,北京大学出版社,1997 年,第 1 页。

② 冯胜利:《汉语的韵律、词法与句法》,第 2 页。

的平仄阴阳方面各有不同，就形成韵律；而双声、叠韵也存在着韵母或声纽的发音区别，即使联绵叠字也因念诵时前一字发音较重而长，后一字发音较轻而促，可以形成轻重抑扬的韵律节奏。这就是单字难以成句、而以双音构成韵律词的原因。唐成伯玙《毛诗指说·文体》说："发一字未足舒怀，至于二音，殆成句矣。"[①]从经验上说，句子节奏韵律与呼吸相应，汉语独字每发一音，声气单一，因而必感局促而"未足舒怀"；二音则有声气变化，故能成句。现代口语中把"虎"说成"老虎"，"筷"说成"筷子"，就是因为"发一字未足舒怀"，所以加字凑二。据吴洁敏、朱宏达《汉语节律学》所称，汉语"停延"[②]中存在"生理停延"现象，简单地说，就是在说话时"换口气"所造成的语流停延[③]，它也存在于在音节、音步之间，只不过极为短暂罢了[④]。这就表明，汉字二音发声也有气息变化。二音以上因有节拍的间歇，停延更为明显，气息吞吐益为舒缓，所以诗文造语多在四言以上，而以五、七言为常。但是五、七言是单数成句，除了双音节构成的韵律词或节奏外，必有一个独字单音的剩余。

这个剩余的单音并不单独构成韵律词或节奏，而是附着于一个双音节韵律词之后，形成"超音步"的韵律词。冯胜利认为，双音节音步作为汉语最小的音步，就是汉语的"标准音步"，因而汉语"标准韵律词"就只能是两个音节。单音节词不足一个音步，不合韵律词的标准，不能形成韵律词；而三音节的组合又因为大于标准音步，所以不是"标准韵律词"。但是三音节却可以构成一个"超音步"，而凡属音步就可以构成韵律词，所以"超音步"也可以导致韵律词，姑且称之为"超韵律词"。所谓"超韵律词"乃是有条件的变通认可，它实质上是在一个标准韵律词上附加一个单音词的产物。[⑤] 由此可知，标准韵律词一方面至少要有两个音节，另一方面又不可能出现比超音步（三音节）更大的韵律词；一旦出

---

① 成伯玙：《毛诗指说·文体》，文渊阁《四库全书》本，经部第 70 册，第 177 页。

② "停延"是指说话或朗读时语流中声音的中断和延连。它有别于"停顿"，因为后者只表示语流的中断或间歇，没有包括音节间声音的延长或紧连。所谓"停延"，就是语流中停顿与延连的相反相成，是二者的有机统一。见吴洁敏、朱宏达《汉语节律学》，语文出版社，2001 年，第 35 页。

③ 吴洁敏、朱宏达：《汉语节律学》，第 39 页。

④ 吴洁敏、朱宏达：《汉语节律学》，第 43 页。

⑤ 冯胜利认为，"超音步的实现条件是：在一个语串中，当标准音步的运作完成以后，如果还有剩余的单音节成分，那么这个/些单音节成分就要贴附在一个相邻的双音步上，构成三音步"。（冯胜利：《汉语的韵律、词法与句法》，第 3～4 页）

现大于三音节的组合，就不可能再是超音步所成的“超韵律词”了。例如四音节组合，它立即就转变成两个音步，因而是两个标准韵律词的组合。而大于四音节的组合则是标准韵律词跟超韵律词之间的组合，例如五言，是由一个标准韵律词与一个超韵律词组合而成，即 2－3 的音节结构。[①]

诗的诵读必依韵律节奏，所以韵律节奏就是诵读的节奏。依照韵律节奏的诵读，四言当然就是 2－2 式，如“抱布贸丝”“载笑载言”，“抱布”“贸丝”，“载笑”“载笑”各为节奏，两个节奏中间略有气息停顿，只是快读难以觉察。即如“氓之蚩蚩”“桃之夭夭”[②]，按西方传入以绳中文的现代文法，必以“桃”为主语，“夭夭”谓语，“之”为连词，故必断为“桃—之—夭夭”，为 1－1－2 式，但按韵律节奏诵读，却只是读成“氓之—蚩蚩”“桃之—夭夭”，为 2－2 式。六言则为三个韵律节奏的组合，所以必读 2－2－2 式，断无例外。五、七言因有单字，诵读节奏发生变化，其单字的截分必在句尾。五言必读 2－2－1，快读则为 2－3，后面 2＋1 在快读中形成三字“超音步”，末尾单字附在前二音组成的“标准音步”之上。七言则必读 2－2－2－1，快读则成 2－2－3，末尾单字的附着与五言同理。诵读节奏之所以具有固定的格式，乃是顺应人的声气吐纳，唯在唇吻之间。

不当以为中国诗按照这种韵律划分的诵读节奏是千篇一律和呆板僵死的，在确认这种诵读节奏不变的前提下，中国诗却以“句中之读”生发千变万化的样式，这无疑比多音节语诗歌依靠“激情”的“自由”创造和朗读具有更大的自由空间，乃是由于汉字组合的高度灵活性，诗人变化“句中之读”，就像把玩组字的魔方。兹以五言为例，七言准此，只于句首加二字，或谓“顶节”。清冒春荣《葚原诗说》卷一举五言诸式云：

> 五字为句，有上二下三、上三下二、上一下四，上四下一，上二下二中一，上二中二下一，上一中二下二，上一下一中三，凡八法。上二下三，如“玉剑浮云骑，金鞭明月弓”（卢照邻）[③]，“磵水空山道，柴门老树村”（杜甫）[④]。上

① 冯胜利：《汉语的韵律、词法与句法》，第 3～4 页。上述论音步与韵律词，参拙著《中国诗句法论》，齐鲁书社，2005 年，第 96 页。

② 《诗·卫风·氓》《诗·周南·桃夭》，《毛诗正义》，《十三经注疏》本，第 228、46 页。

③ 卢照邻：《结客少年场行》，祝尚书：《卢照邻集笺注》，上海古籍出版社，1994 年，第 46 页。

④ 杜甫：《忆幼子》，《杜诗详注》，第 395 页。

三下二，如“把君诗过日，念此别惊神”（杜甫）[①]，“一封书未返，千树叶皆飞”（于武陵）[②]。上一下四，如“台倚乌龙岭，楼侵白雁潭”（许浑）[③]，“雁惜楚山晚，蝉知秦树秋”（司空曙）[④]。上四下一，如“雀啄北窗晚，僧开西阁寒”（喻凫）[⑤]，“莲花国土异，贝叶梵书能”（僧护国）[⑥]。上二中一下二，如“旌旗朝朔气，笳吹夜边声”（杜审言）[⑦]，“星河秋一雁，砧杵夜千家”（韩翃）[⑧]。上二中二下一，如“春风骑马醉，江月钓渔歌”（司空曙）[⑨]，“晴山开殿翠，秋水掩帘寒”（许浑）[⑩]。上一中二下二，如“地盘山入海，河绕国连天”（张祜）[⑪]，“井凿山含月，风吹磬出林”（贾岛）[⑫]。上一下一中三，如“星临万户动，月傍九霄多”（杜甫）[⑬]，“剑留南斗近，书寄北风遥”（祖咏）[⑭]。此皆以五字成句，而句中有读者也。[⑮]

“句中之读”按字的组合划分，犹谓“句读”，诵读并不准此，否则拗口不畅。如上三下二、上一下四，宋、元人称为“折腰句”[⑯]，“读之若不律，自是一格”[⑰]。元佚名《沙中金集》举“野店寒无客，风巢动有禽”[⑱]“似梅花落地，如柳絮因风”[⑲]，前语为上三下二，即“野店寒—无客，风巢动—有禽”，后语为上一下四，即“似—梅

---

① 杜甫：《赠别郑炼赴襄阳》，《杜诗详注》，第1059页。

② 于武陵：《客中》，《全唐诗》卷五九五，第6892页。

③ 许浑：《送段觉归东阳兼寄窦使君》，罗时进：《丁卯集笺证》，江西人民出版社，1998年，第101页。

④ 司空曙：《题江陵临沙驿楼》，文航生：《司空曙诗集校注》，人民文学出版社，2011年，第242页。

⑤ 喻凫：《龙翔寺居喜胡权见访因宿》，《全唐诗》卷五四三“窗”作“冈”、“晚”作“晓”，第6274页。

⑥ 僧护国：《访云母山僧》，《全唐诗》卷八一一，第9138页。

⑦ 杜审言：《送崔融》，《杜审言诗注》“旗”作“旃”，第21页。

⑧ 韩翃：《酬程延秋夜即事见赠》，《全唐诗》卷二四四，第2737页。

⑨ 按此为刘长卿诗。储仲君：《刘长卿诗集编年笺注》，中华书局，1996年，第194页。

⑩ 许浑：《晨别翛然上人》，《丁卯集笺证》“翠”作“响”、“掩”作“卷”，第68页。

⑪ 张祜：《登广武原》，尹占华：《张祜诗集校注》，巴蜀书社，2007年，第51页。

⑫ 贾岛：《赠胡禅归》，黄鹏：《贾岛诗集笺注》，巴蜀书社，2002年，第252页。

⑬ 杜甫：《春宿左省》，《杜诗详注》，第533页。

⑭ 祖咏：《江南旅情》，《全唐诗》卷一三一，第1335页。

⑮ 冒春荣：《葚原诗说》卷一，《清诗话续编》，第1579～1580页。

⑯ 元人诗格、诗法多有谈论，谓“折腰句格”。元韦居安说：“七言律诗有上三下四格，谓之折腰句。”（韦居安：《梅磵诗话》，《丛书集成初编》本，中华书局，1985年，第12页）

⑰ 《沙中金集》，《元代诗法校考》，第40页。

⑱ 周繇《送宇文虞》，《全唐诗》卷六三五，第7290页。

⑲ 张健：《元代诗法校考》，第410页。王淡交诗见《苕溪渔隐丛话》前集卷二九，第204页；魏庆之编：《诗人玉屑》卷三，上海古籍出版社，1978年，第80页。

花落地,如—柳絮因风",俱以中间失节,故称"折腰句",如按这种字组意义的划分诵读,必然龃龉不畅,这是因为与汉语韵律词的切分相左。按照韵律节奏,则必读为"野店—寒无客,风巢—动有禽""似梅—花落地,如柳—絮因风",前二字是标准韵律词,后二句是超韵律词。而按吴洁敏、朱宏达的"节律学"说法,上二为"头节",中二"腹节",下一则称"脚节"①,快读则"腹节"与"脚节"连读,有如超韵律词。在此我们要特别说到"失传"已久的诗词"吟诵",不知何故却在当下的学界和坊间突然冒了出来,据说这是超越朗诵的艺术,但是南腔北调的"吟诵"都以正宗自居,洗耳聆听的人却不能判断好坏。尤其故意拉长字音以示诗境的进入和自我陶醉的深沉,却以破坏诗语韵律节奏为代价,借助于知识的理解,往往吟成了"句中之读",借如"似——梅花落地,如——柳絮因风",中间划线的延伸即示首字声音的尽量拉长,却失去了鄙为"朗诵"的节奏,似乎并不动听。

实际上"句中之读"并非资于诵读,而是对于字面组合的潜在感觉,以多种多样的变形打破字面组合的单调划一。清张谦宜《絸斋诗谈》举"少陵五言律,或上三字下二字成句,或下三字上二字成句,上一字下四字者时有之;又有上下平分二字以中间字贯下者,尤妙"②,这就是"句中之读"的参差为用,造成变化的效果。例如杜甫《春望》③,按"句中之读"的划分是:

国破—山河—在,城春—草木—深。
感时—花—溅泪,恨别—鸟—惊心。
烽火—连—三月,家书—抵—万金。
白头—搔—更短,浑欲—不胜—簪。

四联"句中之读"即字的组合显见变化。需要说明的是,作为一首五律,中二联必须对仗,首尾可对可不对,所以中二联对上下句的"句中之读"必然相同,而首尾对仗则上下相同,不对则不同,是诗首联为对,故上下相同,尾联不对,故不相同。我们也看到每联都以二字组合开头,但再分则"国—破""城—春"

① 按吴洁敏、朱宏达之说,见《汉语节律学》,第237页。
② 张谦宜:《絸斋诗谈》卷二,《清诗话续编》,第806页。
③ 见《杜诗详注》,第391页。

“感—时”“恨—别”与“烽火”“家书”“白头”“浑欲”二字连用形成区别，“国破”“城春”是主谓结构，“感时”“恨别”是动宾结构，“烽火”“家书”“白头”“浑欲”是偏正结构，而如“白头”是定语修饰的名词性结构，“浑欲”是副词修饰的动词性结构，凡此种种不同，表明句中之读以及字组关系的诸多变化。在此借用现代语法对于字组的分析，并不纠结于语义的穿凿，这是我们所反对的。

在中国诗中，字的组合与节奏相关。由于汉语单音独字形成固定的句式，这种句式所给定的诵读节奏也是不变的，这不免导致中国诗语节奏死板的印象，反之多音节文字却可以随着诗人的“激情”产生多样的节奏。其实中国诗的诵读节奏尽管归于一律，但字的组合却能造就种种不同的“句中之读”，不仅如此，而且即使相同的节奏也因字的组合不同而变化多样。在不成属对的诗语中，上下两句的“句中之读”可以不同，例如陶渊明《饮酒》“结庐—在人境，而—无—车马喧”[①]，由于两句一韵，也就可以上下句视之，但“句中之读”却不一致。属对的一联，则“句中之读”必定相同，那么所谓节奏并“句中之读”的变化，就只能在两联或多联的比照中产生，例如上引杜甫《春望》首二字合为节奏，“国破”对“城春”一致，但次联首二字合为节奏的“感时”“恨别”与上联第一个节奏在字的组合上相异。

关于字的组合，古人区别为虚实平侧，大约名物字为实，动作、形状字为虚，又有半虚半实之分，半虚半实则可活用，所以为活，虚、实而不能活用者为“死”。清毛先舒《诗辩坻》卷四论“作诗对仗须精整”，但“不定以青对白，以冬对夏，以北对南为也，要审死活、虚实、平侧”[②]。他举“登山临水”“高山流水”为例，“登”“临”为活，“高”“流”为死，前者为动作字，后者为形状字，在对仗中不能用虚活之“登”对虚死之“流”，而成为“登山流水”，这是“易位相对”，殊为不可。又举“高山流水”“吴山越水”，“高”“流”为虚，“吴”“越”为实，也是易位相对。[③]“平侧”则“平”谓二字并列，“侧”谓偏正。例如“山水”对“云霞”，前后二字的组合

① 逯钦立校注：《陶渊明集》，中华书局，1979 年，第 89 页。
② 毛先舒：《诗辩坻》卷四，《清诗话续编》，第 74 页。
③ 毛先舒：《诗辩坻》卷四，《清诗话续编》，第 74 页。

都是名物性的并列，所以称“平”对；但如“江水”不能对“云霞”，前者虽为名物字组合，然谓“江中之水”，“江”在现代被认为是定语，修饰“水”，属偏正结构，毛氏视为“侧”，所以“二字侧不可对‘云霞’”[①]，后者是平。

在此重要的是字的组合，尽管方块汉字整齐对应，但字的组合呈现参差错落的效果，有如棋盘上棋子的布局，极见错综之致，在近体格律的写作中，这是自觉的。我们很难在唐人律诗中找到四联节奏字组完全相同的例子，但在律体成型以前，作者似乎尚未具有变化字组的自觉意识，例如谢惠连《西陵遇风献康乐诗》第三首[②]，宋范晞文《对床夜语》卷一指其“连四韵句法皆相似”[③]：

屯云—蔽—曾岭，惊风—涌—飞流。
零雨—润—坟泽，落雪—洒—林丘。
浮氛—晦—崖巘，积素—惑—原畴。
曲汜—薄—停旅，通川—绝—行舟。

这诗八句的“句中之读”都是上二中一下二，而且字面“虚实平侧”也少有变化。当然这还不是成熟的律体，所以范晞文也说“正不当以此拘也”[④]，但句式迭复令人生厌，后人学诗，必当知而避之。在读诗人的感觉中，却如井田整齐划一，略无错综之美。

虽然五言诵读节奏 2－3 或 2－2－1 固定不变，但以节奏的字组不同，也会产生细微的差别。例如王维《山居秋暝》[⑤]中间二联：“明月—松间照，清泉—石上流。竹喧—归浣女，莲动—下渔舟。”诵读时“明月”与“竹喧”，“石上流”与“下渔舟”，前后二字或三字之间细微的气息间歇、转换和调吻是有差别的。尽管这种差别或许只是一种感觉，但唯有这种细微的感觉才是感受诗语节奏的真实所在，正如禅家所喻“如人饮水，冷暖自知”，谙于诗道的人们，于此当有一致的领悟。而在理性的认识方面，我们自当理解多音节语言之于西方“自由诗”之“节奏激情”的随意性，并借此认识汉语单音独字之于中国诗语诵读节奏的稳

① 毛先舒：《诗辩坻》卷四，《清诗话续编》，第 74～75 页。
② 逯钦立辑校：《先秦汉魏晋南北朝诗·宋诗》卷四，第 1193 页。
③ 范晞文：《对床夜语》卷一，《历代诗话续编》，第 410 页。
④ 范晞文：《对床夜语》卷一，《历代诗话续编》，第 410 页。
⑤ 陈铁民：《王维集校注》，第 451 页。

定、简明和整饬,乃至汉字组合高度灵活所生发的无穷变化,只有本诸语言"科学规律"的求真态度,才不至于让根深蒂固的媚外心态和深恶痛切的反古激情遮蔽了本来的真理。

但在中外诗中,节奏对于诗之形式的主导性及其对诗人造语的强制作用却是殊途同归。对于中国诗,不仅一定节奏形成固定的句式,例如两个韵律词,即2-2节奏形成四言句式和四言体,一个标准韵律词加一个超韵律词,即2-3节奏形成五言句式和五言体,根本上是汉语单音独字组合使然;而且由于节奏限定了句式,使作诗者必须在给定的框架内进行"造语"的操作,有如钢丝绳上的芭蕾。同时被限制于一定句式中的字的组合之间产生区别于日常散语表意的"言外之意",这就是形式主义所乐道的派生之义。节奏使"词语更其紧密地相互靠近,使它们相关、交叠、辉映、互补、对照"①,表现于一句诗语如五言、七言中以节奏切分的字的组合和排列,在两句一联中也是如此,甚至在《诗》的重章叠句中,也显然存在章、句之间的对照和呼应,重章叠句是相关、辉映和互补的。节奏作为句式及体制的限定,对于某体诗之造语的强制性适宜归入句法的范围,两句一联的节奏所造成的字的组合之相关、互补和对应实际上就是属对的讲求。而诗语一句中节奏产生的字的组合排列应当在此先举简略的例证。例如杜甫《登高》"风急/天高/猿啸哀,渚清/沙白/鸟飞回"②,是如《总论》引或人所谓"一句能言三件事"③者,上句"风急""天高"的节奏并列给人萧飒的感觉,益以"猿啸哀"的组合尤增悲凉。如用散语表达为一种事实的陈述,则秋兴为减,正是节奏造成的一句七言限制使三个意象紧密相连,形成整体的意境,益以下句相对,意境更为开阔,但这已是属对的讲求。又如杜甫《春望》"感时花溅泪,恨别鸟惊心"④,上、下句中"花"与"泪"、"鸟"与"心"因节奏临近而被限制在一句五言之中,构成了一种对立的"冲突","花"与"泪"、"鸟"与"心"本不相关,只是节奏与句式将两者强制并处,产生强烈的"冲突"效果。再如清薛雪《一瓢诗话》引陈声伯所举欧阳修《秋怀》"西风

① 张冰:《陌生化诗学:俄国形式主义研究》,第151页。
② 见《杜诗详注》,第2138页。
③ 张健:《元代诗法校考》,第214页,
④ 见《杜诗详注》,第391页。

酒旗市，细雨菊花天”[①]，谓“初不假语助而得”[②]，与温庭筠著名的《商山早行》“鸡声茅店月，人迹板桥霜”[③]同妙，都舍弃了一切句法成分，直接呈现景物，由于节奏及句法的强制，“西风”与“酒旗”、“细雨”与“菊花”并列，两个意象之间生发了“言外之意”，那是悲秋廓落的愁怀。较之于西方多音节文字的诗歌语言，节奏的主导和强制作用在中国诗中尤为明显，它导致固定的句式和体制，本质上是汉语单音独字的使用结果。

汉语单音独字的使用形成一定的节奏，进而形成固定的句式并由此产生稳定的体制，计有三言体、四言体、五言体、六言体、七言体五种，这是西语多音节文字使用无法达到的目标。首先必须明确，至短者一言、二言与至长如八言、九言及以上者，并非为某句式，也不能称为一体如“二言体”“八言体”，所谓“九言体”只资偶用，不为常式。在汉字的书写表达中，有所谓“一字句”的现象。实际的情况则或为嗟叹之辞，如汉乐府《东门行》[④]“咄！行！”及汉梁鸿《五噫歌》[⑤]中的五个“噫”字；或者呼唤人名，如《书·舜典》“夔，命汝典乐”[⑥]；在口语中多用，或表祈使，如命人“去”“来”等；或应答，如回答“好”“行”等。但以一言单音局促不伸，必须处于上下文的语境中才有所指的意义，且在诗语中必须与前后语句相配合，才能产生声气抑扬的效果，形成相应的诵读节奏，如“咄！行！”必与“吾去为迟”相合，“噫”必与“陟彼北芒兮”相连，才使唇吻畅适。显然一言独字不成句式，故不成体，二言亦然。但在《诗》中一字必然“足二”，何丹《诗经——四言体起源探论》一书中归纳了《诗》语原则，表现在三个方面：

> 第一种表现是通过两个单音词重叠或语音稍作变化的方式，形成双音单纯词（重言或联绵字）；第二种方式是通过两个单音词按语法规律有机结合，形成双音复合词；第三种方式是通过在一个单音词的前面或后面加上一个没有词汇意义的衬字，形成衬字双音结构。[⑦]

---

① 李逸安点校：《欧阳修全集》，中华书局，第 232 页。
② 薛雪：《一瓢诗话》，《清诗话》，第 698 页。
③ 曾益等：《温飞卿诗集笺注》，上海古籍出版社，1980 年，第 155 页。
④ 郭茂倩：《乐府诗集》卷三七，第 550 页。
⑤ 逯钦立辑校：《先秦汉魏晋南北朝诗·汉诗》卷五，第 166 页。
⑥ 孔安国传，孔颖达疏：《尚书正义》，《十三经注疏》本，第 79 页。
⑦ 何丹：《〈诗经〉四言体起源探论》，中国社会科学出版社，2001 年，第 24 页。

据何先生统计,《诗》中重言565例[1],重言在前二字者如《郑风·子衿》"青青子衿,悠悠我心"、在后二字者如《郑风·风雨》"风雨凄凄,鸡鸣喈喈"。何丹又找出联绵字如叠韵"辗转""燕婉",衬字成句者如"彤管有炜""八月其获""秩秩斯干"等[2],语在《周南·关雎》《邶风·新台》《邶风·静女》《豳风·七月》《小雅·斯干》诸篇。其中,"有""其""斯"为衬字,无义,只为凑足二言并卒以"足四";"足二"是为了形成冯胜利所谓"音步"或"标准韵律词",也就成为双音节奏,其根本原因在于汉语单音独字,正如唐成伯玙《毛诗指说·文体》所谓"发一字未足舒怀,至于二音,殆成句矣"[3];而凑足四字当然就是由于《诗》四言的句式限定。

二言以双音节获得韵律,故可成句,《诗》或有之,如《文心雕龙·章句》举"'祈父''肇禋',以二言为句"。《诗·小雅·祈父》:"祈父,予王圻之爪牙。"[4]《周颂·维清》:"肇禋,迄用有成,维周之祯。"朱注谓"祈父,司马也,职掌封圻之兵甲……予,六军之士也",又注谓"肇,始;禋,祀迄"。例二中"肇禋"有实义,大意是"自从祭祀(上天)"。而例一"祈父"则是呼唤之辞,朱子注云:"军士怨于久役,故呼祈父而告之曰:'予乃王之爪牙,汝何转我于忧恤之地,使我无所止居乎?'"[5]汉乐府如《上邪》"上邪!我欲与君相知","上邪"则是叹辞。二言呼辞或叹词,也必须处于上下文中,才有所指;而且虽可成句,较一言稍可调利唇吻,但也未足舒怀,所以如可与其他音节合并,就不取单立,而是形成2-2节奏的四字句。如《诗·周颂·臣工》"嗟嗟""噫嘻",就与"臣工""成王"并为四言,读作"嗟嗟臣工""噫嘻成王"[6],这不仅显示四言句式的限定性,也表明二言不成句式,亦不成体。

《诗》四言以后,自汉乐府始,诗以五言进而是五、七为常。超过七言如八言、九言、十言偶有之,但以散缓软弱,也未形成固定的句式,不谓成体。《文镜

① 何丹:《〈诗经〉四言体起源探论》,第24页。
② 何丹:《〈诗经〉四言体起源探论》,第25~27页。
③ 成伯玙:《毛诗指说·文体》,文渊阁《四库全书》本,经部第70册,第177页。
④ 郑玄笺,孔颖达疏:《毛诗正义》,《十三经注疏》本,第617页。
⑤ 朱熹:《诗经集传》,上海古籍出版社,1987年,第83页。
⑥ 郑玄笺、孔颖达疏:《毛诗正义》,《十三经注疏》本,第1312~1317页。

秘府论·南卷·定位》谓“七言已去，伤于大缓”[①]，清陈仪《竹林答问》也说“诗至八言，冗长啴缓，不可以成句”，而“句法不易振竦”[②]。诗语以七言为足，八言及八言以上者只在某一体中夹杂偶用，借以变化句式、间破声气。《汉书·东方朔传》称朔有“八言、七言上下”[③]，不传。八言杂于诗中者如李白《战城南》“圣人不得已而用之”、《蜀道难》“黄鹤之飞尚不得过”，俱以散语节奏不畅，前语“句中之读”只能断为“圣人—不得已—而—用之”，后语则“黄鹤—之飞—尚—不得—过”，有悖诗语韵律词的构词原则，故读之不畅。九言如同诗“上有六龙回日之高标，下有冲波逆折之回川”，可切分为“上有—六龙回日之高标，下有—冲波逆折之回川”，则后七言差可成句。十言如《行路难》“君不见昔时燕家重郭隗”、《襄阳歌》“君不见晋朝羊公一片石”，“君不见”为发语词连带后面七言，实际上不能算作十言句，在唐人歌行中比较普遍。[④]

古有所谓“九言律”[⑤]，清赵翼《陔余丛考》所称，其实偶作不常。清吴乔《围炉诗话》卷一称“此体始于魏”[⑥]。南朝陈释智匠《古今乐录》有《南风歌》，谓“舜弹五弦之琴，歌《南风》之诗”，宋郭茂倩《乐府诗集》卷五十七收入[⑦]。《史记·乐书》说：“舜……歌《南风》之诗而天下治……《南风》之诗者生长之音也，舜乐好之，乐与天地同意，得万国之欢心，故天下治也。”[⑧]歌中六句九言，其余八言四句、五言两句，或中或尾加“兮”字，九言如“仅彼三山兮商岳嵯峨，天降五老兮迎我来歌”，以“兮”相间，实际上乃是四言加“兮”再加四言的结构。歌名《南风》，用“兮”有若楚辞。又南朝梁萧统《文选序》云：“自炎汉中叶，厥涂渐异。退傅有在邹之作，降将著河梁之篇，四言、五言，区以别矣。又少则三字，多则九言，各体互兴，分镳并驱。”[⑨]汉刘向《说苑·善说》言春秋楚王母弟“鄂君子皙之泛舟于新波之中”，“会钟鼓之音毕，榜枻越人拥楫而歌”，鄂君子皙听不懂，“于是乃召越

① 弘法大师原撰，王利器校注：《文镜秘府论校注》，第343页。
② 陈仪：《竹林答问》，《清诗话续编》，第2231页。
③ 班固：《汉书·东方朔传》，第2873页。
④ 李白四诗，依次见《李太白全集》卷三、卷三、卷三、卷七，第178、163、190、371页。
⑤ 赵翼：《陔余丛考》卷二三，商务印书馆，1957年，第454页。
⑥ 吴乔：《围炉诗话》卷一，《清诗话续编》，第489页。
⑦ 郭茂倩：《乐府诗集》卷五七，第824页。
⑧ 司马迁：《史记》，第1235页。
⑨ 萧统编，李善注：《文选》，第2页。

译，乃楚说之曰”：

今夕何夕兮搴舟中流，今日何日兮得与王子同舟。

蒙羞被好兮不訾诟耻，心几顽而不绝兮得知王子。

山有木兮木有枝，心说君兮君不知。①

这首越歌被翻译成楚歌，当然就是楚辞的风味了。如果《说苑》言此不虚，也不必惊诧于春秋即有“九言之体”，实际上与《南风歌》一样，是歌而不是诗，歌乃口传，徒歌不入乐，越人歌于“会钟鼓之音毕”就是明证，这与《诗》之被采见载及汉乐府采而或有润色不同。“九言”而带“兮”字的歌古已有之，及汉并不鲜见。《汉书·高五王传》：“孝惠元年……友以诸吕女为后，不爱，爱它姬。诸吕女怒去，谗之于太后……太后怒，以故召赵王。赵王至，置邸不见，令卫围守之，不得食。其群臣或窃馈之，辄捕论之。赵王饿，乃歌曰……遂幽死。以民礼葬之长安。”②这首歌除开头一句外都是九言，但也中含“兮”字，是歌不是诗，九言加“兮”也不是诗的句式。又蔡琰《胡笳十八拍》多有加“兮”的九言，第八拍全是。及晋傅玄有九言《昔思君》，也带“兮”字。所谓“九言”其实是四带“兮”与下四的结合，诵读也以延长“兮”为停顿。例如傅作首二句就可以断为四句：“昔君与我兮，形影潜结。今君与我兮，云飞雨绝。”这种“句中之读”提醒我们注意歌的语言与体例不同于诗。在晋之后，南朝宋谢庄有《明堂歌》九首，依五行数，或三言，或五言，或六言，或七言，其中《歌白帝》③为九言，被认为是出现较早的完整九言诗：

百川如镜天地爽且明，云冲气举德盛在素精。

木叶初下洞庭始扬波，夜光彻地翻霜照悬河。

庶类收成岁功行欲宁，浃地奉渥罄宇承秋灵。

谢庄把《歌白帝》写成九言真是偶然，也是故意展示他擅长各种句式的才能，出于文人的心机，当然并不常作，极有可能的情况是参照九言歌的格式而去掉“兮”字，但是正唯缺少“兮”字作为“句中之读”的声气舒缓，就必然臃肿不伸。

① 刘向撰，向宗鲁校证：《说苑校证》，中华书局，1987 年，第 277 ~ 278 页。

② 班固：《汉书》，第 1989 页。

③ 郭茂倩：《乐府诗集》卷二，第 17 页。

其后的文人深知此弊，所以如唐韩愈《琴操》、宋钦宗朱后《歌二首》，既仍命为“歌”，也保留了“兮”的咏叹。只有像元代天目山僧人明本《九字梅花诗》“昨夜西风吹折中林梢，渡口小艇滚入沙滩坳”云云，浑如禅家话头，俗不可耐，卒同打油，但明代杨慎《升庵诗话》卷一收录，盖“诗话者，辨句法，备古今”[①]也。杨慎自己也禁不住拟作同题八句，或为盖过明本，第五、六句“歌残水调沉珠明月浦，舞破山香碎玉凌风台”云云[②]，虽遣词古雅，但一入九言，便是恶俗，存以博笑，不过文士学者游戏之意，不足为训，故九言非谓句式，其“体”不经，聊备博闻而已。

诗有所谓“杂言体”，乃同无谓，因为一体成于某一句式，既为杂言不主一式，则不成体。汉乐府见之，如《战城南》三言“战城南，死郭北”、五言“枭骑战斗死，驽马徘徊鸣”、四言“为我谓乌，且为客豪”，且一意上下不一者“思子良臣，良臣诚可思”，乃是典型的杂言，但也以常见句式三、四、五、七杂合所成，并未出现八言、九言。实际上不是“杂言体”具有区别于句式整一者如五、七言体的特殊性，而是唯以缺乏句式和体制的规范，表明它与散语未离的随意性，对于乐府“缘事而发”的叙写是可以的。但乐府中这种情况并不多见，一般是以某一句式为主，间杂其他，例如《有所思》就是五言为主，计九句，其他则三、四言各三句，七言两句。而且在起首三言之后的前半部分都是五言，并无间杂：“有所思，乃在大海南。何用问遗君？双珠玳瑁簪，用玉绍缭之。闻君有他心，拉杂摧烧之。”[③]这也说明汉乐府主于五言的新变，文人拟乐府自魏晋直到唐代都是承递这一隔离于《诗》四言的新近传统。而且汉乐府杂言之于五言的寡见、少数杂言主于五言，并其杂言仍用三、四、五、七为常，这使现代自由诗想要从古代杂言中找到其成立的根据必定落空，例如“希望逢着一个丁香一样的，结着愁怨的姑娘”[④]，如此漫无节制的散漫拖沓，几千年以来并不曾见。关键在于汉语单音独字使用所形成的独特节奏和句式，这对于中国诗的造语具有形式的规范作用，进而形成各体，如三、四、六言，见于第四章的论述，五、七言详见第五章之论。在此先专对近体格律进行形式的阐释，因为在中国诗的体制中，近体格律具有形式化

① 语出许顗：《彦周诗话》，《历代诗话》，第378页。
② 并明本诗，见《升庵诗话》卷一，《历代诗话续编》，第636页。
③ 郭茂倩：《乐府诗集》，第230页。
④ 戴望舒：《雨巷》，梁仁编：《戴望舒诗全编》，浙江文艺出版社，1989年，第27页。

的典型代表性。

第三节　格律的形式阐释

中国诗的体制尤其是近体格律乃是基于汉语单音独字及声调使用的高度形式化产物，它十分切合汉语的特点而具有极强的科学性。可是现代以来的文学反传统主义将格律视为封建的余孽弃如敝屣，它对传统的讨伐张扬着科学和进步的旗帜，而传统以其古典高贵的不屑竟咸缄默。只有同样的"科学"名义才能引起人们的反思，或许俄国形式主义可以提供有益的思路，它对语音的重视、对诗的语音重复规律的探讨，以及对语音与意义关系的论述，对我们重新思考中国诗体制，尤其是近体格律具有启示性的意义。

首先，对语音的注重固然是西方口耳相传的传统，俄国形式主义因仍了象征派对诗歌音乐性的重视。张冰引述了安德烈·别雷《象征主义》一书的观点，语言"首先是一种声音的象征主义"，凭借语词，诗人可以"创造出一个新的、第三个世界——一个声音符号的世界"[①]。张冰解释说，在某些情况下，音乐性可以说是诗的"灵魂"，"有了它，诗可以不胫而走，离开它，诗便如折了翅膀的鹰，寸步难行"[②]。俄国形式主义对语音的重视表现为对纯粹语音形式的独特关注，这实际上是承接俄国未来派的主张。正是未来派诗人维列米尔·赫列勃尼科夫和阿·克鲁乔内赫首创了"无意义语"这一概念，它被定义为"超越理性的和处在思维之外的语言"，但后来的形式主义者却发现语音具有某种原初的意义指向，这对"选音"具有重要意义。

其次，关于诗的语音重复现象，根据张冰的陈述，奥波亚兹认为，诗语就是一种将语音系统组织化了的语言，在诗歌结构中必然具有语音的重复，这种重复造成一定的诗歌节奏，可以视为诗歌的"动态性预备"或"酝酿"，通过重复成分（不变量）和非重复成分（可变量）的对比，以突出并使人注意其中的某种成分（可变

① 见张冰《陌生化诗学：俄国形式主义研究》第100页引安德烈·别雷《象征主义》1910年俄文版第527、430～431页。

② 张冰：《陌生化诗学：俄国形式主义研究》，第101页。

量)。[①] 在诗歌语音的重复中,韵脚是应该特别注意的,它表现为语音相同而意义不同的、周期性出现的词,其作用是让读者回味刚刚阅读过的文本。[②]

再次就是所谓"选音法"。张冰概括说:"在对诗语语音音色有特殊敏锐辨别力的诗人那里,无疑会把诗语语音当作一种重要的成分,而在诗歌结构中予以恰当的应用。这种有意识地选用特定语音以表现思想感情的手法,奥波亚兹称其为'选音法'。"[③]选音的可能,乃是因为语音与意义的某种程度的关联。当然对具体的词来说,语音固与意义相关,这是语言表音的特点,但何以某一语音之与某种意义相关,却不一定就是索绪尔所断言的完全任意性。索绪尔认为,语言符号是语音作为能指与作为意义或概念的所指的结合,能指和所指的结合是任意的,也是由于语言系统的差别性所致,这就是说,某一语音并不必然与其所表达的意义相关。也许是形式主义者的诗人语言直觉启发他们关于"语音原型"的认识,这是什克洛夫斯基的术语,他猜测到话语以其发声时语能器官的动作、发声效果等,模拟一种自然物,茹科夫斯基称之为"由音响本身构成的图画",例如俄语圆唇音"y"本来就常常给人以一种空洞洞的感觉或联想,而一旦进入特定的诗歌结构,其特殊的联想意义与全诗的基本意义便得到了完美的结合。[④]张冰介绍说,赫列勃尼科夫根据这样一个前提来建构其全部体系,"即语言中的每一个语音都具有特定意义。但在漫长的时间延续过程中,这种能指与所指的联系失落了。语言中语音与意义的这种古已有之的关联,到了现代日常生活语言中,其联系已不很清晰,而是似乎沉潜在昏睡之中了",而"语言的'引路人'应当建立或是恢复这一业已失落的联系"[⑤]。这真是天才的诗性猜测,它可以打破索绪尔关于语音与意义任意性的论断。

从形式主义的角度,我们看到,中国诗的体制反而具有远过于西语诗的高度形式性,由于汉语单音独字和声调的运用,这毫不足怪。不用说汉语单音独字形成三言、四言、六言、五言和七言的句式和相应的体制,而且整齐一律的句

---

① 张冰:《陌生化诗学:俄国形式主义研究》,第103页。
② 张冰:《陌生化诗学:俄国形式主义研究》,第107页。
③ 张冰:《陌生化诗学:俄国形式主义研究》,第102页。
④ 张冰:《陌生化诗学:俄国形式主义研究》,第103~104页。
⑤ 张冰:《陌生化诗学:俄国形式主义研究》,第117页。

式排列，以及汉语韵律所形成的独特节奏在固定句式中的不断重复，这些借助形式主义所可分析到的形式化结构对于诗人造语和诗意的表达具有强制的作用，反之，中国诗的创作正是充分利用这些形式的规定因难见巧，究归汉语特性在诗之创作的极度显现，因而是完全科学的。在此，我们首先选取《诗》之咏叹的重章叠句简略说明语音重复之于合乐咏叹的形式作用，然后对近体格律进行全方位的形式阐释，后者具有中国诗形式阐释的典型意义。以《周南·芣苢》①为例：

采采芣苢，薄言采之。采采芣苢，薄言有之。

采采芣苢，薄言掇之。采采芣苢，薄言捋之。

采采芣苢，薄言袺之。采采芣苢，薄言襭之。

虽然《诗》的重章叠句是普遍的，但此篇具有形式的典型性，全诗三章，首章除"采采""采""芣苢""有"存实义外，其余都以虚字衬贴无义，这有如张冰所述形式主义的"不变量"，第二、三章仍之，仅分别变换"掇、袺"与"捋、襭"二字为足，这是所谓的"可变量"，也许是可以通过不变的重复成分突出并使人注意这些变换了的字②，但这些字除了换韵的需要，相互间的实义并没有多大的区别。实际上主要就是重章叠句的重复形式适应"律和声"③的旋律回环，因而增强了"诗言志"的咏叹效果。由于汉语单音独字组合四言固定句式，形成节奏、语音和语词的整饬对应，在相当程度上出于体制的规定，这较之西方多音节语诗的语音重复缺乏字形的整齐排列来说，表现为不同性质的高度形式化，而众多的虚字衬贴却有类于俄国形式主义所说的"无意义语"，职在舒缓声气，以资咏唱。清代袁枚《随园诗话》卷三以为"三百篇如'采采芣苢''薄言采之'之类，均非后人所当效法……今人附会圣经，极力赞叹"④，甚是无谓。为引章艧斋戏仿云："点点蜡烛，薄言点之。点点蜡烛，薄言剪之。"博得"闻者绝倒"⑤。趋附明代本宗袁中郎标举"性灵"的袁子才于此却缺乏足够的才子灵性，实际上这首《诗》篇就在于重章

① 郑玄笺，孔颖达疏：《毛诗正义》，《十三经注疏》本，第 50 ~ 52 页。

② 张冰：《陌生化诗学：俄国形式主义研究》，第 103 页。

③ 用《书·舜典》语，孔安国传，孔颖达疏：《尚书正义》，《十三经注疏》本，第 79 页。

④ 袁枚：《随园诗话》卷三，人民文学出版社，1982 年，第 97 页。

⑤ 袁枚：《随园诗话》卷三，第 97 页。

叠句的咏叹,语音起到烘托情感的作用。元代吴师道《传说会纂》谓“此诗终篇言乐,不出一‘乐’字,读之自见意思”①。“读之”而涵咏,自能体会语音回环往复的感染。清方玉润《诗经原始》描述说:“读者试平心静气,涵泳此诗,恍听田家妇女,三三五五,于平原绣野、风和日丽中群歌互答,余音袅袅,若远若近,忽断忽续,不知其情之何以移而神之何以旷。”②王夫之《姜斋诗话》卷上也说:“‘采采芣苢’,意在言先,亦在言后,从容涵泳,自然生其气象。”③所谓“意在言先”,就是语音烘托的“表意”作用。形式主义注意到语音的意义指向,尽管隐约难明,但语音的回环往复本身却能够传达某种情感的导向,这真是“由音响本身构成的图画”。当然采芣苢而不是其他花草,盖孔疏所谓此草“宜怀任(笔者按:妊)”④,则妇女们采而“乐”之。值得注意的是清代学者郝懿行《尔雅义疏》谓“野人亦煮啖之”⑤,则穷人采之充腹,不资药用。芣苢就是车前草,今乡党采以煎汤消暑,较诸“王老吉”,必是纯天然的饮料。其实,尽管不明妇女们采它的用处,我们只看“采啊采”的动作形容,漫不经心而若有所思,还有方玉润“恍听”的“断续”歌声,加以合律的语音回环,真是“不知其情之何以移而神之何以旷”矣。

五、七近体格律的构成,本于汉字双音节奏的平仄交替,由此衍生五、七律16种格式。平仄的讲究乃是较诸“古体”的额外形式化要素。七言只是在五言基础上加双音二字,所以先论五言。近体五言句式只有四种:

仄仄平平仄

平平仄仄平

平平平仄仄

仄仄仄平平

五言一句平仄交替的规则,是以两个单字组成的一个双音节奏为单位,平仄交替是为了避免平仄一顺而无声调高低长短变化,交替则变。《南齐书·陆厥传》谓

---

① 吴师道:《传说会纂》,见王鸿绪《钦定诗经传说汇纂》卷一引,文渊阁《四库全书》本,经部第77册,第95页。

② 方玉润:《诗经原始》,中华书局,1986年,第85页。

③ 王夫之:《姜斋诗话》卷上,《清诗话》,第4页。

④ 郑玄笺、孔颖达疏:《毛诗正义》,《十三经注疏》本,第51页。

⑤ 郝懿行:《尔雅义疏》,商务印书馆,1933年,第69页。

永明体“五字之中，音韵悉异，两句之内，角徵不同”[①]。第一种情况，前面是平平，后面是仄仄；前面是仄仄，后面是平平。这是上列四式中前两式的情形：仄仄/平平/仄，平平/仄仄/平。第二种情况，前面是平平，后面是平仄，前面是仄仄，后面是仄平，这是上列四式中后两式的情况：平平/平仄/仄，仄仄/仄平/平。为什么前面是平平、仄仄，后面却可以是平仄、仄平？这是因为双音节节奏以后一个字为节奏点，前面一个字不在节奏点上，所以可平可仄；而后一个字就因为在节奏点上，所以必须与前面双音节的后一个节奏点区分平仄。五言句式以两个双音节奏加一个单字构成，后面这个单字附着在前面双音节奏之上，形成“超音步”或“超韵律词”[②]，在五言律诗中句式就是平平仄、仄仄平、平仄仄、仄平平。这就是说，由于单字不能形成单独的节奏，所以不需节奏点的平仄区别。但是根据平仄交替的原则，三个字中必须有两字平仄相同，其余一字有异，平平相同，后面必然是仄，不能是平平平；仄仄后面不能加仄变成仄仄仄，必然是仄仄平；平仄后面不能加平成为平仄平，必然是平仄仄，仄平后面不能加仄成为仄平仄，必然是仄平平。凡此平仄的交替作为汉语自然语音的组合所显示的乃是语音的变化，铿锵有力，悦耳动听，在五言句式和节奏的切分和规范下，即其语音组织本身就产生缜密坚整的听觉效果，诗的造语就被这种形式化所整合和规范。倘如不论意义如何，那么以此填入相应的汉字，就能获得美好的听觉，这是真正基于汉语特点的形式化语音结构，具有高度的科学性。

《南齐书·陆厥传》谓永明体“两句之内，角徵不同”[③]，《宋书·谢灵运传》谓“两句之中，轻重悉异”[④]，在律诗中规范为上下两句的平仄对举，构成一联。律诗押平韵，所以上句住脚字必须是仄，韵脚必须是平，那么五律的联对只有两种格式：仄仄平平仄，平平仄仄平；平平平仄仄，仄仄仄平平。以第一格为例，按照上句的节奏所划分的平仄，下句必须交替对举：首个双音节奏为仄仄，下句必须对以平平；第二个双音节奏为平平，下句必须对以仄仄；住脚字为仄，下句韵脚必须是平。这样就构成了声律的对偶，从格律的形式上说，就是格律对于对偶的

---

① 李延寿：《南史》，第 1195 页。
② 冯胜利：《汉语的韵律、词法与句法》，第 4 页。
③ 李延寿：《南史》，第 1195 页。
④ 沈约：《宋书》，第 1779 页。

形式规定，尽管在近体产生以前对偶早已有之，但上下两句可对可不对，而当两句一联的格律对举形成之后，则以形式的规定而不得不对。这种形式的规定基于汉语的声调，格律诗的属对乃是汉语语音的纯粹形式。于是联对成为律诗的结构单位，充之以内容，就形成相对自足的语意单位，上下句之间形成意义的空间。例如黄庭坚《寄黄几复》“桃李春风一杯酒，江湖夜雨十年灯”①，上句从身前道出，不料下句推廓为如此广阔的视野，于是一己的感慨连同万里湖山的物色，上下之间形成无限的意义空间，生发无穷的意境。在律诗的写作中，联对的构结及其作为语意单位的相对自足性是十分重要的，它是律诗篇章构成的基础，一首律诗就由四个联对组成，只有高度规范化的联对及其组合才可以形成短小精致的律诗篇章。联与联之间的构结规则，就是粘连，即上联下句第二字与下联上句第二字平仄相同，以上述五律四种句式的排列顺序为例：

仄仄平平仄
平平仄仄平
平平平仄仄
仄仄仄平平

第一联下句、第二联上句第二字并平，拓展为律诗四联，则以第二联下句为仄，第三联上句第二字亦必为仄，下句以与上句相反的平仄形成对联：

仄仄平平仄
平平仄仄平

第四联上句第二字也必与第三联下句第二字平仄相同：

平平平仄仄
仄仄仄平平

这样就形成五律一式：

仄仄平平仄
平平仄仄平
平平平仄仄
仄仄仄平平

---

① 刘琳等校点：《黄庭坚全集》，第155页。

仄仄平平仄
平平仄仄平
平平平仄仄
仄仄仄平平

这就是根据五言四句第一句为首句形成的五律一式,可以发现这四联八句实际上是两联的叠加,前二联与后二联完全相同。首句末字为仄,就是首句不入韵。律诗首句可以入韵,也可以不入韵。古人创制,大约七律首句入韵较五律首句入韵为多,这是因为七律声气纵畅,首句入韵增加了纵畅的效果;五律句式坚整,首句不入韵,使首联上下平仄相反而对,尤为坚整。这四种句式都可以作为第一句,形成五律四种格式。以第二句平平仄仄平为首句:

平平仄仄平
仄仄仄平平
仄仄平平仄
平平仄仄平
平平平仄仄
仄仄仄平平
仄仄平平仄
平平仄仄平

这是首句入韵,实际上与第四句同,因为五律句式只有四种,其中二式住脚字为仄,二式韵脚为平,五律联对和句式的构成,是这四种句式交互转换的结果。第二句用了一个韵脚为平的句式,那么只剩下另外一个韵脚为平的句式,所以第一句为了与第二句区别,必然采用另一句式,这一句式已经被第四句占用,故必相同。再以第三句平平平仄仄为首句,也是仄起首句不入韵,构成规则与上述二式一样:

平平平仄仄
仄仄仄平平
仄仄平平仄
平平仄仄平
平平平仄仄

仄仄仄平平

仄仄平平仄

平平仄仄平

以第四句仄仄仄平平为首句入韵构为五律一式则为：

仄仄仄平平

平平仄仄平

平平平仄仄

仄仄仄平平

仄仄平平仄

平平仄仄平

平平平仄仄

仄仄仄平平

总结一下五律的构成规律，第一是四种句式的交互转换，具体是住脚字为仄两句、韵脚字为平两句的隔句出现，即一三、二四句式的交互转换。第二，如果首句入韵，则必与第二句平声为韵不同，因为只有两种句式韵脚字为平，才能构成两种首句入韵的五律格式；而且首句入韵，必与第四句相同。第三，从平仄句式的交互转换和粘连的规律来看，五律前二联和后二联相同，只是在首句入韵的情况下，第一句与第五句不同，但首句入韵乃是变体，按平仄句式的交替，理论上应当是首句不入韵。第四，五律由四联构成，四联各司其职，形成语意单位，五律就是四联的组合，四联的组合形成五律的章法。第五，粘连形成联对声律的递转，属对形成声律的对举，一句节奏的平仄互易导致平仄声律的起伏高低和长短缓促。凡此平仄交替、对举、重复、回环，构成一个声调组合、转换、重复的完整、严密的系统，其极致的形式化表明汉语声调运用的严谨性、科学性，它是汉语声调组织的完美乐章。

从形式上看，七律以七言构成，七言较五言多出二字，同以奇数与五言为近，与六言为远。七言起源虽早，但到南朝刘宋才形成隔句用韵的七言诗，然与五言同步转为近体，这是永明声律学对五、七言同时发生的影响。根据平仄交替的原则，在五言律四种句式前面都加上二字，就成为七言四种句式了：

平平仄仄平平仄

仄仄平平仄仄平

仄仄平平平仄仄

平平仄仄仄平平

这四种句式都可以作为七律的起句，形成七律四种格式，起句末字为仄，则为仄起，末字为平则平起入韵。姑以第二句、第三句为起句为例探讨七律两种格式。

第二句为起句：

仄仄平平仄仄平

平平仄仄仄平平

平平仄仄平平仄

仄仄平平仄仄平

仄仄平平平仄仄

平平仄仄仄平平

平平仄仄平平仄

仄仄平平仄仄平

第三句为起句：

仄仄平平平仄仄

平平仄仄仄平平

平平仄仄平平仄

仄仄平平仄仄平

仄仄平平平仄仄

平平仄仄仄平平

平平仄仄平平仄

仄仄平平仄仄平

与五律一样，如果仄起，那么前四句与后四句平仄一样，如果是平起入韵，则七律四种句式中二式平声入韵者一、二句呈交互状态，要么是仄仄平平仄仄平、平平仄仄仄平平，要么是平平仄仄仄平平、仄仄平平仄仄平。总结五、七律各四式，律体共得八式，五、七律的单句、联对、粘连法则都是相同的，形成标准的五、七律格式。

除了上述五、七律的标准格式之外，还有一些细化的原则，或有变通，或否，表明声律的进益讲求。其一，论律诗平仄有所谓“一三五不论，二四六分明”之说，较早见于元人刘鉴《切韵指南》书后[①]，其于节奏的关系已见上述。但“一三五不论”是对于初习者指示大体，实际上有不得不论者：

仄仄平平**平**仄仄

平平仄仄**仄**平平

平平仄仄**平**平仄

仄仄平平**仄**仄平

如果第五字改变，就是这样：

仄仄平平**仄仄仄**

平平仄仄**平平平**

平平仄仄**仄平仄**

仄仄平平**平仄平**

仄仄仄、平平平叫作“三仄”和“三平”，违反了双音两字之后必变平仄的规律。仄平仄、平仄平，今人写作不甚回避，尤其是平仄平，但由于处于一句末节，第五字与第七字平仄相同，中间仅一字之隔，导致节奏急迫，缺乏平仄互易的舒展，所以必当严格遵守。另外，在七律两句平声入韵的句式中，仄仄平平仄仄平，第三字平不宜仄，否则除韵脚外，全句就只剩下第四字是平声，是谓“孤平”，必须避免。五律平平仄仄平，如首字易平为仄，也是孤平。

凡上都是格律本身的规定，但在合乎格律的基础上，尚有某些特别的讲求。平仄的规律以合并平声和仄声为两类声调形成，因而在近体格律中并不存在平声阴、阳和仄声上、去、入的区别。但汉语四声和平声阴阳的差别在诗的造语中客观存在，律诗的写作，尽管遵循格律即为合律，但从作者的声律感受角度说，对于平声阴阳、仄声上、去、入，亦当有所讲求，大致有以下几种情况：

第一，一句之中，应当尽量避免多用同一声调字，主要就是仄声中应当回避全部或多是上声、去声、入声。明谢榛《四溟诗话》卷三举例说：

若杜常《华清宫》诗：“朝元阁上西风急，都入长杨作雨声。”[②]上句二入

① 刘鉴：《经史正音切韵指南》，清碧琳琅馆丛书本，清光绪巴陵方氏刊本。

② 彭定求等编：《全唐诗》卷七三一，第8370页。

声，抑扬相称，歌则为中和调矣。王昌龄《长信秋词》："玉颜不及寒鸦色，犹带昭阳日影来。"①上句四入声相接，抑之太过；下句一入声，歌则疾徐有节矣。刘禹锡《再过玄都观》诗："种桃道士归何处，前度刘郎今又来。"②上句四去声相接，扬之又扬，歌则太硬；下句平稳。此一绝二十六字皆扬，惟"百亩"二字是抑。又观《竹枝词》所序，以知音自负，何独忽于此邪？③

杜牧《华清宫》二句中上句两入声字，古人作品中多见，难以规避，不算大病。但王昌龄《长信秋词》两句中上句四入声字，确是"抑之太过"，颇觉声调急迫，则是大病，谢氏认为二例下句能补救上句，对声调的"抑扬"是很有体会的。明人标举"格调"，李东阳首开风气，其《麓堂诗话》说：

诗必有具眼，亦必有具耳。眼主格，耳主声。闻琴断，知为第几弦，此具耳也；月下隔窗辨五色线，此具眼也。费侍郎廷言尝问作诗，予曰："试取所未见诗，即能识其时代格调，十不失一，乃为有得。"④

在李东阳这里，"格""调"分开为说，"格"是诗的整体风貌，一个时代的诗呈现为某种共同的风貌，唯可感受体会。但"调"形于声，主于耳，可以把握。谢榛所举唐刘禹锡《再游玄都观绝句》⑤云：

百亩中庭半是苔，桃花净尽菜花开。
种桃道士归何处？前度刘郎今独来！

谢榛说是诗"二十六字皆扬"，是谓平声太多，确实声韵不振，而第三句忽作四去声，读之气结。刘禹锡以知音自负，却被挑出一议，并不冤枉。

我们还可以举出一些特别的例子来说明这个问题。苏轼《六月二十七日望湖楼醉书五绝》"水枕能令山俯仰，风船解与月徘徊"⑥，上句合律，为仄仄平平平仄仄，"令"平声，但"水""枕""俯""仰"，一句四上声字，又下句"解""与"者二，并六字，必致声气压抑。又宋王令《暑旱苦热》"清风无力屠得热"⑦，连用三入声

① 李云逸：《王昌龄诗注》，上海古籍出版社，1984年，第142页。
② 卞孝萱校订：《刘禹锡集》，中华书局，1990年，第308页。
③ 谢榛：《四溟诗话》卷三，《历代诗话续编》，第1187页。
④ 李东阳：《麓堂诗话》，《历代诗话续编》，第1371页。
⑤ 卞孝萱校订：《刘禹锡集》，第308页。
⑥ 王文诰辑注，孔凡礼点校：《苏轼诗集》，第340页。
⑦ 沈文倬校点：《王令集》，上海古籍出版社，2011年，第108页。

字,读之气急不接。[1] 再如宋王禹偁《村行》"棠梨叶落胭脂色,荞麦花开白雪香"[2],上、下句各三入声,也是十分拘迫,诵之气息若有不接。诗家造语之际,虽不必左规右矩、步追迹趋,以至拟议不决、踌躇难下,但诗成之后,固当反复吟诵,如果觉有不惬,则须推敲改易,正是杜甫所谓"新诗改罢自长吟"[3],由此可悟"晚节渐于诗律细"[4],才能达到"毫发无遗憾"[5]的最佳效果。

第二,就一联和一首诗的整体来看,亦必仄声上去入有所变化,如果一首仄声字多上声,则压抑不伸;或多去声,则调高不下;或多入声,则局促不舒。

第三,则是律诗各联上句,除首句入韵外,住脚字必是仄声,不当全是同一声调,虽两字同声难以回避,然三字为多,当以上、去、入三声交替。例如刘禹锡《酬乐天扬州初逢席上见赠》[6]:

巴山楚水凄凉地,二十三年弃置身。
怀旧空吟闻笛赋,到郡翻似烂柯人。
沉舟侧畔千帆过,病树前头万木春。
今日听君歌一曲,暂凭杯酒长精神。

因首句不入韵,所以四联共有四个仄声住脚字,"地""赋""过"三字去声,"曲"一字入声,但在第七句,若在第三或第五句,就可间破三去声连用。是诗著名,然声律不畅,谢榛谓刘禹锡"以知音自负,何独忽于此邪"?或以其性粗豪,失于斟酌使然。在古人名家不免,后学者则须知其弊而有所回避。

第四,则五、七律首字,除五律平平仄仄平第一字以避孤平不当易为仄声之外,其余大约可平可仄,那么当有讲究,首先不当全平全仄。其次仄声当避全上、全去和全入,是虽不限,但在写作中也是应当注意的问题。如刘禹锡《竹枝词》第九首:"山上层层桃李花,云间烟火是人家。银钏金钗来负水,长刀短笠去烧畲。"[7]四句首字都是平声。凡此在格律基础上的进益讲求,旨在解决声调归入

① 入声以其韵母专收塞音韵尾,发音不能延长而戛然即止,故谓为"促声"。
② 王延梯选注:《王禹偁诗文选》,人民文学出版社,1996 年,第 86 页。
③ 仇兆鳌:《杜诗详注》,第 1830 页。
④ 仇兆鳌:《杜诗详注》,第 1939 页。
⑤ 仇兆鳌:《杜诗详注》,第 138 页。
⑥ 卞孝萱校订:《刘禹锡集》,第 421 页。
⑦ 卞孝萱校订:《刘禹锡集》,第 358 ~ 359 页。

平、仄两大类之后存在的仄声上、去、入不分的问题，由于缺乏格律本身的规定，这些讲求是消极性的，若作者以严谨认真的态度对待，庶几有所规避。较诸西方多音节语缺乏固定的声调，这些讲求当然是十分精密的，可惜形式主义并不能够面对中国旧诗的文本。

字的洪细响哑，在诗之用字尤其是韵字选择上具有更多的讲求，后者关涉汉语语音与意义、情感的关联指向，故有“选韵”之讲，不期与形式主义的“选音法”殊途同归。尽管这些问题超出格律规范之外，却是中国诗尤其是格律诗写作必定遇到的问题。谢榛《四溟诗话》卷一说：

> 凡作近体，诵要好，听要好，观要好，讲要好。诵之行云流水，听之金声玉振，观之明霞散绮，讲之独茧抽丝。此诗家四关。使一关未过，则非佳句矣。①

王世贞《艺苑卮言》卷一引述其说。清田雯《古欢堂杂著》卷三“评茂秦十则”云：“茂秦刻意为其七子一派写照，阅之不觉捧腹。然能如此，亦自登峰造极，虞山一概贬斥，非公也。千载而下，定评出焉。”②作诗用字“金声玉振”，乃是语音选择的高度要求。南朝梁钟嵘《诗品》评张协诗“词彩葱蒨，音韵铿锵”③，宋姜夔《诗说》谓“句法欲响”④，元人《诗法家数》谓七言声响“铿锵”⑤，清厉志《白华山人诗说》卷二谓“句调谐适，音韵铿锵”云云⑥。明陆时雍《诗镜总论》评“孟浩然材虽浅窘，然语气清亮，诵之有泉流石上风来松下之音”，而“常建音韵已卑，恐非律之所贵”，盖“凡骨峭者音清，骨劲者音越，骨弱者音庳，骨微者音细，骨粗者音豪，骨秀者音冽”⑦。同代王世懋《艺圃撷余》则称李攀龙七律“俊洁响亮”、李颀七律“响亮整肃”⑧，并顾起纶《国雅品》“高响奇绝”云云⑨，一往表明对于音响的重视。明人标举格调，虽或无当，但非浪说。如陆时雍称孟浩然，其名句“气

---

① 谢榛：《四溟诗话》卷一，《历代诗话续编》，第 1138 ~ 1139 页。
② 田雯：《古欢堂集杂著》卷三，《清诗话续编》，第 707 页。
③ 曹旭：《诗品笺注》卷上，第 84 页。
④ 姜夔：《白石诗说》，《历代诗话》，第 682 页。
⑤ 张健：《元代诗法校考》，第 18 页。
⑥ 厉志：《白华山人诗说》卷二，《清诗话续编》，第 2286 页。
⑦ 陆时雍：《诗镜总论》，《历代诗话续编》，第 1413 页。
⑧ 王世懋：《艺圃撷余》，《历代诗话》，第 778、780 页。
⑨ 顾起纶：《国雅品》，《历代诗话续编》，第 1103 页。

蒸云梦泽，波撼岳阳城”“照日秋云迥，浮天渤澥宽”，正唯“语气清亮”，借用俄国形式主义“音响图画”的概念，可谓盛唐之音，正如“盛唐气象”，接于耳目。当然诗非唯取响亮，清方南堂《辍锻录》谓“今人……误以高响为音韵，其失之更远”①。盖声调欲和，总以协调为美，刘熙载《诗概》谓“律诗声谐语俪”，庞垲《诗义固说》谓“声调悠扬”；但赵翼《瓯北诗话》卷一一谓“自中唐以后，律诗盛行，竞讲声病，故多音节和谐，风调圆美。杜牧之恐流于弱，特创豪宕波峭一派，以力矫其弊”②，古体则韩、孟硬语盘空，及宋黄庭坚务为峭拔，不尽唯取响亮，当许各具一格。

字的响哑在于声音的洪细和声调的抑扬。音有“四等”，即清江永所谓一等洪大，二等次大，三四皆细，四等尤细。洪大者指真韵母中元音发音舌位低而后、且无[i]介音者，细者指真韵母中元音发音舌位高而前、且有[i]介音者。音之洪细与呼之开合相关，“呼”指韵母首位元音发音时唇的开合，“合口呼”指韵母为u或以u开头者，“开口呼”指韵母为a、o、e或以a、o、e开头者。《广韵》中属独立一等韵如“豪”[au]“谈”[am]，其主要元音[a]开口最大而舌位较后，为开口一等，为响；独立四等韵如“青”[ieŋ]、“萧”[ieu]，都带[i]介音，且主要元音[e]发音开口最小而舌位为前，不响。当然字的响哑也与声调相关，清方东树《昭昧詹言》卷一四说，“调高则响。大约即在所用之字平仄阴阳上讲……同一仄声，而用入声，用上、去声，音响全别”③。例如“豪”，喉音全浊平韵；“谈”，舌音全浊平韵；“青”，齿音次清平韵；“萧”，齿音全清平韵。元蒋正子《山房随笔》举诗云：

> 彻夜西风撼破扉，萧条孤馆一灯微。
> 家山回首三千里，目断山南无雁飞。④

何文焕谓此诗“音嘶气咽”⑤，用字多合口呼与三、四等，故不响。彻，《广韵》（下同）本字纽次清，按《韵镜》（下同），薛韵合三；夜，喻四次浊，祃韵合二；西，心纽全清，齐韵合四；破，滂纽次清，过韵合一、三等；扉，帮纽全清，微韵合三；萧，心纽

① 方南堂：《辍锻录》，《清诗话续编》，第1940页。
② 赵翼：《瓯北诗话》卷一一，《清诗话续编》，第1331页。
③ 方东树：《昭昧詹言》卷一四，第378页。
④ 蒋正子：《山房随笔》，《历代诗话》，第711页。
⑤ 何文焕：《历代诗话考索》，《历代诗话》，第821页。

全清，本字韵开四；孤，见纽全清，模韵合一；馆，见纽全清，换韵合一；一，影纽全清，质韵开三；灯，端纽全清；微，明纽次浊，微韵合三；回，匣纽全浊，灰韵合一；首，书纽（审三）全清，有韵开三；千，清纽次清，先韵合四；里，来纽次浊，止韵开三；目，明纽次浊，屋韵合一、三；断，定纽全浊，缓韵合一；南，泥纽次浊；无，微纽次浊，虞韵合三；雁，疑纽次浊，谏韵合二；飞，帮纽全清，微韵合三。综之则首句五合四字三等、一字四等；次句二合二字三等、二字四等，且"孤馆一灯"连四字全清；第三句二合三字三等、一字四等；第四句五合三字三等，而"目断"二字并浊、"南无雁"连三字次浊。一诗二十八字中，合口凡十四字、四等四字、五等十四字，必然音嘶声细，盖合口多则吞吐不畅，清浊失调则气咽难伸。凡此都是依于蒋正子所谓"音嘶气咽"的音韵分析，不得不谓知音。蒋正子何人？而被他品评的对象却是大宋皇帝徽宗之作，只是《在北题壁》的被虏哀吟，正唯家国之悲，读者当有民族之痛！痛哉其为诗也，必乃"音嘶气咽"，奚取"金声玉振"？故谓皇帝知音，不输论者，虽谓诗之小道，当其痛彻肝肺，固有大义在焉，又孰能知之！

但是诗之小道，可废而存，文士吟咏并说者持论，亘古而作，如是焉尔。遂论择韵，不仅由于韵脚字处于一首双句的末尾，而且一首押韵的声韵回环是整体性的。韵有险易、宽窄、阴阳、清浊、响哑之分，拈韵必当斟酌，是谓选韵。《然镫记闻》载王士禛言："韵有阴阳。阳起者阴接，阴起者阳接，不可纯阴纯阳，令字句不亮。"[①]这是韵字的阴阳。《文镜秘府论》南卷之《论文意》："今世间之人，或识清而不知浊，或识浊而不知清。若以清为韵，余尽须用清；若以浊为韵，余尽须浊；若清浊相和，名为落韵。凡文章体例，不解清浊规矩，造次不得制作。制作不依此法，纵令合理，所作千篇，不堪施用。"[②]这是韵字的清浊。冒春荣《葚原诗说》卷一："押韵不宜多用哑韵，如四支、十四盐两韵中多哑字，须择而用之。"[③]这是韵字的响哑。从一韵之字的多寡来看，则有广窄之分，字多为广，字少为窄，是称"窄韵"或"狭韵"，《平水韵》中五微、十二文、十五删等，并字少，都属狭韵。又有"险韵"，其字尤少而拣择为狭，用之为险，如"九佳韵窄而险，虽五言造句亦

① 何世璂：《然镫记闻》，《清诗话》，第119页。

② 弘法大师原撰，王利器校注：《文镜秘府论校注》，第308～310页。

③ 冒春荣：《葚原诗说》卷一，《清诗话续编》，第1571页。

难,况七言近体……自唐以来,罕有赋者”[①]。然世有才高学厚力大不避险窄而故为争奇斗险者,千古以来,莫若韩愈,欧阳修《六一诗话》谓其“得韵窄,则不复傍出,而因难见巧,愈险愈奇,如《病中赠张十八》之类是也”[②],清管世铭《读雪山房唐诗序例》则谓“‘退之一生倔强’,见于此也……然韵愈龃龉,诗愈精神,腕中固宜独有神力”[③],盖“神施鬼设,极搏攫之奇。此固为大才,亦诗逊李、杜专门,未免造作耳”[④],这是乔亿《剑溪说诗》的评价,然于李杜之后卓然特立,亦唯韩公乃尔。

而且形式主义提醒一种语言古已有之的语音与意义的关联,当然汉语并不例外,尽管诗人的写作不可能“恢复这一业已失落的联系”[⑤],但这种在语言演变历史中已经逝去的联系“似乎沉潜在昏睡之中”,凭借诗人对于本民族语言的敏感,或有如梦的记忆。厥初生民以音指物,语音与物存在某种约定的关联,然以初音缅邈,唯以语感可以推想。例如“嗷”“獒”“鳌”“傲”韵同,并取大义,故以命大声、大犬、大龟和气大;并“滔”“涛”命水大、“嚎”命声大;“庬”“胖”“莽”同韵以命形大或人粗鲁。从声则如明母字“冥”“蒙”“梦”“昧”“邈”“漠”“迷”“茫”“漭”“漫”“绵”“淼”“眇”“渺”“藐”“缅”“沔”等,都有幽暗蒙昧渺茫的通义,故以同“明”声如“溟”,幽深以命海,音义若契。

在选韵并择字的考量上,则如“东”“冬”声洪,宜摅豪情;“鱼”“虞”“灰”声婉,宜叙悲愁,一在作者感受。在下曾作《丙戌岁暮杂咏》十二首,当时心境凄凉,意中固已灰韵,不待择取,兹录二首以为体会:“炉火红泥待岁回,燃残心事俱成灰。流风染雪寒侵骨,赋未成篇爆竹催。”又云:“流风夜带楚云回,香雪满庭覆劫灰。窗下漫裁新咏句,梅花一剪苦寒催。”[⑥]是固不取响亮,只觉低徊抑郁,久不能释,这是真切的感受,可知择韵与情感以及意义的指向必有关联。古人七律如杜甫《登高》押灰韵,“哀”在其中[⑦],情亦随之。借如词押入声如岳飞

① 谢榛:《四溟诗话》卷四,《历代诗话续编》,第 1223 页。
② 李逸安点校:《欧阳修全集》,第 1957 页。
③ 管世铭:《读雪山房唐诗序例》,《清诗话续编》,第 1547 页。
④ 乔亿:《剑溪说诗又编》,《清诗话续编》,第 1130 页。
⑤ 张冰:《陌生化诗学:俄国形式主义研究》,第 117 页。
⑥ 参拙著《会山堂初集》卷五,齐鲁书社,2015 年,第 145 ~ 146 页。
⑦ 《登高》首句:“风急天高猿啸哀。”

《满江红》抒写“壮怀激烈”[①],“激烈”之音真与情、意相关。而欧阳修《少年游》上阕云:“栏杆十二独凭春,晴碧远连云。千里万里,二月三月,行色苦愁人。”[②]真、文通押,音韵优柔,有如春日慵倦,几许闲愁,写罢千古传诵,一字不易,诵如酒入愁肠,甘芳而微醺,若非世间有此,生命遂乃无味。但下阕造语粗直,若非出于一人,所以偶然兴会,不唯凑泊而已。对于汉语语音的感受,细察自有心得,不止择韵所为。即如双声叠韵,在声韵联绵之中,可以感受情意缠绵不尽,而态貌恍然若见,如“逍遥”之声悠长,真有潇洒自得之意;“落拓”之声急迫,乃见磊落不平之情;“放浪”之声开宕,可托恣纵不羁之志;“栗烈”之声不舒,斯有寒气直逼之感;“轗轲”之声不畅,以尽穷处不达之慨。凡此等等,都是借声出义,因声传情,恍然若见语音之与意义“业已失落的联系”,正如表音文字的意义关联,汉字表意亦必存在音、义的联想,或许诗人的敏感能够唤起这种原始的记忆。

不妨反向思考现代所谓“自由体”的“新诗”写作,它没有固定的句式,不得谓为三言、四言、五言、六言、七言,而是漫无方的;它毫不讲究平仄,没有形成属对与粘连,当然就没有基于联对的章法;更没有基于格律之上的精益讲求,例如仄分上去入、起首字和住脚字的声调相间,等等。凡此都被视为封建的糟粕弃之后快。归根结底,“新诗”抛弃了汉语单音独字和固有声调的特点,根本上有悖汉语的本质规律,弃失语言基础的科学性。也许只有借助形式主义的“科学”视角,才能将本有的科学性还原于被称为“旧诗”的传统中国诗本身,对于“旧诗”的格律,及其节奏、句式、体制之于汉语的本质特点来说,我们坚信其真正的科学性。

---

① 郭光:《岳飞集辑注》,中州古籍出版社,1997 年,第 465 页。

② 李逸安点校:《欧阳修全集》,第 2572 页。

第四章　三、四、六言体

中国诗以其高度的形式化形成不同的稳定体制，诗的写作首严体制之辨。汉语单音独字，一言未足舒怀，二言构成音步，但一个音步不能形成节奏的组合。诗以三言、四言、五言、六言、七言为体，七言以上冗长不振，不谓成体。三言矫掉不平，当以虚字、叠字、联绵字变化声气，爰使参差舒缓。《诗》四言优婉简质，成于两个双音节奏的组合，虚字、叠字，用资“足二”“足四”，与《书》四言散语叙述、赋四言一顺铺陈不同，及汉《郊祀歌》、赋颂系辞及文人所制，并魏曹操、曹植、嵇康及唐人所作，递次参合《诗·颂》《书》语，卒受汉乐府、骈语影响，并所不堪。六言初以每句平韵为常，与五、七体同受永明声律规范，但非严格，兹定四式；句式则以三个双音节奏构成，缺乏单字可资锻炼，所以造语“自在”，乃是六言写作的体制要求，也是判别高下的标准。

第一节　三言体

中国诗以汉语单音独字形成稳定的句式和体制，声调又造就了近体各式，都具有高度的形式性，这对诗的写作提出了严辨体制的基本要求。宋张戒《岁寒堂诗话》卷上谓“论诗文当以文体为先”①，元佚名《文章欧冶序》谓“不知体制……失于文体，去道远也”②，明胡应麟《诗薮》内编卷一谓“文章自有体裁，凡

① 张戒：《岁寒堂诗话》卷上，《历代诗话续编》，第459页。
② 张健：《元代诗法校考》，第467页。

为某体,务须寻其本色,庶几当行”①,都十分强调辨体之于诗之写作的重要性。清徐增《而庵诗话》:“作诗之道有三,曰寄趣,曰体裁,曰脱化。今人而欲诣古人之域,舍此三者,厥路无由。”凡作诗必有“寄趣”和“脱化”之用,否则无从所作,体制则是形式的要求。《诗》四言以后,五、七为常,但亦作三言、六言,句式不同,体制讲求则异。唐佚名《文笔式·定位》说:

然句无定方,或长或短……句既有异,声亦互舛,句长声弥缓,句短声弥促……七言已去,伤于大缓,三言已还,失于至促……至于四言,最为平正,词章之内,在用宜多……②

长于七言或短于三言都不成体,三言是最短的句式和体制。明陆时雍《诗镜总论》对于各种句式及其体制具有十分精到的论断:

诗四言优而婉,五言直而倨,七言纵而畅,三言矫而掉,六言甘而媚,杂言芬葩,顿跌起伏。四言《大雅》之音也,其诗中之元气乎?《风》《雅》之道,衰自西京,绝于晋宋,所由来矣。③

这可以引为我们讨论各种句式和体制的基本观念。三言以字数最少的句式成为一体;四言是两个标准音步的组合,分为两个节奏;六言是三个标准音步的组合,分为三个节奏;五言是一个标准音步和一个超音步的组合,分为两个节奏;七言是两个标准音步和一个超音步的组合,分为三个节奏。三言的情况比较特殊,按照冯胜利先生“韵律构词学”的分析,三音节构成“超音步”,这在五、七言句式中是没有问题的,或者说它恰好解释了五言 2-2-1 和七言 2-2-2-1 快读成为 2-3 和 2-2-3 的节奏现象。然而在三言句式中却具有不同的情形。如果将三言诗每一句都看成是超音步,那么不仅一句只有一个音步,而且所有音步都是同一的,这就失去了节奏的基本意义,或失去了节奏本身。关键还在于汉语单音独字。在多音节语言中,单音词如英语“a”的情况是特殊的,在汉语中则是绝对的普遍性。本来“韵律构词学”是基于多音节西语的韵律分析,它强调音步的“二分枝”原则,这在多音节语言那里不成问题,而当冯胜利借以建立汉语韵律

---

① 胡应麟:《诗薮》内编卷一,第 21 页。

② 弘法大师原撰,王利器校注:《文镜秘府论校注》,第 343 页。

③ 陆时雍:《诗镜总论》,《历代诗话续编》,第 1402 页。

构词理论时，他用“二分枝”原则对应了汉语的单字双音组合，这与中国诗四、六言及五、七言句式的诵读节奏恰好吻合。然而汉语单音独字，一音一义足为表意，并不有待“音步”组合，后者乃是本于“韵律构词”的建构。中国古代罕有“词”的观念，如果一定要用“词”的概念，也只能说字即是词，这就是汉语固有的“字本位”，由于音形义的高度统一，汉语单音就不仅在表意而且在节拍上取得了独立的地位。节拍也是音乐术语，本指乐曲中周期性出现的有一定强弱分别的一系列拍子。移之于汉语，我们也可以说单音为一拍，任意两字组成双音节拍，唯其如此，所以启功直称诗四言为四拍。①

《文心雕龙·章句》称三言之起“兴于虞时，《元首》之诗是也”②。《虞书》：“帝庸作歌曰：‘敕天之命，惟时惟幾。’乃歌曰：‘股肱喜哉！元首起哉！百工熙哉！”③句中“哉”为语助，故谓三言。然而增加一个语气词，正是为了凑足四言，显然不是真正的三言。又《礼记·郊特牲》所记歌谣一首，据传是上古伊耆氏时的“蜡祭”之辞：“土反其宅，水归其壑，昆虫毋作，草木归其泽。”④有人拆分其句而断作这样⑤：

土，反其宅；

水，归其壑；

昆虫，毋作；

草木，归其泽！

按照这样断句，那么《诗·周颂·臣工之什》“嗟嗟臣工”“噫嘻成王”也当断作：“嗟嗟！臣工！”“噫嘻！成王！”但是《诗》的句式限定却必然强合四言。《礼记·郊特牲》蜡祭辞也一样，前三句本来是整齐的四言，切分则使节奏不振。而《诗·鲁颂·有駜》有“振振鹭，鹭于下。鼓咽咽，醉言舞”及“振振鹭，鹭于飞。

① 启功：《汉语现象论丛》，中华书局，1997年，第59页。

② 范文澜：《文心雕龙注》，第571页。

③ 孔安国传，孔颖达疏：《尚书正义》，《十三经注疏》本，第130页。

④ 郑玄注，孔颖达疏：《礼记正义》，《十三经注疏》本，第804页。

⑤ 如叶君远《诗》（人民文学出版社，1994年，第6页）、杨仲义《中国古代诗体简论》（中华书局，1997年，第12页），并为如此断句。

鼓咽咽，醉言归”[①]，则是真正的三字句式，明杨慎推其为“三言之始也”[②]，只是夹在四言之中，尚未成为整齐一律的三言体。唐成伯玙《毛诗指说·文体》说：“发一字未足舒怀，至于二音，殆成句矣。”[③]三字句比二音多一音，益足成句。三字句式的结构，可以引入节拍的分析，是单音拍与双音拍的组合，即1－2或2－1的交替变换。《诗·鲁颂·有駜》首章：“振振—鹭，鹭—于下。鼓—咽咽，醉—言舞。”又次章：“振振—鹭，鹭—于飞。鼓—咽咽，醉—言归。”于此可以了解三言节拍的两种形式及其交替使用。从汉语单音独字的角度来看，三言节拍并不拘于“音步”的“二分枝”原则。

真正的三言体大约早见于汉《郊祀歌》，其中《练时日》《华烨烨》《天马》《五神》及唐山夫人《安世房中歌》中诸篇，自首至尾全是三言。又乐府古题《五杂组》，郭茂倩《乐府诗集》未收，见于《艺文类聚》卷五六《杂文部二·诗》[④]，明冯惟讷《古诗纪》卷二〇[⑤]、胡震亨《唐音癸签》卷二九都认为其是汉诗[⑥]。南朝齐梁间范云有《拟古五杂组诗》、王融有《代五杂组诗》，唐代颜真卿、皎然并有拟作，其制三言六句，以首句命篇。又古乐府《杂曲歌辞》有《春日行》，南朝宋鲍照有《代春日行》，亦为拟乐府之作。拟乐府而外，唐寒山有《三字诗六首》、宋黄庭坚有《寄岳云帖》，而孟郊《婵娟篇》，前六句为三言，后四句为七言，都为创制。然辞气不复乐府古质，如寒山出语粗俗，孟郊《婵娟篇》造语流丽，意境优美，与其五古硬语盘空不类。及五代词调《三字令》，见于《花间集》，则准合平仄，造语圆转，意态轻艳，尽管都为三字，只是词体，不能算作三言体诗，但从三言句式来看，不妨看作三言体诗的流衍。

三言短促，句式节拍只有两种交替，唐佚名《文笔式·定位》谓“三言已还，失于至促”[⑦]，明陆时雍《诗镜总论》谓“三言矫而掉”，故三言体虽代有作，但不

---

① 郑玄笺，孔颖达疏：《毛诗正义》，《十三经注疏》本，第1393～1394页。
② 杨慎：《升庵诗话》卷三，《历代诗话续编》，第689页。
③ 成伯玙：《毛诗指说》，文渊阁《四库全书》本，经部第70册，第177页。
④ 欧阳询：《艺文类聚》，上海古籍出版社，1965年，第1007～1008页。
⑤ 冯惟讷：《古诗纪》，文渊阁《四库全书》本，集部第1379册，第160～161页。
⑥ 胡震亨：《唐音癸签》，古典文学出版社，1957年，第254页。
⑦ 弘法大师原撰，王利器校注：《文镜秘府论校注》，第343页。

成大宗。《礼记·中庸》“故君子和而不流,强哉矫”郑玄注曰:“矫,强貌。”[①]《文选·孙绰〈游天台山赋〉》“哂夏虫之疑冰,整轻翮而思矫”李善注引《方言》[②]、《广雅·释诂三》[③]并谓“矫,飞也”。《说文·手部》:“掉,摇也。”段玉裁注云:“掉者,摇之过也;摇者,掉之不及也,许浑言之。”[④]《左传·昭公十一年》谓“末大必折,尾大不掉”[⑤]。《汉书·扬雄传》“掉八列之舞”颜师古注云:“掉,摇也,摇身而舞也。”[⑥]《慧琳音义》卷六六“掉举”注引《文字典说》云:“振,讯也。”[⑦]“振讯”即抖动。《诗·豳风·七月》“六月莎鸡振羽”毛传云:“莎鸡羽成而振讯之。”[⑧]“掉举”连用,为佛学语,亦谓动摇。《成唯识论》卷六:“云何掉举?令心于境不寂静为性,能障行舍、奢摩他为业。”[⑨]心缘境而不静,是谓动摇。总之“掉”本摇动义,摇动致力,则强力抖动,与“矫”训飞、训强近义。所谓“三言矫而掉”,是指三言短促,有力而迅疾,飘举而不稳,不若四言优游雅重。

这确实是三言的特点,在赋文三言铺陈中尤可明之。如枚乘《七发》“掩青蘋,游清风,陶阳气,荡春心,逐狡兽,集轻禽”[⑩],及扬雄《羽猎赋》“入西园,切神光,望平乐,径竹林,蹂蕙圃,践兰唐”[⑪],都是1-2式,前一字动作字单音节拍着力,与后二字双音节拍形成短促有力的句式,一顺铺陈,语势健举,有如迅雷鸣镝,急疾不止。因而不取逗号以示短暂的气息承接,现代标点往往不知句意,都作两句停顿,标为句号,大谬不然。这或许是受诗语断句的影响,因为诗的篇幅为短,不克一顺铺陈,所以诗语点逗,两句一意用韵,以资吟咏。两句一韵意足,可以视为一个诗语表意的单元或结构,不仅三言,而且其他句式形成的体制也是如此。近体律诗则上下两句构成一联,四联的“句中之读”必须有所变化。而三

---

① 郑玄注,孔颖达疏:《礼记正义》,《十三经注疏》本,第1427页。
② 萧统编,李善注:《文选》,第164页。
③ 王念孙:《广雅疏证》,第75页。
④ 段玉裁:《说文解字注》,第602页。
⑤ 杜预注,孔颖达正义:《春秋左传正义》,《十三经注疏》本,第1291页。
⑥ 班固:《汉书》,第3563~3565页。
⑦ 徐时仪校注:《一切经音义三种校本合刊》,上海古籍出版社,2008年,第1672页。
⑧ 郑玄笺,孔颖达疏:《毛诗正义》,《十三经注疏》本,第502页。
⑨ 玄奘译,韩廷杰校释:《成唯识论校释》,中华书局,1998年,第427~428页。
⑩ 萧统编,李善注:《文选》,第481页。
⑪ 萧统编,李善注:《文选》,第132页。

言短促，只有 1 - 2 或 2 - 1 的节拍交替，其“句中之读”也仅此二种，而与节拍划分合一。那么三言诗的造语，就必须在字组的搭配上有所变化。早期的三言体诗如汉《郊祀歌》中的《天马歌》《练时日》《地郊飨神歌》，都是分章合乐，各章诗语颇有重复，句式节拍不乏相同，这与《诗》四言的重章叠句相似，都是因为歌唱的需要。例如《天马歌》[①]为汉武帝太初四年诛宛王获宛马作：

天马徕，从西极，涉流沙，九夷服。
天马徕，出泉水，虎脊两，化若鬼。
天马徕，历无草，径千里，循东道。
天马徕，执徐时，将摇举，谁与期？
天马徕，开远门，竦予身，逝昆仑。
天马徕，龙之媒，游阊阖，观玉台。

是诗六章，每章四句，首句重用；前五章次句节拍和字组相同，唯第六章变化；第一、三、五、六章第三句节拍和字组相同，而第二、四章变化；第三、五、六章第四句节拍与字组相同，第一、二、四章变化。这些变化的句子具有错综字组的效果，间破三言节拍划分的简单重复。尤其“化若鬼”“将摇举”“谁与期”“龙之媒”的虚字运用，稍稍化去三言“矫而掉”，即短促、迅疾、飘举的弊端，夹在劲节有力的句式中，起到舒缓声气的作用。除去这些变化的句子之外，此诗绝大部分诗句“从西极”“涉流沙”“出泉水”“历无草”“径千里”“循东道”“执徐时”“开远门”“竦予身”“逝昆仑”“游阊阖”“观玉台”都着力于单音节拍的动作字之上，与赋文的一顺铺陈相近。倘若不是那些变化的句式，尤其是虚字连带衬贴的语句间杂其中，就变成文不加点、迅疾直下的一顺铺陈了。但是我们应当注意到这种1 - 2 式的短促结构，其中的字组也有不同的变化，如“开远门”中间的“远”字乃是作为形状的限定，是为偏正或“侧平”的字组；“竦予身”中间的“予”字尤其明显，这较之“昆仑”“阊阖”“玉台”的名物双字一体具有结构的变化，也就是说，中间一字的可分离性减弱了 1 - 2 式的短促急迫和铿锵着力。固然大约并不出于有意的间破，相反是三言体诗的初期创制并未刻意追求每句的精整，与《诗》四言或汉乐府的情况一样，但在唐代五、七律中，精工整练却是诗人造语的自觉追求。

---

① 班固：《汉书》，第 1060 ~ 1061 页。

这种虚字衬贴的运用,在《安世房中歌》[1]中更为多见,也许是肖拟妇人的口吻,加之造语浅白,杂以疑问语句,很大程度上减少了三言"矫掉"的固有缺点。虚字之用如"乐终产""大莫大""长莫长""咸相保",问句如"善何如""谁能回",皆明白浅切,有如口语;而叠字如"雷震震,电耀耀"的使用,在三言短促健举和铿锵掷地的节拍中,也起到舒缓声气、流转节拍的重要作用。又如汉《郊祀歌·赤蛟》第四、五、六章首句"灵殷殷""杳冥冥""灵禗禗"[2],并有同然之功。叠字连用如汉《郊祀歌·华烨烨》第四章"神之行,旌容容,骑沓沓,般纵纵"[3],虽句式为短,但无急促之感。其他联绵字如叠韵见本篇"福滂洋",《郊祀歌》和《安世房中歌》罕见,实际上反映了这些三言体诗辞藻的贫乏,质木无华乃是汉代三言体诗的共有特点。

与汉《郊祀歌》内容的典正和《安世房中歌》的道德直白不同,三言体在民间乐府里却融入了缠绵的情思。《艺文类聚》卷五六《杂文部二·诗》载录乐府古题《五杂组》云:"五杂组,冈头草。往复还,车马道。不获已,人将老。"[4]这与汉《郊祀歌》"从西极""涉流沙""径千里""逝昆仑"的"侧平"组合,即现代语法视为动宾结构的动作字着力短促铿锵大不相同。"冈头草""车马道"的名物呈现为"名词性"的词组,并已转化为托情于物的意象,同时"往复还""不获已,人将老"的嗟叹由于虚字的使用减少了三言短促、迅疾、飘举的缺点,成为一唱三叹的歌咏。至齐梁间范云和王融的拟作则已有所变化:

五杂组,会涂山。往复还,两崤关。不得已,孀与鳏。(范云)[5]

五杂组,庆云发。往复还,经天月。不获已,生胡越。(王融)[6]

五杂组,处朝市。往复还,王良驭。不获已,昭君去。(王融)[7]

除去仍用本题"五杂组""往复还""不得已"三句外,其他三语则复归整练,"两崤关""孀与鳏"依然作为象的直接呈现,与动宾或"侧平"的单音动作字着力不

① 沈德潜选:《古诗源》,中华书局,2006年,第32页。
② 郭茂倩:《乐府诗集》,第9页。
③ 郭茂倩:《乐府诗集》,第8页。
④ 欧阳询:《艺文类聚》,第1007页。
⑤ 欧阳询:《艺文类聚》,第1007~1008页。
⑥ 欧阳询:《艺文类聚》,第1007页。
⑦ 谢天瑞辑:《诗法》卷一〇,《续修四库全书》本,集部第1695册,第437页。

同,显得稳妥而优游。而“庆云发”“王良驭”“昭君去”的2-1式节拍固与大赋1-2式的动宾结构或“侧平”的三字一顺铺陈语势迥异,与汉郊祀歌如“从西极”“涉流沙”“循东道”“逝昆仑”的结构也不同,这种结构乃是汉郊祀歌的常态,与赋语三言比较而言,这也许显示了大汉的气势和劲健的魄力。及六朝造语气势更为和缓,或许可以看作时代气运的隆替,联系《诗》四言节拍的庄重优婉之于周人尊礼的风态,这是可以意会的感受。再如鲍照的《代春日行》[①],作为乐府旧体的模拟,也具有春日摇荡的风韵:

献岁发,吾将行。春山茂,春日明。
园中鸟,多嘉声。梅始发,柳始青。
泛舟舻,齐棹惊。奏采菱,歌鹿鸣。
微风起,波微生。弦亦发,酒亦倾。
入莲池,折桂枝。芳袖动,芬叶披。
两相思,两不知。

“春山茂,春日明,园中鸟”“梅始发,柳始青”“微风起,波微生”“芳袖动,芬叶披”的2-1主谓或“平侧”字组的大量运用,化去了1-2动宾或“侧平”的连接排列;而且“中”“多”“始”“亦”等虚字的衬贴舒缓声气,何况春日的景象与心情相融,产生摇曳的风致,已与汉《郊祀歌》的典重和《安世房中歌》的浅直相去胡越。最后让我们欣赏唐代孟郊的《婵娟篇》[②]:

花婵娟,泛春泉。竹婵娟,笼晓烟。
妓婵娟,不长妍。月婵娟,真可怜。

第一,上述三言体都是隔句用韵,句尾抑扬顿挫,加剧了节拍的急促程度。但此诗每句押韵,却于音韵连延回环中消减了急迫的感觉,这是最重要的一点。第二,则取平韵悠缓,上述三言如《五杂组》乐府古题并王融所拟二章用仄韵,入声韵尤其短促,附于三言特别是动宾或“侧平”的1-2句式,益觉声气急促。第三则“婵娟”两句重复一次,也加强了音韵回环往复的效果。第四则“不长妍”“真可怜”似乎有意避开“泛春泉”“笼晓烟”1-2式的对语,在寥寥数句中产生句式

① 钱仲联:《鲍参军集注》,上海古籍出版社,1980年,第253页。
② 韩泉欣:《孟郊集校注》,第43页。

节拍的变化。凡此四者显示孟郊三言体小诗的讲究,造语优柔,意态婵娟,不类五古硬语盘空、瘦劲刻削,若非出于一人之手。但在8句24字的方寸之间具有如此精致的讲究,也是出于深心锻炼,表明作者刻意求精的苦吟态度,足以引为三言体创制的典范。

第二节　四言体

明陆时雍《诗镜总论》谓"四言优而婉",且以"四言大雅之音也,其诗中之元气乎?"又谓"《风》《雅》之道,衰自西京,绝于晋宋,所由来矣"①,不仅准确把握了四言句式的特点,而且概述了四言体诗的衰微。《诗》主四言,故谓"正体",要以"雅润为本"②,是如明胡应麟所谓"典则雅淳"③。四言以"大雅之音"而"最为平正"④,句式辞气谓之"优而婉"者,则以"密而不促"⑤,与三言比较而论自是如此,但视五言、七言,则亦当如胡应麟所谓"四言简质,句短而调未舒"⑥。四言以两节双音成句而形成2－2节奏,按韵律构词学之说,则是两个标准韵律词的组合,由于具有两个音步而使声气舒缓平稳,所谓"平正""典则""不促"等,都与声气节奏相关。启功先生认为,句式取四拍的原因是,"从生活实际说来,(句子节拍)再多就接不上气力了",因为"人的气力有限度,那所发出的声音也必与之相应"⑦。而《文镜秘府论·定位》乃以四言"在用宜多,凡所结言,必据之为述"⑧,当然不独指诗而言,散文、大赋和骈体多有四言,但与诗四言造语不同。然而四言句短、节奏单一,四平八稳而缺乏变化,它的"简质""未舒"也是显而易见的。启功又提到《诗》之造语的"缺头短尾,脱榫硬接"现象,这是因为"四字一句……实出无奈"⑨,显见四言简质的局限,所以《诗》的造语存在所谓"足四"现象,即

---

① 陆时雍:《诗镜总论》,《历代诗话续编》,第1402页。
② 范文澜:《文心雕龙注》,第67页。
③ 胡应麟:《诗薮》内编卷一,第4页。
④ 弘法大师原撰,王利器校注:《文镜秘府论校注》,第343页。
⑤ 范文澜:《文心雕龙注》,第571页。
⑥ 胡应麟:《诗薮》内编卷二,第22页。
⑦ 启功:《汉语现象论丛》,第59页。
⑧ 弘法大师原撰,王利器校注:《文镜秘府论校注》,第343页。
⑨ 启功:《汉语现象论丛·前言》,第4页。

通过四言节奏句式的强制作用而使就范。

何丹先生对这种现象做了充分的论证。“足四”的典型表现，一是“截短”，即把超过四言的长句截短为四言句，如国风首篇《周南》“关关雎鸠，在河之洲，窈窕淑女，君子好逑”①，前二句与后二句在“语法”上俱属一句，而为适合四字句式，故而截短。启功先生也说，《诗》有“长句中超过四拍处，常被分开，成前后两段”②，钟嵘《诗品序》谓“四言……每苦文烦而意少”③，即指句短而繁，五、七言一句可尽者，在《诗》中往往需要两句才能表达。但是必须指出的是，《诗》句的截短有时造成不合“语法”的现象，虽为“足四”所致，然非谓不可，如何丹所举《豳风·七月》“十月蟋蟀，入我床下”④，按“语法”应断为“十月，蟋蟀入我床下”，“因为‘十月’是全句的状语”，故谓显然“不合理”。但以现代语法分析大可不必，因为既为诗语，就有诗语自身的“句法”，正如启功所谓“缺头短尾，脱榫硬接”，非谓不善。唯以句式的限制，才产生了诗语的特殊句法，五、七言中尤其如此，在此显示着诗语“句法”与文法的本质差别。“足四”的另一典型表现是“拉长”，即把“语句字数不足四言者，使用特殊手段，使之成为四言句”，其特突者当是联绵字的“无理”拆分，如《周颂·有客》“有萋有且”，“萋且，敬慎貌”⑤；《曹风·侯人》“荟兮蔚兮”，“荟、蔚，云兴貌”⑥。这种联绵字拆分的作用，就是把双音词拉长而成为四音节即 2－2 节奏或韵律组合，以合四言。⑦ 但是《诗》的兴盛终究不能消除四言“简质未舒”或“文烦意少”的固有缺点，这就是《诗》后四言迅速衰落的原因。

按照诵读节奏，四言必然就是 2－2 式，它整齐划一，绝不能有所变化，所以四言句式的节奏单一乃是主要的弊端，也是“简质未舒”的实际情形。但是《诗》语的虚字衬贴和叠字、联绵字运用则多少消减了这种弊端，可以用清冒春荣所谓

---

① 郑玄笺，孔颖达疏：《毛诗正义》，《十三经注疏》本，第 22 页。

② 启功：《汉语现象论丛》，第 59 页。

③ 曹旭：《诗品笺注》，第 23 页。按“烦”应为“繁”

④ 郑玄笺，孔颖达疏：《毛诗正义》，《十三经注疏》本，第 502 页。

⑤ 郑玄笺，孔颖达疏：《毛诗正义》，《十三经注疏》本，第 1340 页。

⑥ 郑玄笺，孔颖达疏：《毛诗正义》，《十三经注疏》本，第 474 页。

⑦ 参何丹《〈诗经〉四言体起源探论》，第 19～23 页。

“句中有读”[①]，即字的组合来分析其中多种不同的现象。从《诗》的造语结构上看，尚未与散文语区别而成为完全独特的句法，在某种程度上未离散语，这也是诗之初创难以避免的现象。但《诗》以四言为句押韵，就在体制的限定下形成了与散语不同的《诗》之句法，换言之，《诗》的句法是被体制所限定的，它失去了散语的自由，但唯以其限定才有了《诗》语的方圆和规矩，在这一意义上，真正的诗语产生了。《诗》四言的虚字衬贴，一类与散语语序和结构相同，如《小雅·采薇》“昔我往矣”、《陈风·月出》“月出皎兮”，很像散语主谓句的四言缩短，尽管诵读还是2－2节奏或韵律的组合，但以前后二言字组结构的不对称间破两个节奏排列的板滞，从句意和语气的轻重上看，前重后轻，打破了前后均等的平衡。这种类似于散语的句式变化形式在主谓间加“之”，如《卫风·氓》“桑之落矣”，“之”作为虚字的衬贴不同于散语中的“名词性词组”，如《庄子·逍遥游》“风之积也不厚”[②]，而只是为了凑足四言。在此，前一双音节奏后字的“虚化”打破了两字结构和轻重的平衡，句尾的“矣”字更使整句失重，爰使四言声气舒缓，以破“简质”之弊。另一类虚字衬贴的情况，则纯以虚字凑句，并无意义和语法的功能，仅资合于音节、适宜歌唱而已。第三章我们引述了《周南·芣苢》[③]：

采采芣苢，薄言采之。采采芣苢，薄言有之。

采采芣苢，薄言掇之。采采芣苢，薄言捋之。

采采芣苢，薄言袺之。采采芣苢，薄言襭之。

在此再做虚字之于句式的简要分析。它除了“采采芣苢”的重复，就是“薄言采之”的变化，实际上只是两句合于音乐的反复叠唱。而“薄言采之”四言一句之中，只有“采”字具有实义。“薄”为语助，毛传：“薄，辞也。”[④]“言”亦语助，或在句首如《小雅·楚茨》“楚楚者茨，言抽其棘”[⑤]，或在句中如《邶风·泉水》“驾言出游，以写我忧”[⑥]，杨树达《词诠》卷七谓“‘言’为语中助词，无义”[⑦]。《尔雅·

① 冒春荣：《葚原诗说》卷一，《清诗话续编》，第1580页。
② 郭庆藩：《庄子集释》，《诸子集成》本，第4页。
③ 郑玄笺，孔颖达疏：《毛诗正义》，《十三经注疏》本，第51～52页。
④ 郑玄笺，孔颖达疏：《毛诗正义》，《十三经注疏》本，第51页。
⑤ 郑玄笺，孔颖达疏：《毛诗正义》，《十三经注疏》本，第810页。
⑥ 郑玄笺，孔颖达疏：《毛诗正义》，《十三经注疏》本，第169页。
⑦ 杨树达：《词诠》，中华书局，1978年，第395页。

释诂下》谓“言，间也”[①]，间于句中之谓，在《诗》四言中则作为语助凑句，间破声气。“之”为代字，虚用亦无义，并作语助凑句之用。那么“薄言采之”四字以当实义者，唯“采”一字而已，“采采”则因“采”之叠用而转为形容，其字为虚，则全诗仅“芣苢”名物为实。如散语为述，则仅“采芣苢”三字为足，但以虚字衬贴、叠字形容、语句重复，重章迭唱，敷衍一篇，实义为寡，唯以歌咏为功。在节奏的分析上，则“薄言采之”虽诵读必取2－2式，但未形成二字并列的平衡结构，每个字都为单处，不与相邻之字为侔，这当然有类散语，但更是由于四言限制的凑句使然，反而在2－2的板滞节奏中造成多变的声气效果。在《诗》中，句首语助如“诞”“载”“爰”，句中虚字如“其”“于”，句尾虚字如“乎”“矣”“也”，凡此虚字的衬贴凑句，对于间破《诗》四言2－2结构的简质板滞必不可少。在《诗》中，与《芣苢》一样完全以歌咏为功的例子还有《邶风·式微》等，这类诗章的最大特点就是不言物事而仅以感叹成篇。《邶风·式微》[②]：

式微式微，胡不归，微君之故，胡为乎中露？

式微式微，胡不归，微君之躬，胡为乎泥中？

从句式节奏的分析说来，则多虚字衬贴，所以声气悠婉，虽非全篇四言，虚字的运用也有同然之致。郑玄笺云：“式，发声也。”孔颖达疏：“不取‘式’为义，故云发声也。”[③]“胡不”“微”“之”“胡为乎”都以虚字凑句成篇，剩下“君”的远指，“归”而不明其乡，“露”下不明何夕，“泥”途不言何所，所有这些“实义”的所指都是不实的，它们并未构成一个作为“赋”的物事叙述，即朱熹所谓“敷陈其事而直言之者也”[④]，而是虚字语音合于音乐的分章咏叹。尽管如此，一章之内四言句式按时间顺序的排列，即其娓娓道来的咏叹本身，却必然是赋，赋担当了一章整体性和结构性的功用，详见第八章第一节的论述。

《诗》语联绵字和叠字叠语的运用十分普遍，也在很大程度上消减了《诗》四言2＋2节奏模式的简质板滞。叠字又称“重言”，《诗》用叠字如上引《周南·芣苢》“采采芣苢”，《邶风·谷风》“习习谷风”，及叠字在后者如《秦风·蒹葭》“蒹

① 郭璞注，邢昺疏：《尔雅注疏》，《十三经注疏》本，第37页。
② 郑玄笺，孔颖达疏：《毛诗正义》，《十三经注疏》本，第153页。
③ 郑玄笺，孔颖达疏：《毛诗正义》，《十三经注疏》本，第153页。
④ 朱熹：《诗经集传》，第2页。

葭苍苍”、《豳风·七月》“春日迟迟”[1]，并以名物之实与叠字形容之虚相合，或为主谓即“平侧”，或为偏正即“侧平”，使 2－2 节奏呈现不平衡的变化。陆时雍《诗镜总论》所谓“诗四言优而婉”，与叠字及联绵字的运用有很大关系，由于叠用二字声韵俱同或联绵字声同、韵同或近，致使声韵延长，因而起到延缓声气的作用，适与《诗》四言言志抒情、一唱三叹相符若契。与叠字具有相似功效的是“叠语”，即两个字组结构的重复，如上引《邶风·式微》“式微式微”、《魏风·硕鼠》“硕鼠硕鼠”，尽管诵读节奏仍是 2－2 平半截分，但是叠语却使语气一顺，不觉简质板滞。

《诗》语多用叠字，一则由于何丹所谓“足二”原则，足二则以足四。叠字多仍单字之义，大多变为形容。例如《小雅·小宛》“温温恭人”，朱注“温温，和柔貌”[2]，其实“温”本柔和义，重言足二，继以足四，不言“温恭人”，必言“温温”而足。又如《小雅·小明》“明明上天”[3]，“明明”即明，不言“明上天”，重言凑句而已。再如《王风·黍离》“中心摇摇”[4]，“摇”本动作字，叠用“摇摇”足二，义如单字而转为形容。二则《诗》四言整齐平正，节奏分明，适于重言之用，较双声叠韵或非双声叠韵，声气明畅，但少婉转变化。三则《诗》以合乐，重言即是长言、缓言，适于歌唱，声音绵绵，以抒《诗》怨。例如《小雅·采薇》：“昔我往矣，杨柳依依，今我来思，雨雪霏霏。”[5]“依”“霏”叠字，本义仍之，但以双音长言合乐，情韵悠长。又如《周南·卷耳》“采采卷耳”朱注谓“采采非一采也”[6]，动作字变为叠字，以抒感怨，情韵随之。再如《周颂·桓》“桓桓武王”朱注“桓桓，武貌”[7]，“桓桓”重言延音以歌，乃显庄重威武。四则《诗》以分章迭唱，各章字辞大略对应，重言亦必重出，或需变换增加，故用重言为多。但如双声叠韵，其字本少，变更为难，重言则单字长言而已。例如《陈风·东门之杨》两章，前章“东门之杨，其叶

---

① 郑玄笺，孔颖达疏：《毛诗正义》，《十三经注疏》本，第 51、145、422、494 页。
② 朱熹：《诗经集传》，第 94 页。
③ 郑玄笺，孔颖达疏：《毛诗正义》，《十三经注疏》本，第 800 页。
④ 郑玄笺，孔颖达疏：《毛诗正义》，《十三经注疏》本，第 253 页。
⑤ 郑玄笺，孔颖达疏：《毛诗正义》，《十三经注疏》本，第 595 页。
⑥ 朱熹：《诗经集传》，第 3 页。
⑦ 朱熹：《诗经集传》，第 161 页。

牂牂。昏以为期，明星煌煌”；后章“东门之杨，其叶肺肺。昏以为期，明星晢晢”[①]。“牂牂”盛貌，朱注“肺肺，犹牂牂也，晢晢，犹煌煌也”[②]，“肺肺”“晢晢”以应“牂牂”“煌煌”之对，必然再造重言，以使重章叠句，音韵回环，也是歌唱旋律往复的需要。

叠字是相同二字的叠用，所以声韵完全相同。从声韵相关的角度看，联绵字中双声是指声母相同或相近而韵母不同，叠韵是指声母不同而韵相同或相近。关于双声字，一般认为其声母应相同，如1988年版《辞源》“双声叠韵”条云：“二字同声母为双声，二字同韵母为叠韵。”[③]但实际上古人用为双声之例，也有声母不完全相同而是相近者，若“凄怆”，赋如枚乘《七发》、陆机《文赋》见之，“惨恻”，见王粲《登楼赋》。“凄”“惨”并清母，“怆”“恻”并初母，然以清母、初母并齿音，声母相近，故以双声用之为常。这是由于因声造字，产生声韵相同或相近而又义同或近的字系，作者临文，但以声韵相同或相近并字义相同或相近者临时并用，久之习用，成为联绵[④]。“凄怆”“惨恻”乃是清母字系“惨、凄、愀”、初母字系“怆、恻”的临文选择并用，而且这两个字系也还产生过“惨凄”（宋玉《九辩》《风赋》《高唐赋》）、“怆恻”（潘岳《寡妇赋》）、“愀怆”（嵇康《琴赋》）、“惨恻”等组合，或声母完全相同，或仅相近凑合，都可视为“双声”。至于叠韵，或韵母相同，或主要元音相同，都视同类为然，其实所谓“叠韵”是指两字韵母的音韵有联系，这与句尾押韵同理，简言之就是两字的“押韵”，都是本于同韵部的并用。

诗用双声、叠韵不若叠字为多，至《离骚》则大量使用。《诗》用双声叠韵，大约见于《周南・关雎》“窈窕”“参差”、《周南・卷耳》“崔嵬”、《召南・羔羊》“委蛇”、《邶风・燕燕》“差池”、《邶风・旄丘》“流离”、《邶风・新台》“燕婉”、《豳风・鸱鸮》“漂摇”、《豳风・七月》“觱发”“栗烈”、《陈风・泽陂》“滂沱”、《陈风・东门之枌》“婆娑”、《小雅・四牡》“倭迟”、《小雅・采菽》“觱沸”等。双声、叠韵对于因《诗》四言节奏单一导致的简质板滞，具有与叠字一样舒缓声气的功能。《诗》少双声叠韵，或以字组或造词的声韵系联尚未发达，但也是由于双声、

---

① 郑玄笺，孔颖达疏：《毛诗正义》，《十三经注疏》本，第446～447页。

② 朱熹：《诗经集传》，第55页。

③ 《辞源》（修订本），商务印务馆，1988年，第1807页。

④ 参拙文《赋用联绵字字本位语用考述》，《南京师范大学文学院学报》2015年第2期。

叠韵不如叠字用以足二、足四，单音重复，声气朗畅，肖吻上口。而且由于《诗》以分章叠唱，各章字词大略对应，重言亦必重出，若多双声叠韵，其字本少，变更愈难。至《离骚》双声叠韵为多，较《诗》叠字益具声韵变化，委婉缠绵。

《诗》语四言符合抒情、歌咏的需要而具有诗的造语特点。散语四言以《书》为代表，本质上是叙述的，其虚字的使用乃是出于散语结构的需要，而不是《诗》足二或足四的衬贴。《书》中叠字、联绵罕见，而是呈现义实字多的状况。实义字单用为常，实义单字的并列由于缺少虚字的衬贴和叠字、联绵字的声气调整而显得简古急迫、佶屈聱牙，可以视为顾炎武《日知录》所谓"古人多以语急而省其文者"①的典型表现。语气虚字的使用如《尧典》"曰若稽古"，固与《诗·周颂·噫嘻》"噫嘻成王"并示庄重，但《书》语以史实的客观叙述显示典重，《诗》语则以深沉的情感表达崇仰。有如《尧典》"乃命羲和"，"乃"作为连词，不同于《诗·豳风·七月》"言私其豵"中"言"字只起发语凑句之用。当然《诗》语如《大雅·绵》亦有"乃召司空""乃立皋门"之类，应该说《大雅》和《颂》的庄重颇有近于《书》语者，但"乃召司空"之类的造语多用于《诗》章首句，以引起一章的描写，可见《诗》语功能与散语纯粹叙述性的明显区别。固然《书》四言夹在杂言之中，并不存在所谓"四言体"的限制，四言与杂言都归散语叙述对话之用，本质上属于散语，因而并不需要"足二"和"足四"的凑合，而是将单字聚合连用表意而已。如《无逸》云：

> 周公曰："呜呼！我闻曰，昔在殷王中宗……治民祗惧，不敢荒宁。肆中宗之享国，七十有五年。其在高宗，时旧劳于外，爰暨小人。作其即位，乃或亮阴，三年不言。其惟不言，言乃雍，不敢荒宁。嘉靖殷邦，至于小大，无时或怨。肆高宗之享国，五十有九年……"②

《书》的叙述性散语特点就是文理一顺，四言夹杂其中，仅当文理顺序中的过程和片段。"治民祗惧，不敢荒宁"，四语的递进遵照文理的顺序，由于散语没有《诗》的篇章制约和合乐要求，并不需要过多考虑句式的长短和句数的多寡，只是依照文理顺序进行一顺的叙述，反映在标点上，则四言数句之间必以逗号，而

① 顾炎武著，黄汝成集释：《日知录集释》，上海古籍出版社，2006 年，第 1809 页。

② 孔安国传，孔颖达疏：《尚书正义》，《十三经注疏》本，第 430～431 页。

不是像《诗》语那样两个四言为句。《诗》则不然，四言既为定式，篇章句数又有大致的制约，而且必须押韵合乐，因此《诗》四言大约两句一意，即使号为“赋”者，也不能像散语一样一顺叙说。例如《卫风·氓》中一章云：

三岁为妇，靡室劳矣。
夙兴夜寐，靡有朝矣。
言既遂矣，至于暴矣。
兄弟不知，咥其笑矣。
静言思之，躬自悼矣。

此章两句一意一韵，接下另起，如此顺推，两句一意与接下两句一意即两韵之间，具有一意的间隔和停顿，或者说两句之间实际上存在意义的“空白”，这是《诗》韵乃至篇幅、篇章制约使然。相对于散语一顺叙说的情形来说，这些形式的限定正是《诗》语之为《诗》语、《诗》之为《诗》的决定性因素。然而恰恰是《诗》语之间的意义空白引发了读者的联想补充，如果像散语一样，《诗》语也就成为与史书无别的客观记录了。实际上，《诗》语之“赋”即使“敷陈其事而直言之”，也与散语的一顺叙述具有诗、文体制的本质区别。不仅如此，而且《书》四言夹于杂言之中，“严恭寅畏，天命自度，治民祗惧，不敢荒宁”，四句逗号，不可间断，语意承前则以“昔在殷王中宗”领起，接后则至“肆中宗之享国七十有五年”才得一句意完。

至于《书》语实义之字的组合排列，则如上例“治民祗惧”，“祗”义为敬，四字都有实义，但依文理排列，中无虚字衬贴，“祗惧”不用叠字或联绵，读之有若“语急”不畅。《诗》语则如《周颂·雍》：“有来雍雍，至止肃肃。相维辟公，天子穆穆。”其中叠字“肃肃”“穆穆”，并与“祗惧”义近，而前者作叠字、后者则无声韵关联，只是两字并置，则《诗》语悠婉，《书》语佶屈[①]，诵读可知。当然如《书》亦偶有如《康诰》“庸庸，祗祗，威威，显民”之类，但不主故常，而以简古拙重为其造语本色。他如《洛诰》“伻来毖殷”，“伻来”为使者前来，“毖”亦慰劳，“殷”指营洛殷民，四字措实不虚，“毖殷”单字动宾结构，尤使语急。又如《康诰》“用保乂

① 韩愈《进学解》：“周诰殷盘，佶屈聱牙。”见马其昶《韩昌黎文集校注》，上海古籍出版社，1986 年，第 46 页。

民”“用康保民”，“用”义以，“保”义安养，“乂”动作字，义治理，“康”义安乐，语意为“以安治民”“以安乐民”；“保、乂”“康、保”动作字并列而居四言中二字，语气局促，韩愈所谓《书》语“佶屈聱牙”，大约在此。韩愈以文为诗，上溯周秦，谅有取于《书》者，至宋黄庭坚学韩，变本加厉，若“公如大国楚，吞五湖三江”云云①，拗折益若《书》语，盖学韩愈以文为诗，多用经史句法为然。

《书》四言散语而外，赋四言亦可比照《诗》四言的特点。《离骚》为赋之祖，造语则以虚字连带形成长句的复杂结构，并以句尾虚字强调抒情的感叹。宋玉弃情赋物，则已舍弃《离骚》长句及其抒情的功能，转而多用省练的四字散语，用以铺排名物或堆砌形容。这种四字句之所以称为散语，并非不入韵或不作偶对之谓，赋语入韵而略有属对，关键在于四字句之间的语意连贯形成一气直下之势。《高唐赋》四字句如“秋兰茝蕙，江离载菁。青荃射干，揭车苞并”，这种四字句舍弃了《诗》四言虚字衬贴和《骚》语虚字连带，只以四字为读，直接呈现名物，无需句法成分的组合，形成缜密的铺陈效果。或者用作主谓描写，如“薄草靡靡，联延夭夭。越香掩掩，众雀嗷嗷”②。宋赋直开汉代大赋，造语随之。四字形容如司马相如《上林赋》“汹涌澎湃，滭弗宓汩，逼侧泌瀄，横流逆折，转腾潎洌，滂濞沆溉，穹隆云桡，宛潬胶戾”③，联绵形容，气势奔涌。名物呈现则如司马相如《子虚赋》“其山则”“其土则”“其石则”提挈四字之句，构成山、土、石、东、南、西、北、高、卑、上、下、高、低的广阔空间和多维视角，例如“其卑湿则生藏莨蒹葭，东蘠雕胡，莲藕觚卢，庵闾轩于，众物居之，不可胜图”④，散语一顺铺陈，语势一气直下，名物纷至沓来，节奏震人心魄，句无长字，字无虚设，目不暇接，间不容发。当视“其山则”“其土则”领属连串四字之语，以其一顺铺陈，语势不断，必为一句，不以分号或句号隔断为然⑤，这是汉大赋被称为“散体大赋”造语的突出特点。

---

① 诗题：“子瞻诗句妙一世乃云效庭坚体退之戏效孟郊樊宗师之比以文滑稽耳恐后生不解故次韵道之”见《黄庭坚全集》，第16页。

② 萧统编，李善注：《文选》，第266页。

③ 萧统编，李善注：《文选》，第123页。

④ 萧统编，李善注：《文选》，第120页。

⑤ 参拙文《“赋亡”：铺陈的丧失》，《文学评论》2015年第3期。

赋体这种四字句与《诗》《书》四言的区别是十分明显的。尽管赋体四言亦多两句用韵，但不像《诗》四言那样两个四言一意而成为一个相对完整的语意单位，因而赋四言也就不像《诗》四言那样在各个两句语意单位之间存在语意的顿断和间隔，而是每个四言一气铺陈、不可点断。究之赋四言的职能就是名物的一顺铺排呈现或是形容描写的鱼贯叠加，《诗》四言则是借助比兴点逗的情感咏叹，以及所谓"赋"法的物事影掠，加以分章合乐和句式"足四"的种种限制，必用虚字衬贴；至于联绵字的使用，也主要是为了舒缓声气，而赋四言的联绵堆砌却指向赋体铺陈的唯一目的和本质要求。赋四言与《书》四言的区别在于，《书》四言主于真实叙述，赋四言主于虚饰铺陈，叙述则简古拙重，铺陈则飞扬腾越，二者之别，泾渭分明。

《诗》之后，四言体代无多作。五言起于汉代乐府，继以文人拟作，遂以五言为常。四言之在汉代，可以归于四类，大率《诗·颂》之余，参以《书》语，变以对句，是其总体情形。第一类是《郊祀歌》中《帝临》《青阳》《朱明》《西颢》《玄冥》诸篇，又《安世房中歌》中如第一章等，模拟《诗·颂》，可以视为《诗》四言在汉代的嗣响。汉《郊祀歌·青阳》略云："青阳开动，根荄以遂……枯槁复产，乃成厥命。众庶熙熙，施及夭胎，群生啿啿，惟春之祺。"[①]《朱明》略云："桐生茂豫，靡有所诎。敷华就实，既阜既昌，登成甫田，百鬼迪尝。"[②]虚字衬贴、叠字形容，优游不迫，有若《诗》语。第二类为汉大赋序文和赋末系歌，亦以歌功颂德，造语参合《诗》《书》，古拙质重。班固《东都赋》末系《明堂诗》《辟雍诗》《灵台诗》《宝鼎诗》《白雉诗》五首。《明堂诗》[③]云：

于昭明堂，明堂孔阳。
圣皇宗祀，穆穆煌煌。
上帝宴飨，五位时序。
谁其配之？世祖光武。
普天率土，各以其职。

① 班固：《汉书》，第 1054 ~ 1055 页。
② 班固：《汉书》，第 1055 页。
③ 萧统编，李善注：《文选》，第 35 页。

猗欤缉熙，允怀多福。

造语庄重质朴，显系仿效《诗·颂》。大赋正文四言也有类于《诗·颂》者，如扬雄《河东赋》：“秦神下詟，跖魂负沴；河灵矍踢，爪华蹈衰。遂臻阴宫，穆穆肃肃，蹲蹲如也。灵祇既乡，五位时叙，絪缊玄黄，将绍厥后。”①在一段四言铺陈中，夹杂《诗》语，后四句有类《诗·颂》。这是由于大赋中校猎、祭祀、都城等题材本是国家社稷之事，赋以铺陈夸饰，是为赋体颂用，大赋具有颂扬的本质倾向，赋家以此为主导，而又记诵《诗》语，不觉写之，有如己出。

第三类是以《颂》名篇及汉人直接模仿《诗·颂》之作，造语多类《诗·颂》。如扬雄《赵充国颂》。《汉书·赵充国辛庆忌传》载：“上思将帅之臣，追美充国，乃召黄门郎扬雄即充国图画而颂之，曰”②：

明灵惟宣，戎有先零。
先零昌狂，侵汉西疆。
汉命虎臣，惟后将军，
整我六师，是讨是震。
既临其域，谕以威德，
有守矜功，谓之弗克。
请奋其旅，于罕之羌，
天子命我，从之鲜阳。
营平守节，娄奏封章，
料敌制胜，威谋靡亢。
……

其中“惟”“有守”“于罕”“弗克”，及“是讨是震”等句式结构，显然模拟《诗》颂。又如东平宪王刘苍模拟《诗·周颂·清庙》所作的《武德舞歌诗》③：

于穆世庙，肃雍显清。
俊乂翼翼，秉文之成。

---

① 班固：《汉书》，第3536～3538页。
② 班固：《汉书》，第2994～2995页。
③ 刘珍等撰，吴树平校注：《东观汉记校注》，中华书局，2008年，第165页。

越序上帝，骏奔来宁，
建立三雍，封禅泰山，
章明图谶，放唐之文。
休矣惟德，罔射协同，
本支百世，永保厥功。

《后汉书·光武十王列传》："东平宪王苍，建武十五年封东平公，十七年进爵为王。苍少好经书，雅有智思……显宗甚爱重之……是时中兴三十余年，四方无虞，苍以天下化平，宜修礼乐，乃与公卿共议定南北郊冠冕车服制度，及光武庙登歌八佾舞数，语在《礼乐》、《舆服志》。"①东汉刘珍等撰《东观汉记》云：

永平三年八月丁卯，公卿奏议世祖庙登歌八佾舞名。东平王苍议，以为汉制旧典，宗庙各奏其乐，不皆相袭，以明功德……光武皇帝受命中兴，拨乱反正，武畅方外，震服百蛮，戎狄奉贡，宇内治平，登封告成，修建三雍，肃穆典祀，功德巍巍，比隆前代。以兵平乱，武功盛大。歌所以咏德，舞所以象功，世祖庙乐名宜曰《大武》之舞。《元命包》曰："缘天地之所杂乐为之文典。"文王之时，民乐其兴师征伐，而诗人称其武功。《琁机钤》曰："有帝汉出，德洽作乐。"各与虞《韶》、禹《夏》、汤《护》、周《武》无异，不宜以名舞。《叶图徵》曰："大乐必易。"《诗传》曰："颂言成也，一章成篇，宜列德，故登歌《清庙》一章也。"《汉书》曰："百官颂所登御者，一章十四句。"依书《文始》、《五行》、《武德》、《昭德》、《盛德》修之舞，节损益前后之宜，六十四节为舞，曲副八佾之数。十月烝祭始御，用其《文始》《五行》之舞如故。进《武德舞歌诗》曰……诏书曰："骠骑将军议可。"进《武德》之舞如故。②

这是刘苍作《武德舞歌诗》的缘由。据刘苍所奏，是诗为歌颂光武帝武德作，观所引《诗传》并《汉书》所言，可知因仍《诗》颂体制。世祖庙皆用"大武"之舞，这是世祖庙祭祀之乐的总名，包括《文始》《五行》《武德》三舞，前二者为前代旧舞，仍用如故；"武德"舞则本歌颂光武，故歌词需改作，且"修之舞节"以资新用。刘苍所制，本于《诗·周颂·清庙》：

---

① 范晔：《后汉书》，第1433页。
② 刘珍等撰，吴树平校注：《东观汉记校注》，第164～165页。

於穆清庙，肃雍显相。

济济多士，秉文之德，对越在天。

骏奔走在庙，不显不承，无射于人斯。

诗序曰："《清庙》，祀文王也。周公既成洛邑，朝诸侯，率以祀文王焉。"[①]刘制功用同之，词意亦然。前二句袭用《清庙》，"越序上帝"易为"对越在天"，"骏奔来宁"显然是"骏奔走在庙"的借用和改造，当然歌颂的具体内容就只能是光武丕业，出于汉臣"越序上帝"的时代观念。但整体辞气不若《清庙》优游不迫，而显得庄雅厚重，颇类《书》语。《书》语如《康诰》"用保乂民""用康保民"，《梓材》"既勤敷菑"，散语直述，结构紧凑，与《诗》语多用虚字衬贴、辞气优婉不同。又如《多方》"天降时丧"，也是完整紧凑的语句结构，刘苍拟作"骏奔来宁"副之，《清庙》作"骏奔走在庙"；虽五言不资比较，但如减为"骏奔在庙"，"在庙"的虚字衬贴，辞气也就显得优游不迫。刘作"建立三雍，封禅泰山""章明图谶"，则浅白呆滞，语意平直，既无《诗》语虚字衬贴，也不若《书》语简古严密；如作"既立三雍""图谶是章"，则语意高古，有类《诗》《书》。四言愈到后世，愈减虚字之用，虽如刘作本为乐舞命辞，却似乎不谙辞以合乐的优婉不迫，这反映了四言句式演变的真实情形。

第四类是文人四言述志之作。《后汉书·王充王符仲长统列传》谓"（长统）又作诗二篇，以见其志"[②]，第一篇云：

飞鸟遗迹，蝉蜕亡壳。

腾蛇弃鳞，神龙丧角。

至人能变，达士拔俗。

乘云无辔，骋风无足。

垂露成帏，张霄成幄。

沆瀣当餐，九阳代烛。

恒星艳珠，朝霞润玉。

六合之内，恣心所欲。

---

① 郑玄笺，孔颖达疏：《毛诗正义》，《十三经注疏》本，第1279页。

② 范晔：《后汉书》，第1644～1646页。

人事可遗，何为局促？

第二篇云：

大道虽夷，见几者寡。
任意无非，适物无可。
古来绕绕，委曲如琐。
百虑何为，至要在我。
寄愁天上，埋忧地下。
叛散五经，灭弃风雅。
百家杂碎，请用从火。
抗志山栖，游心海左。
元气为舟，微风为柂。
敖翔太清，纵意容冶。

这可视为四言诗在汉代的新变。文人述志，不主抒情，转而议论，不再歌咏，故非分章合乐，不资虚字衬贴，而且词意浅直，语带戾气，丧失优游和缓与“温柔敦厚”的“诗人”之旨。诗中少用虚字而多用实义字构成属对，前首如“飞鸟遗迹，蝉蜕亡壳”“腾蛇弃鳞，神龙丧角”，字字为对，音节铿锵，遂乏悠婉不迫之致；后首如“任意无非，适物无可”“寄愁天上，埋忧地下”，词意浅直而强为构对，适见伧父面目。此风实开六朝，只是后者属对多运意象、故事，物我交融，类于五言诗与骈语构对，乃是四言体的进一步演变。

此外尚有两种特殊的情况，一是汉初小赋或受荀子五赋影响。班固《汉书·艺文志》谓荀子与屈原“皆作赋以风，咸有恻隐古诗之义”，而“其后宋玉、唐勒，汉兴枚乘、司马相如，下及扬子云，竞为侈丽闳衍之词，没其风谕之义”[①]。章炳麟指出，“孙卿以《赋》、《成相》分二篇，题号已别，然《赋》篇复有《佹诗》一章，诗与赋未离也”[②]。荀子《成相》《赋》篇，虽并为韵文，其实差异明显。《成相》缀合短章，辞气鄙俗，表意浅露，王世贞《艺苑卮言》卷二谓“荀卿《成相》诸篇，便是

① 班固：《汉书》，第 1756 页。

② 章太炎：《国故论衡》，上海古籍出版社，2003 年，第 86 页。

千古恶道"[1]。《赋》篇先陈述一物,"爰有大物,非丝非帛,文理成章。非日非月,为天下明"云云,颇多铺陈,则曰"臣愚不识,敢请之王",是谓礼也。其问答之辞、铺陈之章,近于汉赋。中有"天下不治,请陈佹诗"。下文四言为主,称"诗"为当,后来辞赋家系诗、歌于篇末类此。荀赋与诗未离,可称"诗赋",用归讽谏,影响汉赋。汉初梁孝王门客公孙诡《文鹿赋》,颇类《诗》语,追其祖述来源,当在荀赋:

麀鹿濯濯,来我槐庭。食我槐叶,怀我德声。质如缃缛,文如素綦。呦呦相召,《小雅》之诗。叹丘山之比岁,逢梁王于一时。[2]

按《诗·大雅·灵台》:"麀鹿濯濯,白鸟翯翯。"《诗·小雅·鹿鸣》:"呦呦鹿鸣,食野之苹。"[3]言辞和词意并取《诗》章。但"质如缃缛,文如素綦"以同一结构相与属对,以为简略"铺陈",则必是赋语。最后六言构对亦然,大赋偶作,但以散语为主,逮张衡及六朝小赋,遂以为常。汉初以四言为主的小赋,从荀子"诗赋"的源流上,仍然可以看作《诗》、赋未离的反映。[4]

二是所谓"骚体四言诗"[5]。明代胡应麟《诗薮》内编卷一说:"汉四言自有二派:《安世》《讽谏》《自劾》等篇,典则淳深,商、周之遗轨也;《黄鹄》《紫芝》《八公》等篇,瑰奇风藻,魏、晋之前驱也。"[6]淮南王刘安作《八公操》[7]颇类骚体,其辞略云:

煌煌上天,照下土兮。知我好道,公来下兮。

公将与予,生毛羽兮。超腾青云,蹈梁甫兮。

其辞托物见志,颇类《离骚》,但《骚》语是用虚字连带的押韵散语,句式长短参差,其"兮"字的用法,或在前句末尾,后句不用。例如:"日月忽其不淹兮,春与秋其代序。惟草木之零落兮,恐美人之迟暮。"也可以比较屈辞《橘颂》[8]四言而

---

① 王世贞:《艺苑卮言》卷二,《历代诗话续编》,第982页。

② 葛洪:《西京杂记》卷四,《燕丹子　西京杂记》,第27页。

③ 郑玄笺,孔颖达疏:《毛诗正义》,《十三经注疏》本,第556页。

④ 参拙文《论汉代赋颂文体的交越互用》,《文学评论》2012年第1期

⑤ 程彦霞:《两汉四言诗研究》,郑州大学硕士学位论文,2005年,第6~8页。本书以下所引刘安、霍去病之作,及《诗》《骚》之语,文献的引证参照此文。

⑥ 胡应麟:《诗薮》内编卷一,第8页。

⑦ 郭茂倩:《乐府诗集》卷五八,第852页。

⑧ 洪兴祖:《楚辞补注》,第153页。

隔句用“兮”的句式，其辞略云：

后皇嘉树，橘徕服兮。受命不迁，生南国兮。深固难徙，更壹志兮。

《橘颂》四言是否与《诗》具有关联，抑或《楚辞》四言本是楚地自创，都是有待讨论的问题。《橘颂》的四言句式可能开启了一种传统，汉人如刘向《九叹·离世》[①]云：

余思旧邦，心依违兮。日暮黄昏，羌幽悲兮。去郢东迁，余谁慕兮？谗夫党旅，其以兹故兮。河水淫淫，情所愿兮。顾瞻郢路，终不返兮。

词意颇类屈原《九章·哀郢》，《九叹》命篇也是仿效《九章》，这是没有疑义的。将刘安《八公操》置于这一传统中考察，基本上可以断其为“骚体”。尽管骚体与《诗》并为四言，而《诗》《骚》并称，现代也将《骚》及楚辞其他作品视为诗歌一类，但二者存在体制的本质区别。屈辞开启宋赋，汉大赋与骚体并存，后人并称辞赋，在称名上彰显了以《骚》为代表的屈辞与《诗》的体制之异。

汉代四言诗尚有霍去病的《琴歌》[②]，其诗略云：

四夷既获，诸夏康兮。国家安宁，乐未央兮。

载戢干戈，弓矢藏兮。麒麟来臻，凤凰翔兮。

《诗》篇中每句用“兮”字者，如《邶风·击鼓》后四句云：“于嗟阔兮，不我活兮。于嗟洵兮，不我信兮。”第三字押韵，且首句入韵，这是《诗》语押韵的特殊现象。又隔句用“兮”则如《召南·摽有梅》[③]：

摽有梅，其实七兮。求我庶士，迨其吉兮。

摽有梅，其实三兮。求我庶士，迨其今兮。

摽有梅，顷筐塈之。求我庶士，迨其谓之。

是亦隔句第三字押韵。第三章则换“兮”为“之”字，表明《诗》四言“兮”字的足四凑句作用。霍去病的《琴歌》在“兮”字凑句和押韵方式上都与《诗》相近。我们可以大致判断霍作近《诗》、刘作近《骚》，但后者既然近《骚》，就不能称之为诗，所谓“骚体四言诗”，乃是无谓的假设。

---

① 洪兴祖：《楚辞补注》，第288～289页。

② 范晞文：《对床夜语》，《历代诗话续编》，第407页。

③ 郑玄笺，孔颖达疏：《毛诗正义》，《十三经注疏》本，第92～93页。

汉魏间曹操作《短歌行》与《观沧海》等，亦为四言。前者直用《诗·郑风·子衿》“青青子衿，悠悠我心”及《诗·小雅·鹿鸣》“呦呦鹿鸣，食野之苹，我有嘉宾，鼓瑟吹笙”语，其余自作语如“对酒当歌，人生几何！譬如朝露，去日苦多”及“明明如月，何时可辍。忧从中来，不可断绝”，则冲口所出，自抒怀抱，不加雕琢，亦不按音律。曹操虽从刘表得杜夔善乐，然前汉郊祀之乐，但承《诗》颂，观刘苍之议清庙舞乐可知，故作辞乖乐，也是不甚了了。《观沧海》与《短歌行》一样，不依国风民乐，不从二雅宴飨，不类颂诗典重，都为一己感慨，究归徒歌而已，故前者命“歌”，后者亦然，不合乐则不需虚字衬贴，不需叠字联绵以舒声气，这是四言在汉魏之间的一大演变。徒歌是没有乐器伴奏的，《尔雅·释乐》载：“徒吹谓之和，徒歌谓之谣。”[①]《晋书·乐志下》：“凡此诸曲（《子夜歌》《凤将雏》等），始皆徒歌，既而被之管弦。”[②]即使曹操二首“被之管弦”，由于词句不为合乐所配，效果也不会很好，那就是“乖乐”。宋敖器之《诗评》所谓“魏武帝如‘幽燕老将，气韵沉雄’”[③]，盖自辞气言之，为得体要，但用这一评价移于合乐，则已乖甚。

至操子曹植《朔风》诗五章[④]，一方面较其父歌行为合《诗》语，“仰彼朔风”“思彼蛮方”“岂忘尔贻”“岂云其诚”，由于虚字衬贴，颇有“优婉”的意态，而“昔我初迁”“今我旋止”则显系祖于《诗·小雅·采薇》“昔我往矣”“今我来思”诸语。但另一方面，更为突出的是承接《古诗十九首》的文人意趣，以及已见整丽的造语，这与钟嵘《诗品》所评其五言诗“骨气奇高，词彩华茂。情兼雅怨，体被文质”[⑤]具有相似性，也许就是曹植善作五言的造语习惯不自觉用于四言使然。例如“愿骋代马”“愿随越鸟”自《诗》“愿言”翻出，若《诗·卫风·伯兮》“愿言思伯，甘心首疾”[⑥]，但以去掉“言”的虚字衬贴，代之以“骋代马”“随越鸟”的动宾结构，遂见整练，却失去了《诗》语的优婉。魏晋五言“愿言”尚用，如晋谢混《游

① 郭璞注，邢昺疏：《尔雅注疏》，《十三经注疏》本，第159页。
② 房玄龄等：《晋书》，中华书局，1974年，第717页。
③ 王世贞：《艺苑卮言》卷五，《历代诗话续编》，第1031页。
④ 赵幼文：《曹植集校注》，第173页。
⑤ 曹旭：《诗品笺注》，第56页。
⑥ 郑玄笺，孔颖达疏：《毛诗正义》，《十三经注疏》本，第243页。

西池》“逍遥越城肆，愿言屡经过”[①]，由于五言多一字而不显拘迫，在四言“愿骋代马”中则只能减去“言”之虚字，便觉急促。“代马”“越鸟”显系祖述十九首“胡马依北风，越鸟巢南枝”，意态如之，然五言削足四言，不免拘迫。又“倏忽北徂”语意亦近十九首“道路阻且长”，“四气代谢”则是魏晋多少带有玄言的感思，降及南朝梁刘勰《文心雕龙·物色》“春秋代序，阴阳惨舒，物色之动，心亦摇焉”云云[②]，人心之于物色的心物遇会，反映六朝文人的多愁善感。抑如“四气代谢，悬景运周”的对举，“悬景”造语的精整；“别如俯仰，脱若三秋”，“别如”“脱若”的切对；以及“昔我初迁，朱华未晞，今我旋止，素雪云飞”，二四隔句的对举与“朱华”“素雪”的切对，都反映文人诗琢句炼字的明显趋向。在曹植五言中，炼字琢句的显露，正是文人趋拟乐府而使五言诗出脱乐府民歌造语敷衍、散缓、合乐，而逐渐成为文人自抒怀抱的案头作品的关捩。所谓《诗》四言虽保留了它的基本形式，但是造语用字的切要之处，却不免随着时代人心发生变化，细微的字句虽然不易察觉，但却是诗史演变最为切要的方面。

曹植四言意趣与造语用字受其本人五言诗创作的影响，较为典型地反映文人拟乐府过程中逐渐出脱乐府的趋向，而曹魏时嵇康四言诗如《兄秀才公穆入军赠诗十九首》则受到骈文造语的影响。第九首[③]云：

良马既闲，丽服有晖，
左揽繁弱，右接忘归，
风驰电逝，蹑景追飞，
凌厉中原，顾眄生姿。

第十四首[④]云：

息徒兰圃，秣马华山，
流磻平皋，垂纶长川，
目送归鸿，手挥五弦，
俯仰自得，游心太玄。

---

① 逯钦立辑校：《先秦两汉魏晋南北朝诗·晋诗》卷一四，第934页。
② 范文澜：《文心雕龙注》，第693页。
③ 戴明扬：《嵇康集校注》，人民文学出版社，1962年，第10页。
④ 戴明扬：《嵇康集校注》，第15~16页。

嘉彼钓叟，得鱼忘筌。

郢人逝矣，谁可尽言。

四言二句形成一个语意单位，在《诗》已然，如《小雅·采薇》“昔我往矣，杨柳依依”，两句相合，一意既完，接下去又是两句相合以完一意，如“今我来思，雨雪霏霏”，“今”“昔”的对比，明显分为两个语意单位。两句相合的语意单位的叠加易于导致两句之间的对举，从而衍为属对，《诗》语略见，但尚未着意构对，而是通过两句一顺和虚字连带保持与散语的联系，所以我们可以称之为散语的诗体规范化，却不能称之为属对。但到嵇康时，四言则已在两句一意的语意单位中构为骈偶，显然受到文语骈化的影响。前一首首句“良马既闲，丽服有晖”，“良马”对“丽服”，虚字“既”对“有”，“闲”以形容对“晖”，“晖”轻用虚化①，故可为对，这是主谓结构为对。“左揽繁弱，右接忘归”则是动宾结构为对。“风驰电逝，蹑景追飞”则以两个主谓结构对举两个主谓结构，益见整饬缜密，间不容发，“蹑景”以对“风驰”，显见着力。后一首“息徒兰圃，秣马华山”，“息徒”对“秣马”，“兰圃”对“华山”，堪称工切，同样整饬缜密。“流磻平皋，垂纶长川”也是属对工整。只是“目送归鸿，手挥五弦”“俯仰自得，游心太玄”，后二字不甚讲求，且“嘉彼钓叟”“郢人逝矣”的虚字衬贴多少保留《诗》语的散缓，但这已无关紧要，因其不是《诗》篇合乐的重章叠句和优游不迫的咏唱，而是文人紧扣一意的个人创制，固此字斟句酌的骈语营构，才是魏晋文人的诗心所在了。

及唐作四言者益少，兹举孙思邈、李贺、顾况所作以见大概。孙思邈《四言诗》②云：

取金之精，合石之液。

列为夫妇，结为魂魄。

一体混沌，两精感激。

河车覆载，鼎候无忒。

洪炉烈火，烘焰翕赫。

烟未及黔，焰不假碧。

① 关于用字的虚实转化，参拙著《中国古代诗法纲要》，齐鲁书社，2005年，第118~121页。

② 彭定求等编：《全唐诗》卷八六〇，第9717页。

如畜扶桑，若藏霹雳。
姹女气索，婴儿声寂。
透出两仪，丽于四极。
壁立几多，马驰一驿。
宛其死矣，适然从革。
恶黜善迁，情回性易。
紫色内达，赤芒外射。
熠若火生，乍疑血滴。
号曰中环，退藏于密。
雾散五内，川流百脉。
骨变金植，颜驻玉泽。
阳德乃敷，阴功□积。
南宫度名，北斗落籍。

这首四言完全成为一篇叙述说理的文字，从头到尾，一气呵成，已经不是《诗》篇重章叠唱的咏叹，也完全失去了四言散缓敷衍的优婉韵致。两句一韵的语句叠加率多构为属对，以为铺陈，如"烟未及黔，焰不假碧"及"姹女气索，婴儿声寂"，属对勉强，作意显露，以至声气不畅，节奏不舒；而如"壁立几多，马驰一驿"，衍为数字为对的简单凑合；又如"恶黜善迁，情回性易"的句中自对，以及"熠若火生，乍疑血滴"的紧缩散语，不可谓知《诗》四言作法，通篇充其量只是一首叙议的歌诀，而不是诗。再看李贺的四言诗《猛虎行》[1]：

长戈莫舂，强弩莫抨。
乳孙哺子，教得生狞。
举头为城，掉尾为旌。
东海黄公，愁见夜行。
道逢驺虞，牛哀不平。
何用尺刀？壁上雷鸣！
泰山之下，妇人哭声。

---

① 王琦等：《李贺诗歌集注》，上海人民出版社，1977 年，第 252 页。

官家有程，吏不敢听。

诗题《猛虎行》，乃是唐人歌行一体。唐代歌行由汉乐府经六朝文人拟作演化而来。所谓"感于哀乐，缘事而发"①，乃是汉乐府诗本色，也是歌行体的特点。明徐师曾《文体明辨序说》云："放情长言，杂而无方者曰'歌'；步骤驰骋，疏而不滞者曰'行'；兼之曰歌行。"②李贺诗写猛虎，即"缘事而发"，篇幅较近体四句或八句为长，确是"放情长言""疏而不滞"，放情而篇幅为长，不限句数，不受近体绝句或律体四联起承转合的严格限定，顺适抒写，故谓"不滞"，这是唐人歌行的基本要义，李贺是诗如之。那么它以一顺的即事抒情，当然已非《诗》四言的优婉和简质未舒，唐歌行大多已非合乐而歌，因而也不需像《诗》篇那样重章叠句的咏唱，而是一气呵成，抒发胸臆。最后引录唐顾况的《囝》以明变异：

囝生闽方，闽吏得之，乃绝其阳。为臧为获，致金满屋。为髡为钳，如视草木。天道无知，我罹其毒。神道无知，彼受其福。郎罢别囝，吾悔生汝。及汝既生，人劝不举。不从人言，果获是苦。囝别郎罢，心摧血下。隔天绝地，及至黄泉，不得在郎罢前。③

此诗换韵为多，有如唐七言歌行，换韵而转意。《诗》篇亦有换章转韵，但以诗语相若重复，仅易一二字，且各章结构相同，因而保持通篇各章间的基本协调，本质上乃是重章叠句的合乐表现。次则顾诗纯用赋的手法，一顺叙述，与《诗》比兴咏叹不同，尽管《诗》赋为作法之一，但赋在《诗》的篇章中不是主导性的，仅当一章之内的构架性功能④，《诗》之赋法与宋玉直至汉代散体大赋的本质区别也在这里，后者乃以全篇铺陈。顾诗之赋固非赋体，只是缺乏比兴减弱了《诗》所固有的咏唱效果。除去"彼受其福""及汝既生"等句以虚字衬贴略存《诗》语影迹而外，若"闽吏得之，乃绝其阳""不从人言，果获是苦"的白话直述，较诸《诗》语优婉以及意蕴的含蓄即所谓"主文而谲谏"的"温柔敦厚"之旨，已落下乘，而且"心摧血下""隔天绝地"的缜密结构也与《诗》语优婉散

---

① 班固：《汉书》，第 1756 页。

② 徐师曾：《文体明辨序说》，《文章辨体序说　文体明辨序说》，人民文学出版社，1962 年，第 104 页。

③ 赵昌平校编：《顾况诗集》，江西人民出版社，1983 年，第 7 页。

④ 详见本书第八章第一节。

缓之致不类,透露唐人琢句炼字的普遍好尚。究之自曹魏以来,文人拟乐府逐渐出脱乐府本旨而发展为文人特有的创制,唐诗渊薮都在乐府,尽管自号亲近风雅,但因汉代尊《诗》为经,乃以乐府重造传统。因而六朝以迄唐人所制,虽仍《诗》语四言,但其意态辞气则从乐府而来,又以拟乐府最终出脱乐府一途,卒成作者抒情述志的个人创制,那种风雅颂的弦歌咏唱已经是隔绝多代的遥远遗音了。

第三节　六言体

关于六言及六言体诗的起源之说略有三种,一追溯于《诗》,二谓起于西汉谷永,三以西汉东方朔为始。东晋挚虞《文章流别论》云:"六言者,'我姑酌彼金罍'之属是也。乐府亦用之。"[①]是语出《诗·周南·卷耳》第二章,第三章又有"我姑酌彼兕觥"与之对应。挚虞《文章流别论》将《诗》三言、五言、六言、七言乃至九言全部追原于《诗》语。这不仅是从文体的角度溯诗语于《诗》,而且尤为紧要的是其牢不可破的尊经意识,以此将后世诗的句式一往追溯到《诗》,在《诗》语中搜寻一二例证,借以证明《诗》为各体之源。这种做法在主观意志上是武断的,在方法论上是简单的,当然也就不合事实,例如五言诗明显就是承自汉乐府的传统。

不妨参考《诗》四言造语带着散文直述的情形,尤其是虚字连带表明它与散语尚存联系,可以视之为散语的四言规范化,《诗》四言的截短和拉长反映这种规范化句式的强制作用。[②] 而所谓《诗》六言句若挚虞所举《周南·卷耳》"我姑酌彼金罍""我姑酌彼兕觥",本质上就是散语,夹杂在《诗》四言中,未及截短以使规范为四言而已。如果可以简单将散语六言作为诗六言的起源,那么如《书·尧典》帝曰"朕在位七十载""观厥刑于二女"[③],《左传》如"郑伯克段于鄢"及"费伯帅师城郎"[④],是否也就可以视为诗六言的起始呢?显然《诗》"我姑

① 严可均校辑:《全晋文》卷七七,《全上古三代秦汉三国六朝文》,中华书局,1958年,第1905页。
② 参何丹:《〈诗经〉四言体起源探论》,第19~23页。
③ 孔安国传,孔颖达疏:《尚书正义》,《十三经注疏》本,第45、46页。
④ 杜预注,孔颖达正义:《春秋左传正义》,《十三经注疏》本,第43、49页。

酌彼金罍”“我姑酌彼兕觥”与《书》《春秋》《左传》之句同为散语，没有实质的区别。由此可见，简单地将后世诗的所有句式追溯至《诗》，在《诗》语中随便指认一二以为例证，当然不足为训，非独挚虞为然。刘勰《文心雕龙·明诗》也说“三六杂言，则出自篇什”[①]，及清人赵翼论六言缘起，也仍指《毛诗》“‘谓尔迁于王都，曰予未有室家’等句，已开其端”[②]。在征圣尊经的“无邪”直视中，《诗》之篇什必然就是后世诗语的渊薮；在尊经的意念中，“谓尔迁于王都”“曰予未有室家”，当然就是圣人所定《诗》的造语，就是诗语六言的范例。但“谓”“曰”所示、“于”“未有”的虚字连带，根本就是未及四言规范的《诗》赋直叙，承担同于《书》语的叙述功能，固与散语无别。此外，先秦六言如《荀子·王霸》所引“如霜雪之将将，如日月之光明”[③]、《荀子·大略》“流丸止于瓯臾，流言止于知者”[④]，《商君书·更法》所引“愚者暗于成事，知者见于未萌”[⑤]，第一例谓为“逸诗”[⑥]，其实与《商君书》所引一样，都是说理的格言，都以虚字衬贴，“如”“之”“止于”“暗于”“见于”，不可或缺，以示说理推求，充当结构之用，究之都是散语的表述，不必引为六言诗语起源的比附。

南朝梁任昉《文章缘起》谓有“六言诗，汉大司农谷永作”[⑦]，宋严羽《沧浪诗话》用其说，但谷永诗不见载录，难以判断确切的情形。《玉台新咏·枚乘〈杂诗·行行重行行〉》“努力加飧饭”注引东方朔《六言诗》“计策捐弃不收”[⑧]，又《文选·左思〈蜀都赋〉》李善注引东方朔“合樽促席相娱”语[⑨]，据此以为六言之起。明杨慎《升庵诗话》卷一“六言诗始”条：“任昉云：‘六言诗始于谷永。’慎按《文选注》引董仲舒《琴歌》二句，亦六言，不始于谷永明矣。乐府《满歌行》尾一

---

① 范文澜：《文心雕龙注》，第68页。

② 赵翼：《陔余丛考》，第452页。

③ 王先谦：《荀子集解》，《诸子集成》本，第136页。

④ 王先谦：《荀子集解》，《诸子集成》本，第339页。

⑤ 严可均校：《商君书》，《诸子集成》本，上海书店，1986年，第1页。

⑥ 王先谦《荀子集解》引郝懿行曰：“四句皆逸诗。”《荀子集解》，《诸子集成》本，第136页。

⑦ 任昉著，陈懋仁注：《文章缘起注（及其他一种）》，《丛书集成初编》本，中华书局，1985年，第2页。

⑧ 徐陵编，吴兆宜注，程琰删补，穆克宏点校：《玉台新咏笺注》卷一，中华书局，1985年，第19页。

⑨ 萧统编，李善注：《文选》，第80页。

解‘命如凿石见火，居世竟能几时’，亦六言也。”①董仲舒、东方朔并世不远，参以汉乐府语，则断六言诗语出自西汉。李善所举东方朔并杨慎所举乐府语，合乎六言诗语的标准，已经不是如《诗·周南·卷耳》“我姑酌彼金罍”“我姑酌彼兕觥”般主谓齐全且有虚字结构的直叙之赋，也不是《诗·小雅·雨无正》“谓尔迁于王都，曰予未有室家”的“谓”“曰”引述，而是出脱了散语的直述功能，减去无谓的虚字衬贴，遂成紧缩整练的六言。这就是说，“计策捐弃不收”“合樽促席相娱”的整练业已经过六言句式与节奏的整合，或者说符合六言句式节奏的规范，当知“诗句”的句法和节奏规范作用，不论所谓句法成分的缺略或表意不完与否，六字合为一句，就是合乎六言句式的诗句，节奏则是三个双音节即 2－2－2 的组合。

根据句式与节奏的形式限定，严格的六言诗语与《骚》语不同，或者推测六言诗语本于《骚》语，例如萧艾以为，“如果把《离骚》句尾的语气词‘兮’字去掉，稍加调整，便是长篇巨制的六言诗”②，这当然是疏阔无当的说法。《骚》语如：“驷玉虬以乘鹥兮，溘埃风余上征。朝发轫于苍梧兮，夕余至乎县圃；欲少留此灵琐兮，日忽忽其将暮。吾令羲和弭节兮，望崦嵫而勿迫。”③或将其中上句的“兮”字去掉，成为“驷玉虬以乘鹥”“朝发轫于苍梧”“欲少留此灵琐”“吾令羲和弭节”，并以“溘埃风余上征”“夕余至乎县圃”“日忽忽其将暮”“望崦嵫而勿迫”，就可以视为六言诗的句式。但是实际的情形则是，“《离骚》以句中虚字连接更多的字词，形成复杂结构的长句，并以句尾虚字加强情感的表达和咏叹的效果，实质上乃是借助虚字以使散语长句成为韵语”④，其咏叹的功能和虚字连带的散语特性，与诗六言三对双字组合截然不同，前者没有严格的句式和字数限定，但随咏叹，可短可长，因而句尾“兮”和句中虚字不可或缺。《骚》语“驷玉虬以乘鹥”“朝发轫于苍梧”“夕余至乎县圃”“日忽忽其将暮”“望崦嵫而勿迫”，其中“以”“于”“乎”“其”“而”充当连带前后字词的功用，去之无可成句，这就是说，虚字具有语法结构的功能，这是散语的重要句法特征。其节奏也不能划分为

① 杨慎：《升庵诗话》卷一，《历代诗话续编》，第 650 页。
② 萧艾：《六言诗三百首》“卷前絮语”，中州古籍出版社，1987 年，第 2 页。
③ 洪兴祖：《楚辞补注》，第 25～27 页。
④ 参拙文《“赋亡”：铺陈的丧失》，《文学评论》2015 年第 3 期。

“驷玉/虬以/乘鹥”“朝发/轫于/苍梧”“夕余/至乎/县圃”“日忽/忽其/将暮”“望崦/嵫而/勿迫”。句式和节奏的分析，对于判断诗语是十分有用的，简单的截分就可以显示《骚》语之于诗语的不同。屈原《离骚》在《诗》之外别立一体，所以并称“诗骚”，或谓“风骚”；而《骚》称“辞”，开启宋玉并汉代大赋，因以“辞赋”并称。汉大赋造语，是为散语，所以称为“散体大赋”，《骚》语是“散语长句”的韵化，总之《骚》或辞赋的造语，是在散语一途，与诗语句式的严格限定和节奏截分存在本质的区别。

汉乐府诗以五言为主，其中散见六言。乐府诗如清调曲《董逃行》，《乐府诗集》引崔豹《古今注》曰：“《董逃歌》，后汉游童所作也。终有董卓作乱，卒以逃亡。后人习之为歌章，乐府奏之以为儆诫焉。”[①]中有“山头危险大难”“百鸟集来如烟”“小复前行玉堂”“陛下长生老寿，四面肃肃稽首，天神拥护左右”[②]，杂曲歌辞《悲歌行》“悲歌可以当泣，远望可以当归”[③]，瑟调曲《妇病行》“莫我儿饥且寒，有过慎莫笪笞”[④]等，最后一例是散语，其他则除去虚字，缩减了结构，造语较为精练缜密，句式节奏已经合乎六言诗语。由此我们可以推知六言诗句式形成于汉代乐府，六言体诗则成于文人拟乐府。旧题建安时孔融有三首六言诗[⑤]，《四库全书总目》：“其六言诗之名，见于本传。今所传三章，词多凡近，又皆盛称曹操功德。断以融之生平，可信其义不出此。即使旧本有之，亦必黄初间购求遗文，赝托融作以颂曹操，未可定为真本也。”[⑥]徐公持先生驳之，认为孔融“与曹操有旧，故其当时著述，多含感激拥戴之词”，而“昀以融后与曹操有隙，且终被害，遂断言其初时亦‘义不出此’，乃偏执之论也”[⑦]。韩留勇复以“此诗系于孔融名下过晚，来源未明”，孔融生前作品并未结集，及“魏文帝深好融文辞”，乃“募天下有上融文章者，辄赏以金帛”。最早收录《六言诗三首》的是《古文苑》，宋陈振

---

① 郭茂倩：《乐府诗集》卷三四，第 504 ~ 505 页。

② 郭茂倩：《乐府诗集》卷三四，第 505 页。

③ 郭茂倩：《乐府诗集》卷六二，第 898 页。

④ 郭茂倩：《乐府诗集》卷三八，第 566 页。

⑤ 冯惟讷：《古诗纪》，文渊阁《四库全书》本，集部第 1379 册，第 105 页。

⑥ 永瑢等：《四库全书总目》，中华书局，1965 年，第 1272 页。

⑦ 徐公持：《建安七子诗文系年考证》，《文学遗产增刊》第 14 辑，1982 年，第 127 ~ 128 页。

孙《直斋书录解题》也不知是书何人所辑。[1] 韩留勇又疑“此诗中所叙史事与孔融生平多不相符”，据其考证，从中平六年至建安元年，孔融远离朝堂，并未亲历《六言诗三首》所述“董卓作乱”“郭李纷争”。而且“此诗对曹操的思想情感和倾向皆与孔融一贯行为相悖”[2]，孔融对曹操始终心存怀疑和戒心。此中疑点甚多，推论未必切要，但是诗直接歌颂，当作于曹操在世时，辞气语态有类乐府，所谓“词多凡近”，正是乐府造语本色，但非粗鄙，必不出于民谣，而是文人所拟。诗云：

汉家中叶道微，董卓作乱乘衰，僭上虐下专威，万官惶怖莫违，百姓惨惨心悲。

郭李分争为非，迁都长安思归，瞻望关东可哀，梦想曹公归来。

从洛到许巍巍，曹公辅国无私，减去厨膳甘肥，群僚率从祁祁，虽得俸禄常饥，念我苦寒心悲。[3]

其作不见题名，但以句句押平声韵如“柏梁体”，三首成为组诗，显系有意造作，缘事而发，感于哀乐，同于乐府，命意造语成熟。建安时人取法乐府，乃是最为自然的情形，如果没有汉乐府，就不会有《古诗十九首》那样的文人之作，降及魏晋亦然，直至初唐，所谓文人的创制多半是拟乐府或经由拟乐府演变而成的创制，本于乐府而逐渐有所改变创造，就是东汉以降文人诗创作的总体趋势。《六言诗三首》每句都以六言句式的整合限定而显造语自然，反映作者对于六言句式的谙熟，完全没有所谓《诗》六言的散语虚字构结和衬贴，也不是人们所比附的辞赋六言样式，因而可以视之为成熟的六言。所谓“造语自然”乃是六言诗语的重要特征。

稍后曹植《妾薄命二首》却已稍稍显露文人创制的雕造，与其五言诗一样，“辞采华茂”乃是曹植创作的特点，反映文人诗之于乐府的重要转变。第一

---

① 陈振孙：《直斋书录解题》卷一五“《古文苑》九卷”条：“不知何人集。皆汉以来遗文，史传及《文选》所无者。世传孙洙巨源于佛寺经龛中得之，唐人所藏也。韩无咎类次为九卷，刻之婺州。”（《直斋书录解题》，上海古籍出版社，1987 年，第 438 页）

② 韩留勇：《〈六言诗〉非孔融作考述》，《内蒙古电大学刊》2010 年第 5 期，第 46～47 页。

③ 俞绍初辑校：《建安七子集》，中华书局，1989 年，第 4 页。

首[1]云：

携玉手喜同车，比上云阁飞除。
钓台蹇产清虚，池塘灵沼可娱。
仰泛龙舟绿波，俯擢神草枝柯。
想彼宓妃洛河，退咏汉女湘娥。

萧涤非先生说："六言诗，任昉云始自汉谷永，然今不传。传者有孔融所作三首，无可观。后之为六言者，若傅玄《董逃行历九秋篇》，庾信《怨歌行》，王褒《高句丽》等，盖皆出于子建。至唐乃变为韦应物、刘长卿、王建诸人之《调笑令》与《谪仙怨》。"[2]曹植以后诸人所制，或如萧氏所言有取于曹植者，正好表明曹植诗在文人拟乐府到自我创制的逐渐转变中所凸显的过渡特征。一方面，没有汉乐府，就没有文人的模拟，另一方面，没有模拟就没有逐渐的创新乃至文人诗出脱汉乐府的自立，故以愈益后进的发展视其祖述模拟的本从而做高度的评价，是为当然，但是不能看不到文人拟作的发展乃至自我创制之于乐府的逐渐乖离。胡应麟《诗薮》内编卷六谓乐府"矢口成言，绝无文饰，故浑朴真至"[3]，而"至嗣宗、叔夜，一变而华赡精工，终篇词人语矣"[4]，其实"华赡精工"的"词人语"转变在曹植时已经开始。沈德潜也说"乐府之妙，全在繁音促节，其来于于，其去徐徐，往往于回翔屈折处感人，是即依永和声之遗意也"[5]，又谓"乐府宁朴毋巧，宁疏勿炼"[6]，揆此以观曹植之作比之《六言诗三首》的造语自然，当有异于萧先生的判断，至少应当兼顾两方面的评价。自然曹作"携玉手喜同车"的辞气龃龉不若《六言诗三首》"郭李分争为非，迁都长安思归"的直白一顺，而"仰泛龙舟绿波，俯擢神草枝柯"的着意属对也显得辞气急迫不舒，倒是《六言诗三首》"瞻望关东可哀，梦想曹公归来"肖拟唇吻。首先是乐府合律的"于于徐徐"，其次则即使乖乐也要求唇吻顺畅，这是汉字诗语"音乐性"的表现，如果说五言造语必须精工

① 郭茂倩：《乐府诗集》卷六二，第902页。
② 萧涤非：《汉魏六朝乐府文学史》，人民文学出版社，1984年，第145页。
③ 胡应麟：《诗薮》内编卷六，第105～106页。
④ 胡应麟：《诗薮》内编卷一，第11页。
⑤ 沈德潜：《说诗晬语》卷上，《清诗话》，第529页。
⑥ 沈德潜：《说诗晬语》卷上，《清诗话》，第529页。

锻炼，则六言句式的独特之处正在于自然浑成。

古人论诗，首严体制之辨，宋张戒《岁寒堂诗话》卷上谓“论诗文当以文体为先”①，元佚名《文章欧冶序》则谓“不知体制，不知用字之法，失于文体，去道远也”②，对于六言诗而言，它的句式节奏决定了造语不能着力锻炼。萧先生的品评似乎并未注意六言体制的固有特点，离开体制及其造语特点，仅从历史演变的“发展”观念来做评判，在诗法学的角度看来并未得其要领。可以肯定地说，如曹植《妾薄命二首》第二首“华灯步障舒光”“腾觚飞爵阑干”“齐举金爵翠盘”并不是六言造语的当行本色，不能称为佳句，就因为“步障舒光”“腾觚飞爵”“金爵翠盘”所精心营造的自对结构，同时“步”“舒”“腾”“飞”的动作字锻炼，以及“金”“翠”限定的刻意对举，显露峥嵘的圭角，无疑损害了六言造语自然顺畅的肖拟唇吻。比较西晋陆机六言《董桃行》，尤其显见曹作的矫揉造作。傅玄亦有《董逃行历九秋篇》，是为乐府旧题，所以递相模拟。陆机《董桃行》③云：

和风习习薄林，柔条布叶垂阴。
鸣鸠拂羽相寻，仓庚喈喈弄音，感时悼逝伤心。
日月相追周旋，万里倏忽几年，人皆冉冉西迁。
盛时一往不还，慷慨乖念凄然。
……

仍然如《六言诗三首》所制每句押平韵，并如《六言诗三首》第一首五句为足，这表明五句为章的形式得到人们的认同，可以视之为一种格式。“和风习习薄林，柔条布叶垂阴”，不炼字句而意象宛然，造语自然流畅，叠字“习习”的运用，连同“仓庚喈喈弄音”“人皆冉冉西迁”，比照《六言诗三首》“百姓惨惨心悲”“群僚率从祁祁”，并得自然之致。可以推尊陆作为六言造语的典范，后世六言之佳者，盖在于此，而不在曹植精工锻炼一途。

曹植、陆机而外，曹丕、嵇康、傅玄，东晋庾阐，南朝宋谢晦，梁简文帝萧纲、昭明太子萧统，北周王褒、庾信亦作六言，表明六朝六言诗的渐趋成熟。嵇康有六

① 张戒：《岁寒堂诗话》卷上，《历代诗话续编》，第459页。
② 佚名：《文章欧冶序》，《元代诗法校考》，第467页，标点略有不同。
③ 金涛声点校：《陆机集》，中华书局，1982年，第80页。

言诗十首，从《六言诗三首》到嵇康之作，六言多以组诗的形式出现，这是一个值得注意的现象。也许由于六言短小、造语自然随意，不费深思艰力，所以一气多首。嵇康依次题《惟上古尧舜》《唐虞世道治》《智慧用有为》《名与身孰亲》《生生厚招咎》《名行显患滋》《东方朔至清》《楚子文善仕》《老莱妻贤明》《嗟古贤原宪》，都属议论，深蕴哲理，多托先贤为言。《六言诗三首》也是叙议为主，实际上六言直到宋代王安石、黄庭坚之作，也是议论为多，应当视之为六言诗的一大特点。嵇康之作十首，每首四句，十分整齐，显示六言绝句的形成。而且每句押韵，有平韵，也有仄韵，仄韵中有纯押上声，也有纯押去声者。有趣的是每首诗题末一字与此首押同部韵，这一字标明本诗用韵。例如《名行显患滋》[①]一首云：

位高世重祸基，美色伐性不疑。

厚味腊毒难治，如何贪人不思。

"滋"与押韵字并属支韵，故以"滋"示本首用韵。"治"，《广韵》直之切，澄母之韵平声，义训"辞"，读如字。《周礼·天官·小宰》"听其治讼"孙诒让正义曰，"凡咨辩陈诉请求必有辞，故治亦曰辞"[②]。"治"不读去声，全首每句押平韵。

六言到南朝萧梁时受到永明声律影响，造语始有平仄讲求，而且唯以平仄的讲求才产生一联上下两句的声律对应，致使上句落脚字仄声不押韵，韵脚即押平声，凡此趋近六言近体的形成，包括四句为绝、八句为律，这是六言体与五、七言体并趋的转向，可推知六言律与五、七言律几乎同时形成。梁昭明太子萧统作六言三韵《貌雪诗》[③]云：

既同摽梅英散，复似太谷花飞。

密如公超所起，皎如渊客所挥。

无羡昆岩列素，岂匹振鹭群归？

这应该是较早出现的三韵六言，可备一式。其平仄为：仄平仄平平仄，仄仄仄仄平平。仄平平平仄仄，仄平平仄仄平。平仄平平仄仄，仄仄仄仄平平。首先是2－2－2下二双音节的对举，落实到后一字的节奏点上，都是仄—平的相属，表

---

① 戴明扬：《嵇康集校注》，第43页。

② 孙诒让：《周礼正义》，第180页。

③ 俞绍初：《昭明太子集校注》，中州古籍出版社，2001年，第55页。

明一联上句住脚字之仄与下句韵脚字之平的格式形成，这是近体对联构结和平声押韵的基点。其次则是中二都以（平）平—（仄）仄对举，但是上二则以仄平—仄仄、仄平—仄平、平仄—仄仄对举，第三联不切，反映声律属对尚未规范。梁沈约《宋书·谢灵运传》所谓“若前有浮声，则后须切响。一简之内，音韵尽殊；两句之中，轻重悉异”[①]，这首六言诗大致合乎这一要求，但尚非严格，只待唐代五、七格律的固定才能移于六言之制。值得注意的是，由于平仄对举之于造语的预导作用，所以句式必趋整练，属对必尚工稳，这自然是曹植六言以降文人创制的渐趋指向。就连“既同”“复似”的对举，虚字“既”与“复”的紧紧作对，“英散”对“花飞”，“英”“花”同义合掌，但以重二“如”“所”字为对，在永明或以为工切，但后来属对讲求不能重字。究之格律的平仄规范促使造语属对的精致讲求，遂失自然之致，但是六言以三个双音节的组合易落软媚不振，如果没有平仄声律的交替，就不能振作声气。后代的继作者接受了格律，同时也深谙六言造语自然顺畅的道理。北周王褒有六言《高句丽》[②]诗：

萧萧易水生波，燕赵佳人自多。
倾杯覆碗漼漼，垂手奋袖娑娑。
不惜黄金散尽，只畏白日蹉跎。

与萧统所作一样是六句三联，因起句入韵为四韵。除起句作为第一联上句入韵字为平声外，第二、三联上句住脚字仍然为仄声，这是近体格律的基本要求。此诗除中二“覆碗”与“奋袖”、上二“不惜”与“只畏”并仄外，其余尽合平仄对举之格。凡此表明六言三联格式的初步成型。与萧统诗不同的是，此首造语自然顺畅，联绵字的使用增加了这种效果。

六言八句诗同时出现，见于梁简文帝萧纲《倡楼怨节诗》。而庾信《怨歌行》《舞媚娘》则初具六言律诗之式，作者先仕梁，后出使西魏被留，北周代魏继仕周，故可视为南北朝六言律诗的初型。庾信《怨歌行》[③]云：

家住金陵县前，嫁得长安少年。

---

① 沈约：《宋书》，第1779页。

② 郭茂倩：《乐府诗集》卷七八，第1095页。

③ 倪璠：《庾子山集注》，中华书局，1980年，第404页。

回头望乡泪落，不知何处天边？
胡尘几日应尽？汉月何时更圆？
为君能歌此曲，不觉心随断弦。

是诗六言八句，除首句入韵外，所有下二都遵循末字仄—平的属对规则，而且四联八句，形成六言律诗的初步形态。即第三、四联中二字平仄对举，首尾不尽严格，首二字也是如此。但《舞媚娘》[1]的格律就比较严格了：

朝来户前照镜，含笑盈盈自看。
眉心浓黛直点，额角轻黄细安。
只疑落花谩去，复道春风不还。
少年惟有欢乐，饮酒那得留残。

前四句平仄对举已经是很严格的了。然而六言由于缺少单音节的参与，所以不能像五、七律那样做到句中平仄交替，也不能做到像五、七律那样上联下句与下联上句第二字为粘。六言的平仄句式，按照严格的平仄交替原则，只能有这两种：

仄仄平平仄仄，平平仄仄平平。

最标准的六言格律，就是这两种句式的四联重复，双音前一字可以细微调整，由于其不在节奏点上，故可以变化平仄，成为平仄仄平平仄，仄平平仄仄平。六言四联的重复，实际上是很单调的，所以作诗者往往变化平仄，尽管严格上并非“合律”，也可以在整体上起到变化声律的效果，而不是紧紧死扣一句一联的平仄“法则”。这种不合律的情况，唯有打破一句平仄交替，从仄仄平平仄仄，平平仄仄平平，转变成平平平平仄仄，仄仄仄仄平平，只有两式而已。那么六言造语的平仄就是四式：

仄仄平平仄仄，平平仄仄平平。
平平平平仄仄，仄仄仄仄平平。

或者调换前后二联而为下式：

平平平平仄仄，仄仄仄仄平平。
仄仄平平仄仄，平平仄仄平平。

---

① 倪璠：《庾子山集注》，第 405 页。

如果不嫌联对平仄重复,就只有这两式了:

仄仄平平仄仄,平平仄仄平平。

仄仄平平仄仄,平平仄仄平平。

又一式:

平平平平仄仄,仄仄仄仄平平。

平平平平仄仄,仄仄仄仄平平。

总得六言格律凡四式,都由四种句式转换而来。这不是古人所定的格律,而是根据六言平仄句式尽可能推衍的结果。实际的情形,则是六言格律从未具有强制性,所谓六言格律,其实也是参考五、七律或受其影响的产物,真正一律不可违拗的六言格律,其实是不存在的。其初永明声律对六言平仄的影响,也是大致而不是具体一定的。

回到庾信两首六言,尽管平仄的对举不尽"合律",但也避免了一联平仄的重复,也许更有自然之致。当知自然流畅乃是六言造语最为重要的句式特点。庾信之作正以造语明白浅切,不失风致情韵为特点,如"家住金陵县前,嫁得长安少年""胡尘几日应尽,汉月何时更圆""朝来户前照镜,含笑盈盈自看""少年惟有欢乐,饮酒那得留残",深得乐府造语风韵,而文辞雅意在焉。故六言造语当求风致,不当显露雕琢,乃是深思而出于浅易,创制而仍于乐府,后世六言造语都从此路,覆掌可按。

尽管自汉以降,六言代有制作,但比较《诗》四言、汉乐府五言及六朝至唐五、七兴盛,数量太少,而且作六言者,率作五、七,则六言只是五、七言之外的偶作。明陆时雍《诗镜总论》谓"六言甘而媚"[①],清钱良择《唐音审体》谓"六言诗声促调板,绝少佳什"[②],这是六言句式的固有特点。六言由三个双音节构成,不似五、七言具有单音间破,所以平板乏变,声气软弱而不能振作。且唯以六言无单音节可以下字锻炼,故欲炼字而使呆板,因而六言造语,当以自然为尚,就是黄庭坚所谓的"自在",这在上文所举汉魏六朝六言中已经用作去取的标准。唐以后六言受到五、七近体格律的影响,尽管如上所述不能达到五、七言的格律固定

① 陆时雍:《诗镜总论》,《历代诗话续编》,第1402页。

② 钱木庵:《唐音审体》,《清诗话》,第783页。

化和精确化，但大多仄声住脚，且自一句平仄变换来看，也可视之为六言格律诗。清潘德舆《养一斋诗话》卷五说：

> 或问六言诗法，予曰：王右丞“花落家童未扫，鸟啼山客犹眠”①，康伯可“啼鸟一声春晚，落花满地人归”，此六言之式也。必如此自在谐协方妙，若稍有安排，只是减字七言绝耳，不如无作也。②

潘氏拈出王维、康伯可六言，以为唐人佳句，标准就是“自在谐协”，不能“稍有安排”，无疑把握了六言造语最为本质的句式特点。王维六言属对精工而归于自然，毫无雕琢痕迹，并无锻炼一字，明白晓畅，兴象宛然，真是十分“自在”。康伯可句尤在王维之上，造语结构更为自然一顺，而意境悠远，感慨无限，味乃无穷，当推千古第一，可为六言范本。③

唐人六言，刘长卿、皇甫冉亦称妙手。清冒春荣《葚原诗说》卷三云：“六言自汉谷永始，魏、晋间曹、陆间作。至唐初，李景伯有《回波乐府》，亦效此体。逮开元、大历间，王维、刘长卿诸人相与继述，而篇什稍屡见。”刘长卿《发越州赴润州使院留别鲍侍御》④：

> 对水看山别离，孤舟日暮行迟。
> 江南江北春草，独向金陵去时。

《苕溪酬梁耿别后见寄》二首⑤，第一首云：

> 清川永路何极，落日孤舟解携。
> 鸟向平芜远近，人随流水东西。

第二首云：

> 白云千里万里，明月前溪后溪。
> 惆怅长沙谪去，江潭芳草萋萋。

---

① “鸟”一作“莺”，见《王维集校注》，第456页。

② 潘德舆：《养一斋诗话》卷五，《清诗话续编》，第2085页。

③ “康伯可，绍兴间过清江，游慧力寺，题二诗于松风亭。其一云：‘天涯芳草尽绿，路傍柳絮争飞。啼鸟一声春晚，落花满地人归。’其二云：‘江上浓阴晓未开，瘦筇支我上苍苔。春寒前日去已尽，今日又从何处来！’”见魏庆之编《诗人玉屑》卷一九，第421页。

④ 储仲君：《刘长卿诗编年笺注》，中华书局，1996年，第314页。

⑤ 储仲君：《刘长卿诗编年笺注》，第497页。按储注并《文苑英华》《全唐诗》《唐诗品汇》均八句为一首，仅《唐音》分成两首为是，盖前后四句各具一意，合并不类，必是诗题为一而作二首，因押韵相同，而编者连书，遂误作一首。

唐人《炙毂子诗格》论“六言体”举第二首以为六言体的范例[①]。又《蛇浦桥下重送严维》[②]，第一首云：

秋风飒飒鸣条，风月相和寂寥。

黄叶一离一别，青山暮暮朝朝。

第二首云：

寒江渐出高岸，古木犹依断桥。

明日行人已远，空余泪滴回潮。

刘长卿六言见取于论者，确为唐代上乘之作，乃在造语浅易、声气顺畅而意象宛然，动人愁绪，可当“自在”二字。首先是“鸟向平芜远近，人随流水东西”，属对精工，若不作意，单句则“对水看山别离”“独向金陵去时”“明日行人已远”“清川永路何极”，以及“秋风飒飒鸣条，风月相和寂寥”不取对偶，用字平常，明白如话。其次则“江南江北春草”“黄叶一离一别”“白云千里万里，明月前溪后溪”一句中结构重复并重字，诵读尤为流转畅顺。再次则“江潭芳草萋萋”“秋风飒飒鸣条”“青山暮暮朝朝”的叠字运用，益使声气舒缓。反之则“落日孤舟解携”倒装及“解携”的作意就显得龃龉不顺，若用相近的字词变为“孤舟日暮行迟”，则由于语序一顺而无一字作意，显得尤为自在。皇甫冉六言三首也有同样的特点，造语都归自在。《小江怀灵一上人》[③]：

江上年年春早，津头日日人行。

借问山阴远近，犹闻薄暮钟声。

《送郑二之茅山》[④]：

水流绝硐终日，草长深山暮春。

犬吠鸡鸣几处，条桑种杏何人。

《问李二司直所居云山》[⑤]：

---

① 王叡：《炙毂子诗格》，《全唐五代诗格校考》，第362页。

② 储仲君：《刘长卿诗编年笺注》，第424页。按储注、《严陵集》及《全唐诗》均作八句一首，并误，盖前后亦各一意，合则牵强不类。

③ 彭定求等编：《全唐诗》卷二五〇，第2815页。

④ 彭定求等编：《全唐诗》卷二五〇，第2819页。

⑤ 彭定求等编：《全唐诗》卷二五〇，第2820页。

门外水流何处？天边树绕谁家？

山色东西多少？朝朝几度云遮。

“自在”是黄庭坚的说法。宋人《诗事》说：

> 苏子瞻作翰林日，因休沐邀门下士西至太乙宫，见王荆公旧题六言云：“杨柳名条[1]绿暗，荷花落日红酣。三十六陂流水，白头相见江南。”又云：“三十年前此路，父兄持我东西。今日重来白首，却寻旧迹都迷。”子瞻讽咏再三，谓鲁直曰：“座间惟鲁直笔力可及此尔。”对曰：“庭坚极力为之或可追及，但无荆公之自在耳。”[2]

王安石六言确实造语“自在”，“杨柳鸣蜩绿暗，桃花落日红酣”属对，只是意象呈现，不赖语法构结，“三十六陂流水，白头相见江南”造语一顺，上句数字为句，两句不成属对，就如口头话语，而意境旷廓惆怅。第二首也具有这样的特点，而且四句都不属对，读若一顺，尤为自在。苏轼谓黄庭坚“笔力”可及，看似自然如话的造语却是笔力艰深锻炼之后的返归自然，而黄庭坚自己也只承认“极力为之或可追及”，他当然深知要做到造语自在并非易事，必然是“极力为之”的结果，但是“极力为之”却很难达到王荆公的自在。我们来看黄庭坚极力追拟的诗作，题《次韵王荆公题西太乙宫壁二首》[3]，其一云：

风急啼乌未了，雨来战蚁方酣。

真是真非安在，人间北看成南。

其二云：

晚风池莲香度，晓日宫槐影西。

白下长干梦到，青门紫曲尘迷。

又《有怀半山老人再次韵二首》[4]第一首：

短世风惊雨过，成功梦迷酒酣。

草玄不妨准易，论诗终近周南。

第二首：

---

① “名条”，一作“鸣蜩”，当是。

② 郭绍虞：《宋诗话辑佚》，第527～528页。

③ 刘琳等校点：《黄庭坚全集》，第193页。

④ 刘琳等校点：《黄庭坚全集》，第194页。

啜羹不如放麑，乐羊终愧巴西。

欲问老翁归处，帝乡无路云迷。

这几首诗多是感于新旧党争之作，作为旧党，黄庭坚和苏轼尽管受到压抑贬谪，但事后看开，而且作为诗人，诗情愁意必有相通，政治是暂时的，旷古的诗怀和故人的相惜却是永恒。王安石绝句固推宋人第一，苏黄、王安石双方不会以政见影响相互的尊重和爱惜，苏轼和黄庭坚都十分喜爱王安石这两首六言诗，而且都自认不如，黄庭坚的一再次韵而"极力追拟"反映了他的喜好。他的拟作当然是很好的六言，第一首尤其自在，明白如话而感慨深沉。"白下长干梦到"一语天成而韵味至深。但如"短世风惊雨过，成功梦迷酒酣"，上下句三个双字组合则显得造作，"短世""风惊""梦迷"不是常见的成辞，读来略感生僻，这是为了上下紧紧作对的刻意构结，而且三个双字组合都有顿断，语气不甚连贯，并不适合六言"自在"的句式特点。其他如"战蚁"亦非常语，"云迷"的组合也就觉得生新，"准易"以对"周南"亦属作意。黄庭坚五、七言多作拗体，多用经籍字面，以文为诗，以学问为诗，为了避俗、避免造语甜熟而宁作生新，主观意志上是"宁律不谐，而不使句弱；用字不工，不使语俗"[①]，后来陈师道所言"宁拙勿巧"，与黄庭坚诗风和论诗主张同一路数。这种习惯也许不自觉地移于六言的创作，尽管为了"极力追及"王安石的"自在"，但唯以追拟的用力，反而不得自在。

所谓"自在"，只是句法自然。由于六言为三个双音节的组合，缺乏单字为锻炼之处，如孟浩然五言《临洞庭湖赠张丞相》"气蒸云梦泽，波撼岳阳城"，"蒸""撼"以单字着力锻炼，所以被称为炼字的"当处"。六言如欲炼字，则必显突兀。如唐人李中《赠东林白大师》[②]中有：

苍苔冷锁幽径，微风闲坐古松。

自说年来老病，出门渐觉疏慵。

虽然此四句可称自然，但首句"冷锁"，为了与"闲坐"属对而显得突兀，"锁"字着力，这在五、七句式中是常用的炼字之法。又如谢灵运"白云抱幽石，绿筱媚清

① 刘琳等校点：《黄庭坚全集》，第665页。

② 彭定求等编：《全唐诗》卷七四七，第8509页。

涟”及“林壑敛暝色，云霞收夕霏”[1]，锻炼一字而使全句健举。但“冷锁”是双音节，“锁”字与前字连缀，不能单独用力，用力锻炼，反使双音节二字轻重失当。不仅如此，六言用字造句，稍涉安排都有损自在。如张说《破阵乐词二首》[2]之一有：

蹙踏辽河自竭，鼓噪燕山可飞。

正属四方朝贺，端知万舞皇威。

四句二联属对显见牵合，“蹙踏”对“鼓噪”，显见圭角；“可飞”对“自竭”、“端知”对“正属”、“万舞”对“四方”，都经着意安排，就不“自在”。六言绝句造语自在，当然也是绝句体制的要求，王夫之认为七言绝句最重风神，稍涉锻炼则有损风神[3]，六言绝句也是如此，只是七言多一单字，更为流转摇曳。七律则不然，而以精工锻炼为常，因为中二必用对仗以树骨架。六言律诗中二虽亦属对，但以六言句式的限制，也不得锻炼，必须自在。最后拈出唐卢纶《送万巨》[4]：

把酒留君听琴，难堪岁暮离心。

霜叶无风自落，秋云不雨空阴。

人愁荒村路细，马怯寒溪水深。

望断青山独立，更知何处相寻。

这可以说是最好的六言律诗，属对工稳而又造语自在，尤在兴象浑成，意境幽冷，愁绪低沉，起句无端，结句余绪无穷，堪为六言律诗典范。

---

① 语出谢灵运《过始宁墅》《石壁精舍还湖中作》，见顾绍柏《谢灵运集校注》，第 41 页、第 112 页。

② 彭定求等编：《全唐诗》卷八九，第 981 页。

③ 王夫之：《姜斋诗话》，《清诗话》，第 18 页。

④ 刘初棠：《卢纶诗集校注》，上海古籍出版社，1989 年，第 43～44 页。

第五章　五、七言体

五言诗起于汉武帝立乐府采诗之前，乐府形成迥异于《诗》四言的新近传统，经由文人代相拟作，渐趋锻造，构为属对的联对结构，从而形成律体四联之制的重要条件。七言诗起于汉代谣谚、字书、镜铭，无关《骚》及《楚辞》语，要义在于韵律节奏，而以句句平韵为常，刘宋鲍照隔句押韵，转入齐梁声律，直到七律成型，造语风态一仍南朝乐府。汉代已见五言四句，南朝乐府渐多，魏晋已见七言四句歌谣，不必齐梁所祖。近体五、七律、绝分别衍自汉乐府五言和南朝乐府七言，它们在永明的声律化是同步实现的，这是重要的判断。五绝写作宜于"含蕴""纯乎天籁"，讲求咫尺之"势"，四表无穷；七绝最胜才情，造语流转，风神摇曳。至于"古体""古诗""古风""歌行"，称名杂越，是与近体相对而言，而七古间取近体属对以振骨力，并五、七古声律用韵，固有讲求，必非漫无规制。

第一节　五、七言体之起及其句式特征

挚虞将五言诗的起源追溯到《诗》。《文章流别论》说："五言者，'谁谓雀无角，何以穿我屋'之属是也。"①《诗·召南·行露》："谁谓雀无角，何以穿我屋？谁谓女无家，何以速我狱？虽速我狱，室家不足。谁谓鼠无牙，何以穿我墉？谁谓女无家，何以速我讼？虽速我讼，亦不女从！"②也许是《诗》作者偶然中的，应该说这是《诗》有五言句式的明证，或者可以证明《诗》之时代的人们已作五言，

① 严可均校辑：《全晋文》卷七七，《全上古三代秦汉三国六朝文》，第1905页。

② 郑玄笺，孔颖达疏：《毛诗正义》，《十三经注疏》本，第81～83页。

无论是散语还是韵语。当然韵语在《诗》中偶见,散语则如《书·尧典》"帝曰'畴咨若予采'"、《舜典》"正月上日,受终于文祖。在璿玑玉衡"①,由于汉字单音独字的运用,除非有所禁忌,则凡一、二、三、四、五、七乃至多言必作,不作反不可能。问题在于诗语句式限制了字数的多少,诚如挚虞自己所言,《诗》"率以四言为体,而时有一句二句,杂在四言之间"②,但谓"后世演之,遂以为篇"则设定后人作诗句式必然尊《诗》,比如后人发明三、五、六、七言体制时,有一种力量强制他们在《诗》中寻找现成的句式,又或者是后代作诗者除《诗》以外废书不观,除此之外,后人衍《诗》语为篇几乎是不可能的。

汉惠帝时已设乐府令。《汉书·礼乐志》:"至武帝定郊祀之礼……乃立乐府,采诗夜诵,有赵、代、秦、楚之讴。以李延年为协律都尉,多举司马相如等数十人造为诗赋,略论律吕,以合八音之调,作十九章之歌。以正月上辛用事甘泉圜丘,使童男女七十人俱歌,昏祠至明。"③《汉书·艺文志》亦谓"有代赵之讴,秦楚之风,皆感于哀乐,缘事而发,亦可以观风俗,知薄厚云"④。在汉武帝立乐府时或此前,"赵、代、秦、楚之讴"已经存在,乃是民间经由较长时间的集体创作并不断增损传诵的结果,因此民间五言歌谣兴起的具体时间难以考证,更不可能确指五言出于某人之手。"代赵之讴,秦楚之风"本出民间,胡应麟《诗薮》内编卷六说:"汉乐府杂诗……大率里巷风谣……矢口成言,绝无文饰,故浑朴真至,独擅古今。"⑤汉乐府杂言诗如《东门行》《病妇行》《孤儿行》确为"里巷风谣",五言如《上山采蘼芜》《十五从军征》叙事、对话,也是"浑朴真至",其他如《白头吟》《饮马长城窟行》则似乎经过润色,造语意态接近文人所作《古诗十九首》。乐府与"古诗"的这种相似性是一个值得注意的现象,表明文人之作与乐府民歌模拟的同代性,在汉代,文人拟乐府已经开始。

值得一提的是东汉辛延年的《羽林郎》⑥诗,郭茂倩《乐府诗集》收入"杂曲

---

① 孔安国传,孔颖达疏:《尚书正义》,《十三经注疏》本,第40、54页。
② 严可均校辑:《全晋文》卷七七,《全上古三代秦汉三国六朝文》,第1905页。
③ 班固:《汉书》,第1045页。
④ 班固:《汉书》,第1756页。
⑤ 胡应麟:《诗薮》内编卷六,第105~106页。
⑥ 郭茂倩:《乐府诗集》,第909页。

歌辞”。开头几句云:“昔有霍家姝,姓冯名子都。依倚将军势,调笑酒家胡。”明显模拟了《陌上桑》。描写胡姬外貌的:“胡姬年十五,春日独当垆。长裾连理带,广袖合欢襦。头上蓝田玉,耳后大秦珠。两鬟何窈窕,一世良所无。一鬟五百万,两鬟千万余。”显然模仿《陌上桑》对于罗敷美貌的敷陈:“罗敷喜蚕桑,采桑城南隅。青丝为笼系,桂枝为笼钩。头上倭堕髻,耳中明月珠。缃绮为下裙,紫绮为上襦。”而“不意金吾子,娉婷过我庐”则如《陌上桑》中罗敷与使君的路遇,“贻我青铜镜,结我红罗裾”,他的唐突也一如使君的轻薄。再则是胡姬的拒绝,却不像罗敷那样通过夸夫以达到贬损目的,而是出以坦白的直陈:“男儿爱后妇,女子重前夫。人生有新故,贵贱不相逾。”但最后“多谢金吾子,私爱徒区区”云云,却似乎不是无情,反而让人觉得无奈,这也许是文人作者的怜惜或自我惆怅。尽管通篇都是影掠《陌上桑》的趋拟,但是篇幅的缩短、叙事的紧凑、描写敷陈的减少,尤其是对话敷衍的消失,表明文人拟造的整练,却失去了于徐叙事的从容风致。作者应该是“有文化”的文人,这首诗必是本于乐府所作,在严格的意义上就是“拟乐府”诗。这种模拟发生于同代,并不需要等到魏晋的越代传承。

此外,萧统《文选》卷二九收有“苏李诗”七首,其中李陵诗三首,苏武诗四首,南朝梁任昉《文章缘起》指其为五言之起①,宋严羽《沧浪诗话·诗体》亦持此说②。李陵降匈奴,苏武出使匈奴被羁不返,相遇相怜,故以诗酬答。李陵三首送别苏武归汉,其一③云:

良时不再至,离别在须臾。
屏营衢路侧,执手野踟蹰。
仰视浮云驰,奄忽互相逾。
风波一失所,各在天一隅。
长当从此别,且复立斯须。
欲因晨风发,送子以贱躯。

---

① 任昉著,陈懋仁注:《文章缘起注(及其他一种)》,《丛书集成初编》本,第1页。
② 郭绍虞:《沧浪诗话校释》,第48页。
③ 萧统编,李善注:《文选》,第412页。

视其情感真挚,切合身世情事,意态辞气接近《古诗十九首》,已经是成熟的五言诗,但后世多疑其为假托之作。刘勰《文心雕龙·明诗》谓"辞人遗翰,莫见五言,所以李陵、班婕妤见疑于后代也"[①],可见刘勰之前已有疑之者。汉代赋家被称为"辞人"或"辞臣",他们不作五言,但这并不能说明李、班也不作,实际上诗、赋体制不同,大赋家未必作五言诗,作五言诗者未必高才博学如司马相如。尽管没有给出苏、李诗为真的充分证据,但是推测西汉"有文化的"人创作成熟的五言诗却是有价值的。[②]

而东汉《古诗十九首》作为成熟的文人创作,也无疑是乐府五言的模拟。如果没有乐府在前,文人五言诗不可能产生。《古诗十九首》呈现为相似的意绪和言辞,必有相近的本从,即乐府"古辞"。《古诗十九首》起于对乐府古辞的共同模仿,这就是"古有此曲,倚其声为诗"[③]的操作。例如《西门行》(出西门,步念之)[④]、《艳歌何尝行》二首(飞来双白鹄,乃从西北来)(翩翩堂前燕,冬藏夏来见)[⑤]、《长歌行》(仙人骑白鹿,发短耳何长)[⑥],《古诗十九首》与其主题元素、常写物事相符若契,可证后者对于前者的模拟和撮合。尤其是《西门行》,十九首对此多有祖述,十九首中《生年不满百》一首,乃是《西门行》的因袭改写。可以断言,十九首乃是东汉相近时期内不同文人作者的拟乐府之作。

七言之起,比五言情况复杂,以致众说纷纭。第一是认为源于《诗》语,这是挚虞的说法,与三言、五言、六言一样,七言也被挚虞追溯到《诗》:"七言者,'交交黄鸟止于桑'之属是也,于俳谐倡乐世用之。"[⑦]实际上,其所举《诗·秦风·黄鸟》语,一般断句作"交交黄鸟,止于桑",所以视若七言不当;但上四下三却可以构成七言,而且基本适合后世七言的韵律节奏,由此可以推测七言韵律节奏的构成,乃是四言加以三言的结果。如果不考虑韵律节奏,那么与五、六言一样,

---

① 范文澜:《文心雕龙注》,第 66 页。

② 章培恒、刘骏:《关于李陵〈与苏武诗〉及〈答苏武书〉的真伪问题》,《复旦学报(社会科学版)》1998 年第 2 期。

③ 冯班:《钝吟杂录》,《清诗话》,第 38 页。

④ 郭茂倩:《乐府诗集》卷三七,第 549 页。

⑤ 郭茂倩:《乐府诗集》卷三九,第 576、579 页。

⑥ 郭茂倩:《乐府诗集》卷三〇,第 442 页。

⑦ 严可均校辑:《全晋文》卷七七,《全上古三代秦汉三国六朝文》,第 1905 页。

《书》之散语中也有七言,如《康诰》“非汝封刑人杀人……非汝封又曰劓刵人”[①],以汉语单音独字相加,散语如话的表述作七言乃至八、九、十及益长者,唯依所需而定,只是也有换气顿断的问题,诗七言的节奏韵律却须顺畅肖吻,它用以规范字数,就成为相对稳定的句式,这一句式用以规范一首诗,就成为七言体。

第二是认为七言出于《骚》及《楚辞》语,六言之起亦然。《世说新语·排调》:“王子猷诣谢公,谢曰:‘云何七言诗?’子猷承问,答曰:‘昂昂若千里之驹,泛泛若水中之凫。’”[②]王举《楚辞·卜居》“宁昂昂若千里之驹乎,将泛泛若水中之凫乎”,去首尾语气词而谓七言诗,是属“排调”,本是朋辈调笑,不可引为典要。刘勰《文心雕龙·章句》亦谓“六言七言,杂出《诗》《骚》”[③]。明胡应麟《诗薮》内编卷三且指《九歌》为“七言古所自始也”[④]。今人罗根泽说:“由骚体所变成的七言,不是由将语助词置于两句之间者所蜕化,也不是由将语助词置于句中之短句者所蜕化,乃是由将语助词置于第二句句尾者,及置于句中之长句者所蜕化。”[⑤]赵敏俐先生分析了这两种“蜕化”的情况,第一种“由将语助词置于第二句句尾者”,是指如《招魂》“魂兮归来,入修门些;工祝招君,背先行些”,去掉“些”字则成“魂兮归来入修门,工祝招君背先行”,多句则成诗篇;第二种“置于句中之长句者”,则如《九辩》“悲忧穷戚兮独处廓,有美一人兮心不绎”,去“兮”字则成“悲忧穷戚独处廓,有美一人心不绎”[⑥]。萧涤非先生也有相似的论述。李嘉言、逯钦立,其后陈钟凡、容肇祖、王忠林、顾实、嵇哲、郭建勋等亦持此说。郭氏在与人辩难中将七言源于楚辞骚语说推于完备系统,首先他认为乐府相和歌与楚歌具有音乐传承的联系,《宋书·乐志》[⑦]和《乐府诗集》卷二八都录有《楚辞钞》“今有人”一篇[⑧],因而推断从音乐和语句上都来源于楚辞。《今有人》是对《楚辞·九歌·山鬼》的改写,如《山鬼》“被薜荔兮带女罗”被改为“被服薜荔带

---

① 孔安国传,孔颖达疏:《尚书正义》,《十三经注疏》本,第364页。

② 余嘉锡:《世说新语笺疏》,第811页。

③ 范文澜:《文心雕龙注》,第571页。

④ 胡应麟:《诗薮》内编卷三,第41页。

⑤ 罗根泽:《七言诗之起源及其成熟》,赵敏俐选编:《20世纪中国文学研究论文选·汉代卷》,社会科学文献出版社,2010年,第402~403页。

⑥ 罗根泽:《七言诗之起源及其成熟》,《20世纪中国文学研究论文选·汉代卷》,第403页。

⑦ 沈约:《宋书》,第607页。

⑧ 郭茂倩:《乐府诗集》卷二八,第411页。

女罗”,“辛夷车兮结桂旗”被改为“辛夷车驾结桂旗”,显然后世改写难以用来说明《楚辞》本身句式向七言转换的轨迹,也许是由于重新歌唱合乐的需要,这与《九歌》“楚声”的“原唱”没有必然的联系。其次,则以《楚辞》语中“兮”字“有表示语音持续、加强咏叹色彩、构成文法意义三种功能”;前两种功能的“兮”字逐渐弱化直至消失,后一种功能的“兮”字则为其他虚字所代替,并最终强化为实词;前者最典型的恐怕是《离骚》“荃不察余之中情兮”之类,去“兮”适成七言,后者则如《楚辞钞》“辛夷车驾结桂旗”,“兮”字被“实化”为车驾之“驾”。[①]

但是,根据我们的研究,“《离骚》以句中虚字连接更多的字词,形成复杂结构的长句,并以句尾虚字加强情感的表达和咏叹的效果,实质上乃是借助虚字以使散语长句成为韵语”[②],而其咏叹的功能和虚字连带的散语特性,与诗六言三对双字组合截然不同,前者没有严格的句式和字数限定,但随咏叹,可短可长,因而句尾“兮”和句中虚字不可或缺。[③] 不仅如此,而且句中虚字如“兮”,它具有这样的功能,即连接前后字词并形成(散语)长句的复杂结构,也是不可或缺的。在此,虚字使“散语”变成韵语的表述是重要的,《骚》及《楚辞》语在句式和结构上必当视为散语,因为没有形成固定的句式如五言、六言、七言,而是可长可短,前后字词结构也不一致。诗之所以为诗,乃在句式如三言、四言、五言、七言的限定,这种限定是严格的,在此严格的句式限定中,才有诗的体制如三言体、四言体、五言体、七言体的生成和确立。而且诗的句式形成于韵律节奏的组合,五、七言由于具有单音的存在,才使节奏顺畅明快,合于声气吐纳,利于唇吻,五言2－2－1或2－3、七言2－2－2－1或2－2－3的诵读节奏,才是五、七句式形成的决定性因素。

葛晓音先生论七言诗的形成,也是本于节奏的分析,她指出骚体句中“在第五字(或五、六)用虚字句腰的某些句式……按其意义可以读成四三节奏”[④],这就是说,《骚》与《楚辞》语等首先形成了四字节奏和三字节奏的叠加,这两种节

---

① 郭建勋、闫春红:《再论楚辞体与七言诗之关系》,《中国韵文学刊》2009年第3期。

② 参拙文《“赋亡”:铺陈的丧失》,《文学评论》2015年第3期。

③ 见本书第四章第三节。

④ 葛晓音:《初盛唐七言歌行的发展——兼论歌行的形成及其与七古的分野》,《文学遗产》1997年第5期。

奏乃是形成七言 4 +3 节奏的基础。这当然是不错的，例如《九歌·山鬼》“若有人兮山之阿”，前三字加“兮”可读成四字节奏，但是“兮”的连带功能和语气作用必以一字的顿断或拉长造成韵律的改变，这种改变是相对于七言诗句式而言的。根据韵律词的构词原则，“若有人兮”，必不读为 2 –2 节奏，“人兮”不能构成韵律词，不能形成一个双音节奏，这与 2 –2 –3 的句式节奏具有明显的区别。于是调和七言《楚辞》起源说的结果，就是将问题回复到未解决以前；如果不想坚持七言诗句式的“标准”，当然凡是七言都可以视若相通，那么七言诗的起源就不成问题了。即使《骚》语七言真的曾影响或过渡到七言诗的句式，也应该设定一个“起源”的断限，何时将“兮”字去掉而变成铿锵有力的 2 –2 –3 节奏形式，就理当将其视为七言起源的断限。从汉语单音的特点来看，汉字出现以前口语必有七言，如果我们愿意承认并肯做出诵读节奏的分析，就可以找出无数这种七言“句式”起源的例证。

针对七言起于《楚辞》说，余冠英先生早已提出不同的看法，他举《山鬼》《国殇》语，认为去“兮”字只能变成两个三言，而无法念成七言 2 –2 –3 节奏①，在我们看来，关键在于散语的结构与诗语本来不同。余氏搜罗先秦两汉谣谚、字书、镜铭中的七言句与文人之作，如司马相如的《凡将篇》和史游《急就章》中的口诀多七言，又《汉书·东方朔传》东方朔射覆为七言，由此推断其采用街巷谣讴的流行形式，或以便于记诵，或以逗笑取乐，故断七言诗源于谣谚。② 褚斌杰从之，指出主张七言出于《骚》语者仅以张衡《四愁诗》首句“我所思兮在太山”，及汉初高祖《大风歌》等有“兮”字即引以为证，这忽略了七言谣谚早已流行的事实。③七言歌诀谣谚之存，充分说明七言便于记诵的句式特点，但以巷讴里唱为俗，不登大雅，事实上还不能称之为诗，诗以言志缘情为本，除张衡《四愁诗》等外，文人罕作。因此对于七言起源于歌诀谣谚之说，有人提出怀疑，区别七言与七言诗④，这是必要的，但是“七言”的所指却缺乏“句式”的限定，因而并未揭示“七

---

① 余冠英：《七言诗起源新论》，《汉魏六朝诗论丛》，中华书局，1962 年，第 132、142 页。

② 余冠英：《七言诗起源新论》，《汉魏六朝诗论丛》，第 145、157 页。

③ 褚斌杰：《中国古代文体概论》（增订本），北京大学出版社，1992 年，第 137 页。

④ 李会玲：《汉代的“七言”与七言诗——兼论汉后文人七言诗一度消歇的原因》，《长江学术》2007 年第 3 期。

言”与“七言诗”的真正联系。七言诗的形成，必以七言句式的稳定形态为前提，三言、四言、五言、六言各体诗的形成也是如此。

至于余冠英先生溯七言于汉代镜铭，实有所本，亦启其后。[①] 宋姚宽《西溪丛语》卷上收录“李晦之一镜”铭云：“尚方佳贡大毋伤，左龙右虎辟牛羊，朱鸟玄武顺阴阳，子孙备具居中央，长保二亲乐富昌。”[②]铭文每句押韵若“柏梁体”。《文章缘起》[③]以柏梁联句为七言所起[④]，这当然并非指实，而是举例的说法。不论“柏梁体”本事是否可疑，汉人作七言句句押韵，却不是单独的现象。司马相如等所制乐府《郊祀歌》，其中三首后半部分为七言，《天地》《天门》各八句，《景星》十二句。汉赋则如马融《长笛赋》、张衡《思玄赋》七言系辞、王延寿《梦赋》乱辞等，王延寿《梦赋》乱辞前四句为四言，后四句为七言。东汉赵晔《吴越春秋·阖闾内传》载有七言《穷劫之曲》。[⑤] 俞樾《曲园杂纂》卷一八《读〈吴越春秋〉》云：“昔人谓《招魂》《大招》去其‘些’‘只’即是七言诗，今观此曲，则更在前，可为七言诗之祖矣。”[⑥]这首《穷劫之曲》有“严王何罪国几绝”语，《古谣谚》卷二〇三引《吴越春秋》谓“严”应当作“庄”[⑦]，考“严”本芈姓，其先即楚庄王支孙，以谥为庄姓，而据前汉庄忌及子助、后汉庄光，都以避明帝讳改姓严，所以“严王”之称亦“后人追改以避讳”[⑧]，这却是不对的，因为《吴越春秋》避“庄”字，故张觉推测这首七言作于明帝时，而赵晔照录[⑨]。这些七言基本上句句押韵、一韵到底，只有少数如马融《长笛赋》系辞中间两句换韵。赋作的系辞说明文人七

---

① 胡淑芳收录汉代镜铭七言尤多，见胡淑芳《汉代铜镜铭文中的七言诗》，《湖北大学学报（哲学社会科学版）》2005 年第 4 期。

② 姚宽：《西溪丛语》，姚宽、陆游撰：《西溪丛语　家世旧闻》，中华书局，1993 年，第 38 页。

③ 《四库全书总目》：“《文章缘起》一卷，旧本题梁任昉撰。考《隋书·经籍志》载任昉《文章始》一卷，称有录无书。是其书在隋已亡。《唐书·艺文志》载任昉《文章始》一卷，注曰张绩补。绩不知何许人。然在唐已补其亡，则唐无是书可知矣。宋人修《太平御览》，所引书一千六百九十种，挚虞《文章流别》、李充《翰林论》之类，无不备收，亦无此名。今检其所列，引据颇疏。如以表与让表分为二类，骚与反骚别立两体；《挽歌》云起缪袭，不知《薤露》之在前；《玉篇》云起《凡将》，不知《苍颉》之更古。”（永瑢等：《四库全书总目》，第 1780 页）

④ 任昉著，陈懋仁注：《文章缘起注（及其他一种）》，《丛书集成初编》本，第 2 页。

⑤ 赵晔撰，徐天祜音注：《吴越春秋》，江苏古籍出版社，1999 年，第 54 页。

⑥ 俞樾：《春在堂全书》第 3 册，凤凰出版社，2010 年，第 133 页。

⑦ 杜文澜辑：《古谣谚》，中华书局，1958 年，第 359 页。

⑧ 施宿等：《嘉泰会稽志》卷三，文渊阁《四库全书》本，史部第 486 册，第 72 页。

⑨ 张觉：《七言诗辨源》，《学术研究》2005 年第 9 期。

言的运用,如张衡《四愁诗》一样,因此并不能说汉代歌诀谣谚的俗制不见取于文人,只是从大的方向说,并未形成像五言《古诗十九首》那样对汉乐府的模拟。

七言起源为早,而七言诗却不盛于汉魏晋,这是奇特的现象,学者有所探讨。其一是认为七言歌诀谣谚的俚俗品格不登大雅。西晋傅玄拟张衡《四愁诗》序称"张平子作《四愁诗》,体小而俗,七言类也",表明七言出于歌诀谣谚的俚俗性质,故文人罕有取效,钟如雄、林雅风认为傅玄所谓七言之俗也指不合时尚之音[①]。汉代诗的时尚是五言乐府,文人拟作使其雅化。因此,其二即认为乐府的设立及其对五言民歌的采收反映了朝廷的重视,这被表述为"文学制度下的文类系统"[②],五言诗以制度的肯定和抬举引导文人模拟,后者又使之趋向文人情趣的雅化。《古诗十九首》就是文人拟乐府雅化的产物,曹植五言诗则以字句锻炼显示为文人拟乐府开始出脱乐府的典型代表,从而达到如谢灵运山水诗"名章迥句"[③]般的精工锻炼,直至唐诗的兴盛,究以汉乐府五言为其源头。甚至七言也是由五言拓展而来,它不唯论者所追溯的七言起源在于汉代歌诀谣谚等,真正的七言标准句式以及七言诗隔句用韵现象,似乎要等到文人拟乐府的娴熟后才"移"于七言诗的文人创制。从五、七并有单音节的共性,以及五言增加二字双音为式的情况来说,这可能是合理的判断。那么,其三则认为由于七言多出两字,节奏为繁,句式为长,所以较五言为难,七言诗兴盛于五言诗之后,或许反映了王明辉先生所谓"由简到繁的文学史规律"。据王先生推测,"尤其在五、七言初始,人们对七言句子结构大幅度加长、韵律间隔亦明显拉长正感突然、难以适应,惟恐长句意义冗散、不好捕捉"[④],从文人继承《诗》篇造作四言,到拟乐府五言,增加一字的句式较好适应,七言又加二字,所以为难,这是可能的情形。

第四则是认为七言单行散句不以抒情。葛晓音先生认为:"七言节奏的生成原理决定了早期七言篇章由单行散句构成、意脉不能连属的体式特性,使七言

① 钟如雄、林雅风:《七言诗之来源再认识》,《云南师范大学学报(哲学社会科学版)》2009 年第 6 期。

② 王明辉:《汉魏六朝七言诗遭受冷遇深层原因论》,《西南师范大学学报(人文社会科学版)》2003 年第 4 期。

③ 曹旭:《诗品笺注》,第 91 页。

④ 王明辉:《汉魏六朝七言诗遭受冷遇深层原因论》,《西南师范大学学报(人文社会科学版)》2003 年第 4 期。

只能长期适用于需要罗列名物和堆砌字词的应用韵文和俗文学,而不适宜需要意脉连贯、节奏流畅的叙述和抒情。”①葛氏又说:“七言以单行散句连缀的篇制,从一开始就只注意当句之内的自相呼应,却没有找到句与行之间的呼应方式。”②然而我们还是可以举出如曹丕《燕歌行》的例子,它确实是“七言以单行散句连缀的篇制”,但并非“意脉不能连属”而不便抒情,考虑到曹作句句押韵对于“柏梁诗”的模仿,葛氏所指“意脉不能连属”确实适合“柏梁诗”的联句制作,但对其的模仿并不妨碍意脉的连贯。此外亦有六言诗的句句押韵,前章已引晋陆机《董桃行》,不妨再次引录第一首云:“和风习习薄林,柔条布叶垂阴。鸣鸠拂羽相寻,仓庚喈喈弄音,感时悼逝伤心。”面对如此的“感时悼逝伤心”,我们能说每句押韵造成“意脉不能连属”而不能抒情吗?相反倒是情景合一,意象宛然,堪称佳制,与曹丕七言《燕歌行》若相仿佛。问题的关键恐怕在于句句押韵缺乏两句住脚字和韵脚的声调变化,不易构成上下联对,而联对上下一意贯通,形成相对独立的语意单位,这是五言及后代七言诗的普遍格式。但是这种格式的形成却来源于声调的感觉乃至永明声调的发明。只是在拟乐府五言并逐渐出脱乐府的人文创制中,对于声调的感觉才更为敏感,经由佛经转译拟声的汉语声调发明也是有文化的“文人”的成果,结论就是七言摆脱句句押韵而变成隔句用韵,必然受到渐趋文人化拟乐府五言的影响,于是成熟的七言诗形式就确立了。

我们现在能够看到较早的隔句押韵的七言诗,大约是南朝宋鲍照的《拟行路难》。《行路难》为乐府旧题,古辞不存。唐吴兢《乐府解题》谓“《行路难》备言世路艰难及离别悲伤之意,多以‘君不见‘为首”③。南朝宋檀道鸾《续晋阳秋》:“袁山松善音乐,北人旧歌有《行路难》曲,辞颇疏质,山松好之,乃为文其章句,婉其节制。每因酒酣,从而歌之,听者莫不流涕。”④现在我们无法看到《行路难》乐府古辞的造语,但鲍照拟作的慷慨激越大约与本辞悲歌感人相类。鲍照

① 葛晓音:《早期七言的体式特征和生成原理——兼论汉魏七言诗发展滞后的原因》,《中国社会科学》2007年第3期。

② 葛晓音:《早期七言的体式特征和生成原理——兼论汉魏七言诗发展滞后的原因》,《中国社会科学》2007年第3期。

③ 吴兢:《乐府古题要解》卷下,明崇祯《津逮祕书》本。

④ 见《古诗纪》引《续晋阳秋》。冯惟讷:《古诗纪》,文渊阁《四库全书》本,集部第1380册,第692页。

拟作十八首[①],其中十一首夹杂五言,第二、十四首一句,第五、八、九、十三首两句,第四、七、十八首三句,第十六首四句,第六首六句。也有用歌行常用的起头语"君不见"构成的六言,第五首两句、第十六首一句,实际上是三言的组合,如第五首"君不见河边草",也可以断为"君不见,河边草",它作为歌行的发语,用以带起下文,不是一种句式。还有第二首"洛阳名工铸为金博山"、第七首"念此死生变化非常理",一句八言。其余都是七言。而且第一、三、十、十一、十二、十五、十七共七首都为七言,是完整的七言体。在夹杂五言的十一首中,除第六首五言占一首半数之外,其他都是七言句占绝大多数;至于夹杂一句、两句、三句五言者,或许是不甚经意所致。这就是说,作者并不刻意创制完整的七言,否则随便可将一、二、三句五言改作七言。这反映了七言创制受到五言的影响,在于作者作五言既多,作七言时夹杂五言乃是习惯使然,这种情形在诗体形式演进的历史分析中表现得更为明显。而且就诗中夹杂六言并八言发语之句,也是不甚严谨的表现,因为没有严谨的七言体制规定,所以比较随便。

第一首前四句云:"奉君金卮之美酒,玳瑁玉匣之雕琴。七彩芙蓉之羽帐,九华蒲萄之锦衾。"每句中间都以虚字"之"连接,第二首也有"承君清夜之欢娱""外发龙鳞之丹彩""内含麝芬之紫烟"语,人们或许会联想到与《骚》语的相似性,但并不适合将其作为《骚》语演变为七言的可靠例证。我们说过《骚》语本质上是散语,鲍照这四句七言也是散语结构,只是限于七言,在七言诗中,限于七言当然就是七言诗语。而且如第一首四句限以相同的句式结构一气呵成,第二首"外发""内含"的对举及"发""含"下字着力,却也化去散语的拖沓敷衍。我们说诗用散语,当然是以此"散语"为诗句,所谓"散语"是从其造语的结构或顺序而言,诗语具有散语的结构或顺序,但诗的句式限定却决定了它是诗的句子。在七言兴盛的时代,韩愈也可以故意"以文为诗",如《山石》"僧言古壁佛画好,以火来照所见稀"[②],就是十分标准的散语,但也由于七言的句式限定致使散语的表达十分紧凑凝练。而且鲍照七言的散语式表达在拟乐府的系统中是很自然的,这就是乐府造语的散缓。胡应麟谓"诗与文判不相入,乐府乃时近之",对于

---

① 钱仲联:《鲍参军集注》,第224~243页。

② 方世举:《韩昌黎诗集编年笺注》,第75页。

乐府未脱散语的现象,这是十分重要的判断。例如"《鼓吹曲》多用虚字,如者、哉、而、以之类,句之近文者也"①。鲍照七言泰半如散语,正是这种情形,其明显者如第一首"愿君裁悲且减思",第二首"上刻秦女携手仙",第三首"中有一人字金兰",第四首"心非木石岂无感",第五首"今我何时当得然",第六首"自古圣贤尽贫贱,何况我辈孤且直"等,都可定性为"以散语入诗",或者就说"以文为诗",以散语作诗,语是散语,诗是诗,对于韩愈来说是有意为之,对于鲍照拟乐府的用语习惯来说,则是自然而然。

尽管如此,鲍照七言却正以出脱乐府造语的散缓敷衍获得后人高度的评价。宋敖器之《诗评》谓其"饥鹰独出,奇矫无前"②,清刘熙载《诗概》则称"慷慨任气,磊落使才",造语"遒警绝人"③,是谓情感激越,节奏急疾,慷慨任气,磊落不平,用字则惊警奇险,不同凡俗。例如第三首略云:"中有一人字金兰,被服纤罗蕴芳藿。春燕参差风散梅。开帏对景弄春爵。含歌揽涕恒抱愁,人生几时得为乐!"节奏则如"开帏/对景/弄春爵""含歌/揽涕/恒抱愁",七言一句具有三重结构,是所谓"一句能言三件事"④,缜密警练,间不容发,"开""对""弄""含""揽""抱",一句三字锻炼,尤其"散""揽"锻炼着力,这与"心非木石岂无感""今我何时当得然"虚字衬贴的散语表述所显现的拟乐府造语相比,正是出脱乐府模拟的"遒警"所在,表明文人创制的"奇矫"特出。又有名物错比如"璇闺玉墀上椒阁,文窗绣户垂罗幕",借助繁急的节奏迭相跃出,字无虚发,铿锵有力。入声韵尤其增加了急疾的效果。

沈德潜说:"乐府之妙,全在繁音促节,其来于于,其去徐徐,往往于回翔屈折处感人,是即依永和声之遗意也。"⑤乐府五言的散语敷衍、虚字衬贴正是如此,七言则以句式为长、节奏为多而使语气"畅纵"。鲍照运以磊落之气,繁音促节,慷慨击柱,将拟乐府的迭代歌咏变为主体情感的激越喷发,在文人拟乐府的创作历程中,突出显示主体的个性,正如"饥鹰独出,奇矫无前",可视之为文人

① 胡应麟:《诗薮》内编卷一,第15页。
② 魏庆之编:《诗人玉屑》引《臞翁诗评》,第18页。
③ 刘熙载:《艺概·诗概》,第53页。
④ 惠洪等撰,陈新点校:《冷斋夜话·风月堂诗话·环溪诗话》,第125页。
⑤ 沈德潜:《说诗晬语》卷上,《清诗话》,第529页。

拟乐府诗出脱乐府的典型表现。钟嵘《诗品》卷中评曰:“不避危仄,颇伤清雅之调。故言险俗者,多以附照。”[1]所谓“危仄”而“险”,正与乐府造语“于于徐徐”大相异趣,在习惯了乐府五言的语境中,尤其在汉代新定的正统以及文人递相模拟的雅化过程中,这种“奇矫无前”的创制正可被视为特异的“险俗”。萧子显《南齐书·文学传论》也指鲍诗“发唱惊挺,操调险急,雕藻淫艳,倾炫心魄”[2],在七言中,“惊挺”“险急”乃是指繁音促节,用字斩截,一变乐府于徐之态。而“雕藻淫艳”有之,如第一首“金卮”“玳瑁玉匣”“雕琴”“七彩芙蓉”“九华蒲萄”,第二首“帐里明烛”“龙鳞”“丹彩”“麝芬”“紫烟”,第三首“璇闺”“玉墀”“椒阁”“文窗”“绣户”“罗幕”,真是镂金错玉,堆红挹翠,惊艳无任,这与乐府造语的口语自然判若霄壤,正是反映了文人创制与拟乐府的极大突破。在鲍照《拟行路难十八首》造语中,精工锻炼之句与乐府散语交陈错杂,当然也反映了文人拟乐府与乐府母体的联系,一方面则自铸伟辞,这是继承与创新的双重表现。

再则是对于七言句句押韵的突破。除以下情况之外,都是隔句用韵:首句入韵,如第三首“璇闺玉墀上椒阁,文窗绣户垂罗幕”,第十二首“今年阳初花满林,明年冬末雪盈岑”;又中间提起一段如第七首“中有一鸟名杜鹃,言是古时蜀帝魂”;又换韵如第四首“酌酒以自宽,举杯断绝歌路难”,第十三首“我初辞家从军侨,荣志溢气干云霄”,第十五首“君不见阿房宫,寒云泽雉栖其中”,换韵乃是这组七言诗用韵的重要特点。押韵则有平有仄,隔句押平韵是上下两句形成一个意义单位的必要条件。上句住脚字大多是仄声,预导后世律诗之式,反映在刘宋时代,作者已经具有对于平仄的敏锐感受,也有偶用平声之例,如第八首“中庭五株桃,一株先作花”,第十四首“朔风萧条白云飞,胡笳哀极边气寒”之类,则表明对于平仄的感受并未达到规范的程度。总之,鲍照七言是在曹丕《燕歌行》仍用柏梁体之后的重大转变和突破,从后世隔句押韵七言反视它的演变历程,鲍照之作已是成熟的七言体,但由此推导此前曹丕《燕歌行》的不成熟,却是出于后代七言本身的观念拘限。

对五、七言句式的简要分析可以说明它们的共性和不同特点,这关涉汉魏晋

---

① 曹旭:《诗品笺注》,第175页。

② 萧子显:《南齐书》,中华书局,1972年,第908页。

五言兴盛而七言不盛的原因。钟嵘《诗品序》比较四、五言说:“夫四言,文约意广,取效《风》《骚》,便可多得。每苦文烦而意少,故世罕习焉。五言居文词之要,是众作之有滋味者也,故云会于流俗。岂不以指事造形,穷情写物,最为详切者邪!”[①]四言“文烦而意少”,是指由于四言“文约”,往往衍作两句,而且由于咏唱合律,重章叠句,所以后世罕习,即有为之,也以出脱咏唱,变为案头之作,导致文省而造语整练。胡应麟亦谓“四言简质,句短而调未舒”[②],相对于四言,五言不仅多一字,重要的是具有一个单音节而能形成一个相对完整的表意结构。例如左思《咏史八首》其二“世胄蹑高位,英俊沉下僚”[③],尽管诵读节奏定为2-2-1或2-3,但“句中之读”则是2-1-2,中间“蹑”“沉”二动作字着力,连接前后字组,形成一个完整的意义结构。而四言简质,尤在2-2两个双音节的叠加缺乏单字以为连接,所以一句难得意完,如《诗·周南·关雎》“关关雎鸠,在河之洲”,两句才能形成一个完整的意义单位。

明陆时雍《诗镜总论》谓“五言直而倨,七言纵而畅”[④]。五言2-2-1或2-3的节奏较七言为简古,这就是“倨直”。五言在汉乐府中已定正宗,文人递相模拟以成雅制,而且就五言句式本身来看,它的简古与七言的俗制拉开了距离。而七言“畅纵”,极于变化,驰骋才气,必在求于整练之后才能达到,而且“畅纵”的摇曳生姿更需造语纯熟,这是七言之盛晚于五言的重要原因。七言繁复,因较五言为难,但唯以七言繁复,才堪施展才情;五言简质,则欲施展而无可措手,所以从另一方面看,又可谓五言难于七言。

第二节　五、七言律诗的形成

五、七句式是五、七体形成的条件,这就是说,一首诗只用五言或七言句式,那么这首诗就可以称为五言体或七言体。五言体和七言体的形成已见前述,但它们演变为五、七律却经历了漫长的历程。首先是隔句用韵到平声韵再到一联上句住

① 曹旭:《诗品笺注》,第23页。
② 胡应麟:《诗薮》内编卷二,第22页。
③ 萧统编,李善注《文选》,第296页。
④ 陆时雍:《诗镜总论》,《历代诗话续编》,第1402页。

脚字为仄声的演变;其次是篇幅和句数从漫无限制到长短大体一定再到四联八句的演变;再次是属对的渐趋精工到平仄相对再到联对粘连的演变。五、七律的形成是这几个方面相与作用的结果,其中属对的渐趋精工及其平仄的规范化起到了决定性的作用。这是因为律诗联对乃是篇幅结构的基础,律诗由四联构成,联对的平仄规范化及其粘连形成了联与联之间的组合结构,精确的联对结构就形成了四联一首的律诗,因此声律的发明乃是五、七言演变为律诗的决定性因素。

五言体在建安文人拟乐府的运用中开始获得精致化的改造,一方面是对乐府诗的模拟,另一方面则在递相模拟中逐渐显露文人创制的特点,愈益出脱乐府的本色,卒成文人创制。我们认为《古诗十九首》已是文人拟乐府的成果,那么这一过程就开始于东汉,到汉末建安时已经具有明显的特点。文人用心的锻造,乃在逐渐转变乐府的叙事功能以为述情之用,由此渐趋出脱乐府叙事的散漫敷衍,代之以情绪的抒发、意象的呈现,导致篇幅的缩短、结构的有序和字句的整练,这在《古诗十九首》中已经发生。例如第一首:“行行重行行,与君生别离。相去万余里,各在天一涯。”事的“赋”法直述只是简括的“交代”,只是行而又行的形象和天涯万里、道路阻长的景象呈现。接下或是意象,或是抒情,两句一意,整蔚有序,尤其“胡马依北风,越鸟巢南枝”,以及《今日良宴会》“弹筝奋逸响,新声妙入神”,对举和整练初步显示文人造语的特点。但其两句一意中上句住脚字多与韵脚声调相同,如《行行重行行》“道路阻且长,会面安可知”,《青青陵上柏》“驱车策驽马,游戏宛与洛”,表明诗作者并不具有声调的感受,虽两句对举,但犹缺乏联对的明确意识。联对的完善必以声律促成,平仄声调的上下对举变化,乃是联对规范化的必要前提。

到建安时期,文人拟乐府开始显示作者对于声调的初步感觉,表现在两句一意中上句住脚字与韵脚字的区别上,具有一定的普遍性。例如徐幹《室思》第四首:“惨惨时节尽,兰华凋复零。喟然长叹息,君期慰我情。展转不能寐,长夜何绵绵。蹑履起出户,仰观三星连。自恨志不遂,泣涕如涌泉。”①是诗押平韵,两句一意,上句住脚字全是仄声,不可否认作者已经具有平仄声调的感觉,并自觉运用于两句的对举中。尽管如曹丕平韵《杂诗二首》两句一意上句住脚字多平

① 徐陵编,吴兆宜注,程琰删补,穆克宏点校:《玉台新咏笺注》卷一,第37页。

声，蔡琰《悲愤诗》长篇也有同样的情况，但如后者住脚字与韵脚声调分平仄者居多，因有平仄转韵，韵脚为仄，则上句住脚字多平。但平韵诗住脚字为仄者比比皆是，并不是偶然的现象，如曹植《名都篇》押平韵，只有一二住脚字为平，及正始阮籍《咏怀八十二首》其一“夜中不能寐”①一首押平韵，住脚字全是仄声，其他几首不尽一致，这固然反映了时人对于声调的感觉，却也不以为则。拟乐府或如曹丕《杂诗二首》“漫漫秋夜长”②、“西北有浮云”③二首对于《古诗十九首》的模拟，成为一种既定的习惯，但在模拟的过程中也实践着作者的创作。文人对于造语用字和声调的敏感，也正在悄然改变着这种习惯，由此导致文人创作最终出脱乐府，这是一个漫长的过程，当文人拟作与乐府本辞越来越远，才能形成文人自我的真正创制，久之成为新的创作习惯，不自觉地转变拟乐府的基因。

让我们直接切换到刘宋谢灵运的五言诗，当然也还处于文人拟乐府的进程中，像此前很多作者一样，他的拟乐府旧题诗也还保持乐府造语的本色，尽管有所变化，但不至于完全乖离。然而奠定谢灵运诗史地位的却是他的“杂诗”，顾绍柏《谢灵运集校注》将这些没有乐府本题的诗归类为“杂诗”，实际上乃是出脱乐府的自我创制。所谓“出脱”是谓源于乐府而逐渐形成文人自己的特点，汉魏六朝以降，文人染指诗道，概莫如外。谢灵运“杂诗”自命题如《过始宁墅》《登池上楼》《登江中孤屿》《石壁精舍还湖中作》等，都是后人祖述取法的称名之作。反视前人如曹丕、曹植兄弟的“杂诗”，其实还是拟乐府，虽然也是由于没有乐府本题明标拟作，但这些无题诗本身却表明作者缺乏明确的自我创制意识，言词篇章一仍乐府而已。谢灵运则以准确的诗题突出显示自我的创制，其篇章结构和遣字造语已经出脱乐府的模拟，成为典型的文人创作，尤其山水题材的景物描写，乃是全新的自我创制。诗自曹魏，文人自制题目已见，曹植为多，如《赠白马王彪》《白马篇》《美女篇》，后如左思《咏史八首》、郭璞《游仙》、陶潜田园诸作，逐渐开辟诗的题材并由此形成不同于乐府的风貌和创作方法，包括篇章、属对和造语、用韵等方面，都愈益生发作者的创新，到谢灵运山水题材的开辟更令人耳

---

① 陈伯君：《阮籍集校注》，第 210 页。

② 魏宏灿：《曹丕集校注》，第 67 页。

③ 魏宏灿：《曹丕集校注》，第 68 页。

目一新。谢灵运这些著名山水诗的大致结构是，首先交代行游缘起，中间逐层铺写山水景物，构结严谨，两句一意，属对精严，住脚字和韵脚字大多平仄相间，结尾就本诗所写山水推言玄理。由于铺写山水景物，所以篇幅较长，但以联对为语意单位进行全篇铺写，却可视之为律诗形成的基础。无疑谢灵运山水诗的这些特点对于律诗的形成起了推动的作用，尤其景物描写，属对精切，可以摘句为例：

山行穷登顿，水涉尽洄沿。
岩峭岭稠叠，洲萦渚连绵。
白云抱幽石，绿筱媚清涟。（《过始宁墅》）

池塘生春草，园柳变鸣禽。（《登池上楼》）

出谷日尚早，入舟阳已微。
林壑敛暝色，云霞收夕霏。
芰荷迭映蔚，蒲稗相因依。
披拂趋南径，愉悦偃东扉。（《石壁精舍还湖中作》）

后世五律造语意义结构如2-1-2式，中间一动作字连接前后字组，形成坚整的句式结构，已在谢诗中定型。“穷”“尽”“抱”“媚”“生”“变”“敛”“收”“趋”“偃”着力锻炼，此前诗人虽或有之，但偶然中的，所见不多，至谢诗才以较多句例表明这已成为他的造语习惯，所以指为定型。当然还有“岩峭岭稠叠，洲萦渚连绵”，可以称之为“一句能说两件事”①，上下结构对举而着力属对，显见雕琢，比较五言乐府造语虚字连带的散缓，谢诗出以文人深心琢炼的精练缜密，真不可同日而语。就如“池塘生春草，园柳变鸣禽”，《文镜秘府论·南卷·论文意》谓为“天然物色”，而如“余霞散成绮，澄江静如练”（谢朓），则谓之“假物色比象，力弱不堪也”②。岂不知“园柳”“鸣禽”乃是着意对举“池塘”“春草”所设，那么仅得“池塘生春草”一语五字而已。正如“池塘生春草，园柳变鸣禽”的“天然”而

---

① 元人《总论》举杜甫“鼍吼风奔浪，鱼跳日映山”，谓“一句能言三件事”，见《元代诗法校考》，第214页。

② 弘法大师原撰，王利器校注：《文镜秘府论校注》，第295页。

犹锻炼，他如“出谷日尚早，入舟阳已微”“披拂趋南径，愉悦偃东扉”，以一句视之可谓自然，但上下句对举却颇费文人的深心。而且无论住脚和韵脚的仄、平分明，都反映了刘宋时期文人对于声律的愈益敏感，尤其单句如“绿筱媚清涟”“园柳变鸣禽”“披拂趋南径”，一联如“山行穷登顿，水涉尽洄沿”完全“合律”，几乎是律诗的前奏，刘宋距齐梁声律只是一步之遥，只待加以规范而已。

齐梁永明体写作与声律说相表里，沈约、谢朓、何逊、阴铿、王褒、庾信诸人之作，率以齐梁风调出脱汉乐府，造语声律逼近隋唐。比较刘宋谢灵运的命题山水诗，则已从景物的呈现和铺陈转向情景交融的意象呈现，结构更为简明，篇幅愈趋短小，属对益加严谨，声律渐趋规范。例如沈约《别范安成》①：

> 生平少年日，分手易前期。
> 及尔同衰暮，非复别离时。
> 勿言一樽酒，明日难重持。
> 梦中不识路，何以慰相思？

这首诗的句数和住脚字、韵脚字的仄平对举都已符合五律的标准，“分手易前期”“及尔同衰暮”“何以慰相思”完全合律，但未出现粘连。尤其二联不取属对，而且“及尔”“非复”虚字置于句首，有乏厚重，此二句及“勿言一樽酒”“何以慰相思”明显还是乐府韵致。由此可见，提倡声律的沈约未能如前代谢灵运那样用力于字句的锻造，只有造句精工锻炼与声律相合，才是促使律诗形成的双重条件，这正好落实在谢朓身上。谢朓诗作中已经出现兼具炼句和声律讲求的平韵八句之例，如《曲池之水》②：

> 缓步遵莓渚，披襟待蕙风。
> 芙蕖舞轻蒂，包笋出芳丛。
> 浮云自西北，江海思无穷。
> 鸟去能传响，见我绿琴中。

谢朓与大谢同宗而晚生，小谢琢句，必学大谢，如《晚登三山还望京邑》“余霞散

① 萧统编，李善注：《文选》，第295页。
② 曹融南：《谢宣城集校注》，上海古籍出版社，1991年，第193～194页。

成绮,澄江静如练”“喧鸟覆春洲,杂英满芳甸”[①],与谢灵运《登江中孤屿》“云日相辉映,空水共澄鲜”、《过始宁墅》“白云抱幽石,绿筱媚清涟”、《石壁精舍还湖中作》“林壑敛暝色,云霞收夕霏”在语意、用字和结构上十分相似。此诗前六句都用属对,我们完全可以称之为联对。首联属对,后世律诗有之,中二必对而锻造精工,尾联不对,律诗亦然。声律则首联完全合律,中二上句有仄平仄,其余合律,尾联上下合律,但相互不能配对;值得注意的是首联与第二联、第三联与尾联形成粘连,初具律诗的结构。总之此诗造语锻炼、属对精工与声律讲求相合,可当律诗演变过程中的范例。当然不仅谢朓,同时何逊诗如《慈姥矶》[②]云:

暮烟起遥岸,斜日照安流。
一同心赏夕,暂解去乡忧。
野岸平沙合,连山远雾浮。
客悲不自已,江上望归舟。

中间二联平仄、粘连完全合律,造语用字锻炼,而化去二谢琢句之迹,尤其第三联用字浅近,而境界阔大,气势雄浑,已兆唐人五律句法,如李白《渡荆门送别》“山随平野尽,江入大荒流”[③]、杜甫《旅夜书怀》“星垂平野阔,月涌大江流”[④],诗人造语,必由诵读把玩前代造语,形成潜在的习惯。同时庾信《道士步虚词十首》[⑤]第八首亦作八句,间有合律之语,在属对上,庾信用字平易而意境开阔、感慨遥深,对律诗属对具有重要的影响。如庾信《拟咏怀二十七首》诗第十一首“啼枯湘水竹,哭坏杞梁城”“直虹朝映垒,长星夜落营”“楚歌饶恨曲,南风多死声”[⑥],境界气度直逼唐人。杜甫《咏怀古迹五首》其一谓“庾信平生最萧瑟,暮年诗赋动江关”[⑦],及其自作,多所本从。当知属对锻炼至谢灵运法度始备,但多出以景物描写而雕造显露,且对句一顺铺陈不免落于平直,尤其缺乏情感意绪的融入,境界不能阔大而限于琐屑,小谢有之,这对唐人山水诗自有深刻影响。但境界的

---

① 曹融南:《谢宣城集校注》,第 278 页。
② 《何逊集》,中华书局,1980 年,第 39 页。
③ 王琦注:《李太白全集》,第 739 页。
④ 仇兆鳌:《杜诗详注》,第 1486 页。
⑤ 倪璠:《庾子山集注》,第 399 页。
⑥ 倪璠:《庾子山集注》,第 236 页。
⑦ 仇兆鳌:《杜诗详注》,第 1811 页。

开拓，事实上还待何、庾的探索，尤其是庾信属对，开示唐人，爰使兴象浑融，对于五律造语的成熟，这也是十分重要的。

永明体演变为五律，一方面是从五言一句中平仄“二五字异声”演变为“二四字异声”①，例如谢朓《曲池之水》“芙蕖舞轻蒂，包笋出芳丛”为平平仄平仄，仄仄仄平平，“蕖”与“蒂”、“笋”与“丛”平仄互异。但一句平仄交互的关键乃在节奏点上，汉语单音独字，两个单字形成一个双音节奏，也就是一个音步，后来提出七言“一三五不论，二四六分明”，五言则是“一三不论，二四分明”，以为初作格律的津梁，也是强调双音节第二字节奏点平仄的重要性及其不可移易。

另一方面则是四声的二分归类，也就是将平上去入四声分为平、仄两类，实际上是将上、去、入并归仄声，平声独为一类，形成平仄的简明对举。《文镜秘府论》西卷论蜂腰病引刘滔云：“四声之中，入声最少，余声有两，总归一入，如征整政只、遮者柘只是也。平声赊缓，有用处最多，参彼三声，殆为大半。”②入声少而不可独为一类，故以上去归于入声，即以入声总合上去二声，那么以平声参上去入三声，就形成平仄大类的对举，这对律诗声律的配置变化是关键性的。但是上、去、入三声亦有区别，在辞赋、骈体、散文造语中，这种区别尽管没有形成规则的讲究，但因语感运用而进行自觉的调整，这种情况是存在的，尤其是在字组或结构、句子的对举上。可引南朝江淹《别赋》一段：

> 乃有剑客惭恩，少年报士。韩国赵厕，吴宫燕市。割慈忍爱，离邦去里。沥泣共诀，抆血相视。驱征马而不顾，见行尘之时起。方衔感于一剑，非买价于泉里。金石震而色变，骨肉悲而心死。③

此赋用骈语写成，可以称为“骈赋”。时至今日，骈文普遍被认为是一种文体，但这一判断只从语体的角度上说才是适当的，将骈文与辞赋并列则不切实际，因为六朝辞赋多用骈语，然则孰谓骈文，孰谓辞赋？盖骈文使用骈语，“文”不是辞赋，也不是诗，也不可能是散文，散文指散语之文，用散语则不用骈语，用骈语则不称散文。人们对于“骈文”的认识是模糊的，实际上所谓“骈文”并不是一种文

---

① 何伟棠：《永明体到近体》，广东高等教育出版社，1994年，第6页。

② 弘法大师原撰，王利器校注：《文镜秘府论校注》，第413页。

③ 胡之骥：《江文通集汇注》，中华书局，1984年，第36页。

体，而是一种语体，用骈语写的文章，姑称其为骈文，用骈语写的赋，姑称其为骈赋。江淹《别赋》用骈语，骈语的特点是必用对偶和典实，句式则四、六为主，在永明体声律发明以迄唐代律赋之前，骈语写作对于声调的感觉和掌握并非以平仄为大类，反而是平分阴阳、仄分上去入，那么我们就不能说平仄规律出现以前，为文不讲声调，反过来却可以说四声的细分是较为精致化的声调感觉。平仄的归类反而将问题简单化，但这是必须的，因为只有简单明了，才能形成统一的规范，适于操作，只是在声调规范出现以前，人们为文造语，凭着语感灵活把握汉语的自然声调。《别赋》如“赵厕”对“燕市”，“共诀”对“相视”，“厕”“诀”入，“市”“视”去，是入声对去声；“忍爱”对“去里”，“不顾”对“时起”，“一剑”对“泉里”，“色变”对“心死”，“爱”“顾”“剑”去，“里”“起”“死”上，是去声对上声。声调既然不同，诵之遂有变化，殊觉顿挫起伏，这是四声交错对举所形成的声调之美，平仄归类的简单化反使忽略了四声交错的美感，这是应当特别提出以引起注意的问题。借此我们可以分析平仄规范之前甚至在永明声律说发表之前的书面声调运用，我们可以说，自从汉人说话有了声调开始，人们说话写作就必然错用不同的声调，凭着感觉可以调配声调，这是必然的。平仄归类之前，诗语的声调亦当以此看待。以陶渊明《移居》“弊庐何必广，取足蔽床席”“奇文共欣赏，疑义相与析”[①]为例，“广”与“席”、“赏”与“析”虽为仄声对举，然不按平仄，但依自然声调则为上对入，当然具有高低长短的声调对举之美。不仅仄声上去入，而且实际上平分阴阳也可以形成声调的变化，作近体诗的人固当会此。

回到律诗的演变进程，最终定型于唐中宗时。《新唐书·宋之问传》：“魏建安后汔江左，诗律屡变，至沈约、庾信，以音韵相婉附，属对精密。及之问、沈佺期，又加靡丽，回忌声病，约句准篇，如锦绣成文。学者宗之，号为‘沈宋’。”[②]中唐元稹《唐故工部员外郎杜君墓系铭并序》亦云：“唐兴，官学大振，历世之文，能者互出，而又沈宋之流，研练精切，稳顺声势，谓之为律诗。”[③]明王世贞《艺苑卮言》卷四亦谓“五言至沈宋，始可称律”[④]，同代胡应麟《诗薮》内编卷四则谓“初

① 逯钦立校注：《陶渊明集》，第56页。
② 欧阳修、宋祁：《新唐书》，中华书局，1975年，第5751页。
③ 冀勤点校：《元稹集》卷五六，中华书局，1982年，第601页。
④ 王世贞：《艺苑卮言》，《历代诗话续编》，第1004页。

唐无七言律，五言亦未超然。二体之妙，杜审言实为首倡”[1]，并推杜审言《和晋陵陆丞早春游望》[2]为初唐五律第一，诗云：

独有宦游人，偏惊物候新。
云霞出海曙，梅柳渡江春。
淑气催黄鸟，晴光转绿萍。
忽闻歌古调，归思欲沾巾。

宋陈振孙《直斋书录解题》云：“唐初沈、宋以来，律诗始盛行，然未以平侧失眼为忌。审言诗虽不多，句律极严，无一失粘者。”[3]是诗除第二联上句“云霞出海曙”中“出”字当平而仄外，其余无不合律，粘、对亦准法度，表明五律正式成型，只是只字未求严谨而已。起承转合亦讲开阖之势，起句惊警，承接自然，中二属对工稳，“出”“渡”“催”“转”锻炼精工，前后写景具有远近层次，结尾回应首联，感慨无穷。再看沈、宋五律。[4] 沈佺期《杂诗四首》第四首：

闻道黄龙戍，频年不解兵。
可怜闺里月，长照汉家营。
少妇今春意，良人昨夜情。
谁能将旗鼓，一为取龙城。

宋之问《度大庾岭》云：

度岭方辞国，停轺一望家。
魂随南翥鸟，泪尽北枝花。
山雨初含霁，江云欲变霞。
但令归有日，不敢恨长沙。

宋诗尾联“令”读平声。“令”，《广韵》力政切，来母劲韵去声，又郎定切，又《广韵》郎丁切，来母青韵平声，并耕部。比诸五律格式，沈、宋二首十分精严，无一错乱。而且各联“句中之读”错综变化，如“魂/随/南翥鸟，泪/尽/北枝花”“山雨/初含/霁，江云/欲变/霞”，字组则“南翥鸟”为名物性，“初含霁”“欲变霞”则

① 胡应麟：《诗薮》内编卷四，第 67 页。
② 徐定祥：《杜审言诗注》，第 13 页。
③ 陈振孙：《直斋书录解题》，第 557 页。
④ 陶敏、易淑琼：《沈佺期宋之问集校注》，第 233、428 页。

为动宾结构，避免重合，变化生姿。

七言律的形成当然要以七言体的成熟为前提，之后才逐渐演变为七律。七言诗在南朝刘宋鲍照手中成熟，旋即进入永明声律之盛的氛围，有幸与五言同步接受声律的规范，关键也在于声律对于属对的规约。属对以其意义单位的相与连缀导致篇幅长短的伸缩性，在文人拟乐府过渡到自我创制的历程中，从对乐府叙事散缓敷衍的舍弃，转为述情之借于景物意象，因而句数减少和篇幅缩短成为必然趋势，这是自东汉《古诗十九首》以来文人创制演变的必然结果。声律的规约在齐、梁、陈时代加速了这一趋势，它使诗的创制从散漫粗率变得精致小巧，乃至出现最为简明的格式，这就是律诗。从理论上说，七言律的形成与五言律是同步的，只需在五言之上再加两个字就成为七言，尽管七言句式与五言句式来源不同、使用为寡、风态有异，但从声律的角度上，五言平仄规范之后再加一个双音节以形成“合律”的七言乃是轻而易举。没有人专以制造七言诗或发明七言律为己任，谙于五言声律的作者同时写作七言，五言声律移于七言，并不费力，于是五、七言诗就以殊途同归的方式在齐梁陈的时代并肩进入律化的进程，对于七言寡作而发展缓慢而言，它进入这一进程是急速的，似乎有点猝不及防。

然而在实际的操作中，七言的律化似乎并不十分顺畅，这主要是由于七言自“柏梁体”到曹丕《燕歌行》形成了每句押韵的既定传统；另一方面则晋及南朝又制新曲，如南朝梁张率《白纻歌》九首拟晋乐府《白纻舞》，沈约亦有《四时白纻歌》①，梁简文帝萧纲自制七言四句《乌栖曲》，郭茂倩《乐府诗集》卷四八收入《清商曲辞·西曲歌》②，庾信作七言《乌夜啼》《杨柳枝》，前者为《乐府诗集》卷四七收入《清商曲辞·西曲歌》③，文人的拟作甚至自创又形成新的传统。比较五言自乐府创立即经文人模拟直至南朝，拟乐府的漫长历程足有时间致使文人创制的成熟，而迟至鲍照才成型的新七言体则难以在短时间内适应声律的规约以及永明五言的声律移植，因而上述诸人之作或者因仍句句押韵的旧制，或者囿于晋及南朝新乐府的风调习惯，比之文人五言的声律化相去甚远。兹举南朝梁

① 郭茂倩：《乐府诗集》卷五五，第797～798页。

② 郭茂倩：《乐府诗集》卷四八，第695页。

③ 郭茂倩：《乐府诗集》卷四七，第692页。

张率《白纻歌》第二首[①]云：

妙声屡唱轻体飞，流津染面散芳菲。

俱动齐息不相违，令彼嘉客澹忘归，时久玩夜明星稀。

它因仍柏梁体句句押韵，且同六言五句之制，从现代学术的立场看来肯定是七言尚未"发展"或"演变"的表征，但对作者来说却无疑是出于尊古的坚执意念，学者既已认定七言为俗，相反作者却以拟作俗制为雅，因为俗制之在古，自文人模拟视之，则变俗为雅，尚雅必然尊古，故谓古雅，在此存在着雅俗转化的文学历史规律。例如陶渊明"狗吠深巷中，鸡鸣桑树巅"[②]，"鸡狗"俚俗，在今世课堂，老师授业必言陶诗"创作"是属"自然平淡"或"用词浅易"，殊不知陶渊明只是祖述"鸡鸣高树颠，狗吠深宫中"[③]，在作者意中，尊古而用古辞，并无不妥，而且唯以袭取，即使俗语，盖亦古雅之意。那么张率拟古并不趋附永明今俗亦然，但如"妙声屡唱轻体飞，流津染面散芳菲"，一句二意、舍弃虚字衬贴的缜密以及上下对举的精审锻造，却与"柏梁"和曹丕造语不复相同，必然受到南朝文人创制工于造语习惯的影响，这种习惯甚至是不自觉的，正是这种雕造和属对悄然改变着七言古制，尽管仍然句句押韵如柏梁体，但离永明新声相去不远。同时吴均《行路难》[④]其一 20 句，依然不脱乐府叙事的散缓，写"洞庭水上一株桐"的生长、枯死及名工取材、制作琵琶，而帝王赏之、美女弹之、情意诉之、听者感之，但如"白璧规心学明月，珊瑚映面作风花"的属对工整，却已使乐府叙事敷衍合乎永明新律。而且同样重要的是七言"畅纵"的句式特征较诸五言更为适合歌行的创制，放歌一顺的畅快适合文人摇曳的才情和艳思，因此七言歌行成为文人喜爱的体裁，从南朝到唐初张若虚《春江花月夜》直到中唐白居易《长恨歌》和《琵琶行》，率擅此体。而五言整练庄雅、明净简洁，其自身在永明之前已经做好了充分的律化准备，七言则似乎更难接受声律的规范。

可以考察一下庾信的七言，他的五言创作已经践行声律的理论，但是正如他

① 郭茂倩：《乐府诗集》卷五五，第 802 页。

② 逯钦立校注：《陶渊明集》，第 40 页。

③ 《乐府诗集》卷二八引《乐府解题》："古词云：'鸡鸣高树颠，狗吠深宫中。'"（郭茂倩：《乐府诗集》，第 406 页）

④ 林家骊：《吴均集校注》，浙江古籍出版社，2005 年，第 68 页。

所作的五言大多因仍乐府一样，其七言也呈现乐府的风调，只是其中一二已经具有声律化的影迹，例如《乌夜啼》[①]云：

促柱繁弦非子夜，歌声舞态异前溪。
御史府中何处宿？洛阳城头那得栖。
弹琴蜀郡卓家女，织锦秦川窦氏妻。
讵不自惊长泪落，到头啼乌恒夜啼。

此诗隔句押平韵，住脚字皆仄，就一句一联来看，除"弹琴蜀郡卓家女"为平平仄仄仄平仄、"到头啼乌恒夜啼"为仄平平平平仄平外，其他都合律；虽然第二联与第一联失粘，但第三联与第二联、第四联与第三联则合乎粘连，即使不是有意为之，也应当推测来自声调的敏感。从声律上看说，清刘熙载《诗概》谓此诗"开唐七律"[②]，是有道理的。当然我们应该看到此诗为拟南朝乐府，意态用语具有本于乐府的鲜明特征，但乐府语一经句式声律形成的联对规约，就立即具有七律造语的整练。汉乐府主五言，而七言虽汉代早见，但以歌诀谣谚之风而不登乐府雅致，没有经由文人的递相模拟，所以很难发展为带有文人锻造特色的创制。七言在鲍照之后的梁陈骤然多作，来不及形成区别于乐府意态和造语的文人创制，这一情况直到唐张若虚《春江花月夜》[③]、卢照邻《长安古意》[④]的歌行中，甚至在沈宋成熟的七律中仍然如此，相对于文人五言出脱乐府的工练以及五律之精整，这是一个引人注意的现象。例如唐初张若虚《春江花月夜》"江畔何人初见月，江月何年初照人"的明白如话、"白云一片去悠悠"的叠字宛转、"可怜楼上月徘徊"的惯见意象，卢照邻《长安古意》"金鞭络绎向侯家"有如汉乐府《陌上桑》"东方千余骑"[⑤]的盛大夸饰，"复道交窗作合欢"则祖《古诗十九首》中"文彩双鸳鸯，裁为合欢被"的常用意象。可知所谓"古诗"必是文人拟乐府的产物，语词和意象的递相祖述犹存乐府的影迹，更不用说"楼前相望不相知，陌上相逢讵相识"之于桑间"母题"的重复叠唱，"汉代金吾千骑来"明标汉代的惯常称谓和习用夸

---

① 郭茂倩：《乐府诗集》卷四七，第692页。
② 刘熙载：《艺概·诗概》卷二，第57页。
③ 王启兴、张虹：《贺知章包融张旭张若虚诗注》，上海古籍出版社，1986年，第47页。
④ 祝尚书：《卢照邻集笺注》，第81页。
⑤ 徐陵编，吴兆宜注，程琰删补，穆克宏点校：《玉台新咏笺注》，第8页。

张，犹然表明主题、意态、造语、用词的乐府关联，只是《春江花月夜》的宛转优美、《长安古意》的绮丽娇艳乃是本诸南朝乐府以来的新近传统，而且这种传统本就带有南朝文人的愁情，不尽同于汉乐府朴实俚俗的民歌风貌。但如《春江花月夜》“玉户帘中卷不去，捣衣砧上拂还来”的属对精工和声律流美，及《长安古意》如“龙衔宝盖承朝日，凤吐流苏带晚霞”“百丈游丝争绕树，一群娇鸟共啼花”，属对已臻精熟，声调完全合律，转作七律无难，当然也是七律成熟的时代了。在七律形成之初，也一样接受着乐府带来的主题、意态、造语上的影响。让我们引录被称为七律定型标志的沈佺期《古意呈乔补阙知之》[①]诗：

卢家少妇郁金堂，海燕双栖玳瑁梁。
九月寒砧催木叶，十年征戍忆辽阳。
白狼河北音书断，丹凤城南秋夜长。
谁为含愁独不见，更教明月照流黄。

这首声律毫无错乱的佳制当然是标准的七言诗，但是题目、意态、造语都从六朝乐府翻出，与后起唐人七律例如杜甫的沉郁顿挫颇不相侔。明胡震亨《唐音癸签》谓“沈诗篇题原名《独不见》，一结翻题取巧，六朝乐府变声，非律诗正格也”[②]，指其为“六朝乐府变声”，真是卓见；但谓“非律诗正格”则是以后律前，当知七言在汉本自俗制，未经文人拟乐府的长久磨砺，它在南朝的突然兴盛必因“新声”的推促，在短时间内不能出脱乐府的惯性，这是必然的。清方东树《昭昧詹言》卷一五论曰：

> 本以燕之双栖兴少妇独居，却以“郁金堂”“玳瑁梁”等字攒成异彩，五色并驰，令人目眩，此得齐、梁之秘而加神妙者。三四不过叙流年时景，而措语沉着重稳。五六句分写行者居者，匀配完足，复以“白狼”“丹凤”，攒染设色。收拓开一步，正是跌进一步。曲折圆转，如弹丸脱手。远包齐、梁，高振唐音。[③]

谓“此得齐、梁之秘而加神妙者”，足为概括，足为知音。明胡应麟《诗薮》内编卷

---

① 陶敏、易淑琼：《沈佺期宋之问集校注》，第 18 页。
② 胡震亨：《唐音癸签》，第 81 页。
③ 方东树：《昭昧詹言》卷一五，第 383 页。

五亦云："'卢家少妇'，体格丰神，良称独步，惜颔颇偏枯，结非本色。"[①]又说："'卢家少妇郁金堂，海燕双栖玳瑁梁''谁谓含愁独不见，更教明月照流黄'，同乐府语也，同一人诗也。然起句千古骊珠，结语几成蛇足。"[②]也同样说是"乐府语也"，然指结句蛇足，或以直白而乏余韵，殊不知正是乐府造语本色。清沈德潜《说诗晬语》卷上说："云卿《独不见》一章，骨高气高，色泽情韵俱高，视中唐'莺啼燕语报新年'诗，味薄语纤，床分上下。"[③]初唐七律"远包齐梁"，然视中唐，去古未远，所以谓之"骨高气高，色泽情韵俱高"[④]，正是齐梁七言主题、意态、造语与永明声律共同促使七律成型。论诗者高评盛唐，而卑中晚，往往而然，何如盛唐七律，比之初唐出于齐梁之"高"，其实也是一个特别值得评估的问题，像五言一样，七言在拟乐府的进程中逐渐演变为文人一己的创制，终与乐府分途，必然丧失乐府本色，此中高下的评判实属难为。胡应麟在评价汉乐府和文人拟乐府时却说："汉乐府杂诗……大率里巷风谣……矢口成言，绝无文饰，故浑朴真至，独擅古今。"[⑤]而"至嗣宗、叔夜，一变而华赡精工，终篇词人语矣"[⑥]。如果将这种思路移植于初、盛唐的七律创制，那么可以说，至王、孟，尤其杜甫，也是一变而精工，必是"终篇词人语矣"。至于沈德潜高评乐府"其来于于，其去徐徐"[⑦]，相比之下，也当不喜缜密警练和沉郁顿挫的杜甫七律吧。我们固然可以同时采用"双重标准"来评价乐府和文人的创制，由于它们呈现出不同的风貌和意趣，评乐府自然不当取文人创制的标准，"同乐府语"的沈佺期七律名作被认为"非律诗正格"，就是标准的错位。反之，当然也不能用"远包齐梁"的乐府风调衡量盛唐七律的自我创作，但是即如杜甫的创制，也是"熟精《文选》理"[⑧]的推陈出新和"转益多师"[⑨]的自我熔铸。倒是从大的方面来看，但凡唐人作诗深取于六朝者，如李白歌行、李商隐无题之作，当然还有初唐张若虚的《春江花月

---

① 胡应麟:《诗薮》内编卷五,第 82 页。
② 胡应麟:《诗薮》内编卷五,第 85 ~ 86 页。
③ 沈德潜:《说诗晬语》卷上,《清诗话》,第 540 页。
④ 沈德潜:《说诗晬语》卷上,《清诗话》,第 540 页。
⑤ 胡应麟:《诗薮》内编卷六,第 105 ~ 106 页。
⑥ 胡应麟:《诗薮》内编卷一,第 11 页。
⑦ 沈德潜:《说诗晬语》卷上,《清诗话》,第 529 页。
⑧ 杜甫:《宗武生日》,《杜诗详注》,第 1784 页。
⑨ 杜甫:《戏为六绝句》其六,《杜诗详注》,第 1089 页。

夜》、卢照邻的《长安古意》，大抵属上乘；其不本于六朝而戛戛独造者，如元白自我标榜的“新乐府”，及其追随者王建、张籍之作，终究有乏六朝流韵，显得单薄粗鄙，这是唐诗评价的一个重要维度，尽管有悖当世之论，但是我们还是坚持自己的判断。

五、七律都为律体，在写作上具有基本的共同讲求。在本书第三章我们分析了五、七言的句式节奏特征、它们的“句中之读”产生不同的字词组合方式，以及因为“句中之读”的不同切分所可措实的当处炼字；在下一章我们还将进行五、七言的句法结构分析，重点说明五、七言的诗语句法之于日常语法的本质区别。凡此都基于五、七言句式的共同特点，较诸四、六言双音节奏的叠加，五、七言句有单音节以资调整“句中之读”，从而产生句法结构的种种变化，也因此可以展开不同的句法亦即字法的锻炼。五、七律体中二必须对仗，句法被限定于属对的结构，因而属对乃是句法的扩展，而且五、七律以四联的粘连形成起承转合的章法结构，下章将进行集中的论述。究之五、七律的写作讲求乃是基于句式的特征，五、七律以其固定句式的声律规范具有十分成熟的句法讲求，古人诗话并诗式、诗格对于句法的讨论，绝大多数都集中在近体律诗，句法乃是诗法的中心，唯此必须进行集中的探讨，详于下章。在此我们只是简要提出五、七律在写作上的不同讲求，也主要是基于五、七句式长短的不同。明陆时雍《诗镜总论》谓“五言直而倨，七言纵而畅”①，“倨直”就是简练坚整而少闲言语助，“畅纵”则声情摇曳而又容易导致软弱散缓，这在分予各章的五、七句式和句法研究中具有详明的阐发。由于五、七句式的长短分别及其句法锻炼的讲求，总体上要求五律严整庄雅，七律则应当在声情“畅纵”的基础上避免闲言语助的过多运用，在这方面，杜甫七律造语的缜密和总体风格的沉郁顿挫足可为法。

第三节　五、七言绝句

我们既已了解律体形成于五、七句式，而五、七句式也形成绝句。从格律上看，近体五、七律四联八句，前二联四句与后二联四句平仄相同，只是平起入韵第

---

① 陆时雍：《诗镜总论》，《历代诗话续编》，第1402页。

一句与第五句不一样，但这是变格，因此五、七律好像两首平仄相同的绝句叠加；而五、七绝句也正好是五、七律的一半，即五、七律的截断，所以绝句又称“截句”。“截”《广韵》昨结切，从母屑韵入声，“绝”情雪切，从母薛韵入声，并月部，绝句称为“截句”，盖亦音近为然。元佚名《诗法源流》说：

> 绝句者，截句也。后两句对者，是截律诗前四句；前两句对者，是截律诗后四句；四句皆对者，是截中四句；四句皆不对者，是截前后四句。①

清赵翼《陔余丛考》卷二三引此。② 绝句的格律确如律诗“截句”，即使这样，却也不能如此比附对仗与否。例如杜甫《绝句》：“两个黄鹂鸣翠柳，一行白鹭上青天。窗含西岭千秋雪，门泊东吴万里船。”③这是四句皆对，但怎能说“是截中四句”呢？诗人断无去头断足以割裂律诗之理，倒是论者附会，徒资笑料。明胡应麟《诗薮》内编卷六说：

> 五七言绝句，盖五言短古，七言短歌之变也……谓截近体首尾或中二联者，恐不足凭。五言绝起两京，其时未有五言律。七言绝起四杰，其时未有七言律也。④

清王夫之《姜斋诗话》卷下说：

> 五言绝句自五言古诗来，七言绝句自歌行来，此二体本在律诗之前；律诗从此出，演令充畅耳。有云：绝句者，截取律诗一半，或绝前四句，或绝后四句，或绝首尾各二句，或绝中两联。审尔，断头刖足，为刑人而已。不知谁作此说，戕人生理？⑤

清赵执信《声调谱》也说：

> 两句为联，四句为绝，始于六朝，元非近体，后人误以绝句为绝律诗，故致多此一门。⑥

南朝陈徐陵《玉台新咏》收有四首五言四句诗，不知作者，题为“古绝句”⑦，这大

---

① 佚名：《诗法源流》，《元代诗法校考》，第 255 页。
② 赵翼：《陔余丛考》，第 457 页。
③ 仇兆鳌：《杜诗详注》，第 1382 页。
④ 胡应麟：《诗薮》内编卷六，第 105 页。
⑤ 王夫之：《姜斋诗话》卷下，《清诗话》，第 19 ~ 20 页。
⑥ 赵执信：《声调谱》，文渊阁《四库全书》本，集部第 1483 册，第 918 页。
⑦ 徐陵编，吴兆宜注，程琰删补，穆克宏点校：《玉台新咏笺注》卷一〇，第 469 页。

约是“绝句”的较早称谓。“绝”义为断，所以绝句又称“断句”。《南史·宋晋熙王昶传》：“在道慷慨为断句曰：‘白云满鄣来，黄尘半天起。关山四面绝，故乡几千里。’”[①]这个称谓偶为后世袭用，清陈田《明诗纪事·丙签·张弼》：“东海诗有豪气，不受羁勒，七言断句，尤推擅场。”[②]清曹寅有《题廊前玉兰二断句》[③]。“绝”有“止”和“尽”的意义。《管子·法禁》“故曰：绝而定”黎翔凤《管子校注》引张佩纶语[④]、《吕氏春秋·权勋》“嗜酒，甘而不能绝于口”高诱注[⑤]并谓“绝，止也”。《文选·左思〈吴都赋〉》“陵绝嶛嶕”吕向注谓“绝，尽也”[⑥]，又《文选·鲍照〈还都道中作〉》“绝目尽平原”李善注谓“绝，犹尽也”[⑦]。后世比照近体而称此前之诗为“古体”，五、七言古体一般较长，八句为少，四句又少，唐代古体歌行尤长，如《长恨歌》《琵琶行》之类，容易敷衍成章。乐府诗也多数长于八句、四句，盖易合乐敷衍。而绝句四句即止而尽，有若断绝，不能尽乐府“繁音促节”之妙，这大约是称之为“绝句”或“断句”的原因。

我们知道，五、七律的产生是由于联对的作用逐渐使五、七言体缩短至八句，联对的固定化乃是由于平仄声律的规范。对于近体五、七绝句来说，当然也是由于声律规范应用于五、七言四句诗的结果，但不是由于联对的构结作用。绝句只有四句，不要求属对，而在近体五、七言绝句出现之前，已经存在五、七言四句诗，亦多不对，近体绝句就是五、七言四句诗的格律化。汉代已经出现五言四句诗，如《古歌》，见《齐民要术》卷二孙思邈注引[⑧]：

高田种小麦，稴穇不成穗。
男儿在他乡，那得不憔悴。

又有五言四句《古乐府》[⑨]：

兰草自然香，生于大道傍。

---

① 李延寿：《南史》，第403页。
② 陈田辑撰：《明诗纪事》丙签卷五，上海古籍出版社，1993年，第1011页。
③ 曹寅：《楝亭集》，上海古籍出版社，1978年，第136页。
④ 黎翔凤：《管子校注》，中华书局，2004年，第282～283页。
⑤ 高诱注：《吕氏春秋》，《诸子集成》本，第163页。
⑥ 萧统编，李善等注：《六臣注文选》，第112页。
⑦ 萧统编，李善注：《文选》，第384页。
⑧ 贾思勰：《齐民要术》，中华书局，1956年，第21页。
⑨ 冯惟讷：《古诗纪》，文渊阁《四库全书》本，集部第1379册，第160页。

腰镰八九月，俱在束薪中。

五言四句诗只在民间歌谣里偶见，汉代民间歌谣有的较长，有的是六句，如《后汉书·马廖传》所载《城中谣》[①]，四言并未形成为一体。这两首词意鄙陋，四句似乎难成一意，沈德潜《古诗源》评《古歌》谓“兴、意若相关若不相关，所以为妙”[②]，却非有意求妙，而是随口道出，并未考虑一首表意的完整性。又有所谓虞姬和项王歌[③]：

汉兵已略地，四方楚歌声。

大王意气尽，贱妾何聊生。

末句别作“贱妾何聊生”。是诗《史记》《汉书》未见载录，系唐张守节《史记正义》引自汉初陆贾《楚汉春秋》，或疑之。宋王应麟《困学纪闻》卷一二《考史》认为此诗是最早的五言诗。[④] 又《乐府诗集》卷七四“杂曲歌辞”有《枯鱼过河泣》[⑤]一首，也是五言四句，属汉乐府民歌。但汉乐府一般句数较多，至南朝乐府民歌则多五言四句之制，如《子夜歌》，郭茂倩《乐府诗集》收晋、宋、齐辞共42首，属清商曲辞之吴声歌曲，都是情歌。《旧唐书·乐志》：“《子夜》，晋曲也。晋有女子夜造此声，声过哀苦。”[⑥]这应该是一种小调，后来人们依声造辞，才有众多之数。《乐府诗集》又收《子夜四时歌》75首，衍于《子夜歌》，有春歌、夏歌各20首、秋歌18首、冬歌17首，也都是情歌，借四时变化抒发男女之情。又如西曲歌中的《莫愁乐》《那呵滩》也是五言四句。同时，北方民歌如《乐府诗集》收于“梁鼓角横吹曲”的《企喻歌辞》《琅琊王歌辞》，以及《折杨柳歌辞》《幽州马客吟歌辞》等，都是五言四句。可见南北朝时五言四句诗已经大量产生，上溯则见《乐府诗集》收于《子夜歌辞》中的晋代歌辞，形成了五言四句的体式，都以篇幅短小，一事一意，完整意足。南朝乐府民歌《子夜歌》[⑦]一首：

---

① 范晔：《后汉书》，第853页。

② 沈德潜选：《古诗源》，中华书局，2006年，第83页。

③ 见司马迁《史记》张守节正义，第334页。

④ 王应麟：《困学纪闻》，上海古籍出版社，2008年，第1399～1400页。《困学纪闻》“贱妾何聊生”后云：“是时已为五言矣。五言始于《五子之歌》《行露》。”

⑤ 郭茂倩：《乐府诗集》卷七四，第1044页。

⑥ 刘昫等：《旧唐书》，中华书局，1975年，第1064页。

⑦ 郭茂倩：《乐府诗集》卷四四，第641页。

始欲识郎时，两心望如一。

理丝入残机，何悟不成匹。

作为南朝乐府民歌小调的情歌，已经不同于汉乐府的叙事，而是代之以抒情，在五言四句中当然见不到叙事的本末和过程，它变得无所依傍，情感起止无端，只资咏唱，这是南朝乐府民歌、也是所谓"古绝"的特点，近体五绝的写作亦当如此。又《秋歌十八首》[①]中一首：

秋夜入窗里，罗帐起飘飏。

仰头看明月，寄情千里光。

李白《静夜思》"举头望明月"本此，要找到唐人诗语对于乐府的祖述可谓轻而易举，并非纯粹出于今世标举的"创作"。此诗只通过物色意义寄托情感，完全没有事的影迹，甚至思念何人都不及表明，只在五言四句之中，深含离愁别念，显得含蓄蕴藉。与此相反，北方民歌则质朴率真，往往直言其事，直接抒情。而文人之作同时多见，每首一意而足，显然体现作意，这意味着文人创作五言四句的整体性构思，表明五言四句开始成为一体。南朝齐谢朓所作为多：

玉阶怨[②]

夕殿下珠帘，流萤飞复息。

长夜缝罗衣，思君此何极！

王孙游[③]

绿草蔓如丝，杂树红英发。

无论君不归，君归芳已歇。

同王主簿有所思[④]

佳期期未归，望望下鸣机。

徘徊东陌上，月出行人稀。

像五言律一样，五言四句体式也由于永明声律的规范而开始形成绝句的雏形，其中不少合律之句，如"夕殿下珠帘""绿草蔓如丝，杂树红英发""望望下鸣机"

---

① 郭茂倩：《乐府诗集》卷四四，第648页。

② 曹融南：《谢宣城集校注》，第188页。

③ 曹融南：《谢宣城集校注》，第190页。

④ 曹融南：《谢宣城集校注》卷四，第356页。

"徘徊东陌上"等，语意都是南朝乐府风态。回顾上引《玉台新咏》"古绝句"并汉代民谣，可以推断五绝来源于乐府，经由文人的拟作和永明体声律的规范逐渐生成，这与五、七律成型的情况一样。萧梁何逊亦有五言四句《相送》诗，押仄韵。兹录梁及北周时庾信五言四句诗两首：

寄王琳[①]

玉关道路远，金陵信使疏。
独下千行泪，开君万里书。

重别周尚书（之一）[②]

阳关万里道，不见一人归。
惟有河边雁，秋来南向飞。

二首词意已经出脱乐府，抒发作者一己情感，缩万里于咫尺，寄感慨于无穷，从词意到造语、已经是标准的文人创制。第一首除首句第三"道"字当平而仄外，单句都合律，只是尚未符合粘连的规则。第二首除第四句第五字"南"当仄而平外，其他完全合律，且一首出现粘连，已经十分接近标准的绝句，对唐人近体五绝具有重要影响。

七言绝句乃是七言四句短制的声律化结果。根据本章上文的考述，七言已见汉代镜铭，句数不多，而如马融《长笛赋》系辞、张衡《思玄赋》七言系辞并《四愁诗》则篇幅较长，及三国魏曹丕《燕歌行》益长，而且都是句句押韵，平韵到底。如魏嘉平中谣、晋洛阳童谣、魏明帝景初中童谣、晋《邺人金凤旧歌》[③]并三句，大都句句押平韵。也有七言四句，如魏《行者歌》[④]：

青槐夹道多尘埃，龙楼凤阙望崔嵬。
清风细雨杂香来，土上出金火照台。

又如晋《大风谣》[⑤]：

大风蓬勃扬尘埃，八井三刀卒起来。

---

① 倪璠：《庾子山集注》，第367～368页。
② 倪璠：《庾子山集注》，第370页。
③ 杜文澜辑：《古谣谚》，第391页。
④ 王嘉撰，萧绮录，齐治平校注：《拾遗记》，中华书局，1981年，第160页。
⑤ 房玄龄等：《晋书》，第3163页。

四海鼎沸中山颓，惟有德人据三台。

依然是如“柏梁体”般每句押平韵，这不像葛晓音先生所说的那样早期七言篇章“由单行散句构成、意脉不能连属”，显然是四句一意，并指一事。以《大风谣》为例，《晋书》卷一二七言“魏师入中山，慕容宝出奔于蓟，慕容详又僭号……又有谣曰：‘大风蓬勃扬尘埃……’”云云，“于是德之群臣议以慕容详僭号中山，魏师盛于冀州，未审宝之存亡，因劝德即尊号。德不从。会慕容达自龙城奔邺，称宝犹存，群议乃止”，但“寻而宝以德为丞相，领冀州牧，承制南夏”[①]，《大风谣》就是占慕容德为相之谣，四句一意而足。宋王灼《碧鸡漫志》卷一论“晋以来歌曲”，言“熊甫见王敦委任钱凤，将有异图，进说不纳，因告归。临与敦别，歌曰”[②]：

徂风飙起盖山陵，氛雾蔽日玉石焚。

往事既去可长叹，念别惆怅会复难。

也是每句押韵，但后两句已经转韵，看起来有点像两句谣的叠加，不知它的造作是否取于童谣的形式。然辞气已经雅化，述情感人，也并不像葛氏所谓句句押韵不便叙述抒情。王灼《碧鸡漫志》卷一又言“陈安死，陇上歌之曰……”[③]，有歌其事者，则长达十二句，也是句句押韵，但后四句转韵。至南北朝时期七言四句的歌谣，则见《时人为上高里歌》《隔谷歌》和《捉搦歌》等。北朝杨衒之《洛阳伽蓝记》卷五：“洛阳城东北有上商里，殷之顽民所居处也。高祖名闻义里。迁京之始，朝士住其中，迭相讥刺，竟皆去之。唯有造瓦者止其内，京师瓦器出焉。”[④]歌曰：

洛城东北上商里，殷之顽民昔所止，

今日百姓造瓮子，人皆弃去住者耻。

又《捉搦歌》四首[⑤]，如第二首：

谁家女子能行步，反着夹禅后裙露。

---

① 房玄龄等：《晋书》，第3163页。

② 岳珍：《碧鸡漫志校正》，巴蜀书社，2000年，第16页。

③ 岳珍：《碧鸡漫志校正》，第16页。

④ 杨衒之撰，周祖谟校释：《洛阳伽蓝记校释》，中华书局，1963年，第181～182页。

⑤ 郭茂倩：《乐府诗集》卷二五，第369页。

天生男女共一处，愿得两个成翁妪。

北朝民歌辞气质朴，押仄韵，仍然每句押韵。及梁文人所作七言四句渐多，以至言辞雅化，并讲声律，在时间上与五言律、绝并七言律诗的声律成型是一致的。只是五言律、绝与七言律的造语和篇幅句数之制都本于乐府，而指“五绝定型于民间歌谣”，这是王佺先生的说法，他统计“这一时期共产生了十三首七言古绝”，即“刘遵《四时行生回诗》，萧子显《春别》其一、其四，刘孝威《咏曲水中烛影诗》，萧纲《上留田行》、《和萧子显春别诗》其一、其四和《夜望单飞雁诗》，萧绎《春别应令诗》其一、其四，《别诗》二首和《送西归内人诗》”[①]。不同于梁文人创制的七言歌谣，已有四句之制，当然可以说“七绝”定型于此，但近体七绝则必经永明声律的规范，造语则经文人之手，民谣七言四句只能称为“古绝”。萧子显《春别诗四首》[②]第一首为仄韵，第二首六句，第三首云：

江东大道日华春，垂杨挂柳扫清尘。

淇水昨送泪沾巾，红妆宿昔已应新。

第四首：

衔悲揽涕别心知，桃花李花任风吹。

本知人心不似树，何意人别似花离。

第一首仄韵：

翻莺度燕双比翼，杨柳千条共一色。

但看陌上携手归，谁能对此空相忆。

第三首仍然是句句押平韵，第一首仄韵，第四首平韵并隔句押韵而首句入韵，它们出于一人组诗，显然反映七绝尚未完全定型，缺乏体律一致的标准，后人近体七绝组诗，绝非如此。但第三首除第三句外、第四首第一句、第一首第四句都已完全合乎近体七言的平仄标准，又第一首第一句仅第六字、第二句仅第七末字当平而仄、第三句后二字平仄倒转，必然受到声律的影响，仄韵亦然，只是仅于七言一句合于或接近近体平仄。奇怪的是第四首、第一首除去首句入韵不计，而第三、四句的平仄都无两句相对的迹象，这与七言八句之近于七律者颇有不同，原

① 王佺：《七绝的乐府化及其创作风貌的变迁》，《株洲师范高等专科学校学报》2005 年第 4 期。

② 逯钦立辑校：《先秦汉魏晋南北朝诗》，第 1820 页。

因或是在于七言四句不以二联属对构成，不成属对则是每句入韵的“柏梁体”遗风。但是七律渐趋形成的平仄规律却必然对七绝四句具有连带的作用，久之遂被同化，这就是近体七绝形成的基本途径。

成型的七绝之与五绝的写作由于句式的长短具有不同的讲求，当然也有相近的一面，主要就是二体四句短制之于五、七律体的不同，由于篇幅短小，俱非力大所受。清施补华《岘佣说诗》谓“少陵、退之、东坡三大家皆不能作五绝。盖才太大，笔太刚，施之二十字，反吃力不讨好”，故“五绝究以含蓄清淡为佳”；又谓“七绝亦切忌用刚笔，刚则不韵。即边塞之作，亦须敛刚于柔，使雄健之章，亦饶顿挫，乃不落粗豪”[①]。所谓“刚笔”或是着力锻炼如杜甫五、七律，或是“雄健”如韩愈才大力大所为，施于五、七绝小小短制，正是有所不受。反之五绝“含蓄清淡”，七绝也须柔美，这是二体写作相同的方面。它们不同的写作讲求，则如五、七律一样由于句式的长短，在五、七绝共同的特点之外，亦有殊别。五绝“字句愈促，含蕴愈深，故曰难”[②]，它较七绝才缩二字，以其声气不舒，故又谓“难于浑成”[③]，而七绝则以浑成为上，五绝则“纯乎天籁”[④]。这就是说，七绝句长，可以修饰衬贴，爰使声气流转，以见风神摇曳，但不可着力于下字锻炼，反见突兀，以损风神，它适合流丽才情的施展。但在五绝，所谓“天籁”，却只是“尚真切，质多胜文”，因为五言字少句短，明陆时雍所谓五言倨直，有欠声气的舒缓，缺乏摇曳的风致，难见才情，与七绝“尚高华，文多胜质”适成其反。[⑤] 此外，元陈绎曾《诗谱》谓“五言绝句，主情景；七言绝句，主事意”[⑥]，尽管七绝也以情景相融多见，但咏史怀古的议论，则多在七绝一体，如李商隐、杜牧七绝为然，后者有“二十八字史论”之称。如施补华《岘佣说诗》所举诗例：

戴叔伦《三闾庙》[⑦]：“沅湘流不尽，屈子怨何深？日暮秋风起，萧萧枫树

---

① 施补华：《岘佣说诗》，《清诗话》，第 995、996 页。
② 冒春荣：《葚原诗说》卷三，《清诗话续编》，第 1603 页。
③ 王士禛：《带经堂诗话》卷二九，人民文学出版社，1963 年，第 838 页。
④ 陈仅：《竹林答问》，《清诗话续编》，第 2224 页
⑤ 胡应麟：《诗薮》内编卷六，第 111 页。
⑥ 陈绎曾：《诗谱》，《元代诗法校考》，第 344 页。
⑦ 蒋寅：《戴叔伦诗集校注》，上海古籍出版社，2010 年，第 44 页。

林。”并不用意，而言外自有一种悲凉感慨之气，五绝中此格最高。①

所举戴作造语，结构简质，遣字无华，声气高古，因为五字的句式限制，写“沅湘”只能说到“流不尽”，而不能略有修饰衬贴以取流转，如“日夜沅湘流不尽”之谓，“日暮秋风起”亦然，不复有所形容，但最后一句“萧萧枫树林”的叠字修饰却正好弥补了五言的简质紧练，作五绝者自当有知。与五律造语相比，则五绝如戴叔伦此诗遣字自然，不见着力锻炼为得体制之旨，五律则如杜甫《登岳阳楼》“吴楚东南坼，乾坤日夜浮”②、《旅夜书怀》“星垂平野阔，月涌大江流”③，不仅“坼”“浮”“垂”“涌”各使一字锻炼，更由于律体属对结构产生坚劲整练的句法效果，与五绝“清淡”自然形成极大的反差，虽同用五言而别，可见体制限定的重要性。所以“论诗文当以文体为先”④，就在于“文章自有体裁，凡为某体，务须寻其本色，庶几当行”⑤。对于五绝来说，明胡应麟所谓“尚真切，质多胜文”、清陈仅所谓“纯乎天籁”，就是造语的当行本色。

而施补华所谓“含蓄”、冒春荣所谓“含蕴”却以五绝体制短小为然，在区区四句二十字内，要想有五律起联的铺垫和尾联的缓慢收束是不可能的，当然更无中二的从容属对以为情景交替的叙写，它起无端而结无迹，犹如稍瞬即逝的片段，不是五律所必需的严谨端庄，也不是七绝应有的摇曳流转，而是整体的灵动之“势”和空无依傍的“四表无穷”显示它的动态之美和含蕴之致。清王夫之《姜斋诗话》卷二云：

论画者曰：“咫尺有万里之势。”一“势”字宜着眼。若不论势，则缩万里于咫尺，直是《广舆记》前一天下图耳。五言绝句，以此为落想时第一义，唯盛唐人能得其妙。如“君家住何处？妾住在横塘。停船暂借问，或恐是同乡”，墨气所射，四表无穷，无字处皆其意也。李献吉诗：“浩浩长江水，黄州若个边？岸回山一转，船到堞楼前。”固自不失此风味。⑥

---

① 施补华：《岘佣说诗》，《清诗话》，第996页。

② 仇兆鳌：《杜诗详注》，第2358页。

③ 仇兆鳌：《杜诗详注》，第1486页。

④ 张戒：《岁寒堂诗话》卷上，《历代诗话续编》，第459页。

⑤ 胡应麟：《诗薮》内编卷一，第21页。

⑥ 王夫之：《姜斋诗话》卷下，《清诗话》，第19页。

> 五言绝句自五言古诗来，七言绝句自歌行来……自五言古诗来者，就一意中圆净成章，字外含远神，以使人思……[1]

黄保真先生曾指出王夫之所说的“势”是一种“动态之美”[2]，可谓把握了“势”的要旨。“势”之于五绝，乃在于整体的灵动，否则就如地图的标示，死板而无生气。“势”对于五绝四句来说，就是避免如五律中二对仗的排列，去除呆滞的四句铺排，起结无端无迹，以至“墨气所射，四表无穷，无字处皆其意也”，所以“含蓄”不尽，“含蕴”无穷。王夫之举唐崔颢《长干曲》，本是南朝乐府“杂曲古辞”旧题，崔作仍之，证明了王夫之所谓“五言绝句自五言古诗而来”，确切地说，是自南朝五言乐府而来，近体各式与乐府的联系乃是本章最重要的识见。在这首五言绝句的极短之制中，只留下没头没脑两句问话，却蕴含无限的情韵。两船相过的男女，相与风波的偶遇，“君家何处住”与“妾住在横塘”之间，檃栝了对方的答语及两人的交谈，“或恐是同乡”的期许，那是顷刻间的慕念，但如浩浩江上的烟波，是这样无定，“同乡”的心理传达了脉脉的温情，而又蕴含着转瞬即别的惆怅，孤帆远影，不见踪影，也许今后还能相遇，也许终生不再。没有故事的起结，没有律诗起头的铺垫和结尾的回应，没有中二联的正面展现，不知从何而起，没有结尾和下文，只留下似乎问答和冒失的推测，乃无一句措实，只以浮光掠影的点逗引发读者的遐想，故谓“墨气所射，四表无穷，无字处皆其意也”，也是“字外含远神，以使人思”。当知“横塘”正如“西洲”的所指，后者在西曲歌中经常出现，它是男女会合和相思的场所，前者多见于吴声歌曲，乃是建康城中的繁华所在，可以想见歌楼酒馆、烟柳画船，那是艳遇的天堂。《文选·左思〈吴都赋〉》：“横塘查下，邑屋隆夸。”[3]宋张敦颐《六朝事迹编类·江河门》：“吴大帝时，自江口沿淮筑堤，谓之横塘。”[4]即今南京市西南，秦淮河南岸，犹然让人浮想六朝旧事，徒生无限感慨。

王夫之又举明李梦阳《黄州》诗，谓与崔颢同妙，“固自不失此风味”[5]。诗

---

① 王夫之：《姜斋诗话》卷下，《清诗话》，第19～20页。

② 黄保真、蔡钟翔、成复旺：《中国文学理论史》第4册，第193页。

③ 萧统编，李善注：《文选》，第88页。

④ 张敦颐：《六朝事迹编类》，上海古籍出版社，1995年，第61页。

⑤ 王夫之：《姜斋诗话》卷下，《清诗话》，第19页。

云："浩浩长江水，黄州若个边。岸回山一转，船到堞楼前。"[1]诗限四句二十字，当然也不可能展现物象、叙写情事，前两句只向读者呈现一片阔大的空间，第三句一转，结尾出人意表，短短四句，浓缩为一个特写的片段，如风捕影，"四表无穷"而"咫尺有万里之势"，令人浮想无穷。因此五绝最忌四平八稳，每句措实，如四柱支撑，呆滞不灵，须就四句之中，或影掠虚写，或前后异势，以为经营。再举唐王之涣《登鹳雀楼》[2]：

白日依山尽，黄河入海流。

欲穷千里目，更上一层楼。

鹳雀楼位于山西永济蒲州古城西面黄河东岸，北周始建。是诗前二句以属对呈现意象，"白日""黄河"的对举构成苍莽、辽阔、萧瑟的境界，"依山尽"是夕阳缓慢落下，开阔无蔽，苍凉壮阔，"入海流"是谓黄河奔流到海，气势奔涌，一去不还，"依""入"二字，写动态着力，不唯空间开广，而且"依山尽""入海流"具有时间的跨度，白日起落，亘古如斯，黄河奔流，千古不回。诗人在山西登鹳雀楼，并不能看到黄河入海的景象，因此"黄河入海流"乃是一种想象的呈现，前二句也得力于景象的对举。日僧空海在《文镜秘府论》引王昌龄谓此诗"景入理势"[3]，则后二句在写作上具有转折之势，不复写景，如果四句写景排比，则呆板失势，不能再有开拓，所以转入言理。"欲穷""更上"的虚字连带表明推论的思路，引领读者廓开更为广阔的想象，但想象什么，却不给答案，任由读者驰骋想象，爰使生发而已。一首五言四句二十字展现无限壮阔而穿越千古的时空，穷尽天地古今，寄托无穷感慨。又如元稹《行宫》[4]：

寥落古行宫，宫花寂寞红。

白头宫女在，闲坐说玄宗。

它只是攫取一个片段的场景，写了行宫、宫花、宫女、玄宗，都以隐喻象征寄托无限的感慨。行宫是专供帝王出行时的所在，那时必定前呼后拥，武夫前导，宫女塞途，繁华热闹，不在话下，但如今已经"寥落"，成为"古行宫"，凄清荒凉，隐含

---

① 钱谦益：《列朝诗集》，中华书局，2007 年，第 3474 页。

② 彭定求等编：《全唐诗》卷二五三，第 2849 页。

③ 弘法大师原撰，王利器校注：《文镜秘府论校注》，第 132 页。

④ 冀勤点校：《元稹集》卷一五，第 169 页。

帝室的衰落，同时也是国家衰败的象征。宫花富贵，必是牡丹芍药之类，当帝室国运兴盛，如四时之春，万紫千红，繁花锦簇；在今而言"寂寞"，其于"春秋代序，阴阳惨舒，物色之动，心亦摇焉"[①]。"宫女"花容月貌，正如白居易《上阳白发人》"玄宗末岁初选入，入时十六今六十……皆云入内便承恩，脸似芙蓉胸似玉"[②]，曾经的美丽花季，如今白头对镜，真是人生如梦，宫女的命运与帝室国家密切相关。她们闲谈玄宗旧事，已如隔世的梦幻，经历安史之乱，国家也从强盛骤然衰败，帝王已矣，空留往事供人消闲谈笑，而且宫女无主，犹如残花败柳，飘零谢落。四句只以人、物意象点逗影掠，人生、国家、帝王、物色之变，尽在其中，感伤无限。究之五言的写作，由于篇幅短小，句数、字数十分有限，或就四句中取势，咫尺万里，或于景物意象影掠含蕴，使人回味无穷，这是五言绝句写作的首要问题。

七绝与五绝写作的不同要求，主要在于五、七句式的不同，已见上述。七言绝句与七律句式一样，但以律、绝之别，写作相与取异。七律四联具有起承转合的变化和相应的章法布局，形成一个有头有尾的结构体系，无论五律、七律都是一个完整、平稳的结构。由于中二必须属对，就树立了一首的支柱，造语要求整练，尽管较诸五言，七言造语可以"畅纵"一些，但作为律体却不可轻佻软弱虚浮，而有句法倒装、结构缜密、用字锻炼等讲求。七绝则相反，只有四句，与五绝一样，它没有起结可以布置，不必平平而起以为铺垫，缺乏中二以为支撑，不需属对以为整练，无需展开情景交替的中二呈现，只需一个片段如风掠影，造语一顺有若五绝自然，不同的是当如行云流水，婉转如弹丸。句法一顺乃是七绝较诸七律倒装句法等造作的显著特点，莫若李白七绝为然，如《闻王昌龄左迁龙标遥有此寄》[③]：

杨花落尽子规啼，闻道龙标过五溪。

我寄愁心与明月，随风直到夜郎西。

"杨花落尽"与"子规啼"结构相同，于一句中叠用，便觉节奏明快、声气顺畅，

---

① 范文澜：《文心雕龙注》，第693页。

② 顾学颉校点：《白居易集》，第59页。

③ 王琦注：《李太白全集》，第661页。

七律一般唯起、结二联或有此种句式，中二则以属对工整，故不相称；至于五绝，则因句式短促而难以容纳两个相同的结构，所以通常呈现单一结构，如上引戴诗“沅湘流不尽”，虽言“纯乎天籁”，但造语简质，不谓浑成，有乏风神。其余三句，都是句法一顺，而且“闻道”“直到”的虚字“闲言”衬贴，并不取于七律属对的典重缜密，但觉流转自然，风神摇曳。这是七绝造语的基本特点，唯才情可以当之。

王夫之《姜斋诗话》卷下标举七绝的才情，而以风神为至，最能切合七绝写作的体制特点：

> 七言绝句，初盛唐既饶有之，稍以郑重，故损其风神。至刘梦得而后宏放出于天然，于以扬扢性情，馺娑景物，无不宛尔成章，诚小诗之圣证矣。此体一以才情为主。言简者最忌局促，局促则必有滞累；苟无滞累，又萧索无余。非有红炉点雪之襟宇，则方欲驰骋，忽尔蹇踬；意在矜庄，只成疲苶。以此求之，知率笔口占之难，倍于按律合辙也。梦得而后，唯天分高朗者能步其芳尘。白乐天、苏子瞻皆有合作，近则汤义仍、徐文长、袁中郎往往能居胜地，无不以梦得为活谱。才与无才，情与无情，唯此体可以验之。不能作五言古诗，不足入风雅之室；不能作七言绝句，直是不当作诗。区区近体中觅好对语，一四六幕客而已。

> 七言绝句，唯王江宁能无疵颣；储光羲、崔国辅其次者。至若“秦时明月汉时关”，句非不炼，格非不高，但可作律诗起句，施之小诗，未免有头重之病。若“水尽南天不见云”①、“永和三日荡轻舟”②、“囊无一物献尊亲”③、“玉帐分弓射虏营”④，皆所谓滞累，以有衬字故也。其免于滞累者，如“只今唯有西江月，曾照吴王宫里人”⑤、“黄鹤楼中吹玉笛，江城五月落梅花”⑥、

---

① 王琦注：《李太白全集》，第 954 页。
② 彭定求等编：《全唐诗》卷一四四，第 1463 页。
③ 仇兆鳌：《杜诗详注》，第 1060 页。
④ 仇兆鳌：《杜诗详注》，第 1414 页。
⑤ 王琦注：《李太白全集》，第 1030 页。
⑥ 王琦注：《李太白全集》，第 1077 页。

"此夜曲中闻《折柳》,何人不起故园情"[①],则又疲苶无生气,似欲匆匆结煞。[②]

王夫之说七绝"诚小诗之圣证",可以验证才情,才情是诗人的根本,没有才情,"直是不当作诗"。七绝唯以才情,可以判断能否作诗。在诸体中,七绝是最基本的,似乎七绝作得好,才能作其他诸体。七绝往往口占,不是作律诗那样"按律合辙",所以"近体中觅好对语",不能施于七绝,当然不是才情的展示。七绝体制短小,造语流转,风神摇曳,稍以作意锻炼,必致局促滞累,有损风神。

七绝造语有特殊讲求,如王夫之举王昌龄《出塞》"秦时明月汉时关"而谓"句非不炼,格非不高,但可作律诗起句,施之小诗,未免有头重之病",这就是说,七绝造语与七律不同,七律要造语坚整,境界雄奇阔大。王夫之定七绝为小诗而唯主风神,粗放的造语和阔大的境界并所不取。但是王昌龄这首诗却是被明人李攀龙推为唐人七绝的压卷之作,正唯雄浑苍茫,境界阔大,王昌龄"七绝圣手"之誉,或亦以此。他有很多七绝是边塞诗,即使不写边塞,也是阔大豪放。但如《长信秋词》其三云:"奉帚平明秋殿开,且将团扇共徘徊。玉颜不及寒鸦色,犹带昭阳日影来。"[③]这应该说比较符合王夫之"扬扢性情,驱娑景物,无不宛尔成章"的标准。盛唐七绝边塞诗豪放阔大者尚有王之涣、王翰诸人之作,都可说明七绝小诗可为豪放语,以与七律同功,从盛唐诗风及其内容来看,都是应当肯定的。但仅从体制上说,七绝确实是小诗体制,下力太重,气势阔大,则有损风神,造语也以流转轻快为上。实际上盛唐七绝边塞诗只是造语粗豪,却也自然明快,与七律精工锻炼而多下重字实字、音韵铿锵、造语整练,固有不侔。

从造语句格而言,即如"秦时明月汉时关",以两个相同的结构合为一句,诵读明朗顺畅,而王之涣《凉州词》如"春风不度玉门关"[④],与王昌龄"不教胡马度阴山"[⑤],造语一顺自然,都是绝句本色。宋范晞文《对床夜语》卷三评许浑诗说:

① 王琦注:《李太白全集》,第1161页。

② 王夫之:《姜斋诗话》卷下,《清诗话》,第18~19页。

③ 李云逸:《王昌龄诗注》,第142页。

④ 彭定求等编:《全唐诗》卷二五三,第2849页。

⑤ 李云逸:《王昌龄诗注》,第130页。

> 许浑绝句亦佳，但句法与律诗相似，是其所短耳。[①]

范晞文并举许浑《学仙》云："闻有三山未知处，茂陵松柏满西风。"[②]第二句应该是律诗的造语，施于绝句太重。清贺裳《载酒园诗话》卷一也说：

> 诗中佳句，有宜于作绝句者，有宜于作律诗者。[③]

清方扶南《兰丛诗话》引宜田[④]说：

> "句法要分律绝。余尝为舟行诗，起句'几层轻浪几层风'，自谓是绝句语，不合入律。"宜田此见，鞭心入微。[⑤]

尽管七绝与七律都是七言，但七律稳重坚劲，七绝流转圆润、风神摇曳，七律中二对仗更求惊警，即使起句也须厚重，诗话多有强调。清方东树《昭昧詹言》卷一一谓"诗文以起为最难，妙处全在此，精神全在此"[⑥]，沈德潜《说诗晬语》卷上谓"陈思极工起调"[⑦]、宋徵璧《抱真堂诗话》谓"谢朓工于发端"[⑧]，一致表示对于律诗包括七律起句的高度重视。而如冒春荣《葚原诗说》卷一所谓"起联须突兀"[⑨]，则是清人通谈。起联"突兀"，则称"警策"而"令人惊绝"，则"峭拔"而"得题势""声势"，有"体势"，则有"气力"而以"气格胜"，并有"气魄"而"阔占地步"[⑩]，凡此都是七律体制规定的必要讲求。例如杜甫《登楼》"花近高楼伤客心，万方多难此登临"，峰势镇压，才能引出作为"承"的第二联"锦江春色来天

---

① 范晞文：《对床夜语》卷三，《历代诗话续编》，第429页。

② 罗时进：《丁卯集笺证》，第338页。

③ 贺裳：《载酒园诗话》卷一，《清诗话续编》，第230页。

④ 方世举《兰丛诗话》开卷述撰作缘起，谓"宜田侄来自金陵"（《清诗话续编》，第770页）。按桐城方观承，字遐谷，号问亭，又号宜田著，父式济，祖父拱乾。宜田著有《述本堂诗集十八种》《述本堂诗续集》《薇香集》《燕香集》《问亭集》等。

⑤ 方世举：《兰丛诗话》，《清诗话续编》，第778页。

⑥ 方东树：《昭昧詹言》卷一一，第240页。

⑦ 沈德潜：《说诗晬语》卷上，《清诗话》，第531页。

⑧ 宋徵璧：《抱真堂诗话》，《清诗话续编》，第124页。

⑨ 冒春荣：《葚原诗说》卷一，《清诗话续编》，第1572页。

⑩ "警策"见宋徵璧《抱真堂诗话》，《清诗话续编》，第124页；"令人惊绝"见《说诗晬语》卷上，《清诗话》，第538页；"突兀""峭拔"而"得题势""气力"见冒春荣《葚原诗说》卷一，《清诗话续编》，第1572页；"声势""气魄"见薛雪《一瓢诗话》，《清诗话》，第708、693页；"体势"见方东树《昭昧詹言》卷一四，第377页；"气格胜"见朱庭珍《筱园诗话》卷四，《清诗话续编》，第2398页；"阔占地步"见元人《诗法家数》，《元代诗法校考》，第12页。

地，玉垒浮云变古今”[①]。当然方观承“几层风浪几层风”也算是奇警，但一句中两个结构相同，太过流畅，却缺乏厚重和力度，反而用于绝句为得体制之要，这真是作诗人的心得，不同于理论的空谈。

接下来再看王夫之所举的几个诗例，李白《陪族叔刑部侍郎晔及中书贾舍人至游洞庭五首》“水尽南天不见云”、常建《三日寻李九庄》“永和三日荡轻舟”、杜甫《重赠郑炼》“囊无一物献尊亲”、杜甫《奉和严大夫军城早秋》“玉帐分弓射虏营”，王夫之认为“皆所谓滞累，以有衬字故也”，李白、杜甫不免。王夫之以思想家论诗，眼界最高，即大家如苏轼亦多受斥责，这是可以理解的。那么王夫之所谓衬字在哪呢？“水尽南天不见云”，也许“水尽”二字可去；“永和三日荡轻舟”，“三日”真是无谓；“囊无一物献尊亲”，“囊”字凑句，简化为“无物献尊亲”反而更好；“玉帐分弓射虏营”，也许就说“分弓射虏营”反而为上。王夫之所谓“衬字”，不是我们常说的虚字衬贴，而是指句中可去之字。凡此都是用实字多的句子，一句说事太多，就是《总论》所引或人所谓“一句能言三件事”[②]，那是造语的缜密，在七律并五律中正须如此；对于七绝反为滞累，不能像律诗那样一句填满，这样有乏风神，太过“郑重”，所以必须去掉滞累，使其灵便，乃至通篇“宛尔成章”。当然七言减去二字就成了五言，正确的办法，就是用些虚字衬贴，例如明谢榛《四溟诗话》卷四所指“中唐诗虚字愈多”，若“刘文房七言律……‘暮雨不知涢口处，春风只到穆陵西’之类”[③]，“不知”“只到”虚字衬贴，是为语助“闲言”可去，而“凡多用虚字便是讲，讲则宋调之根”[④]，表明理路的推求，而不是意象的呈现。尽管如此，也非不用虚字。清冒春荣《葚原诗说》卷一就说：

> 虚字呼应，是诗中之线索也。线索在诗外者胜，在诗内者劣。今人多用虚字，线索毕露，使人一览略无余味，皆由不知古人诗法故耳。[⑤]

冒氏似乎不反对诗用虚字，却对用虚字进行了批评。其实虚字不唯“是诗中之

---

① 仇兆鳌：《杜诗详注》，第1367页。

② 张健：《元代诗法校考》，第214页。

③ 谢榛：《四溟诗话》卷四，《历代诗话续编》，第1224页。

④ 谢榛：《四溟诗话》卷四，《历代诗话续编》，第1224～1225页。

⑤ 冒春荣：《葚原诗说》卷一，《清诗话续编》，第1582页。

线索”，更重要的在于舒缓声气以取韵致，这对生发七绝造语的风神是十分重要的。对比王夫之所举“其免于滞累者”，如卫万《吴宫怨》“只今唯有西江月，曾照吴王宫里人”，“只今”“唯有”“曾”的虚字衬贴破除了滞累呆板；李白《与史郎中钦听黄鹤楼上吹笛》“黄鹤楼中吹玉笛，江城五月落梅花”，其实是很好很美的句子，但作对联，不合七绝之制；李白《春夜洛城闻笛》“此夜曲中闻折柳，何人不起故园情”，造语略近粗直，有乏生动，所以说“则又疲苶无生气，似欲匆匆结煞”。对于七绝作为“小诗”的“圣证”，王夫之说“近则汤义仍、徐文长、袁中郎往往能居胜地”，如公安派诸人之诗，总体上失于粗鄙，但施于七绝，也不乏佳制，可证晚明才情流丽。例如公安派陶望龄《雪蕉》绝句第二首：“风回长袖自郎当，斜倚幽斋怨夕阳。莫道柔枝能带雪，罗衣偏称玉为妆。”不但即物见意，十分贴切，在造语上则虚字衬贴的“自”带孤怨、“偏称”传达柔枝带雪的弱不自胜，不仅十分传神，而且宛转流美，风神摇曳，风韵有越前人，正所谓“扬扢性情，驱娑景物，宛尔成章”。

第四节　古体与歌行

自唐代格律诗成熟而兴，就被称为“近体”，而与之相区别的不讲究格律的往代及唐人自己所作者都被称为“古体”，或“古诗”。但是“古诗”早已是一个专门的称谓。南朝梁昭明太子萧统编选《文选》，将风格意态相近的无名氏诗合在一起，统谓“古诗十九首”，列入“杂诗”一类。这十九首大致是东汉文人模拟汉乐府之作，具有相同相近的主题、情感倾向和造语风格，与乐府古辞《饮马长城窟行》（青青河畔草）①、《长歌行》（青青园中葵、岧岧山上亭）②、《伤歌行》（昭昭素明月）③风貌相类，情韵相同，用语相近。这些古辞尽管没有被萧统归入“古诗”，但也必是文人拟乐府之作，如果我们愿意扩大“古诗”的范围，这些诗是完全有理由被收入而称为“古诗”的。我们曾经推测《古诗十九首》连同这些文人

① 郭茂倩：《乐府诗集》卷三八，第555页。

② 郭茂倩：《乐府诗集》卷三〇，第442、443页。

③ 郭茂倩：《乐府诗集》卷六二，第897页。

所拟而失收的“古辞”必有其大致共同模拟的对象，这就是语词较为鄙朴的汉乐府民歌“古辞”，如《西门行》（出西门）[①]、《艳歌何尝行》（飞来双白鹄）[②]、《艳歌行》（翩翩堂前燕）[③]、《长歌行》（仙人骑白鹿）[④]，尤其《古诗十九首》中《生年不满百》实际上是乐府古辞《西门行》的改写[⑤]。沈德潜《说诗晬语》卷上说：“大率逐臣弃妻，朋友阔绝，游子他乡，死生新故之感。或寓言，或显言，或反复言。初无奇辟之思，惊险之句；而西京古诗，皆在其下。”[⑥]这是对文人五言“古诗”的高度评价。萧统《文选》及南朝陈徐陵《玉台新咏》将无题的作品进行区分，有作者的称为“杂诗”，无名氏所作者称为“古诗”，这只是一种选本编辑的方法和体例，而不是从内容、形式、体制方面做出的分类标准。所谓“古诗”与乐府存在交互的情况，只是“古诗”大致为文人制作，具有文人创作的风态，表明文人拟乐府而又偏离并逐渐出脱乐府的创作倾向。

唐代及唐以降诗与近体相对者，也往往被称为“古风”。那么“古风”就与古体等同，这是广义的“古风”。《诗》有十五国风，所以后人称诗为“风”。狭义的古风则指“歌”“行”“吟”三类。古人称名杂越，乃至体式繁多。唐元稹《乐府古题序》说：

> 《诗》讫于周，《离骚》讫于楚。是后，诗之流为二十四名：赋、颂、铭、赞、文、诔、箴、诗、行、咏、吟、题、怨、叹、章、篇、操、引、谣、讴、歌、曲、词、调，皆诗人六义之余，而作者之旨。[⑦]

这些称名中，有的是从内容上进行的分类，如谏、箴、怨、叹；有的是从形式上进行的分类，如赋、颂、歌、谣，大都是由作者命题造成的既定事实，不具有严格的操作规范。就歌行之名而言，也无确切的定义。宋严羽《沧浪诗话 · 诗体》说：“古有鞠歌行、放歌行、長歌行、短歌行。又有单以歌名者，单以行名者，不可枚述。”[⑧]

---

① 郭茂倩：《乐府诗集》卷三七，第549页。

② 郭茂倩：《乐府诗集》卷三九，第576页。

③ 郭茂倩：《乐府诗集》卷三九，第579页。

④ 郭茂倩：《乐府诗集》卷三〇，第442页。

⑤ 参拙文《乐府古辞与古诗十九首关系考辨》，《贵州文史丛刊》2009年第1期。

⑥ 沈德潜：《说诗晬语》卷上，《清诗话》，第530页。

⑦ 冀勤点校：《元稹集》卷二三，第254页。

⑧ 郭绍虞：《沧浪诗话校释》，第72页。

这种情况在作者题名中具有随意性，对论者的统计归纳带来很大的难度。明徐师曾《文体明辨序说·乐府》说：

> 按乐府命题，名称不一，盖自琴曲之外，其放情长言，杂而无方者曰歌，步骤驰骋，疏而不滞者曰行，兼之曰歌行。[①]

我们大约可从称名的本义进行考察。行谓曲。《史记·司马相如列传》“相如辞谢，为鼓一再行”[②]司马贞索隐：“此言‘鼓一再行’，谓一两曲。”[③]《文选·佚名〈饮马长城窟行〉》篇题李善注：“行，曲也。”[④]歌的所指比较复杂。《说文·欠部》：“歌，咏也。从欠，哥声。謌（歌），或从言。”[⑤]段玉裁注：“歌永言，故从言。”[⑥]徐锴《系传》：“歌者，长引其声以诵之也。”[⑦]“永”就是拉长。《方言》卷一“延、永，长也”钱绎笺疏：“‘永’‘延’，亦一声之转耳。”[⑧]《书·舜典》“诗言志，歌永言”孔传：“谓诗言志以导之，歌咏其义以长其言。”[⑨]汉史游《急就篇》卷三“五音总会歌讴声”颜师古注：“长言谓之歌。”[⑩]又《史记·五帝本纪》“歌长言”裴骃集解引马融曰：“歌，所以长言诗之意也。”[⑪]《汉书·艺文志》“歌咏言”颜师古注：“（歌）所以长言之。”[⑫]那么“长言”就增加了诗的表达效果，但长言所谓之“歌”却不是我们现在听到的诗词吟诵，而是合于音律。唐徐坚《初学记·乐部上·歌》引《尔雅》曰：“声比于琴瑟曰歌，徒歌曰谣。”[⑬]比于琴瑟是有乐器伴奏，但比于歌曲的旋律也当然是歌。在这个意义上，歌其实专指人声的歌唱。《释名·释乐器》：“人声曰歌。”[⑭]然而没有乐器伴奏却称为“谣”。《诗·魏风·园

---

① 徐师曾：《文体明辨序说》，《文章辨体序说　文体明辨序说》，第104页。
② 司马迁：《史记》，第3000页。
③ 司马迁：《史记》，第3001页。
④ 萧统编，李善注：《文选》，第389页。
⑤ 段玉裁：《说文解字注》，第411页
⑥ 段玉裁：《说文解字注》，第411页
⑦ 徐锴：《说文解字系传》，中华书局，1987年，第176页。
⑧ 钱绎：《方言笺疏》，中华书局，1991年，第36页、第40页。
⑨ 孔安国传，孔颖达疏：《尚书正义》，《十三经注疏》本，第79页。
⑩ 史游著，颜师古注：《急就篇》，商务印书馆，1936年，第199页。
⑪ 司马迁：《史记》，第42页。
⑫ 班固：《汉书》，第1708页。
⑬ 徐坚等：《初学记》，中华书局，1962年，第376页。
⑭ 刘熙：《释名》，中华书局，1985年，第108页。

有桃》“心之忧矣，我歌且谣”毛传曰：“曲合乐曰歌，徒歌曰谣。”[①]《诗》语为凑足四言，多用虚字衬贴，“且”字的用法，当与《诗·豳风·七月》“言私其豵”、《诗·卫风·伯兮》“愿言思伯”之“言”，及《诗·卫风·氓》“载笑载言”之“载”作为句首或句中语助相同。“我歌且谣”实际上就是“我歌谣”的表达，由于少了一字，所以用“且”凑足四字，也使声气舒缓。尽管毛传分别训释“歌”“谣”，但《诗》的原意恐怕是“歌谣”并举不分的，并不能理解为我既有伴奏也唱，没有伴奏也唱。《诗》篇都是可以合律歌唱的，这是诗、乐一体的表现，那么在具体的称谓中，歌有时就代替诗了。《诗·陈风·墓门》“歌以讯之”郑玄笺：“歌，谓作此诗也。”[②]《书·益稷》“帝庸作歌曰”蔡沈集传：“歌，诗歌也。”[③]《文选·陆厥〈奉答内兄希叔〉》“赋歌能妙绝”吕延济注：“歌亦诗之通称。”[④]称“歌”以代诗的习惯是很重要的，这可以解释为什么古人写了一首诗，并不比于琴瑟音律，却也称歌。尤其后世文人作诗，如李白《峨眉山月歌》，形式上就是一首七绝，除非好事者作曲，否则就只能诵读，这是因仍了以“歌”代诗的习惯而益便疏阔，唐代称“歌”的诗实际上大半是不能歌唱或不曾歌唱的。

行谓曲，有音乐伴奏者如《西洲曲》，那是可以称行的，当然配合歌辞就是歌唱。徐师曾所谓“放情长言，杂而无方者曰‘歌’；步骤驰骋，疏而不滞者曰‘行’”[⑤]，就是说歌的随意性要大些，辞随情意而转，不是十分严谨，行却是严谨的，讲究章法步骤，却又舒畅流转；篇幅则歌可长可短，行则一般比歌篇幅要长，因为篇幅长则须讲究步骤驰骋、考虑章法布局的全篇变化。但歌、行其实都是歌，所以作者命题不是十分谨严，也就合称为歌行了；而且歌、行都是相对放松而流畅的，所以有“放歌行”的称谓。按照篇幅的长短又有所谓“长歌行”“短歌行”。曹操的四言《短歌行》有22句，比较近体律绝，那是很长了，所以说歌“放情长言，杂而无方”，行“步骤驰骋，疏而不滞”，都必以较长的篇幅为前提，只不过行比歌又要长一些。

---

① 郑玄笺，孔颖达疏：《毛诗正义》，《十三经注疏》本，第365页。

② 郑玄笺，孔颖达疏：《毛诗正义》，《十三经注疏》本，第449页。

③ 蔡沈注：《书经集传》，第21页。

④ 萧统编，李善等注：《六臣注文选》，第487页。

⑤ 徐师曾：《文体明辨序说》，《文章辨体序说　文体明辨序说》，第104页。

在《乐府诗集》中，有以“行”命名者如《从军行》《相逢行》《饮马长城窟行》等，以“歌”为题名的大都是抒情类短歌，如《古歌》《古八变歌》《艳歌》《离歌》《悲歌》《前缓声歌》，歌行并称的如《长歌行》《短歌行》《燕歌行》。胡应麟《诗薮》内编卷三谓“七言古诗，概曰歌行”[①]，宋李昉、徐铉等《文苑英华》将歌行与乐府分开，歌行似乎成为一个独立于乐府之外的体制，都属大而无当。歌行毫无疑问本于乐府，也不一定都是七言。行也有五言，不一定是长篇，也有短篇。例如曹植《梁甫行》[②]：

八方各异气，千里殊风雨。
剧哉边海民，寄身于草野。
妻子象禽兽，行止依林阻。
柴门何萧条，狐兔翔我宇。

曹植诗又如《野田黄雀行》，也是五言12句。而汉乐府《陌上桑》全部五言，在《乐府诗集》中属《相和歌辞·相和曲》，《宋书·乐志》又题为《艳歌罗敷行》[③]，《玉台新咏》题为《日出东南隅行》。歌行偶有四言如曹操《短歌行》，曹操用四言而命歌行，却是因仍了五言乐府的命题。三国魏即有七言歌行如曹丕《燕歌行》，南朝乐府七言渐多。像五、七律、绝一样，歌行也是乐府的传统。从近体的角度来看，无论歌行或狭义的古诗，都是古体。对于形式的区分来说，古、近体的区别是重要的。古体不像近体那样具有严谨的格律，当然也不是漫无方的。现代以来推行白话自由诗的人，总是拿古体诗不受格律约束来论证白话自由诗的合法性，其实这是有意的误解或歪曲。尽管古体没有严谨的格律即平仄、属对、句数、篇幅的限定，但它必定满足作为“诗”的基本形式要求，这与白话自由诗的情况根本没有可比性。

首先是稳定的句式。古体源于乐府，汉乐府有杂言，但以五言为主，南朝乐府渐多七言，唐代将五古、七古都称为古体诗，而且七古被视为七言歌行，当然就是七言为主的句式，这是汉乐府以来形成的新近传统。《诗》四言以后，有三言

① 胡应麟：《诗薮》内编卷三，第41页。
② 赵幼文：《曹植集校注》，第409页。
③ 沈约：《宋书》，第617页。

诗、六言诗、五言诗和七言诗，都以一种句式形成诗的体裁，五古、七古当然就是整齐的五言或七言句式。汉乐府有“杂言”，但不多见，而其所杂用的句式也是三言、四言、五言、七言，及唐李白所作乐府旧题《战城南》[①]，则以七言为主，五言为辅，三言间杂而已：

去年战，桑干源；今年战，葱河道。洗兵条支海上波，放马天山雪中草。万里长征战，三军尽衰老。匈奴以杀戮为耕作，古来惟见白骨黄沙田。秦家筑城备胡处，汉家还有烽火燃。烽火燃不息，征战无已时。野战格斗死，败马号鸣向天悲。乌鸢啄人肠，衔飞上挂枯树枝。士卒涂草莽，将军空尔为。乃知兵者是凶器，圣人不得已而用之。

这是乐府“杂言”的情况。至于唐人七言古体，人们认为就是歌行，如李白《行路难》“君不见昔时燕家重郭隗”、《襄阳歌》“君不见晋朝羊公一片石”，“君不见”是一句口头禅，以此带出下面几句或一段，因而不能视之为十言，而是七言。

其次，所有的古体诗都押韵，这是毋庸赘言的。但是本于对旧题格律形式厌弃的所谓现代自由诗竟然发明了一种所谓“散文诗”，就连押韵也取消了。

再次，就是古、近体体制不一，造语必有区别。古体没有近体那样具有严格的句数、对偶、篇法等方面的限定，所以造语就比较自然随意，近体出现以前的“古体”写作，历来都是如此。近体出现以后，为了使古体的写作不与近体相滥，或者比较于近体的写作，才有了区别于近体造语的指标，从而形成所谓“古体”造语的某些要求，关键在于近体以句法就声律，古体不讲声律，所以句法自然。清吴乔《围炉诗话》卷二引冯定远说：

古诗之视律体，非直声律相诡也，其筋骨气格，文字作用，亦迥然不同。[②]

这里所说的“古诗”，正是“古诗之视律体”，古、近二体，在近体出现以后具有人为的区别，甚至带有一定的强迫性，李东阳就说：“律犹可间出古意，古不可涉律。”[③]王世懋也说：“律诗句有必不可入古者……然不多熟古诗，未有能以律诗

---

① 王琦注：《李太白全集》，第177～178页。

② 吴乔：《围炉诗话》卷二，《清诗话续编》，第521页。

③ 李东阳：《麓堂诗话》，《历代诗话续编》，第1369页。

高天下者也。”[①]沈德潜认同李东阳说：“作古诗不可入律，作律诗则须得古诗意。正如作书者，写隶篆八分，不可入行草楷书法；作行草楷书，却须得隶篆八分法，同此意也。”[②]律诗间出古意，正是要使律诗高古，而且不唯按律填写，它的底蕴和修养正在古体，这就是高格。宋之问、沈佺期的七律，造语和意态确实来源于乐府，具有“古意”，比较盛唐及后代的七律，尽管如杜甫律诗第一，但于古味醇厚却有所欠。而且“作律诗须得古诗意”，也在于修养学习的阶梯和步骤，古诗在前，历经数代，当然是作诗包括律诗必当取法的渊薮。杜甫作诗包括律诗，更是广取前朝，“熟精《文选》理”。元稹《唐故工部员外郎杜君墓系铭并序》就说：“至于子美，盖所谓上薄风骚，下该沈宋，古傍苏李，气夺曹刘，掩颜谢之孤高，杂徐庾之流丽，尽得古今之体势，而兼今人之所独专矣。”[③]杜甫之集大成以此，这是问题的一方面。另一方面，则律诗造语必不可如古体，古或不可涉律，则以近体平仄铿锵易使古味丧失，就如“女子十二乐坊”的民乐，加入现代的因素，导致纯粹传统的破坏。清朱庭珍《筱园诗话》卷一说：

> 夫古诗、律诗，体格不同，气象亦异，各有法度，各有境界分寸。即以使事选材、用意运笔而论，有宜于古者，有宜于律者，有古律皆宜、古律皆不宜者。是所宜之中，且争毫厘，分寸略差，失等千里。作者相题行事，各还其本来，各成其当然之诣，不亦善乎！何必以五古平淡之味，施之五律，以求高瘦；以七古苍莽之气，行之七律，以破谨严，致犯枯槁颓唐之病耶？盖离则两美，合则两伤。近代名家，五律惯作带对不对流水之格，七律动作拗体、吴体，以求高求峭，皆此种见解议论误之也。[④]

作诗首严体制之辨，五、七古和五、七律都有各自的体制特点，当然，由于二者在句数、篇幅和用韵方面的体制区别，仅五、七近体借鉴五、七古造语存在可能。按朱庭珍的说法，五古平淡当然不必施之五律，七古苍莽当然不必施于七律，但五、七律在保持其体律特征的前提下对于五、七古造语的借鉴学习并不在此限；也不单就是五律之于五古、七律之于七古的挪用，而且五古也不仅就是平淡，七古也

① 王世懋：《艺圃撷余》，《历代诗话》，第 777 页。
② 朱庭珍：《筱园诗话》卷一引，《清诗话续编》，第 2346 页。
③ 冀勤点校：《元稹集》，第 601 页。
④ 朱庭珍：《筱园诗话》卷一，《清诗话续编》，第 2346 页。

不就是苍莽；再论之则五绝、七绝之借鉴于五、七古短制尤多，因为五、七绝就从五、七古四句演变而来。李东阳和沈德潜重视近体向古体学习，主要在于“古意”，例如用字造语的斑驳古色以及从容高古的意态风貌都是必须潜养和积累的，甚至不仅在于文本的揣摩，而且更重要的是在于主体精神的涵养，只有具备文学传统的长期涵养，创作才会浑厚。而且单就继承来说，也未必只有在五古平淡、七古苍莽上下功夫，五古如曹植以下乃至南朝二谢、庾信、沈约、何逊、阴铿逐渐发展而成为五绝和五律之近体，沉积也是深厚的。尤其如二谢的炼字、庾信的造语与开阖都是唐人五律和五绝趋拟的目标，七古如鲍照造语的铿锵有力和用字锻炼也是如此。对于永明以来的“古体”，包括宫体诗的精雕细刻，能说它对唐代的近体创作没有发生影响吗？这种影响也许是不自觉的和渐进的，它充当了一个必要的阶段。清施补华《岘佣说诗》说：

> 齐、梁、陈、隋间，自谢玄晖、江文通外，古诗皆带律体，气弱骨靡，思淫声哀……唐初五言古，犹沿六朝绮靡之习……①

可见古、近体过渡的历史状况。“古诗皆带律体”，实际上就是古诗向律体的转换，但沿袭“六朝绮靡之习”则不唯古体，实际上唐初近体如沈、宋的律诗也是如此。明许学夷《诗源辩体》卷一四云：

> 初唐五言，古、律混淆，古诗既多杂用律体，而排律又多失粘，中或有散句不对者，此承六朝余弊，盖变而未定之体也。徐昌穀酷意仿之，而实无足取。②

古、律混淆的情况正是其相互为用的证明，它已经造成一种定式，后人很难彻底摆脱。

兹论古体句法。冒春荣说《葚原诗说》卷一谓古体“虽有句法，锻炼之工尚少”③，乃归于“自然”，朱庭珍《筱园诗话》卷二谓“高浑自然”④，元陈绎曾等《诗谱》则说“混沦包括”⑤，即不着字句锻炼痕迹，显示浑朴的状态。明谢榛《四溟诗

---

① 施补华：《岘佣说诗》，《清诗话》，第 977 ~ 978 页。

② 许学夷：《诗源辩体》卷一四，第 153 页。

③ 冒春荣：《葚原诗说》卷一，《清诗话续编》，第 1578 页。

④ 朱庭珍：《筱园诗话》卷二，《清诗话续编》，第 2350 页。

⑤ 陈绎曾：《诗谱》，《元代诗法校考》，第 347 页。

话》卷四言"词意闲雅"[①],也是不甚锻炼,与近体律句着意锻造不同。清吴雷发《说诗菅蒯》称为"朴老"[②]、施补华《岘佣说诗》则谓"朴实"[③],不事锻炼为朴实,反之锻炼易落尖新小巧,宋陈师道也说"宁拙毋巧"[④]。清方东树《昭昧詹言》卷一则谓"厚重不佻"[⑤],"厚重""朴实"同然,"佻"则尖巧。凡此都是由于古体没有篇幅、句数、属对、平仄的严格限定。乐府更以叙事、对话敷衍,或以合乐而有沈德潜所谓"于于徐徐"的造语效果,近体则以体律限定,律体中二必须属对,一首每联、每句、每字都需斟酌推敲,造语更需警练,虽绝句造语自然,但篇幅为短,尤宜斟酌。

我们分别举一首乐府民歌和一首文人"古诗"为例。汉乐府民歌《陌上桑》是一首叙事诗,尽管可能经过文人修改,但保留了汉乐府民歌的叙事性和造语浑朴的特色,通篇是叙事、对话、描写的敷衍,因此篇幅较长,造语自然随意。一是大量重复。开头就说"(日出东南隅,照我)秦氏楼",接着就说"秦氏(有好女,自名为)罗敷",接着又说"罗敷(喜蚕桑,采桑城南隅)"。如此的"顶真"写法表明一顺的敷衍,在此根本不需要考虑造语用字的精练,由于篇幅不限,所以不吝笔墨,也不避免重复,这在严格限制字数篇幅的近体中是不可想象的。《陌上桑》重复比比皆是,不仅重字,而且重句甚多,如"行者见罗敷……少年见罗敷""使君从南来……使君遣吏往"以及夸夫一段"十五……二十……三十……四十……"的年岁排列。乃至铺陈的描写形诸句式的重复和敷衍,需要占据很多的篇幅,如对罗敷衣着"头上……耳中……下裙……上襦"的描写,并罗敷与使君对话十一句,加上"使君从南来……问是谁家姝"四句作为对话的预先交代,总共占了三分之一的篇幅。另外,最重要的还在于乐府造语散文性的保留,特点就是自然一顺,没有一句像后代律诗那样具有倒装、缜密或锻炼一字的情形,也没有属对的要求,也不追求音韵的铿锵、造语的整练,它只是按照五言的句式,本质上是散语的五言规约化。乐府只是一顺道来,自始至终,"日出东南隅"是一

① 谢榛:《四溟诗话》卷四,《历代诗话续编》,第1222页。
② 吴雷发:《说诗菅蒯》,《清诗话》,第899页。
③ 施补华:《岘佣说诗》,《清诗话》,第977页。
④ 陈师道:《后山诗话》,《历代诗话》,第311页。
⑤ 方东树:《昭昧詹言》卷一,第26页。

个主谓加一个补足的结构,“照我秦氏楼”承前主语成为一个动宾结构,“秦氏有好女”“罗敷喜蚕桑”“使君从南来”之主谓俱足,“使君自有妇,罗敷自有夫”的口头白话,“罗敷年几何”“使君一何愚”“何用识夫婿”的虚字句法,所有这些都表明诗语与散语尚未分离,或者说并未发展为一种诗语的特殊句法。当然由于句式的一定,也使散文性的表达减去了某些句法的成分,例如“十五府小吏,二十朝大夫”就省略了一个谓语动词。

古诗被认为是文人的作品,其实是文人拟乐府,一方面在情感意态上具有文人的多愁善感,例如游子的相思、功业的不竞或生命的不永,另一方面,在造语上则舍弃了叙事的敷衍而专以意象景物抒情,变得更加精练甚至出现一些警句。即使如此,由于缺乏格律的形式制约,也像一缕白云自由无止地飘荡,不紧不慢,却正是文人的闲散。相比后世如杜甫“为人性癖耽佳句,语不惊人死不休”[①]的劳苦成瘾,或是像贾岛《题诗后》那样“二句三年得,一吟双泪流”[②],后者乃是一种自我折磨的快感,以及“知音如不赏,归卧故山秋”的期许和名誉意识。而古诗既以拟乐府为制,还没有那么强烈的主体意识和作诗“三不朽”的过雁期望,只是借乐府既有的题目、用语和意态吟唱自己的感情:

今日良宴会,欢乐难具陈。
弹筝奋逸响,新声妙入神。
令德唱高言,识曲听其真。
齐心同所愿,含意俱未申。
人生寄一世,奄忽若飙尘。
何不策高足,先据要路津?
无为守穷贱,轗轲常苦辛。[③]

这无疑是一首文人的作品,它的叙事性被首句“今日良宴会,欢乐难具陈”搪塞过关,由此省略了“今日良宴会”的“欢乐”细节,遂便转入音乐特性的突出描写,作者选取最具表现力的音乐演奏,而以“弹筝奋逸响,新声妙入神”两句的精练

① 仇兆鳌:《杜诗详注》,第981页。
② 黄鹏:《贾岛诗集笺注》,第384页。
③ 萧统编,李善注:《文选》,第410页。

概括和惊警对偶为足,这是乐府民歌的作者无法做到的文人化表述。作者只需抒情,同时“齐心同所愿,含意俱未伸”的精工属对表明锻造的深心,后六句的感慨和议论当然带着情韵和意象,并不需要展开为长篇的絮叨,对于文人的读者来说,“你懂的”,说白和说多究属多余。但是“今日良宴会,欢乐难具陈”的一顺语序,以及“何不”“无为”的虚字句法功能却仍然表明“文人”对于乐府的模拟,这是一个必然的过程,在模拟的当下抒发作为文人的情感,不知不觉中篇幅的减少、字句的精练甚至对于对偶、声律的敏锐……这些不知名的文人何尝想到在他们手里正在经历着中国诗自汉乐府直到自我创制的关键性过渡。

如果说唐人作五古就因仍前代五古,或作近体七绝而仍然不自觉地带着乐府风调,那么七古的情况就独特些。固然唐人近体以前的七言诗都被视为七古,但唐人七古却以专其歌行之名形成了区别于乐府的一个诗体名称,所以论者抱着积极的关注,而且更由于七言“畅纵”容易造成软滑,所以唐人作七古往往间取近体句法,尤其长篇时以属对坚整振起气势。① 七言体较五言体成熟更晚,当隔句押韵的七言诗在鲍照手中产生时,差不多永明声律就被发明了。鲍照诗中已经出现完全合律的句子,例如《拟行路难十八首》第三首“含歌揽涕恒抱愁”、第五首“存亡贵贱付皇天”、第七首“羽毛憔悴似人髡”。隔句用韵七古的产生就是受到声律的影响,造成铿锵的效果,在声律上救起七言的散缓和软弱,这作为创作造语的习惯影响到齐、梁、陈直到隋及唐初的七古创作。例如初唐张若虚《春江花月夜》“玉户帘中卷不去,捣衣砧上拂还来”“鸿雁长飞光不度,鱼龙潜跃水成文”,仅个别平仄不甚严谨。又刘希夷《代白头吟》、初唐卢照邻《长安古意》对句更多,前者如“公子王孙芳树下,清歌妙舞落花前”“光禄池台文锦绣,将军楼阁画神仙”,对偶精工,殆于合律。至于《长安古意》②则几乎每句必对:

长安大道连狭斜,青牛白马七香车。
玉辇纵横过主第,金鞭络绎向侯家。
龙衔宝盖承朝日,凤吐流苏带晚霞。
百丈游丝争绕树,一群娇鸟共啼花。

---

① 关于七古间用近体偶对的情况,参拙著《中国古代诗法纲要》,第312~313、325页。

② 祝尚书:《卢照邻集笺注》,第81~82页。

啼花戏蝶千门侧，碧树银台万种色。
复道交窗作合欢，双阙连甍垂凤翼。
梁家画阁天中起，汉帝金茎云外直。
楼前相望不相知，陌上相逢讵相识？
借问吹箫向紫烟，曾经学舞度芳年。
得成比目何辞死，愿作鸳鸯不羡仙。
比目鸳鸯真可羡，双去双来君不见。
生憎帐额绣孤鸾，好取门帘帖双燕。
双燕双飞绕画梁，罗帷翠被郁金香。
片片行云着蝉鬓，纤纤初月上鸦黄。
鸦黄粉白车中出，含娇含态情非一。
妖童宝马铁连钱，娼妇盘龙金屈膝。
御史府中乌夜啼，廷尉门前雀欲栖。
隐隐朱城临玉道，遥遥翠幰没金堤。
挟弹飞鹰杜陵北，探丸借客渭桥西。
俱邀侠客芙蓉剑，共宿娼家桃李蹊。
娼家日暮紫罗裙，清歌一啭口氛氲。
北堂夜夜人如月，南陌朝朝骑似云。
南陌北堂连北里，五剧三条控三市。
弱柳青槐拂地垂，佳气红尘暗天起。
汉代金吾千骑来，翡翠屠苏鹦鹉杯。
罗襦宝带为君解，燕歌赵舞为君开。
别有豪华称将相，转日回天不相让。
意气繇来排灌夫，专权判不容萧相。
专权意气本豪雄，青虬紫燕坐春风。
自言歌舞长千载，自谓骄奢凌五公。
节物风光不相待，桑田碧海须臾改。
昔时金阶白玉堂，即今惟见青松在。
寂寂寥寥扬子居，年年岁岁一床书。

独有南山桂花发，飞来飞去袭人裾。

应当充分正视许学夷的判断，尽管他说的是五古，但七古的情形尤其如此。“古诗既多杂用律体”，导致这一现象的原因就是“此承六朝余弊”①，但如果高估这几首作品，那么就应该改作“此承六朝余泽”，实际上唐诗佳者多祖六朝，李白的乐府旧题就是这样，李商隐对仗工整、用事之多是深于骈语，一定是向六朝学习的结果。在七言歌行或七古中，尽弃六朝如白居易的“新乐府”，在主观意志上固执拒绝六朝的传统，结果只是枯燥的叙述议论。因此可以断言，作律体得益于古诗的涵养，作五、七古也可间用律体，后者同样得益于六朝乐府的传统，唐人创作如此，这是必然的，无须划定疆界。施补华《岘佣说诗》说：

少陵七古多用对偶；退之七古多用单行。退之笔力雄劲，单行亦不嫌弱，终觉钤束处太少。②

正如初唐多用对偶得于六朝，韩愈七古多用单行则得于古文，破除骈偶，硬语盘空，即使长篇至尾，也笔力弥满。但笔力逊者，则间取律体属对以为撑拄，才之不可勉强如此。朱庭珍《筱园诗话》卷三说：

唐人七古，高、岑、王、李诸公规格最正，笔最雅炼。散行中时作对偶警拔之句，以为上下关键，非惟于散漫中求整齐，平正中求警策，而一篇之骨，即树于此。③

高适七古诗如《封丘县》“生事应须南亩田，世情付与东流水”④为有骨力，乃是七言近体属对一联的倒置，平仄相对，毫无错乱，起到振起一篇、救起散缓的警策之用。之所以必须如此，也还是由于七言句式较长、声气弥缓，尤其七古长篇，容易疲弱散漫，间取对句特别是近体偶对，则能振作气势，这当然也出于全篇章法上的考虑，但终究落实在造语讲求之上。

正是由于七言句式的特点，所以七古造语，正如清钱泳《履园谭诗》所言恒“以气格为主”⑤，施补华《岘佣说诗》则谓“七言古诗必有一段气足神王之处，方

---

① 许学夷：《诗源辩体》卷一四，第 153 页。
② 施补华：《岘佣说诗》，《清诗话》，第 988 页。
③ 朱庭珍：《筱园诗话》卷三，《清诗话续编》，第 2384 页。
④ 刘开扬：《高适诗集编年笺注》，中华书局，1981 年，第 230 页。
⑤ 钱泳：《履园谭诗》，《清诗话》，第 872 页。

足耸目”[①],或以“恐落卑靡”[②]、“庸俗软弱”[③]。清吴乔《围炉诗话》卷二谓“白傅加以平衍”,白居易《长恨歌》《琵琶行》造语浅易流丽,格律精熟,过则甜熟。清翁方纲《石洲诗话》则谓“容州七古,皮松肌软”[④]。元结大历初为容州都督兼御史中丞、本管经略使,兹举元结《宿丹崖翁宅》[⑤]云:

扁舟欲到泷口湍,春水湍泷上水难。
投竿来泊丹崖下,得与崖翁尽一欢。
丹崖之亭当石颠,破竹半山引寒泉。
泉流掩映在木杪,有若白鸟飞林间。
往往随风作雾雨,湿人巾履满庭前。
丹崖翁,爱丹崖,弃官几年崖下家。
儿孙棹船抱酒瓮,醉里长歌挥钓车。
吾将求退与翁游,学翁歌醉在鱼舟。
官吏随人往未得,却望丹崖惭复羞。

是诗不用属对,全用散行,叙事议论,直白无味,真是“皮松肌软”,考虑到元结学力、胆力、笔力远不及韩愈,应当间取偶对以树骨力。七古造语当求“笔力之雄健”,吴乔则谓“矫健”[⑥],或称“奇崛”“峭绝”[⑦],对于七言散缓软媚的句式特点来说,这是对症的针砭。

最后简略讨论古体的用韵问题,尽管没有严格的规定,但有大致的讲求。古诗押韵有平有仄,也不一定一韵到底,故有转韵或换韵的问题,也就是说,近体押韵极严,古体才有相对宽松的空间,但也不是随便换韵。唐以前古诗换韵并无一定规则,由于律体影响,唐人才自创一体,王力先生称为“新式古风”[⑧],以四句一换韵为常,平仄韵递互为用,平仄多数入律。如李白《妾薄命》《驾去温泉宫后赠

---

① 施补华:《岘佣说诗》,《清诗话》,第986页。
② 李重华:《贞一斋诗说》,《清诗话》,第925页。
③ 冒春荣:《葚原诗说》卷四,《清诗话续编》,第1617页。
④ 翁方纲:《石洲诗话》卷二,《清诗话续编》,第1387页。
⑤ 孙望校:《元次山集》,中华书局,1960年,第46页。
⑥ 吴乔:《围炉诗话》卷二,《清诗话续编》,第527页。
⑦ 陈绎曾:《诗谱》,《元代诗法校考》,第343页。
⑧ 王力:《汉语诗律学》(增订本),第353页。

杨山人》、杜甫《石壕吏》《魏将军歌》、孟浩然《湖中旅泊寄阎九司户防》、李贺《平城下》等。唐以前古体随意换韵，如沈德潜《说诗晬语》卷上说："转韵初无定式，或二语一转，或四语一转，或连转几韵，或一韵叠下几语。大约前则舒徐，后则一滚而出，欲急其节拍以为乱也。此亦天机自到，人工不能勉强。"①但转韵不孤行，当与意、气、声调相随，清乔亿《剑溪说诗》卷下谓"转韵无定句，或意转、气转、调转，而韵转亦随之"。但王夫之《姜斋诗话》卷下则谓"古诗及歌行换韵者，必须韵、意不双转"，盖"句绝而语不绝，韵变而意不变，此诗家必不容昧之几也"②。

古诗换韵，五、七有所不同。陈仅《竹林诗话》谓"五古字少，又以神韵为主，神韵不可促，故转韵特难"。叶燮《原诗》则说："五古，汉、魏无转韵者，至晋以后渐多，唐时五古长篇，大都转韵矣。惟杜甫五古，终集无转韵者。毕竟以不转韵者为得。韩愈亦然。"③但五古换韵，十九首及曹植已有之④，则是拟乐府使然，乐府五言不乏转韵者。再则古体可以邻韵通押，大约也是唐人的讲求。唐韵与古韵不尽相同，则以唐人看待古人用韵，有依唐韵不可押而押者，大概就想象为通押，如《诗》"人""田"押韵，就推想真、先二韵相通，而据为定例。其实古韵不同，后人视为通押者，或本出同韵，不是所谓"通押"。例如曹植诗押"徊""哀"，《广韵》"徊"为灰韵，"哀"为咍韵，本在一韵；又如古诗"东""冬""江"三韵相通，实际上"江韵之字，皆出于东、冬二韵"⑤。尽管如此，但古人如此，不妨仿效，刘熙载《诗概》谓之"凭古"，即"古通者，吾亦通之"⑥。但古诗通韵，也是五、七有别。清方世举《兰丛诗话》谓"通只五古耳，七古不通……七古之通自东坡始，人利其

---

① 沈德潜：《说诗晬语》卷上，《清诗话》，第536页。

② 王夫之：《姜斋诗话》卷上，《清诗话》，第10、5页。

③ 叶燮：《原诗》卷四，《清诗话》，第608页。

④ 如张实居所称曹子桓《杂诗》"弃置勿复陈，客子常畏人"、曹子建"去去勿复道，沉忧令人老"，俱二句换韵之实。（王士禛等：《师友诗传录》，《清诗话》，第136～137页）

⑤ 曹植《七哀诗》："明月照高楼，流光正徘徊。上有愁思妇，悲叹有余哀……"（萧统编、李善注：《文选》，第329页），范晞文《对床夜语》卷一谓"且子建此篇，既押徊，又押哀，乃一韵耳"（《历代诗话续编》，第409页）。按此二字，古韵或俱出微部。又或问："江韵不附于阳韵之后，而附于东、冬之后，何哉？"谢榛答曰："江韵之字，皆出于东、冬二韵，若金傍着工为'釭'，木傍着春为'椿（桩）'，余类此。凡作古诗三韵互用，谢康乐《田南谢园》诗曰：'樵隐俱在山，由来事不同。卜室倚北阜，启扉面南江。'汉魏诸贤如此尤多。"（谢榛：《四溟诗话》卷四，《历代诗话续编》，第1206～1207页）

⑥ 刘熙载：《艺概·诗概》卷二，第79页。

宽而托钜公以自便耳”①。古体用韵在某种程度上相对宽松，而后人“凭古”，却不免成为自便的借口，但无论如何，比起现代自由白话诗漫无方的的操作来说，包括古诗的中国“旧诗”用韵，都具有严谨的规范。正如规矩之于方圆，韵律备具才能成就称之为“诗”的写作而流传千古。

① 方世举：《兰丛诗话》，《清诗话续编》，第773页。

第六章　句法中心的诗法体系

古人诗法以辨求句法为首务[1]，“所说常在字句间”[2]。句法的要义在于炼字，属对是句法的拓展，联对构成篇章，形成句法中心的诗法体系。汉语单音独字的韵律组合形成固定的句式，具有严格的形式限定，诗的造语必须适合句式的要求，律诗就合声律的规范，从而产生“诗歌语法”的独特讲求，导致“陌生化”或“反常化”的效果，于此运用现代“日常语法”的分析显然是荒谬的。五、七言炼字具有衬贴句法结构的功能，造语或尚新奇杰特，讲求虚实活用。一定句式的声律化形成律诗属对，切合形式主义“诗歌语法”的“对等原则”，但不表现为相似性，而是基于类合的观念，反映形上之道的万类统摄，形成上下对举的诗意空间。篇法本诸天道流布的生生机理，要义在于一气贯注，起、结当有讲求，中二必有变换，表明篇法的开放性及其结构转换功能。

第一节　诗歌语法与对等原则

按照俄国形式主义的观点，诗歌语言与日常语言的区分乃是诗的本质性问题。雅各布森、日尔蒙斯基、迪尼亚诺夫、托马舍夫斯基等都是从诗歌语言如旋律、节奏、结构、句法、修辞等方面入手，揭示“诗文本何以为诗”的根本问题。雅各布森发挥了最为重要的作用，他是语言学家和批评家，力图建立语言学的诗学研究方法，在《语言学与诗学》中，他于语言原有的认知（指称）、呼吁、情感三个

---

① 《彦周诗话》：“诗话者，辨句法，备古今，纪盛德，录异事，正讹误也。”（《历代诗话》，第378页）

② 吴乔：《围炉诗话》卷五，《清诗话续编》，第603页。

功能之上增加了三项,即寒暄(接触)功能、元语言功能和诗歌功能。雅各布森认为:"纯以话语为目的(Einstellung),为话语本身而集中注意力于话语——这就是语言的诗歌功能。"[①]这就是说,诗歌语言的功能区别于语言的交流功能,因为"它是内指性的,它的构成形式不以传达信息为目的,而是着眼于话语自身的构成"[②]。雅各布森举了一个简单的例子说:"你为什么总是说琼和玛杰里,而从不说玛杰里和琼?这对双胞胎姐妹,你是不是更喜欢琼?""根本不是那样,只不过那样听起来顺耳一些。"[③]这涉及句子本身的组合问题,只是由于"琼"发音更短,"玛杰里"更长,前短后长,说起来更顺口。汉语相似的例子有著名的"王葛交讥"。《世说新语·排调》第十二则说:

> 诸葛令、王丞相共争姓族先后,王曰:"何不言葛、王,而云王、葛?"令曰:"譬言驴马,不言马驴,驴宁胜马邪?"[④]

我们不去管王丞相挑起笑谑而诸葛令机智反击的令人绝倒,单就"王葛"前面平声后面上声,说得惯了,就觉得自然顺口,"驴马"的声调结构也是一样,突然换成"葛王""马驴",便觉抵牾。这是声调结构的问题,也就是语言自身的构成问题,并不涉及意义的表达。

诗歌语言具有"内指性"的结构,意味着存在特殊的"诗歌语法",雅各布森认为,诗歌语法遵循着"对等原则"。这一原则来源于索绪尔语言学的"联想关系"。索绪尔说:"在话语之外,各个有某种共同点的词会在人们的记忆里联合起来,构成具有各种关系的集合。"[⑤]在索绪尔的语言理论中,联想关系和句段关系联系在一起:

> 一方面,在话语中,各个词,由于它们是连接在一起的,彼此结成了以语言的线条特性为基础的关系,排除了同时发出两个要素的可能性。这些要素一个挨着一个排列在言语的链条上面。这些以长度为支柱的结合可以称

① 雅各布森:《语言学与诗学》,波利亚科夫编,佟景韩译:《结构—符号学文艺学——方法论体系和论争》,第181页。

② 李广仓:《结构主义文学批评方法研究》,第79页。

③ 雅柯布森(即雅各布森):《语言学的元语言问题》,《雅柯布森文集》,湖南教育出版社,2001年,第56页。

④ 余嘉锡:《世说新语笺疏》,第791页。

⑤ 索绪尔著,高名凯译,岑麒祥、叶蜚声校注:《普通语言学教程》,第171页。

> 为句段(syntagmes)。所以句段总是由两个或几个连续的单位组成的(例如法语的 re - lire“再读”;contre tous“反对一切人”;la vie humaine“人生”;Dieu est bon“上帝是仁慈的”;s' il fait beau temps,nous sortirons“如果天气好,我们就出去”,等等)。一个要素在句段中只是由于它跟前一个或后一个,或前后两个要素相对立才取得它的价值。
>
> 另一方面,在话语之外,各个有某种共同点的词会在人们的记忆里联合起来,构成具有各种关系的集合。例如法语的 enseignement“教育”这个词会使人们在心里不自觉地涌现出许多别的词(如 enseigner“教”,renseigner“报导”等等,或者 armement“装备”,changement“变化”等等,或者 éducation“教育”,apprentissage“见习”等等);它们在某一方面都有一些共同点。
>
> 我们可以看到,这些配合跟前一种完全不同。它们不是以长度为支柱的;它们的所在地是在人们的脑子里。它们是属于每个人的语言内部宝藏的一部分。我们管它们叫联想关系。[1]

句段关系的线性特征与能指的听觉性质、时间性质是相应的,只能借助时间并在时间上展开,句段也是一样的,都体现为一个长度,“这长度只能在一个向度上测定:它是一条线”[2]。由于只有一条线在时间上展开,所以在句段关系中,也就“排除了同时发出两个要素的可能性”。句段关系是显而易见的,因为话语的表达必须以一条线在时间上展开,任何语言的话语都是如此。但是句段关系的概念提醒我们的是:“差不多语言中的一切单位都决定于它们在语链上的周围要素,或者构成它们本身的各个连续部分。”[3]在汉语中,句段内的任何一个字都与前后的字相关并借前后的字显示和确定其字义,我们经常称为“上下文”的关系,字义和句意都必须以上下文的关联才有明确的所指,读者也需根据上下文才能准确理解句段中的字义和句意。而在雅各布森的“诗歌语法”理论中,这种句段关系被引申为一种词的组合关系,并由此推导出诗歌语法的“对等原则”,这是诗歌语法的要义所在。

---

① 索绪尔著,高名凯译,岑麒祥、叶蜚声校注:《普通语言学教程》,第 170 ~ 171 页。

② 索绪尔著,高名凯译,岑麒祥、叶蜚声校注:《普通语言学教程》,第 106 页。

③ 索绪尔著,高名凯译,岑麒祥、叶蜚声校注:《普通语言学教程》,第 177 页。

句段是一种语词的组合，在汉语中，也是字的组合，显示为一种水平的运动，这种运动将语词组合在一起，雅各布森就称之为“组合”。垂直运动则指从语言库存中选择具体的词，在索绪尔的图示中，水平运动是一个带箭头的横线，箭头表示时间展开的单一向度，横线下的词的垂直排列表示语言库存中可供选择的词：

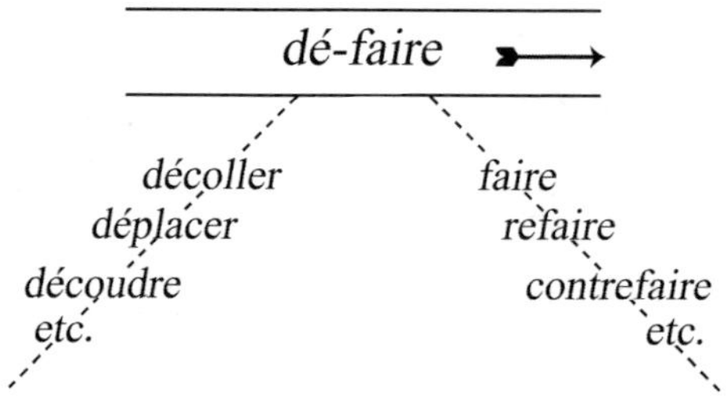

索绪尔解释说，正因为这些垂直排列的不同形式“漂浮”在 défaire 周围，défaire 才能分解成次单位，也才能成为句段，假如其他包含 dé－或 faire 的形式从语言中消失，那么 défaire 就是不能分析的了。[1]

严格地说，句段是语言单位的组合，凡是可以分为两个或两个以上语言单位的词，直到句子，都是句段。由于句段中也包括句子的形式，索绪尔担心有人会问句子是最好不过的典型，为什么句段不等于句子。但句子属于言语，句段则是语言的形式，在索绪尔看来，“一切按正规的形式构成的句段类型，都应该认为是属于语言的，而不属于言语”[2]。句段所分析的是正规的形式构成，而不是言语的自由结合，上面图示的例子就是按照形式的规定来进行分析的，说话的人从这些漂浮在 défaire 周围的词中进行选择，然后进行组合，才构成句段。

实际上，联想关系也是对词的选择，但这种选择并不组合成句段。索绪尔指出：“句段关系是在现场的（in praesentia）：它以两个或几个在现实的系列中出现的要素为基础。相反，联想关系却把不在现场的（in absentia）要素联合成潜在的记忆系列。”[3]所谓在场，就是它呈现为句段组合；所谓不在场，则不呈现为句段组合。例如上举 armement（装备）与 changement（变化）等，这些词只是由于同有

---

① 索绪尔著，高名凯译，岑麒祥、叶蜚声校注：《普通语言学教程》，第 179 页。
② 索绪尔著，高名凯译，岑麒祥、叶蜚声校注：《普通语言学教程》，第 173 页。
③ 索绪尔著，高名凯译，岑麒祥、叶蜚声校注：《普通语言学教程》，第 171 页。

ment 这个后缀而被联想在一起，有些则是词的意义之间的联想，例如 enseignement（教育）与 instruction（训育）。“因此，有时是意义和形式都有共同性，有时是只有形式或意义有共同性。任何一个词都可以在人们的记忆里唤起一切可能跟它有这种或那种联系的词。”①句段具有确定的连续的线性顺序，什么词可以出现在这个一定的句段中充当什么样的成分或角色，在语汇里是可以穷尽的，因此这些词具有一定的数目。而联想的关系既然可以是这种也可以是那种，因而所联想的词就是不可穷尽的，也就没有一定的数目。索绪尔说，例如把法语 désir－eux“切望”，chaleur－eux“热烈”，peur－eux“胆怯”等加以联系，并不能预先说出我们的记忆所能提示的词究竟有多少。因此，联想系列具有两个特征：没有确定的顺序和没有一定的数目。② 而且我们应当记住，联想关系是把不在现场的要素联合成潜在的记忆系列。

句段关系和联想关系的作用是相辅相成的。句段关系的在场以联想关系的不在场作为语言潜在系统的对比和参照，才能获得语言符号所必需的对立。我们知道，根据索绪尔的理论设定，符号是能指和所指相连结所产生的整体，因而是任意的。例如“姊妹”的观念在法语里同用来做它的能指的 s-ö-r（sœur）这串声音没有任何内在的关系，它也可以用任何别的声音来表示，尤为明显的是语言间的差别和不同语言的存在，这是毋庸置疑的证明，例如“牛”这个所指的能指在法语里是 b-ö-f（bœuf），在德语里却是 o-k-s（Ochs）。③ 然而我们也许可以推测，能指之所以是这个声音或声音的组合并不是完全偶然的，这与所指之物具有某种联系，但不同语言的词的声音之所以如此而不是其他，则与这种语言的内在结构相关，不过字母拼写形成的文字在字形上完全缺乏与所指的任何联系。汉字则不然，它的象形表意保持着与所指的切近关联，尽管六书不同，但汉字以象形为本。在索绪尔的理论中，符号的任意性和差别性紧密结合在一起。他指出：“在词里，重要的不是声音本身，而是使这个词区别于其他一切词的声音上的差别，因为带有意义的正是这些差别……声音形象之表示事物，不存在谁比谁更合

① 索绪尔著，高名凯译，岑麒祥、叶蜚声校注：《普通语言学教程》，第 174～175 页。
② 索绪尔著，高名凯译，岑麒祥、叶蜚声校注：《普通语言学教程》，第 175 页。
③ 索绪尔著，高名凯译，岑麒祥、叶蜚声校注：《普通语言学教程》，第 102～103 页。

适的问题，所以任何语言片段归根到底除了不同于其他片段以外，哪怕是先验地也显然决不可能有别的基础。”所以，“任意和表示差别是两个相关联的素质”①。

在此，对处在句段关系中的词进行选择时，重要的是要考虑词的这种表示差别的特性，词的选择就是完成这种差别的选择，从而将在句段组合中最为确切的词选择出来，索绪尔理论之所以设定句段关系的词的选择，原因就在于此。这种差别和由此而可能的选择是以某个语言系统为基础的，例如我们选择 marchons！是由于它与 marche！marchez！同在一个系统内互相存在差别而形成对立：

> 所以，从积极的观点看，认为说话者之所以选择 marchons！是因为它能表达他所要表达的观念，是不够的。实际上，观念唤起的不是一个形式，而是整个潜在的系统，有了这个系统，人们才能获得构成符号所必需的对立。符号本身没有固有的意义。假如有一天，同 marchons！相对的 marche！marchez！不再存在，那么，某些对立就会消失，而 marchons！的价值也会因此而改变。②

正因为如此，所以我们要认识到，不仅是句段关系中的词的选择，而且在联想关系中，所谓不在现场的要素联合成潜在的记忆系列，在潜在的记忆系列中存在的正是某一语言内部的整个系统；反过来说，这个系统不仅使句段关系的词的选择与组合成为可能而形成话语的表达，而且也使联想的记忆成为可能。在索绪尔的理论中，联想关系的设定也许主要就是为了说明这个系统既定的存在，但在诗歌语言的表达中，却可以极好地借助它分析解释读者基于诗中之词的联想。对于中国诗来说，所谓言外之言就可以借以进行很好的阐释，尤其是用事和脱化更能唤起无限的历史和文化的联想。

然而雅各布森却由索绪尔的联想关系引申出诗歌语法的“对等原则”。雅各布森说：“诗歌功能就是把对应原则从选择轴心反射到组合轴心。”③李广仓先生指出：“在诗歌文本中，把对等原则从选择轴投向组合轴，并不是说诗句在横向组合过程中也出现对等，而是说，由于选择轴心上的隐喻式表达，使不对等的

---

① 索绪尔著，高名凯译，岑麒祥、叶蜚声校注：《普通语言学教程》，第 164 页。

② 索绪尔著，高名凯译，岑麒祥、叶蜚声校注：《普通语言学教程》，第 180 页。

③ 雅各布森：《语言学与诗学》，《结构—符号学文艺学——方法论体系和论争》，第 182 页。

事物，在横向组合过程中形成了对等。”[①]雅各布森将联想关系称为选择轴，使词语的联想反射（呈现）为诗语横向组合的对等表达。他根据索绪尔的句段关系理论，利用词的选择（遣词）和句段的组合（造语）形成所谓“诗歌语法”的“对等原则”。李广仓先生解释说：

> 在雅各布森看来，“选择”遵循“对应原则”，如类似、相异，同义、反义；“组合”以水平连接为基础。例如，如果谈话主题是“孩子”，那么同义词有“儿童”“小家伙”“小鬼”“小东西”（反义词如汉子、老头等）等，所有这些词在某种意义上是互等的。为了陈述这个主题，人们就会从语义相近的动词中选择一个，例如睡觉、瞌睡、打盹等，将选择出来的两个词组合为一个语链，一个语言行为形成。雅各布森从话语交流的总图式出发，划分出语言的诗歌功能，并论述了“话语何以能成为艺术作品”这一问题；进而在隐喻与转喻的组合关系中，阐述了语言诗歌功能的实现过程。[②]

那么，究竟“话语何以能成为艺术作品”呢？关键在于雅各布森将这个选择加组合的句段关系转换成诗歌语法的对等表达。雅各布森指出：“诗歌与元语言截然相反：元语言是利用顺序构成等式，诗歌是利用等式构成顺序。”[③]在元语言的解释性话语中具有由同义词构成的对应句子，例如“母马就是雌马”“晨星就是昏星”，在此“雌马”“昏星”是分别用来解释“母马”和“晨星”的，元语言的这种解释功能创造了这一等式。由此等式出发，雅各布森发现了诗歌语法的“对等原则”：诗语是利用语音的平行、意义的对立、选择的相似、组合的近邻构成的“等式”，这个等式乃是作为“先在”的“诗歌语法”，等式两端的对应产生联想的关系，作者写出等式两端对应的词，当然也是联想的结果，诗人在词汇记忆中选择有关联的词，置于等式的两端。诗人通过记忆的联想遣词，选择相近、相似、当然也有相反的词，投放到等式对应的两端的词的位次，选词的相近、相似或相反形成选择轴，将所选择的词投放到等式两端的位次，就形成组合轴。雅各布森认为等值原则是诗歌的语言，“不但词语的选择遵从它，在诗歌的音响、格律、韵

① 李广仓：《结构主义文学批评方法研究》，第 80 页。

② 李广仓：《结构主义文学批评方法研究》，第 80～81 页。

③ 雅各布森：《语言学与诗学》，《结构—符号学文艺学——方法论体系和论争》，第 183 页。

律、语音构成、句子与句子、大组合段与大组合段之间，也不例外”[①]。这就是说，诗歌语法的对等原则造成等式两端语词、韵律、语音、句子的对等，由于在此等式中所对应的语词、韵律、语音、句子是等值的，所以又称为“等值原则”。雅各布森说：

> 对应成为顺序关系的规定因素。在诗歌中，一个音节与同一顺序关系上的每一个音节对应，词重音与词重音对应，无重音与无重音对应；在韵律上是长音与长音对比，短音与短音对比；词界与词界对应，无词界与无词界对应；句法停顿与句法停顿对应，不停顿与不停顿对应。[②]

可以说，“对等原则深入到诗歌表达的深层结构之中”[③]，实际上毋宁说，诗歌的本质实际上就是这样一个“先在”的既定结构，无疑这就是诗的形式的预先决定，这是一种限定，也是必须而且能够充分利用的形式。诗的写作，包括遣词造语、韵律等各个方面，都必须在此规定的制约下进行，如果这些结构或形式成为一种严格不变的定型，这就是格律，汉语近体诗就是这种格律。

仅从诗歌遣词造语来看，这种等式通过选择与组合形成了两种修辞手法：隐喻与转喻。李广仓先生说：“隐喻在实际运用中往往取意象间的相似、类比关系，转喻则是相邻事物的替代或相继。”他用以分析中国诗如苏轼《宿海会寺》“木鱼呼粥亮且清，不闻人声闻履声”，“履声”是“人声”的转喻替代。[④] 在句段的组合中，一个词被置于另一个词旁边，这两个词的邻近关系，在诗语的“等值原则”中，就有可能生成转喻；在选择或联想关系中，诗语的对等原则或等值原则就因语词间的类似性而可能生成隐喻。李广仓举了北岛的《无题》现代诗：“永远如此/火，是冬天的中心/当树林燃烧/只有那些不肯围拢的石头/狂吠不已。”在这里，“火”与“冬天”不存在形状、概念之间的关系，但诗人将它们置于一个诗语的对等表达中，是取二者的邻近或相继关系（有类于句段关系），这是一种转喻的用法；“石头”与“狗”存在形状的相似性，二者在诗语的句段排列中等值，则可视之为一种隐喻。在实际的创作中，隐喻与转喻既对立而又交织在

---

① 李广仓：《结构主义文学批评方法研究》，第82页。
② 雅各布森：《语言学和诗学》，《结构—符号学文艺学——方法论体系和论争》，第182页。
③ 李广仓：《结构主义文学批评方法研究》，第82页。
④ 李广仓：《结构主义文学批评方法研究》，第83页。

一起。

凡上就是雅各布森关于“诗歌语法”以及“对等原则”的要点。它对于中国“旧诗”的分析可以提供重要的参照,至少它可以用以说明中国“旧诗”句式、属对尤其是格律的形式的“科学性”。这种科学性当然表现在本书第三章所述格律及形式的种种方面,如自然声音和选音法、节奏及句式的结构功能。在此我们主要用以分析说明中国诗的句法、属对及结构的功能。此外关于雅各布森及索绪尔联想关系的理论之于中国诗用事、脱化的可借用分析,则见于下章的论述。在此,首先是句式的语法结构,我们反复强调中国诗由于汉语单音独字所导致的句式整一及诗体形成,这些稳定的句式对于诗的造语具有预先的形式限定作用,不妨援引形式主义的说法,这种具有先在限定性的句式乃是一种诗语的结构功能。其次则是,属对的结构恰好实现了雅各布森的对等原则。再次则是,律诗四联构篇的章法也确实呈现为完整的诗歌结构。当然我们对此的阐释决不会限于这些理论而削足适履,它只提供一个可能的维度,要义在于说明中国诗形式的完美科学性。

第二节　句法形式与结构

在中国诗中,近体固有严格的格律限定,但即使是古体诗,句式的限定也是严格的,除了所谓“杂言体”,五古、七古都限定为一种句式,或五言,或七言,不仅如此,而且在用韵、属对、杂用律句与否等声调处置上也有不得不遵循的具体要求。综合古、近体所有形式的要求,整体上可以说中国诗由于汉语单音独字和声调的特点形成了最为讲究的形式体系,中国诗乃是最具形式化的创制。在此形式化创制中,语言是最为基本也是最为重要的因素,在中国诗法学的体系中,表现为以句法为中心的讲求。由于律诗格律之于汉语特性最为充分的表现,在此的分析阐释就以律诗为代表,以期起到举一反三的效果。

不用说五言或七言的句式限定、韵律节奏划分,尤其是律诗联对上下两句的平仄对举当然就形成雅各布森所谓“诗歌语法”以及“对等原则”。正是句式的限定造就了不同于散语的诗语。散语没有句式的限定,可长可短,用以叙述议论,属于俄国形式主义所谓“日常语言”。相反,诗语由于句式的限定,不管表意完成或语法结构完整与否，换言之，诗语的句子是由句式决定的。不仅如此，而且唯以句式字数的限定不能展开详说，所以就形成字（词）的特殊组合，例如杜甫《秋兴八首》其一“丛菊两开他日泪”[①]，按照日常语言（散语）的语法分析，前四字是一个主谓的结构，而后三字则是一个偏正的词组，前后没有语法的关联，这当然是由于七言句式字数的限定，不容展开补充语法的关联，实际上我们看到的乃是两个意象的呈现，即古人所谓“一句能言两件事”，有的“一句能言三件事”[②]，形成缜密坚劲的句法效果。这种以“事”论之的观念，恰恰证明古人不以散语来看待诗语，表明诗歌的特殊“语法”。而且“丛菊两开他日泪”与下句“孤舟一系故园心”也由于格律平仄的限定必成属对，可资阐发中国诗属对的“对等原则”，详见下文。

不可理喻的是现代语法学对于中国“旧诗”的语法分析，实际上就是日常语法或散语语法的直接措用。它所采用的分析方式，先将诗语翻译成散语白话，进而以翻译的散语白话为标准来比照分析诗句的语法结构，看它颠倒或缺少了什么成分。由于中国诗语句式的限定，如三言、四言为短，即使五言、六言、七言也较现代自由白话诗短得更多。后者例如戴望舒《雨巷》：“独自彷徨在悠长，悠长又寂寥的雨巷，我希望逢着一个丁香一样地结着愁怨的姑娘。”[③]当知“诗至八言，冗长啴缓，不可以成句矣”，而“句法不易振竦”[④]，这么冗长涣散的句子不用说不受任何“诗歌语法”的形式限定，就是没有规矩，只看它主、谓、宾、定、状、补具足，人物、时间、地点交代得详尽而充分，凡是有知识良心的人都知道这就是日常语言，就是白话散语。可是作者为何写出这么长的“诗句”，就是因为没有句式的限定。自白话新诗打破那个符合汉语特性的极度精密的旧诗格律以来，“诗”的写作就没有剩下任何规矩。“不成方圆”是必然的，按照形式主义的观点，没有“诗歌语法”，诗语就不能被创造出来。形式决定一切。显然现代语法

① 仇兆鳌：《杜诗详注》，第1791页。

② 吴沆《环溪诗话》：“凡人作诗，一句只说得一件物事，多说得两件；杜诗一句能说得三件、四件、五件物事……‘天外黑风吹海立，浙东飞雨过江来’，正是一句能言三件事。”（惠洪等撰，陈新点校：《冷斋夜话·风月堂诗话·环溪诗话》，第124～125页）

③ 梁仁编：《戴望舒诗全编》，第27页。

④ 陈仅：《竹林答问》，《清诗话续编》，第2231页。

对于中国“旧诗”的日常语法分析，乃是接受了白话新诗的深刻影响，据说这已成为现代以来的“传统”，但决不具有基于汉语特质的科学性。

对诗语的“日常语法”分析无端生造了补足一切“省略”的可能。例如“谓语的省略”，恰好有对杜甫《秋兴八首》其一“丛菊两开他日泪，孤舟一系故园心”的现成分析，由于“他日泪”“故园心”并无谓词，所以添凑“未干”“弥切”，而谓“他日之泪未干”“故园之心弥切”，那么整句就是“复句”的形式了，上下句都一样[①]。但是我们在前面已经指出，在古人看来，这是“一句能言两件事”，是将两件事组织或压缩在七言句中，也可以说是两个意象的呈现，呈现不是叙述，不是逻辑的表述，这是与“日常语法”的本质区别。而臆测谓语的省略乃至意中为之添加，却正是将诗语视为日常散语的陈述，“泪”“心”之后一定要有谓语，即纠缠于“泪”“心”如何，难道作者一定要照管“泪”和“心”的状态、动作及其“结局”吗？即使日常语言的表达也必不关注这些，反而忽视那个正在流泪的人和悲伤的心，可见“日常语法”对于诗语分析的扞格不入，何况在表达的内容上，对这些省略和补足的揣度竟然达到如此荒唐的地步。

又如所谓主语的“省略”，在中国“旧诗”造语中实在是太普遍了，以至于想找出具备主语的诗句如《闻王昌龄左迁龙标遥有此寄》“我寄愁心与明月”[②]、《将进酒》“天生我材必有用”及“请君为我倾耳听”[③]之类，除了李白这样“主观情感”十分强烈的人经常在诗中张扬自我之外，情况罕见。即使是李白，实际上也很少如此“我执”，《静夜思》就是这样：“床前明月光，疑是地上霜。举头望明月，低头思故乡。”然而执着的语法分析一定要用日常白话翻译补足它的主语，且将其说成是李白的省略。如果必须补出，当然就成为日常语言的“散文诗”了：

> 我（李白）的这张床前有明亮的月光照耀着；我怀疑这月光好像地上结了霜一样；我举起头望着这一轮明月，（然后）我低着头思念着我的故乡。

我只能尝试将这个白话的翻译一句接着一句横排，没有办法分行排版，乃是由于

---

① 王力：《汉语诗律学》（增订本），第262页。

② 王琦注：《李太白全集》，第661页。

③ 王琦注：《李太白全集》，第179～180页。

每句字数长短不一,而原作就一行两句,两行居中排列即可。要重视行款的效果,只有用汉字写作的中国"旧诗"才能做到,这是中国诗歌形式的字形整饬之美,它映入眼帘,一望而有如此视觉的美感。那么诗的内容呢?如果按照这种白话散语的翻译及其所补足的成分结构,我们自然就会像那句评论家的口头禅所说的"我们的诗人……"一样,认为这首诗就只是那个作者李白的无病呻吟。可是对于读者来说,你(李白)的床前明月光,你(李白)怀疑是地上霜,你(李白)举头望明月,你(李白)低头思你的故乡,这究竟关我这个读者什么事呢?当知诗人的"我执"在诗作与读者之间横加了一道不可逾越的栅栏,防止读者进入诗的空间。诗应该是没有围墙的,任何读者都应该而且可以进入这个诗的空间,用自身去体验诗的情味,如同诗人一样,欢笑或悲伤。当然诗是李白写的,确实李白举头望明月、低头思故乡,但是作者的隐退(并不是所谓主语的省略)却给读者进入诗的空间打开了曹操所谓"阔"的大门①,这个"不在场"的"主语",在读者的体验中,作者亦可,读者亦可,唐人亦可,宋人亦可,先生亦可,女史亦可,游子亦可,怨妇亦可,国人亦可,黑人亦可,白种亦可,棕色亦可。行将就木的老翁生发的月夜的相思,可能是年轻时对某个或多个女子未曾忘却的刻骨思念,就像姜夔"少年情事老来悲"②一样,"淮南皓月冷千山,冥冥归去无人管"③不就是怀念那两个曾经与之相爱的女孩吗?对于年轻的女读者来说,《静夜思》唤起的她的相思对象却必定是某个男人;对于游子,当然很有可能引发无尽的乡愁;对于老外,这个床前的明月,却换成了例如倒映于尼罗河中那个曾经照耀罗马帝国的月亮,冷漠而凄清。相思的场所也可能是一叶扁舟吹笛,或者现代的汽船漂泊在离别的码头。所有这一切都是可能的,而且对于诗的再创造的理论,或者读者创造诗的时髦说法,这是最好不过的证明。简单地再加一个例子,这是唐人崔护的《题都城南庄》④:

---

① 《三国演义》第七十二回:"操尝造花园一所;造成,操往观之,不置褒贬,只取笔于门上书一'活'字而去。人皆不晓其意。修曰:'"门"内添"活"字,乃"阔"字也。丞相嫌园门阔耳。'于是再筑墙围,改造停当,又请操观之。操大喜……"(罗贯中:《三国演义》,人民文学出版社,1955 年,第 599 页)

② 夏承焘:《姜白石词编年笺校》,上海古籍出版社,1981 年,第 67 页。

③ 夏承焘:《姜白石词编年笺校》,第 20 页。

④ 彭定求等编:《全唐诗》卷三六八,第 4148 页。

去年今日此门中，人面桃花相映红。

人面不知何处在，桃花依旧笑春风。

尽然诗无达诂，古有明训，可是有考据癖的学者总是不能割舍穿凿的考索，他一定要考证作者崔护的生平经历，准确说明这首诗写作的时间和地点，以及那个人面桃花的美人的姓氏，甚至要准确说出崔护写这首诗的社会背景，为了说明作者的人格心态及他的好色多情的遗传属性，还必须考察所可能追溯到的八代祖宗。不幸的是所有这些“朴学”的功夫都被形式主义强烈反对，在它看来，关于诗的外部的种种研究简单说来就是唯独失落了诗本身，尤其是它的形式，所有这些研究包括其角度、方法和思维都是必须彻底摈弃的。现在，形式主义抛开了一切，只面对这个只有四句的文本进行形式的分析，包括每个字的声音、每一句的结构。当然，哪怕是对于现代非中国古典文学专业的学者而言，他作为读者所要获得的也只有这个文本，也许他只满足于读诗，这是夺古人之酒的情感共鸣和自我浇愁。唯其没有主语的我执，那么人面桃花的姑娘不妨转换为一千个读者心中的一千个恋人，正如哈姆雷特在读者心中的状况一样；而且风物依旧、人事全非的感慨在曾经失恋的读者心中唤起类似的伤感，作者我执的放弃恰好敞开了读者进入诗之空间的门径并唤起无尽的遐想和共鸣。这是所谓“主语省略”的问题，问题本身是荒谬的。

诗歌语法不同于“日常语法”的特殊性，在很大程度上就是区别于后者叙事说理的散语表述。当然诗中议论，自“三百篇”直到杜甫诗作必有，但即使是叙事，也被限定于一定的句式如四言、五言、七言之中，必无可能漫无边际地展开，议论则须寓于景物与事的形象中，要“带情韵以行”①，最好不直接议论，那样会失于浅直。景有象，就是景象，物有象，就是物象，事有象，可称“事象”。议论必须寓于象中，象是根本的，意在象中，就是意象，意象及其呈现才是中国诗语乃至中国诗的整体审美基质。中国诗语以意象呈现为主的特点，也许可以借助形式主义的诗歌语法进行说明。运用雅各布森的隐喻理论，李广仓先生引了明谢榛《四溟诗话》卷一的评论：

---

① 沈德潜：《说诗晬语》卷下，《清诗话》，第553页。

> 韦苏州曰："窗里人将老，门前树已秋。"①白乐天曰："树初黄叶日，人欲白头时。"②司空曙曰："雨中黄叶树，灯下白头人。"③三诗同一机杼，司空为优，善状目前之景，无限凄感，见乎言表。④

李先生分析说，按中国诗歌批评的传统，谢榛的解释意境很"充分"，但雅各布森的理论可以给出补充的解释：首先是三句诗中的"树老""人衰"，在语言的选择轴上是一种联想式的"等值"关系，从而构成一个等式。其次则三句诗中的"树"和"人"之间都是隐喻的表达。再次则是第三句究竟何以为优，谢榛似乎无法说清楚。其实，尽管三者都按照诗的语法进行了对等表达，突出了"诗歌功能"，但在组合过程中，韦、白诗句中有"将""已""初""欲"几字，导致诗句的时间延展性、逻辑成分明显增强，按雅各布森关于语言交流的六种功能，就是具有"说明、解释作用"的"元语言"功能有所抬头，这必然会削弱其诗歌功能。⑤ 这样的解释确实增加了理论的说服力，只是古代诗论早已指出诗以"不涉理路，不落言筌"为上，宋人"以议论为诗"则被贬为下乘⑥，这是严羽的批评，后人多有追随，形成共识。虽然诗有议论，但议论须"带情韵以行"，且须寓于象中，而且诗本情景，必以意象呈现为本，议论不是诗的本职，本末主次，乃是必须识取的大体。

尽管诗语不能完全区别于日常语言的表达，但诗语终究具有自己的本质特点和特殊导向。也许"纯粹"的诗语实际上很少，进而所谓语言的"诗歌功能"也很难与与日常语法截然分离，但是仍然可以找出具有代表性的诗语，它以充分彰显诗歌语法而被选择为具有代表性的阐释案例。例如晚唐温庭筠《商山早行》"鸡声茅店月，人迹板桥霜"⑦足为代表，但是试想假如诗的造语都是这样唯一的模式，那也是不可能的，而且适足生厌，但并不妨碍它作为"纯粹"诗歌语法的典型代表，借以支持某种理论的观点。此诗可以说是纯粹意象的呈现，对比之下，即使司空曙"雨中黄叶树，灯下白头人"，"中""下"的方位所指仍然不免带着日

---

① 陶敏、王友胜：《韦应物集校注》，上海古籍出版社，1998 年，第 356 页。
② 顾学颉校点：《白居易集》，第 315 页。
③ 彭定求等编：《全唐诗》卷二九三，第 3334 页。
④ 谢榛：《四溟诗话》卷一，《历代诗话续编》，第 1142 页。
⑤ 李广仓：《结构主义文学批评方法研究》，第 85 ~ 86 页。
⑥ 郭绍虞：《沧浪诗话校释》，第 26 页。
⑦ 曾益等：《温飞卿诗集笺注》，第 155 页。

常语言的叙述功能，而温庭筠的诗句却没有任何可以提示“理路”的蛛丝马迹。显然，这是五言相对于七言较长结构的简古整练，句式的限定乃是它之所以能够被视为纯粹诗歌语法典型的原因，由于五言句式的严格限定，诗人循规蹈矩才仿造出如此精准的方圆。

我们之所以选择律诗来分析阐释诗的造语，当然更重要和深刻的原因是在其声律的讲究，它不仅和五、七古体一样具有句式的严格限定，而且具有声律的制约。讨论诗歌句法的模式，必须认清这种情况，绕不开声律的因素，而律诗的造语，则必须凑着声律进行小心谨慎的操作，有如钢丝绳上的芭蕾，唯有高难度的技巧才能博取观众的喝彩，这是格律诗造语的优越性。反之古体没有声律限定，造语就随意得多，古人强调古体“自然”足以说明这一点。唯以近体声律的限定，为了就合声律①，才产生特殊句法的讲求，对于整个中国诗来说，这是一种鲜明的代表性，表明汉语单音独字和声调的特点在诗之写作中的运用，达到如此完美的境界。

近体造语的“成分省略”就是迁就声律的结果，还有倒装、炼字方面的种种讲究。声律是形式主义高度关注的“诗语语法”的重要方面。不妨回顾一下第三章关于形式主义“陌生化”的介绍，前苏联文艺理论家什克洛夫斯基说：“诗歌艺术的基本功能是对日常生活的感觉方式支持的习惯化过程起反作用。”这就是“反常化”，即“‘创造性地破坏’习以为常的、标准的东西”，“重新构造我们对‘现实’的普通感觉”②。什克洛夫斯基把创作中为了达到审美效果而对现成材料进行的艺术安排称为“艺术程序”，他认为自然材料只有经过艺术程序的整合才能成为审美对象，艺术程序乃是产生审美性的根本原因。简言之，“艺术就是程序的总和”③，正是这种“艺术程序”创造了“反常化”，反之，增加感觉的难度和时延的复杂化的程序才是艺术程序。④ “时延”就是延宕，什克洛夫斯基认为延宕改变了人们的感知习惯，使人们用新的角度审视作品中作者早已熟知的特

① 冒春荣《葚原诗说》卷一：“唐人多以句法就声律，不以声律就句法。”（《清诗话续编》，第1580页）

② 特伦斯·霍克斯：《结构主义和符号学》，上海译文出版社，1997年，第61～62页。

③ 胡经之主编：《西方文艺理论名著教程》下，第228页。

④ 胡经之主编：《西方文艺理论名著教程》下，第221页。

性，这就是“反常”的“陌生化”。达到“反常化”或“陌生化”的艺术程序，乃是文学之所以为文学的根本，也是作者进行文学创造的总体形式化艺术手段，“包括对语音、意象、激情等材料的合理安排，对节奏、句法、音步、韵律等的一定使用，以及运词手法，叙述技巧，结构配置等”[①]。在诗的句法中，中国诗语的倒装最适宜于对所谓“反常化”或“陌生化”的解释。由于声律的限制和表意的考虑产生语序的倒装，就与日常话语表达的顺序相反，因不顺而产生“陌生”的感觉；而且倒装导致的语句屈曲延缓了读者感知字句的时间，他碰到“陌生”的“反常”表达，就不会像日常话语那样顺耳而快速掠过，没有留下特别的印象，面对颠倒屈折的语序以及炼字的突兀，读者就必须放慢赏读的过程，字字品味，含英咀华。

语序的倒装在很大程度上是迁就声律的结果，当然诗人表情达意，写景抒情习惯于某些倒装的顺序，那么倒装也就迎合了达意的需要，这是一个大的前提，实际上并没有作者为了刻意倒装而去玩弄形式的游戏。清冒春荣《葚原诗说》卷一说：

> 唐人多以句法就声律，不以声律就句法，故语意多曲，耐人寻味。后人不知此法，顺笔写去，一见了然，无意味矣。如老杜“清旭楚宫南，霜空万里含”[②]，顺之当云“万里楚宫南，霜空清旭含”也。“北归冲雨雪，谁悯敝貂裘”[③]，顺之当云“谁悯貂裘敝，北冲雨雪归”也。“野禽啼杜宇，山蝶梦庄周”[④]，顺之当云“庄周山蝶梦，杜宇野禽啼”也。玩此可以类推。[⑤]
>
> 句法有倒装横插、明暗呼应、藏头歇后诸法。法所从生，本为声律所拘，十字之意，不能直达，因委曲以就之，所以律诗句法多于古诗，实由唐人开此法门。后人不能尽晓其法，所以句多直率，意多浅薄，与前人较工拙，其故即在此。[⑥]

“以声律就句法”，是依“句法”“顺笔写去”，而声律随之，不甚讲究。如古体，就

---

① 胡经之主编：《西方文艺理论名著教程》下，第229页。
② 杜甫：《朝二首》其一，《杜诗详注》，第2168页。
③ 杜甫：《暮秋将归秦留别湖南幕府亲友》，《杜诗详注》，第2530页。
④ 李白：《断句》，《李太白全集》，第1418页。
⑤ 冒春荣：《葚原诗说》卷一，《清诗话续编》，第1580页。
⑥ 冒春荣：《葚原诗说》卷一，《清诗话续编》，第1579页。

不考虑声律,它的“句法”以“顺之”而“当云”言,就是同于日常散语的表达。“以句法就声律”则不同,它依于声律变化句法,由于声律的限制,句法就多有变化,所有这些句法的变化都与“顺之”而“当云”的散语句法具有重要区别,这种区别于散语的诗语句法,才是典型的诗的句法。按照形式主义理论,这种与日常语言顺序的曲屈抵牾,就造成“陌生化”的表达效果,更适合于诗的形式。古人诗话、诗式著作大半是在近体中讨论诗的句法。论者咸谓汉魏诗造语自然,实际上是因其未离散语,没有声律规范所致。明王世贞《艺苑卮言》卷一直接指出“抑扬顿挫,长短节奏,各极其致,句法也”,真是深得句法的要领,究之就是声律的限定,必以句式的限定为本。

例如王维《山居秋暝》“明月松间照,清泉石上流”,王力先生就这个既定的文本进行日常语言的语法分析,他说这两句都省略了“于”字,属于介词的省略[①],这是因为在他看来,明月“照于”、清泉“流于”必有确切的所指,日常语言的陈述固当如此。但是如果不是由于声律的限定,那么换成“松间明月照,石上清泉流”,或“松间照明月,石上流清泉”,或“明月照松间,清泉流石上”,句意也不甚相差。显然作者的写作,并不像日常语言那样仅仅做一个事实的陈述,而是迁就声律以为字的组合。在形式主义看来,这是十分重要的。这个中国诗的案例分析足以说明中国诗“以句法就声律”之与“日常语法”具有本质的区别。

诗的句法与散语“顺笔写去,一见了然”不同,其于诗语组合的顺序,即字(词)组合及其结构,较之散语一顺写去则有颠倒,所以倒装是诗语句法的主要方面。冒春荣所谓句法的“倒装横插、明暗呼应、藏头歇后诸法……十字之意,不能直达,因委曲以就之,所以律诗句法多于古诗”,实际上都表明句法屈折不顺。宋王得臣《麈史》认为倒装“则语峻而体健”[②],明李东阳《麓堂诗话》说“诗用倒字倒句法,乃觉劲健”[③],清梁章钜《退庵随笔》说“谢叠山谓‘语倒则峭’”[④]。宋蔡絛《西清诗话》说:

王仲至召试馆中,试罢作一绝题于壁云:“古木森森白玉堂,长年来此

① 王力:《汉语诗律学》(增订本),第257页。

② 王得臣:《麈史》,上海古籍出版社,1986年,第43页。

③ 李东阳:《麓堂诗话》,《历代诗话续编》,第1393页。

④ 梁章钜:《退庵随笔》,《清诗话续编》,第1951页。

试文章。日斜奏罢长杨赋,闲拂尘埃看画墙。”荆公见之甚叹爱,为改作“奏赋长杨罢”,且云:“诗家语如此乃健。”[①]

倒装的目的,实际上就是特意打破日常语言的句段组合顺序,读来似乎有点突兀别扭的感觉,这种“陌生化”的感觉,正是“诗歌语法”的表达效果。关于倒装的著名案例,最使人觉得突兀、“陌生”和“反常”的是杜甫《秋兴八首》其八“香稻啄余鹦鹉粒,碧梧栖老凤凰枝”[②],宋沈括《梦溪笔谈》卷一四谓“盖欲相错成文,则语势矫健耳”,这与蔡绦对于“奏赋长杨罢”的倒装感觉是一样的。但是王力先生从日常语法的句段组合顺序看来,却是“主语倒置,目的语一部分倒置”,所以调整语序为“鹦鹉啄余香稻粒,凤凰栖老碧梧枝”[③],赵仲才先生则以“顺之应写为:香稻有鹦鹉啄余(之)粒,碧梧有凤凰栖老(之)枝”[④]。但蒋绍愚先生却认为这不是真正的倒置,而是“名词语”,也就是说“香稻之粒,碧梧之枝”,“啄余鹦鹉”和“栖老凤凰”是修饰“粒”和“枝”的:“啄余鹦鹉”之粒,“栖老凤凰”之枝,所以“整个句子词序并没有颠倒”[⑤]。蒋先生的分析似乎更有道理,但与王先生的调整语序并非有何实际的不同。对于“鹦鹉啄余”,蒋先生也认为“确实是倒置”,而且王先生的“香稻粒、碧梧枝”也与蒋先生的“香稻之粒,碧梧之枝”相同,关键是在于蒋先生把整个句子看成“名词语”(鹦鹉啄余的香稻之粒、凤凰栖老的碧梧之枝),而王先生则视为主谓结构(鹦鹉啄粒、凤凰栖枝)。至于赵先生的“鹦鹉啄余(之)粒、凤凰栖老(之)枝”,则与蒋先生相同,但在“香稻、碧梧”后添一“有”字,显然为了保持整个句子的主谓结构,又与王说相同。其实三者都是把它当作文句而进行“日常语法”的分析,这种分析给我们带来的是叙述的事实,但是“诗歌语法”的本职并不在于“日常语法”的事实陈述。从诗语表意的角度看,实际上“香稻”“碧梧”置于句首,先使入眼,是为了强调“秋兴”的萧瑟,如果把“主语”“鹦鹉”“凤凰”前置,就是强调二鸟,与“秋兴”的诗意不契;既已见到香稻、碧梧,进而又分别见其稀疏不多、摇落将老,益增秋兴之慨;若香稻为鸟

---

① 见胡仔《苕溪渔隐丛话》前集卷五二,第 357 页。

② 仇兆鳌:《杜诗详注》,第 1807 页。

③ 王力:《汉语诗律学》(增订本),第 256 页。

④ 赵仲才:《诗词写作概论》,上海古籍出版社,2002 年,第 97 页。

⑤ 蒋绍愚:《唐诗语言研究》,第 205 页。

雀啄残,碧梧为山鸡栖老,那就落于鄙俗,不复雅致。而从七言句式的结构来说,则以汉字组合的高度灵活性适合声律平仄的强制要求,推敲、调整字的顺序,这在汉字中并不难办,能玩转汉字的魔方,才是写作的高手。

又王力先生所举"主语和目的语都倒置"之例,有"绿垂风折笋,红绽雨肥梅"[①]之句,他调整为"风折之笋垂绿,雨肥之梅绽红"[②],也是主谓式。但古人说是"以颜色字置第一字,却引实字来"[③],则是重按虚字形容,呈现鲜明意象,远而望之,只见红绿一片,近而迫察,则知"风折笋、雨肥梅",五月山景,宛然在目。只是诗语表意必当就合句式声律的形式制约,而且相对于"日常语法"的"顺写",倒装才能产生诗歌语法的"陌生化"效果,突出显示"诗歌语法"的形式功能。

第三节　字法的结构功能

中国诗的句式生成于汉语单音独字的组合,字的组合形成句式的结构,因此炼字乃是句法的关键,而语序的调整排列实际上也以字的组合显示为句法转折的要求,同时用字的虚实以及疏密也直接影响句法的效果,凡此都系于句法结构的形式问题。句法是诗法的中心,因为"积字成句……积句成章","非句外另有章也……非字外另有句也"[④],所以"篇中炼句,句中炼字,乃得工耳"[⑤]。那么诗"以一字为工"[⑥]、"以一字论工拙"[⑦],"吟诗要一字两字工夫"[⑧],甚至于"每句必须练字"[⑨],这些都是宋人议论。但晚唐皮日休有"百炼成字,千炼成句"之说[⑩],而五代僧人神彧《诗格》"论诗有所得字"条亦以"冥搜句意,全在一字包括大

① 杜甫:《陪郑广文游何将军山林十首》其五,《杜诗详注》,第 187 页。
② 王力:《汉语诗律学》(增订本),第 256 页。
③ 范晞文:《对床夜语》卷三,《历代诗话续编》,第 423 页。
④ 张谦宜:《絸斋诗谈》卷三,《清诗话续编》,第 811 页。
⑤ 张表臣:《珊瑚钩诗话》卷一,《历代诗话》,第 455 页。
⑥ 范温:《潜溪诗眼》,《宋诗话辑佚》,第 333 页。
⑦ 晁补之《鸡肋集》语,见《苕溪渔隐丛话》前集卷三,第 16 页。此言又见晁补之《题陶渊明诗后》。
⑧ 王介甫语,见《杜工部草堂诗话》卷二,《历代诗话续编》,第 212 页。
⑨ 孙奕:《履斋示儿编》卷一〇,中华书局,1985 年,第 90 页。
⑩ 王世贞《艺苑卮言》卷一,《历代诗话续编》,第 954 页。

意”，举贾岛《送崔定》“秋江待明月，夜语恨无僧”[①]及郑谷《咏燕》“闲几砚中窥水浅，落花径里得泥香”[②]，谓“此‘僧’字有所得也”“此‘香’字有所得也”[③]。这二字可以称为“练字”，“练”训“简择”。刘勰《文心雕龙》有《练字》篇，谓“缀字属篇，必须练择”[④]。刘永济《文心雕龙校释》注云：“古人谓为文首在识字，盖文字以代言语，有是语必有是字，而文章者，言语之最精者也，精语必得美字以达之。”[⑤]宋宋敏求《春明退朝录》卷上引宋景文谓：“人之属文，自稳当字，第初思之未至也。”[⑥]凡此都谓字的选择，一句中每字都应如此。而“炼字”则是锻炼之意，就是字的推敲，实际上也是择字，但“炼”取精审，乃在关键的字位，取得一句警策的突出效果。

炼字在句中特定的字位着力，这就是当处下字，称为“字眼”。元人《诗法家数》谓“诗要炼字，字者眼也”[⑦]，清刘熙载《艺概·诗概》谓“诗眼……有以一句为眼者，有以一二字为眼者”[⑧]，元人《沙中金集》则谓“五言以第三字为眼，七言以第五字为眼”[⑨]。《诗法家数》又谓下字“或在腰，或在膝，在足，最要精思，宜的当”，“五言字眼多在第三，或第二字，或第五字，或在第二及第五字”[⑩]。字眼作为下字当处，具有句法的结构功能，它所在字位不同，实际上显示了句法结构的不同形式。五言炼第三字为多，第五字次之。宋葛立方谓“如老杜‘飞星过水白，落月动沙虚’[⑪]，是练中间一字。‘地拆江帆隐，天清木叶闻’[⑫]，是练末后一字”[⑬]，清潘德舆

① 贾岛《送崔定》作“秋江待得月”，见黄鹏《贾岛诗集笺注》，第 75 页。

② 郑谷《咏燕》，《全唐诗》题《燕》，见彭定求等编《全唐诗》卷六七五，第 7737 页。

③ 神彧：《诗格》，《全唐五代诗格校考》，第 470 页。

④ 范文澜：《文心雕龙注》，第 624 页。

⑤ 刘永济：《文心雕龙校释》，中华书局，1962 年，第 153 页。

⑥ 宋敏求：《春明退朝录》上，范镇、宋敏求撰：《东斋记事　春明退朝录》，中华书局，1980 年，第 2 页。

⑦ 杨载：《诗法家数》，《元代诗法校考》，第 38 页。

⑧ 刘熙载：《艺概·诗概》，第 78 页。

⑨ 佚名：《沙中金集》，《元代诗法校考》，第 377 页。

⑩ 杨载：《诗法家数》，《元代诗法校考》，第 16、19 页。

⑪ 杜甫：《中宵》，《杜诗详注》，第 1764 页。

⑫ 杜甫：《晓望》，《杜诗详注》，第 2121 页。

⑬ 阮阅编《诗话总龟》后集卷二四引葛立方语，人民文学出版社，1987 年，第 151 页。

《养一斋李杜诗话》卷二引述其说[①]。杜甫《中宵》一联分别锻炼上下“过”“动”二字，由于处于第三字位上，在五言一句中具有连接前后字词的结构功能，这是“句中之读”的单字之位，故可着力锻炼下字。五、七言以奇数而有单字可以着力锻炼，从诵读节奏的切分来看，单字处于末三字“超韵律词”的尾字，它是附着在前二字之上的，慢读略可切分，快读则三字连带。但是“句中之读”的切分却随机将此单字分配到不同的字位，所以“字眼”的当处炼字位置不同，也就形成五言句法的不同结构，但第三字居中，关联前后二字，对于五言句法结构来说是最为着力的，形成坚整的结构。当知四言和六言以两个或三个双音节奏即音步或韵律词构成，缺乏单字作为“字眼”进行当处下字锻炼，所以明陆时雍谓“四言优而婉”“六言甘而媚”[②]，实际上是结构散缓软弱。葛立方又说杜甫《晓望》锻炼第五字“隐”“闻”，也是动作字，下字锻炼就在动作字和性状字。杜甫锻炼诸字着力，“过”字写出飞星掠过之速，是如庄子所谓白驹过隙[③]，“动”字写出月色虚明，“隐”字写出地坼之深，可见杜甫用字之锻炼。欧阳修《六一诗话》说：

> 陈舍人从易……陈公时偶得杜集旧本，文多脱误，至《送蔡都尉》[④]诗云“身轻一鸟”，其下脱一字。陈公因与数客各用一字补之，或云“疾”，或云“落”，或云“起”，或云“下”，莫能定。其后得一善本，乃是“身轻一鸟过”。陈公叹服，以为虽一字，诸君亦不能到也。[⑤]

同代吴开《优古堂诗话》、吕本中《童蒙诗训》等并为引述。旧题宋严有翼《艺苑雌黄》记王安石读杜诗云：“‘无人觉来往’[⑥]，下得‘觉’字大好。‘瞑色赴春愁’[⑦]，下得‘赴’字大好。若下‘起’字，此即小儿言语。”[⑧]

---

① 潘德舆《养一斋李杜诗话》卷二：“葛常之谓‘飞星过水白，落月动沙虚’，是炼中一字；‘地坼江帆隐，天清木叶闻’，是炼末一字。”（《清诗话续编》，第2185页）

② 陆时雍：《诗镜总论》，《历代诗话续编》，第1402页。

③ 《庄子·知北游》：“人生天地之间，若白驹之过隙，忽然而已。”（郭庆藩：《庄子集释》，《诸子集成》本，第325页）

④ 仇兆鳌《杜诗详注》此诗题为《送蔡希鲁都尉还陇右因寄高三十五书记》，《杜诗详注》，第293页。

⑤ 李逸安点校：《欧阳修全集》卷一二八，第1951页。

⑥ 杜甫：《西郊》，《杜诗详注》，第944页。

⑦ 此非杜甫诗，为皇甫冉《归渡洛水》语，“瞑”应为“暝”，见《全唐诗》卷二五〇，第2828页。

⑧ 见《艺苑雌黄》“暝色赴春愁”条，《宋诗话辑佚》，第582页。叶梦得《石林诗话》卷中则云：“王荆公编《百家诗选》，尝从宋次道借本，中间有‘暝色赴春愁’，次道改‘赴’字作‘起’字，荆公复定为‘赴’字，以语次道曰：‘若是起字，人谁不能到。’次道以为然。”（《历代诗话》，第426～427页）

《诗法家数》举“字眼在第二字”[①]者如“屏开金孔雀,褥隐绣芙蓉”[②]、“碧知湖外草,红见海东云”[③];“字眼在第五字”者如“两行秦树直,万点蜀山尖”[④]、“香雾云鬟湿,清辉玉臂寒”[⑤]。字眼在第二字亦如孟浩然《望洞庭湖赠张丞相》著名的“气蒸云梦泽,波撼岳阳城”[⑥]一联,也以动作字起到一句结构的关键作用;而“字眼在第五字”则是锻炼性状字,“直”“尖”“湿”“寒”形容,十分到位。但比较葛立方所举杜甫《中宵》“飞星过水白,落月动沙虚”、《晓望》“地坼江帆隐,天清木叶闻”[⑦],前者不仅“是炼中一字”,而且第五末字并炼,“白”字形容飞星过水的亮光,尤其“虚”字传神;后者也不仅“是炼末一字”,而且第二字并炼,尤以“坼”字着力。这其实是五言一句中炼二字,由于两个字眼的着力,让人特别注目于它们的突兀,增加了力度,造成更为坚整的句法效果。不仅如此,而且善于巧思构句者如王维《山居秋暝》“竹喧归浣女,莲动下渔舟”[⑧],第二字“喧”“动”和第三字“归”“下”并动作字,也是颇费推敲,这使五言一句获得“竹喧”—“归浣女”、“莲动”—“下渔舟”的双重结构,显现缜密的句法效果,间不容发。亦且诗人的巧思,乃在“归浣女”之于“竹喧”,“下渔舟”之于“莲动”的“原因”拟议,这是故意曲说的转折之妙,直说就是归家的浣女在竹林喧闹,渔舟过时带动水莲漂移,在一句五言中的腾挪,乃必诗人的巧思,应对句式的限制,反而因难见巧,才是盖世的高手。王维《冬晚对雪忆胡居士家》“隔牖风惊竹,开门雪满山”[⑨]也是这样的巧构,比较谢灵运山水诗的“名章迥句”,如《过始宁墅》“白云抱幽石,绿筱媚清涟”、《石壁精舍还湖中作》“林壑敛暝色,云霞收夕霏”、《从斤竹涧越岭溪行》“蘋萍泛沉深,菰蒲冒渚浅”的千篇一律,那种琢句的草创真是不若后来居上的深思,后者却也出于格律精严的强制,“所以律诗句法多于古诗”。对于句法结构而言,清施补华《岘佣说诗》谓“一句中炼两字关锁法”,表明两字在五言

① 杨载:《诗法家数》,《元代诗法校考》,第 20 页。
② 杜甫:《李监宅》,《杜诗详注》,第 39 页。
③ 杜甫:《晴二首》其一,《杜诗详注》,第 1616 页。
④ 杜甫:《送张十二参军赴蜀州因呈杨五侍御》,《杜诗详注》,第 242 页。
⑤ 杜甫:《月夜》,《杜诗详注》,第 378 页。
⑥ 徐鹏:《孟浩然集校注》,第 146 页。
⑦ 杜甫:《晓望》,《杜诗详注》,第 2121 页。
⑧ 陈铁民:《王维集校注》,第 451 页。
⑨ 陈铁民:《王维集校注》,第 525 页。

句法中的结构功能,例如杜甫《返照》"返照入江翻石壁,归云拥树失山村"①,是"一句中炼两字关锁法",动作字"入"与"翻"、"拥"与"失"分别在七言句式中处于第三、第五字位,犹如关节的作用,紧密而活动自如,使七言一句呈现为复杂的结构,一波三折,屈而能伸。

对于炼字的讲究,往往以新奇杰特为至,这在对炼字的强调来说是必然的,但标举自然的观点不会认同于此。只有斟酌于自然与工力之间,并存不同的句格导向,庶免过犹不及。新奇杰特的句格追求是要避免平熟,它本身就标志着相对于平熟的"陌生化",平熟则如同日常语言的平常化,因此新奇杰特彰显着诗语的特征。反之,造语的平熟由于接受的习惯化使人产生审美的疲倦,而且平熟往往表现为语序的一顺、用字的平白无奇、结构的软弱松散,这些都倾向于日常语言的表达,导致诗语特征即诗歌语法特征的减弱。例如孟浩然《晚泊浔阳望香炉峰》:"挂席几千里,名山都未逢。泊舟浔阳郭,始见香炉峰。尝读远公传,永怀尘外踪。东林精舍近,日暮空闻钟。"②这首诗介于五律与五古之间,也许是格律不甚精严之作,唯此则造语一顺,用字无奇,如果视之为五古,则取于"平淡自然",但以五律视之,则一首缺乏"诗歌语法"的振竦之句。比较孟浩然著名的"气蒸云梦泽,波撼岳阳城"③、"照日秋云迴,浮天渤澥宽"④,后者以锻炼一字的字眼从而使全句气势振作而显得健举有力,显示"诗歌语法"的优势,即诗语异于散语表达的特异性。新奇杰特自是有意为之,标举自然者则总是提醒锻炼过甚之弊,但孟浩然这两联自非过甚。新奇杰特造成生涩的效果,避免了平熟、平滑。清张谦宜《絸斋诗谈》卷一谓"诗有以涩为妙者,少陵诗中有此味",然"涩对滑看,如碾玉为山,终不如天然英石之妙"⑤。尽管究以"天然"为上,但平滑者往往表现为语序一顺、又乏一二着力锻炼之字以树骨力,而无屈折顿挫之致,如白居易《长恨歌》"春寒赐浴华清池""梨花一枝春带雨"⑥,流美过甚,遂成软弱无

---

① 仇兆鳌:《杜诗详注》,第1615页。

② 徐鹏:《孟浩然集校注》,第66页。

③ 徐鹏:《孟浩然集校注》,第146页。

④ 徐鹏:《孟浩然集校注》,第157页。

⑤ 张谦宜:《絸斋诗谈》卷一,《清诗话续编》,第794页。

⑥ 顾学颉校点:《白居易集》,第238、239页。

力。清方东树《昭昧詹言》卷一引姚范语云：

凡文字贵持重，不可太近飒洒，恐流于轻便快利之习。故文字轻便快利，便不入古。才说仙才，便有此病。太白、东坡，皆有此患。[①]

"轻便快利"往往就是造语一顺，读之轻快，没有顿挫，李白七古如《宣州谢朓楼饯别校书叔云》"昨日之日不可留……今日之日多烦忧""对此可以酣高楼""抽刀断水水更流，举杯消愁愁更愁"[②]，过于"轻便快利"，说这是"不入古"，也许是指其缺乏汉乐府五言以来的古雅庄重，由于七言"纵畅"，用为歌行而不加约束，确实不属上乘。苏轼七古如《荔支叹》"永元荔支来交州，天宝岁贡取之涪""我愿天公怜赤子""吾君所乏岂此物"[③]，则是以文为诗，受到中唐韩愈的深刻影响，反映为宋诗异于唐诗兴象浑融的独特路向。如果说李白的"轻便快利"乃是出于南朝乐府七言的"天然"不琢，苏轼以文为诗则是援取古文家的散语句法，最突出的特征就是虚字衬贴的句法功用。李、苏连同白居易以才情之高不受羁勒，不惯锻字琢句，造语遂为平滑，倾向日常话语的表达，这又同于锻炼过甚之弊，并所不当。锻造与天然之权衡，清陈仅《竹林答问》之说颇得执中之道：

问：王筠称沈约诗为"弹丸脱手"，言其圆熟也。故曰"文到妙来无过熟"。而韩子苍言："诗不可太熟，亦须令生。"近人论文，一味忌语生，往往不佳。"此言何谓邪？

（答：）诗不宜太生，亦不宜太熟，生则涩，熟则滑，当在不生不熟之间……[④]

"弹丸脱手"就是自然流转，诗家造语多类此，近体尤其七绝尤然，不必句句求生，但熟则滑，律体则需精工锻造，或至新奇杰特。按照中国诗法体用思辨之说，斟酌于生熟之际，就是为诗造语的"中道"。

但炼字新奇杰特，句法乃得振竦，句格的效果必借字法锻炼实现。元陈绎曾等《诗谱》谓"汉《郊祀歌》锻意刻酷，炼字神奇"，《天马歌》如"径千里，循东道""竦予身，逝昆仑"，都以1－2节奏强化动作单字的功用，锻炼着力，圭角峥嵘，

① 方东树：《昭昧詹言》卷一，第15页。
② 王琦注：《李太白全集》，第861页。
③ 王文诰辑注，孔凡礼点校：《苏轼诗集》，第2126、2127页。
④ 陈仅：《竹林答问》，《清诗话续编》，第2246页。

当以虚字衬贴变化字组，庶几化去急迫。清方东树《昭昧詹言》卷六谓鲍照“以俊逸有气为独妙，而字字炼”①，五言如“严秋筋竿劲”“疾风冲塞起”②，“素带曳长飙，华缨结远埃”③，七言如“春燕参差风散梅，开帏对景弄春爵，含歌揽涕恒抱愁”④，不仅锻炼动作字或性状字“劲”“冲”“曳”“结”“散”，而且一句中他字的拣择也是甚费推敲。又杜甫诗如“星垂平野阔，月涌大江流”⑤，明谢榛《四溟诗话》卷一谓“句法森严，‘涌’字尤奇”⑥；清叶矫然《龙性堂诗话》初集谓杜甫“‘重碧拈春酒，轻红擘荔枝’，‘拈’字亦新”⑦；延君寿《老生常谈》谓韩愈“横空盘硬语”，尤其五古，“语语生造，字字奇杰，最能医庸熟之病”⑧，如《调张籍》“刺手拔鲸牙，举瓢酌天浆”⑨之类；乔亿《剑溪说诗》卷上则谓黄庭坚“语皆生造，不袭前人”⑩，若“蒌蒿穿雪动，杨柳索春饶”“吐出苍竹岁峥嵘”“卧龙偃蹇雷不惊”“松煤浅染饱霜兔”“中安三石使屈蟠”⑪，“穿”字妙，“索”字新，而“吐”“偃”“饱”“屈”，突兀奇倔。凡上所见之字，都是“新奇杰特”。

上引前人所举诗例中用字，“劲”写出“严秋筋竿”挺拔凌霜的品格，其实也寓托着主体精神的感受，而以最后一字形容锻炼着力；“冲”“起”写出疾风的猛烈强劲，是两个动作字；“曳”状物传神而起到连接前后字组的作用，使五言形成一个完整坚劲的结构；杜甫“涌”字写月新奇，并“拈”字都以连接前后词组形成一个坚整的结构。韩愈五古造语，确实“语语生造，字字奇杰”，名物如“鲸牙”“天浆”莫不奇特雄奇，骇人心魄，但从句法结构角度看，锻炼之字都是动作字和形容字，韩愈诗“拔”“酌”，都以动作字着力锻造，而且处于句子五字的中心，充当一句结构之用。至于黄庭坚五言“穿”“索”颇费深思，益加生动，尤其后者有拟人之思；七言锻炼诸

---

① 方东树：《昭昧詹言》卷六，第165页。
② 鲍照：《代出自蓟北门行》，《鲍参军集注》，第165页。
③ 鲍照：《代放歌行》，《鲍参军集注》，第146页。
④ 鲍照：《拟行路难》其三，《鲍参军集注》，第227页。
⑤ 杜甫：《旅夜书怀》，《杜诗详注》，第1486页。
⑥ 谢榛：《四溟诗话》卷一，《历代诗话续编》，第1154页。
⑦ 叶矫然：《龙性堂诗话初集》，《清诗话续编》，第967页。
⑧ 延君寿：《老生常谈》，《清诗话续编》，第1818页。
⑨ 方世举：《韩昌黎诗集编年笺注》，第520页。
⑩ 乔亿：《剑溪说诗》卷上，《清诗话续编》，第1086页。
⑪ 刘琳等校点：《黄庭坚全集》，第135、110页。

字,则如《剑溪诗话》所言,唯以感觉得之。凡前举炼字之例,都以动作字或形容字处于五、七言的关键位置,由于着力锻炼而显得惊警突兀,正如上述“字眼”的当处锻炼,起到阻缓诗语“一顺”、振起软弱的关键性作用。

诗法有“下字贵响”[①]之论,见于严羽《沧浪诗话·诗辨》,后世仍之,如元人《诗法家数》贵“下字响”[②],清黄子云《野鸿诗的》谓“字字立得起敲得响”[③],张谦宜则《絸斋诗谈》卷一谓“诗文琢炼,只要上口爽亮”[④]。但诗语一句平仄相间,不可能每字都取响字,而且更为重要的是诗以达意为主,字有不响而正可达意者,何必弃之不用?在此“下字”“琢炼”贵响,与第三章所述一句或一篇的“贵响”要求不同,而是炼字所取的字音要求。宋潘邠老说:“所谓响者,致力处也。”[⑤]他举例说:“七言诗第五字要响,如‘返照入江翻石壁,归云拥树失山村’[⑥],翻字、失字是响字也。五言诗第三字要响,如‘圆荷浮小叶,细麦落轻花’[⑦],浮字、落字是响字也。”[⑧]这些都是字眼或下字当处之字,正是由于处于关键的字位,着力锻炼,引人注目,并起到全句结构的关键作用,声音上也具有力量,使诵者记得住。俄国形式主义对诗歌自然声音和选音颇为重视,甚至认为诗的形式主要就是语音的组合,这些对于声音的强调表明它在诗歌中的作用,其对于诗意的表达和读者的感染所起到的促进作用是毋庸置疑的。汉语音有开合响哑,开口度大的字如“傲”,或口腔振动度大的字如“红”就是响字,反之开口度小,口腔振动度小的字如“细”“虞”就是所谓哑字;此外声调如入声干净利落,也可视为响字,如潘邠老所举“失”“落”二字入声,在声调上成为一句着力的骨力所在,但“浮”字声纽是轻唇音,本来发音不响亮,平仄的限定当然不能再用入声,这是无奈的选择。吕本中《童蒙诗训》谓“予窃以为字字当活,活则字字自响”[⑨],这是从表意的角度而

① 郭绍虞:《沧浪诗话校释》,第 9 页。
② 杨载:《诗法家数》,《元代诗法校考》,第 34 页。
③ 黄子云:《野鸿诗的》,《清诗话》,第 855 页。
④ 张谦宜:《絸斋诗谈》卷一,《清诗话续编》,第 794 页。
⑤ 见吕本中《童蒙诗训》,《宋诗话辑轶》,第 587 页。《沙中金集》“眼用响字”条亦引潘说,《元代诗法校考》,第 379 页。
⑥ 杜甫:《返照》,《杜诗详注》,第 1615 页。
⑦ 杜甫:《为农》,《杜诗详注》,第 894 页。
⑧ 吕本中:《童蒙诗训》引,《宋诗话辑轶》,第 587 页。
⑨ 吕本中:《童蒙诗训》,《宋诗话辑佚》,第 587 页。

言，凡用字造语都以表意为足，但也必须切合并充分利用形式的规定，在中国诗中，就是汉字开合响哑和声调的固有特性。但字“活”非必响字。朱熹指斥潘说“直以用字造意尽诗人之能事，寻求不已，必堕入魔障者也”[①]，贵响而不顾表意当然不行。吕本中辩解说，“诗每句中须有一两字响”，则非云过执，为举杜甫“身轻一鸟过”[②]、“飞燕受风斜”[③]，谓“‘过’字‘受’字皆一句响字也”[④]，二字并去声，起到振作全句的效果。

锻炼在于单字，但字法有骈字之讲，骈字即两字相连。诗以骈字声韵增强表情和描写的功能。清张廷玉撰《骈字类编》，专收两字相连语，包括联绵字。联绵字具有声母或韵母的联系，即双声、叠韵。叠字是两字的重复，当然声母和韵母就完全一致，它是否可以归入联绵字尚有争论，我们主张叠字是双声、叠韵之外较为独特的一类。[⑤] 也有既非双声也非叠韵而两字不可分者，如“玛瑙”之类。现代中国语言学对于联绵词的定义，是两字连缀而拆分单用无义，这是从词的本位来考虑一个词的表意功能，实际上联绵二字，其初多可单用表意，从语用的角度看是出于“字本位”的考量。[⑥] 宋吴聿《观林诗话》举谢灵运《从斤竹硐越岭溪行》“蘋萍泛沉深，菰蒲冒渚浅”，谓“上句双声叠韵，下句叠韵双声”。[⑦] “蘋、苹”和“菰、蒲”都是名物字，以二物之字相连并用，在音韵上符合双声叠韵的标准，所以视为双声、叠韵，并无不可。相似的例子有宋林逋《山园小梅》“疏影横斜水清浅，暗香浮动月黄昏”[⑧]，“清浅”“黄昏”分别以声纽相同，同于联绵字之用，这说明诗家造语用字，乃是出于字本位的语用考量，并不视之为词、执于两字不可分训之义，而是取于字面相对。在此需要特别指出的是，骈字中双声叠韵以及叠字的声韵关联，在诗语中起到舒缓声气的作用，增加一唱三叹的情韵效果，这也显示为不同于日常语言表达的独特性。

---

① 潘德舆：《养一斋李杜诗话》卷二，《清诗话续编》，第 2186 页。
② 杜甫：《送蔡希鲁都尉还陇右因寄高三十五书记》，《杜诗详注》，第 293 页。
③ 今存杜诗《春归》作“轻燕受风斜”，与《杜工部草堂诗话》“飞燕”异文。《杜诗详注》，第 1343 页。
④ 蔡梦弼：《杜工部草堂诗话》卷二，《历代诗话续编》，第 208 页。
⑤ 参拙文《辞赋联绵字语用考述》，《南京大学学报（哲学・人文科学・社会科学）》2016 年第 1 期。
⑥ 参拙文《赋用联绵字字本位语用考述》，《南京师范大学文学院学报》2015 年第 2 期。
⑦ 吴聿：《观林诗话》，《历代诗话续编》，第 114 页。
⑧ 沈幼征校注：《林和靖诗集》卷二，浙江古籍出版社，1986 年，第 89 页。

汉语单音独字，汉字以字为词，初则一字即是一词，古人为诗造语以字为本位，字具有词性的区分，只是既然以字为词，就缺乏词的观念，所以“用字”而不称用词，这就是“字本位”。而且字的词性区分缺乏固定性，多从语用的角度讲求字的虚、实及其转化。由于汉字词性的灵活性，字的词性活用在散语表达中也是常见的。所谓实字，其初仅指名物。元代周伯琦《六书证伪》说：“古人作字，皆从事物上起，今之虚字，皆古之实字。”[①]事和物都是具体实在的，称名指物，名副其实，造字以专其名，故谓名物。在实际的运用中，名物字为实，这是一定的，不能有所虚化，故称“实死”。虚字从实字演化而来，久之逐渐虚化，其初多有实义，但如语助字如“之”“乎”，连接字如“以”“而”之类的虚字，也是一定的，故谓“虚死”。其他则表动作、性状及意愿字如“肯”“能”等，皆以虚实相半，古人称为半实字、半虚字或实活字、虚活字。古人所谓字的虚实，多从用法而论。清阎若璩《四书释地又续·句绎》说：“凡字有体有用，如‘枕’，上声，体也，实也；去声，用也，虚也。”[②]王念孙《读书杂志》举《战国策·魏策三》“决荧泽而水大梁”谓“以水灌之，故曰‘水’”[③]。这就是字的虚实活用导致的词性转化。字的虚实活用并无定准，多视临文所需而定，清谢鼎卿《虚字阐义》卷一谓“字之虚实，有分而无分”，盖“本实字而止轻取其神，即为虚字，本虚字而特重按其理，即如实字”。[④]

实死字的虚用，如清马位《秋窗随笔》举韩愈、孟郊《斗鸡联句》“毒手饱李阳，神槌困朱亥”，孟出上句，韩对下句。马位谓“毒”字虚用，故以“神”字对。[⑤]《晋书·载记第五》，勒与李阳初争麻池而迭相殴击，后勒与酣谑，引阳臂笑曰：“孤往日厌卿老拳，卿亦饱孤毒手。”[⑥]“毒”本名物字，实死。《说文》：“毒，厚也，害人之艸，往往而生。”[⑦]《易·噬嗑》：“六三，噬腊肉，遇毒。”[⑧]孟郊出的上句“毒手”之“毒”，取猛厉之义，这是虚用，乃“本实字而止轻取其义”，故韩愈下句用

① 周伯琦：《六书证伪》，倪涛：《六艺之一录》卷二〇四，文渊阁《四库全书》本，集部第834册，第406页。

② 阎若璩：《四书释地又续·句绎》“见音现”条，文渊阁《四库全书》本，经部第210册，第429页。

③ 王念孙：《读书杂志》下册，中国书店出版社，1985年，第100页。

④ 谢鼎卿：《虚字阐义》卷一，清光绪元年京都琉璃厂善成堂本，第1页。

⑤ 马位：《秋窗随笔》，《清诗话》，第840页。

⑥ 房玄龄：《晋书》，第2739页。

⑦ 段玉裁：《说文解字注》，第22页。

⑧ 王弼注，孔颖达疏：《周易正义》，《十三经注疏》本，第102页。

“神”形容字对“毒”，可谓工切。这是实死字变为虚字的例子。反之重按虚死字，也能使之转虚为实。

虚死字的实用，则宋范晞文《对床夜语》卷二谓“虚活字极难下，虚死字尤不易，盖虽是死字，欲使之活，此所以为难”[①]。他举杜甫《滕王亭子》“古墙犹竹色，虚阁自松声”及《上兜率寺》“江山有巴蜀，栋宇自齐梁”，而指“犹”“有”“自”“皆用力于一字”[②]。这是重按各虚字而使之具有实义。尤其“自”字，杜甫多用。如《遭田父泥饮美严中丞》“步屧随春风，村村自花柳”、《遣怀》“愁眼看霜露，寒城菊自花”、《忆弟》“故园花自发，春日鸟还飞”等[③]，都是宋葛立方《韵语阳秋》卷一拈取的诗例，他指出杜甫多用“自”字，是由于“寄身于兵戈骚屑之中，感时对物，则悲伤系之”[④]。“自”是虚死字，在这些诗例中除“故园花自发”外，其他都是重按而使之具有实义。例如“栋宇自齐梁”，“自”具有自从以来的实义，寄托着江山易代的感慨。必须特别说明的是，并不能由此推导出像现代语法分析那样说“自”是谓语的省略的结论。只就诗语句法的形式限定来看，“自”由虚转实乃是句式限定的结果，在五字中仅有这第三字位连接前后，带出后者“齐梁”二字，而不能展开为“自从以来”的多字叙说。换言之，这个虚死的“自”字由于单字字位及其连接前后字组的结构功用，就使得作者必须重按，而读者也能感知到这个字位对于一句及其结构的骨力支撑作用。凡此都是“诗歌语法”的形式限定使然，而不是所谓“谓语省略”的“日常语法”形态。

诗家亦有善使半虚半实字之例，清陈仪《竹林答问》及李调元《雨村诗话》卷下都有精到的议论。陈仪举杜甫《屏迹三首》其一“桑麻深雨露，燕雀半生成”，而谓“炼虚字难，炼半虚半实字……更难”[⑤]。“深”“半”属半虚字，半虚字也就是半实字，较之虚死字，可以转实，但是比纯炼虚字还是“更难”。在杜甫诗中，“深”字有深受雨露滋润之义，不用说也不是所谓“谓语的省略”，而只是五言句式限定这个字位接受作者化虚为实的重按。当然任何形式的分析，即字的重按、

---

① 范晞文：《对床夜语》卷二，《历代诗话续编》，第418页。

② 范晞文：《对床夜语》卷二，《历代诗话续编》，第418页。

③ 仇兆鳌：《杜诗详注》，第1077、730、618页。

④ 葛立方：《韵语阳秋》卷一，《历代诗话》，第484页。

⑤ 陈仪：《竹林答问》，《清诗话续编》，第2242～2243页。

轻按都以表意为主，若是像现代日常语法分析那样为了补足谓语，固然完全可以改为“沾雨露”“已生成”，但是说“深雨露”“半生成”却比谓语的“实”说平添许多趣味，桑麻濡雨的华滋沃若、燕雀受生的欣乐跃如，乃见两间万物，莫非生意，吾人处斯宇内，亦有一体之乐在焉，唯用半虚实字生色，可见虚实活转之妙。

第四节　属对对等类合的诗意空间

属对是句法的拓展。属对一联上、下句必须相与对举而形成一个相对完整的意义单位。古人句法的讲求，往往系于一联，就是这个原因。换言之，在一定程度上，律诗句法在属对的结构中实现自己。律诗四联中，尽管首尾二联可对可不对，但格律的形式系统却由四联的声律属对构成，起句入韵破除首联属对，这属于变体。尽管在声律发现以前的诗文文本中，属对已经存在，但是精练工整的属对却无疑依赖声律的发明。声律的对举本身形成了声调的属对，如“平平仄仄平平仄，仄仄平平仄仄平”，不需要任何字的填充和语意的表达，仅就声律的听觉，就充分利用了汉语单音独字四声的抑扬顿挫，基于汉语规律的科学性，产生绝美的声律对偶。

从形式主义的“诗歌语法”角度来看，中国诗的属对十分适当地显示了“对等原则”，不妨将属对上下两句看作诗歌语法的“等式”。按照这种“对等原则”，属对利用了语音的平行、意义的对立、选择的相似、组合的近邻构成“等式”，这个等式乃是“先在”的“诗歌语法”规定，等式两端的对应产生联想的关系。有必要再次引录雅各布森关于“对应”的说法：“对应成为顺序关系的规定因素。在诗歌中，一个音节与同一顺序关系上的每一个音节对应，词重音与词重音对应，无重音与无重音对应；在韵律上是长音与长音对比，短音与短音对比；词界与词界对应，无词界与无词界对应；句法停顿与句法停顿对应，不停顿与不停顿对应。”[①]在此我们需要对这种“对应”或“对等原则”进行一些修订，以使它更加适合中国律诗的属对分析：

第一，语音的平行是就上下句的字位而论，平行也就是上下句中每个字位的

① 雅各布森：《语言学与诗学》，《结构—符号学文艺学——方法论体系和论争》，第182页。

对举。但是不同于西语多音节和有重音与否，中国诗注重声调的相反对举，如上句是平平平仄仄，下句与之截然相反，就是仄仄仄平平。其中部分可平可仄的调整也是基于这个基本的声调对举模式或“等式”。换言之，西语诗句的对等原则是以相同或相近的对应构成，而中国诗的属对则形成于相反的声调，根据后者的特点，有必要将“对应”改为“对举”，当然从上下两句的对举来看，其结构也是“对等”的。

第二，与声律的相反对举相应，属对以类属相对，同类可以为对，如猿对虎为兽类，草对花为草木类，南对北为方位类，之对以为虚字类。分类所根据的种属层级不同，事物语词的归类也有不同，如南北相反，是子类，合而为方位类，则是同类。进而言之，不仅一联中上下句声律平仄正好相反，而且上下对举的属类也有正对、反对的区别，前者是同类或近类相对，后者是反类相对，论者以反对为优，正对为劣，虽然不可遽断，但属对不能“合掌”。所谓“合掌”是指上下字位的类属不能相同或太近，由于汉语同义字和近义字甚多，所以能够根据需要构成上下属对，可是这种属对的结果就如两掌十指合一，五言十字属对恰好如此，合一则是字义或属类相同相近，上下没有拉开距离，就没有意义的空间。属对要避免合掌，要以联对的结构形成上下的意义空间，并适当拉开上下的距离，借以廓开空间的向度，从而生发意境。这与西语诗在各个方面的对应都以相似性为基础具有本质的不同，后者是通过“对等原则”生发所谓“转喻”“隐喻”的“语法结构”。

第三，尽管形式主义发明诗歌语法的“对等原则”，但是本质上这种“等式”仍然不得不采取索绪尔所说的“句段”关系，它是在时间中展开的线条，这是由于西语多音节的特点，必然以线性展开句段的组合。当然任何语言的表达都是在时间中展开的线性过程，只是由于汉语单音独字四声的特点，在线性展开的同时可以构成一联上下的精确对举。从语序角度来说是按前后顺序展开，从上下字位的一一精确对举来看，实际上也存在着一种垂直的关系，类似于索绪尔图示的词的选择。仅从方块字的整齐排列就可以看到这一点，而且属对上下两句必须通过相互对举的互诠才具有相对的意义，联对是一个整体，构成一个语意单位，形成上下相合的诗意空间。在创作的实践中，先有“出句”才能有“对句”，但“出句”不一定就是上句，有时诗人偶然获得一句末字为平的出句，因为律诗押平声韵，只能作为下句，那么对句就必须是上句了。仄韵七古间用律句，正好就是律诗一联的倒转，例如高适《燕歌行》“战士军前半死生，美人帐下犹歌舞”“少妇城南欲断肠，征人蓟北空回首”①，二联都是仄仄平平仄仄平，平平仄仄平平仄，完全是律诗一联的平仄倒置。这也可以说明中国诗的属对能够突破线性水平排列的句段组合，变成垂直的对举，从而形成上下相合互诠的语意单位并由此生发诗意的空间。

尽管形式主义的诗歌语法对等原则不尽合于中国诗属对的分析，但是它所提出的“诗歌语法”以及“对等原则”，连同句段关系以及词的选择和组合，所有这些都以一种诗歌所特有的形式和结构，对于我们清楚地认识属对乃至格律以及整个中国诗的形式是有帮助的。从西语及其诗歌的创作实践中已经总结和抽象出这套形式主义的理论，我们完全可以说中国诗的创作实践比西语诗本身更加具有形式的规范，这种规范乃是基于汉语单音独字声调的本质特点。有了这套理论的参照，至少我们可以认识到属对之于汉语的科学性，借此我们可以进入属对以类的诗法学阐释。

现代语言学多以“词”的观念进行词义的分析。南朝梁刘勰《文心雕龙·丽辞》说：“丽辞之体，凡有四对：言对为易，事对为难，反对为优，正对为劣。”②今人秋耘《一得诗话》说：“因为‘反对’是用意义相反或不同的词来相对，上下两句从不同的角度来表达同一的意境，内容比较丰富；‘正对’是用意义大致相同的词来相对，上下两句的含义不免重复，内容一定比较单调。”③王力先生也说反对即反义词或异义词相对，正对即同义词或近义词相对。④ 但是古人对于属对的讨论，却是本于“类”的观念，要求物类、事类的类合。《文心雕龙·丽辞》谓“反对”是“理殊趣合”⑤，刘永济释谓“反者，并列异类”⑥。《文镜秘府论》北卷“论对属”也说“同类连用，别事方成”⑦，属对的形成，乃在同类之中不同物事的类合。《文

① 刘开扬：《高适诗集编年笺注》，第 97 页。

② 范文澜：《文心雕龙注》，第 588 页。王世贞《艺苑卮言》卷一引此，而谓“李仲蒙曰”（《艺苑卮言》，《历代诗话续编》，第 954 页），其实是李称《文心雕龙》语，或一时未忆致误。

③ 秋耘：《一得诗话》，《诗刊》1963 年第 2 期。

④ 王力：《中国古典文论中谈到的语言形式美》，《文艺报》1962 年第 2 期。

⑤ 范文澜：《文心雕龙注》，第 588 页。

⑥ 刘永济：《文心雕龙校释》，第 141 页。

⑦ 弘法大师原撰，王利器校注：《文镜秘府论校注》，第 488 页。

镜秘府论》所录唐人属对之说，主要有“正对”“同对”“同类对”“反对”“异对”等。《文镜秘府论》北卷“论对属”说：“以类对之：一二三四，数之类也；东西南北，方之类也；青赤玄黄，色之类也；风云霜露，气之类也……”①同类相对，故称“正对”，例如“数之类”同类，却不能说“一”与“四”同义；“气之类”同类，也不能说“风”与“露”近义。又同书东卷“二十九种对”引元兢云：“正对者，若‘尧年’、‘舜日’。尧、舜皆古之圣君，名相敌，此为正对。若上句用圣君，下句用贤臣；上句用凤，下句还用鸾：皆为正对也。如上句用松桂，下句用蓬蒿；松桂是善木，蓬蒿是恶草：此非正对也。”②元氏分别善、恶之类，善类相对为正对，善恶相对则为反对。自然物无所谓善恶，但人以善恶观念强分其类，取以类合。又有“同对”“同类对”，实际上就是正对。《文镜秘府论》东卷“二十九种对”又引元兢说：“同对者，若大谷、广陵，薄云、轻雾；此‘大’与‘广’、‘薄’与‘轻’，其类是同，故谓之同对。同类对者，云、雾，星、月，花、叶，风、烟，霜、雪……”③“云、雾、星、月”同类，“大”与“广”、“薄”与“轻”都是表性状的字，归为一类，都是“同类对”。凡此对于各类属对的区分，都是本于类的观念。

属对以类，乃是基于汉民族思维的深层类观念。属对是在物类、事类中进行选择、配对，其本于万物配对的观念，宇宙间事物无穷无尽，都以类合而存在。刘勰《文心雕龙·丽辞》谓“造化赋形，支体必双，神理为用，事不孤立”，所以“自然成对”④；皎然《诗式》亦举“天尊地卑、君臣父子，盖天地自然之数”⑤。清李兆洛《骈体文钞》序曰：

> 天地之道，阴阳而已，奇偶也，方圆也，皆是也。阴阳相并俱生，故奇偶不能相离，方圆必相为用。道奇而物偶，气奇而形偶，神奇而识偶。孔子曰：“道有变动，故曰爻；爻有等，故曰物；物相杂，故曰文。”又曰：“分阴分阳，迭用柔刚。”故《易》六位而成章，相杂而迭用。文章之用，其尽于此乎！⑥

---

① 弘法大师原撰，王利器校注：《文镜秘府论校注》，第486页。
② 弘法大师原撰，王利器校注：《文镜秘府论校注》，第227页。
③ 弘法大师原撰，王利器校注：《文镜秘府论校注》，第251页。
④ 范文澜：《文心雕龙注》，第588页。
⑤ 李壮鹰：《诗式校注》，第57页。
⑥ 李兆洛编，殷海国、殷海安校点：《骈体文钞·自序》，第629页。

天地之间只是万物的存在，但形上学的思辨则推本阴阳及道，道作为本体统摄物类，物的类合本于道的统类。《周易·系辞上》谓“方以类聚，物以群分”[①]，文章属对亦然，取类配对，也是“天地自然之数”。在汉民族的深层观念中，天地间万物都以类属存在，因而在诗文属对中可用以取类而不穷。《说文·犬部》：“类，种类相似，唯犬为甚。从犬，頪声。”《说文·页部》：“頪，难晓也。从页、米。一曰鲜白貌，从粉省。”段玉裁注谓“頪、类古今字，类本专谓犬，后乃类行而頪废矣”[②]，则“类”本谓犬相似，引申假借为凡相似之称。“頪”声同“雷”，本作“靁”。《说文·雨部》：“靁，阴阳薄动生物者也。从雨，畾象回转形。”[③]段注：“薄音博，迫也。阴阳迫动，即谓靁也……迫动下文所谓回转也，所以回生万物者也。”[④]雷、霆义近。《说文·雨部》：“霆，雷余声铃铃，所以挺出万物。”[⑤]雷霆以生万物，故有物类，则“頪”“雷”声通，义亦关联。从“雷”得声者如“磊”为石相聚，训众石；“壘”为土相聚，训军壁；“累”为丝相聚，训积、增、重等。“頪”与众字声通，益明类聚之义。“类”以“相似之称”类聚众属，衍为族类、物类、事类之义。物类如《黄帝内经·素问·五常政大论》“其类草木”张志聪注[⑥]、《淮南子·本经》“以养群类”高诱注并谓“类，物类也”[⑦]。事类如《易·系辞下》“于稽其类”孔颖达疏[⑧]、《大戴礼记·文王官人》“规谏而不类”王聘珍诂并言“类谓事类”[⑨]。无论族类、物类、事类，都是基于外在形象的相似，相似亦即相像。《说文·犬部》朱骏声《通训定声》谓“类者肖也”[⑩]；《大戴礼记·易本命》“昼生者类父”，王聘珍《解诂》谓“类犹象也”[⑪]。而《九章·橘颂》“类可任兮”王逸注谓“类犹貌也”[⑫]。

---

① 王弼注，孔颖达疏：《周易正义》，《十三经注疏》本，第258页。
② 段玉裁：《说文解字注》，第421页。
③ “动”下各本有“雷雨”二字，段注依《韵会》本删。
④ 段玉裁：《说文解字注》，第571页。
⑤ 段玉裁：《说文解字注》，第572页。
⑥ 张志聪：《黄帝内经集注》，浙江古籍出版社，2002年，第509页。
⑦ 高诱注：《淮南子》，《诸子集成》本，第120页。
⑧ 王弼注，孔颖达疏：《周易正义》，《十三经注疏》本，第311页。
⑨ 王聘珍：《大戴礼记解诂》，第195页。
⑩ 朱骏声：《说文通训定声》，武汉市古籍书店影印本，1983年，第576页。
⑪ 王聘珍：《大戴礼记解诂》，第195页。
⑫ 黄灵庚：《楚辞章句疏证》，中华书局，2007年，第1648页。

“象”“貌”并是名词。类的形象性乃是通往文学的根本所在。[①] 事物的相似性具有种属层级的不同和分类角度之异，人们根据事物某一方面的相似性对万事万物进行归类。诗的属对，乃是作者临文当下的推类及归类，属对以类，就是利用事物象貌的某一种相似性“推类而言”，在一联上下字位中使远隔胡越的事物成为属类，构为属对，在临文构对的当下“使不类为类”[②]。刘勰认为“反对为优”，就是由于用于属对的事物之类具有推类及远的特点。

“反对”以类相属，形成开广的诗意空间，最为符合属对的本质要求，而“正对”合掌基于字义或词义的相同和相近，其上下字义或词义的重复致使诗意空间的丧失。接着前文关于“合掌”的提示，可以展开诗例的分析讨论。胡应麟《诗薮》内编卷四说：“作诗最忌合掌，近体尤忌，而齐、梁人往往犯之。”[③]我们知道联对的规范和精确化乃是声律限定使然，齐梁声律发明对属对形式有所规范，但创作合掌，不足为训。诗如唐耿沣《早朝》“冒寒人语少，乘月烛来稀”[④]、隋李宗嗣《寒食诗》“普天皆灭焰，匝地尽藏烟”[⑤]，“少”“稀”，“皆”“尽”，同义相对，谓为“合掌”。这是近类相对以为凑句，也导致今人对于属对的词义分析，在这种分析中，合掌是同义或近义词的相对，结果是上下之间缺乏意义的距离，不能产生诗意的空间，理论上词义的对举是易于导致合掌的。但是本于类的观念，则至少能在理论上规避合掌的可能，因为以类相对，类同而事物有别，就不会形成同义或近义的对举。在诗的写作中，最使作者冥思苦想、搜肠刮肚的莫过于属对，因此“对对子”就是旧时童蒙的必要课程，它是作诗的基础。清庞垲《诗义固说》卷下说：“今人往往有出句无对句，或青黄紫绿，外虽分偶，而意实合掌。其病在诗非一气串下，若一气串下，则出之与对，浅深不同，安得合掌耶?”[⑥]当然属对合掌并不出于作者的主观意愿，即使三家村书塾先生教童子作对，也当知道合掌的下劣，但何以仍然被小视为三家村书塾先生，却是由于“有出句无对句”的

---

① 参拙文《类推思维的文学推衍》，《文学评论》，2013 年第 4 期。

② 钱锺书：《谈艺录》（补订本），第 185 页。

③ 胡应麟：《诗薮》内编卷四，第 64 页。

④ 彭定求等编：《全唐诗》卷二六八，第 2980 页。

⑤ 李崇嗣：《寒食》，《全唐诗》卷一〇〇，第 1074 页。一作沈佺期诗，《全唐诗》卷九七，第 1054 页。

⑥ 庞垲：《诗义固说》卷下，《清诗话续编》，第 738 页。

窘迫，只能紧紧胶着上句以求类合，这样必然合掌。庞垲认为合掌病在“诗非一气串下”，但一气直下，以气运辞，以意主之，心知如此而不能之，则唯胸中无物，腹内寡字，可供选择者寥寥，必然捉襟见肘，只能仅就出句以为敷衍，合掌在所难免。

为了避免合掌，属对上下取类就须开广，而不是就字词的意义取其近似者紧紧作对。宋王直方《王直方诗话》引黄庭坚云：“作诗须要开广，如老杜‘日月笼中鸟，乾坤水上萍’之类。”①又引张耒说：“黄九云：‘桃李春风一杯酒，江湖夜雨十年灯’②，真奇语。”③二联所对物事，散置有若胡越，而以意相属，则“竟成姻娅”，是犹“使不类为类”者，盖“愈见诗人心手之妙”④。唐人属对，杜甫七律最可为法，究在开广。例如《登楼》中二联：“锦江春色来天地，玉垒浮云变古今。北极朝廷终不改，西山寇盗莫相侵。”“天地”“古今”，“朝廷”“寇盗”为对，单看亦若胡越，然其“竟成姻娅”，却也不唯物类的冥搜苦索，根本上乃是出于杜甫心怀天地古今、朝廷生民的博大胸怀，无论身处何时何地，感触眼前情事景物，都能联系广大，由己及人，由此及彼。正如扬雄论作赋“必推类而言”，但非“极丽靡之辞，闳侈钜衍”⑤，而是形成无限开广的属对空间，借以生发意境。属对上下空间越大，意境的生发也就越有可能，例如黄庭坚“桃李春风一杯酒，江湖夜雨十年灯”，相聚的欢乐和江湖漂泊的落寞，春风明丽与潇潇夜雨的对比，深含人生、仕宦与别离的无限感慨，引发读者无穷的感想。律诗一联，独立而为楹联，就单独具有诗意的生发，毋宁说是诗制的紧缩，乃至自成文学一体，可见属对的功用及其在律诗篇章结构中的重要性。

第五节　篇章结构生机论

句法作为诗法的中心而以近体平仄的限定构为属对。律诗由四个联对构

---

① 王直方：《王直方诗话》，《宋诗话辑佚》，第 52 页。
② 黄庭坚：《寄黄几复》，《黄庭坚全集》，第 155 页。
③ 王直方：《王直方诗话》，《宋诗话辑佚》，第 62 页。
④ 钱锺书：《谈艺录》（补订本），第 185 页。
⑤ 班固：《汉书》，第 3575 页。

成，其篇幅的缩短和四联定型乃是受到声律的影响，四联分别以其相对完整的意义单位承担了律诗篇章的结构成分，就像四个板块构成了一座精致的房子。张谦宜《絸斋诗谈》卷三说："积句成章，一句病则全章亦病，故句法不可不琢。且句之布置起落，即是章法，非句外另有章也。"①这里所说的"积句成章"，在句与章之间显然脱落了联对的环节，在律诗平仄对举和粘连的结构中，任何一句都必须处于联对的对举中才有其完整的表意功能。四联的功能，首联为起，尾联为合，中间两联作为主体以树"诗骨"。尽管律诗有首句入韵的变格，但因平仄对举和粘连的规律，它的正格却以四联作为完整的结构。

律诗篇法讲究起承转合，晚唐五代诗格已发其端，唐宣宗时王叡《炙毂子诗格》有"发语""承上""腹内""断章"之谓②，僖宗时徐寅《雅道机要》所论"破题""颔联""腹中""断句"③，属诗赋应试程式，略近"起、承、转、合"之义。宋严羽《沧浪诗话·诗体》谓律诗"有颔联，有颈联，有发端，有落句"④，"发端"和"落句"略当起、合。旧题元范德机《吟法玄微》大约是有关诗法的较早记录："起要平直……承要春容……转要变化……结要渊永。"⑤起承转合作为律诗篇法，有与制艺章法比附者。或托言范氏之说："且以律诗论之。首句是起，二句是承，中二联则衬贴题目，如经义之大讲，七句则转，八句则合耳。"⑥清冒春荣《葚原诗说》卷一说："诗之五言八句，如制艺之起承转合为篇法也。起联道破题意，次联承其意，第三联用开笔，结句收转，与起联相应，以成章法。"⑦起、承，有类八股破题、承题，起亦似八股之起讲；而起讲后起股、中股、后股、末股又略近起、承、转、合。顾炎武《日知录·试文格式》谓"经义之文，流俗谓之八股，盖始于（明宪宗）成化以后"⑧，那么元人说起承转合就不会受到八股制艺的影响。北宋王安石变唐代以诗赋取士，以浮华不切，乃并多科为进士一科，改试经义，但写作初无定

① 张谦宜：《絸斋诗谈》卷三，《清诗话续编》，第811页。
② 王叡：《炙毂子诗格》，《全唐五代诗格校考》，第363页。
③ 徐寅：《雅道机要》，《全唐五代诗格校考》，第421页。
④ 郭绍虞：《沧浪诗话校释》，第74页。
⑤ 旧题范德机门人集录：《吟法玄微》，《元代诗法校考》，第267页。
⑥ 旧题范德机门人集录：《吟法玄微》，《元代诗法校考》，第266页。
⑦ 冒春荣：《葚原诗说》卷一，《清诗话续编》，第1571页。
⑧ 顾炎武著，黄汝成集释：《日知录集释》，第951页

法,必不有启起承转合之说。然而正如八股制艺的刻板程式,律诗起承转合之法遭到如王夫之等的不屑否定,比于"蠹虫相衔成青竹蛇"之类,断言"立此四法,则不成章矣",因为有悖"两间万物之生"[①],在王夫之看来,"起承转合"作为死法,有悖生生之理。

诗的写作如果刻板地遵循某种固定的程式,千篇一律按照哪一句是承、哪一联是转,且显露作意,就是死法。但是论者的说法,相反却是普遍将起承转合视为"活法"。明代李东阳《麓堂诗话》就说:"律诗起承转合,不为无法,但不可泥,泥于法而为之,则撑拄对待,四方八角,无圆活生动之意。然必待法度既定,从容闲习之余,或溢而为波,或变而为奇,乃有自然之妙,是不可以强致也。若并而废之,亦奚以律为哉?"[②]显然并未主张王夫之所谓"立此死法"的生搬硬套,而是强调"变而为奇"的活用,方有"自然之妙"。犹如吕本中之论"活法":"学诗当识活法。所谓活法者,规矩备具而能出于规矩之外,变化不测而亦不背于规矩也。是道也,盖有定法而无定法,无定法而有定法,知是者则可以与语活法矣。"[③]这种论"法"的思理,是首先承认法度既有,然后活用其法。宋陈师道谓作诗"有规矩故可学"[④],元人《诗法正宗》则谓"文章有法度"[⑤],都是肯定法度的既定存在,作诗先有规矩法度,故可为法。

但是对于法度本身,是否就是如王夫之所认为的死法呢?法度是否出于某人所定的僵死规矩?如果按照"活法"的理论,法度或规矩是可以活用的,那么死法可以活用吗?这就应当追问法度或规矩本身是否具有"活"的性质,而不是死的规定?我们当然可以说中国诗法的各个方面都是作诗实践的归纳和总结,它本来就是活的,但是问题的实质还在于这些法度或规矩是否基于一种"活"的思维,如果是这样的话,那么法度本身就具开放性和功能性,运用这些法度,能够进行灵活的创造。答案是肯定的。中国诗法学的"诗本"论对于各种诗法的统

---

① 王夫之:《姜斋诗话》卷下,《清诗话》,第 12 页。

② 李东阳:《麓堂诗话》,《历代诗话续编》,第 1376 页。

③ 刘克庄:《江西诗派小序》引,《历代诗话续编》,第 485 页。

④ 陈师道:《后山诗话》,《历代诗话》,第 304 页。清田同之《西圃诗说》引此,见《清诗话续编》,第 756 页。

⑤ 是书旧题揭曼硕撰,又题《虞侍书金陵诗讲》,见《元代诗法校考》,第 315 页。

摄及其体用的思辨，在总体上已经预设了法度及其运用的灵活性。而且诗法讲求的辩证法与执中之道也确保某种法度讲求拒绝极端的绝对性，任何一种法度讲求都处于辩证的关系中，它必须与相反对立的另一种法度讲求构成相与依存和转化的同体联系，才是具有实用性和操作性的，中国诗法学的所有讲求都是如此。

律诗的起承转合以及整个中国诗篇法的所有讲求，本身就是活的，这是因为篇法讲求所本的思理，究归自然生生之理，它的种种讲求被置于“天道自然”的本体预先设置之下。我们看古人将起承转合类比于生机的讨论即可明了。冒春荣《葚原诗说》卷一说：“近体以起承转合为首尾腰腹，此脉络相承之次第也。”①这种类比性的说法具有普遍的代表性，起承转合被类比于人身的生命整体。当然律诗四联也可以类比而称为首联、颔联、颈联、尾联，这种称名同样显示着法度对于自身生命的类比，或者说人将自身的生命意识投注到诗的篇法讲求之上，法度不是死的，它本身是一个整体性的生命结构。冒春荣《葚原诗说》卷一进而论曰：

> 首动则尾随，首击则尾应。腹承首后，腰居尾前，不过因首尾以为转动而已。是故一诗之气力在首尾，而尾之气力视首更倍，如龙行空，如舟破浪，常以尾为力焉。②

这可算是对“首尾腰腹”之称的一个很好注释，首尾腰腹贯通着一体生命的生生活力，血脉气力流布其中。自一体视之，有首有尾，有起有结，承者以成条贯，转者以求变化，篇章构结之序，究在自然之理。起承转合之序既定，气脉依序流行，贵在一脉相承。由此看到篇法的确定，不是任何人为的规定，而是本于天地之间的生生之理，表现为生命的鲜活特性。如果我们承认一首诗是一个整体，那么就必然有首有尾，有躯干腰腹，这是任何一个生命体的整体结构，在“天人合一”的深层思维和心理感受中，这是必然的。

不仅律诗，古人论作诗篇法，都以天道为本，清庞垲《诗义固说》上所谓“天

---

① 冒春荣：《葚原诗说》卷一，《清诗话续编》，第1577页。

② 冒春荣：《葚原诗说》卷一，《清诗话续编》，第1577页。

地之道，一辟一翕，诗文之道，一开一合"，则"章法次序已定开合"[①]。按《易传》的说法，"一阴一阳之谓道"，形上之"道"必经"气化"的形下降落，才能化成万物，这显然吸收了老子道家的思想。章法讲求的是整体之下的开合变化，全篇整体通过开合变化实现。在此，一体二分的阴阳二气就成为说者取论的关键，而且以"气"论法，最得生生自然和一体贯通之义。因此古人论篇法恒主一气。"有章法无气，则成死形木偶"[②]，故"律诗谋篇，贵一气相生"[③]，"一首贵一气贯注"[④]，例如"少陵自首至结一气，横厉无前，纵越绳墨之外，激昂霄汉之表"[⑤]。如"杜五律《洞房》诸作、七律《秋兴》诸作，皆一气喷洒而出"[⑥]。又"少陵七律，有一气直下，如'剑外忽传收蓟北'者"[⑦]，不烦绳削。杜甫《闻官军收河南河北》："剑外忽传收蓟北，初闻涕泪满衣裳。却看妻子愁何在，漫卷诗书喜欲狂。白日放歌须纵酒，青春作伴好还乡。即从巴峡穿巫峡，便下襄阳向洛阳。"[⑧]每联都写喜悦情状，首联总写提起，第二联实写，第三联虚写，尾联进一步虚写宕开。其于虚实转换也具有篇法变化，虽谓"一气直下"，却非平直，不如"一气相生"之说，为得转折变化之理。当审"一气喷洒""一气直下"之谓，虽附天道自然，但从篇法开合的角度来看，并非不求转折变化。清施补华《岘佣说诗》谓"东坡七律，一气相生旋转自如之作，最为上乘"，然犹谓"走而不守"，不仅在于"不能炼句"，[⑨]也是篇法不谨之故。苏轼自谓"吾文如万斛泉源，不择地皆可出，在平地滔滔汩汩，虽一日千里无难。及其与山石曲折，随物赋形，而不可知也"[⑩]，为诗则"冲口出常言，法度法前轨"[⑪]，其积极意义就是取于天道自然，但不烦字句锻炼和篇法安排，就有"走而不守"、失于疏宕滑易的毛病。

---

① 庞垲：《诗义固说》卷上，《清诗话续编》，第729页。

② 方东树：《昭昧詹言》卷一，第30页。

③ 朱庭珍：《筱园诗话》卷一，《清诗话续编》，第2336页。

④ 吴雷发：《说诗菅蒯》，《清诗话》，第899页。

⑤ 黄子云：《野鸿诗的》，《清诗话》，第849页。

⑥ 翁方纲：《石洲诗话》卷一，《清诗话续编》，第1379页。

⑦ 见杜甫《崔氏东山草堂》仇注引王嗣奭语，《杜诗详注》，第599页。

⑧ 仇兆鳌注引王嗣奭谓此诗妙在"一气流注"，《杜诗详注》，第1172页。浦起龙称其为杜甫"生平第一首快诗也"（浦起龙：《读杜心解》，中华书局，1961年，第628页）。

⑨ 施补华：《岘佣说诗》，《清诗话》，第994页。

⑩ 苏轼：《自评文》，《苏轼文集》，第2069页。

⑪ 苏轼：《与明上人二颂》其二，《苏轼文集》，第2422页。

篇法主“气”，则有“气韵”，所以又谓“气韵生动”，诗画相通，向为通谈。又说“气势”，徐寅《雅道机要》说“势者”是“诗之力也”[①]，虽不专指篇章结构，但谋篇不善，毫无章法，必然气弱乏力。唐皎然《诗式》论“明势”而谓“气腾势飞”[②]，则势得于气，可谓“气势”，又谓“后势特起，前势似断”[③]，则近于篇法。宋朱熹也说“行文要紧健，有气势”[④]，当然就是篇法。清张谦宜《絸斋诗谈》卷四则以杜甫《壮游》[⑤]“每叙一处，提笔径下”为有“气概”，反之“若停手细描，有浓淡相间，便令章法不匀，气概不壮”[⑥]，这其实也是强调一气贯通。“贯通”二字，最为篇法之要。旧题元范德机《木天禁语》[⑦]详说篇法，尤重此义，所举“一字血脉”“二字贯穿”“三字栋梁”“数字连序”“钩锁连环”“顺流直下”诸格[⑧]，都在一气贯通。

然而不仅强调自然天道的整体贯通或一气贯注，篇法的讲求又须具体落实于条文节目的次序之上，要归转折变化。只有转折变化才能一气贯通，才是天道自然的本来状态。天道变动不已，大化流行不息，唯以阴阳互动，不期正反相生，至于错综百出，卒乃变化无穷。古人篇法，“只是转折多”[⑨]，“其道在于善变化”而已[⑩]。篇法主乎一气，故有阴阳反合，遂得奇正相生。清刘熙载《诗概》有“伏应、提顿、转接、藏见、倒顺、绾插、浅深、离合”[⑪]各门，乔亿《剑溪说诗》卷下又举“首尾呼应，顺逆隐见，疏密疾徐，乍离乍合，忽断忽连”[⑫]诸法，都在顺逆开阖，变化不测。

律诗起承转合篇法的形成，在形式构成看来，乃是由汉语单音独字声调形成固定的句式，并由声律的规定将上下两句合成联对，再由四个联对结构成篇，句子是这个系统的中心。四联按照时间的线性展开为篇章，本身就显示着首尾中

---

① 徐寅：《雅道机要》，《全唐五代诗格校考》，第 414 页。
② 李壮鹰：《诗式校注》，第 11 页。
③ 李壮鹰：《诗式校注》，第 153 页。
④ 方东树：《昭昧詹言》卷一引，第 24 页。
⑤ 仇兆鳌：《杜诗详注》，第 1736 页。
⑥ 张谦宜：《絸斋诗谈》卷四，《清诗话续编》，第 828 页。
⑦ 史潜刊《新编名贤诗法》本题《范椁德机述江左第一诗法》，见张健《元代诗法校考》，第 136 页。
⑧ 范椁：《木天禁语》，《历代诗话》，第 741 ~ 743 页。
⑨ 杨慎：《升庵诗话》卷五，《历代诗话续编》，第 739 页。
⑩ 叶燮：《原诗》卷一，《清诗话》，第 574 页。
⑪ 刘熙载：《艺概 · 诗概》，第 78 页。
⑫ 乔亿：《剑溪说诗》卷下，《清诗话续编》，第 1092 页。

间的先后次序，篇法就合这个既定的顺序，乃是这种顺序的体现，不依赖任何外在因素的作用。字法、句法、属对乃至篇法都以内在的关系展开并进行自我的调整，从而在字、句、联对、篇章层面上产生众多的法度讲求，适应各个时代每个作者表意的需要。不妨将此格律视为一个“系统”甚至“结构”，由此而产生的诗法讲求和表意作用表明这个“系统”或“结构”自我调节的“功能性”。在索绪尔那里，语言符号是一个封闭、独立和自足的价值系统，“结构”的概念从此演化而来。人们比较乐于接受皮亚杰对于“结构”的定义：它是一个自我守恒的、自我调节的整体性体系。[①] 朱立元先生认为“是指结构内部存在着具有构成作用的规律、法则等”[②]，这至少与结构的自我调节和转换功能有关，或者说是结构调节和转换功能的一部分。格律以及篇法起承转合乃是封闭、独立、自足的体系，篇法起承转合的生命整体性及其一气贯注的生命活力，当然是一个自足的“系统”，这个“系统”能够随着作者表意的需要随时进行自我调整，“转换”成各式各样的不同篇法，而又不离起承转合之间。如果说结构主义需要通过分析才能找到隐含在无数文本中共通的基本结构，那么或者可以将中国诗的格律看作“预先制定”的结构，它是先在的，不需要文本的分析，无数作者创造的文本反过来可以被视为这个结构存在的证明。“结构”被格律化了，变成了属于诗法范畴的“规矩”，但它不是“死法”，而是可以自我调节而转换生成种种“活法”的系统，它不仅是“封闭”的，也是开放的，对于格律以及篇法的认识和现代评估，引入“系统”或“结构”的参照并非坏事。

起承转合作为篇法的活用见于古人诗法学的讲求，可以视为篇法之于表意的自我调节或“转换”功能。起、承、转、合的要求，元人《诗法家数》谓“起句要高远”而“须阔占地步”，“承句要稳健”，颈联转意“要变化”，“结句要不着迹”，尾联要“首尾相应”而又要能“推开一步”[③]。冒春荣《葚原诗说》卷二也说：“律诗或兴起，或比起，或引事起，或就题起，句要突兀高远。颔联要承接，如骊龙之珠，抱而不脱。颈联或写意，或写景，与前联之意相应，又要变化。结句或就题，或开

① 李广仓：《结构主义文学批评方法研究》，第 105 ~ 107 页。

② 朱立元主编：《当代西方文艺理论》，华东师范大学出版社，1997 年，第 231 页。

③ 杨载：《诗法家数》，《元代诗法校考》，第 12 ~ 19 页。

一步,或缴前联之意,言有尽而意无穷。”[①]起须高远突兀以取气势,气势一开,就当稳健承之,缓和其势。中二为律诗主体和“诗骨”所在,可资描写叙议,略为放缓,这就是承接缓和的功能。但只有这两联而不克多有,所以必须具有转折,而且就一首整体而言,如果承接而没有转折,则篇法一顺,缺乏变化,也不符合腰腹屈折的生机之理,就如山重水复、草木婀娜,无不曲尽变态。而转折必须回应,形成一个有机的整体,并开出一步以取不尽之势。这样来看律诗起承转合之法,则一首变化照应、开阖承转,其势缓急相济、一气流贯回还,合于天地自然之道、应乎万物生生之理。

律诗起贵突兀,乃是篇法通论。各体都重视起句,但律体讲求为甚,这是因为律诗只有四联,篇幅为短,起手不能平直铺垫,否则占据了有限的篇幅,而且突兀以取气势,也能振起全篇。朱庭珍《筱园诗话》卷四谓律诗最“争起笔”,“尤贵以气格胜”,盖起笔气格胜,能使“自起至结,首尾元气贯注……精力弥满”[②]。律诗结句的重要性也被格外强调,宋姜夔《诗说》谓“一篇全在尾句”[③],元人《诗法家数》谓“诗结尤难。无好结句,可见其人终无成也”[④],明谢榛《四溟诗话》卷二谓“律诗无好结句,谓之虎头鼠尾”[⑤]。结句之法,《诗法家数》谓“或就题结,或推开一步”[⑥],“就题”即收题,清沈德潜《说诗晬语》卷上谓“前路层波叠浪而来,略无收应,成何章法”[⑦]。就题收应,这是结句的职用,“结句”的称谓就在于此。而结句“宕开”一层,正如《白石诗说》所谓“篇终出人意表”,而有“意尽词不尽”“词尽意不尽”“词意俱不尽”之说,都在结处“放开一步”以“宕出远神”[⑧],具有言外之致。结句写景而有不尽之意,莫若钱起《省试湘灵鼓瑟》“曲终人不见,江上数峰青”[⑨],吴乔《围炉诗话》卷一谓“贵有远神也”[⑩]。此诗按题以“善鼓云和

---

① 冒春荣:《葚原诗说》卷二,《清诗话续编》,第1591页。
② 朱庭珍:《筱园诗话》卷四,《清诗话续编》,第2398页。
③ 姜夔:《白石诗说》,《历代诗话》,第682页。
④ 杨载:《诗法家数》,《元代诗法校考》,第36页。
⑤ 谢榛:《四溟诗话》卷二,《历代诗话续编》,第1170页。
⑥ 杨载:《诗法家数》,《元代诗法校考》,第18页。
⑦ 沈德潜:《说诗晬语》卷上,《清诗话》,第536页。
⑧ 沈德潜:《说诗晬语》卷上,《清诗话》,第539页。
⑨ 钱起:《省试湘灵鼓瑟》,王定璋:《钱起诗集校注》,浙江古籍出版社,1992年,第189页。
⑩ 吴乔:《围炉诗话》,《清诗话续编》,第501页。

瑟”发端,故结以“曲终人不见”;而上联写流水湘浦、悲风洞庭,故以“江上数峰青”承接前意,回应首联,水到渠成;且前面写想象情状,冯夷楚客,苦调清音,苍梧白芷,悲风洞庭,突然结以“曲终人不见”,从凄迷幽冷的梦境突然回到现实,空留下江上青峰,春梦无痕,令人惆怅不已。律诗结句“宕开”一层而余韵不尽,在篇法上具有意境生发的功能,彰显“意境创造的诗法功用”[①]。

尽管律诗重视起、结而“不难中二联”[②],但中二作为一首的主体部分可以展开所写的内容,在这个意义上说是最为重要的。由于中二都须属对,结构上排列在一起,所以必须着意经营,求取变化,否则平列铺排,易见呆板。沈德潜《说诗晬语》卷上说:

> 三四贵匀称,承上斗峭而来,宜缓脉赴之;五六必耸然挺拔,别开一境。上既和平,至此必须振起也。崔司勋《赠张都督》诗:“出塞清沙漠,还家拜羽林”,和平矣,下接云:“风霜臣节苦,岁月主恩深。”[③]杜工部《送人从军》诗:“今君度沙碛,累月断人烟”,和平矣,下接云:“好武宁论命?封侯不计年。”[④]《泊岳阳城下》诗:“岸风翻夕浪,舟雪洒寒灯”,和平矣,下接云:“留滞才难尽,艰危气亦增。”[⑤]如此拓开,方振得起。温飞卿《商山早行》,于“鸡声茅店月,人迹板桥霜”下,接“槲叶落山路,枳花明驿墙”[⑥];周处士朴赋董岭水,于“禹力不到处,河声流向西”下,接“过衡山色远,近水月光低”[⑦],便觉直塌下去。[⑧]

这是中二的变化,因为首联“斗峭”,第二联便须“和平”,第三联接着第二联,又须“振作”,这是从气势的缓急而言。《说诗晬语》卷上又为虚实之论说:

> 中联以虚实对、流水对为上。即征实一联,亦宜各换意境。略无变换,古人所轻。即如:“蝉噪林逾静,鸟鸣山更幽。”何尝不是佳句,然王元美以

① 参拙文《意境创造的诗法功用》,《齐鲁学刊》2006年第6期。

② 王世贞:《艺苑卮言》卷一,《历代诗话续编》,第961页。

③ 彭定求等编:《全唐诗》卷一三〇,第1327页。

④ 仇兆鳌:《杜诗详注》,第757页。

⑤ 仇兆鳌:《杜诗详注》,第2356页。

⑥ 曾益等:《温飞卿诗集笺注》,第155页。

⑦ 彭定求等编:《全唐诗》卷六七三,第7698页。

⑧ 沈德潜:《说诗晬语》卷上,《清诗话》,第539页。此段冒春荣《葚原诗说》卷一悉为抄录,仅略变数字而已。

其写景一例少之。至“圆荷浮小叶，细麦落轻花”[①]，宋人已议之矣。[②]

“虚实”是谓情景，景为实，情为虚。沈德潜的意见是“中二联不宜纯乎写景”[③]。南朝梁王籍《入若邪溪》诗全首云：“艅艎何泛泛，空水共悠悠。阴霞生远岫，阳景逐回流。蝉噪林逾静，鸟鸣山更幽。此地动归念，长年悲倦游。”[④]沈德潜所举其中一联，堪称名句，但中二都写景，不免堆砌之累。借如赋体篇幅巨大，空间为广，故以铺陈为本，所以堆砌无妨，但律体短小，中二不宜并列写景，也不宜纯乎言情。当然也有二联写景或二联言情者，甚至一首写景、一首言情者，然以情在景中，景语含情，或写景有大小远近，在篇法上看都是生发变化，避免平直一顺，都可以纳入虚实的讲求。王夫之《姜斋诗话》卷下说：

> 情、景名为二，而实不可离。神于诗者，妙合无垠。巧者则有情中景，景中情。景中情者，如“长安一片月”[⑤]，自然是孤栖忆远之情；“影静千官里”[⑥]，自然是喜达行在之情。情中景尤难曲写，如“诗成珠玉在挥毫”[⑦]，写出才人翰墨淋漓、自心欣赏之景。[⑧]

大体说来，诗中所写之景，除了像谢灵运那样纯以写景为目的，即把景物当作“客观”描写的对象，他如一篇有情，则景（物）的呈现都以述情的需要而设，景物必然含情于中。但从篇法讲求来说，如果中二或一首全部写景，即使是景中含情，也不免单调平直，缺少屈折变化。所以情景错举乃是律诗篇法必须讲求的重要方面。对于中二联的情景虚实变化，清李重华《贞一斋诗说》谓“四句两联，必须情景互换，方不复沓”[⑨]。清吴骞《拜经楼诗话》卷一说：“律诗中二联，往往一联写情，一联即景。情联多活，活则神气生动；景联多板，板则格法端详。此一定之法，亦自然之文也。”[⑩]所谓“活”“神气”“生动”，都是从篇法合乎天道自然的

---

① 杜甫：《为农》，《杜诗详注》，第 894 页。

② 沈德潜：《说诗晬语》卷上，《清诗话》，第 538～539 页。

③ 沈德潜：《说诗晬语》卷上，《清诗话》，第 539 页

④ 冯惟讷：《古诗纪》卷九六，文渊阁《四库全书》本，集部第 1380 册，第 182 页。

⑤ 李白：《子夜吴歌》其三，《李太白全集》，第 352 页。

⑥ 杜甫：《自京窜至凤翔喜达行在所》，《杜诗详注》，第 425 页。

⑦ 杜甫：《奉和贾至舍人早朝大明宫》，《杜诗详注》，第 519 页。

⑧ 王夫之：《姜斋诗话》卷下，《清诗话》，第 11 页。

⑨ 李重华：《贞一斋诗说》，《清诗话》，第 931 页。

⑩ 吴骞：《拜经楼诗话》卷一，《清诗话》，第 728 页。

角度而论,也是篇法起承转合落实于情景虚实的具体讲求,生发或自我调节,适应表意的功能。

当然也有中二都写景,或都言情,或以议论为主。从全篇来看,或以律诗前半、后半为说,这要视其题意和所写内容而论。例如李白《渡荆门送别》:"渡远荆门外,来从楚国游。山随平野尽,江入大荒流。月下飞天镜,云生结海楼。仍怜故乡水,万里送行舟。"[①]尽管这首诗题"送别",但真正点题切题的只在尾联,首联说"楚国游",那么中二就都写所游之景,并无不可,这是以写景为全篇,所以中二不必限于情景交替。但是中二写景排列,就景物大小、远近、动静也是必当讲究,此诗中二都是远大之景,但一联在地,一联在天,也是变化相生。又如杜甫《房兵曹胡马》:"胡马大宛名,锋稜瘦骨成。竹披双耳峻,风入四蹄轻。所向无空阔,真堪托死生。骁腾有如此,万里可横行。"[②]此诗全首就是咏马。咏物诗要不离不即,不离就是不能离开所咏之物的特性,不即就是不能胶着于物,而必须就物的特性有所宕开。虽然每一联都是写马,但其角度和侧重点固有不同。第一联概写胡马,第二联写耳、写蹄,这是就马的态貌进行描写,第三联则宕开虚写,具有篇法的变化,符合格律粘连的转折要求,不唯情景交替之用,共同显示格律形式的自我调节和转化功能。

---

① 王琦注:《李太白全集》,第739页。

② 仇兆鳌:《杜诗详注》,第23页。

第七章　典雅标格的历史空间

诗道尊古尚雅反映为鲜明的文化取向，体制的正统性借《诗》悬诸“风雅”的标格，引领后代的古雅追求。咏史怀古彰显了历史回顾的心态，前者本于一事发表感议，后者由于题材的广泛性失去成为诗之一体的条件，唯此表明中国诗对于往昔回顾的共通心态。诗法讲求的成辞袭用、雅字选择以及借代关乎故事、脱化出于成言、用事系于故实，都以往昔的指向反映尊古尚雅的普遍意识。“文言”语汇系统的先在，决定了诗用成辞和本于成辞的化用成为必然，用事借以进入历史的空间，借代本诸故事成辞而意在古雅。凡此无不反映文学“复古”的历史传承，在体制、题材乃至构思的定式、成辞的既存等各个方面表明文学史对于作者的塑造，而且用事和成辞的引用脱化必然引发文学历史“踪迹”的再现。

第一节　诗道高雅与尊古意识

中国诗的高雅定格乃是传统文化情境中的高度自觉。“诗，雅道也”①，所尚“典而古者”②，“脱去流俗”③，“避凡俗浅近”④，“务使清新拔俗”⑤。在古代士人的文化自觉中，中国诗的高雅品格明白显露。早在先秦，“雅”“俗”相对

---

① 张笃庆语，见《师友诗传录》，《清诗话》，第138页。

② 叶燮：《原诗》卷一，《清诗话》，第574页。

③ 黄庭坚：《跋王荆公禅简》，《黄庭坚全集》，第696页。

④ 方东树：《昭昧詹言》卷一，第10页。

⑤ 吴雷发：《说诗菅蒯》，《清诗话》，第902页。

就已成为人们的一般观念。“雅”“夏”相通，“雅”本训“正”。按《说文》，“夏”指中国之人[①]，以列国言，则王都所在为中国，那么中国之音或王畿之音，就被视为“正音”。而《诗》之风、雅、颂都以音别，“风土之音曰风，朝廷之音曰雅，宗庙之音曰颂”[②]。雅为朝廷“正音”，与政治紧密相关，“政，正也”[③]，“有所改更匡政”[④]之义。二雅多为政治诗，可证“正”“政”相通。这是“雅”的本义。而“俗”本“风土之音”，故有十五国风，适与“雅”所标示的王畿“正声”相对而言。《诗》以风、雅并称，正唯雅、俗并重，所云“入国而问俗”[⑤]、“修其教，不易其俗”[⑥]，经典中所表现出来的多是对“俗”的尊重态度。而孔子以“诗三百，一言以蔽之，曰思无邪”，一“归于正”[⑦]，及后世尊《诗》为经，在儒家的推崇中，风土之音并归雅正，这可视为雅之“正”义的扩展。而且孔子重《诗》，阐发“兴、观、群、怨”之义[⑧]，《诗》的功用得到极大的强调。《诗大序》云：“故正得失，动天地，感鬼神，莫近于诗。先王以是经夫妇，成孝敬，厚人伦，美教化，移风俗。”[⑨]后世之论，莫不如此。萧梁钟嵘论诗，亦仍《诗序》之言[⑩]，一往表现为尊崇风雅的普遍意识。

从文学体制的角度看，正是由于《诗经》的正统地位，诗的体制遂居于文学的正宗，这在文学的“理论自觉”中明显表现出来。“在我国古代，文学理论的主体可以说始终是诗文理论。元代以前自不必言，即使是清代也是如此”，所以诗文理论就被称为“正统诗文理论”[⑪]，中国文论中诗论绝多，理论的“正统”正好反映了诗为正宗。在两千多年的中国文学演变历程中，诗的正统地位从未被撼动。尽管今人普遍接受王国维“一代有一代之文学”的观点[⑫]，但在

---

① 段玉裁：《说文解字注》，第233页。
② 郑樵：《通志·昆虫草木略》，第865页。
③ 许慎：《说文解字》，第67页。
④ 《论语·子路》“有政”下何晏引马融注，《论语集解义疏》，第181页。
⑤ 郑玄注，孔颖达疏：《礼记正义·曲礼上》，《十三经注疏》本，第87页。
⑥ 郑玄注，孔颖达疏：《礼记正义·王制》，《十三经注疏》本，第398页。
⑦ 《论语正义》引何晏《论语集解》引包咸注“思无邪”，曰“归于正”。《论语集解义疏》，第14页。
⑧ 刘宝楠：《论语正义》，《诸子集成》本，第374页。
⑨ 郑玄笺，孔颖达疏：《毛诗正义》，《十三经注疏》本，第10页。
⑩ 钟嵘：《诗品序》，《诗品笺注》，第1页。
⑪ 成复旺、蔡钟翔、黄保真：《中国文学理论史》第3册，第12、13页。
⑫ 王国维：《宋元戏曲史·序》，商务印书馆，1915年，第1页。

古人的观念中，却并不以这种文学成就论来给自己时代的文学定位。汉世辞赋为盛，却也是《诗经》获得无上推崇的时代；汉兴乐府，经文人拟作，至唐诗到达高峰，向称唐诗、宋词、元曲与明清小说，各成一代文学，然宋人重诗，前所未有，以至诗话盛行，而词话寡作；元代诗法、诗格复盛[①]，虽元人作曲为多，但曲论为少；明代小说骤兴，然七子复古、公安变革，乃至竟陵反正，整整一代文学的重要争论，都围绕着诗学的主题；即使时至清代，所称“神韵”“格调”“肌理”“性灵”，也还以诗学派别标举一宗，居于文坛正位。由此可以指出，诗的正统地位在相当程度上保证了它作为一体文学的“雅正”品格；即使单从体制上说，诗的雅正也是体制固有的本质特征。词为“艳科”，曲为俗制，小说则街谈巷议者流，这种观念的“保守性”，在文学的体制之殊上，却也具有明确的甄别。论者如李清照强调诗、词之分，保持词体本色，作者如欧阳修诗称雅正、文以明道，然所作小词，不脱胭脂之气，都在体制之殊，雅、俗迥异其趣，其所彰显的要义，乃是雅、俗对立的划然分野。

在诗的创作上，“高雅”主要表现为“古雅”亦即对“典雅”的追求。风雅作为诗学之源既成经典，就为后代诗的创作树立了“典雅”的风范，尽管不必模拟风雅本身，但典雅的标格却成为后世创作极力追拟的目标。这种在时代悬隔中的历史仰视，反映为中国诗学经久存在的崇古意识。唐陈子昂、李白并感“风雅不作”[②]，而思振起雅道，杜甫“别裁伪体亲风雅”[③]，都视风雅为文学的正宗和不朽的典范。但自《诗》以后，虽有作者，四言并不多作，转以五、七为常，这自是汉乐府五言以及文人递相拟作形成的新近传统，唐诗之源在此。七言虽起源于汉，但至曹丕《燕歌行》在文人手中成体，迄南朝刘宋鲍照《拟行路难十八首》才隔句押韵，已预齐梁声律之规范，而卒成七言近体。从体制上看，这种起自汉乐府的新近传统已与《诗》篇乖离，实际上其创作也非尊风雅，但“风雅”尊尚仍然引导着

---

① 张健《元代诗法校考》收集元人诗法、诗格著作凡 28 种，其中多有较大影响，如《木天禁语》《诗法家数》《诗法源流》《诗家模范》等，后世引述颇多。

② 陈子昂《修竹篇并序》：“文章道弊五百年矣……思古人常恐逶迤颓靡，风雅不作，以耿耿也。”（徐鹏校：《陈子昂集》卷一，中华书局，1960 年，第 15 页）李白《古诗五十九首》其一：“大雅久不作，吾衰竟谁陈。”（王琦注：《李太白全集》，第 87 页）

③ 杜甫：《戏为六绝句》其六，《杜诗详注》，第 1089 页。

创作的高格。诗道高雅并不表现为对经典的模拟和风喻经义的异代重现，后世即有讽喻之作也只是作为一个部分，并且也并不以其风喻经义标举其高；而是表现为意趣的高古和造语用字的典雅。例如唐皎然明标“高古”[①]、明李梦阳“刻意古范”[②]而主“格古调逸”[③]，反映了追求古雅的执着意识。可以说中国诗两千多年以来的创作历程一直贯通了诗道古雅的坚执追求，即使仅凭汉语语汇系统的粗略印象，也必定对此深信不疑。南朝梁钟嵘肯定“古拙”[④]，唐韩愈推许“古淡”[⑤]、姚思廉高标“古气”[⑥]，宋欧阳修赏玩“古味”[⑦]，明宋濂崇尚“古健”[⑧]，胡应麟欣赏“古色”“古意”[⑨]，清袁枚独喜“古峭”[⑩]，而唐高彦休、宋罗大经、清阮元则竟趋“古雅”[⑪]而已。雅道通古，而“俗”与今近，故称“世俗”。

高雅、低俗的对立，起初并不直接关乎诗学的观念，而是起于人物品评。“俗”者多指“俗人”“世俗”。大约春秋战国，诸子著述，开始诋俗，如孔子之诋“乡愿”，老子、庄子、孟子之诋“俗人”“世俗”“流俗”[⑫]，并皆疾俗如仇，在极其疾俗的贬抑态度中，隐含着一个正面的基本立场，这就是俗者为低，则其对立面为高。迄东汉王充评议人物，遂以“雅俗异材，举措殊操”[⑬]，显见高、下之分，一唯

① 皎然：《诗式·诗有七德》，《诗式校注》，第28页。

② 何景明：《与李空同论诗书》，李淑毅等点校：《何大复集》，中州古籍出版社，1989年，第575页。

③ 李梦阳：《潜虬山人记》，《空同集》卷四八，文渊阁《四库全书》本，集部第1262册，第446页。

④ 钟嵘《诗品序》：“次有轻荡之徒，笑曹、刘为古拙。”（《诗品笺注》，第35页）

⑤ 韩愈《醉赠张秘书诗》：“张籍学古淡，轩鹤避鸡群。”（见方世举《韩昌黎诗集编年笺注》，第215页）

⑥ 《梁书·文学上·吴均》：“均文体清拔有古气。”（姚思廉：《梁书》，中华书局，1973年，第698页）

⑦ 欧阳修《读张李二生文赠石先生》：“辞严意正质非俚，古味虽淡醇不薄。”（李逸安点校：《欧阳修全集》，第25页）

⑧ 宋濂《王君子与文集序》载：“秦汉以来，班马之雄深，韩柳之古健，欧苏之峻雅，何莫不得乎此也。”（《宋学士全集》，中华书局，1985年，第221页）

⑨ 《诗薮·古体上》：“余谓拟魏、晋乐府，尽仍其误不妨，乃反有古色。”同书：“汉乐府中如《王子乔》及‘仙人骑白鹿’等……古意浡郁其间。”（胡应麟：《诗薮》内编卷一，第16、19页）

⑩ 袁枚《随园诗话补遗》卷四：“（金霖）诗古峭可喜。”（袁枚：《随园诗话》，第663页）

⑪ 唐高彦休《阙史·裴晋公大度》：“皇甫郎中……为文古雅。”（《阙史》，中华书局，1985年，第4页）宋罗大经《鹤林玉露》卷之五：“欧、苏唯用平常轻虚字，而妙丽古雅。”（《鹤林玉露》，中华书局，1983年，第93页）清阮元记《小沧浪笔谈》卷二：“栖霞牟廷相……诗亦古雅可诵。”（《小沧浪笔谈》，《丛书集成初编》本，中华书局，1985年，第52页）

⑫ 语见《论语·阳货》，《老子》第三十章，《庄子》之《人间世》《德充符》《骈拇》《胠箧》《在宥》诸篇，《孟子》之《梁惠王下》《离娄下》《尽心下》诸篇及《荀子·儒效》等。

⑬ 王充：《论衡》，第359页。

雅、俗之别。又《三国志·吴书·周瑜传》“惟与程普不睦”语，裴松之注引晋虞溥《江表传》“（蒋）幹还，称瑜雅量高致”①，正与俗人殊调。至于“高雅”之称，初为复合之辞，雅正则高，所以并举，如称“禀自然之正性，体高雅之弘量”②，是谓气量高雅。及于言辞“高雅”，亦通“雅正”之义。《史记·五帝本纪论》：“百家言黄帝，其文不雅驯。”③文以“雅驯”为高，臻于典雅纯正，即此谓为高雅，如云“句读曲屈，韵调高雅”④，可资其例。

历史上的俗文学多以“今俗”而言，但当时俗体经过历史沉淀和文人模仿，反而转为古雅，这是中国文学史雅俗转化的一大关捩。《诗经》国风的雅化已见上述，又如“汉乐府杂诗，自《郊祀》《铙歌》、李陵、苏武外，大率里巷风谣……矢口成言，绝无文饰，故浑朴真至，独擅古今”⑤。魏晋以来，文人即多拟作，及唐犹然。然而经由漫长历史的时间剥离，“矢口成言，绝无文饰”的“里巷风谣”却已脱去“今俗”的色彩，在后人的隔世回顾中，转成古雅的典范，所谓“浑朴真至，独擅古今”的极高评价只因话语的瞬间转换，就足使化俗为雅。经由历史的时间剥离导致后世的希古，那种鄙俗的“里巷风谣”反倒化为“浑朴真至”的高古标格。例如古乐府“鸡鸣高树颠，狗吠深宫中”⑥，辞本俚俗，而陶渊明《归园田居》其一“狗吠深巷中，鸡鸣桑树颠”仅易两字而颠倒袭用，论者或谓陶诗语言“创造”而不贵雕饰、平易自然，孰知完全“蹈袭”而非“创造”，当然不审这种“不贵雕饰、平易自然”由于本辞的袭取而化俗为雅，正如黄庭坚所谓“取古人之陈言入于翰墨，如灵丹一粒，点铁成金”⑦。同样的例子如宋曾季狸《艇斋诗话》举“老杜‘使君自有妇，莫学野鸳鸯’⑧，出古乐府，云：‘使君自有妇，罗敷自有夫。’”⑨也因袭用陈言而化俗为雅。至于乐府的文人拟作，“至嗣宗、叔夜，一变而华赡精

---

① 陈寿：《三国志》，中华书局，1964年，第1264～1265页。

② 陈寿：《三国志·魏书·崔林传》，第681页。

③ 司马迁：《史记》，第46页。

④ 王勃《鞶鉴图铭序》：“句读屈曲，韵调高雅。”（蒋清翊：《王子安集注》，上海古籍出版社，1995年，第289页）

⑤ 胡应麟：《诗薮》内编卷六，第105～106页。

⑥ 郭茂倩：《乐府诗集》卷二八，第406页。

⑦ 刘琳等校点：《黄庭坚全集》正集卷一八，第475页。

⑧ 杜甫：《数陪李梓州泛江有女乐在诸舫戏为艳曲二首赠李》之二，《杜诗详注》，第1205页。

⑨ 曾季狸：《艇斋诗话》，《历代诗话续编》，第313页。

工，终篇词人语矣”[①]。其实文人所拟，必趋“华赡精工”的高格，但由此回视汉代乐府的“里巷风谣”，却反成古雅，诗道每下的失落意识和复古心态正是致使往代今俗之体成为古雅的重要缘由。他如词本俗制，但其雅化的倾向却是“以诗为词”。词本燕乐而起于民间，敦煌曲子词中《云谣集杂曲子》早于《花间集》成书三十年，朱祖谋跋认为“其为词朴拙可喜”[②]，如《菩萨蛮》“枕前发尽千般愿”、《望江南》“莫攀我，攀我心太偏”[③]等，词皆鄙俗。然一经文人之手，遂便转向高雅，如唐人张志和《渔父》“西塞山边白鹭飞”的清新高逸、韩翃《寄柳氏》“颜色青青今在否”的情意含蕴、刘禹锡《和乐天春词依忆江南曲拍为句》“弱柳从风疑举袂，丛兰裛露欲沾巾”的精工严整，以及白居易《长相思》“吴山点点愁”与“月明人倚楼”的情境融合[④]，其高雅格调与民间俗制迥异其趣。逮宋人晏、欧之作，益趋文雅，尤其苏轼以诗为词，词的雅化成为高度的自我意识与不可逆转的发展趋势，并以诗化的形式反向证明了诗的高雅本质。

从消极的方面来说，诗道尊尚典雅，则必然避俗，具有落实于字辞选择的讲求。汉语单音独字，字就是词，从语用的角度称之为“辞”，所以“择字”就是择辞。选字出于尚雅避俗，“择其言尤雅者为之可耳”[⑤]，“字句不典……不能脱凡近浅俗”，所以“用字必典”[⑥]。汉字指谓事物，多有雅、俗之别，炼字选择，固取其雅。清陈仅《竹林答问》举“花”“葩”二字，前雅后俗[⑦]。又如杜甫《送人迎养》“青青竹笋迎船出，白白江鱼入馔来”[⑧]，明杨慎《升庵诗话》卷四谓“青青字自好，白白近俗，有似儿童‘白白一群鹅，被人赶下河’之谣也，岂大家语哉？”[⑨]像“白白”之类的俚俗，虽大家造语，在所不免，或者随手写来，不甚作意使然，不足

---

① 胡应麟：《诗薮》内编卷一，第11页。

② 朱祖谋：《云谣集杂曲子跋》，施蛰存主编：《词籍序跋萃编》，中国社会科学出版社，1994年，第629页。

③ 任二北：《敦煌曲校录》，上海文艺联合出版社，1955年，第34、58页。

④ 彭定求等编：《全唐诗》卷二九、二四五、三五六、八九〇，第418、2759、4009、10057页。

⑤ 张笃庆语，见《师友诗传录》，《清诗话》，第138页。

⑥ 方东树：《昭昧詹言》卷一，第10页。

⑦ 陈仅：《竹林答问》，《清诗话续编》，第2243页。

⑧ 仇兆鳌《杜诗详注》题作《送王十五判官扶侍还黔中》，并云“青青竹笋迎船出，日日江鱼入馔来”，仇注：“日日，一作白白。”（《杜诗详注》，第1231页）

⑨ 杨慎：《升庵诗话》卷四，《历代诗话续编》，第698页。

为训。清潘德舆《养一斋李杜诗话》卷二引屠长卿云:“人谓少陵最可喜处,不避粗硬,不讳朴野。予谓老杜大家,言其兼雅俗文质,无所不有,是矣。乃其所以擅场当时,称雄百代者,则多得之悲壮瑰丽,沉郁顿挫。至其不避粗硬,不讳朴野,固云无所不有,亦其资性则然,擅场正不在此。”[①]大家之为大家,并学者之为学者,必须有所分辨,若以用字俚俗而自恕祖法,则取法非宜,也是不善学习的表现。但诗用雅字,必从读书而来。清冒春荣《葚原诗说》卷一谓“诗中用字,本之书卷”[②],由于汉字的“文言性”,在书写的历史中积淀了“书卷气”的雅致,为诗取用为然。清张谦宜《絸斋诗谈》卷一说:“凡所读之书,其菁华香泽,久而滑滋……前民雅字,再加镕铸,用之自然如意。”[③]这都是择字之功。诗既尚雅,必然避免俗字。阮亭说“凡粗字、纤字、俗字,皆不可用”,张历友也说以“一切……涉俚、涉佻……涉淫……者,戒之如避酖毒可也”[④]。其于古人自知,毋庸为言。即如杜诗偶然涉俗,亦何啻今世!今俚语白话,一无雅字,从诗道高雅的本质特征来说,已经成为一个根本性的问题,因为诗的彻底俗化就是它的死亡。

从一般的意义上说,诗家造语用字,固在尚雅避俗。但由于体制的特点,也有不同的要求。冒春荣《葚原诗说》卷一说:

> 大概诗家常用者,自然秀而隐,反是则笨而险;近体中常用者,自然雅而清,反是则俗而浊。世有喜新厌熟,务用艰涩字面者,固不可与言诗矣。至于古诗字料,尤难入近体。六朝人竞尚绮靡……自唐兴律体,扫涤繁芜,一轨大雅,学者所宜亟辨,恶可混用乎?[⑤]

近体用字宜清、雅,俗、浊不入。但古诗使字浑朴,乐府不避鄙俗。清方南堂《辍锻录》亦云:“体制惟七律最难,须五十六字无一字牵凑,平近而不庸熟,清老而不俚直。”[⑥]这是近体用字尚雅的必然要求。冒春荣又举“用俚字是刘昭禹《郡阁闲谈》所谓‘四十个贤人,着一屠沽儿不得’也”[⑦],真是绝好的譬况。五律只有

---

① 潘德舆:《养一斋李杜诗话》卷二,《清诗话续编》,第2188页。
② 冒春荣:《葚原诗说》卷一,《清诗话续编》,第1580页。
③ 张谦宜:《絸斋诗谈》卷一,《清诗话续编》,第795页。
④ 王士禛等:《师友诗传录》,《清诗话》,第138页。
⑤ 冒春荣:《葚原诗说》卷一,《清诗话续编》,第1580～1581页。
⑥ 方南堂:《辍锻录》,《清诗话续编》,第1941页。
⑦ 冒春荣:《葚原诗说》卷一,《清诗话续编》,第1582页。

40字，每字都须典雅，如有一字着俗，则一首尽毁，正如一只苍蝇之于一锅粥的毁坏，最是恶心。从体制的区别而言，“近体中常用者，自然雅而清，反是则俗而浊”，近体五绝20字、七绝28字、七律56字，十分简练，尚雅避俗，必须字字精心；而且近体短小轻便，讲求兴象风神，所以不能浊重。即使是尚未格律化的六朝古体，用字自然，固非刻意锻炼，也已经具有选字的讲求。例如陶渊明造语向称平淡自然，若《归园田居》其一“狗吠深巷中，鸡鸣桑树颠”[①]，也不言“狗叫”“鸡叫”。又如其三“晨兴理荒秽，带月荷锄归”，“晨兴”不说“早起”，“理荒秽”不说“铲草”，“荷锄”不说“扛锄”，都规避了口语土俗，这就是读书人写诗的“选字”之实，在书面语中取用“雅言”，也就是“文言”成辞。如非选字，则如杨慎所言，就只剩下“道听途说，街谈巷语，酗徒之骂坐，里媪之詈鸡”[②]了。这是作诗用字的避俗要求。从体制上扩大一点说，词、曲兴起之后，为诗造语用字，亦当有所分限。清朱庭珍《筱园诗话》卷四谓“诗不可入词曲尖巧轻倩语”[③]，以诗道高雅的观念视之，则词、曲“尖巧轻倩”唯俗，诗语不可相滥，今世作诗词者不知，所以雅道不存，深以为叹！

第二节　咏史怀古的回顾情结

中国诗有咏史怀古一类，在世界文学史上恐怕是独特的，这彰显着中国诗的尊古意识，不用说也是古雅的体现。同咏物一样，咏史和怀古是从诗的题材进行的分类，在写作上也具有独特的要求，作品既多，遂成一类。古代诗文的体制分类，有以形式区分者如五律、七绝，有以内容区分者如奏疏章表，咏史、怀古属于后者，内容指向往古，但二者自有区别。前者起于东汉班固《咏史》[④]诗：

三王德弥薄，惟后用肉刑。
太仓令有罪，就逮长安城。
自恨身无子，困急独茕茕。

---

① 逯钦立校注：《陶渊明集》，第40页。
② 杨慎：《升庵诗话》卷五，《历代诗话续编》，第719页。
③ 朱庭珍：《筱园诗话》卷四，《清诗话续编》，第2407页。
④ 白静生：《班兰台集校注》，中州古籍出版社，1991年，第116～117页。

小女痛父言，死者不可生。

上书诣阙下，思古歌鸡鸣。

忧心摧折裂，晨风扬激声。

圣汉孝文帝，恻然感至情。

百男何愦愦，不如一缇萦。

诗咏汉文帝时淳于缇萦舍身救父，事见《史记·扁鹊仓公列传》：

太仓公者，齐太仓长，临菑人也，姓淳于氏，名意。少而喜医方术。高后八年，更受师同郡元里公乘阳庆。庆年七十余，无子……传黄帝、扁鹊之脉书……受之三年，为人治病，决死生多验。然左右行游诸侯，不以家为家，或不为人治病，病家多怨之者。

文帝四年中，人上书言意，以刑罪当传西之长安。意有五女，随而泣。意怒，骂曰："生子不生男，缓急无可使者！"于是少女缇萦伤父之言，乃随父西。上书曰："妾父为吏，齐中称其廉平，今坐法当刑。妾切痛死者不可复生而刑者不可复续，虽欲改过自新，其道莫由，终不可得。妾愿入身为官婢，以赎父刑罪，使得改行自新也。"书闻，上悲其意，此岁中亦除肉刑法。①

这是明见典籍的史实，班固咏之，前十二句略述其事，后四句发表感慨议论。清何焯《义门读书记·文选第二卷》评张景阳《咏史》云："咏史者，不过美其事，而咏叹之。檃括本传，不加藻饰，此正体也。太冲多摅胸臆，乃又其变。"②袁枚《随园诗话》卷一四"咏史三体"之一也说张景阳《咏二疏》"隐括其事，而以咏叹出之"③。所谓"隐括本传，不加藻饰"，虽是评张景阳诗，但移于班固此诗，也是十分恰当。"隐括"则不必叙述史实的整个过程和情节，这当然是由于诗的体制和篇幅的限定，否则与史传无异；"不加藻饰"则质木无文，班固草创一体，实所难免。从班固诗和何焯的评论可以看到咏史诗的基本特点，即必须基于史实，而且就史实发表所咏，这就是"咏史"名副其实的定义，从班固诗看来，"咏史"之咏，

① 司马迁：《史记》，第 2794～2795 页。

② 何焯：《义门读书记》卷四六，中华书局，1987 年，第 893 页。

③ 袁枚：《随园诗话》卷一四，第 467 页。

主要是议论,也有抒情感叹,乃是议论和抒情的结合。何焯又评“太冲多摅胸臆”,迄晋左思《咏史八首》,较之班固之作有所变化,不再质木无文,而是颇具辞藻。胡应麟《诗薮》外编卷二谓“太冲《咏史》,景纯《游仙》,皆晋人杰作”[①]。但左诗所咏史事多半不是“隐括本传”的完整史实,而仅提及史事,或人名,就此抒发感慨,发表议论。例如《咏史八首》其二[②]“郁郁硐底松”只是略述“金张籍旧业,七叶珥汉貂”“冯公岂不伟,白首不见招”,就此“史事”感发,何焯乃指“题云咏史,其实乃咏怀也”[③],这是确当的评议。左思的“咏史”题名,原本并不考虑后世所定“文体”的规范,然而后者却需审慎的态度,因为重要的不在对于某位作者之诗的定位,而是在于对诗之一体的总体和普遍性的把握。但是左思《咏史八首》的第三首则必定符合这种“体制”的定义,它历述了关于鲁仲连的史实:“吾希段干木,偃息藩魏君。吾慕鲁仲连,谈笑却秦军。当世贵不羁,遭难能解纷。功成不受赏,高节卓不群。临组不肯緤,对珪不肯分。连玺耀前庭,比之犹浮云。”[④]这与班固“隐括本传”相同,但不是以感慨议论为主,而是就史实叙述的同时寓议论于其中,如“功成耻受赏,高节卓不群”,叙议融合无间。根据班固、左思二人被公认为具有代表性的作品,我们从根本上把握了咏史一体的要义,就是基于史实而发议论,而且以“隐括本传”即专咏其事为“正体”,此外作为诗之一体,应当具有必要的辞藻。

沈德潜《说诗晬语》卷下谓“太冲《咏史》,不必专咏一人,专咏一事,己有怀抱,借古人事以抒写之,斯为千秋绝唱”[⑤],袁枚《随园诗话》卷一四“咏史三体”也举左思《咏史八首》“借古人往事,抒自己之怀抱”[⑥],“古人往事”成为“自己之怀抱”的假借,终究于咏史有所间隔。不专咏一事如左思“郁郁硐底松”,只是略提“金张”“冯公”,借以满足作者发表议论的需要,这是以议论为本而故事为末,所谓“咏史”,最好是一事为本。实际上左思此诗有若用事,又与用事不一。唐

① 胡应麟:《诗薮》外编卷二,第147页。
② 左思:《咏史八首》其二,《文选》卷二一,第296页。
③ 何焯:《义门读书记》,第892页。
④ 左思:《咏史八首》其三,《文选》卷二一,第297页。
⑤ 沈德潜:《说诗晬语》卷下,《清诗话》,第550页。
⑥ 袁枚:《随园诗话》卷一四,第467页。

皎然《诗式》卷一举谢灵运《初去郡》诗云:"'彭薛才知耻,贡公未为荣。或可优贪竞,未足称达生。'[①]此中商榷三贤,虽许其退身,不免遗议。盖康乐欲借此成我诗意,非用事也。"[②]这里仅称"三贤"之名,而略其事之实,并未专咏某事,所以皎然喻之为"存其毛粉"[③],并非真正用事,左思《咏史八首》其二"郁郁磵底松"与此相当接近。再引唐杜牧《赤壁》[④]、李商隐《马嵬》[⑤]证明咏史一体的根本特征。杜诗云:

折戟沉沙铁未销,自将磨洗认前朝。

东风不与周郎便,铜雀春深锁二乔。

诗就吴魏赤壁大战发表议论,是属"专咏";后两句就事论事,而且用字精审,非谓质木,实可称为七绝小诗咏史的典范,当然设词以为议论,不免落于尖巧。清周容《春酒堂诗话》云:"容少时,大人尝指示曰:'此牧之设词也,死案活翻。'及容稍知作诗,复指示曰:'如此诗必不可学,恐入轻薄耳。何苦以先贤闺阁,簸弄笔墨!'"[⑥]因为"东风便周郎"既成史实,这是"死案",而杜牧一反其实,故为设辞推断,这是"活翻"。设辞也称"设事",元人《诗谱》谓"设事贵新"[⑦],但落于尖新,则非庄重,对于作者和论者来说,这是必须具有的识见。李商隐《马嵬》诗云:

海外徒闻更九州,他生未卜此生休。

空闻虎旅鸣宵柝,无复鸡人报晓筹。

此日六军同驻马,当时七夕笑牵牛。

如何四纪为天子,不及卢家有莫愁!

此诗作为七律比杜牧七绝篇幅为广,但也专咏一事,这是唐代历史的重大事件,议论隐于叙事之中,而且属对工稳,辞藻讲究,乃是七律咏史的佳作,最合咏史之制,可以为法。袁枚《随园诗话》卷一四"咏史三体"之一也说到"取对仗之巧,义

---

① 谢灵运《初去郡》作:"彭薛裁知耻,贡公未遗荣。或可优贪竞,岂足称达生。"(顾绍柏:《谢灵运集校注》,第97页)

② 李壮鹰:《诗式校注》,第35页。

③ 李壮鹰:《诗式校注》,第36页。

④ 冯集梧:《樊川诗集注》卷四,上海古籍出版社,1978年,第271页。

⑤ 冯浩:《玉溪生诗集笺注》卷三,上海古籍出版社,1998年,第604页。

⑥ 周容:《春酒堂诗话》,《清诗话续编》,第102页。

⑦ 张健:《元代诗法校考》,第350页。

山之‘牵牛’对‘驻马’……是也”[①]，但李诗数联取为对仗者都归一事。试比较李商隐《人日即事》诗：“文王喻复今朝是，子晋吹笙此日同。舜格有苗旬太远，周称流火月难穷。镂金作胜传荆俗，剪彩为人起晋风。独想道衡诗思苦，离家恨得二年中。”[②]每句都写故事，也有议论，这是袁枚所谓以故事“取对仗之巧”，然主题并非指向一事，即非专咏，所以不得谓之咏史，而是用事。应当特别强调一诗“专咏”的要义，诗多就事而发议论，如杜甫《蜀相》“三顾频烦天下计，两朝开济老臣心”[③]，但非一首专咏一事，所以不是咏史。用事作为诗法用于诗之各体和各种题材，它作为一种手段和方法，并未成为咏史一体的根本特点，用事不必咏史，但咏史必是用事。只是用事的普遍性反映了一种历史回顾的心态，这与咏史一样。而咏史“专咏”同于咏物，诗中写物多见，如《诗》比兴必系于物，但非专咏一物，此详下章所论。

继而讨论怀古诗，它与咏史一样指向往古，突出反映历史回顾的普遍心态，但是二者是有区别的。刘学楷、降大任、张仁健、袁行霈、李世忠等对此都有分辨。他们的主要观点有三：一是咏史多在议论，怀古多为抒情；二是以咏史题名者出现为早，以怀古题名出现为迟；三是咏史就事论事，怀古借景抒情。凡此大略把握了咏史和怀古的区别，但于三义有所疏忽，一则咏史为专咏一事，其事在一首诗中保持相对的完整性；二则咏史可被视为一体，而怀古倾向以其在中国诗中的普遍性，导致文体特征的缺乏，不可谓为一体；三则咏史主于议论，感叹随之，怀古主于感叹，然亦含议论，议论与抒情的交融使二者难以截分。

诗之怀古是普遍的，早于左思咏史之前，三国魏正始阮籍就有《咏怀八十二首》，其中不乏咏怀古事者。例如第三十一首：“驾言发魏都，南向望吹台。萧歌有遗音，梁王安在哉！战士食糟糠，贤者处蒿莱。歌舞曲未终，秦兵已复来。夹林非吾有，朱宫生尘埃。军败华阳下，身竟为土灰。”[④]这首《咏怀》以抒发感慨为主，但不是借景抒情，谓为咏史则不专一事，它只是引以证明怀古倾向的普遍性，在诗史上是较早发生的情形。据李世忠先生的说法，唐代李百药的《郢城怀古》

---

① 袁枚：《随园诗话》卷一四，第 467 页。

② 冯浩：《玉溪生诗集笺注》，第 660 页。

③ 仇兆鳌：《杜诗详注》，第 890 页。

④ 陈伯君：《阮籍集校注》，第 308 页。

是第一首以“怀古”题名的诗。[①] 降大任先生也注意到咏史、怀古“二者以正式名目出现在诗题上，时代亦有先后，相距几乎有四百年光景”[②]。唐代著名的怀古诗，可以举出刘禹锡《西塞山怀古》[③]为例：

西晋楼船下益州，金陵王气漠然收。
千寻铁锁沉江底，一片降幡出石头。
人世几回伤往事，山形依旧枕寒流。
今逢四海为家日，故垒萧萧芦荻秋。

诗题“怀古”，就古迹引发感慨，这是论者所认为的“怀古”要义。元代方回认为，“怀古者，见古迹，思古人，其事无他，兴亡贤愚而已”[④]。今人因仍了这种说法，降大任先生说：“咏史诗是直接由古人古事的材料发端来创作的，怀古诗则需有历史遗迹、遗址，或某一地点、地域为依托，连及吟咏与之有关的历史题材。”[⑤]袁行霈先生在《中国文学史》中也说：“怀古诗是就能够引起古今相接情绪的时地与事物兴发感慨。咏史诗则无须实际事物做媒介，作者直接以史事为对象抚事寄慨。由于两者都是咏‘古’，又时有交叉，界限并不很严。”[⑥]说咏史“直接由古人古事的材料发端”是不错的，但“古人古事的材料”在一首诗中表现为相对的完整性，这是“专咏”的“材料”基础。同时怀古诗作为兴发咏叹的“依托”，除了方回所谓“见古迹”外，扩大到所有“吟咏与之有关的历史题材”，甚至于“无须实际事物做媒介”，范围就显得相当宽泛了，这对于为“怀古”立“体”的尝试是相当不利的。在我们看来，尽管咏史、怀古相通，但前者为体，后者却并不具备成为一体的条件，况且诗之一体大都出现为早而以后世仿效逐渐形成，而怀古为题迟在唐代，在此前六朝的漫长历史中没有成形，这本身就是问题。问题的实质在于不是没有产生怀古的题材，关键的是不能成体，试想自汉乐府以来经历魏晋南北朝的长久诗史，难道竟无一人一诗发表思古的幽情和感叹吗？实际上正是怀古

① 李世忠：《咏史怀古辨异》，《唐山师范学院学报》2006 年第 4 期，第 22 页。
② 降大任、张仁健：《咏史诗注析》，山西人民出版社，1985 年，第 488 页。
③ 卞孝萱校订：《刘禹锡集》，第 300 页。
④ 方回：《瀛奎律髓》卷三，文渊阁《四库全书》本，集部第 1366 册，第 24 页。
⑤ 降大任、张仁健：《咏史诗注析》，第 488 ~ 489 页。
⑥ 袁行霈主编：《中国文学史》第 2 册，高等教育出版社，1999 年，第 421 页。

“题材”的广泛性失去了促使它成为诗之一体的基本条件，但唯其如此，则正可说明中国诗对于往昔回顾的普遍心态，或者是一种深层的历史意识，引导着历代诗人的冥思。刘禹锡又有《乌衣巷》①：

朱雀桥边野草花，乌衣巷口夕阳斜。
旧来王谢堂前燕，飞入寻常百姓家。

也是明确出现六朝古迹，而人事全非，发为深沉感叹。但这首绝句却并为明标“怀古”，尽管确是如此，那么要将这类作品都归入怀古一类就显得相当困难，因为标明某一地名如陈子昂《登幽州台歌》之类实在过多，是否都可视之为“怀古”一类呢？又如孟浩然《与诸子登岘山》诗②：

人事有代谢，往来成古今。
江山留胜迹，我辈复登临。
水落鱼梁浅，天寒梦泽深。
羊公碑尚在，读罢泪沾襟。

按内容，我们可以将它归于纪游一类，纪游免不了写景，那么是否也勉强可以称之为山水诗？另一方面，它明写古迹，而且引发感慨，符合怀古诗的标准，是否也可以归于“怀古”？显然过于宽泛的定义导致归类的困难，结论就是怀古并不是一种诗的体裁。

如果上溯屈辞而视之为诗赋的源流，我们可以说从先秦开始，怀古就是中国诗的一种普遍情绪。胡应麟《诗薮》外编卷一谓“蒙叟《逍遥》，屈子《远游》，旷荡虚无，绝去笔墨畦径。百代诗赋源流”③，从文学的发生和影响来说是确当的。庄子当然具有文学的想象，但以《离骚》为代表的屈辞作为中国文学史上首次出现的“作家”创制对后代文学产生了深远的影响。我们注意到《离骚》的怀古情结，“帝高阳之苗裔”的宗族追溯，“昔三后之纯粹”“彼尧舜之耿介”的往圣怀想，以及“何桀纣之猖披”的暴政记忆，都投向辽邈的往古，在历史的回顾中或具有清醒的镜鉴，伴随着深沉的感思。如果我们愿意视之为“怀古”的开始，似乎并

① 卞孝萱校订：《刘禹锡集》，第310页。
② 徐鹏：《孟浩然集校注》卷三，第145页。
③ 胡应麟：《诗薮》外编卷一，第126页。

无不妥。汉乐府起于民间，多为即事之作，不克追古，文人在拟乐府的过程中又逐步出脱乐府而形成自己的意态辞句，于是熟读典籍的前提导致故实的援引，较著者如阮籍、左思之作，或以怀古，或以议论，参互莫辨，但开咏史怀古一途。至东晋陶渊明《咏荆轲》[1]，檃栝荆轲之事，发表议论感慨，完全可以视之为咏史的正体；《读山海经》[2]合取精卫、刑天传说，并有檃栝议论，也合咏史之制。及刘宋谢灵运如《初去郡诗》"商榷三贤"以存"毛粉"[3]，影掠古人之事，也是出于历史回顾的心态。其后怀古之思，在诗益多，即如初唐卢照邻《长安古意》，难道没有怀古的意绪吗？而如杜甫《蜀相》，当然也是缅怀古人古事，乃至《秋兴八首》本于情景，但于其三"匡衡抗疏功名薄，刘向传经心事违"[4]，其五写汉武帝好仙，其七写汉武帝昆明池，都将思绪投入历史的回顾。如其三的联对，固然可从诗法学的角度称其为用事，但唯以用事才是思古意识最为普遍的反映，这将在下文的论述中得到充分的证明。

这种历史回顾心态不独作诗为然，实际上它是中国古代士人的普遍心态，甚至可以说是一种深层的民族心理。突破文学的范围来看思想的发生，不独"蒙叟《逍遥》"对于文学的影响，实际上《庄子》论说假托往古，继踵《老子》假托圣王，何况孔子从周、孟子希圣，往往悬诸三代，实际上正如墨子"三表""上本之于古者圣王之事"[5]而多称尧、舜、禹、汤、文、武之事，思想的初创来源于往古的回顾，从一开始就定格于历史的思维。而且从更为开阔的视野来看，以《书》《春秋》《传》为标志的中国史学早熟也反映了民族的历史意识，"二十四史"不仅代表官方的意识形态，而且显示着民族对于历史回顾的心理；不用说，方志和族谱之制反映了地方的追古意识，而且可以借古鉴今普及家族的教育，至今我们犹以五千年的文明而自豪，中华民族复兴的梦想昭示着经过历史回顾的再度自信。似乎可以说中国人是善于往回看的族众，当然鉴古才能知今，所谓推陈出新，继承与发展乃是亘古不变的命题。历史回顾成为民族的思维定向和心理惯性，对

① 逯钦立校注：《陶渊明集》，第131页。
② 逯钦立校注：《陶渊明集》，第133页。
③ 李壮鹰：《诗式校注》，第35页。
④ 杜甫：《秋兴八首》其三，《杜诗详注》，第1796页。
⑤ 孙诒让注：《墨子间诂》，《诸子集成》本，上海书店，1986年，第164页。

于诗学来说必然就有深层甚至“无意识”的影响，不仅咏史之为一体、怀古成为普遍，而且诗文用典包括用事脱化无一不指向历史的时空。

第三节　尊雅尚古的语用讲求

中国诗的尊雅尚古落实于语言的运用，在雅字选择、成辞祖述以及借代、脱化、用事各个方面，都表现出尊古尚雅的明确意识。成辞的祖述在诗的写作中极其普遍。刘勰《文心雕龙・事类》谓“明理引乎成辞，征义举乎人事，乃圣贤之鸿谟，经籍之通矩也”[①]，后世的写作，无不取辞用事，可以说“自古诗人文士，大抵皆祖述前人作语”[②]。刘勰又说“至于崔班张蔡，遂捃摭经史……因书立功”，后来作者，“莫不取资，任力耕耨”。[③] 近人黄侃说：“经传之文……述故言者，不一而足……降及百家，其风弥盛。词人有作，援古尤多……逮及汉魏以下，文士撰述，必本旧言……爰至齐梁……用事采言，尤关能事。”[④]及唐宋明清，风气滋盛。

成辞见载典籍，就是“文言”。为诗取用典籍成辞，即是“文言”之用，尽管也取用口语，但文言是基本的。作为书面语的文言语汇，当然也不断吸收历代作品的言辞，但作品的言辞多本于成辞和化用，文言语汇系统的丰富和发展，总是处于祖述与化用的互动关系中，这就是“推陈出新”，爰使文言语汇恒久保持典雅的品格。固然其中也有历代俗语进入，却必然经过“化俗为雅”的提炼和改造，最终也变成文言。既存的文言语汇系统，是诗的语用前提。历代任何作者必定要处于这个文言的语境中，他的创作才是可能的。清方南堂《辍锻录》说：“要之作诗至今日，万不能出古人范围，别寻天地。唯有多读书，镕炼淘汰于有唐诸家……有所欲言，取精多而用物宏，脱口而出……若舍此而欲入风雅之门，则非吾之所得知矣。”[⑤]成辞的祖述必赖读书之多、记诵之熟，“镕炼淘汰”则属脱化，乃是深心思虑的化用，下文论之。

---

① 范文澜：《文心雕龙注》，第 614 页。
② 周紫芝：《竹坡诗话》，《历代诗话》，第 346 页。
③ 范文澜：《文心雕龙注》，第 615 页。
④ 黄侃：《文心雕龙札记》，上海古籍出版社，2000 年，第 187 ~ 188 页。
⑤ 方南堂：《辍锻录》，《清诗话续编》，第 1944 页。

诗用成辞,往往是无意识的。黄庭坚谓杜诗韩文,无一字无来处①,大多是这种情形。杨慎《升庵诗话》卷一一评曰:

先辈言杜诗韩文无一字无来历,予谓自古名家皆然……刘勰云:"'灼灼'状桃花之鲜,'依依'尽杨柳之貌,'喈喈'逐黄鸟之声,'嗷嗷'学鸿雁之响,虽复思经千载,将何易夺?"信哉其言……近日诗流,试举其一二:不曰莺啼,而乃曰莺呼;不曰猿啸,而曰猿唤;蛇未尝吟,而云蛇吟;蛩未尝嘶,而曰蛩嘶;厌桃叶蓁蓁,而改云桃叶抑抑,桃叶可言抑抑乎?厌鸿雁嗷嗷,而强云鸿雁嘈嘈,鸿雁可言嘈嘈乎?②

谢榛亦指"自我作古,不求根据……则为杜撰矣"③。如杨慎所举"灼灼""依依""喈喈""嗷嗷",状物拟音,不可移易,而且正是由于后世递相祖述使之成为稳定的表达,并带上古雅的色彩。"灼灼""依依"迄今仍用,正是由于语带典雅的"文言性"能够引发读者穿越时空的联想,唤起似曾相识的感觉,突破时代的限制,体验文化的蕴含。反之如杨慎所举"莺呼""猿唤""蛇吟""蛩嘶",或"桃叶抑抑""鸿雁嘈嘈"之类,既非本于经典,视之突兀龃龉,而且不合物理,违拗人们习久形成的语感,按诗论的说法,就是"不成语"。

"文言"就是载诸典籍的书面语,从诗学上说,也包括历代诗作的语词。作诗不是日常话语的对白。诚如杨慎《升庵诗话》卷五所言,如果"道听途说,街谈巷语,酗徒之骂坐,里媪之詈鸡"都可以入诗,"亦何必读书哉"④。清张谦宜《絸斋诗谈》卷一谓"凡所读之书,其菁华香泽,久而滑滋……前民雅字,再加镕铸,用之自然如意"⑤,那么诗用"文言"成辞,乃是自然而然。反之,诗为雅事,实际上罕有作者临文,勉力不用雅字而故意全用俗语,这在古人的心理感觉上是不可想象的。汉字具有"文言性"的特点,这是它的优势,所以用汉字写作的中国诗就本然与日常语言的白话不同;而且汉字之于口语的相对独立性是拼音文字所没有的,这使汉字的写作与口语区别开来,所以"诗道高雅"乃是中国诗的独具

---

① 山谷云:"老杜作诗,退之作文,无一字无来处。"(胡仔:《苕溪渔隐丛话》前集卷九,第56页)

② 杨慎:《升庵诗话》卷一一,《历代诗话续编》,第866页。

③ 谢榛:《四溟诗话》卷一,《历代诗话续编》,第1145页。

④ 杨慎:《升庵诗话》卷五,《历代诗话续编》,第719页。

⑤ 张谦宜:《絸斋诗谈》卷一,《清诗话续编》,第795页。

特质，而不是其与任何其他语言写作的共性。

正是由于汉字之于口语的相对独立性，它对汉语口语实际上具有一定程度的反向作用。本来文字是口语的记录，但是汉字的象形表意使它可以不完全依赖口语，汉字的书写可以与口语存在一定程度的"脱节"而保持相对的稳定性。只要我们用汉字写诗，哪怕从最为消极的态度来说，也不会完全拒绝书面文言的运用，除非焚书不观。文言之用在于读书，当然"五四"时期的白话新诗，尽管出于读书人之手，但他们在创作中故意规避"文言"成辞。例如"明月""秋风""东篱""南浦"之类，都有历史积淀的蕴意和古雅的韵致，其中隐含"隔千里兮共明月"①的相思、"袅袅兮秋风"②的萧索、"采菊东篱下"③的高逸、"送君南浦"④的离愁。可是现代的自由诗人，就说"明亮的月光""秋天的风""东边的篱""送别的码头"，拼死拒斥这些从"封建时代"留下的"文言"。从根本上说，这是破弃"旧诗"形式包括近体格律的结果，抛弃句式、平仄、属对的一切规定，才会信笔写下这些毫无意味的白话，试想将这类"的"字结构的"日常语法"装入三言、四言、五言以及七言的句式，而且必须合乎属对和平仄，那是不可能的。没有规矩不成方圆，对于文学的创作来说，形式的规范是决定性的，亚里士多德就认为形式决定质料，他的诗学"本体"设定就是如此。

文言成辞通过读书人的记忆成为诗的语用，心到意随，用之不觉，这属于文言浸染的无意识运用。但是成辞的选择取舍则是有意识的"选字"之功，除了表意的考虑外，还须从尚雅避俗的修辞角度考虑。首先是"借代"，本是"借用"和"代语"的连称，二者并非完全一致，但连用可以理解为借而代之。当然某些"代语"也与故实相关，其初或出于某一用事，这事逐渐被一个语词固定下来，人们递相使用，久之遗脱事义，就只剩下辞义，形成习语。宋沈义父《乐府指迷》说："炼句下语，最是紧要。如说桃，不可直说破桃，须用'红雨'、'刘郎'等字；说柳，

① 谢庄：《月赋》，《文选》卷一三，第197页。
② 屈原：《九歌·湘夫人》，《楚辞补注》，第65页。
③ 逯钦立校注：《陶渊明集》，第88页。
④ 江淹：《别赋》，《文选》卷一六，第239页。

不可直说破柳，须用‘章台’‘灞岸’等字。”[1]据南朝宋刘义庆《幽明录》，东汉永平间刘晨、阮肇在天台桃源洞遇仙，并于晋太元八年重到[2]，故谓“前度刘郎”，后世遂以“刘郎”代桃，但于刘晨遇仙本事，反而并不重要。这是从典故演变为借代。“章台”本是战国所建宫殿，以宫内有章台得名。又唐韩翃妃柳氏，安史乱，韩、柳二人奔散，柳氏出家为尼。韩翃使人寄柳诗曰：“章台柳，章台柳，往日青青今在否？纵使长条似旧垂，亦应攀折他人手。”[3]后人作诗，竟以“章台”代柳，而对韩柳本事却隐略不究。“刘郎”和“章台”本有故事，很像用事，但只留下这两个成辞指代二物，却遗落了故事本身，所以说，这是从故事转化的借代。而“红雨”则只是语词的借用，本属成辞袭用的范围，有人描写桃花飘落如红雨，如唐李贺《将进酒》“况是青春日将暮，桃花乱落如红雨”[4]、唐殷尧藩《襄口阻风》诗“鸥散白云沉远浦，花飞红雨送残春”[5]，后人竟用“红雨”指桃花。一方面是袭用成辞，但另一方面，这个成辞不再是桃花的形容描写，而是直接指代桃花本身，这就转化为借代。“刘郎”“章台”“红雨”云云，偶用无妨，但如按照沈氏的意见，说桃、柳而“不可直说破桃……直说破柳”，则反成拘执。倘若凡指一物都用借代，那么作诗就成哑谜，而且既已人所共知，用之并无新意，则老生常谈，适足生厌，本来意在典雅，却反落俗套。相近的例子如以“杜康”代酒，曹操《短歌行》“何以解忧，唯有杜康”用之。皎然《诗式》谓“魏武呼‘杜康’为酒”，认为是“语似用事义非用事”，“盖作者存其毛粉……并非用事也”[6]。所谓“存其毛粉”就是借古人古事略存典雅之色，并不关乎本事之实，借代的运用，泰半以此。又如骆宾王《在狱咏蝉》“西陆蝉声唱，南冠客思侵”[7]，“西陆”指秋天[8]，“南冠”指囚犯[9]，常

---

① 夏承焘、蔡嵩云：《词源注　乐府指迷笺释》，人民文学出版社，1981 年，第 61 页。

② 刘义庆：《幽明录》，文化艺术出版社，1988 年，第 1 ~ 2 页。

③ 孟棨：《本事诗　本事词》，古典文学出版社，1957 年，第 8 页。

④ 王琦等：《李贺诗歌集注》，第 313 页。

⑤ 彭定求等编：《全唐诗》卷四九二，第 5569 页。

⑥ 李壮鹰：《诗式校注》，第 35 ~ 36 页。

⑦ 陈熙晋：《骆临海集笺注》，中华书局，1961 年，第 159 页。

⑧ 《隋书·天文志》中：“日循黄道东行，一日一夜行一度，三百六十五日有奇而周天。行东陆谓之春，行南陆谓之夏，行西陆谓之秋，行北陆谓之冬。”（魏徵等：《隋书》，中华书局，1973 年，第 554 页）

⑨ 《左传·成公九年》：“晋侯观于军府，见钟仪，问之曰：‘南冠而絷者，谁也？’有司对曰：‘郑人所献楚囚也。’”杜预注：“南冠，楚冠。”（杜预注，孔颖达正义：《春秋左传正义》，《十三经注疏》本，第 738 页）

用者还如“高阳”代酒徒①、“王孙”代游子②，都是典雅的需要，也是读书人的癖好。

为诗典雅表现于用事，用事取于故实，指向往古，尤为普遍地反映了尊雅尚古的历史意识，用事无处不在，这种历史意识也就具有普遍性。古人为诗造语，并不只是直接表达己意，甚至诗语并不以表达明确的意义为目的，诗不是叙述的，这是日常语言的功能。中国诗具有韵外之致，造语具有言外之意，用事是一个重要的原因，它突破了诗语表达的当下性，而以故事典实的往昔联系进入辽邈的历史空间。用事之说，起于南朝刘宋萧梁及北齐间。南朝梁刘勰《文心·事类》专论用事，同代钟嵘《诗品序》主张“直寻”，就是“羌无故实”③，但也反映了那个时代为诗用事的普遍实情。颜延之《颜氏家训·文章》引邢子才之谓“沈侯文章，用事”云云④。但用事之实，是在此前。清黄子云《野鸿诗的》说：“自汉以迄中唐，诗家引用典故，多本之于经、传、《史》、《汉》，事事灼然易晓。”⑤汉乐府郊祀歌中有之，但乐府民歌以直陈为主，并五言文人之作如十九首俱非用事，而汉大赋铺陈引取故实，“凭虚”夸饰⑥，及东汉蔡邕为文，多有骈偶之语，故事之用随之，这就是汉代诗文用典的大致情形。宋张戒《岁寒堂诗话》卷上谓“诗以用事为博，始于颜光禄而极于杜子美”⑦。明胡应麟《诗薮》内编卷四谓“用事之工，起于太冲《咏史》”⑧，钟嵘《诗品序》指出“颜延、谢庄，尤为繁密。于时化之。故大明、泰始中，文章殆同书钞。近任昉、王元长等，词不贵奇，竞须新事。尔来作者，浸以成俗”，并以颜延之“喜用古事，弥见拘束”而“乖秀逸”云⑨。颜延之《庭诰》：“观书贵要，观要贵博，博而知要，万流可一。咏歌之书，取其连类合章，比

---

① 《史记·郦生陆贾列传》：“沛公引兵过陈留，郦生踵军门上谒……沛公曰：‘为我谢之，言我方以天下为事，未暇见儒人也。’……郦生瞋目案剑叱使者曰：‘走！复入言沛公，吾高阳酒徒也，非儒人也。’”（司马迁：《史记》，第2704页）

② 淮南小山《楚辞·招隐士》：“王孙游兮不归，春草生兮萋萋。”（洪兴祖：《楚辞补注》，第233页）

③ 曹旭：《诗品笺注》，第97页。

④ 王利器：《颜氏家训集解》（增补本），中华书局，1993年，第272页。

⑤ 黄子云：《野鸿诗的》，《清诗话》，第857页。

⑥ 参拙文《汉赋“凭虚”论》，《文艺研究》，2012年第12期。

⑦ 张戒：《岁寒堂诗话》卷上，《历代诗话续编》，第452页。

⑧ 胡应麟：《诗薮》内编卷四，第64页。

⑨ 曹旭：《诗品笺注》，第160页。

物集句，采风谣以达民志，《诗》为之祖。”[①]钟嵘又评任昉“动辄用事，所以诗不得奇”[②]，《南史·任昉传》谓任昉“用事过多，属辞不得流便”[③]，同时人王微也说“文好古，贵能连类可悲”[④]，可知六朝用事风尚。

及唐诗用事，则胡应麟《诗薮》内编卷四谓“唐初王、杨、沈、宋，渐入精严。至老杜苞孕汪洋，错综变化，而美善备矣”[⑤]，这可佐证张戒所谓用事“极于杜子美”。明王世懋《艺圃撷余》谓“子美之后，而欲令人毁靓妆，张空拳……必不能也”[⑥]，杜甫用事而极，后人不得赤手空拳，但杜甫“读书破万卷，下笔如有神”，必然多积故事，及其作诗，信手拈来，不烦冥思苦搜，这是真功夫。后人学杜以用事见称者，则李商隐及其后继者宋代“西昆”诸人为能。李诗用事繁博僻涩，胡应麟《诗薮》内编卷四谓“用事之僻，始见商隐诸篇”[⑦]，而宋黄彻《䂬溪诗话》卷一〇谓“李商隐诗好积故实……一篇中用事者十七八”[⑧]，释惠洪竟以“诗到李义山，谓之文章一厄。以其用事僻涩”[⑨]。又杜牧“好用故事，仍于事中复使事”[⑩]。宋初西昆体受到李商隐的影响，魏泰《临汉隐居诗话》谓“杨亿、刘筠作诗务积故实”[⑪]，欧阳修《六一诗话》谓“先生老辈患其多用故事，至于语僻难晓”[⑫]，宋《漫叟诗话》说“东坡最善用事”[⑬]，明王世贞《艺苑卮言》卷四谓“子瞻多用事实”[⑭]，黄庭坚尤甚。他如《临汉隐居诗话》说“平甫尤工用事”[⑮]，时人亦谓“前辈诗多用故事”[⑯]。及严羽《沧浪诗话》总结宋诗，谓“近代诸公”“其作多务使事”而“不

---

① 颜延之：《庭诰》，见李昉编《太平御览》卷六〇八，中华书局，1966年，第2736页。
② 曹旭：《诗品笺注》卷上，第192页。
③ 李延寿：《南史》，第1455页。
④ 沈约：《宋书》，第1667页。
⑤ 胡应麟：《诗薮》内编卷四，第64页。
⑥ 王世懋：《艺圃撷余》，《历代诗话》，第774～775页。
⑦ 胡应麟：《诗薮》内编卷四，第64页。
⑧ 黄彻：《䂬溪诗话》卷一〇，《历代诗话续编》，第399页。
⑨ 惠洪等撰，陈新点校：《冷斋夜话·风月堂诗话·环溪诗话》，第33页。
⑩ 胡仔：《苕溪渔隐丛话》前集卷二三，第152页。
⑪ 魏泰：《临汉隐居诗话》，《历代诗话》，第328页。
⑫ 李逸安点校：《欧阳修全集》，第1955页。
⑬ 不知撰人：《漫叟诗话》，《宋诗话辑佚》，第363页。
⑭ 王世贞：《艺苑卮言》卷四，《历代诗话续编》，第1021页。
⑮ 魏泰：《临汉隐居诗话》，《历代诗话》，第327页。
⑯ 魏泰：《临汉隐居诗话》，《历代诗话》，第330页。

问兴致"[①],在严羽看来,这自是宋人"以才学为诗"的弊端,所谓"才学",要义在于学问,只有学问渊博,才能用于写诗,用事资之。宋以降为诗,如清田同之《西圃诗说》谓"今人作诗必入故事"[②],沈德潜《说诗晬语》卷下说"援引典故,诗家所尚"[③],诗之用事,无往不然,至有专书辑事以供检择,成为作者必备的枕边秘籍[④]。

当然不乏针对用事的批评,南朝梁钟嵘主张"直寻",而谓"至乎吟咏性情,亦何贵于用事"[⑤],对颜延之、谢庄、任昉、王元长等用事繁密持消极的态度。清陈仪说"钟记室自为大明、泰始中诸人下砭语耳",但"作诗自有两种,有不须用事者,有当用事者"[⑥],乔亿《剑溪说诗》卷下也说"情性有难以直抒者,非假事陈词则不可"[⑦]。这也合于胡应麟的看法,《诗薮》内编卷四认为钟嵘所谓不许用事则"古体小言"而"姑置可也"[⑧]。钟嵘《诗品序》说:"至乎吟咏情性,亦何贵于用事?'思君如流水',既是即目;'高台多悲风',亦唯所见;'清晨登陇首',羌无故实;'明月照积雪',讵出经史?观古今胜语,多非补假,皆由直寻。"[⑨]这些都属于胡应麟所说的"古体小言",但是对于古体长篇,依胡应麟的意见,是不可以一概否定用事的。唐皎然《诗式》"诗有五格"列"不用事第一格"[⑩],宋周密《齐东野语·诗用事》则引陈与义谓"慎不可有意于用事"[⑪],明谢榛《四溟诗话》卷一认为"用事多则流于议论"[⑫],清徐增《而庵诗话》也说"古人善诗者,皆不喜以故事

---

① 郭绍虞:《沧浪诗话校释》,第 26 页。

② 田同之:《西圃诗说》,《清诗话续编》,第 755 页。

③ 沈德潜:《说诗晬语》卷下,《清诗话》,第 549 页

④ 如宋吴淑《事类赋》三十卷,一题以天、地、山、水等为一赋,撮合故实,共一百题;宋祝穆《事文类聚》一百七十卷,分前、后、别、续四集,仿《艺文类聚》搜集古今纪事及诗文,合编成书;又如清华希闵《广事类赋》、吴世旃《广广事类赋》。

⑤ 然钟氏所谓"用事",亦含引语,是犹"广义"用事,而非"狭义"用事。(曹旭:《诗品笺注》,第 98 页)

⑥ 陈仪:《竹林答问》,《清诗话续编》,第 2226 页。

⑦ 乔亿:《剑溪说诗》卷下,《清诗话续编》,第 1099 页。

⑧ 胡应麟:《诗薮》内编卷四,第 64 页。

⑨ 曹旭:《诗品笺注》,第 98 页。

⑩ 李壮鹰:《诗式校注》,第 93 页。

⑪ 周密撰,张茂鹏点校:《齐东野语》卷六,中华书局,1983 年,第 105 页。

⑫ 谢榛:《四溟诗话》卷一,《历代诗话续编》,第 1139 页。

填塞”[①]。但诸人持论，并非否定用事，只是反对用事过多，实际上论者自己如严羽、谢榛作诗，绝非不取用事。

诗本情性，托于景物，而“用事非诗正体，然景物有限，格调易穷，一律千篇，只供厌饫”，所以“欲观人笔力材谙，全在阿睹中”[②]。诗论对于诗有情景而寡用事不乏批评。明许学夷《诗源辩体》卷三八谓“晚唐人多用山水、木石、烟云、花鸟为诗”[③]，清张谦宜《絸斋诗谈》卷一也指“今人之诗，句里字外，更无些物事，只是颜色和成”，同晚唐诗一样，都在于“物事”的缺乏。清朱庭珍《筱园诗话》卷一批评王士禛专主“神韵”时指出：“近人主王、孟、韦、柳一派，以神韵为宗者，谓诗不贵用典，又以不着议论为高，此皆一偏之曲见也。名手制胜，正在使事与议论耳。”[④]王士禛“神韵说”远绍严羽“妙悟”“兴趣”之说，严羽认为“禅道惟在妙悟，诗道亦在妙悟”，而“盛唐诸人，惟在兴趣，羚羊挂角，无迹可求”，以此批评宋人“以文字为诗，以才学为诗，以议论为诗”。“文字”是指经籍语，“才学”要在学问，在写作时表现为“多务使事，不问兴致，用字必有来历，押韵必有出处”，但缺乏妙悟兴趣，在严羽看来，这是本末倒置，所以说“诗有别材，非关书也”[⑤]。王士禛自己说：“严沧浪以禅喻诗，余深契其说，而五言尤为近之。如王（维）裴（迪）辋川绝句，字字入禅。”[⑥]又说：“唐人五言绝句，往往入禅，有得意忘言之妙，与净名默然，达磨得髓，同一关捩。”[⑦]在王士禛这里，严羽的“妙悟”和“兴趣”转向对“兴到神会”的注重，他认为“大抵古人诗画，只取兴会神到”，又谓“古人诗只取兴会超妙”[⑧]。兴到神会是与景物的遇合，却难以融通历史的空间，而且王氏偏主盛唐王、裴一派，确实不免“一偏之曲见”[⑨]。是乃朱庭珍所言，例如杜甫《北征》《自京赴奉先县咏怀五百字》及韩孟《城南联句》等大古体大制，若非用事，唯凭偶然兴会、风水相遭，只剩一缕神韵和顿时妙悟，则敷衍成篇为难，更不能深厚

① 徐增：《而庵诗话》，《清诗话》，第429页。
② 胡应麟：《诗薮》内编卷四，第64页。
③ 许学夷：《诗源辩体》卷三二，第308页。
④ 朱庭珍：《筱园诗话》卷一，《清诗话续编》，第2333页。
⑤ 郭绍虞：《沧浪诗话校释》，第27页。
⑥ 王士禛：《带经堂诗话》卷三，第83页。
⑦ 王士禛：《带经堂诗话》卷三，第69页。
⑧ 王士禛：《带经堂诗话》卷三，第68页。
⑨ 朱庭珍：《筱园诗话》卷一，《清诗话续编》，第2333页。

博雅,这就是缺乏“物事”的必然结果。实际上不唯古体长篇,近体中尤其如杜甫七律系于天地古今与苍生家国,确实“名手制胜,正在使事与议论耳”①。当然在绝句之外,王士禛自己的创作,也不一概排斥用事,清方东树《昭昧詹言》卷一谓“作诗必用本题故典及字句作料,乃是钝根”,而“王阮亭乃一生不悟”②,这种拘执本题的用事为方氏所讥,乃谓“阮亭用事,多出饾饤,与读书有得、溢出为奇者迥不侔”③。当然,宋范晞文《对床夜语》卷四已引“前辈”云:“诗家病使事太多,盖皆取其与题合者类之,如此乃是编事,虽工何益。”④但如王士禛论诗不主用事,而为诗用事是实,理论的偏主不必尽合创作的实际,后者作为中国诗写作的必然性是无法拒斥的。然而严羽以至王士禛诗学主张的偏失却促使人们对于诗主情景的根本反思。叶燮《原诗》内篇下指出:

> 曰理,曰事,曰情,此三言者足以穷尽万有之变态。⑤

这不仅是在崇尚学问考据的文化情境中纠正了王士禛神韵说乃至严羽以来的理论偏失,而且也在诗学的根本上弥补了诗主情景说的不足,具有更为严谨的思考和开阔的包揽气度,实可视为中国诗学理论的重大完善。

就如方东树对于王士禛用事的议论,诗中用事具有许多细致的讲究,但用事尚古是最重要的。因为“用事”就是用古事。“事”称往事、故实。诗陈今事,不谓用事。因此用事之法,自以征古为尚。清何文焕《历代诗话考索》:“茂秦引《诗法》曰:‘《事文类聚》不可用,盖宋事多也。’余谓宋事何不可用?街谈巷语,皆可入诗,唯在炉锤手妙。”⑥方东树《昭昧詹言》卷一四也说:“谢茂秦戒用大历以后事,虽拘,然不可不晓其意。”⑦谢榛《四溟诗话》卷二:“赵子昂曰:‘作诗但用隋唐以下故事,便不古也;当以隋唐以上为主。’此论执矣。隋唐以上泛用则可,隋唐以下泛用则不可。学者自当斟酌。”⑧方、何引谢榛之说,谢榛也是引述

---

① 朱庭珍:《筱园诗话》卷一,《清诗话续编》,第 2333 页。
② 方东树:《昭昧詹言》卷一,第 46 页。
③ 方东树曰:“阮亭用事,多出饾饤,与读书有得、溢出为奇者迥不侔。”(《昭昧詹言》卷一,第 46 页)
④ 范晞文:《对床夜语》卷四,《历代诗话续编》,第 437 页。
⑤ 叶燮:《原诗》卷二,《清诗话》,第 579 页。
⑥ 何文焕:《历代诗话考索》,《历代诗话》,第 823 ~ 824 页。
⑦ 方东树:《昭昧詹言》卷一四,第 377 页。
⑧ 谢榛《四溟诗话》卷二,《历代诗话续编》,第 1174 页。

赵孟频言而发表自己的看法，与何、方所引有所不同，然亦期于尚古。王士禛门人也有此问："作律诗忌用唐以后事，其信然与？"王答曰："自何、李、李、王以来，不肯用唐以后事。似不必拘泥。然六朝以前事，用之即多古雅，唐、宋以下，便不尽尔。此理亦不可解。总之：唐、宋以后事，须择其尤雅者用之。如刘后村七律，专好用本朝事，直是恶道。"[①]这与赵、谢、方诸人之意见一致，虽不许"拘执"，但尊雅尚古，乃是用事的本旨。用事指向往昔故实，具有历史的蕴意，所以更为深厚，南朝宋王微谓"文好古，贵能连类可悲"[②]，由于古今物事的连类从而生发深沉的历史感慨。

第四节　脱化的必然性和普遍性

"用事"又名"使事"，或称"用典"。但"用典"的称谓却使"用事"与"引语""脱化"意义牵缠。"典"的本义是指典册、典籍。《说文·丌部》："典，五帝之书也。从册在丌上，尊阁之也。""用典"就是引用典籍，因为典故见载典籍，借典籍传世，所以用事也称用典。但是见载典籍的不仅故事，典籍语词为后人作诗所用，也称"用典"。而取用典籍故实与袭取或化用典籍上的语词不同，也就存在用"事"或者用"语"的区别。如果袭用典籍的语词而略无改易，那么就是直接祖述；如果本于典籍语词而有所化用，这就属于"脱化"的范围。用事、祖述与脱化都称"用典"，所以不免混淆。但《文心雕龙·事类》谓"观夫屈宋属篇，号依诗人，虽引古事而莫取旧辞"[③]，引事、取辞不同，自有区分。宋黄彻也说"作诗有用事出处，有造语出处"[④]，"造语出处"即刘勰"取旧辞"之谓，当然用事也有出处，但二者于典籍所取不同，用事取之于事，引语取辞而无改易，取辞而化用，就是脱化。清徐增《而庵诗话》说："作诗之道有三：曰寄趣，曰体裁，曰脱化。今人而欲诣古人之域，舍此三者，厥路无由。"[⑤]"脱"是出于古人，"化"则改变，作者出于

① 王士禛：《师友诗传续录》，《清诗话》，第154页。

② 《宋书·王微传》引王微《与从第僧绰书》，《宋书》，第1667页。

③ 范文澜：《文心雕龙注》，第615页。

④ 黄彻：《䂬溪诗话》卷九，《历代诗话续编》，第391页。

⑤ 徐增：《而庵诗话》，《清诗话》，第426页。

表达的需要,取用成辞而有所变易,这是化而用之。“脱化”略同“换骨”之谓,清顾嗣立《寒厅诗话》称为“脱换”[①],恰好檃栝黄庭坚“夺胎换骨”之说,“夺胎换骨又与“点铁成金”互训,并为黄庭坚创造的著名诗学命题。前者见于释惠洪《冷斋夜话》:

> 山谷云:“诗意无穷,而人之才有限;以有限之才,追无穷之意[②],虽渊明、少陵,不得工也。然不易其意而造其语,谓之换骨法;窥入其意而形容之,谓之夺胎法。”[③]

“夺胎”“换骨”同义,“不易其意而造其语”“规模其意而形容之”,俱称夺胎换骨,这是互文,即谓无论语、意,皆本于(古)人,而又出以己意、化而用之。“点铁成金”之说则出黄庭坚《答洪驹父书》:

> 自作语最难,老杜作诗,退之作文,无一字无来处,盖后人读书少,故谓韩、杜自作此语耳。古之能为文章者,真能陶冶万物,虽取古人之陈言入于翰墨,如灵丹一粒,点铁成金也。[④]

“无一字无来处”,可以说是为诗的科律准则,作诗必取成辞,舍此别无可用,只是或者有所化用。从积极的角度上说,则作诗征取古人成辞,是重其来历,取其典雅,陈言入于翰墨,是如点铁成金,化俗为雅。然取古人陈言,须以己意“陶冶”,这就是“点铁”之功、换骨之术。

在黄庭坚之前,唐皎然《诗式·三不同语意势》有“三偷”之说:“此则有三同(按即“三偷”)。三同之中,偷语最为钝贼……其次偷意,事虽可罔,情不可原……其次偷势,才巧意精,若无朕迹……吾亦赏俊,从其漏网。”[⑤]所谓“偷语”,不唯袭用成辞,甚至整句挪用,例如杜甫《示从孙济》“勿受外嫌猜,同姓古所敦”[⑥],袭用鲍照《代放歌行》“明虑自天断,不受外嫌猜”[⑦],这当然是“偷语”,乃是普遍的现象,也是由于熟读古人诗,在诗的某处似乎需要这样的表达,记忆中的成句就冒

---

① 顾嗣立:《寒厅诗话》,《清诗话》,第87页。
② 《说郛》本作“思”,《苕溪渔隐丛话》前集卷三五引《冷斋夜话》作“意”,第235页。
③ 惠洪等撰,陈新点校:《冷斋夜话·风月堂诗话·环溪诗话》,第15~16页。
④ 刘琳等校点:《黄庭坚全集》,第475页。
⑤ 李壮鹰:《诗式校注》卷一,第59页。
⑥ 仇兆鳌:《杜诗详注》,第256页。
⑦ 钱仲联:《鲍参军集注》,第146页。

出来正好补上。正如清贺裳所言，实际上“偷法一事，名家不免”[①]。皎然所谓“偷意”和“偷势”，大约是揣摩古人写作的构思，这是向古人学习，任何人作诗必经如此，方可登堂入室。也许皎然声名不彰，“三偷”之说并未引起人们的太多注意，而作者兀自行“偷”，不致诟病。

但黄庭坚揭橥此秘而公然倡导，于是“偷”“贼”“剽窃”的恶名，尽归黄氏。宋魏泰《临汉隐居诗话》已指“黄庭坚……好用南朝人语……又一二奇字，缀葺而成诗，自以为工，其实所见之僻也”[②]；胡仔《苕溪渔隐丛话》前集卷五四谓“剽窃他人诗句，以为己出……不可不戒”[③]。金王若虚《滹南诗话》卷三说：“鲁直论诗，有夺胎换骨、点铁成金之喻，世以为名言，以予观之，特剽窃之黠者耳。”[④]王若虚论诗，与同代元好问相仿佛，喜发高论，态度鲁莽，语态轻薄。清潘德舆《养一斋诗话》卷二说：“若虚深诋山谷……盖山谷在北宋自成一家，褒贬皆所不免。至江西君子尊为诗派初祖，则将独据坛坫，为一代之主持，宜乎人滋不服，而其诗遂为集矢之地也。”[⑤]在这样的心态中，批评不免言过其实，有失公允。其实黄庭坚所言固非“剽窃”，他论诗喜言法度，但于极致处，也并不拘于绳墨。宋葛立方《韵语阳秋》卷二述“鲁直谓陈后山学诗如学道”，以为“此岂寻常雕章绘句者之可拟哉”[⑥]。至于黄庭坚谓“无一字无来处”，却是道出了古人创作的实情，其实“诗要字字有来历，人所知也”[⑦]，只是前人尚未说破而已。根据成辞既存的语汇系统先在性，为诗若求绝无来处之字，固其乌有，而创作也无从说起。按黄庭坚的意思，则要义在于脱换，如果一定要指为“蹈袭”，那也是“袭而愈工”“若出于己者”，“盖思之愈精，则造语愈深也”，[⑧]这就是脱化。

严格地说，脱化本质上是成辞的化用，是本于古人语词而以己意化用。取用古人语词，就是使用成辞，但袭用古人辞句则属于直接祖述。为了方便，则拟二

---

① 贺裳：《载酒园诗话》卷一，《清诗话续编》，第216页。
② 魏泰：《临汉隐居诗话》，《历代诗话》，第327页。
③ 胡仔：《苕溪渔隐丛话》前集卷五四，第369页。
④ 王若虚：《滹南诗话》卷三，《历代诗话续编》，第523页。
⑤ 潘德舆：《养一斋诗话》卷二，《清诗话续编》，第2033页。
⑥ 葛立方：《韵语阳秋》卷二，《历代诗话》，第495页。
⑦ 吴雷发：《说诗菅蒯》，《清诗话》，第903页。
⑧ 魏泰：《临汉隐居诗话》，《历代诗话》，第328页。

者并述。清王寿昌《小清华园诗谈》卷上说:“诗有三可借:故事可借,字意可借,古人句可借。”[①]“古人句可借”包括引语和脱化,都是熟读典籍包括古人作品的结果,作品见载典籍,也逐渐成为典籍的一部分。关于经史子语入诗,沈德潜《说诗晬语》卷上说:“经史诸子,一经征引,都入咏歌,方别于潢潦无源之学。”[②]当然近体慎入经典字面,易致板腐,古体如杜甫取经语。陈仅《竹林答问》:“东坡写杜诗,至‘致远思恐泥’句,谓人曰:‘此不可学。’……‘恐泥’二字本经中极板重语,而老杜前后至四五用,殊不可解。”[③]宋魏庆之《诗人玉屑》卷一四“村陋句”条举杜甫《解忧》诗云:“减米散同舟,路难思同济。向来云涛盘,众力亦不细。呀帆瞥眼过,飞橹本无蒂。得失瞬息间,致远思恐泥。百虑视安危,分明曩贤计。兹理庶可广,拳拳期勿替。”评曰:“杜诗固无敌,然自致远以下句,真村陋也……世人雷同,不复讥评,过矣。然亦不能掩其美也。”[④]《论语·子张》:“子夏曰:‘虽小道,必有可观者焉;致远恐泥,是以君子不为也。’”这是直接取经语,魏庆之说此诗后半“村陋”,但引《论语》一语,却以典重起到了压住“村陋”的作用。宋黄彻《䂬溪诗话》卷七又谓杜诗“如‘车辚辚,马萧萧’,未尝外入一字。如‘天属尊《尧典》,神功协《禹谟》’……皆浑然严重”[⑤]。杜甫《兵车行》“车辚辚,马萧萧”[⑥],“辚辚”祖《楚辞·九歌·大司命》“乘龙兮辚辚”,朱熹注谓“辚辚,车声”[⑦];“萧萧”祖《诗·小雅·车攻》“萧萧马鸣,悠悠旆旌”[⑧]。“尧典”“禹谟”都是《书经》的篇名,后者属孔安国伪托。这些都是经籍板重语,用之盖取古重。杜甫在诗中取用经语的做法开启韩愈诗风,韩诗连同古文对宋代产生了深远影响,正是在这种强势影响中,黄庭坚才在新的时代提出了自己的脱化理论,具有历史和诗学传承演变的必然性。黄庭坚诗用经语,如清叶矫然《龙性堂诗话续集》举例说:“黄山谷‘相戒莫浪出,月黑虎夔藩’[⑨],‘夔’字用老杜‘虎倚爪牙,昏

① 王寿昌:《小清华园诗谈》卷上,《清诗话续编》,第1856页。
② 沈德潜:《说诗晬语》卷上,《清诗话》,第524页。
③ 陈仅:《竹林答问》,《清诗话续编》,第2262页。
④ 魏庆之编:《诗人玉屑》卷一四,第313页。
⑤ 黄彻:《䂬溪诗话》卷七,《历代诗话续编》,第378页。
⑥ 仇兆鳌:《杜诗详注》,第141页。
⑦ 朱熹:《楚辞集注》,上海古籍出版社、安徽教育出版社,2001年,第39页。
⑧ 郑玄笺,孔颖达疏:《毛诗正义》,《十三经注疏》本,第653页。
⑨ 黄庭坚:《庚申宿观音院》,《黄庭坚全集》,第949页。

黑搓突，夔人屋壁’[1]之语。东坡‘主孟当啖我，玉鳞金鲤鱼’[2]，‘主孟’字用优施谓里克妻之语。二诗古色斑斑，不必过求字义作解，累纸不休。”[3]“夔”字经、子屡见，本神话兽名，又为舜乐官名，极具古色；而“主孟啖我”[4]，虽优人口辞，然传诸经籍，则亦称古雅。取用二语，盖见诗人用心，乃自博学强识而来。又宋杨万里《诚斋诗话》举黄庭坚“平生几两屐，身后五车书”[5]，“平生”出《论语·宪问》[6]，“身后”本晋张翰“使我有身后名”之言[7]，“几两屐”为晋阮孚语[8]，“五车书”则《庄子》称惠施言[9]，“此两句乃四处合来”[10]，真可谓“无一字无来处”，读之顿觉古雅，而书卷气渟滀不去。这是经语的化用。

至于对前人诗语的引取和脱化，则是更为普遍的现象，这是因为古今诗语虽异，但以体制之同、意趣相类而适合古今的融通。宋叶梦得《石林诗话》卷中谓“读古人诗多，意所喜处，诵忆之久，往往不觉误用为己语”[11]，实际上多数情况下还是有意祖述，不论有意无意，前提都是多读、熟读古人诗作。今世有作赋者，或言作者仅读过杨朔的《茶花赋》，那当然不是真正的“赋”，可资笑料。刘勰《文心雕龙·知音》说：“操千曲而后晓声，观千剑而后识器。”写诗则在于语词的积累。古人学诗之法重此，当然熟读前人诗，需要心领神会，明何景明《与李空同论诗书》所谓学习古人以“富于材积”而达到“领会神情”[12]，就是这一要求。清延荔浦《老生常谈》也教人“选古人五七古诗若干首，读万遍或数万遍，熟其音节气味，心解神悟”[13]；同代梁章钜《退庵随笔》记李文贞授诗，则命人“先将十九首之类，句句模仿”，其实“此最是初学一妙诀，从来名手

---

① 仇兆鳌：《杜诗详注》，第 1985 页。

② 苏轼：《与赵陈同过欧阳叔弼新治小斋戏作》，“金鲤鱼”作“金尾鱼”，见《苏轼诗集》，第 1812 页。

③ 叶矫然：《龙性堂诗话续集》，《清诗话续编》，第 1051 页。

④ 徐元诰：《国语集解·晋语二》，第 276 页。

⑤ 黄庭坚：《和答钱穆父咏猩猩毛笔》，《黄庭坚全集》，第 129 页。

⑥ 刘宝楠：《论语正义》，《诸子集成》本，第 308 页。

⑦ 余嘉锡：《世说新语笺疏》，第 740 页。

⑧ 余嘉锡：《世说新语笺疏》，第 357 页。按：阮孚本作“几量屐”。

⑨ 郭庆藩：《庄子集释》，《诸子集成》本，第 222 页。

⑩ 杨万里：《诚斋诗话》，《历代诗话续编》，第 140 页。

⑪ 叶梦得：《石林诗话》卷中，《历代诗话》，第 421 页。

⑫ 李叔毅等点校：《何大复集》，第 575 页。

⑬ 延君寿：《老生常谈》，《清诗话续编》，第 1816 页。

作诗作文,大抵皆从此入门,但不肯自说破耳”[①]。不肯说破是矜持有以,而对说破者的忌惮则是心口不一。宋人《东皋杂录》:“有问荆公:‘老杜诗,何故妙绝古今?’公曰:‘老杜固尝言之:读书破万卷,下笔如有神。’”[②]对于作者和论者来说,杜甫之言可谓惊警,王安石的解释也是十分准确,可是“读书破万卷”不仅是认识,更是艰苦的努力,真能做到如此,在今日更是万般之难。清薛雪《一瓢诗话》说:

好浮名不如好实学。岂有实学而名不远者乎?师今人不如师古人。岂有古人而今人能胜之者乎?古人学问深……其著作能振一时,垂万世。[③]

清方南堂《辍锻录》也说:

要之作诗至今日,万不能出古人范围,别寻天地。唯有多读书,镕炼淘汰于有唐诸家,或情事关会,或景物流连,有所欲言,取精多而用物宏,脱口而出,自成局段,入理入情,可泣可歌也。若舍此而欲入风雅之门,则非吾之所得知矣。[④]

这是十分中肯的诚言。在文道断绝的今世,只要看看那些乏情寡辞的“老干体”,填满格律字数的都是政治口号和俚语俗言,古人的论断不啻振聋发聩。

宋周紫芝《竹坡诗话》说:“自古诗人文士,大抵皆祖述前人作语。”[⑤]这绝非耸人听闻,诗话的谈说在这方面占据了大量的内容,率多搜集诗家相似语及递相祖述者,以为谈资,不关此者反属罕见,甚者如宋吴开《优古堂诗话》,专为胪列古人诗句之所本同者,举例绝多;次则《对床夜语》《艇斋诗话》等书,多举诗语出处,皆云“某某人诗出某某人诗”。诗话的这种谈说方式表明脱化之于文学史演变的重要意义,实际上乃是文学史的演变方式。

脱化追溯经典,经典又追溯于何?这是论脱化必须假设的问题,也是经典影响后世诗作的起点问题。清叶燮《原诗》卷四就“今人偶用一字,必曰本之昔人”

---

① 梁章钜:《退庵随笔》,《清诗话续编》,第1954页。
② 胡仔:《苕溪渔隐丛话》后集卷五,第29页。
③ 薛雪:《一瓢诗话》,《清诗话》,第689页。
④ 方南堂:《辍锻录》,《清诗话续编》,第1944页。
⑤ 周紫芝:《竹坡诗话》,《历代诗话》,第346页。

做了假设:“昔人又推而上之,必有作始之人。彼作始之人,复何所本乎?”[①]这个问题其实早在明代杨慎《升庵诗话》卷五已经做了回答:“古诗祖述前言者,亦多矣。如云‘先民有言’,又云‘人亦有言’,或称‘先民有作’,或称‘我思古人’[②]……岂可谓无出处哉?”杨慎还举出如下例子:“《五子之歌》述皇祖有训[③],《礼》引逸诗称:‘昔吾有先正,其言明且清。’[④]《小旻》刺厉王而错举《洪范》之五事,《大东》伤赋敛,而历陈保章之诸星,此即古诗述前言援引典故之实也,岂可谓无出处哉?必以无出处之言为诗,是杜子美所谓伪体[⑤]也。”[⑥]这就是经典的祖述,《诗》语为常,联系到先秦诸子论说必推上古的现象,就更容易理解初典祖述的渊源,只是它们处在文明史的初创时期,让我们忽略了史前文化的长期孕育。正如墨子的“三表”:“有本之者,有原之者,有用之者。于何本之?上本于古者圣王之事。于何原之?下原察百姓耳目之实。于何用之?废(发)以为刑政,观其中国家百姓人民之利。此所谓言有三表也。”[⑦]在先秦诸子的论说中,“上本于古者圣王之事”乃是共有的推本,当然包括传之久远的言词祖述,可以作为《诗》语祖述的证明。

叶梦得《石林诗话》谓“两汉间所作骚文,未尝有新语,直是句句模拟屈宋”[⑧]耳。陈仅《竹林答问》谓“两汉诗无用事者”[⑨],“用事”亦含引语,汉乐府民歌言辞俚俗,不征经籍,但徐祯卿《谈艺录》谓“古人不讳重袭,若相援尔”[⑩],实际上乐府造语,更相重叠,加以文人拟乐府,相与援取,在在良多。王世懋《艺圃撷余》概述了三国魏曹植以来直至唐代杜甫诗用史语的情况:“两

---

① 叶燮:《原诗》,《清诗话》,第611页。

② 见《诗·大雅·板》《诗·大雅·桑柔》《诗·商颂·那》《诗·邶风·绿衣》。郑玄笺,孔颖达疏:《毛诗正义》,《十三经注疏》本,第1146、1186、1433、120页。

③ 孔安国传,孔颖达疏:《尚书正义》,《十三经注疏》本,第177页。

④ 郑玄注,孔颖达疏:《礼记正义》,《十三经注疏》本,第1514页。

⑤ 杜甫《戏为六绝句》第六首:“未及前贤更勿疑,递相祖述复先谁。别裁伪体亲风雅,转益多师是汝师。”(仇兆鳌:《杜诗详注》,第1089页)

⑥ 杨慎:《升庵诗话》卷五,《历代诗话续编》,第720页。

⑦ 《墨子·非命上》,孙诒让注引王念孙曰:“‘废’读为‘发’,故中篇作‘发而为刑政’,下篇作‘发而为政乎国’,‘发’、‘废’古字通。”(孙诒让注:《墨子间诂》,第164页)

⑧ 此指汉人所作骚赋,如王褒《九怀》、刘向《九叹》、王逸《九思》之类,莫非祖述。

⑨ 陈仅:《竹林答问》,《清诗话续编》,第2226页。

⑩ 徐祯卿:《谈艺录》,《历代诗话》,第770页。

汉以来，曹子建出而始为宏肆……自此作者多入史语……谢灵运出而《易》辞、《庄》语，无所不为用矣……中间何庾加工，沈宋增丽……杜子美出而百家稗官，都作雅音，马浡牛溲，咸成郁致，于是诗之变极矣……子美之后……其援引不得不日加而繁。"[①]宋吴聿《观林诗话》举"古人五字，往往句有相犯者"[②]，如潘岳、王粲、曹植、应玚、左思、张协、谢朓等人诗语相同例，对于魏晋六朝诗语相袭可窥一斑，更不用说如曹操《短歌行》，数袭《诗》语而不易一字。

杨慎《升庵诗话》卷八谓"唐人诗句，不厌雷同"，大抵"绝句尤多"[③]。毛先舒《诗辩坻》卷三举初唐诗袭前代语数例，胡应麟《诗薮》内编卷四举陈子昂祖谢朓诗语，又同书内编卷五载"世谓摩诘好用他人诗"[④]云云。宋人《古今诗话》谓"王右丞好取人诗"[⑤]，同代王直方《诗话》举"王维诗取前人句"二例[⑥]，明谢榛《四溟诗话》卷二亦举王维袭用《淮南子》语[⑦]。元人《沙中金集》谓李白"公取古诗句"[⑧]，明杨慎《升庵诗话》卷二举"太白用徐陵诗"[⑨]。宋吴幵《优古堂诗话》举"杜甫取李陵诗"[⑩]，又曾季狸《艇斋诗话》、范晞文《对床夜语》卷五、杨慎《升庵诗话》卷五、谢榛《四溟诗话》卷二、清叶矫然《龙性堂诗话》初集等都举杜甫用前人诗语例。此外则如《升庵诗话》卷二举唐王昌龄《长信秋词》化用司马相如《长门赋》语[⑪]。中唐则如宋蔡宽夫《诗话》举"刘柳白诗同意"[⑫]，《对床夜语》卷四举韦应物、白居易等人递相祖述例[⑬]。晚唐则如《对床夜语》卷五

---

① 王世懋：《艺圃撷余》，《历代诗话》，第774～775页。
② 吴聿：《观林诗话》，《历代诗话续编》，第127页。
③ 杨慎：《升庵诗话》卷八，《历代诗话续编》，第801页。
④ 胡应麟：《诗薮》内编卷五，第104页。
⑤ 李颀：《古今诗话》，《宋诗话辑佚》，第155页。
⑥ 王直方：《王直方诗话》，《宋诗话辑佚》，第76页。
⑦ 谢榛：《四溟诗话》卷二，《历代诗话续编》，第1159页。
⑧ 佚名：《沙中金集》，《元代诗法校考》，第402页。
⑨ 杨慎：《升庵诗话》卷二，《历代诗话续编》，第659页。
⑩ 吴幵：《优古堂诗话》，《历代诗话续编》，第272页。
⑪ 杨慎：《升庵诗话》卷二，《历代诗话续编》，第671页。
⑫ 蔡启：《蔡宽夫诗话》，《宋诗话辑佚》，第397页。
⑬ 范晞文：《对床夜语》卷四，《历代诗话续编》，第431页。

举罗隐等袭用前人诗语①。及宋，则援古引袭，倍过前朝，诗话例举为多。宋以下可想而知，不烦陈说。究之诗用脱化，本于诵读，归于典雅，反映了文学语用的历代传承。

第五节　复变之道与脱化拓展

脱化的古昔历史指向本于一种“复古”的意识，毋宁说这是历史意识的表现。无论是刘勰《文心雕龙》的“通变”，皎然“复变”，陈子昂、李白、杜甫标举“风雅”，还是韩柳“古人运动”师法秦汉，明七子“文必秦汉，诗必盛唐”，晚明竟陵派追求古人“幽情单绪”，直到晚清道咸“宋诗派”诗宗韩、黄，以及近代王闿运、邓辅纶张大汉魏六朝，每一次都是抬出“复古”的旗号而追求各自创作的革新，借以自立一途，无不表现为一种延绵不断的复古主义和历史意识。复古意在求新，即推陈出新，这是黄庭坚“夺胎换骨”之说的题中之义。只有“复古”才能通于文学的历史，也才能“出新”。在刘勰《文心雕龙》中就论述了复古与“通变”的依存关系：

> 夫设文之体有常，变文之数无方，何以明其然耶？凡诗赋书记，名理相因，此有常之体也；文辞气力，通变则久，此无方之数也。名理有常，体必资于故实；通变无方，数必酌于新声；故能骋无穷之路，饮不竭之源……
>
> 是以九代咏歌，志合文则。黄歌断竹，质之至也；唐歌在昔，则广于黄世；虞歌卿云，则文于唐时；夏歌雕墙，缛于虞代；商周篇什，丽于夏年。至于序志述时，其揆一也。暨楚之骚文，矩式周人；汉之赋颂，影写楚世；魏之策制，顾慕汉风；晋之辞章，瞻望魏采……今才颖之士，刻意学文，多略汉篇，师范宋集，虽古今备阅，然近附而远疏矣。夫青生于蓝，绛生于蒨，虽逾本色，不能复化……故练青濯绛，必归蓝蒨，矫讹翻浅，还宗经诰……②

文体有常，如诗、赋、书、记，各有“名理相因”，其体制的称名与立体的实质是统一的，例如赋训“铺”“敷”“布”，其称名所指向的本质意义就是铺陈，铺陈就是赋

---

① 范晞文：《对床夜语》卷五，《历代诗话续编》，第439页。

② 范文澜：《文心雕龙注》，第519～520页。

体之“理”,与“赋”之名相因。体制一定,后世作者必须依照体制的规则进行写作,例如“汉代赋颂,影写楚世”,汉赋直承宋玉赋,宋赋叙物又从以《离骚》为代表的屈辞演变而来,赋本铺陈,在写作上本来具有炫耀展现的功能,所以赋体本来就具有颂的功用。晋挚虞《文章流别论》云:“若马融《广成》《上林》之属,纯为今赋之体,而谓之颂,失之远矣。”[①]赋、颂称名的交越反映了“赋体颂用”[②]。汉赋进而影响魏晋,当然魏晋又影响南朝以迄隋唐,但是学赋的人却只知“师范宋集”而“多略汉篇”。今世似乎辞赋“复兴”,但多骈语而“羌无故实”,当知骈语的联对结构必须出以故实的类聚,不仅四六为对而已,而且六朝赋不尽骈语,及唐代律赋才刻意为之,但又拘限平仄,而今人平仄尚且不通,如何能为律赋?赋体演变直到唐代律赋导致铺陈的丧失,这是古人已经断言的“赋亡”表现,而竟不知赋体之源,是在汉赋铺陈,根本不能在体制“有常”的“名理”下实现赋体历史的融通和继承。而且文艺创作的“取法乎上”引导人们直追文体的源头,韩愈古文取法秦汉,李梦阳提倡“文必秦汉”,就是这个原因。然今人不能作一文言,不能作一骈语,难得作一律句,生平不读汉魏六朝及唐代律赋,而妄敢作赋,就成了如“老干体”般胸无点墨的干嚎,只是玷污了“诗赋”的名称,愈益斯文扫地而已。文学传统“断裂”后的文学历史,尤使我们深切理解体制“有常”的传承意义,这不仅本诸文学“复古”的历史意识,而且体制“有常”的传承也在文学的形式上规定了脱化的运作。尽管刘勰以“文辞气力,通变则久,此无方之数”,但文辞的脱化一方面以推陈出新表现为“通变则久”,也必然因为文体“有常”而落实于言辞的脱化。在这方面,刘勰将文体之“通”与文辞之“变”对立起来,有悖他自己设定的“通变”之理,实际的情况就是,无论体制和文辞,都处于“通”与“变”的循环往复中。而且文学的通变,虽以变化为目的,但变化必以通为前提和基础,因为文学的源流不绝,继承无间,其中固有相通合一的基质。唐皎然《诗式》则论“复变”:

作者须知复、变之道,反古曰复,不滞曰变。若惟复不变,则陷于相似之

① 张溥辑:《汉魏六朝百三家集》卷四二,文渊阁《四库全书》本,集部第1413册,第243页。
② 参拙文《论汉代赋颂文体的交越互用》,《文学评论》2012年第1期。

格，其状如驽骥同厩，非造父不能辨。能知复、变之手，亦诗人之造父也。[1]

尽管强调变化，亦须斟酌于复变之间，如谓"陈子昂复多而变少，沈、宋复少而变多"[2]，过度地"复"或全然无复都为不可，今所谓"创造"，尤其不可。文学的"通""复"总是指向既往的历史，而以"复古"的标志引领某一时代的文学走向，并不预计后世"进步"观念的批判，只为"复古"名号的简括不便附加"变化"的后缀。显然通、变的相反相成即以"复古"的名号昭示创新，因为通、复必变，脱而必化，推陈出新，历久弥新，不断通变的进程构成文学演变的整个历史。文学史上的历次"复古运动"，无不本于时代文学的创新意愿，尽管实际的操作或导致"复多变少"的偏差，但是通、变的成反制约总体上提供了文学发展的张力。虽然韩愈倡导的古文运动表现为变革六朝骈文的创新精神，但其创新所本的前提，却是接续周秦文学的传统。而明代前后七子的复古，却以超越宋诗的盛唐梦想反映着振兴明代文学的变革愿望。在此，我们不妨从脱化指向往古的历史意识来看待文体之"通"的"复古"现象，可以视之为脱化的拓展。而且实际上文学的继承乃是一种"合力"的作用，言辞的祖述与脱化关涉文学的体制、主题、构思、意趣、情志、风格，凡此都以通变的过程反射为更为开广的脱化空间，这种脱化沟通既往的整个文学历史，注重追溯更为久远的文学之源，而不止于刘勰所谓"近附远疏"的自然承递。

体制的传承以其对后世创作的形式制约成为脱化之用最为直接的原因，也是我们所谓"脱化拓展"可以成立的前提条件，形式具有优先的阐释价值。古人创制，首严体制之辨，如晋李充《翰林论》、挚虞《文章流别论》、明许学夷《诗源辩体》、吴纳《文章辨体序说》、徐师曾《文体明辨序说》，并魏文帝《典论·论文》论列"四科"、梁刘勰《文心雕龙》"论文叙笔"，无不考镜源流，辨章体制，明确创作的尊体要求。后世分体益多，讲求愈趋细密。一体既定，则于造语、篇章、构思等形成各方面的体制规范和写作要求，作家个人的创作无论发挥何等程度的创造性，也必须遵循体制设定的规范。举其大者，则四言多本于《诗》，骚体多仍屈辞。而乐府拟作，亦由一题衍伸，造语相援，概莫如是。

---

① 李壮鹰：《诗式校注》，第 330 页。

② 李壮鹰：《诗式校注》，第 330 页。

古代体制分类，或以形式，或以内容，或以功用，或综合用之。基于形式的分类如诗、赋、骈、散、古、近、词、曲之类，细分则近体五律、五绝、七律、七绝，及词、曲各式，成于句式造语的形式差异，所以最具客观一律的分类标准；基于内容所涉如咏史、怀古、咏物之制，而乐府诸题如《陌上桑》《妾薄命》《怨歌行》等，泰半以内容分类，于形式则交互为用；至于箴、铭、颂、赞等，则合形式、内容、功用以成。依内容、功用定体者，初无一定的客观准则。徐师曾《文体明辨序说》谓“唯假文以辩体，非立体而选文”[①]，是如《文心雕龙·序志》所谓“选文以定篇，敷理以举统”[②]，表明某些文体以篇章的典范意义导致后人的模仿，形成一定数量的篇章和一段时间的历史，后人视为一类。如咏史以班固、左思《咏史》之篇，后人辗转多作，卒成一类故名，怀古、咏物亦以内容同类，篇什多见，归为一类。甚者如屈原作《离骚》，汉人模拟，竟成“骚体”；枚乘作《七发》，后人递相仿效，乃成“七体”。此类“选文以定篇”和“唯假文以辩体”的文体得以成立，显然在于后人的模仿趋拟，包括语词的脱化以及篇章、构思的仿效。从作者写作的角度来说，一旦骚体、七体等被创制，则其构思造语的大致思路，必以往昔篇章作为参照的范本，前人篇章的构思造语就如影随形般挥之不去，因为读书做学问积累的涵养已经融入了他的精神，除非突然失忆，否则脱化与仿效必然就是不自觉的“无意识”行为。写作五律、七律或其他形式规范所成体式的作品，不一定模拟某一作家的篇章，但是形式本身就必定预先规定了写作不能脱弃体式的规范，这种规范就存在于古人的篇什之中，唯有对古人文本的揣摩，或者说只有在古人文本的引领教习之下，才能“创作”出合乎体式的新章。倘有漫无凭借的自由式创作，诚然不当命为一体，否则不伦不类的花样必将被排黜于文体学的观照领域之外。从最为宽泛的意义上说，两千多年间文学的体制虽逐时而变，但基本文体的延续在根本的意义上确保了“古代文学”构成一个相对自足的稳定系统，它的所有变化都应当视为文体的完善，那么同样宽泛的脱化模拟就必然存在于我们称之为“古代文学”的漫长历史中，从而成就“古代文学”的丰厚积淀和悠久传统，唯以此一传统的塑造，在此自足系统

---

① 徐师曾：《文体明辨序说》，《文章辨体序说　文体明辨序说》，第 78 页。

② 范文澜：《文心雕龙注》，第 727 页。

中的作家创作才是可能的。从这一意义上说，文学的历史塑造了作者，或者说出于历史意识的“复古”实践对于作者具有几于强制的塑造功能。

明人“复古”的诗学主张中最值得发扬的精神，不仅在于字句之法，而是其达到的与古人“神气”沟通的境界。七子的“复古”主张起于前七子领袖李梦阳提倡的法式：“文必有法式，然后中谐音度。如方圆之于规矩，古人用之，非自作之，实天生之也。今人法式古人，非法式古人也，实物之自则也。”[①]“法式”就是为文的规则，体现于古人的文本，所以必须学习古人，这是今人为文的前提，也是规矩的取效袭用，就如宋人的说法，欲求出于规矩，必先入之。[②] 例如构篇布局：“古人之作，其法虽多端，大抵前疏者后必密，半阔者半必细，一实者必一虚，叠景者意必二，此予之所谓法，圆规而方矩者也……夫文与字一也，今人摸临古帖，即太似不嫌，反曰能书，何独至于文而欲自立一门户耶？”[③]李梦阳所举古人法式，乃是对古人文本的规律性总结，这些法式被用于今人的创作，当可化出种种各异的表现，例如前疏后密，亦可后密前疏，唯在疏密相间，又如“一实者必一虚”，乃是虚实相间的变化，这是脱胎于古人法式的灵活化用。固有拙于化用的情形，予人批评的口实，前七子之一的何景明就曾指李梦阳因“刻意古范，铸形缩镆”而“独守尺寸”，并且他认为自己超越了形貌的趋拟，通过“富于材积”的揣摩默识，进而达到“领会神情”的层面，所以“临景构结，不仿形迹”[④]。其实二人取法于古人的出发点是一致的，只是存在是否有得于古人之作的内在意蕴，从而表现为有无斧凿之痕的区别。何景明的诗学追求在后七子谢榛这里获得了共鸣，谢榛注重对古人“神气”的意会，认为“诗无神气，犹绘日月而无光彩”，主张“学李杜者，勿执于句字之间，当率意熟读，久而得之”[⑤]。虽谓“勿执于字句”，但熟读必然达到字句的稔熟，以至于临文之际顺手拈来的取用，可知“神气”的获取不必然排斥字句的祖述，只是“勿执”而已；而“神气”的意会，乃是诗心文思的隔代感应，既以神情似之，则于复古沉潜益深。凡此可以看到明人从字句、谋篇、

---

① 李梦阳：《空同集·答周子书》，文渊阁《四库全书》本，集部第1262册，第569页。

② 吕本中活法说。刘克庄：《江西诗派小序》，《历代诗话续编》，第485页。

③ 李梦阳：《空同集·再与何氏书》，文渊阁《四库全书》本，集部第1262册，第567～568页。

④ 何景明：《与李空同论诗书》，《何大复集》，第575页。

⑤ 谢榛：《四溟诗话》卷二，《历代诗话续编》，第1164页。

神情、神气层面的“复古”尝试，表现其托古自鸣的“复变”愿望，都可引为脱化的拓展。

而成辞的取用和脱化，实际上较诸体制的命定更具有优先性。体制的形成根本上还在于语言。正是汉语单音独字形成固定句式如五言、七言，才有五言体和七言体以及五绝、五律、七绝、七律等多种体制，体制形成之后又反过来对语言的运用产生限定作用。在这里，成辞不应仅被视为文学创制的表达，更是自始诱导作家“中蛊”的魔方，从作家构想触发的当下，成辞就一直引领着主体神思飞驰，这就是成辞和构想的同现。索绪尔认为，“思想离开了词的表达，只是一团没有定形的、模糊不清的浑然之物……没有符号的帮助，我们就没法清楚地、坚实地区分两个观念……预先确定的观念是没有的。在语言出现之前，一切都是模糊不清的”①。那么我们想象之“象”的形成，没有语言即“词的表达”是不可能存在的，关键在于“词”的既存性，在汉语中我们称之为“成辞”。而且由于汉字象形表意所携带其在诸多典籍和前人运用中的意义，每当我们用成辞想象构思，就不自觉地听凭成辞的引导，进入它所曾经存在的语境。陆机《文赋》描述构思情状说：“其始也，皆收视反听，耽思傍讯，精骛八极，心游万仞。”②作家的驰想并不只是孤独无依的灵魂漂泊，文学的构想即想象的运行，想象必须依托语言的构象功能呈现形象的图画。应当特别关注语言的运用，尽管它被人们视为作家的创造，实质上犹如鹦鹉学舌的“无意识”行为，作者只能从既有的语汇回忆习久的印象，听凭成辞的引领，进入古人的语境，“游文章之林府，嘉丽藻之彬彬”“倾群言之沥液，漱六艺之芳润”③，与其说这是作家脱化的措用，不如说是成辞的先在引领着作者无意识的运思。而在文学构想过程中，“四时万物”之象与“叹逝思纷”之心的物我融合，必须借助成辞才能构成意象，因而意象获得了积久的意蕴，这是言、象、意同现的实际情形。在刘勰《神思》的表述中，神思之远，“思接千载”“视通万里”，不唯“神与物游”的两向对应，因为“陶钧文思”的主观意识，早已经过积学储宝、酌理

① 索绪尔著，高名凯译，岑麒祥、叶蜚声校注：《普通语言学教程》，第 157 页。

② 萧统编，李善注：《文选》，第 240 页。

③ 陆机：《文赋》，《文选》，第 240 页。

富才、研阅穷照、驯致怿辞的主体涵养，故于“神居胸臆”“物沿耳目”的神思当际，能以“辞令管其枢机”的成辞同在，致使“物无隐貌”地同步呈现。[①] 在此读书学问的主体熏习过程中，在无意识的状态下听凭成辞引导神思进入文学历史的境域，完全不受制于当下时空的现实限定。文学的构思和想象必须依赖语言实现，因为语言只能是现成的和既定的，所以构思和想象必定听凭成辞的约定进入古人文章的林府，那么从作者构思想象的开始，就已进入成辞脱化的空间，因而可以说，脱化乃是作者创作的命定。

脱化本质上属于文学源流的问题，成辞的引用和脱化典型而突出地反映了文学源流的递承，它是源流递承可见于字句的有形落实，不仅因为成辞的脱化作为最为切实的“句法”之学和先得句后成篇的写作实情，以及文学构思言、象、意同在所彰显的成辞功能，而且由于成辞的历史文化意蕴关涉古人运思及其作品意趣风格的承续。我们看“句法”的祖述与脱化，从较大范围上来说，某个作家对往代某一时期或某个作家祖述脱化较多，可能的情况就是他也深受其运思、意趣、风格等深层次因素的影响。这正是因为古人的成辞反映了古人的运思、意趣和风格，或者说，在后人的祖述与脱化中，成辞成为古人运思、意趣和风格的“文化符号”，借助这种符号的破解，我们在一定程度上可能窥见其祖述和脱化的路向及其所承续的文学源流。

不只是成辞的取用和脱化，实际上凡文学创作的一切方面都具有传承的关系，这是文学源流的问题，脱化存在于这种源流的关系中，而且带出文学“复变”的多个层面。我们看钟嵘《诗品》“其源出自”的表述，例如李陵“其源出于楚辞。文多凄怆，怨者之流”、班婕妤“其源出于李陵……辞旨清捷，怨深文绮”、陶渊明“其源出于应璩，又协左思风力。文体省静，殆无长语。笃意真古，辞兴婉惬”[②]、颜延之“其源出于陆机……体裁绮密。然情喻渊深，动无虚发；一句一字，皆致意焉”[③]，尽管源流承递，不必单向定一，但就要者言之，自有主导的倾向。而诸人所本，或以言辞，或以情思，或以造语风致，或以整体风貌，在源流承递的各个

① 范文澜：《文心雕龙注》，第493页。
② 曹旭：《诗品笺注》，第51、54、154页。
③ 曹旭：《诗品笺注》，第160页。

层面具有脱化的拓展。

在词语脱化的情形中，事实上也是不主一家而博采众摭的情况，只是喜爱师承之有分次，若陈师道之师杜甫，心口谙熟，于是祖述杜诗多，而西昆好李商隐，则取李诗为夥，但必不舍此而别无取用，却必然广其诵读，以为脱化之资。清章学诚《校雠通义·汉志诗赋第十五》云："古之赋家者流，原本《诗》、《骚》，出入战国诸子。假设问对，《庄》、《列》寓言之遗也；恢廓声势，《苏》、《张》纵横之体也；排比谐隐，《韩非·储说》之属也；征材聚事，《吕览》类辑之义也。"①且有《山海经》并儒家诸种经籍可作为名物语词的资源，这是作赋的条件，也是脱化的源流。

第六节　文学历史的作者塑造

凡上对于复变及其所表现的体制、言辞及其与构思、想象的同步性，以及复变与脱化拓展的各个层面，乃至归并于文学源流的讨论隐含着一个重要的命题，这就是文学历史通过复变或脱化拓展对于作者的塑造。从总体上说，"通变"或"复变"的"通""复"反映文学的继承，又具体表现为体制的传承、言辞的脱化、构思和想象依赖成辞的同步出现。不仅如此，处于一个时代或某一历史阶段的诗人创作，一方面，从横向的"共时性"来说，由于这一时期共同的语言和文化情境，他们创作的体制、主题、构思、意趣、意象、言辞乃至风格等在一定程度上呈现为某种相似性或相近性，这是一种时代风貌的"类化"，处于这一时代的作者无法逃避这种强有力的类化。另一方面，从纵向的"历时性"来说，某一时代的文学共性又作为文学史历时"复变"的阶段维系着前后的联系，从这个角度上看，一个时代的文学共性不是独立的，将它从文学的链条中单独拿出来进行评说的做法是有风险的，因而所谓某一时代的文学共性其实并不十分清晰，它带着与前、后关联的模糊性。

文学"共时性"所表现的相似性或相近性，可以通过《古诗十九首》的共性

① 章学诚著，王重民通解：《校雠通义通解》，上海古籍出版社，2009 年，第 116 页。

分析得到解释。“古诗多展转相袭”[①]，“若相援尔”[②]，在《古诗十九首》中，言辞的重合乃是普遍的现象，可举以下四组为例：1.“人生天地间，忽如远行客”（《青青陵上柏》）；“人生寄一世，奄忽若飙尘”（《今日良宴会》）。2.“良无盘石固，虚名复何益”（《明月皎夜光》）；“人生非金石，岂能长寿考”（《回车驾言迈》中）。3.“相去万余里，故人心尚尔”（《客从远方来》）；“相去日已远，衣带日已缓”（《行行重行行》）。4.“客从远方来，遗我一端绮”（《客从远方来》）；“客从远方来，遗我一书札”（《孟冬寒气至》）。尽管“十九首”并非作于一时，但其写作时间彼此不会相隔太远，言辞的重合就是明证。我们首先可以推测这些“古诗”言辞取自一个相同的语汇系统，否则不会产生如此重合的“相援”现象。

这个语汇系统可能支持更多的“古诗”创作，昭明太子《文选》的辑录，大约有所取舍而不免遗漏。宋郭茂倩《乐府诗集》收录某些“古辞”，与“十九首”大略相近。是书所收凡称“古辞”者，是由于年代久远，不知作者之故，其中绝大部分是汉代乐府，唯《艳歌何尝行》一篇，《古今乐录》引王僧虔《技录》谓“歌文帝《何尝》《古白鹄》二篇”[③]。然《乐府题解》固称“古辞”，郭氏仍之。今考此篇辞气古朴，述事稍为蔓延，而言语俚俗，当非文帝之作。兹举《饮马长城窟行》，见《乐府诗集》卷三八相和歌辞瑟调曲；《长歌行》，见《乐府诗集》卷三〇相和歌辞平调曲；《伤歌行》，见《乐府诗集》卷六二杂曲歌辞。

这几篇“古辞”风貌相类，情韵相同，尤其用语习惯，复沓可按。例如《饮马长城窟行》“青青河畔草，绵绵思远道”、《长歌行》“青青园中葵，朝露待日晞”之与十九首“青青河畔草，郁郁园中柳”；《饮马长城窟行》“客从远方来，遗我双鲤鱼”之与十九首“客从远方来，遗我一端绮”；《饮马长城窟行》“上言加餐饭，下言长相忆”之与十九首“弃捐勿复道，努力加餐饭”“上言长相思，下言久别离”；《长歌行》“驱车出北门”之与十九首“驱车上东门”……重字叠句，一望而知。其所写物事与情韵风致，则《饮马长城窟行》与十九首中《行行重

① 梁章钜：《退庵随笔》，《清诗话续编》，第1961页。
② 徐祯卿：《谈艺录》，《历代诗话》，第770页。
③ 《乐府诗集》卷三九引《古今乐录》，《乐府诗集》，第576页。

行行》,《伤歌行》与十九首中《明月皎夜光》及《明月何皎皎》,两者之间甚为相类,并《长歌行》二首与十九首所写景物情事,其间存在交相互越的关系。仅《饮马长城窟行》中的简略叙事,更多地显示出其于乐府民谣的模仿痕迹。倘若将此“古辞”之属视为“古诗”的同类,并联系十九首之内的辗转相袭,那么可以看到“古诗”的写作,可能存在着一个共通的语汇系统,表现为大致相近的言语习惯,而且存在某些共通的主题要素、意象群体与运思定式。这表明“古诗”的制作,尽管已是文人所为,但是尚未具有明显的“创作”意识和对“作品”的期待。换言之,古诗(十九首)的文人制作,非唯湮没作者姓名的隔代遐想,相反,极有可能本来就是“代言体”般的借酒浇愁,至多也只是辗转相袭的共鸣抒写,于是“作者”的“创作”遂被遮蔽不彰,在对“古诗”的整体理解中,这是一个重要的识见。①

这些古诗包括我们视之为古诗的“古辞”在相隔不远的时期内集体产生,不仅是文学“共时性”所表现出的相似性或相近性,而且从文学的“历时性”来说,这在文学史的“复变”源流中不是孤立的现象,而是受到此前文学影响的结果,施加这种影响的就是乐府“古辞”。上文所述几首“古辞”由于与“十九首”十分接近,极有可能是文人拟乐府之作,我们就将它们视为“古诗”。但如下“古辞”《西门行》(《乐府诗集》卷三九相和歌辞瑟调曲)、《艳歌何尝行》(《乐府诗集》卷三九相和歌辞瑟调曲)、《艳歌行》(《乐府诗集》卷三九相和歌辞瑟调曲)、《长歌行》(《乐府诗集》卷三〇相和歌辞平调曲),以其合乐、叙事以及言辞复沓、句式长短、语言俚俗,与乐府民歌绝相类似,较多地保留了民间歌辞的原初态貌,它们即使不是乐府民歌,也必与乐府民歌相去不远,其中《西门行》分六解,显系合乐之辞。但这些古辞与“十九首”及上述我们视之为“古诗”的“古辞”,在主题和情感倾向上相当接近,表明它们之于“十九首”及其他“古诗”的源流传承关系,详见下表:

① 此段论述,见拙文《乐府古辞与古诗十九首关系考辨》,《贵州文史丛刊》2009 年第 1 期。

表　1

主题元素	常写事物	乐府古辞	十九首同类古辞	古诗十九首
人生短促、年命不永、服药求仙、饮酒作乐	昼短夜长	《西门行》		《生年不满百》
	年命、延年、生年	《西门行》《艳歌行》	《长歌行》	《生年不满百》
	王子乔、仙人、神仙	《西门行》《长歌行》		《驱车上东门》《生年不满百》
	金石、服药、磐石	《西门行》《长歌行》		《明月皎夜光》《回车驾言迈》《驱车上东门》
	亡者、黄泉、坟墓、陵	《艳歌行》		《青青陵上柏》《驱车上东门》《去者日以疏》
	宴饮、音乐、新声、清曲、美酒	《西门行》		《今日良宴会》《西北有高楼》《东城高且长》《驱车上东门》
	秉烛游	《西门行》		《生年不满百》
四时代序、秋节萧索	四时、岁暮、阴阳、岁月、孟冬			《驱车上东门》《东城高且长》《行行重行行》《孟冬寒气至》
	秋节、秋蝉、秋风、秋草、西风、凉风、寒气		《长歌行》	《明月皎夜光》《东城高且长》《冉冉孤生竹》《凛凛岁云暮》《孟冬寒气至》
天象云露	朝露、白露		《长歌行》	《明月皎夜光》《驱车上东门》
	明月、夜、星、牵牛、南箕北斗、长夜、夜长		《伤歌行》	《明月皎夜光》《生年不满百》《明月何皎皎》《迢迢牵牛星》《凛凛岁云暮》《孟冬寒气至》
	浮云			《西北有高楼》《行行重行行》

（续表）

主题元素	常写事物	乐府古辞	十九首同类古辞	古诗十九首
草木飞鸟	河畔草、芳草、蕙兰花		《饮马长城窟行》	《涉江采芙蓉》《青青河畔草》《冉冉孤生竹》
	白杨、松柏、古柏、柳			《驱车上东门》《去者日以疏》《青青河畔草》
	飞鸟、双白鹄、燕、春鸟、双鸿鹄、玄鸟、双飞燕	《艳歌行》	《伤歌行》《长歌行》	《西北有高楼》《明月皎夜光》《东城高且长》
游子远道、思妇独守	远行、游子、远行客、客行、荡子	《艳歌行》	《饮马长城窟行》	《青青陵上柏》《明月何皎皎》《行行重行行》《青青河畔草》《凛凛岁云暮》
	远道、长道、道路、路远、万余里		《饮马长城窟行》	《回车驾言迈》《涉江采芙蓉》《行行重行行》《庭中有奇树》《客从远方来》
	守空房、空房	《艳歌行》		《明月何皎皎》《青青河畔草》
相思之苦	泪、泣、沾衣裳	《艳歌行》	《长歌行》《伤歌行》	《行行重行行》
	尺素、书札		《饮马长城窟行》	《孟冬寒气至》
	加餐饭		《饮马长城窟行》	《行行重行行》
服饰穿戴	被服、纨素、罗裳、红粉妆			《东城高且长》《驱车上东门》《青青河畔草》
行路出望	驱车、回车、同车		《长歌行》	《青青柏上陵》《回车驾言迈》《凛凛岁云暮》
东都游居	北门、东门、郭门、东城		《长歌行》	《驱车上东门》《去者日以疏》《东城高且长》
	洛阳城、洛中		《长歌行》	《青青陵上柏》
身名之望	虚名、立身、荣名			《明月皎夜光》《回车驾言迈》

从上表所列可以观察乐府古辞、十九首同类古辞与十九首之间主题要素的一脉相承与辗转相袭：

1. 上引乐府古辞除《伤歌行》为杂曲歌辞外，余者都属相和歌辞，它们对十九首的影响，当然包括音乐的属性；而《长歌行》的慨叹、《伤歌行》的哀怨、《艳歌行》的相思，在主题和音乐两个方面为古诗的咏叹确立了伤感的基调。

2. 人生短促、年命不永、服药求仙、饮酒作乐、游子思妇、相思之苦、飞鸟之象，是乐府古辞与十九首中常见的主题要素，这显示着后者对于前者的主题相承；其中年命短促、飞鸟之象、游子之悲、思妇之怨，也是十九首之外相近"古辞"的所咏物事。

3. 秋节物候、天象云露、香草之兴、远道之叹、尺素书札、努力加餐、驱车行路、东都游居，是十九首及其同类古辞的共同咏写对象。其中尤为明显地带有香草之兴、悲秋之志、而托情缣素、代步车马、游居东都，更多地反映了文人的生活境况。

4. 浮云游子、松柏杨柳、空房思妇、罗裳粉妆、身名企望，是十九首中较为独特的咏叹，显然更为切近文人及其家室的生活状况与情调追求，以此与乐府古辞的民间风俗形成较大的差别。

5. 乐府古辞对十九首主题的直接影响，主要在于《生年不满百》《驱车上东门》《明月皎夜光》；次则《西北有高楼》《东城高且长》《行行重行行》《青青陵上柏》《青青河畔草》；又次则《回车驾言迈》《去者日以疏》《今日良宴会》《凛凛岁云暮》《明月何皎皎》。其主题元素上承乐府古辞者在 13 篇以上，反映了乐府古辞对十九首之作的遍在影响，非仅特例而已。①

在此，我们看到"十九首"等"古诗"作为一个"共时性"所表现的相似性或相近性，乃是由于受到此前乐府"古辞"的影响。这种影响是综合的和全方位的，不仅在于言辞的递相祖述脱化，也在于主题、意绪和情感的倾向，乃至构思的习惯和潜在的深层心理。以此来看这些作品及其作者，我们很难确定其为某一作者的独特"创作"和某一作品的"特点"，我们看到的是消失了"主体"个性的一群人、消失了特点的一组诗。与其说是作者"创作"了"十九首"等"古诗"作品，毋

① 上表与表下至此文字，见拙文《乐府古辞与古诗十九首关系考辨》，《贵州文史丛刊》2009 年第 1 期。

宁说这个时代，进而是文学史塑造了他们，那来自“共时性”和“历时性”相融的共通言辞、主题、意绪和情感倾向，以及构思的习惯和潜在的深层心理塑造了作者，同时塑造了“作品”，这种无所不在的力量强制他们从事似乎预先设定了的文学“制作”，他们任由摆布，始终冲不出这种莫名的魔力形成的牢笼。

所谓无名氏的“古诗”，实际上都是文人对于乐府的模拟，没有乐府五言在前，就不会出现所谓“古诗”。《汉书·艺文志》谓“有代赵之讴，秦楚之风”①，武帝使乐府采之，所以五言出现在武帝时或武帝前，东汉当然也有郦炎、赵壹、蔡邕等文人五言诗。但是根据上文对十九首之于乐府“古辞”的祖述，可以推测所谓“古诗”具有拟乐府的性质，只是由于其共同表现为文人的意态而佚名，才被编者收集在一起。指出这一点是重要的，这使“古诗”纳入文人拟乐府的系列。实际上，从东汉开始以迄唐代的诗史，就是文人拟乐府而又不断出脱乐府民歌属性、逐渐形成文人创制的历史，即使被视为唐代“近体”的五、七言律诗，也是由于永明声律对于五、七言乐府传统的规范而逐渐成型，所以早期五、七言律诗的主题命意和用字造语都不同程度地保留了汉乐府以及南朝乐府的影响。而且直到盛唐也还存在不少乐府古题的作品，例如李白乐府，都仍乐府古题如《陌上桑》《相逢行》《折杨柳》《少年行》等。乐府一题的递相拟作如《陌上桑》本辞载《乐府诗集》卷二八，同书并录曹魏至唐文人傅玄、陆机、鲍照、谢灵运、吴均、王筠、张率、萧子显、萧子范等凡35人拟作共39首，其中仍旧题者7首，外此则题《采桑》者14首、题《艳歌行》者2首、题《罗敷行》者3首、题《日出东南隅行》者13首，得32首，合以7首并本辞1首，总计40首。② 这些一题拟作在题意、造语等方面随着时代的演变愈趋愈远，但无不保留本辞的“桑林母题”影迹，可以视之为一题演变的文学史，在乐府旧题的拟作中，这种情况相当普遍。从某个角度上看，拟乐府自汉迄唐纵贯历代的演变历史，乃是乐府传统不断塑造作者的历史，凡在这一文学传统系列中的作者，无不受到这种无所逃避的力量的塑造，在他们创造文学历史的同时，文学的历史也塑造了他们，从民族文化和文学的深层层面上来说，后者是更为重要的。

---

① 班固：《汉书》，第1756页。

② 参拙文《乐府古辞与古诗十九首关系考辨》，《贵州文史丛刊》2009年第1期。

第七节　联想与踪迹的文学史

中国诗的脱化及其各方面的拓展都根于汉字的使用，不仅汉字的使用形成了固定的句式、平仄的粘对和格律，尤为重要的是汉字的象形表意作为“第二语言”之于口语的相对独立性，以及由此导致的汉语书面表达对口语的反向影响。汉字由于象形表意而保持其原初和不断引申的意义，这被称为汉字的“古文性”或“文言性”特点，在作为口语替代物的西方拼音文字那里是不可能的。举凡成辞的运用或脱化、借代和用事，都因汉字的特质而成为中国诗法学的独特讲求，更由于典雅的追求以及无所不在的“复古主义”和历史意识，中国诗总是突破当下意义的表达而具有无限开阔的历史空间，其深沉的意绪和开广的境界乃是其他任何语言的诗歌写作所不具有的。唯其如此，中国诗的字辞具有形式主义所谓的“联想”的功能优越性。这种“联想”总是导致“踪迹”的重现，而“踪迹”不限于文字曾拥有的意义，它可能是用事所引发的故实，经籍字面的古雅，古人诗的文本乃至往代文学的主题、意绪和情感，最终可能达到一种民族的“集体无意识”和深层心理。

在索绪尔那里，句段关系是在场的，呈现为时间的线性，即按词出现的先后顺序排列为一个线性的句子；联想关系则不呈现为句段的组合，而是把不在现场的要素联合成潜在的记忆系列。[①] 句段关系的在场以联想关系的不在场为语言潜在系统的对比和参照，才能获得语言符号所必需的对立。因为符号是任意的，并不一定要用什么符号表示什么对象，重要的只是符号之间的差异性，联想就是在选择这个符号时对于浮现在这个词周围的符号进行选择的过程，只有在联想中才能浮现其他的符号，也只有浮现其他的符号才能确定这个符号和其他符号的差异性。因此，联想关系是句段关系的条件，只有通过联想，才能完成词的选择并组成在时间轴上展现的线性组合，即句子或话语的表达。雅各布森受索绪尔句段关系和联想关系理论的启发，他认为诗歌的功能就是把“对应原则”从选择轴反射到组合轴上。因为在他看来，“诗歌语法”遵

---

① 索绪尔著，高名凯译，岑麒祥、叶蜚声校注：《普通语言学教程》，第171页。

循“对等原则”——诗人在选择词语时，总是将相近和相似的词语并列，这样就在选择词语组成诗歌的“句段”时，通过联想将相近的词语也投射到这个“句段”上。这就是说，在诗歌的对等表述中(通常是并列的两句)，相对应的词语是具有联想关系的，例如李广仓所举海子《历史》“那些寂寞的花朵/是春天遗失的嘴唇”，在此“花朵”与“嘴唇”处于对应的结构中，“嘴唇”就是从“花朵”中获得的联想。[①] 显然，雅各布森的“对应原则”从选择轴反射到组合轴上，就将索绪尔漂浮在句段周围的联想的词转移到了句段之上，在他看来，这才是“诗歌语法”较之“日常语法”的独特所在。

在第六章我们借用这种诗歌语法的“对等原则”分析了中国诗属对的“对等结构”，但属对不是将相近或相似的字或字组并列形成“句段”前后的对应，相反，却是在类合的关系中选择“反对”以求属对的开广，并避免“合掌”。兹再援取索绪尔并雅各布森的“联想关系”理论以对中国诗成辞的袭用和脱化、借代、用事进行必要的阐释，这当然不必也不可能照搬原理论，而只能是一种思路的引发，仅仅引发我们看待中国诗的联想，就是十分有益的。与索绪尔和形式主义的联想系于句段不同的是，中国诗的成辞运用和脱化、借代、用事都是直接从词(在汉语中应该称为“辞”、“字”或“字组”为当)发生联想的，这是因为汉字不完全依赖于口语的相对独立性，使它能够保留和承载本义和历史积累的引申意义，汉字的书写所形成的成辞也由于不随口语改变而在“文言”中保留下来，这在“语音中心主义”的西方拼音文字那里是不可能的。

成辞之所以引发联想的信息就在成辞本身。例如“东篱”“南野”，并不取于字面的意义而指实为“东边的篱笆”和“南面的田亩”，援取成辞的人并不视之为一物的所指，因为诗语在本质上以意象的呈现为本职，而不是陈述一个事实，后者乃是日常语言的功能。“东篱”“南野”分别成为一个意象，它们通过成辞的文字形式固定下来。对于读过陶渊明诗的有文化的读者来说，也决不会计较那是东边的还是西边的篱、南面的还是北面的山，这些在作者的援用和读者的感知中都是不曾和无须考虑的，作者只是借助成辞所固定的意象来表达他的情意，读者也是通过成辞浮现意象，从而与作者在情意上产生融通和共

---

① 李广仓:《结构主义文学批评方法研究》，第82页。

鸣。“东篱”，那是陶渊明悠然采菊的所在（《饮酒》：“采菊东篱下，悠然见南山。”）；“南野”，那是陶渊明躬耕开荒的场所（《归园田居》：“开荒南野际，守拙归园田。”）。[①] 两个成辞都联系着高人雅士的飘然韵致，经过后代作者的递相援取，这种韵致积久愈深，以至成辞的字面意义竟成空壳，只有其中的意蕴引发读者对于田园生活和雅意情怀的联想。又如“灞桥”，初以秦穆公称霸西戎，改滋水为灞水，建桥水上；隋开皇三年建桥于原灞桥址以南，称南桥，并植杨柳于岸；唐立驿于桥，人们送别至此，折柳相赠。这当然是实有的建筑工程，只是由于灞桥折柳送别，诗文多称其名，久之却成为一个凝固的意象，其中蕴含无数离别的故事，寄托不尽的离情。就如“明月”这一最为常见的成辞，也不是指“明亮的月光”或“明亮的月球”，而是经过无数文本叠加形成的意象，其中积淀了自古以来的离别相思，令人生起不尽的伤感。《诗・陈风・月出》“月出皎兮，佼人僚兮”，明月是相思的见证，在上古明月的照影中，早已演绎过缠绵的恋情。南朝宋谢庄《月赋》歌曰：“美人迈兮音尘阙，隔千里兮共明月。临风叹兮将焉歇？川路长兮不可越。”[②]明月寄托千里的相思，带着六朝的风韵。在唐李白《静夜思》中，明月又带着挥之不去的乡情，不止是李白这个作者所看到的明月及其引发的乡思，而且也是一万个读者眼中的一万个明月、一万种离乡的愁情。宋苏轼《水调歌头》“转朱阁，低绮户，照无眠”，更添离人的怜惜，“但愿人长久，千里共婵娟”又寄托了美好的心愿。无数文本“踪迹”的叠加，无尽相思的积淀，形成固定的“明月”意象，只要我们还用到这个成辞，就总能唤起有文化的读者的某些记忆片段。“明月”不是那个冰冷月球的客观所指，也不是村媪哄孙入睡的“月光娘娘”，不仅是一个符号的指称、一个概念与实物的对应，不是一个脱离文言意蕴的村言俚语，“明月”的意象深含着“文化”的历史积淀，唯此它才能够引起人们无尽的联想。这就是以汉字形式固定的成辞较诸拼写文字所独有的诗性功能。

当然诗的“引语”不限于成辞，也可能是一句完整的诗语，或者是对成辞和前人诗句的改易，或者是如黄庭坚所谓“规摹其意而形容之”的“夺胎法”，这样

---

① 逯钦立校注：《陶渊明集》，第 89、40 页。

② 萧统编，李善注：《文选》，第 197 页。

的脱化就有可能化用古人一段言辞，这也属于“成辞”的范围。这些脱化有时比较明显，容易看出，有时只是暗示，有时其所祖述的对象是人们比较熟知的，有时却比较生僻。无论何种情形，都会在新的文本中留下祖述和脱化的痕迹，或者说至少具有一种暗示，正是由此产生指向古昔的联想。对于作者来说，有时是刻意祖述脱化，例如上引杨万里《诚斋诗话》所称黄庭坚“平生几两屐，身后五车书”，乃合并《论语·宪问》、晋张翰语与阮孚、《庄子》称惠施言，“乃四处合来”[①]。这是刻意追求“无一字无来处”，无疑是“以才学为诗”的表现，一般作者不烦深思，且很难达到，除非博学，他的索解，就只能依靠注释。这也是注诗家大行其道而借以炫耀学术的缘由。因此联想的发生，首先必须具备必要的知识和理解力，这也是中国诗耐读的原因，好诗要读好，这就是韩愈所谓“含英咀华”[②]的真谛，对于作者的炫学和读者的深究，实在是一件可以潜玩的乐事。没有不费辛苦得来的快乐，如果是白话而自由的“诗”，自然是村姑野老都能读懂，但读懂后又能留下什么呢？不本成辞而舍弃了脱化的淡乎寡味，必然难以引发读者的联想，那是因为引车卖浆的“诗人”浪把“道听途说，街谈巷语，酗徒之骂坐，里媪之詈鸡”[③]当作“创作”的佳句，故而只有闭门杜户的窃自欣赏，却不能生发哪怕一丝“言外之言”的联想。例如“大堰河，是我的褓姆”[④]、“我是一条天狗呀”[⑤]，哪怕读者读“破”万卷经典[⑥]，也断乎不能从脑门的缝隙中挤出一丝可怜的想象。什么是诗歌的“语法”？为什么说除了形式诗不是其他什么东西？倒是现代“诗人”所言必称诵的西方理论给出了答案。

关于一段言辞的化用，可见宋魏泰《临汉隐居诗话》举唐陈陶“可怜无定河边骨，犹是春闺梦里人”[⑦]之祖李华文。李华工古文，与萧颖士齐名。《吊古战场文》是千古奇文，真可谓感天地泣鬼神，写到战死的鬼魂无依时说：“其存其没，家莫闻知。人或有言，将信将疑。悁悁心目，寝寐见之。布奠倾觞，哭望天涯。

---

① 杨万里：《诚斋诗话》，《历代诗话续编》，第 140 页。

② 韩愈：《进学解》，《韩昌黎文集校注》，第 46 页。

③ 杨慎：《升庵诗话》卷五，《历代诗话续编》，第 719 页。

④ 艾青：《艾青诗选》，人民文学出版社，1979 年，第 7 页。

⑤ 郭沫若：《沫若文集》，人民文学出版社，1957 年，第 45 页。

⑥ 杜甫《奉赠韦左丞丈二十二韵》：“读书破万卷，下笔如有神。”（仇兆鳌：《杜诗详注》，第 93 页）

⑦ 陈陶《陇西行四首》其二，《全唐诗》卷七四六，第 8492 页。

天为之愁，草木凄悲。吊祭不至，精魂无依。”①这段感人的言辞却也是祖述汉贾捐之《议罢珠崖疏》语意：“父战死于前，子斗伤于后，女子乘亭障，孤儿号于道，老母寡妇饮泣巷哭，遥设虚祭，想魂乎万里之外。”②李华的祖述增加了情感的铺写，这是吊唁文的要求，而贾文则以上疏体例略于描写。二者并用较长的一段文字表达，而陈陶诗仅两句，当然也是受诗的体制之限，尽管较之文语缺少铺陈，但诗语简练而深含情致，那也是善于化用的结果。然而对于读者来说，要做到由陈陶诗的脱化引发对于李华、贾捐之本辞的联想，必须具备必要的学养，对古人来说，这却是从小熟读的文章。

至于充当借代的成辞，当然读者也必须了解其借代的本事，用事尤其如此。在作者的角度上，如果说成辞的取用存在心到意随甚至是无意识的现象，那么脱化、借代和用事就是有意的化用。叶梦得《石林诗话》卷中说：“读古人诗多，意所喜处，诵忆之久，往往不觉误用为己语。‘绿荫生昼寂，孤花表春余’③，此韦苏州集中最为警策，而荆公诗乃有‘绿荫生昼寂，幽草弄秋妍’④之句。”⑤这种“不觉误用”是无意识的，却必然通过有意识的背诵，“烂熟在手口之间”⑥，才能沉积于意识的深层，转化为浑如己出的言辞。用事有明暗之分，后者为高，但对于读者来说，明用容易理解，暗用虽更隐约，然一旦知晓，则愈具意味。成辞所生发的联想，指向往昔文本的语境，用事的联想则指向故实。但是用事或者为了抒情，或者为了说理议论，作者的用意是比较明显的，读者的联想有时需要依靠思考和理解；成辞的取用当然有时是无意识的，化用的巧妙也遮掩了明显的痕迹，读者的联想则多半唤起一种似曾相识的印象。胡应麟《诗薮》内编卷四举杜诗明用例“谢氏寻山屐，陶公漉酒巾”⑦，一望而知用谢、陶事。暗用如唐戎昱《霁雪》诗：“风卷寒云暮雪晴，江烟洗尽柳条轻。檐

---

① 《李遐叔文集》卷四，文渊阁《四库全书》本，集部第1072册，第418页。

② 班固：《汉书》，第2833页。

③ 陶敏、王友胜：《韦应物集校注》，第456页。

④ 当为“邻鸡生午寂，幽草弄秋妍”，出自王安石《示无外》。（宁波等校点：《王安石全集》，吉林人民出版社，1996年，第140页）

⑤ 叶梦得：《石林诗话》卷中，《历代诗话》，第421页。

⑥ 贺贻孙：《诗筏》，《清诗话续编》，第172页。

⑦ 胡应麟：《诗薮》内编卷四，第65页。杜甫《寄张十二山人彪三十韵》作“谢氏寻山屐”，见《杜诗详注》，第792页。

前数片无人扫，又得书窗一夜明。”[1]这是暗用孙康映雪读书事[2]，只是“暮雪”“书窗”影射其事，读者不知，也不妨碍对诗意的理解，但如果通过暗示生发二事的联想，就进入了故实的历史空间。

无论成辞的取用与脱化，还是借代与用事，读者的联想唤起了那些往昔文本和故实的踪迹，这踪迹就像索绪尔联想关系中漂浮在句段周围的词，但不限于“词”的联想。西方拼音文字被认为是语音的代替物，语音则是逻各斯的言说。在德里达的解构哲学中，“文字”只是一种隐喻或象征，它不显示为视觉或书写的形象，而是一团若隐若现、漂浮不定但又擦除不净的“踪迹”或“字迹”，没有确定的源头，也不知所终，它被假定在思维逻辑之前已经存在，旨在解构西方“逻各斯中心主义”即“语音中心主义”的形而上学传统，在“字迹”漂浮之处，逻各斯已不在场。在此对于德里达“字迹”或“踪迹”的回顾是必要的，它不仅引发我们看到汉字“古文性”或“文言性”的历史“踪迹”，而且由此可以看到中国诗成辞及其脱化、借代与用事的联想都是擦拭不去的影迹。这种历史的痕迹当然不是象征和假设，它从德里达虚幻的假设中落到了实处，成辞和故实都是既有历史的确定存在，通过作者的明示或暗示引发读者的联想，从而浮现出来，但其在诗语“句段”的表层中也是“不在场”的。“躬耕南亩”的字面意义就是种田，但在“南亩”的成辞之外却漂浮着“雅逸”的踪迹，靠着读者对于陶渊明诗句的联想，这“踪迹”就漂浮在我们的眼前，它是潜在记忆的投射，在中国诗学中被称为“言外之言”“意外之意”“韵外之致”，这是诗语的意蕴。中国诗语之所以具有这种意蕴，根本上就因为汉字的使用，不仅由于汉字的象形表意和“文言性”使字形保持了历史的“踪迹”，更是由于汉字的书写作为“文言”一旦建立，就与口语保持着相对的独立性，成辞的取用和脱化、借代和用事都得以借助文言的形式保留下来，目的在于典雅，口语的日常表达却一般并不需要如此“文雅”的装饰。在汉字的书写中，由于汉字的象形表意，没有“语音中心”的命令，当然也没有在语音进而是拼音文字中存在的逻各斯

① 彭定求等编：《全唐诗》卷二七〇，第3018页。

② “映雪”本出任昉《为萧扬州荐士表》，李善注引《孙氏世录》：“孙康家贫，常映雪读书。”（萧统编，李善注：《文选》，第540页）

“出场”并起支配作用；因此汉字的书写当然也就没有德里达的困惑，并不需要他的“解构”。只是他对于“文字学”的假设启发我们看到汉字及其书写的“踪迹”，他提醒我们发掘汉字及其书写之外的历史意蕴。确实，不应当将诗语，尤其是中国诗语看成日常语言，它不是逻辑的说理，不是清楚的叙事，不是详细的说明，而是那种历史的“踪迹”“解构”了诗语“句段”的字面表达，这使我们看到成辞及其脱化、借代和用事的好处，爰使中国诗的表达更有蕴意，而且典雅。

第八章　表现手法的诗学史

引入普通写作学意义的表现手法旨在提升诗法层位，将整个中国诗的演变转换成诗法角度的历时叙述。赋、比、兴以与风、雅、颂“六义”的通合反映为经学的解释，适合《诗》四言及其语序排列以及分章合乐的“言志”咏叹，而《诗》兴衍为五、七言体的审美转向。叙事缘情成就了汉乐府的新近传统，对话和描写导致造语和篇幅的敷衍，但唐人即事则以作者意识的执着衍为以议论为主。六朝拟乐府五言遇合山水咏物的内容变化，谢灵运山水诗实主议论，但“名章迥句”的锻造突出反映文人五言创制的特点，预启后世近体联对结构。唐代五、七言近体乃以意象、兴象为本，并归情景相融，要义在于情、兴之与景、象的对举，本于《庄子》《易传》乃至玄学的思辨，兴象成于《诗》兴、《易》象的历史遇会。宋承中唐韩愈以文为诗，叙议为本而赖于学问，导致诗学唐宋之争，迄晚清尊宋，卒以考据为诗。

第一节　赋比兴

赋、比、兴最早见于《周礼·春官·大师》，而与风、雅、颂并列：“教六诗：曰风，曰赋，曰比，曰兴，曰雅，曰颂。”[①]所谓“六诗”大约是以乐歌称名。汉儒毛亨传《诗》，《诗》有《大序》，一般认为是东汉初卫宏所作。《大序》谓“诗有六义焉”，即同“六诗”。毛传于《诗》篇多言兴义，但《大序》对于赋、比、兴未做解释，而于风、雅、颂尤其是风、雅，解释不厌其烦。《序》释风谓“上以风化下，下以风

① 郑玄注，贾公彦疏：《周礼注疏》，《十三经注疏》本，第610页。

刺上，主文而谲谏，言之者无罪，闻之者足以戒，故曰风”，但置“上以风化下”不论，而详释“下以风刺上”，显然侧重“风刺”之义，可以归结为“刺”。释雅说：“雅者，正也，言王政之所由废兴也。政有小大，故有小雅焉，有大雅焉。”这是阐发雅与王政的关系，表明《诗》学的经义，恒与国家政治相关。释颂说：“颂者，美盛德之形容，以其成功，告于神明者也。”《诗》中《周颂》《商颂》歌颂先王功德，属“美”义。《大序》又从“正变”的观念区别“变风”“变雅”：“至于王道衰，礼义废，政教失，国异政，家殊俗，而变风、变雅作矣。国史明乎得失之迹，伤人伦之废，哀刑政之苛，吟咏情性，以风其上，达于事变而怀其旧俗者也。”①这是指风、雅中周政衰乱时期之作，以与风雅之“正”相对。“变风”“变雅”的产生，乃是由于王政的衰乱感发国史“哀伤”，亦属“风刺”之义。究之风、雅、颂的《诗》学经义，可以归于“美刺”，这都关系到国家政治，但《诗大序》却是偏主“刺”之一端。

唐孔颖达解释六义说：“风、雅、颂者，诗篇之异体；赋、比、兴者，诗文之异辞耳，大小不同，而得并为六义者，赋、比、兴是诗之所用，风、雅、颂是诗之成形，用彼三事，成此三事，是故同称为义，非别有篇卷也。”②孔颖达的解释将六义拆分为二，是由赋、比、兴的“表现手法”达到风、雅、颂的内容，虽“同称为义”，却落实在风、雅、颂的内容之上。而赋比兴作为《诗》“用”的表现手法，其经义也与风、雅、颂联系在一起，这就是《诗经》学对于赋、比、兴解释的切要所在，今世对此的批评，却是站在赋、比、兴的表现手法一边，往往忽略其作为《诗》之用与风、雅、颂作为诗之体的固有联系，从“体用”关系的思考上，必然是“体用”相即，拆分“体用”，不是融通的思维。

循着“体用”相即的思路来看郑玄本于毛传的赋、比、兴解释，就能获得融通的理解：“赋之言铺，直铺陈今之政教善恶。比，见今之失，不敢斥言，取比类以言之。兴，见今之美，嫌于媚谀，取善事以喻劝之。”③这与《诗大序》释风、雅、颂的经义一致，都归美善刺恶。孔颖达疏谓“其实美、刺俱有比、兴者也”，盖“作文之体，理自当然，非有所嫌惧也”④。是语当为互文，因为所谓“见今……不敢”

① 凡上所引《诗大序》语，见郑玄笺，孔颖达疏《毛诗正义》，《十三经注疏》本，第13～18页。

② 郑玄笺，孔颖达疏：《毛诗正义》，《十三经注疏》本，第12～13页。

③ 郑玄注，贾公彦疏：《周礼注疏》，《十三经注疏》本，第610页。

④ 郑玄笺，孔颖达疏《毛诗正义》，《十三经注疏》本，第11、12页。

“见今……嫌于”的对文都是避免直陈，悉在《序》云“主文而谲谏”，无论赋或比兴，虽分开为说，然其旨同归；至于“嫌”“惧”，在作者之顾忌，盖亦“谲谏”之义，也是“主文”必需的原因，否则质木无文，遂不称“诗”。今人黄侃批评说：“以善恶分比兴，不如先郑注谊之确。”[①]朱自清亦云：“郑玄以美刺分释兴比，但他笺兴诗，仍多是刺意。他自己先不能一致，自难教人相信。”[②]《诗大序》论赋、比、兴侧重风刺，所以对于风与变风、变雅解释为多，对颂的解释却极为简略，朱自清似乎是不满于郑说分别美刺，而比兴之于美刺，实为互文。王运熙先生认为：“实际上郑玄说之谬误，不但在于以美刺分释比兴，而且把作为表现手法的比兴牵强地同诗的政治内容联系起来。事实上，比兴手法可以同美刺内容相结合，也可以不结合，二者之间并没有必然的联系。”[③]郑玄以美刺释比兴，实际上不是独论比兴，而是通合风、雅、颂的内容，既强调比兴作为表现手法“主文而谲谏”，也当然不会把风、雅、颂的“美刺”内容排除在外，这正如孔颖达解释六义所谓“用彼三事，成此三事”，达到表现手法和表现内容的统一。

及南朝萧梁，刘勰也具有通合“六义”的理解。《文心雕龙·比兴》开篇谓“诗文弘奥，包韫六义，毛公述传，独标兴体，岂不以风通而赋同，比显而兴隐哉！”[④]毛传于《诗》篇多发兴义，但《大序》只解释风、雅、颂，不论赋、比、兴，刘勰对此的解释是“风通而赋同、比显而兴隐”。比显兴隐容易理解。郭绍虞先生在《六义说考辨》[⑤]中颇以风通赋同难解，各本均云“通一作‘异’”。“风异而赋同”的句中“自对”[⑥]难以讲通，不仅对举于“风异”的“赋同”，“同”者所指令人费解，而且“风异”并不能作为“毛公述传，独标兴体”的原因，反之，“风通”却与毛传只述《诗》篇之兴有关。风通赋同、比显兴隐以骈语对举的句式限制，只能举出风、赋、比、兴四者，这是“六义”的略举，实际上涵盖风、雅、颂、赋、比、兴；但比显兴

① 黄侃：《文心雕龙札记》，第 174 页。

② 朱自清：《诗言志辨》，第 77 页。

③ 王运熙：《中国古代文论管窥》，齐鲁书社，1987 年，68 ~ 69 页。

④ 范文澜：《文心雕龙注》，第 601 页。

⑤ 郭绍虞：《六义说考辨》，朱东润主编：《中华文史论丛》第 7 辑（复刊号），1978 年，第 207 页。

⑥ “风异而赋同”为句中自对，“风异“对”“赋同”，盖骈语必作对偶。宋严羽《沧浪诗话·诗体》谓“就句对”，元《沙中金集》谓“句中对”，明杨慎《升庵诗话》卷七谓“当句对”，清毛先舒《诗辩坻》卷四谓“自对”。例如王维《春日与裴迪过新昌里访吕逸人不遇》“城外青山如屋里，东家流水入西邻”（陈铁民：《王维集校注》，第 356 页），“城外”“屋里”，“东家”“西邻”，各成当句之对。

隐恰以句式的限制连并二法，风、赋却是一体一用，略举二者也是赅遍六义，“通”“同”互文，可以理解为风、雅、颂、赋、比、兴都是相通、相同的。“风通赋同”就是说风、赋通、同于六义的整体，也就是将《诗》的内容和表现手法连并而论，郭绍虞先生注意到“刘勰把风赋比兴连起来讲”[①]，这是根本的问题。经学对于六义的解释都取即体即用的整体视角，现代以来基于纯文学的观念试图将赋、比、兴的表现手法与风、雅、颂的内容分离出来，这是难以办到的。

后代常见将六义拢合一处、混为一谈者，这或许是由于经学之义演变为不加思索的口头运用。及唐陈子昂《修竹篇并序》慨叹齐梁诗“兴寄都绝”[②]，“兴寄”即以比兴寄托，比兴是表现手法，所寄托的则是赋、比、兴表现的思想内容，例如家国之叹、黍离之悲，多含风喻之义。白居易《与元九书》论李白诗“索其风雅比兴，十无一焉”，杜诗“亦不过三四十”[③]，“风雅比兴”竟然作为一个固定的“文学理论术语”被确立下来，这当然是由于白居易“新乐府理论”的自我张扬尤其是现代学人的异代炒作，而且这种不做区别的笼统说法自然并不具有经学章句的严谨考辨，却是基于经学的话语传统。杜甫亦然，例如元结《春陵行》《贼退示官吏》写道州政乱及民生苦难，杜甫称赞其为“不意复见”的“比兴体制”[④]，其实二诗都是赋的平铺直叙，表现美刺的内容。

按孔颖达二分六义，体用固有不同。在郑玄之前，汉代郑众已从表现手法角度解释赋、比、兴：“比者，比方于物也。兴者，托事于物。”[⑤]但“比方于物”或“托物于事”固有其比方之义与托物之志，表现手法必不脱离其所表现的内容，如果要显露其内容，则在经学的角度看来，必然也是风、雅、颂的“美颂”之义。郑众之说较诸毛传泛说《诗》篇之兴，首次区分了比、兴，比是明喻，兴则“托事于物”，所以含蓄蕴藉，这不仅对于后世如刘勰《文心雕龙·比兴》“比显而兴隐”[⑥]之说

---

① 郭绍虞：《六义说考辨》，朱东润主编：《中华文史论丛》第7辑（复刊号），1978年，第237页。

② 陈子昂：《修竹篇并序》，《陈子昂集》卷一，第15页。

③ 白居易：《与元九书》，《白居易集》卷四五，第961页。

④ 杜甫：《同元使君春陵行》序，《杜诗详注》，第2048页。

⑤ 郑玄《周礼·春官·大师》注引郑众语。郑玄注，贾公彦疏：《周礼注疏》，《十三经注疏》本，第610页。

⑥ 黄侃：《文心雕龙札记》，第173页。

或有启发,黄侃称刘勰"妙得先郑之意"[①],而且因其不涉风、雅、颂的美刺之义而引发后世赋、比、兴阐释专注于表现手法,但是这种对表现手法的专注仍然限定在《诗》学的范围,主要反映在宋代以降的解释中,宋人的解释表明返归经学传统的路向。宋代朱熹谓"赋者,敷陈其事而直言之者也""比者,以彼物比此物也""兴者,先言他物以引起所咏之词也"[②]。同代黄彻亦云:"赋者铺陈其事,比者引物连类,兴者因事感发。"[③]都是从"《诗》之所用"的表现手法而言,但朱子注《诗》所言赋、比、兴,却是处处通合风、雅、颂的美刺之义,如注《关雎》之"兴"谓"言彼关关然之雎鸠,则相与和鸣于河洲之上矣";而"此窈窕之淑女,则岂非君子之善匹乎?"[④]显见美颂之义,与毛传、郑笺相承,仍然属于经学的系统。

在《诗》的文学历史时期,赋、比、兴作为表现手法的产生和普遍运用,必定出于风、雅、颂的内容表达需要,无论是国风的爱情咏叹需要委婉含蓄的托物兴情、二雅的政治风刺需要"主文而谲谏"[⑤],还是《商颂》《周颂》"美盛德之形容"[⑥]需要庄重的叙事,风、雅、颂的内容表达必然要求赋、比、兴的表现手法,赋以叙事,比兴托物,兴以言情,三者交相为用,互为表里,共同承担着《诗》之风、雅、颂的表达使命。倘如不论《诗》自汉代经学化以来的风喻之义,仅就《诗》的内容和表现手法而言,那么郑玄统合六义的解释,甚至可以说是最为完备的。更为重要的是,赋、比、兴之于《诗》之体制的适应,在严格的意义上,赋、比、兴只是适合《诗》之体制的表现方法,后代对于赋、比、兴之义的引申和阐发,本质上都不关《诗》,而大半出于后代五、七言诗的谈论。赋、比、兴的经学解释以其通合风、雅、颂而适合《诗》的体制显示着作为表现手法的文学史,这是被称为中国诗源头的《诗》的历史。

赋、比、兴固属《诗》用,正是《诗》的体制决定了赋、比、兴的表现手法,而不是三言、五言、六言或七言体,因此赋、比、兴本质上并不适合后世诗的体制

---

① 黄侃:《文心雕龙札记》,第 174 页。

② 朱熹:《诗经集传》,第 2 页。

③ 见魏庆之编《诗人玉屑》卷一三,第 269 页。

④ 朱熹:《诗经集传》,第 1 页。

⑤ 郑玄笺,孔颖达疏:《毛诗正义》,《十三经注疏》本,第 13 页。

⑥ 郑玄笺,孔颖达疏:《毛诗正义》,《十三经注疏》本,第 18 页。

如汉乐府及唐诗的表现。《诗》主四言,成于两个双音或音步的组合,缺乏单音节以资调整结构的和锻炼下字,如唐孟浩然五言“气蒸云梦泽”,后者能够形成“句中之读”的不同组合,产生铿锵的节拍和坚整的组合,所以明陆时雍谓“四言优而婉”[1],但四言句式为短,较诸五言、七言,胡应麟则谓“四言简质,句短而调未舒”[2]。而且《诗》篇分章合乐,篇幅较《骚》过短,不像后者可以尽情摅写“愁满山泽”的深广忧愤,故以“怨怼激怒”发为《离骚》为然,而《诗》以短篇分章的咏叹,情志的表达形成“乐而不淫,哀而不伤”[3],“怨而不怒”[4]的特点,在总体上必是四言短制分章合乐使然。在表现手法的使用上,固以《诗》四言为短,往往两句意才得完,尤其兴“先言他物以引起所咏之词”,多为前二句先言“他物”,然后显示“所咏之词”,例如《卫风·氓》“桑之落矣,其黄而陨”,兴起“自我徂尔,三岁食贫”,以四言两句意完形成一个相对自足的语意单位,即四言两两的排列,形成一章,赋、比、兴都以这种四言的排列生成,一章的四言排列往往就是赋的敷陈。比亦在焉,兴的前后顺序也处于一章敷陈的序列中。赋在一章中是整体性的,而比兴却只有随意性、暂时性、片断性的功用。比的情形如《邶风·绿衣》首章“绿兮衣兮,绿衣黄里”朱子注谓“比也”,绿为间色,黄为正色,“间色贱而以为衣,正色贵而以为里,言皆失其所也”[5]。这是援绿衣黄里之物,仅在借以表达“失所”之意,后者为本,前者为末,唯意之所至,随时遣用,用过即止。此例居于一章之首,又有处于篇章之中者,唯视表意需要而定。如《卫风·硕人》“手如柔荑,肤如凝脂,领如蝤蛴,齿如瓠犀”[6],从直写硕人来说,可谓赋也,但每句形容,则固属比喻。这种比喻是服从于整篇硕人之赋的主旨,而仅存随意性、暂时性和片断性的作用。兴的情形如《卫风·氓》“桑之落矣,其黄而陨”完整一章[7]:

桑之落矣,其黄而陨。

---

① 陆时雍:《诗镜总论》,《历代诗话续编》,第1402页。
② 胡应麟:《诗薮》内编卷二,第22页。
③ 刘宝楠:《论语正义》,《诸子集成》本,第62页。
④ 《国语·周语》邵公曰:“怨而不怒,况事王乎!”徐元诰:《国语集解》,第15页。
⑤ 朱熹:《诗经集传》,第11页。
⑥ 郑玄笺,孔颖达疏:《毛诗正义》,《十三经注疏》本,第223页。
⑦ 郑玄笺,孔颖达疏:《毛诗正义》,《十三经注疏》本,第232页。

自我徂尔，三岁食贫。

淇水汤汤，渐车帷裳。

女也不爽，士贰其行。

士也罔极，二三其德。

兴之谓“起”，当然只能是随意性、暂时性和片段性的，随意性是谓随诗篇整体表意而用，它是手段和过程，而不是目的。从《诗》分章的表意设定来看，只要叙述一个事件、展现一个过程，而且写人必有其事，这必然是赋，因此赋是构架性和整体性的，比兴在此整体的构架之下，却只有随意性、暂时性和片段性的功用。又如《小雅·采薇》各章“采薇采薇，薇亦作止……采薇采薇，薇亦柔止……采薇采薇，薇亦刚止”①，都属兴情之用。唯以起兴引起所咏之事，那么后面的叙写甚至连同“兴起”本身所形成的一章悉当为赋，用以敷陈一个事件或一个过程。当然总体上《诗》篇幅较短、句式为促而不以叙事为主，而是以“言志”的咏叹为本，这是分章合乐的要义，《诗》章之赋服从于全篇重章叠句的咏叹。甚至有些《诗》篇并不展示一个事件或一个过程，而是由于合乐的歌唱，借助重章叠唱的旋律循环摅发感叹，如《邶风·式微》②：

式微式微，胡不归？微君之故，胡为乎中露？

式微式微，胡不归？微君之躬，胡为乎泥中？

《诗》以四言之限，造语“足二”“足四”③，固多虚字衬贴。是诗“式”属语助无义，“胡不”疑问，“之”则散语虚字，“中”以虚字表方位，则一首中仅“微”“归”“君”“露”“泥”五字义实，一首诗整体上就是这五字的回环咏叹，其他所有虚字都属衬贴之用，随着歌唱的旋律，只在传达一声叹息。这里没有比兴，也并未展现为一个事件和过程，但是从每章实字和虚字衬贴的咏叹中，我们仍然能够约略知道其写作的“本事”或“背景”，这以“事实”的痕迹仍然显示着赋的表现特点，究之只能归结为赋，但已丧失了事之于赋的整体性，而服从于一首重复咏叹的需要。

---

① 郑玄笺，孔颖达疏：《毛诗正义》，《十三经注疏》本，第589～591页。

② 郑玄笺，孔颖达疏：《毛诗正义》，《十三经注疏》本，第153页。

③ “足二”即一言凑足二言，“足四”即凑足四言。如《诗·郑风·风雨》“风雨凄凄，鸡鸣喈喈”，“凄”“喈”叠字凑足二言，并合《诗》四言之制。详见何丹《〈诗经〉四言体起源探论》，第19～23页。

《陈风·月出》[1]亦然：

月出皎兮，佼人僚兮。舒窈纠兮，劳心悄兮！

月出皓兮，佼人懰兮。舒懮受兮，劳心慅兮！

月出照兮，佼人燎兮。舒夭绍兮，劳心惨兮！

月出而触情，勉强可谓起兴，但似乎更加适合后世所谓情景的交融，只是尚未形成融合的意象，造语则如“月出皎……佼人僚……舒窈纠……劳心悄……”的主谓直陈，本质上是赋。在《诗》中，某些篇章似乎已经具有意象或后世所谓情景交融的意境。例如《蒹葭》首章：“蒹葭苍苍，白露为霜。所谓伊人，在水一方。”[2]或许我们可以说是以蒹葭起兴，但与“桑之未落，其叶沃若”“桑之落矣，其黄而陨”不同，后者之物因与“引起所咏之词”的不甚类合而被谓为“他物”，而“蒹葭苍苍，白露为霜”则与“所谓伊人”的怀思念想和引领顾望融合无间，可以视若后世五、七言尤其是近体的意象，而情景的交融也自然生发言外之致的无穷意境，这或许可以看作是《诗》兴作为表现手法对后代审美论的兆示。尽管如此，后世近体如七绝四句、五律八句以句数所限和篇幅之短不克详写，故以意象呈现为主，爰使意在言外，含蕴无穷，而《诗》则以散语虚字衬贴、四言两句一意，其分章合乐的句法顺序、四言排列仍然是叙述性的，其各章最为基本和隐含的间架结构，本质上是赋。

比兴与物象相系，成于类比的思维，与情景的联系固有分别，尽管都以情志托于物象之中。关于类比的思维以及类的形象性，见第六章第四节所论。类的形象性乃是比兴成为可能的根本所在，比兴通过类比的方式建立形象的相似性关联，借以引发读者的想象，获得生动形象的表达效果。[3]《文心雕龙·比兴》云：“比者，附也；兴者，起也。附理者切类以指事，起情者依微以拟议。”[4]比依据物理切合其类，兴者“依微”，也是着眼于事物之间的隐微关联。《比兴》又谓“兴之托谕，婉而成章，称名也小，取类也大”，例如“关雎有别，故后妃方德；尸鸠贞

---

① 郑玄笺，孔颖达疏：《毛诗正义》，《十三经注疏》本，第451～452页。

② 郑玄笺，孔颖达疏：《毛诗正义》，《十三经注疏》本，第422页。

③ 关于“类”的考辨，参拙文《类推思维的文学推衍》，《文学评论》2013年第4期。

④ 范文澜：《文心雕龙注》，第601页。

一，故夫人象义”[1]，这是援自《易传》之说[2]，乃在取类之象之于情志的蕴含和象征功能，称名者鸟，取类则是“后妃方德”或“夫人象义”，盖在《周南·关雎》《曹风·尸鸠》中，比类形成于“先言”的“他物”与“所咏之词”的人事之间。比的取类尤为广泛，《比兴》谓“比之为义，取类不常：或喻于声，或方于貌，或拟于心，或譬于事”[3]，总之是取于物类的“象”“貌”特征进行比类，不仅《诗》用，亦如刘勰所举宋玉《高唐赋》“纤条悲鸣，声似竽籁”[4]、贾谊《鹏鸟赋》“夫祸之与福兮，何异纠缠”[5]，而且文章论说，多所运用。比兴成于类比的思维，作为《诗》的手法重点在于有意识的表现，这与情景相融不同，后者如晚唐温庭筠五言《商山早行》“鸡声茅店月，人迹板桥霜”[6]，则是意象的呈现。二者的区别，是比兴在于物象的比类，以及兴“先言他物”与“所咏之词（事）”的前后间隔；而情景交融则呈现意象，情在景中，意在象中，即景生情，即象见意，以引发读者的联想，遂有韵外之致。这一区别主要体现在《诗》与后世五、七言尤其是近体的体制差异上，如五、七绝句只有四句，而七律则以联对构篇，不同于《诗》章四言敷陈以事为本，整篇则是情志的咏叹。

然而后世多援比兴以说五、七体的创作，于义固有不切，在此可资阐发的是主体情志的外在寄托，或比兴如何从表现手法演变为诗的审美特质，前者使《诗》兴变得直露浅薄且思路含混，后者则将比兴尤其是兴与物象情景牵缠。唐宋兴寄说衍自《诗》兴，按照后世的理解，是在物象、物事或景物中寄托主体情感，多属怨愤之志，系于风刺，指向现实，在唐代如元结《舂陵行》、杜甫“三吏”“三别”及元白“新乐府”，都被认为是具有“兴寄”的表现。如陈子昂合并“兴寄”“风雅”的含混表述，可见前述内容。又宋梅尧臣《答韩三子华韩五持国韩六玉汝见赠述诗》“因事有所激，因物兴以通”“愤世嫉邪意，寄在草木虫”

---

① 范文澜：《文心雕龙注》，第601页。

② 《易·系辞下传》第六章：“其称名也小，其取类也大。”（见王弼注、孔颖达疏《周易正义》，《十三经注疏》本，第312页）

③ 范文澜：《文心雕龙注》，第602页。

④ 萧统编，李善注：《文选》，第266页。

⑤ 萧统编，李善注：《文选》，第199页。

⑥ 曾益等：《温飞卿诗集笺注》，第155页。

云云[①]。对于《诗》来说,诚如朱熹所谓“先言他物以引起所咏之词”,物与所咏之词取于类比的关联,兴起的过程具有先后的顺序,不是就物寄托。情固因事所激,触于景物而兴,从根本上说,主体情感来源于社会生活,只是由于文学的表达借物以兴、触物而动,这就是“因事有所激,因物兴以通”,是与兴情相通;但是寄托却以主体自我为本,乃是作者主观上将一己之情寄托于物,这就是“愤世嫉邪意,寄在草木虫”。显然起兴和寄托的情感来源、发展方向与顺序正好相反。当然“兴寄”作为一个并列的表达,“兴”是名词性的,就是情志,情志寄托于物,就是兴寄。

兴寄说启于《诗》兴,乃是起兴和寄托的结合,实际上是《诗》兴经由《离骚》寄托的过渡,由后人混合二者笼统表述出来的。《诗》以篇幅短小、句式整一、分章合乐,只合比兴点逗,情志的表达和敷陈其事悠游不迫。而屈原《离骚》在《诗》外独标一体,以怨怼激怒广托名物,形成阔大的铺陈空间,并以虚字连带和句尾“兮”字形成散语长句且使入韵,爰使容纳众多的名物和形容描写的字类堆积。因此《骚》多寄托,而不止于《诗》中比兴的片段性功用,其物象的铺陈也完全突破《诗》的兴情功能,而成为广泛的寄托。这种寄托导致一种象征的倾向,美人香草,恶禽臭物,贤恶截分,美臭殊别,乃可一一对应,以成固定象征。其在《离骚》等篇,自是屈辞创制,但其臻于极至,则后人仿效,已落二义,竟至不休,庶几牵强之甚,又或以为解诗,尤其穿凿之极。唐人“诗格”“诗式”之制,辄喜比附为说,如《金针诗格》“诗有物象比”、《续金针诗格》“诗有内外意”[②]及僧虚中《流类手鉴》“物象流类”云云[③],悉皆胶柱鼓瑟,适足生厌。作诗如此,解诗亦然,牵强附会,如同射覆。黄庭坚《大雅堂纪》批评解杜诗“喜穿凿者,弃其大旨,取其发兴,于所遇林泉人物、草木虫鱼,以为物物皆有所托,如世间商度隐语者,则子美之诗委地矣”[④],这对于“兴寄”的命题,提出了风险的警示。

---

① 朱东润:《梅尧臣集编年校注》卷一六,上海古籍出版社,1980年,第336页。

② 《金针诗格》,旧题唐白居易撰;《续金针诗格》,旧题宋梅尧臣撰,并系假托。二书与释虚中《流类手鉴》,收入《吟窗杂录》等书。(张伯伟:《全唐五代诗格校考》,第334页,第497~498页)

③ 唐释虚中《流类手鉴·物象流类》云:“巡狩,明帝王行也;日午、春日,比圣明也;残阳、落日,比乱国也;昼比明时也,夜比暗时也;春风、和风、雨露,比君恩也;朔风、霜霰,比君失德也……”(张伯伟:《全唐五代诗格校考》,第396页)

④ 黄庭坚:《大雅堂记》,《黄庭坚全集》正集卷第一六,第437~438页。

情感寄托于物，乃是一种有意识的主体行为，物我遂有间隔，前人论诗之咏物，可资借鉴。清李重华《贞一斋诗说》谓“咏物诗有两法：一是将自身放顿在里面，一是将自身站立在旁边”[①]，虽论咏物，但后者与寄托相同，盖寄托在物，咏物亦然，只是一首诗不必全在寄托，咏物则一首咏物为主，正如比兴在《诗》中仅有随意、暂时、片段的功用，咏物则专咏一物以保持全篇咏物的整一性。所谓“将自身放顿在里面”，恰如钱锺书先生“即物生情”之谓，而“将自身站立在旁边”的借物寄托则如钱氏所言“执情强物”，不免“感情用事”[②]，以其外铄强着，有悖物态本然。这就是说，主体情志与物之间不甚达致类合的融通，关键在于不是从物性的特点生发情志，而是执着于主体己意，梅尧臣所谓“愤世嫉邪意，寄在草木虫”即是如此，当代豪情必托于雪压青松或梅花冲风斗雪者，不知枯松倒挂、梅月幽冷的物态本然不期有当于林泉高士之心。梅诗如林逋“疏影横斜水清浅，暗香浮动月黄昏”[③]，适得梅之为物的高态，梅以“花中君子”中夜散香，清香淡淡，非如俗葩浓郁，也只有远离尘嚣，水边篱落，暗香可闻。

后世论比兴者不免将比兴尤其是兴与物象情景牵缠。南朝梁钟嵘《诗品序》说“兴”，而指五言之作，谓四言“每苦文烦而意少，故世罕习焉”，而“五言居文词之要，是众作之有滋味者也，故云会于流俗。岂不以指事造形，穷情写物，最为详切者耶！”然后做出对赋、比、兴的新解：

> 故诗有六义焉：一曰兴，二曰比，三曰赋。文已尽而意有余，兴也；因物喻志，比也；直书其事，寓言写物，赋也。弘斯三义，酌而用之。干之以风力，润之以丹彩，使咏之者无极，闻之者动心，是诗之至也。[④]

“故”字的衔接表明钟嵘对于赋、比、兴的新释乃是就五言而论，而且“干之以风力”乃接续汉魏五言风骨的传统，“润之以丹彩”则是认同三国魏文帝曹丕《典论·论文》“诗赋欲丽”[⑤]的主张及陆机《文赋》“诗缘情而绮靡，赋体物而浏亮”[⑥]

---

① 李重华：《贞一斋诗说》，《清诗话》，第930页。
② 钱锺书：《谈艺录》（补订本），第55页。
③ 沈幼征校注：《林和靖诗集》卷二，第89页。
④ 曹旭：《诗品笺注》，第25页。
⑤ 魏宏灿：《曹丕集校注》，第313页。
⑥ 金涛声点校：《陆机集》，第2页。

之说，前者也是来自乐府五言的传统。胡应麟《诗薮》外编卷二谓《文赋》前句“六朝之诗所自出也，汉以前无有也”，后句则“六朝之赋所自出也，汉以前无有也”。[①] 诗当然是源于汉乐府的文人拟乐府传统，而发展为文人创作的自我特点；赋的情况也是如此，汉大赋铺陈呈现名物而厚重博大，不谓“体物”而“浏亮”。但是钟嵘以赋比兴论五言诗之于体制却是扞格不入，自乐府“缘事而发”[②]，大约有类于赋的“敷陈其事”，比则各体可用，兴乃适合《诗》四言分章所设，而五言一顺，景物以为描写，或情景相融，体制的限定致使不再展开为“先言他物以引起所咏之词”的顺序，因而所谓“文已尽而意有余”，乃在情景相融的生发，这只能视为《诗》兴的延伸和转换，即从《诗》的表现手法转变为五言新体的审美意趣，但在体制的学理上却不甚圆通。

尽管《诗》中有《蒹葭》等篇已兆后世诗的情景相融，但在体制上与五、七言体尤其是近体存在重要区别，其中的关联仅在《诗》之比兴与后世诗中情景都系于象，这是《诗》的比兴衍为后世诗审美特质的根本所在。旧题中唐释皎然《诗议》云：

> 赋者，布也。象事布文，以写情也……比者，全取外象以兴之……兴者，立象于前，后以人事谕之。[③]

又其《诗式·用事》说：

> 今且于六义之中略论比兴：取象曰比，取义曰兴，义即象下之意。凡禽鱼草木、人物名数，万象之中义类同者，尽入比兴。[④]

在比兴论向审美论的转换中，皎然之说具有重要的阐发意义。其一是赋比兴都系于“象”。从《诗》赋敷陈的间架性和整体性来说，《诗》之一章为赋，比兴只有随意、片段、暂时的功用，其取于物类的比喻和兴起并以象显，即是物象；而且古人“事物”“物事”并举，事是具体的，故亦有象，谓之“事象”，与比兴“物象”同功，一起发挥诗之表达的形象化职能。比取于象，兴起于象，赋以事

---

① 胡应麟：《诗薮》外编卷二，第146页。

② 班固：《汉书》，第1756页。

③ 释皎然：《诗议》，见张伯伟《全唐五代诗格校考》，第195页。

④ 皎然举例云：“如陆机诗：‘鄙哉牛山叹，未及至人情。爽鸠苟已徂，吾子安得停？’此规谏之意，是用事，非比也。如康乐公诗：‘偶与张、邴合，今欲归东山。’此叙志之意，是比，非用事也。”（李壮鹰：《诗式校注》，第31～32页）盖规谏以事义取类，叙志托人物取象，所取不同，可见比与用事之别。

象，物所担当的比兴和事的敷陈功能转换成了象的呈现。其二，比兴俱取于象，但兴中有“义”，实即主体情志在焉，“义即象下之意”则是以象为本，也是即物之意，这与“兴寄”执持己意，即钱锺书所谓“执情强物”，具有质的区别。而“义”之与“象”，犹意之与象的结合，那么来源于《诗》兴的表现手法就转成“意象”的审美趣味，这是出脱《诗》四言分章合乐而过渡到近体五、七言的审美观照。当然《诗》以赋为间架的分章结构在绝大多数情况下并不保证“象”的主导性，也就并不具有后世所称“意象”的审美特质，只有在《蒹葭》等极少数篇章中，我们才能约略感知这样的“意象”，并生发“意境”的审美空间。尽管唐宋以后不乏论比兴者，但意象、情景之说已经超越比兴的手法表现，成为近体诗审美特点的标志，因此论比兴或参情景为说，就显得疏阔无当。清吴雷发在其《说诗菅蒯》中说：

> 尝见论人诗者，谓赋体多而兴比少。此世俗之责人无已也。诗岂以兴比为高而赋为下乎？如诗果佳，何论兴比赋；设令不佳，而谬学兴比，徒增丑态耳。况诗在触景生情，何必先横兴比赋三字于胸。[①]

赋、比、兴作为适应《诗》之体制而产生的表现手法，在某种程度上启发了后世对于意象、情景的认识，但后者是在五、七言尤其是近体的创作中逐渐形成的审美特质。五、七近体当论情景意象，而比兴已矣，连同赋作为表现手法，适合《诗》的体制特点，共同担当了风、雅、颂的内容表现，书写了一个时代的诗学历史。这段历史已经过去，让位于五、七言的时代，而比兴让位于情景、意象，这是文学史和文学理论史演变的必然结果。

第二节　叙事缘情

《诗》之用，孔子固谓兴、观、群、怨[②]。“诗可以兴”，孔安国谓“引譬连类”[③]，朱熹谓“感发志意”[④]，文学之所以为文学，诗之所以为诗，就在于情志借物表达

---

① 吴雷发：《说诗菅蒯》，《清诗话》，第897页。

② 刘宝楠：《论语正义》，《诸子集成》本，第374页。

③ 刘宝楠：《论语正义》，《诸子集成》本，第374页。

④ 朱熹：《四书章句集注》，第178页。

的形象性，后世“纯文学”观念视《诗》本此。“可以观”，郑玄谓“观风俗之盛衰”[①]，朱熹谓“考见得失”[②]，即一国为政的效果，这是《诗》之于社会政治的认识功能。“可以群”，孔安国谓“群居相切磋”[③]，朱熹谓“和而不流”[④]，即沟通人与人之间的思想感情。“可以怨”，孔安国谓“怨刺上政”[⑤]，这是《诗》的政治批评功能，《诗》兴的情志不乏怨愤，因而与“诗可以兴”是一致的，也是《诗》之为文学的基本功用。“迩之事父”在伦理，“远之事君”在伦理与政治，“多识于鸟兽草木之名”则是博识的功能。[⑥] 凡此各个方面都是相与作用的，兴和怨乃是《诗》作为文学的根本，观和群以兴和怨为基础，通过兴和怨的情志抒发和交流发挥社会认知和人际沟通的作用。“事父”“事君”作为伦理的功用当对汉代说《诗》经义具有影响，“怨”则直启《诗大序》“风刺”之说。但“多识于鸟兽草木之名”是知识性的，《诗》在先秦已具有百科全书的功用，不唯出使专对、聘问诸侯用之，而且可资多识名物，通晓学问，反映《诗》的博物之用，经学的章句解释和名物训诂进而积极助推了这一倾向，成为专精的“小学”。三国时吴郡陆玑著《毛诗草木鸟兽虫鱼疏》二卷，其后继有撰述，宋蔡卞撰《毛诗名物解》二十卷，清徐鼎辑《毛诗名物图说》九卷，都在名物考求，以达博识。《诗》的社会、伦理功用尤其是博识和经学化倾向逐渐导致其与文学的疏离，先秦两汉已然，加以汉赋兴盛而《诗》不继作，起于民间的汉乐府五言在去《诗》相当远的时代开启了新的传统；同时《诗》被尊为经籍而不是文学作品，六朝及唐诗的写作来自文人拟乐府的传统，五、七言近体乃是这一传统经由联对结构定型和永明声律化的必然结果。相对于唐代近体的“古体”创制，实际上就是唐以前的拟乐府，唐代的五、七古也多取效乐府，在《诗》被尊为经之后，后代诗的创作可追溯到的真正源头就是汉乐府。尽管《诗》的“风谕”精神仍被视为“现实主义”的传统，甚至悬诸“风雅”的标格，而《诗》的比兴也被援以阐发新的审美特质，但《诗》作为文学与汉乐府之间存在

① 刘宝楠：《论语正义》，《诸子集成》本，第 374 页。
② 朱熹：《四书章句集注》，第 178 页。
③ 刘宝楠：《论语正义》，《诸子集成》本，第 374 页。
④ 朱喜：《论语集注》，《四书章句集注》，第 178 页。
⑤ 刘宝楠：《论语正义》，《诸子集成》本，第 374 页。
⑥ 刘宝楠：《论语正义》，《诸子集成》本，第 374 页。

历史的隔阂，后者重造了诗学的历史，这是关于诗学史的重要识见，基于这一识见来讨论汉魏六朝乃至唐代的诗学史，才能具有基本正确的判断。

后代罕习《诗》四言，而以五、七言为常，句式和体制的变异导致诗学传统的再造，但叙事和缘情却具有隔代的相通。《诗》述情志，赋以“敷陈其事”表明《诗》之分章叙事的基本特征，言志述情在此整体间架中展开，而且用于随意、暂时和片段的比兴之用。赋在《诗》中往往不是整篇的，而是以四言一顺分章敷陈。汉乐府与此不同，不再是分章的咏叹，而是整篇叙事，或有长篇敷衍，甚至能够展现为一个事件的详细过程，具有一定程度的细节性情节，包括人物对话的敷衍，当然也有情感的抒发，但情缘乎事，叙事为本乃是乐府体制的根本特征，从四言分章合乐到五言敷衍的体制改变导致比兴不再，感物而动的比兴让位于事件的敷写。

《汉书·艺文志》说：“自孝武立乐府而采歌谣，于是有代赵之讴，秦楚之风，皆感于哀乐，缘事而发，亦可以观风俗，知薄厚云。”[①]汉乐府的主体部分采自民间，“缘事而发”在整体上显示其以叙事为主的基本特征，情感的抒发系于叙事，而清人谓古体议论“须带情韵以行”[②]，却未顾及源自乐府的“古体”本于叙事的主要方面，这是来自民间的汉乐府与唐代文人“古体”的重要区别。经由六朝文人拟乐府而逐渐出脱汉乐府的叙事敷衍，最终形成文人自己的“古体”创制，可以视为唐前诗史演变的一大关捩。汉乐府民歌短制也以叙事为主，如《战城南》，郭茂倩《乐府诗集》将其收入“鼓吹曲辞·汉铙歌”，大约出于西汉；《平陵东》在《乐府诗集》中属“相和歌辞·相和曲”。题名即示一事。《战城南》[③]云：

> 战城南，死郭北，野死不葬乌可食。为我谓乌：“且为客豪，野死谅不葬，腐肉安能去子逃？”水深激激，蒲苇冥冥。枭骑战斗死，驽马徘徊鸣。筑室，何以南何北，禾黍不获君何食？愿为忠臣安可得？思子良臣，良臣诚可思，朝行出攻，暮不夜归。

这是一首典型的杂言诗，事实上，不是“杂言”之为一体的特殊性质，而是缺乏句

---

① 班固：《汉书》，第1756页。

② 沈德潜：《说诗晬语》卷下，《清诗话》，第553页。

③ 郭茂倩：《乐府诗集》卷一六，第228页。

式和体制的规范，表明与散语未离的随意性，反而适合乐府叙事及其“缘事而发”的议论与述情。杂言随意杂用长短句式，如散语，唯视表达的需要而定。这首乐府短制假托战死魂魄为言，或谓“浪漫主义”，但“战城南，死郭北”的景况司空见惯，“筑室”妨碍了民众的通行和社会生产的正常进行，“禾黍不获君何食”的诘问，揭示了“劳心者治人，劳力者治于人，治于人者食人，治人者食于人”的“天下之通义”，这是《孟子·滕文公上》肯定的社会分工①，当然也是剥削与被剥削的残酷事实。“为我谓乌……”的鬼话之谓乌之啄食，固以沉痛的事实演绎着战争的惨烈，对话乃是乐府表现手法的突出特点，只有主于叙事才附着对话；“水声激激，蒲苇冥冥。枭骑战斗死，驽马徘徊鸣”，则以景物烘托叙事的过程，犹如小说的景物描写，起到辅助烘托的作用；“筑室”以下的议论是就事论事，这是议论的本质，究以叙事为主。汉乐府民歌短制又如《东门行》②叙写一个铤而走险的片段，在此片段中通过叙述和对话详细展现了故事的前因后果，堪称最为紧凑的叙事：

出东门，不顾归。来入门，怅欲悲。盎中无斗米储，还视架上无悬衣。拔剑东门去，舍中儿母牵衣啼。他家但愿富贵，贱妾与君共哺糜。上用仓浪天故，下当用此黄口儿。今非，咄！行！吾去为迟，白发时下难久居。

叙事的框架就是“男主人公”因极度贫困无以生存、不听家人哭谏铤而走险，开头至“拔剑东门去”叙述了一个行动和心理的过程，接下去的夫妻对话实际上起到继续叙事的作用，故事的结果回应开头“出东门，不顾归”的概括叙述，就是一走了之，深刻反映了“哪里有压迫，那里就有反抗”的永恒真理。在此，叙事的顺序性、故事“发展”的情节性或“戏剧性”都有突出的展现，紧缩于长短间杂而句数有限的篇幅之中，尽管作为乐府歌辞合于歌唱，但其一篇首尾叙事的整一性固与《诗》篇分章合乐的咏叹大相异趣。试比较《诗·小雅·采薇》之篇，这是“诗言志”式的咏叹，与汉乐府“缘事而发”主乎叙事存在根本区别。《诗》在一章之内以赋为整体构架“敷陈其事”，但一首诗的分章合乐造成每章句数结构和句式的一致甚至语词的基本重复，章与章之间的叠复打乱了一篇整体叙事的完整性。

① 焦循：《孟子正义》，《诸子集成》本，第219页。
② 郭茂倩：《乐府诗集》卷三七，第550页。

换言之,《诗》篇依靠分章的重复咏叹言志述情,并非意在叙述一个完整的事件,它往往违背事件的时间顺序,本于情志的咏叹显得颠倒错乱,事件被碎化为一个个细小的片段,我们只看到“采薇……采薇”的重复动作,一边嗟叹着军旅的艰辛,不仅是“不遑启居”“靡使归聘”的幽怨,也有“王事靡盬,不遑启处”的国家担当、“不遑启居,猃狁之故”的军人使命,甚至或有“四牡业业”“一月三捷”的战士自豪。又如极像叙事的《豳风·七月》,它对节序之事的叙述,却是颠三倒四,旨在抒发农人一年劳苦的感慨,却不是完整叙述一年的事情,可以说它展现了上古农事生活的场景[1],却不能称之为“史诗”。反之,汉乐府则整篇叙述一个完整的事件,具有“史诗”的性质,及唐人号称“史诗”的大制如杜甫“三吏”“三别”及《北征》《自京赴奉先县咏怀五百字》等,莫不仿效乐府,号称“即事名篇”,显示唐人之于汉乐府“缘事而发”的“现实主义”精神的继承和发扬。

可以就《诗》与汉乐府的怨妇诗进行比较,尤能认识《诗》本情志与乐府本于叙事的区别。汉乐府《上山采蘼芜》[2]叙写怨妇的故事,南朝梁陈间所编《玉台新咏》卷一、宋李昉所编《太平御览》卷三八所引并以佚名归为“古诗”[3]。诗乃摄取弃妇下山逢故夫的戏剧性片段,是为叙事之本,相逢之际的一席对话显示了故人和新人的颜色、织事的对比,虽因叙事的片段性,也多少反映了当下之事的完整性,而且对话作为叙事的敷衍和补充,本质上属于叙事的部分,若非叙事,对话无所附丽。俱称怨妇诗的《诗·卫风·氓》则分章合乐,盖以怨叹为本,同是怨妇对于恋爱和不幸婚姻的回忆,也绝不展现为一个完整的故事,而是出于深沉的“自悼”,回忆那些刻骨铭心的片段,记忆的片段越是深刻,越将其置于前,打乱事件的时间顺序和故事的完整性,因而从一首诗的整体来说,乃是出于情志的咏叹,而不是婚恋故事的完整叙述。

《上山采蘼芜》是整齐一律的五言诗,这是汉乐府诗的常态,与杂言近于散语的敷衍相比,五言句式的限制性、规范性和整练性更强,所以文人拟乐府绝多五言,在拟乐府的过程中渐趋精工锻炼。以整齐一律的五言敷衍一个故事,在汉

---

① 陈子展:《诗经直解》,复旦大学出版社,1983 年,第 487 页。

② 徐陵编,吴兆宜注,程琰删补,穆克宏点校:《玉台新咏笺注》卷一,第 1 页。

③ 徐陵编,吴兆宜注,程琰删补,穆克宏点校:《玉台新咏笺注》卷一,第 1 页。李昉:《太平御览》,第 181 页。

乐府短制中又有《饮马长城窟行》①：

青青河畔草，绵绵思远道。
远道不可思，宿昔梦见之。
梦见在我傍，忽觉在他乡。
他乡各异县，展转不相见。
枯桑知天风，海水知天寒。
入门各自媚，谁肯相为言。
客从远方来，遗我双鲤鱼。
呼儿烹鲤鱼，中有尺素书。
长跪读素书，书中竟何如？
上言加餐饭，下言长相忆。

相对于《陌上桑》《古诗为焦仲卿妻作》等长篇巨制，五言短制是较为概括的，《上山采蘼芜》只由一个片段的对话构成，《饮马长城窟行》则完全是事件的概略叙述，总体上展现了一个相思的梦境和故人寄书的过程，亦有"青青河畔草，绵绵思远道""枯桑知天风，海水知天寒"的情景呈现，似乎略具文人润色的痕迹。比较被认为是文人创作的《古诗十九首》，可以略窥乐府与文人拟乐府的不同倾向，盖十九首虽为文人创制，但无疑从拟乐府而来。十九首中《青青河畔草》②云：

青青河畔草，郁郁园中柳。
盈盈楼上女，皎皎当窗牖。
娥娥红粉妆，纤纤出素手。
昔为倡家女，今为荡子妇。
荡子行不归，空床难独守。

它作为文人创制已趋精短，不再展现为一个事件的过程。不用说"青青河畔草"是拟乐府的全句袭用，但与"郁郁园中柳"构成字面稳妥的属对，"青青""郁郁""盈盈""皎皎""娥娥""纤纤"，连续六组叠字的运用造成整饬的句法效果，后四

---

① 郭茂倩：《乐府诗集》卷三八，第556页。
② 萧统编，李善注：《文选》，第409页。

组呈现楼上女的态貌，但并不像《陌上桑》对于罗敷形象的叙述性描绘，而只是呈现美人的形象。至于“昔为倡家女”的往事和“今为荡子妇”的情形若何，似乎都不是文人所喜关注的方面，仅以“空床难独守”显示顾影自怜的寂寞，这种寂寞是主题性的，它是一首短诗得以构制的根本。作为文人诗乃以抒情为本，叙事不再，因而短小精练，意蕴不尽。从汉乐府到拟乐府再到完全出脱乐府，乃是文人创制得以独立衍生的必经途径，近体亦成于此。当然后人也还刻意模仿乐府即事制作“古体”，但变化是明显的。

诚然汉乐府民歌中也有述情之制，最典型的就是《上邪》[①]的誓词，固无叙事之实，这是比较特殊的情况。他如《有所思》：“有所思，乃在大海南。何用问遗君？双珠玳瑁簪，用玉绍缭之。闻君有他心，拉杂摧烧之。摧烧之，当风扬其灰。从今以往，勿复相思。相思与君绝！鸡鸣狗吠，兄嫂当知之。秋风肃肃晨风飔，东方须臾高知之。”[②]发语即示述情，但接下去所写却完全是一个摧烧爱情信物的过程，心理描写细腻深刻，附丽于事，适得其所。叙事则是取于一个事件的片段，并未展开为大段的敷衍，更未形成人物的形象和事件的情节，这只有在长篇大制中才是可能的。

《陌上桑》[③]和《焦仲卿妻》[④]却表现为故事的完整性，而且塑造了形象，构成了情节，人物形象在情节中塑造，情节以人物之间的冲突见诸事件的发展。这较《诗》赋“敷陈其事”限定于分章的范围而服从全篇言志的咏叹需要，远为宏大而周详。汉乐府叙事乃是在时间之流中一顺展现事件的过程，表现为叙事的完整性，不用说倒叙、插叙的运用也必以顺叙的时间性为基础。固然主于叙事的整一性导致《诗》兴的缺失，诗中的景物描写服从于叙事的框架，只是起到辅助的作用。如果一定要比附《诗》兴，则《陌上桑》与《焦仲卿妻》二首长篇都只有起首二句可当“起兴”的功用，因为全篇不分章，首二句就引起全篇“所咏”的叙事。《陌上桑》起句“日出东南隅，照我秦氏楼”、《焦仲卿妻》起句“孔雀东南飞，五里一徘徊”分别引起全篇的叙事，在写作上称为“发语”，也是全篇主题的涵盖式总述，

① 郭茂倩：《乐府诗集》卷一六，第231页。
② 郭茂倩：《乐府诗集》卷一六，第230页。
③ 郭茂倩：《乐府诗集》卷二八，第410～411页。
④ 郭茂倩：《乐府诗集》卷七三，第1034～1038页。

也充当“点题”或“破题”的作用。倘以《诗》为类，仅此二句，则过于单薄，根本在于乐府主事，《诗》篇主情。从诗法学的角度来看，表现手法极为重要，各种不同的表现手法显示着诗学演变的历史。

《陌上桑》写罗敷采桑、使君调戏、罗敷拒绝，《焦仲卿妻》写新妇不堪婆婆驱使，乃被遣归而遭娘家耻笑被逼再嫁，其夫不从母命再娶，夫妻双双自尽，构成完整的故事，故事乃至情节产生于罗敷与使君、新妇与婆家和娘家的冲突中，后者深刻反映了礼教与人性的冲突，推动事件的发展。纯粹的叙事见于《焦仲卿妻》从“十三能织素”到“及时相遣归”一段，其中“十三能织素，十四学裁衣，十五弹箜篌，十六诵诗书，十七为君妇，心中常苦悲”，句法重复一顺，乃是乐府造语本色。但占据二首篇幅最多的是对话，在对话中交代故事的发展，这是乐府造语谋篇的重要特征。《陌上桑》夸夫一段“十五府小吏，二十朝大夫，三十侍中郎，四十专城居”，也是句法重叠不厌。最为精彩的似乎是在人物形貌和心理的描写。《陌上桑》描写罗敷的外貌形象说：

头上倭堕髻，耳中明月珠。
缃绮为下裙，紫绮为上襦。
行者见罗敷，下担捋髭须。
少年见罗敷，脱帽着帩头。
耕者忘其犁，锄者忘其锄。
来归相怒怨，但坐观罗敷。

仍然是句法的不厌叠复，“头上”“耳中”“下裙”“上襦”的铺排如果不是显得呆板，那么就像后世评书那样故意如此，不过连同“倭堕髻”“明月珠”“缃绮”和“紫绮”一起，字面的对举显得有意琢炼，或许经过文人的润色，这是正面的描写。侧面的描写起到衬托的作用，所以干脆就叫衬托或烘托，还是依次罗列“行者”“少年”“观者”“锄者”的观感行为，衬托罗敷的美貌，显然美女经不住这样的八方专注，一定是作者虚构的夸饰，真若赋体的功用，如果好事者杜撰一篇“汉赋铺陈对乐府诗的影响”以资职称之用，只要自圆其说，应该可以过关。但是汉大赋铺陈的“凭虚”夸饰乃以名物的展现和形容作为基本的功用，《诗》赋职在分章的构架性，《骚》的铺陈名物则是用于寄托和象征。如果我们愿意，那么可以说乐府始终在铺陈故事，包括人物的对话和描写，这或许可以视为赋作为手法的又一表现，严格将“赋”限制在表现手法的层面，就不至于将《诗》之赋与假设为汉乐府之赋同赋体混为一谈，在汉人“赋者古诗之流”的迂阔谈论中，就突出显示着这样的弊端。《焦仲卿妻》中的描写与《陌上桑》同妙，而且展示了新妇的心理：

鸡鸣外欲曙，新妇起严妆。
着我绣夹裙，事事四五通。
足下蹑丝履，头上玳瑁光。
腰若流纨素，耳着明月珰。
指如削葱根，口如含朱丹。
纤纤作细步，精妙世无双。

一往是“足下”“头上”“腰若”“耳着”“指如”“口如”的正面描写，如此不厌重复的铺陈不唯显示新妇的美艳，而且表示诀别“严妆”的庄重。“着我绣夹裙，事事四五通”则反映心中的依恋，而且“流纨素”“明月珰”“削葱根”“含朱丹”的对举也是颇费琢磨，尽管我们不知是否经由文人的润色，但是文人造语琢句却一定是就此一途愈骛愈远，渐趋精工整练。

不应忽略《焦仲卿妻》这首长篇大制中的情景描写，其中隐含着乐府到拟乐府从叙事到缘情的演变，即文人诗从拟乐府到自立为文人创制的重要转变，贯通着六朝文人拟乐府的整个过程，从叙事到缘情的转变书写着六朝的诗学史，从主于叙事到主于情景发生着从长篇大制到体制缩短，造语从叙事、对话、描写的敷陈或竟可谓“敷衍”到情景相合的意象呈现，导致字法和句法的精工锻炼，不论从哪个方面来说都是十分重要的。诗中“孔雀东南飞，五里一徘徊”作为全篇象征的意象显示主题的深沉，令人感慨唏嘘，而且寄托着对爱情的美好遐思；“鸡鸣外欲曙，新妇起严妆”情景相融，不唯衬托气氛，而且即景当下反映诀别的煎迫和不舍；“晻晻日欲暝，愁思出门啼”则在府君将来迎娶、新妇做衣候嫁之际，上句的景物呈现作为意象隐含“主人公”心中的悲戚凄冷；“寒风摧树木，严霜结庭兰”写府吏拜别阿母欲以自尽的诀别，毋宁视为情景交融的意象衬托母子永别的悲恸，由于不像《诗·卫风·氓》“桑之未落，其叶沃若”那样主于物，也就不能视为《诗》兴“先言他物”之谓，这不适合《诗》兴的比附；同样“奄奄黄昏后，寂寂人定初”是新妇赴死的情景，而以意象衬托生命和爱情终结的悲剧，令人感同身受，叹息不已。凡此情景相合的意象呈现，在此长篇大制的叙事中起到衬托的作用，但这是附加的，作为表现手法，只有在主情的短制尤其在近体中才成为主导的方面。

乐府在文人不断拟乐府的过程中延续，也在这个过程中逐渐丧失，结果就是主情的文人诗逐渐出脱乐府叙事的传统，卒以情景为本，这是从南朝到唐代文人创制的基本格局。早在西晋陆机《文赋》中就提到“诗缘情而绮靡”而预示情乃“六朝之诗所自出也”①，形式上则以近体为主，审美则以意象、兴象、意境为其评价，本质上就在于情景二端，这是文人诗在拟乐府过程中逐渐形成的特点。但是乐府的传统却在“古体”中获得了延续。“古体”乃在近体出现之前，近体出现以后的不合律之作也被区别为“古体”，在创作的取法上固以返归拟乐府的传统为得其本。即便如此，篇幅的缩短、叙事的紧凑、章法的布局、字句的锻造，尤其是对话铺排的减少，而议论、情景增多，或者参合律句，就是唐人乐府的突出新变。篇幅缩短在杜甫《兵车行》和著名的“三吏”“三别”及白居易“新乐府”《卖炭翁》诸作中具有普遍的体现，这些作品远未达到《焦仲卿妻》的篇幅，以对话为段落的现象不再可见，更多的则是藏问于答显示作者构思的精心，实际上就是为了避免大段无谓的对话敷衍。例如《石壕吏》总共24句，从“听妇前致词”到“犹得备晨炊”14句都是老妇“前致词”，它作为整篇的主体部分起到交代故事脉络的作用，很像《上山采蘼芜》的格局。“吏呼一何怒，妇啼一何苦”即示官吏的审问和老妇的答辞，必是先问三男何在，答谓“三男邺城戍”，于是更逼二男、一男的行踪，答曰“一男附书至，二男新战死”。藏问于答避免《陌上桑》“十五……二十……三十……四十……”以及《焦仲卿妻》“十三……十四……十五……十六……十七……”的对话敷衍。如罗敷夸夫的大段对白，面对使君滔滔不绝，似于情境并无可能，岂知这正是乐府“敷陈其事”的夸饰需要，夸饰的铺排就是敷衍，散漫而不精练。后世文人的制作也许深知此弊，所以简括精练必为所尚，但也由此失去了沈德潜所谓乐府“于于徐徐”的从容意态。

杜甫《新安吏》②首二句“客行新安道，喧呼闻点兵”以最为简括的笔墨交代了故事的缘由，这是汉乐府敷衍所不及的方面，诗乃假借作者的对话劝慰出以议

① 胡应麟：《诗薮》外编卷二，第146页。

② 仇兆鳌：《杜诗详注》，第633页。

论。议论为多甚至议论为主乃是唐人拟乐府以迄“新乐府”最为显著的特点，似乎每一首都存在鲜明的主体意识。这很像我们中学语文教科书上的“主题思想”或“中心思想”分析，作者站在事件之外发表评议，故事本身就像只是为了支持作者的主观意见而存在，以议论为本，不再主于叙事。“缘事而发”的议论乃是就事论事，然以议论为本而叙事为末，却是本末倒置。我们在汉乐府中较少看到作者的议论，甚至不知作者是谁，大抵是凭借故事本身“敷陈其事”，《陌上桑》见不到议论，《焦仲卿妻》也仅以最后二语“多谢后世人，戒之慎勿忘”为告诫。至于汉乐府杂言，则如明胡应麟所言，“大率里巷风谣……矢口成言，绝无文饰，故浑朴真至，独擅古今”①，它以“里巷风谣”隐去“作者”的身份和主体的“己见”。可是文人有意传世的著述意识和作为主体的自我期待却处处“将自身站立在旁边”，进行指挥议论，这是清李重华《贞一斋诗说》所谓咏物一法②，被钱锺书批为“执情强物”③，虽论咏物，但站在事件旁边大发高论，却是“执情强事”，与事件本身并无多少实质性的关联，这是后世“乐府”的通病。五古如唐代元结的《舂陵行》④，杜甫览而志曰：“当天子分忧之地，效汉官良吏之目。今盗贼未息，知民疾苦，得结辈十数公，落落然参错天下为邦伯，万物吐气，天下少安可待矣。不意复见比兴体制，微婉顿挫之词。”⑤作者以“汉官良吏”自居而为“天子分忧”，其犹白居易“文章合为时而著，歌诗合为事而作”⑥，甚至新乐府的创制犹如“身是谏官，手请谏纸”⑦，这种谏臣的自认，也许正如杜甫“生逢尧舜君，不忍便永诀”的忠诚本性，有若“葵藿倾太阳，物性固难夺”⑧。身份的自我认同、连同“诗史”的意识以及心忧黎元、胸怀天下的大志，加以强烈作者意识的自我期许，较诸汉乐府“里巷风谣”的孤儿之苦、怨妇之叹，已是判若霄壤。诗云：

军国多所需，切责在有司。

---

① 胡应麟：《诗薮》内编卷六，第105～106页。
② 李重华：《贞一斋诗说》，《清诗话》，第930页。
③ 钱锺书：《谈艺录》（补订本），第55页。
④ 孙望校：《元次山集》，第34页。
⑤ 仇兆鳌：《杜诗详注》，第2047页。
⑥ 白居易：《与元九书》，《白居易集》，第962页。
⑦ 白居易：《与元九书》，《白居易集》，第962页。
⑧ 杜甫：《自京赴奉先县咏怀五百字》，《杜诗详注》，第325页。

有司临郡县，刑法竟欲施。
供给岂不忧，征敛又可悲。
州小经乱亡，遗人实困疲。
大乡无十家，大族命单羸。
朝餐是草根，暮食是木皮。
出言气欲绝，言速行步迟。
追呼尚不忍，况乃鞭扑之。
邮亭传急符，来往迹相追。
更无宽大恩，但有迫促期。
欲令鬻儿女，言发恐乱随。
悉使索其家，而又无生资。
听彼道路言，怨伤谁复知。
去冬山贼来，杀夺几无遗。
所愿见王官，抚养以惠慈。
奈何重驱逐，不使存活为。
安人天子命，符节我所持。
州县忽乱亡，得罪复是谁。
逋缓违诏令，蒙责固所宜。
前贤重守分，恶以祸福移。
亦云贵守官，不爱能适时。
顾惟孱弱者，正直当不亏。
何人采国风，吾欲献此辞。

这首唐人五古自然继承了“缘事而发”的乐府精神，诗序云：“癸卯岁，漫叟授道州刺史。道州旧四万余户，经贼已来，不满四千，大半不胜赋税。到官未五十日，承诸使征求符牒二百余封，皆曰‘失其限者，罪至贬削’。于戏！若悉应其命，则州县破乱，刺史欲焉逃罪；若不应命，又即获罪戾，必不免也。吾将守官，静以安人，待罪而已。此州是春陵故地，故作《春陵行》以达下情。”[①]不必惊讶为官在上

① 孙望校：《元次山集》，第34页。

而达下情的“风刺”之旨,《诗大序》释风谓“上以风化下,下以风刺上”,前言是谓美善化下以使美善,后言则必是“上政”的不堪而引起下层的风刺,然而现在的情形却足以颠覆《诗》学经义的固有观念,元结作为守官在上而为风刺,未免太过矫情了吧。在上的“治人者”或“肉食者”乃代弃妇、孤儿或如汉乐府《东门行》中的铤而走险者立言,其感受是否具有切身的真实性即使不用怀疑,却也足够令人错愕。明代前七子领袖李梦阳谈到比兴,盖以疏阔之义固无可取,但对于元结作为在上者为在下者立言却显示了可信度的减损:

> 王子曰:诗有六义,比兴要焉。夫文人学子,比兴寡而直率多,何也?出于情寡而工于词多也。夫途巷蠢蠢之夫,固无文也。乃其讴也,咢也,呻也,吟也,行呫而坐歌,食咄而寤嗟,此唱而彼和,无不有比焉、兴焉,无非其情焉,斯足以观义矣。①

不用说元结此诗通篇议论不幸为后来者说中,就是“比兴寡而直率多”,这正是元结即事之作以迄元白“新乐府”的致命缺点。比兴则触物兴情,情动于中,所以触处成真,是唯“途巷蠢蠢之夫”亲受“压迫”、“剥削”和“欺凌”,所以“怨刺上政”来得真切,而“文人学子”代为立言,除了议论之外也确实难有切肤的伤痛。无论其立意真诚与否,仅就造语的议论化而言,直是“以议论为诗”,理路较然,不待严羽批判宋人。作者以第三人称角度站在事件的旁边大发议论,开头四句就是如此,这是盖住一首诗的“大帽子”,当然不是《诗》章“先言他物”的起兴,也不是汉乐府如《焦仲卿妻》“孔雀东南飞,五里一徘徊”中引发读者千古慨叹的情景描写,“直率”而枯燥的议论自始不能触发感兴,枯燥乏味。然后我们可以依次摘抉突出显露议论推求的理路表述,“岂不”“又可”的疑问和推进、“实困疲”之“实”的副词判定、“尚不忍”之“尚”和“况乃”的“让步”假设、“更无”“但有”的拟议比较、“欲令”与“恐”的“第三者”担心、“而又”的递进、“谁复”的自我矫情、哪怕难得一现当事人的简短对话也还出以“奈何”“不使”的议论,焉知不是好为议论的作者“执情”强加使然……“此处省略”的部分实在由于没有必要更多地罗列,最后“何人采国风,吾欲献此辞”的兀然、粗直的结尾乃是此作矫情的明证。《汉书·食货志》说:“孟春之月,群居者将散,行人振木铎徇于路,以采

---

① 李梦阳:《诗集自序》,文渊阁《四库全书》本,集部第1405册,第629页。

诗，献之大师，比其音律，以闻于天子。”[①]《说文解字》释“迈”谓“古之遒人以木铎记诗言”。[②]《国语·晋语六》所载范文子谓“吾闻古之言王者，政德既成，又听于民……风听胪言于市，辨祆祥于谣”[③]。又《公羊传》何休注：“五谷毕入，民皆居宅……男女同巷，相从夜绩……从十月尽止。正月男女有所怨恨，想从而歌，饥者歌其食，劳者歌其事。男年六十，女年五十无子者，官衣食之，使之民间求诗，乡移于邑，邑移于国，国以闻于天子，故王者不出牖户尽知天下所苦，不下堂而知四方。”[④]《孔丛子·巡狩篇》也说[⑤]：“命史采民诗谣，以观其风。”[⑥]采诗并存异说，所采的内容，则“男女怨恨”“饥者歌其食，劳者歌其事”，并“天下所苦”，最后“以闻于天子”。可是唐代“乐府”叙述者错位的议论导致“采诗”真实性的丧失，这种基于作者意识和“谏官”情怀的僭越与汉乐府的“浑朴真至”已经相去甚远，白居易的新乐府如《买花》[⑦]、《卖炭翁》[⑧]、《新丰折臂翁》[⑨]莫不如是，不烦称引。

不过如李白的《长干行》[⑩]却不走议论的路线。《长干行》在《乐府诗集》里属“杂曲歌辞”，本辞出现于六朝，其骀荡意趣已经减去汉乐府女主人公的矜持，难得的是六朝乐府的情景呈现，李白的拟作保留并强化了这一特点。前半段写“妾”的婚姻生活，也是采取自汉乐府以来“十四……十五……十六……”的铺排传统，但是后一段却是情景的呈现：

五月不可触，猿声天上哀。

门前迟行迹，一一生绿苔。

苔深不能扫，落叶秋风早。

---

① 班固：《汉书》，第1123页。

② 许慎：《说文解字》，第99页。

③ 徐元诰：《国语集解》，第387～388页。

④ 何休解诂，徐彦疏：《春秋公羊传注疏》，《十三经注疏》本，北京大学出版社，1999年，第361页。

⑤ 旧本题孔鲋撰。所载仲尼而下子上、子高、子顺之言行，凡二十一篇，又以孔臧所著赋与书上下二篇附缀于末，别名曰《连丛》。

⑥ 傅亚庶：《孔丛子校释》，中华书局，2011年，第152页。

⑦ 顾学颉校点：《白居易集》，第34页。

⑧ 顾学颉校点：《白居易集》，第79页。

⑨ 顾学颉校点：《白居易集》，第61页。

⑩ 王琦注：《李太白全集》，第256页。

八月胡蝶来，双飞西园草。

感此妾伤心，坐愁红颜老。

这真是情景交融，艳丽而深沉，意象的呈现生发意境，数句一段占据全诗近半的篇幅，不是对故事或情节的烘托，而是天才诗人兴会之下的荡漾才情，发为情景交融的流转抒写。作为对六朝乐府旧题的模拟，已与汉乐府“浑朴真至”的对话和描写敷衍大异其趣，当然也不同于元结、杜甫之为臣子的执着，比起《舂陵行》之类的枯燥议论，必当说这才是诗。

第三节　山水咏物

从体制的角度上说，自汉乐府直到唐诗的诗学演变，主要就是文人拟乐府而又逐渐出脱乐府的过程。五言起于汉乐府，七言起于汉而成体于魏主曹丕，但由句句押韵的“柏梁体”到隔句押韵的转变，则迟至南朝刘宋鲍照才得以成型。南朝多乐府七言，如《乌夜啼》《乌栖曲》《白纻歌》等，产生于江左市井里间，体多艳思，与汉乐府多出于孤儿、弃妇、征夫相比，虽创作者同是底层，但社会角色不同。南朝以降文人七言实际上也自南朝乐府而来。五、七言同以奇数有一单音间破节奏，七言在五言之上增加二字，较诸四言、六言，五、七句式相似，虽七言与五言同起于汉，但汉乐府主于五言，所以五言在文人拟乐府的过程中居于绝对主要的地位。

五、七言特别是五言体制一定，规范着文人拟乐府及其逐渐出脱乐府所成的文人创制的特点。在体制既定和一往仍之的前提下，文人创制接受文学体制自身之外的影响，形成不同时代和具有主体个性的不同态貌和风格，这是可能的。从汉至魏晋、从两晋到南北朝，诗史逐渐发生了重要的演变，其中山水咏物在整个中国诗史和诗论史上具有重大的意义。南朝梁沈约《宋书·谢灵运传》云：

自汉至魏，四百余年，辞人才子，文体三变。相如巧为形似之言，班固长于情理之说，子建、仲宣以气质为体，并标能擅美，独映当时。是以一世之士，各相慕习，原其飙流所始，莫不同祖《风》《骚》。徒以赏好异情，故意制相诡。降及元康，潘、陆特秀，律异班、贾，体变曹、王，缛旨星稠，繁文绮合。

> 缀平台之逸响，采南皮之高韵，遗风余烈，事极江右。在晋中兴，玄风独振，为学穷于柱下，博物止乎七篇，驰骋文辞，义单乎此。自建武暨乎义熙，历载将百，虽缀响联辞，波属云委，莫不寄言上德，托意玄珠，遒丽之辞，无闻焉尔。仲文始革孙、许之风，叔源大变太元之气。爰逮宋氏，颜、谢腾声。灵运之兴会标举，延年之体裁明密，并方轨前秀，垂范后昆。①

南朝宋檀道鸾《续晋阳秋》也有相近的表述。② 这样的宏论当然不限于文体的演变，在“大文学史”的“构架”中，辞赋与诗同为“词人才子”之作，固与世运、时风、学术具有共同的倾向。例如六朝赋的“诗化”，不必说诗对赋体的影响，这尚在“文体学”的范围中，两者在主体“自觉”的时代必然以其精神的归趋相与影响，或者说时代的精神促使诗、赋二体渐趋合流，从而反映赋的“诗化”趋向。对于山水诗，沈约所关注的是谢灵运。此前则“玄风独扇”，将近百年，孙、许称雄。殷仲文始革玄风，谢混“为韵语以奖劝灵运”③。谢灵运山水诗的时代到了，这是诗学史演变的结果。但从体制的角度来看，建安至潘、陆经正始阮、嵇以及郭璞游仙，乃至玄言诗，都以五言为主，在根本上其所接续的乃是汉乐府五言的传统。刘勰《文心雕龙·明诗》则专对玄言诗到山水诗的演变做了评述：

> 江左篇制，溺乎玄风，嗤笑徇务之志，崇盛亡机之谈。袁孙已下，虽各有雕采，而辞趣一揆，莫与争雄，所以景纯仙篇，挺拔而为俊矣。宋初文咏，体有因革，庄老告退，而山水方滋，俪采百字之偶，争价一句之奇，情必极貌以写物，辞必穷力而追新，此近世之所竞也。④

对于“溺乎玄风”，刘勰与沈约的批评是一致的，而且刘勰“庄老告退，而山水方滋”的论断在诗学演进的当下来说确实划分了玄言诗和山水诗的时代。但是至为明白的道理，就是无论玄言诗是否像钟嵘《诗品序》所说的那样“淡乎寡味”“平典似道德论”，却一定是老庄和玄理被引入诗学后的成果。老庄之学归于自然，玄学衍其旨，玄言用诸诗，从总的思想氛围来说，老庄及玄学自然

---

① 沈约：《宋书》，第 1778 ~ 1779 页。

② 檀道鸾：《续晋阳秋·穆帝》，汤球、黄奭辑，乔治忠校注：《众家编年体晋史》，天津古籍出版社，1989 年，第 247 页。

③ 沈约：《宋书》，第 1591 页。

④ 范文澜：《文心雕龙注》，第 67 页。

之旨引导人们亲近山水自然，借以缓解对现实政治的忧虑和恐惧，这是山水诗兴起的必经过程和必要前提。而且正如沈约所言“自建武暨于义熙，历载将百”，其间也并非自始就是玄言诗的天下，如檀道鸾谓“郭璞五言会合道家之言而韵之”，影响其后，及孙绰、许询“并为一时文宗”，玄言诗才独称诗坛。[①] 正如我们判断玄言诗必然对山水诗起到思想、学术与文化风气的先导作用一样，郭璞“会合道家之言”的游仙诗也必然预示后代山水诗的写作。此外我们不应忘记章炳麟先生的意见，他在《国故论衡·辨诗》说到“玄言之杀，语及田舍，田舍之隆，旁及山川云物，则谢灵运为之主”[②]，明确指示陶渊明田园诗对后来山水诗的可能影响。这是顺理成章的，只是陶诗心物合一的意境并不同于谢灵运将山水景物作为“客观对象”的冷静刻写，对于二者的比较可能是有趣的问题。

谢灵运山水诗的特点显示为表现手法形成的篇章结构和景物描写的句法锻造。其诗多以行游或感想议论为主线构架，简略交代行程和视角，其间驻足描写山水景物，最后“卒章显志”，深层隐约存留行游的叙事痕迹。例如著名的《石壁精舍还湖中作》[③]，各种选本都奉之为谢灵运山水景物描写的代表之作：

昏旦变气候，山水含清晖。
清晖能娱人，游子憺忘归。
出谷日尚早，入舟阳已微。
林壑敛暝色，云霞收夕霏。
芰荷迭映蔚，蒲稗相因依。
披拂趋南径，愉悦偃东扉。
虑澹物自轻，意惬理无违。
寄言摄生客，试用此道推。

谢灵运山水诗已经具备较为精整的联对结构。起首两联是概述性的，包括行游的缘由和所思的心情，第三联交代行游的时间，也是总叙性的，第四、五联停下来

① 檀道鸾：《续晋阳秋·穆帝》，《众家编年体晋史》，第 247 页。
② 章太炎：《国故论衡》，第 89 页。
③ 顾绍柏：《谢灵运集校注》，第 112 页。

写山水景物，乃是静态的“客观”描写，第六联写经行的线路，第七、八联卒章显志，显示玄言诗的说理特点，与开头二联所感相呼应。整体的章法结构乃是基于在时间顺序中展开的行游之事，显得完整，景物的描写、感思的抒发、玄理的议论都以事件为基础而附着其上。又如《过始宁墅》，开头五联都是感想和议论，第六联写登临之由作为行游的总叙，第七、八联停下来描写山水景物，第九联回应第六联的行迹，最后两联复为感想议论回应开头六联。再如《从斤竹涧越岭溪行》①，稍有例外的是开始两联即写景物，第三、四、五联叙述行迹，第六、七联复写景物，第八联到结尾第十一联发表感想议论，也是一次登涉的完整过程，即如题目所示具有事件的完整性。这些诗作的共同特点就是感想和议论占据很大的篇幅，而《初去郡》②尤多，引录于此方见其实：

彭薛裁知耻，贡公未遗荣。
或可优贪竞，岂足称达生。
伊余秉微尚，拙讷谢浮名。
庐园当栖岩，卑位代躬耕。
顾己虽自许，心迹犹未并。
无庸妨周任，有疾像长卿。
毕聚类尚子，薄游似邴生。
恭承古人意，促装返柴荆。
牵丝及元兴，解龟在景平。
负心二十载，于今废将迎。
理棹遄还期，遵渚骛修坰。
溯溪终水涉，登岭始山行。
野旷沙岸净，天高秋月明。
憩石挹飞泉，攀林搴落英。
战胜臞者肥，止监流归停。
即是羲唐化，获我击壤声。

① 顾绍柏：《谢灵运集校注》，第121页。
② 顾绍柏：《谢灵运集校注》，第97～98页。

是诗从开始连续十一联都是感想议论，直到第十二、十三联才交代登涉的行由，而仅第十四、十五联描写景物，最后第十六、十七联复为感想议论回应开头和前半段。

到此我们可以总括一下谢灵运山水诗的结构。我们当然可以说谢灵运是第一个大量作山水诗的人，而且山水诗就在他笔下定型，这是划时代的事件，古今之论咸以为然。我们所见到几乎所有的评论也都说谢灵运对于山水景物描写的客观性，即山水景物作为对象的呈现，区别于陶渊明田园风景的物我合一，如著名的“采菊东篱下，悠然见南山”①，那是高人雅士的何等心境！但在谢灵运这几首代表作中，我们只能看到至多两联属于纯粹的景物描写，这就是钟嵘《诗品》所称的“名章迥句，处处间起”②，可惜在篇无多，充斥全篇的乃是大量的感思议论，以及为数不多的经行的叙述交待。这些感思议论大都本于玄学的哲理，明显可以看到玄言诗的痕迹，表明谢灵运山水诗之与玄言诗在精神深处的沟通与传承。当然诗的命题都指示登涉的时空，我们似乎可以据此得出该诗留存叙事痕迹的判断，但实际情形却是以感思议论为主。上节我们论及唐人“即事名篇”的高度议论化倾向，从而断言以文人自居而喜好议论之与汉乐府“里巷风谣”“缘事而发”之间的主体性区别，在此我们也还可以见到谢灵运山水诗充斥议论的情形，只是这些议论来源于玄理，但喜好议论乃是文人的本色，以其感悟之高，不用说亦其当行。更为重要的是其山水诗标题所示的行游之事，让我们估计山水描写是其主旨。然而事实上恰好相反，他的所有山水诗都是本于感思和议论，登涉和山水的描写只为支持感议而设，严格地说，其主旨乃是感思和议论。议论是一种思考，感思发为议论，因此简单地说就是以议论为本，所谓“山水诗”却并未展开为山水描写所应有的篇幅，只是一二“迥句”，兀然秀出“名章”之外，谢灵运山水诗的价值，只在这里。

谢诗写山水而以议论为主，这一特点直接影响谢朓。例如《之宣城郡出新林浦向板桥诗》③首联即示行游路线，第二联写景，然后至尾都是议论，一样出于

---

① 逯钦立校注：《陶渊明集》，第 89 页。

② 曹旭：《诗品笺注》，第 91 页。

③ 曹融南：《谢宣城集校注》，第 219 页。

玄学的理路。行游的突出性被减弱,这在著名的《晚登三山还望京邑》[1]诗中更为明显:

灞涘望长安,河阳视京县。
白日丽飞甍,参差皆可见。
余霞散成绮,澄江静如练。
喧鸟覆春洲,杂英满芳甸。
去矣方滞淫,怀哉罢欢宴。
佳期怅何许,泪下如流霰。
有情知望乡,谁能鬒不变?

一方面是事件叙述性的减弱,另一方面则是前四联的景物描写,但后三联仍主议论,如果去掉这些议论,就变成纯粹的景物描写了。这当然也由于体制没有给出篇幅和句数上的限定,如果像律诗那样只有四联,则无法安置大段的议论,唐代山水诗即是如此,议论和情感一般只能占据一联,最多不过两联,由此形成律诗情景交替的章法布置,或者情中有景,景中有情。

谢灵运山水诗中的精妙描写夹杂在议论、感思或经行的叙述中,其实只有一二联,是谓"名章迥句",这是钟嵘《诗品》的评论:

其源出于陈思,杂有景阳之体。故尚巧似,而逸荡过之。颇以繁芜为累。嵘谓:若人学多才博,寓目辄书,内无乏思,外无遗物,其繁富,宜哉!然名章迥句,处处间起;丽曲新声,络绎奔发。譬犹青松之拔灌木,白玉之映尘沙,未足贬其高洁也。[2]

对于了解选本和文学史的读者来说,这些"名章"是太熟悉了,可知诗人的传播与接受,要对选本和文学史的编者深以为谢才是,不过这些"名章"中的"迥句"实在太少了,除了某些诗篇中有一、二联,其他诗句和全篇都无足称,也不能让人记起,固以议论绝多,确实"繁芜为累"。上引谢诗描写景物的诗句在每首诗中都有两联四句:

林壑敛暝色,云霞收夕霏。

---

① 曹融南:《谢宣城集校注》,第 278 页。
② 曹旭:《诗品笺注》,第 91 页。

芰荷迭映蔚，蒲稗相因依。(《石壁精舍还湖中作》)

岩峭岭稠叠，洲萦渚连绵。
白云抱幽石，绿筱媚清涟。(《过始宁墅》)

蘋萍泛沉深，菰蒲冒清浅。
企石挹飞泉，攀林摘叶卷。(《从斤竹涧越岭溪行》)

野旷沙岸净，天高秋月明。
憩石挹飞泉，攀林搴落英。(《初去郡》)

这些描写山水景物的句子都以联对出现，对于后世律诗的属对和锻字造语具有重要影响。律诗由四联起承转合构成，但谢灵运山水诗尚以大段议论为主，剩下这些孤零零的“迥句”让人们记诵，仅此就能获得永垂后世的名声。首先是客观而静态的描写，生动传神，这是钟嵘所谓“故尚巧似”。议论和行游用其他联对充当，而不是后代近体中的景中有情，情中有景，即谓情景交融。例如唐代王维《冬晚对雪忆胡处士家》“隔牖风惊竹，开门雪满山”①，景中有人，物我合一，王诗又如《山居秋暝》“竹喧归浣女，莲动下渔舟”②，即是写景，也是写人，景中有人，把握后世“山水诗”的范围是困难的，实际上这已不是纯粹的山水景物描写。对于山水景物的审美，在《诗》篇中是充当比兴之用，兴则有情；在《骚》中则以寄托象征“执情强物”；在汉大赋中则以名物呈现和描写充当夸饰的铺陈。三国魏曹操《观沧海》前半云：“东临碣石，以观沧海。水何澹澹，山岛竦峙。树木丛生，百草丰茂。秋风萧瑟，洪波涌起。”③山水景物的描写实际上自始便融入了作者“以观”的角度，“水何澹澹”的“何”字显露了作者主体评价感思的视角，而不是客观的静态描写，主体上是述志的，所以论者多数不愿将其追溯为山水诗的来源。尽管谢灵运山水诗也是以感思议论为多，写景物为少，但是行游叙事主线的保留确

① 陈铁民:《王维集校注》,第525页。
② 陈铁民:《王维集校注》,第451页。
③ 《曹操集》,中华书局,1974年,第20页。

证其为山水之作,有时有地,而不只是茫无畔岸的述志观感。然而曹操之子曹植造语业已略显锻造,对于谢灵运山水景物描写的琢句来说,这是不可或缺的前期影响和过程准备,钟嵘谓“其源出于陈思”,是属有识。文人拟乐府而又出脱乐府必然在字句的锻造上显露其自身的特点。钟嵘《诗品》谓植诗“其源出于国风,骨气奇高,词彩华茂,情兼雅怨,体被文质,粲溢今古,卓尔不群”①,其作多在五言拟乐府,自东汉《古诗十九首》以来,首以才思锻造警句,在拟乐府的过程中初步显露出脱乐府的文人诗特点。不唯《白马篇》“仰手接飞猱,俯身散马蹄”②、《美女篇》“攘袖见素手,皓腕约金环”③,间杂联对构结、字句锻造,而且如《公宴》“秋兰被长坂,朱华冒绿池”④、《赠徐幹》“春鸠鸣飞栋,流猋激棂轩”⑤,描摹景物,已预谢氏。尤其前语,宋范晞文《对床夜语》卷一谓“‘冒’字殆妙”,又举西晋陆机“飞阁缨虹带,层台冒云冠”⑥、潘岳“川气冒山岭,惊湍激岩阿”⑦、南朝宋颜延年“松风遵路急,山烟冒垅生”⑧、梁江淹“凉叶照沙屿,秋荣冒水浔”⑨,乃至谢灵运“蘋萍泛沉深,菰蒲冒渚浅”,而谓“皆祖子建”⑩,显见文人创制之于句法锻造的递相祖述,谢诗亦然。

而且刘勰《文心雕龙·明诗》谓“景纯仙篇,挺拔而为俊矣”⑪,郭璞游仙诗偶有山水景物描写的联对,对于谢灵运的“名章迥句”具有更为直接的影响,钟嵘即谓谢诗“杂有景阳之体”,亦称有识。郭璞《游仙诗十九首》写游仙于山水,不乏对于山水景物的描绘,如第一首“临源挹清波,陵冈掇丹荑”、第二首“生云梁栋间,风出窗户里”、第三首“绿萝结高林,蒙笼盖一山”、第五首“潜颍怨清旸,陵苕哀素秋”、第七首“寒露拂陵苕,女萝辞松柏”、第十首“琼林笼藻映,碧树疏英

---

① 钟嵘著,曹旭笺注:《诗品笺注》,第56页。
② 赵幼文:《曹植集校注》,第411~412页。
③ 赵幼文:《曹植集校注》,第384页。
④ 赵幼文:《曹植集校注》,第49页。
⑤ 赵幼文:《曹植集校注》,第42页。
⑥ 陆机:《拟青青陵上柏》,《陆机集》,第59页。
⑦ 潘岳:《河阳县作二首》其二,王增文:《潘黄门集校注》,中州古籍出版社,2002年,第276页。
⑧ 逯钦立:《先秦汉魏晋南北朝诗·宋诗》卷五,第1232页。
⑨ 江淹:《谢光禄郊游》,《江文通集汇注》,第163页。
⑩ 范晞文:《对床夜语》卷一,《历代诗话续编》,第411页。
⑪ 范文澜:《文心雕龙注》,第67页。

翘”①。句式上则多由第三动作字连接前后字词，形成一个整练的结构，其中“挹”“拂”“笼”“疏”着力，必谓锻炼之功。而且这些诗句都是将山水景物作为对象进行“客观”描写，比较谢灵运诗“白云抱幽石，绿筱媚清涟”“憩石挹飞泉，攀林搴落英”，二者句式结构一致，如果我们突发奇想将“临源挹清波，陵冈掇丹荑”混入谢诗，必令不能背诵全部谢诗的人难辨真假。

其次则论谢诗中这些五言“迥句”的结构，计有三种。第一种是第三动作字锻炼着力，连接前后字词，形成坚整的五言结构，例如“林壑敛暝色，云霞收夕霏”“白云抱幽石，绿筱媚清涟”，这是五言句法最为常见的结构，后世如唐王湾《次北固山下》“海日生残夜，江春入旧年”②，相类甚夥。第二种是着力锻炼第五字，如“野旷沙岸净，天高秋月明”。五、七言下字锻炼，多用动作字，其次形容描写之字。第三种则以末二字着力形容，而不是锻炼单字，如“芰荷迭映蔚，蒲稗相因依”。以第一种为多，不仅是谢灵运山水诗五言造语的常态，而且为谢朓效法，如“天际识归舟，云中辨江树”“喧鸟覆春洲，杂英满芳甸”，共与大谢“林壑敛暝色，云霞收夕霏”“白云抱幽石，绿筱媚清涟”，成为千古传诵和效法的“名章迥句”。这种句式多见，并其他两种，变化不多。及唐则尽能事，转而五言一句二字锻炼着力，例如王维《冬晚对雪忆胡居士家》“隔牖风惊竹，开门雪满山”，锻炼在第四字，《山居秋暝》“竹喧归浣女，莲动下渔舟”，第二、三字并练，《终南山》“白云回望合，青霭入看无”③，于第三动作字和第五性状字着力。谢灵运在造语的字句锻炼上对后世的影响并不亚于其开创山水诗所产生的影响，尽管较之于后世的细密精巧尚且显得简单粗直，但是句法锻炼却如机械的发动一样不能停止，至少从唐诗一直到清的近体创制，琢句炼字的句法讲求乃是诗家费力最多、也是诗话谈论最多的内容，宋人诗话多论句法，“所说常在字句间”④，后代仍之。《彦周诗话》乃谓诗话“辨句法，备古今，纪盛德，录异事，正讹误也”⑤。从这个意

---

① 逯钦立辑校：《先秦汉魏晋南北朝诗·晋诗》卷一一，第865～866页。

② 彭定求等编：《全唐诗》卷一一五，第1170页。

③ 凡此所引王维诗，依次见《王维集校注》第525、451、193页。

④ 吴乔：《围炉诗话》卷五，《清诗话续编》，第603页。按唐人诗格之作，固已论及字句，但多拘法式，不免牵强，而鲜有辨求，未至精细。

⑤ 许颉：《彦周诗话》，《历代诗话》，第378页。

义上看，如果说曹植开启了文人琢句的先河，那么谢灵运山水诗则显露了一种突出的转变，它显示着文人诗出脱乐府的精工锻造，这不仅是划时代的，而且预导了从此以后的文人创作，精力大半须放在字句锻炼之上，实际上也促使了从唐代诗式、诗格乃至宋人诗话一直到清末诗话的愈益讲求，这成为中国诗法学的主要内容。

宋严羽《沧浪诗话·诗评》谓"汉魏古诗，气象混沌，难以句摘。晋以还方有佳句"[①]。明谢榛《四溟诗话》卷一称谓"沧浪知诗矣"[②]，清沈德潜《说诗晬语》卷上也说"汉、魏诗只是一气转旋，晋以下始有佳句可摘。此诗运升降之别"[③]。但明胡应麟举"子建、子桓工语甚多"，而谓魏诗"句法字法，稍稍透露"[④]，而钟嵘所谓谢诗"迥句""譬犹青松之拔灌木，白玉之映尘沙"[⑤]，尽管篇章"颇以繁芜为累"，也足资后世诗话摘句为说之用，而且唯以篇章繁芜，而非"气象混沌"，方可作为"迥句"被摘取。清冒春荣《葚原诗说》卷一说："古体不拘排偶，可以直抒己意，故虽有句法，锻炼之工尚少。至五言八句，声律、对偶，格式一定，必须铸意成辞，命辞遣意，非锻炼句法，何以见工？"[⑥]但近体格律本身就是联对结构的精工锻造加上平仄声律对它定型的结果，而且近体定型之后的属对之法，也必向往代六朝学习，在这两个方面，谢灵运山水诗的造语锻炼都产生了重要的影响。

山水诗的景物描写包括风景、自然、物色，前引王维《冬晚对雪忆胡处士家》被视为山水诗，但也是咏雪。我们认为凡咏物而构成山水的场景，具有一定的自然空间，应该归于山水诗。而咏物则着眼于一物以为描写刻画。然诗中写物既多，并非都是咏物。例如宋陈严肖《庚溪诗话》谓"古今以体物语形于诗句……以物喻人事"[⑦]，所谓"体物语"在诗中常见，但若非一首专咏一物，还不是严格意义上的"咏物诗"。而清人陈仪说：

> 古人之咏物，兴也；后人之咏物，赋也。兴者借以抒其性情，诗非徒作，

---

① 郭绍虞：《沧浪诗话校释》，第151页。
② 谢榛：《四溟诗话》卷一，《历代诗话续编》，第1140页。
③ 沈德潜：《说诗晬语》卷上，《清诗话》，第532页。
④ 胡应麟：《诗薮》内编卷二，第32页。
⑤ 曹旭：《诗品笺注》，第91页。
⑥ 冒春荣：《葚原诗说》卷一，《清诗话续编》，第1578页。
⑦ 陈严肖：《庚溪诗话》卷下，《历代诗话续编》，第180页。

故不得谓之咏物也……自咏物诗兴而性情亡……①

这是咏物所可能追溯到的最早源头，尽管陈氏借比兴以论“古人咏物”，这早于“后人”即清代，但按其思路则比兴亦必为咏物，这就涉及比兴与咏物的关系，对于咏物的起源来说，也是重要的问题。

比兴主乎情志，景物只供其用，因而对于《诗》写景物而言，就具有随意性、暂时性、片断性的特点；咏物诗则专以物为主，因而可保持全篇咏物的整一性。在《诗》中，比尤其具有随意性的特点，唯依情志表达的要求而设。例如《小雅·鹤鸣》前章：“鹤鸣于九皋，声闻于野。鱼潜在渊，或在于渚。乐彼之园，爰有树檀，其下维萚。它山之石，可以为错。”②连用四种比，每一种都是随“意”的需要而运用，指向一个“言志”的表达，对于比本身来说却是用过即止，因而只有暂时性和片段性的功用。而兴“先言他物以引起所咏之词”，多在一章之首，而后便以述情为主，景物不再，显见暂时性和片段性。但咏物必“专咏”，物成为独立的对象，最常见的是一诗专咏一物，物在诗中不再是随意性、暂时性和片断性的譬喻或兴情之用，而是保持相对的整一性，承当一诗自始至终的全部描写对象。如何逊《扬州法曹梅花盛开》：“兔园标物序，惊时最是梅。衔霜当路发，映雪拟寒开。枝横却月观，花绕凌风台。朝洒长门泣，夕驻临邛杯。应知早飘落，故逐上春来。”③是诗专咏梅花，始终不离此物，尽管“朝洒”“夕驻”有意廓开，以写长门之怨、临邛之饮，但究以情事侧写梅花，是咏物为主，述情为次，这与比兴以情志为主而景物为辅正好相反。反视《诗·小雅·采薇》“昔我往矣，杨柳依依”，常见课堂上教师谓为“咏物贴切”，然因与物联系的随意性、暂时性和片段性，固非咏物。

关于咏物诗的起源，《四库全书总目》对元谢宗可《咏物诗》一书言之甚明，认为咏物之作萌芽于屈原颂橘、荀况赋蚕，“然特赋家流耳”，而汉武帝《天马》与班固《白雉》《宝鼎》，“亦皆因事抒文，非主于刻画一物”，这是重要的判断，盖“因事抒文”同于汉乐府“缘事而发”，是主叙事，并非以物为主，咏物则必专咏一

① 陈仪：《竹林答问》，《清诗话续编》，第2245页。

② 郑玄笺，孔颖达疏：《毛诗正义》，《十三经注疏》本，第668～669页。

③ 《何逊集》，第32页。

物。《总目》认为:“其托物寄怀,见于诗篇者,蔡邕《咏庭前若榴》,其始见也。”① 蔡邕有诗云:“庭陬有若榴,绿叶含丹荣。翠鸟时来集,振翼修容形。回顾生碧色,动摇扬缥青。幸脱虞人机,得亲君子庭。驯心托君素,雌雄保百龄。”②此题《翠鸟诗》,非咏榴,以首句“庭陬有若榴”,《总目》误题是名,按内容则前六句写榴,后六句写鸟,是合咏二物,在诗咏物之初,这是可以理解的,当可指其为较早的咏物诗。《总目》又谓“沿及六朝,此风渐盛,王融、谢朓至以唱和相高,而大致多主于隶事”,及“唐宋两朝,则作者蔚起,不可以屈指计矣”③。南朝以骈语为文,属对必依故实,作诗亦多用之,成为一时风尚,隶事咏物,则不胶着于物,这是咏物讲究的“不即”,但用事多而叙物少,则谓“离”。宋张戒《岁寒堂诗话》卷上亦谓“建安陶阮以前诗,专以言志;潘陆以后诗,专以咏物”④,“专以”云云,潘、陆以后未必如此,亦有言志,但言志缘情乃必托于景物,这才是实情。

明胡应麟《诗薮》内编卷四谓“咏物起自六朝”⑤,这是正确的判断。六朝以前,如《总目》认为蔡邕《咏庭前若榴》的出现实属偶然,而且汉代文人作诗盖寡,推其原委,则《诗》比兴虽非咏物,但在中国诗史初始就发生情志与物的联系,及《骚》寄托美人香草,主体情感与物的关联更为广阔,也可视为后代咏物的渊薮。但是《离骚》开启宋赋,继而衍为汉代大赋,虽以赋物为主,然以名物铺陈的需要呈现,与主体情志无关;而《骚》本身在汉代流衍为“骚体赋”,汉代述情赋本此,到东汉又衍为抒情小赋流及六朝,两晋以降,大赋衰微,述情独盛,情感需要物的铺陈,所以心物相合,是为咏物赋,“咏”是主体性的,主体情感见诸物的铺陈。但以《诗》在汉代不作,乐府继起,“缘事而发”,不用比兴,汉魏文人拟乐府亦然。只有在魏晋以后老庄与玄学引导人们将审美投向自然、山水、物色,当然学术思想的转向终究归因于时代与政治经济乃至江山的易代,凡此导致文人主体精神的变化,相与投向山水物色的审美。咏物赋与咏物诗的兴盛乃是社会、历史、政治和思想的共同导向使然,这就是咏物诗大量产生于南朝的背景。

---

① 永瑢等:《四库全书总目》,第1435页。
② 邓安生:《蔡邕集编年校注》,河北教育出版社,2002年,第305页。
③ 永瑢等:《四库全书总目》,中华书局,1965年,第1453页。
④ 张戒:《岁寒堂诗话》卷上,《历代诗话续编》,第450页。
⑤ 胡应麟:《诗薮》内编卷四,第72页。

《总目》谓“沿及六朝,此风渐盛,王融、谢朓至以唱和相高”,这已经是南朝萧梁的情境了。所举诸人同调,《梁书·武帝本纪》谓“竟陵王子良开西邸,招文学,高祖与沈约、谢朓、王融、萧琛、范云、任昉、陆倕等并游焉,号曰八友”①。“八友”外入西邸活动者尚有张融、范缜、陆杲、王僧孺、释宝月等数十人,常就同题共作。《南史·虞羲传》说:“竟陵王子良尝夜集学士,刻烛为诗,四韵者则刻一寸,以此为率。文琰曰:‘顿烧一寸烛,而成四韵诗,何难之有。’乃与令楷、江洪等共打铜钵立韵,响灭则诗成,皆可观览。”②所作不乏咏物,今存王融、沈约、谢朓等人同咏乐器之作,及王融、谢朓、柳恽、虞炎等人同咏坐上所见一物之作等,形成一时风气,所咏略在草木、器物、鸟兽。③ 清王夫之《姜斋诗话》卷下说:

> 咏物诗,齐、梁始多有之。其标格高下,犹画之有匠作,有士气。征故实,写色泽,广比譬,虽极镂绘之工,皆匠气也。又其卑者,饾凑成篇,谜也,非诗也……至盛唐以后,始有即物达情之作……④

齐梁咏物诗高下不一,所谓“匠气”的刻写描绘和征引故实不在少数,但也不乏“即物达情之作”,只有“即物达情”或“即物见意”,方许高手。陈鹏在《论六朝咏物诗对谢物小启的影响》一文中引录了刘绘《咏博山香炉》⑤、沈约《和刘雍州绘博山香炉》⑥。刘诗云:

> 参差郁佳丽,合沓纷可怜。
> 蔽亏千种树,出没万重山。
> 上镂秦王子,驾鹤乘紫烟。
> 下刻蟠龙势,矫首半衔莲。
> 傍为伊水丽,芝盖出岩间。
> 复有汉游女,拾羽弄余妍。
> 荣色何杂糅,缛绣更相鲜。

---

① 姚思廉:《梁书》,第2页。
② 李延寿:《南史》,第1463页。
③ 陈鹏:《论六朝咏物诗对谢物小启的影响》,《邢台学院学报》2009年第1期。
④ 王夫之:《姜斋诗话》卷下,《清诗话》,第22页。
⑤ 陈庆元:《沈约集校笺》,浙江古籍出版社,1995年,第386页。
⑥ 陈庆元:《沈约集校笺》,第384页。

鬠嗄或腾倚，林薄杳芊眠。
掩华终不发，含薰未肯然。
风生玉阶树，露湛曲池莲。
寒虫飞夜室，秋云没晓天。
范金诚可则，摛思必良工。
凝芳俟朱燎，先铸首山铜。

沈诗云：

范金诚可则，摛思必良工。
凝芳俟朱燎，先铸首山铜。
瑰姿信岩崿，倚态实珍珑。
峰嶝互相拒，岩岫杳无穷。
赤松游其上，敛足御轻鸿。
蛟螭盘其下，骧首盼层穹。
岭侧多奇树，或孤或复丛。
岩间有佚女，垂袂似含风。
翚飞若未已，虎视郁余雄。
登山起重障，左右引丝桐。
百和清夜吐，兰烟四面充。
如彼崇朝气，触石绕华嵩。

这就是王夫之所谓“写色泽，广比譬”而“极镂绘之工”者。如钟嵘“诗品序”所云“羌无故实”[①]，凡此“皆匠气也”，乃在广征譬喻、刻意描写，着于物色形貌之上。固然“咏物诗惟精切乃佳”[②]，这是清代贺裳《载酒园诗话》卷一的看法。宋张戒《岁寒堂诗话》卷下曾说：“物类虽同，格韵不等。同是花也，而梅花与桃李异观。同是鸟也，而鹰隼与燕雀殊科。咏物者要当高得其格致韵味，下得其形似，各相称耳。”[③]咏物固须切合所咏之物，但在得其形神。然咏物过求精切，则有刻画之

① 曹旭：《诗品笺注》，第98页。
② 贺裳：《载酒园诗话》卷一，《清诗话续编》，第225页。
③ 张戒：《岁寒堂诗话》卷下，《历代诗话续编》，第471页。

痕，贺裳谓为“黏皮带骨”[①]。清张谦宜《䌹斋诗话》卷二说“咏物贴切固佳，亦须超脱变化”，举唐路德延《芭蕉》“叶如斜界纸，心似倒抽书”[②]，谓“非不恰肖，但刻划太细，全无象外追神本领，终落小家”[③]。明胡应麟《诗薮》外编卷五则谓“粘带皮骨”，盖亦“着迹”之谓[④]，是为物象所牵，以至拘于形迹，意无自主，笔墨随之。清钱泳《履园谭诗》也说：

咏物诗最难工，太切题则黏皮带骨，不切题则捕风捉影，须在不即不离之间。[⑤]

吴雷发《说诗菅蒯》亦谓“咏物诗要不即不离”[⑥]，“不离”就是要切合所咏之物，“不即”就是不可胶着于物。南朝梁刘、沈之作，就是胶着于物，虽刻镂形似、生动逼真，也终落“匠气”，当然南朝咏物初创，不可以后律前。但南朝咏物也分“士气”和“匠气”的高下之别。我们同样征引刘绘和沈约的咏物作品，刘作为《咏萍》[⑦]：

可怜池内萍，葐蒀紫复青。
巧随浪开合，能逐水低平。
微根无所缀，细叶讵须茎。
漂泊终难测，留连如有情。

沈作为《咏桃》[⑧]：

风来吹叶动，风去畏花伤。
红英已照灼，况复含日光。
歌童暗理曲，游女夜缝裳。
讵减当春泪，能断思人肠。

同是五言，但这两首与上文引述的咏香炉诗不同，已如后世律体的四联八句，这

---

① 贺裳：《载酒园诗话》卷一，《清诗话续编》，第 225 页。
② 彭定求等编：《全唐诗》卷七一九，第 8255 页。
③ 张谦宜：《䌹斋诗谈》卷二，《清诗话续编》，第 805 页。
④ 胡应麟：《诗薮》外编卷五，第 205、224 页。
⑤ 钱泳：《履园谭诗》，《清诗话》，第 889 页。
⑥ 吴雷发：《说诗菅蒯》，《清诗话》，第 901 页。
⑦ 逯钦立辑校：《先秦汉魏晋南北朝诗·齐诗》卷五，第 1469 页。
⑧ 陈庆元：《沈约集校笺》卷一〇，第 409 页。

是很重要的，因为四联短制无法铺展详细的刻写，体制的限定保证其不会过多胶着于物貌的描绘，这种铺陈的展开实在令人生厌而难以卒读。刘、沈两首短制的可贵之处，就在于不离于物，切合物态本然，"巧随浪开合，能逐水低平"，必是咏浮萍，不可移于他物。"红英已照灼，况复含日光"也写出春阳中桃花艳丽，如写梨花，则当阴雨夜月，如唐白居易《长恨歌》"梨花一枝春带雨"①、宋晏殊《寄远》"梨花院落溶溶月，柳絮池塘淡淡风"②，并得梨花、柳絮物态本然。《诗·周南·桃夭》"桃之夭夭，灼灼其华"，沈诗"照灼"本此。二诗的优点尤在"不即"，不像咏香炉那样胶着于物，而是有所虚写，刘作尾联、沈作后二联都能宕开一层，引申情意。刘作"飘泊""留连"不仅切合浮萍，而且即于浮萍以见人世飘离之感。沈作后二联侧写作为衬托，也将诗意引向人世的悲愁，"不即"于物，但似乎"离"于桃花，施于他物亦可。不离不即的物我关系乃是咏物的要义，咏物不是像谢灵运山水诗那样冷静地刻写景物对象，而有情意在焉，但它作为新起的体例，以其特有的表现手法，与山水景物的描写一起反映着六朝诗史的演化，这是文人拟乐府形式的题材新变。

第四节　意兴象境

中国诗学理论对于主体精神的把握，正如上引宋张戒《岁寒堂诗话》卷下谓"建安陶阮以前诗，专以言志"③，这是《尚书·舜典》"诗言志"说的传统。但孔子谓诗可以"兴观群怨"，"兴"乃兴情；《论语·八佾》孔子又谓"《关雎》，乐而不淫，哀而不伤"④，也是指情。《诗大序》谓"诗者，志之所之也，在心为志，发言为诗。情动于中而形于言"⑤，则情、志并举，又说"情发于声，声成文谓之音"。其释"变风"又说："故变风发乎情，止乎礼义。发乎情，民之性也；止乎礼义，先王

① 顾学颉校点：《白居易集》，第239页。
② 北京大学古文献研究所编：《全宋诗》卷一七一，北京大学出版社，1998年，第1941页。
③ 张戒：《岁寒堂诗话》卷下，《历代诗话续编》，第450页。
④ 刘宝楠：《论语正义》，《诸子集成》本，第62页。
⑤ 郑玄笺，孔颖达疏：《毛诗正义》，《十三经注疏》本，第6页。

之泽也。"①凡此非不言情,而是情志并举。孔颖达《毛诗正义》卷一疏云:"诗者,人志意之所之适也;虽有所适,犹未发口,蕴藏在心,谓之为志;发见于言,乃名为诗。言作诗者,所以舒心志愤懑,而卒成于歌咏。故《虞书》谓之'诗言志'也。"②志"蕴藏在心"的字义是相当重要的。

《说文·心部》"志"为大徐所增,释谓"意也,从心,之声"③。"之"甲一八〇作"㞢",侯马盟书作"㞢",《说文》作"㞢"。《说文·之部》:"之,出也。象艸过中,枝茎益大有所之。一者,地也。"④罗振玉《增订殷墟书契考释》认为:"按卜辞从止,从一,人所之也。《尔雅释诂》:'之,往也。'⑤当为'之'之初谊。"罗说为是。杨树达《释诗》说:"志字从心㞢声,寺字亦从㞢声,㞢、志、寺古音无二……其以㞢为志,或以寺为志,音同假借耳。"⑥《说文·寸部》:"寺,廷也,有法度者也。从寸,之声。"《说文·言部》:"诗,志也。从言,寺声。"⑦杨树达又据《左传昭公十六年》韩宣子"赋不出郑志"谓"郑志"即"郑诗",认为"古诗、志二文同用",证诸《说文》以"志"释"诗",此说或可从之。⑧

《诗大序》"在心为志"的解释是正确的,不仅"发言为诗"已是"志"的语言表达,而且"志"之已发曰"情","志"止于"心",具有主体精神的包含性,也包括"情",藏在心里为"志",表达出来是"情"。但"志"的包含性是主要的,这是对"志""在心"之义的引申。《礼记·曲礼上》"志不可满"孔颖达疏谓"六情遍睹在心未见为志"⑨,发则为六情之称,显见"志"之"在心"的包含性。又《左传·昭公二十五年》"是故审则宜类,以制六志"杜预注谓"为礼以制好恶喜怒哀乐六志,使不过节"⑩,孔颖达疏云:"此六志,《礼记》谓之六情。在己为情,情动为

---

① 郑玄笺,孔颖达疏:《毛诗正义》,《十三经注疏》本,第15页。
② 郑玄笺,孔颖达疏:《毛诗正义》,《十三经注疏》本,第6页。
③ 许慎:《说文解字》,第217页。
④ 许慎:《说文解字》,第127页。
⑤ 郭璞注,邢昺疏:《尔雅注疏》,《十三经注疏》本,第12页。
⑥ 杨树达:《释诗》,《积微居小学金石论丛》(增订本),科学出版社,1955年,第26页。
⑦ 许慎:《说文解字》,第51页。
⑧ 杨树达:《积微居小学金石论丛》,第26页。
⑨ 郑玄注,孔颖达疏:《礼记正义》,《十三经注疏》本,第8页。
⑩ 杜预注,孔颖达正义:《春秋左传正义》,《十三经注疏》本,第1454~1455页。

志。”[①]这是“志”和“情”互通的证明。不仅是情,而且“志”也包含意、知(智)等主体精神的方面。《说文》“志”即指“意也”[②],又《荀子·王霸》“举义志也”杨倞注[③]、《大戴礼记·曾子疾病》“在加之志而已矣”王聘珍解诂[④]并谓“志,意也”。《礼记·缁衣》“为下可述而志也”郑玄注谓“志,犹知也”[⑤]。《列子·汤问》“汝志强而气弱”张湛注云:“志,谓心智。”[⑥]“志”包含情、意、知,其义宽泛而非专指,所以“诗言志”,后世也可以说“诗缘情”[⑦]或“以意为主”[⑧]。由于“志”含意、知(智)的意义,所以“诗言志”之“志”似乎含有意识之义。意识是知性的,不同于情的感性特征,略当今世所称“思想意识”之谓。也许感情与思想意识不可分离,所以当世教科书在分析古代作品时总爱并称“思想感情”,那么情就不免具有思想意识的导向作用,这在主张“诗缘情”或强调“真情”之于诗的观点如前引明李梦阳之说那里,情况或有所不同,尤其是当代执着纯粹情感表现的论调并不乐于看到主体精神的意识渗入。事实上,自《诗》的政治教化尤其是它的经学化以来,“发乎情,止乎礼义”的训导确实对“情”做了礼义的限制,而“风谕”的要求也必然将“情”引向政教的领域,《诗大序》所谓“国史……伤人伦之废,哀刑政之苛,吟咏情性,以风其上”[⑨],在这里,“情”并不具有绝对的主体性,而是与人伦刑政联系在一起。正是《诗》学尤其是《诗经》学的政教联系促使人们在新的历史情境中提出“诗缘情”的命题。

从这个意义上说,宋代张戒所谓“建安陶阮以前诗,专以言志”[⑩]是有道理的。尽管《诗大序》明确情是诗的根本,然而直到晋陆机《文赋》“诗缘情而绮靡”才算情有独钟,这当然与《诗大序》主情有所相承,但至少不再强调情与政教的关系,“情”出脱了这层关系而变成唯主体性的,也就是一己的情感,这才是诗的

---

① 杜预注,孔颖达正义:《春秋左传正义》,《十三经注疏》本,第1455页。

② 许慎:《说文解字》,第217页。

③ 王先谦:《荀子集解》,《诸子集成》本,第132页。

④ 王聘珍:《大戴礼记解诂》,第97页。

⑤ 郑玄注,孔颖达疏:《礼记正义》,《十三经注疏》本,第1506页。

⑥ 张湛:《列子注》,上海书店,1986年,第59页。

⑦ 陆机:《文赋》,《文选》,第241页。

⑧ 刘攽:《中山诗话》,《历代诗话》,第285页。

⑨ 郑玄笺,孔颖达疏:《毛诗正义》,《十三经注疏》本,第15页。

⑩ 张戒:《岁寒堂诗话》卷下,《历代诗话续编》,第450页。

创作赖以发生的根本。不用说这自然是魏晋主体精神张扬的表现，尽管当下有不少学者并不乐见“文学自觉”的说法，但较之于两汉的经学氛围，魏晋人士的老庄及玄学浸染却无疑开启了心灵，荡漾着情感。当然魏晋诗本于汉乐府“缘事而发”的传统，事在诗中是本位性的。“缘事而发”是即情的感发，情因事起，即事言情，乃是汉乐府的传统，区别于《诗》以分章合乐的咏叹为本，与“诗缘情”具有本于事和本于情的侧重区别，实际上也是汉乐府与文人创制之异，尽管文人创制从拟乐府而来，但它时刻都在改变并最终出脱乐府的传统。

志在心含意，故又训意，反之，意亦训志。《说文·心部》：“意，志也。从心察言而知意也，从心，从音。”①《国语·越语下》“臣行意”韦昭注②、《庄子·刻意》“刻意尚行”成玄英疏并谓“意，志也”③。但“意”指“从心察言而知意”，包括言的表达。或二字并举为“志意”，如《荀子·修身》“志意修则骄富贵，道义重则轻王公”④；或“意志”，如《商君书·定分》“夫微妙意志之言，上知之所难也”⑤。以“意”论诗，较早见于《史记·太史公自序》“《书》以道事，《诗》以达意”云云⑥。南朝宋范晔《狱中与诸甥侄书》：“常谓情志所托，故当以意为主，以文传意。以意为主，则其旨必见；以文传意，则其词不流。然后抽其芬芳，振其金石耳。”⑦“以文传意”近于《庄子·天道》言、意关系，即所谓“语之所贵者意也……意之所随者，不可以言传也”⑧。在此情、志、意并举，三者作为主体精神的所指，在一般的意义上多见通用，故合为“志意”“意志”“情志”“情意”。但“意”包括言的表达，较诸情的感性特征，言表却是更为清晰的，所以多见言、意并举，“以文传意”，“文”就是言。陆机《文赋》“意不称物，文不逮意”⑨，及刘勰《文心雕龙·神思》“意授于思，言授于意”⑩，都是言（文）意对举，而宋刘攽《中山诗话》

---

① 许慎：《说文解字》，第 217 页。
② 徐元诰：《国语集解》，第 588 页。
③ 郭庆藩：《庄子集释》，《诸子集成》本，第 237 页。
④ 王先谦：《荀子集解》，《诸子集成》本，第 16 页。
⑤ 严可均校：《商君书》，《诸子集成》本，第 43 页。
⑥ 司马迁：《史记》，第 3297 页。
⑦ 沈约：《宋书》，第 1830 页。
⑧ 郭庆藩：《庄子集释》，《诸子集成》本，第 217 页。
⑨ 萧统编，李善注：《文选》，第 239 页。
⑩ 范文澜：《文心雕龙注》，第 494 页。

“诗以意为主，文词次之”[①]、吴可《藏海诗话》“要当以意为主，辅之以华丽”云云[②]，并仍范晔之说。情志的言表称“意”，包括作者言表的意图如构思造语等，这属于清晰的意识。南朝梁顾野王《玉篇·心部》谓“意，思也”[③]，《庄子·胠箧》“妄意室中之藏”郭庆藩《集释》谓“意，度也”[④]，言以达意，需要作者主观的思考揣度，这与情志尤其是情的感性特征不同。

但在《易传》言、象、意的思辨中，意、象对举之意，则更为接近纯粹的主体精神，因为“得象而忘言”，已经去除了言表的意识成分，这是王弼的玄学术语，承接了《庄子》言、意和《易传》言、象、意的思辨。《庄子·天道》认为意不可言传，《易传》则假孔子之说，认为“书不尽言，言不尽意”，因而“立象以尽意”[⑤]。三国魏王弼《周易略例·明象》说：

> 夫象者，出意者也。言者，明象者也。尽意莫若象，尽象莫若言。言生于象，故可寻言以观象；象生于意，故可寻象以观意。意以象尽，象以言著。故言者所以明象，得象而忘言；象者所以存意，得意而忘象。[⑥]

立象尽意，或象以出意，都在于象具有蕴含和象征的功能，卦象取于物类，诗的言表亦借景物之象，得象忘言，就只有景象或物象的呈现，而意蕴含其中。当然诗的语言本身具有审美的特质，是不能真正忘掉的，但不只是言的表层意义，因而有“言外之意”[⑦]，或谓“含不尽之意，见于言外”[⑧]；“象”也是不能忘掉的，因而有“象外之象”[⑨]。

意与象的思辨乃在二者的对举中进行，“意象”的合语来源于这一思辨的并举，诗学所及，也大多并举意、象，反而“意象”作为合语并不常见，这不免使人对

---

① 刘攽：《中山诗话》，《历代诗话》，第 285 页。

② 吴可：《藏海诗话》，《历代诗话续编》，第 331 页。

③ 顾野王：《大广益会玉篇》，中华书局，1987 年，第 41 页。

④ 郭庆藩：《庄子集释》，《诸子集成》本，第 157 页。

⑤ 王弼注，孔颖达疏：《周易正义》，《十三经注疏》本，第 291 页。

⑥ 王弼著，邢琦注：《周易集解略例》，《丛书集成初编》本，中华书局，1991 年，第 15 ~ 16 页。

⑦ 《石林诗话》卷下：“七言难于气象雄浑，句中有力，而纡徐不失言外之意。”（叶梦得：《石林诗话》，《历代诗话》，第 432 页）

⑧ 欧阳修《六一诗话》引梅尧臣语，李逸安点校：《欧阳修全集》，第 1952 页。

⑨ 司空图《与极浦书》：“戴容州云：‘诗家之景，如蓝田日暖，良玉生烟，可望而不可置于眉睫之前也。’象外之象，景外之景，岂容易可谭哉？”（祖保泉、陶礼天：《司空表圣诗文集笺校》，第 215 页）

于中国诗学的“意象”理论表示怀疑，持肯定态度的论者则着力搜寻“意象”一“词”的运用，这是今世理论研究最喜从事的工作，但令人遗憾的是它并未成为论诗的常言。其实关于“意象”的理论，本来就在于对二者对举的思辨。陈植锷先生《诗歌意象论》举王充《论衡·乱龙》说董仲舒设土龙招雨，其理取于《易》“云从龙，风从虎”，而礼土龙犹孝子礼木，意在象中，故“礼贵意象，示义取名也”，这大约也是“意象”并称的最早文献证明。“意象”的合称，实际上也在于意、象相与为用的关系，即“虽知非真，示当感动，立意于象”[①]，通过土龙或木的象征，以达到致雨或孝敬的心意。

“意象”的文学运用，较早见于《文心雕龙·神思》。“神思”的关键在于“神与物游”，“神”即主体的精神，“神居胸臆，而志气统其关键”，向谓“诗言志”，而曹丕《典论·论文》谓“文以气为主”，当然“文非一体”[②]，也包括诗，都主乎气，与“言志”并举，这是曹丕的新见。刘勰认为主体精神必与物侔，“物沿耳目，而辞令管其枢机”，物以象显，故谓物象，而“尽象莫若言”，与王弼所说无异。那么“神与物游”，就是意与象合，象以言显，究归言、象、意的思辨，所以临文“定墨”，乃使“独照之匠，窥意象而运斤”，这是文学“意象”的较早表述。[③] 唐则皎然《诗式》与《诗议》论比兴而重象，显然融合了《诗》的比兴与《易传》及玄学之“象”，但对“象”的重视实际上却已出脱了比兴作为表现手法的传统。《诗式》评江淹《拟班婕妤咏团扇》谓“江则假象见意”，而“班则貌题直书”[④]，直书不假物象，假象则意在其中，论诗意、象并举，当然合乎《易传》“立象尽意”的思辨，但更是南朝以来尤其是唐代近体创作情景相合的理论反映。陈植锷《诗歌意象论》搜录了宋以后“意象”合语的例子，宋刘克庄《后村诗话》后集卷二说：

> 游默斋序张晋彦诗云：“近世以来学江西诗，不善其学，往往音节聱牙，意象迫切。且论议太多，失古诗吟咏性情之本意。”切中时人之病。[⑤]

---

① 王充：《论衡》，第248页。

② 萧统编，李善注：《文选》，第720页。

③ 范文澜：《文心雕龙注》，第493页。

④ 李壮鹰：《诗式校注》，第128页。

⑤ 刘克庄：《后村诗话》后集卷二，中华书局，1983年，第70页。

黄庭坚擅作拗体，自谓“宁律不谐而不可使句弱”[①]，《王直方诗话》引张耒盛称黄庭坚“一扫古今……破弃声律”[②]，《诗学规范》《垂虹诗话》等皆有称扬[③]。意象相合，当然要靠言的呈现，这本是言、象、意思辨的要义。近体声律协和，造语流转，固以情景、意象为本，声律不畅则有损意象浑融。“以议论为诗”是宋人通病，理路清晰，意象盖寡。明陆时雍《诗镜总论》比较王昌龄和李白诗说：

昌龄得之椎练，太白出于自然，然而昌龄之意象深矣。[④]

王昌龄被称“七绝圣手”，应当在同一体制上进行比较，李白七绝不输王，而较为自然。但李白绝句多出乐府，乐府本出叙事，李白绝句带事，有人在焉，多数情况下就是作者自己，突出显示主体的执着，七言歌行如《将进酒》等尤其如此。在七绝如《清平调词三首》第三首：“名花倾国两相欢，长得君王带笑看。解释春风无限恨，沉香亭北倚阑干。”[⑤]虽是近体七绝，意态和造语都带着乐府的痕迹，语序的一顺似乎隐含着一事，不主意象呈现。又如《陌上赠美人》：“骏马骄行踏落花，垂鞭直拂五云车。美人一笑褰珠箔，遥指红楼是妾家。”[⑥]诗以轻快流利的笔调描写陌上与美女相逢的片段，也还本之于事。且如《出妓金陵子呈卢六》第一首：“安石东山三十春，傲然携妓出风尘。楼中见我金陵子，何似阳台云雨人？”[⑦]以安石自况的狂傲和“我”意的张扬，在唐代其他诗人那里并不多见。我们还可以举出李白的《从军行》：“百战沙场碎铁衣，城南已合数重围。突营射杀呼延将，独领残兵千骑归。”[⑧]这也是乐府旧题，叙事的痕迹更为明显，造语也是叙述性的。而王昌龄的《从军行七首》第一首[⑨]云：

烽火城西百尺楼，黄昏独坐海风秋。
更吹羌笛关山月，无那金闺万里愁。

---

① 胡仔：《苕溪渔隐丛话》前集卷三，第20页。

② 王直方：《王直方诗话》，《宋诗话辑佚》，第101页。

③ 按山谷亦非不顾音律，如指王观复诗“不谐律吕”，固以为病。见黄庭坚《与王复观书》，《黄庭坚全集》正集卷一八，第470页。

④ 陆时雍：《诗镜总论》，《历代诗话续编》，第1420页。

⑤ 王琦注：《李太白全集》，第306页。

⑥ 王琦注：《李太白全集》，第1177页。

⑦ 王琦注：《李太白全集》，第1197页。

⑧ 王琦注：《李太白全集》，第1160页。

⑨ 李云逸：《王昌龄诗注》，第125页。

四句诗没有可资想象的叙事顺序，只是意象的更替呈现，烽火楼高，黄昏海风，关山羌笛，金闺影单，有如“蒙太奇”的推进，第二首亦然。陆时雍谓王昌龄“意象”胜李，确有见地。

又清沈德潜《说诗晬语》卷上称中唐孟郊诗为“意象孤峻”①，也是“意象”合语的难得证明。孟郊诗如《洛桥晚望》：“天津桥下冰初结，洛阳陌上人行绝。榆柳萧疏楼阁闲，月明直见嵩山雪。”②四句意象呈现，寒气逼人，当许“意象孤峻”，又如《伤春》“二月三月花冥冥”“莺啼燕语荒城里”③，意象凄冷幽冥，他人不到，唯苦寒诗人的切骨感受使然。唐诗且如李贺《李凭箜篌引》“昆山玉碎凤凰叫，芙蓉泣露香兰笑”④、《雁门太守行》“塞上燕脂凝夜紫”“半卷红旗临易水”⑤，却是绮艳凄冷。至如韩愈《调张籍》“垠崖划崩豁，乾坤摆雷硠”⑥，则雄奇杰特，惊天动地。由中唐而溯盛唐，则如杜甫《望岳》“造化钟神秀，阴阳割昏晓”⑦的笔参天地、《登岳阳楼》“吴楚东南坼，乾坤日夜浮”⑧的心系家国，乃至孟浩然《岳阳楼》“气蒸云梦泽，波动岳阳城”⑨的浩大恢弘、《与颜钱塘登樟亭望潮作》“照日秋空迥，浮天渤澥宽”⑩的辉丽壮阔，无不以其意象的呈现显示时代的精神和审美兴趣，这与宋人“以议论为诗”的理路迥不相侔。在近体句法上，则如晚唐温庭筠《商山早行》“鸡声茅店月，人迹板桥霜”⑪，明李东阳《麓堂诗话》评曰：

> 人但知其能道羁愁野况于言意之表，不知二句中不用一二闲字，止提掇出紧关物色字样，而音韵铿锵，意象具足，始为难得。⑫

关于诗中闲字，宋吴可《藏海诗话》引曾幾“金马门深曾草制，水精宫冷近题诗”⑬

---

① 沈德潜：《说诗晬语》卷上，《清诗话》，第535页。
② 韩泉欣：《孟郊集校注》，第186页。
③ 韩泉欣：《孟郊集校注》，第99页。
④ 王琦等：《李贺诗歌集注》，第31页。
⑤ 王琦等：《李贺诗歌集注》，第52页。
⑥ 方世举：《韩昌黎诗集编年笺注》卷九，第517页。
⑦ 仇兆鳌：《杜诗详注》，第4页。
⑧ 仇兆鳌：《杜诗详注》，第2358页。
⑨ 徐鹏：《孟浩然集校注》，第146页。
⑩ 徐鹏：《孟浩然集校注》，第157页。
⑪ 曾益等：《温飞卿诗集笺注》卷上，第155页。
⑫ 李东阳：《麓堂诗话》，《历代诗话续编》，第1372页。
⑬ 曾幾：《江彦章内翰除守临川以诗贺之》，《全宋诗》卷一六五六，第18553页。

一联而云:"'深''冷'二字不闲道,若言'金马门中'、'水精宫里',则闲了'中''里'二字也。"[①]但宋人"以议论为诗",普遍多用闲字,例如苏轼《题西林壁》"不识庐山真面目,只缘身在此山中"[②],上下句首二并是闲字无义,只是用于理路的推求,造语是推论性的。反观晚唐温作,正是"止提掇出紧关物色字样",舍弃了所有虚字衬贴的句法功能,十分精练而"音韵铿锵",只剩下四个意象的直接呈现,故谓"意象具足"而十分"难得",也是不可多得,如果五言造语都用此式,也显呆板。宋梅尧臣曾谈到温庭筠这两句诗,欧阳修《六一诗话》云:

> 圣俞尝语余曰:"诗家虽率意,而造语亦难……必能状难写之景,如在目前,含不尽之意,见于言外,然后为至矣……"余曰:"……含不尽之意,何诗为然?"圣俞曰:"作者得于心,览者会以意,殆难指陈以言也。虽然,亦可略道其仿佛……温庭筠'鸡声茅店月,人迹板桥霜',贾岛'怪禽啼旷野,落日恐行人'[③],则道路辛苦,羁旅愁思,岂不见于言外乎?"[④]

唐代刘禹锡《董氏武陵集序》已谓"片言可以明百意,坐驰可以役万景"[⑤]。同样的诗语,却是一以意象、一以意、景为说,景中含意,故见于言外,实犹意在象中,故有象外之意。在此景、象的置换,表明意象的实质就是情景交融,情在景中,景中含情,而情、意作为主体精神的相通,亦犹情、志的并列。情意之与景象的对举,实际上都是一个问题的不同言说,只是意象多从效果而言,情景相融产生意象,而不是相反。情志寓于景物,故谓情景,这与《诗》主情志的传统相系,意象则产生于《庄子》《易传》及玄学关于言、象、意的思辨。

意象在于情景,"兴象"亦然,这是唐代殷璠《河岳英灵集》提出的说法。在"兴"的主体精神连带中,与宋严羽《沧浪诗话》提倡的"兴趣"或有相通,只是与意象本于《庄子》和《易传》及玄学不同,显然来源于《诗》兴的表现。兴者兴情,与情相近。萧统《文选序》"四曰兴"唐张铣注谓"感物曰兴"[⑥],这是《诗》兴的古

---

① 吴可:《藏海诗话》,《历代诗话续编》,第337页。
② 王文诰辑注,孔凡礼点校:《苏轼诗集》,第1219页。
③ 黄鹏:《贾岛诗集笺注》,第278页。
④ 李逸安点校:《欧阳修全集》,第1952~1953页。
⑤ 卞孝萱校订:《刘禹锡集》,第237页。
⑥ 萧统编,李善等注:《六臣注文选》,第2页。

义。兴乃触物而动，故谓起兴，即兴起情感，是谓兴情。虽然情完全是从主体方面说的，但兴情则在感物，而言“兴”正是强调情的感物诱因，本质上情、兴为一，故乃并举，例如唐康骈《剧谈录・白傅乘舟》“白尚书为少傅，分务洛师，情兴高逸”云云①。“兴”感物而动，产生兴致或兴趣，兴致必系于物，例如《晋书・王徽之传》“乘兴而行，兴尽而反”之谓②。又以“兴会”论诗。北齐《颜氏家训・文章》谓“标举兴会，发引性灵”③。《文选・沈约〈宋书・谢灵运传论〉》“灵运之兴会摽举”李善注：“兴会，情兴所会也。”④李善唐人，亦以“情兴”并用。情兴之所会，与晋陆机《文赋》所谓“应感之会”⑤相近。触物而起曰兴，所以兴之所会，会于物事，即主观情感与客观景物或事物的相遇，这具有偶然性，但也需要诗人的灵性去领悟，事物或物色才堪触发起兴。清沈德潜《芀庄诗序》说：

> 江山与诗人，相为对待者也。江山不遇诗人，则巉岩巇沦，天地纵与以壮观，终莫能昭著于天下古今人之心目；诗人不遇江山，虽有灵秀之心，俊伟之笔，而孑然独处、寂无见闻，何由激发心胸，一吐其堆阜灏瀚之气？惟两相待、两相遇，斯人心之奇，际乎宇内之奇，而文辞之奇得以流传于简墨。⑥

江山与斯人“惟两相待、两相遇”，才是“兴会”的根本，这是最好的解释。清王士禛《池北偶谈》亦谓“大抵古人诗画，只取兴会神到，若刻舟缘木求之，失其指矣”⑦。“意象”的呈现是情景相融的结果，“兴会”说更加注重情景物我相合的发生，二者都是情景物我的相合，在根本上并无不同。

与“意象”相近的有殷璠《河岳英灵集》中的“兴象”，是书为盛唐名家诗选，其自序说：

> 叙曰，夫文有神来、气来、情来，有雅体、野体、鄙体、俗体。编纪者能审鉴诸体，委详所来，方可定其优劣，论其取舍。至如曹、刘诗多直语，少切对，或五字并侧，或十字俱平，而逸驾终成。然挈瓶庸受之流，责古人不辨宫商

---

① 康骈：《剧谈录》，古典文学出版社，1958 年，第 47 页。

② 房玄龄等：《晋书》，第 2103 页。

③ 王利器：《颜氏家训集解》（增补本），第 238 页。

④ 萧统编，李善注：《文选》，第 703 页。

⑤ 萧统编，李善注：《文选》，第 243 页。

⑥ 潘务正、李言编辑点校：《沈德潜诗文集》，人民文学出版社，2011 年，第 1525 页。

⑦ 王士禛：《池北偶谈》，中华书局，1982 年，第 436 页。

徵羽，词句质素，耻相师范。于是攻异端，妄穿凿，理则不足，言常有余，都无兴象，但贵轻艳。虽满箧笥，将何用之？

自萧氏以还，尤增矫饰。武德初，微波尚在。贞观末，标格渐高。景云中，颇通远调。开元十五年后，声律风骨始备矣。①

又其书卷上评陶翰诗“既多兴象，复备风骨”②，卷中评孟浩然诗“文彩丰茸，经纬绵密，半遵雅调，全削凡体”，举《永嘉上浦馆逢张八子容》“众山遥对酒，孤屿共题诗”谓“无论兴象，复兼故实”③。“兴象”所指颇难索解。我们可以约略推测三点：第一，按《河岳英灵集》评盛唐诗，并评陶、孟诗，则“兴象”盛唐有之，《序》称“都无兴象”则谓自南朝梁乃至隋武德之间诗，及唐标格渐高，不谓唐诗无之。由此反推梁至唐前诗“但贵轻艳”，而“责古人不辨宫商徵羽”也一定要到永明声律的发明，可知齐梁以还的雕藻艳丽之作乃被指为不具“兴象”，但彼时诗作不乏对于景物美人的精细描绘，不可谓之无“象”，关键是刻画细致却缺乏情兴感人，因此不能形成兴象。第二，“兴象”与“故实”并举，此所谓“故实”是指孟浩然所写永嘉即今温州瓯江江心屿，是为名胜，谢灵运曾作《登江中孤屿》，有“乱流趋正绝，孤屿媚中川”④句。当然“故实”多指用事，“兴象”不必关涉故实，但与故实的运用不相矛盾，“象”乃景物之象。同是唐人论诗，稍后于大历、贞元的皎然《诗式》谈到比兴和用事的区别，就是“取象曰比，取义曰兴，义即象下之意”，而“时人呼比为用事，呼用事为比”⑤，用事必关故实，比兴都在物象。由此也可以肯定殷璠“兴象”之“象”不关故实，就是景物之象，而情兴在焉。“兴”本兴情触物，故有“兴会”，那么“兴象”或指情与景的融合，较诸“兴意”指诗中静态的呈现，“兴象”则重在情景遇合的当下发生，殷璠所举孟浩然诗，即在情与景会。第三，如果前面两点可能的话，那么被认为“兴象”具足的作品当不属“神来、气来”，“气来”者语多“直致”，曹、刘属之，而“兴象”当自“情来”，而且亦备“声律

---

① 王克让：《河岳英灵集注》，巴蜀书社，2006 年，第 1 页。

② 王克让：《河岳英灵集注》，第 122 页。

③ 王克让：《河岳英灵集注》，第 259 页。

④ 顾绍柏：《谢灵运集校注》，第 84 页。

⑤ 皎然举例云：“如陆机诗：‘鄙哉牛山叹，未及至人情。爽鸠苟已徂，吾子安得停？’此规谏之意，是用事，非比也。如康乐公诗：‘偶与张、邴合，久欲归东山。’此叙志之意，是比，非用事也。”（李壮鹰：《诗式校注》，第 31 ~ 32 页）

风骨”，这显然是指盛唐之作。陈子昂《修竹篇并序》谓“文章道弊五百年矣，汉、魏风骨，晋、宋莫传……仆尝暇时观齐、梁间诗，彩丽竞繁，而兴寄都绝”[1]，这与殷璠对于“自萧氏以还”的批评以及对“风骨”的赞扬是相当接近的。而且“兴寄”主情，“兴象”之“兴”亦然，这是《诗》兴的传统。殷璠在陈子昂之后，或许由于时代风气的原因具有与后者相近的审美趣味，或许是受其影响。

实际上，早在南朝梁，钟嵘《诗品序》说“兴”，即已出脱其作为表现手法的拘限，而变成具有审美意味的所指。但兴、象却是《诗》兴的传统与《庄子》《易传》及玄学言、象、意思辨在诗论演变过程中的融合。而且“象”在诗中就是景物之象，所以兴象的产生与意象一样，都在情意与景象的交融过程中。只是情、景或意、景相对，并无一定。情景相对，定型较晚。《文镜秘府论·南卷·论文意》引王昌龄《诗格》谓“景语若多，与意相兼不紧，虽理道亦无味”[2]。唐李洪宣《缘情手鉴诗格》言“诗有三格”，则谓“意、理、景”。宋姜夔《白石诗说》谓“意中有景，景中有意”[3]，元人多从其说，《诗家一指》引述此语，《诗法家数》谓为“景中含意”“意中带景”[4]，而《总论》则谓“善诗者，就景中写意，不善诗者，去意中寻景”[5]。

情景的对举大约早见于宋范晞文《对床夜语》卷二“情景兼融”“景无情不发，情无景不生”之谓[6]，表述明确。及明谢榛《四溟诗话》卷三“作诗本乎情景，孤不自成，两不相背”[7]，胡应麟《诗薮》内编卷四谓“作诗不过情景二端”[8]，陆时雍《诗镜总论》谓“情中有景，景外含情”[9]，表明情景并举成为论诗的常态。清吴乔《围炉诗话》卷一[10]、黄子云《野鸿诗的》[11]、朱庭珍《筱园诗话》卷四[12]、田同之

---

① 徐鹏校：《陈子昂集》，第 15 页。

② 弘法大师原撰，王利器校注：《文镜秘府论校注》，第 305 页。

③ 姜夔：《白石诗说》，《历代诗话》，第 682 页。

④ 杨载：《诗法家数》，《元代诗法校考》，第 16 页。

⑤ 张健：《元代诗法校考》，第 218 页。

⑥ 范晞文：《对床夜语》卷二，《历代诗话续编》，第 417 页。

⑦ 谢榛：《四溟诗话》卷三，《历代诗话续编》，第 1180 页。

⑧ 胡应麟：《诗薮》内编卷四，第 63 页。

⑨ 陆时雍：《诗镜总论》，《历代诗话续编》，第 1416 页。

⑩ 吴乔《围炉诗话》卷一谓“情为主，景为宾”（《清诗话续编》，第 478 页）。

⑪ 黄子云《野鸿诗的》：“情志者，诗之根柢也；景物者，诗之枝叶也”。（《清诗话》，第 853 页）

⑫ 朱庭珍《筱园诗话》卷四：“律诗炼句，以情景交融为上，情景相对次之。”（《清诗话续编》，第 2400 页）

《西圃诗说》[①]、贺贻孙《诗筏》[②]并有谈说,愈重情景相融,是以情景无分。王夫之《姜斋诗话》卷下论此者凡六见,而有所发明者三。其一谓"古人绝唱句多景语……而情寓其中矣"[③],是乃通于释家"现量"之义,王氏主之;其一"以乐景写哀,以哀景写乐",而引《诗·采薇》"昔我往矣"为证[④]。又情景交融之说,最称详切:

> 情、景名为二,而实不可离。神于诗者,妙合无垠。巧者则有情中景,景中情。景中情者,如"长安一片月"[⑤],自然是孤栖忆远之情;"影静千官里",[⑥]自然是喜达行在之情。情中景尤难曲写,如"诗成珠玉在挥毫"[⑦],写出才人翰墨淋漓、自心欣赏之景。[⑧]

"妙合"是王夫之情景之说的重点,当然"情中景""景中情"也是情景的融合。说诗者必从情景两端分别为说,情景的对举乃是论说的基本思路。"景中情"是仅呈现景,情在其中,读者可以即景见情,如李白"长安一片月","自然是孤栖忆远之情"。"情中景"是写人,而不是物色,凡写人事被归为情,但谓情中有景,则犹写景而呈象,写人事也有形象,亦犹皎然《诗议》谓赋"象事布文"[⑨],可称"事象"。究之景之有象,情在景中,正如情在象中,意在象中,兴在象中,情景相融,就是意象、兴象得以呈现的根本。而《诗》比兴主物,赋主事,汉乐府"缘事而发",但魏晋以来文人拟乐府变叙物为述情,南朝齐梁至唐衍为近体短制,写景居多,于是情景相融,遂为近体常态,胡应麟所谓"作诗不过情景二端"[⑩],多在近体。尽管五古短制抑或有之,但唐七古长篇多于即事议论,在一定程度上可以说

---

① 田同之《西圃诗说》则径谓"情景妙合"(《清诗话续编》,第751页)。

② 贺贻孙《诗筏》:"情与景会,便是佳诗。"(《清诗话续编》,第144页)

③ 王夫之《姜斋诗话》卷下:"'长河落日圆',初无定景;'隔水问樵夫',初非想得。则禅家所谓'现量'也。"(《清诗话》,第9页)又王氏《相宗络索》:"'现量',现者,有现在义,有现成义,有显现真实义。现在,不缘过去作影。现成,一触即觉,不假思量计较。显现真实,乃彼之体性本自如此,显现无疑,不参虚妄。"(《船山全书》第13册,岳麓书社,1993年,第536页)

④ 王夫之:《姜斋诗话》卷下,《清诗话》,第14页。

⑤ 李白《子夜吴歌》其三,《李太白全集》,第352页。

⑥ 杜甫:《自京窜至凤翔喜达行在所》其三,《杜诗详注》,第425页。

⑦ 杜甫:《奉和贾至舍人早朝大明宫》,《杜诗详注》,第519页。

⑧ 王夫之:《姜斋诗话》卷下,《清诗话》,第11页。

⑨ 皎然:《诗议》,见张伯伟《全唐五代诗格校考》,第195页。

⑩ 胡应麟:《诗薮》内编卷四,第63页。

是以议论为主，宋人乃推其极，这是自《诗》至唐宋在表现手法角度上可概括的诗学史。

情景、意象、兴象作为主体精神与外在物象的融合主要在近体中表现为一种新的审美趣味。上述宋欧阳修《六一诗话》引宋梅尧臣谓“状难写之景，如在目前，含不尽之意，见于言外”[①]，就是这种审美趣味的生发，在晚唐司空图《与李生论诗书》和《与极浦书》中已经表述为“韵外之致”[②]、“象外之象，景外之景”[③]，并钟嵘《诗品序》“文已尽而意有余”之谓[④]，实际上都是由意象、兴象、情景的生发形成的一种诗外的境界，这就是“意境”，较早见于托名王昌龄的《诗格》：

> 诗有三境。一曰物境。欲为山水诗，则张泉石、云峰之境，极丽绝秀者，神之于心，处身于境，视境于心，莹然掌中，然后用思，了然境象，故得形似。二曰情境。娱乐愁怨，皆张于意，而处于身，然后驰思，深得其情。三曰意境，亦张之于意，而思之于心，则得其真矣。[⑤]

这段话可以分析出三层意思。首先，“境”以单字与“物”“情”“意”分别组合，表明“意境”与情、意、兴之于景象一样，成于两字的并举，其初并不就是一个“词”或“概念”的稳定表达。其次，“物境”即如“泉石、云峰之境”；“情境”是人的娱乐愁怨，必系于人事，具有一定的境况。“意境”颇难索解，“得其真”或亲临其境之谓，则与“物境”“情境”无别，然意之所至，触处成真，与作为人事境况的“情境”或山水环境不同，那么就不是自然或人事之境，而是“张之于意，而思之于心”，境由心生，这就得于释家所言。最后，神、心、思、情的错举，表明主体精神的指谓和层次不同。“神之于心”所指不明。“处身于境，视境于心”则谓心以设身处地的想象如亲临其境，“然后用思”，则是思考如何描摹山水景物，“故得形似”，心、思的层级和作用是有区别的，心以想象，思是表达的思考。“张于意，而处于身，然后驰思”或“张之于意，而思之于心”，也是如此。究之这些显得错乱

---

① 李逸安点校：《欧阳修全集》，第1952页。
② 司空图：《与李生论诗书》，《司空表圣诗文集笺校》，第193页。
③ 司空图：《与极浦书》，《司空表圣诗文集笺校》，第215页。
④ 曹旭：《诗品笺注》，第25页。
⑤ 王昌龄：《诗格》，见张伯伟《全唐五代诗格校考》，第149页。

的表述不甚严谨，也还没有将“意境”抬高到一个很高的审美层次，与所谓“物境”“情境”一样，都是《诗格》授人以法的教习之谈。

但是“境”的三个层次之说表明作者对“境”的注重，这在唐代不是一个偶然的现象。唐皎然《诗式》提出了“取境”的问题：“取境偏高，则一首举体便高；取境偏逸，则一首举体便逸。”[①]“境”就成为衡量一诗高下的标准。《诗式》又谓“诗情缘境发”“缘境不尽曰情”[②]，则以情、境对举，至少在字面上与托名王昌龄《诗格》的“情境”一样，可推“意境”也是成于二字的对举，这是一个缓慢的过程。司空图《与王驾评诗书》则谓“长于思与境偕，乃诗家之所尚者”[③]，这是“思”与“境”的对举。不论情、意、思之与境的对举不同，但都是对于境的注重。《说文解字·土部》：“境，疆也。从土，竟声。经典通用竟。”[④]但清郑珍《说文新附考》指出：“《高朕修周公礼殿碑》《张平子碑》并有‘境’，是汉世字。”[⑤]南朝宋刘义庆《世说新语·排调》：“顾长康啖甘蔗，先食尾。问所以，云：‘渐至佳境。’”[⑥]这是“境”由疆土或疆界义向精神境界义的引申，论诗之“境”也是如此，境是一种广阔的空间，诗意的生发也形成想象空间，这种想象生发于情景、意象或兴象。唐刘禹锡《董氏武陵集纪》谓“境生于象外”[⑦]，就是最为精准的表达。皎然《诗式》亦谓“采奇于象外”[⑧]，与司空图所谓“韵外之致”“象外之象，景外之景”[⑨]并无二致，都指“象”的生发功能。意境本质上是读者借助意象、兴象生发的境界，凡此表明唐人对于意境特点的深刻洞见，尽管并不常见“意境”作为“词语”或“概念”的固定使用。

我们也当知意境用于绘画的理论，南朝齐谢赫《古画品录》就说：“若拘以体物，则未见精粹；若取之象外，方厌膏腴。”[⑩]已预后来皎然《诗式》“采奇于象

① 李壮鹰：《诗式校注》，第 69 页。

② 李壮鹰：《诗式校注》，第 78、70 页。

③ 司空图：《与王驾评诗书》，《司空表圣诗文集笺校》，第 189 ~ 190 页。

④ 许慎：《说文解字》，第 290 页。

⑤ 郑珍：《说文新附考》，商务印书馆，1936 年，第 265 ~ 266 页。

⑥ 余嘉锡：《世说新语笺疏》，第 819 页。

⑦ 卞孝萱校订：《刘禹锡集》卷一九，第 238 页。

⑧ 李壮鹰：《诗式校注》附录二，第 376 页。

⑨ 董诰等编：《全唐文》卷八〇七，第 8487 页。

⑩ 周积寅编著：《中国画论辑要》，江苏美术出版社，2005 年，第 253 页。

外”、司空图“象外之象”之说。宋代画家郭熙重意，主张“意造”①，并用“境界”一语，意、境的分说及对举乃是“意境”融合的必经过程。一直到王国维托名樊志厚的《人间词乙稿序》，意境对举凡六见，合用十六见，如：

文学之事，其内足以摅己而外足以感人者，意与境二者而已。上焉者，意与境浑，其次或以境胜，或以意胜，苟缺其一，不足以言文学。原夫文学之所以有意境者，以其能观也，出于观我者，意余于境；而出于观物者，境多于意。然非物无以见我，而观我之时，又自有我在。故二者常互相错综，能有所偏重，而不能有所偏废也。文学之工不工，亦视其意境之有无与其深浅而已。②

至王国维，“意境”合用终于成为一个固定的言辞，但其并举的用法仍然证明着主体精神与客观景象的相合，一方面是情、意、思的主体通合，或者本于《诗》兴以来的传统，或者来自《庄子》《易传》及玄学的意、象思辨，一方面则是景、象、境的关联，境生于象（外），实为景象，推言亦为物象。由此可知意象、兴象、意境都是本于情景的交融，根本上都在心物之际。只是意境作为意象、兴象或情景的生发，是为读者想象所致，它是不可捉摸和说定的审美境界，在其形成的过程中，当是结合了释教“万法唯心”“万法唯识”论对于心、境关系的思辨，结论就是境由心生，表明意境作为诗学的审美表述，更具有唯心论的色彩，较诸小说偏重再现的唯物客观性，这是没有疑义的。而从情景相融或意象呈现的表现手法来说，意、兴、象、境的对举和融合乃是唐代以来近体尤其是山水物色类作品的普遍现象，在表现手法上反映着一个时代的诗学史。

第五节　以文为诗

宋严羽《沧浪诗话·诗辨》本于盛唐诗的推崇对宋诗进行总结性的批评，谓近代诸公“以文字为诗，以才学为诗，以议论为诗”。“以文字为诗”是谓“用字必有来历，押韵必有出处”，这也是“以才学为诗”，“才学”偏指学问，则又谓“其作

---

① 郭熙撰，郭思编：《林泉高致》，中华书局，2010年，第19页。

② 王国维：《人间词乙稿序》，《教育世界》1907年第161号。

多务使事”，并赖学问。“以议论为诗”指宋诗多说理议论。但在严羽看来，尽管“非多读书，多穷理，则不能极其至”，但“诗有别材，非关书也；诗有别趣，非关理也”，诗而为诗的本质终究不在显示学问和议论说理，他所标举的高格“惟在兴趣”，这是盛唐诗的格致。[①] 实际上“以文字为诗、以才学为诗”表现为一种更深层次的普遍倾向，就是以文为诗。清赵翼《瓯北诗话》说：

以文为诗，自昌黎始；至东坡益大放厥词，别开生面，成一代之大观。[②]

这才在更深的层面揭示了宋人为诗的本质特点，显示为宋诗区别于唐诗，尤其是盛唐诗的时代风尚，“以文字为诗，以才学为诗，以议论为诗”，乃是“以文为诗”的必然表现。诗本之于情景，呈现意象，为文则叙事明理，必赖学养，本身就是学问的显示。尽管《诗》多名物以广博识，但要归情志咏叹，故比兴为用，赋则用为分章敷陈的间架。汉乐府叙事为本，歌谣俚俗，无关学问。迄山水诗兴，景物以描写为务，唐人近体情景相融，兴象宛然，意象呈现，可资生发意境。但宋人以文为诗，却是起于中唐韩愈，本于散文造语，在表现手法上是以叙述为本，构思想象和字句俱赖学问，然以叙议为本，却与汉乐府“缘事而发”不侔，主要是从语言和结构而言。韩愈是古文家，以散体古文力矫六朝骈语诸体，进而运用于诗，形成“以文为诗”的独特路向，随着韩愈散文对宋人影响的加深，宋人对韩诗的学习和接受成为普遍现象。

韩愈“以文为诗”实有接续杜甫的表现。元稹《唐故工部员外郎杜君墓系铭并序》谓杜诗“上薄风骚，下该沈宋，古傍苏李，气夺曹刘，掩颜谢之孤高，杂徐庾之流丽，尽得古今之体势，而兼今人之所独专矣”[③]，其中“即事名篇”如“三吏”“三别”，及长篇自述如《北征》《自京赴奉先县咏怀五百字》等，固以叙事议论为本。杜甫之后，如元白承其“即事”而创“新乐府”，却不免浅切直露，李商隐祖法杜甫七律而愈趋工美。韩愈等则专从其古体叙议翻出，且值其人倔兀而谙于经籍、倡导古文，走上“以文为诗”的独途，不仅主于叙议，而且援取古文句法、章法为诗，故意破弃圆转流美，“硬语盘空”[④]，取象险怪，且以才力大、学问深，故能在

---

① 郭绍虞：《沧浪诗话校释》，第 26 页。

② 赵翼：《瓯北诗话》卷五，人民文学出版社，1963 年，第 56 页。

③ 冀勤点校：《元稹集》，第 601 页。

④ 韩愈《荐士》诗：“横空盘硬语，妥贴力排奡。”（方世举：《韩昌黎诗集编年笺注》，第 62 页）

中唐别开一境，振起流俗，影响宋人。韩诗以散语为诗，可举《山石》[1]为例：

山石荦确行径微，黄昏到寺蝙蝠飞。
升堂坐阶新雨足，芭蕉叶大支子肥。
僧言古壁佛画好，以火来照所见稀。
铺床拂席置羹饭，疏粝亦足饱我饥。
夜深静卧百虫绝，清月出岭光入扉。
天明独去无道路，出入高下穷烟霏。
山红涧碧纷烂漫，时见松枥皆十围。
当流赤足踏涧石，水声激激风吹衣。
人生如此自可乐，岂必局束为人鞿。
嗟哉吾党二三子，安得至老不更归。

这不是汉乐府“缘事而发”，而是在写作上以叙事为结构，并以散语叙述，较之汉乐府造语的散缓敷衍，别具“古文”的严谨性，结构也取于文法的讲究。从“山石荦”的“行径”叙述，时在“黄昏”“到寺”，接着“升堂坐阶”，然后看佛画、铺床、吃饭、静卧，于是“天明独去”，“出入高下”，“时见”景物，“当流赤足”，展现行游的进程，详略有致，无一长语，紧凑洗练，周密严谨，绝似一篇短制游记，其中穿插描写议论。造语则如：“山石荦确/行径微，黄昏到寺/蝙蝠飞。升堂/坐阶/新雨足，芭蕉/叶大/支子肥。”又如“铺床/拂席/置羹饭”“当流/赤足/踏涧石”，结构紧密，间不容发，是必得于散语锻炼，他人难到。这正如元人《总论》引或人谓“一句能言”多件事者[2]，“僧言”显系散文语句，“以火来照所见稀”之“以”“所”为语法结构的辅助成分，“来”字语气衬贴，散文造语不可或缺。而且所有造语都按时间顺序展开，如“铺床拂席置羹饭”，只有动作的叙述而无句法成分，这是因近体平仄格律的限定所致，成全了“倒装”或现代语法学所谓“省略”的种种句法讲求。当然造语无论怎样“散语化”，也必为诗语，这是诗的句式和体律限定使然，因为“诗语”在形式的规定上不以散语句法正确或完整与否裁定，诗的句式规定七言或六言、五言、四言入韵，就是“诗句”。借如汉乐府造语亦多一顺而

---

① 方世举：《韩昌黎诗集编年笺注》，第 75 页。

② 佚名：《总论》，《元代诗法校考》，第 214 页。

使虚字衬贴以当句法成分，尽管我们指出它与散语未离，但汉乐府五言固为诗语，只是不若近体句法讲究。近体格律的限定益使诗语显示独特的句法，诚如清冒春荣《葚原诗说》卷一所云“律诗句法多于古诗”，盖唐人近体“多以句法就声律”，而“法所从生，本为声律所拘”，但“后人不知此法，顺笔写去，一见了然”，例如“老杜‘清旭楚宫南，霜空万里含’，顺之当云‘万里楚宫南，霜空清旭含’也”之类。[①] 但是韩诗句法一顺和成分无缺，却是“以文为诗”的执意作为，以此彰显傲兀的个性和不趋同流的执着精神。

然而韩诗之所以被视为一途，不仅因结构和造语叙议之于散语的援取和融化，更是由于其善于融汇典籍学问，爰使物事古质，想象雄奇险怪，惊心动魄，运以“硬语盘空”，用字锻炼，愈显奇崛傲兀。例如《陆浑山火和皇甫湜用其韵》写山火“天跳地踔颠乾坤，赫赫上照穷崖垠”“神焦鬼烂无逃门，三光弛隳不复暾”“炎官热属朱冠裈，髹其肉皮通髀臀”云云[②]，无论题材、想象、造语、用韵，怪诞杰特，运思乃至其极；《南山诗》“晴明出棱角，缕脉碎分绣”“秋霜喜刻轹，磔卓立癯瘦”“西南雄太白，突起莫间篴”“微澜动水面，踊跃躁猱狖”[③]、《石鼓歌》“剜苔剔藓露节角”[④]，动作字和形容字极其着力，无以复加。用字则如《南山诗》“海浴褰鹏噣”“岩峦虽崒峍”“投弃急哺鷇”“阖阖屋摧霤”、《陆浑山火和皇甫湜用其韵》“㷆炰煨爊孰飞奔”“缇颜韎股豹两鞬”“霞车虹靷日毂轓”及《石鼓歌》“讵肯感激徒媕婀”之类。“噣”通“啄”，出《战国策・楚策四》“黄雀因是以，俯噣白粒”[⑤]及《淮南子・齐俗训》“鸟穷则噣，兽穷则觕”[⑥]。“崒峍”出自司马相如《子虚赋》“其山则盘纡茀郁，隆崇崒峍”[⑦]；“鷇”字出自《国语・鲁语上》“鸟翼鷇卵”，韦昭注谓“生哺曰鷇”[⑧]，又《汉书・东方朔传》“声謷謷者，鸟哺鷇也”[⑨]。“阖”字通

① 冒春荣：《葚原诗说》卷一，《清诗话续编》，第1579、1580页。
② 方世举：《韩昌黎诗集编年笺注》，第354页。
③ 方世举：《韩昌黎诗集编年笺注》，第201页。
④ 方世举：《韩昌黎诗集编年笺注》，第408页。
⑤ 刘向集录：《战国策》，第556页。
⑥ 高诱注：《淮南子》，《诸子集成》本，第183页。
⑦ 萧统编，李善注：《文选》，第119页。
⑧ 徐元诰：《国语集解》，第170页。
⑨ 班固：《汉书》，第2844页。

"阘",见汉贾谊《吊屈原赋》"阘茸尊显兮"[①],叠用下垂貌。"霤"见《楚辞·大招》"观绝霤只",洪兴祖注谓"霤,屋宇也"[②]。"焨"出自《仪礼·有司彻》"乃爇尸俎",郑玄注谓"古文爇皆作寻,《记》或作焨"[③],宋沈括《梦溪笔谈·辩证》谓"祭礼有腥、焨、熟三献"[④]。"炰"出自《诗·鲁颂·閟宫》"毛炰胾羹,笾豆大房",毛传曰"毛炰,豚也"[⑤],又《汉书·杨恽传》"亨羊炰羔,斗酒自劳"[⑥]颜师古注谓"炰,毛炙肉也,即今所谓爊也"[⑦]。"爊"同"炰",见前颜注,又北魏贾思勰《齐民要术·脯腊》"其鱼草裹泥封,煻火灰中爊之"[⑧]。"靺"同"韎",韩愈《雨中寄孟刑部几道联句》"云韶掩夷靺"方世举笺注引汉蔡邕《独断》"东方曰靺",按谓"《独断》卷上作'韎'"。"鞬"见《左传·僖公二十三年》"左执鞭弭,右属櫜鞬",杜预注谓"櫜以受箭,鞬以受弓"[⑨]。"靷"见《诗·秦风·小戎》"游环胁驱,阴靷鋈续",毛传谓"游环,靷环也……靷,所以引也",郑玄笺谓"游环在背上,无常处,贯骖之外辔,以禁其出"[⑩]。"媞婀"并用,《说文·女部》"婀,媞婀也"[⑪],犹豫不决貌。凡此难僻之字,都取于经、史、子书并赋,可见作者博识,李商隐《韩碑》谓其"点窜尧典舜典字,涂改清庙生民诗",其自造诗语,则如"表曰臣愈昧死上,咏神圣功书之碑"[⑫],亦效韩愈散语笔法,真是诗心相通,幸生同代,俗人何与!然古体适见典重,而近体短制不受,尤其七绝最重风神,着一难僻字则成负累,如清翁方纲《七言诗三昧举隅》言王士禛作近体"不喜诗中用经语"[⑬],盖有伤神韵,而张谦宜《絸斋诗谈》卷一谓"诗用经书成语,是佛魔关,一有不妙,丧身失

---

① 吴云、李春台:《贾谊集校注》(增订版),天津古籍出版社,2010年,第331页。
② 洪兴祖:《楚辞补注》,第223页
③ 郑玄注,贾公彦疏:《仪礼注疏》,《十三经注疏》本,934页。
④ 沈括:《梦溪笔谈》,《丛书集成初编》本,商务印书馆,1937年,第16页。
⑤ 郑玄笺,孔颖达疏:《毛诗正义》,《十三经注疏》本,第1413页。
⑥ 班固:《汉书》,第2896页。
⑦ 班固:《汉书》,第2896页。
⑧ 贾思勰:《齐民要术》,第131页。
⑨ 杜预注,孔颖达正义:《春秋左传正义》,《十三经注疏》本,第412页。
⑩ 郑玄笺,孔颖达疏:《毛诗正义》,《十三经注疏》本,第415页。
⑪ 许慎:《说文解字》,第263页。
⑫ 冯浩:《玉溪生诗集笺注》卷一,第2页。
⑬ 翁方纲:《七言诗三昧举隅》,《清诗话》,第292页。

命矣"[1]。由此也可以看到韩愈"以文为诗"的自觉追求，就是立志破弃近体以来的轻盈流转而转向古拙博厚，故能独树一帜，预为宋人导向。

此外，则《陆浑山火和皇甫湜用其韵》仿效"柏梁体"每句押平声韵，喜用险韵，也是韩诗的一大特点。至如《石鼓歌》题材新颖，写法独创，历述"周纲凌迟"至"宣王挥戈""大开明堂"而诸侯朝贺，"凿石作鼓""镌功勒成"，历经久远，乃得拓本，于是形容字迹如蝌蚪，如斫蛟鼍。又述《诗》之漏收、孔子不见，接叙获取石鼓的过程，从总体布局上是以叙述为本，但不是汉乐府的"缘事而发"，而是叙述古董一物，需要关于石鼓历史、石鼓文字的深博知识，这是典型的以学问为诗，李商隐《韩碑》假托韩愈自许"金石刻画臣能为"[2]，是唯知人。题材的独特性决定其"以学问为诗"的导向，这与自南朝以来直到盛唐写景抒情之作的新近传统扞格不入，有力地颠覆了人们习以为常的审美趣味，它让人们看到，原来诗尚可以叙写这样的题材，并有这样的写法。但是普遍的审美习惯是不能遽变的，韩愈"以文为诗"的价值也许就在于在普通的审美习惯之外所显示的"陌生化"，甚至以非诗为诗，以非诗的表现手法来进行诗的写作，这对于韩愈来说自是惊世骇俗的创造。

然而宋人却将韩愈的"以文为诗"衍生为一种普遍的导向，包括严羽所谓"以文字为诗，以才学为诗，以议论为诗"，实质上乃是诗的散语化，而且以文作赋，乃可称为"文赋"，就如唐人律赋因受格律诗的影响而被称为"律赋"一样。"以文为诗"根于学问，总体上宋人较诸唐人更具有"文人化"的倾向，他们读书益多，理性而沉潜，理学的兴盛及其对"格物致知"的强调就是明证，他们写诗作画都追求书卷气，而诗话多论字句也至于精细的考证，且于用事、脱化津津乐道，凡此都反映为"以学问为诗"的普遍倾向。宋人对于学问的重视在黄庭坚诗论中具有突出的表现，而宋人诗话对黄庭坚诗论的追从又落实到种种诗法的讲求。黄庭坚诗论强调要尚雅避俗，脱俗乃在学问涵养，脱俗与学问，乃是黄庭坚诗学的两大要旨。所云"诗词高胜，要从学问中来"[3]，表明了山谷论诗的基本观点，

---

① 张谦宜:《絸斋诗谈》卷一,《清诗话续编》,第 800 页。

② 冯浩:《玉溪生诗集笺注》卷一,第 2 页。

③ 胡仔:《苕溪渔隐丛话》前集卷四七,第 320 页。

学问的本末次第，首先在于“诗本”的层面上，“刻意于德义经术”以“探其渊源”，意在“万事不到胸次”的精神涵养。[①] 如“学书要须胸中有道义，又广之以圣哲之学，书乃可贵”，反之“若其灵府无程……只是俗人耳”[②]，适见圣哲之学的道义涵养，要义在于主体精神的高尚脱俗。其次在于“更精读千卷书”而不限于儒家经典的广读博诵。如“晏叔原……平生潜心六艺，玩思百家”，又如“（沈）存中博极群书，至于《左氏春秋传》、班固《汉书》”，无论经、史、子、集，至于广博精熟，“书味犹在胸中”，以使“胸中有万卷书，笔下无一点尘俗气”[③]。再次是在“诗用”的层面上，“学问”的切实所指，乃在诗法的学习，包括“规矩”“句法”以及“点铁成金”“夺胎换骨”的“脱化”[④]之用。概言之，诗道高雅的全面要求，便是“深之以经术之义味，宏之以史氏之品藻，合之以作者之规矩”[⑤]，后二者即属“诗用”层面的“学问”积备[⑥]。黄庭坚的诗学理论反映了他作为“江西诗派”实际开创者的创作实践，显示了“以文为诗”的突出特点，五古尤甚，如《子瞻诗句妙一世乃云效庭坚体盖退之戏效孟郊樊宗师之比以文滑稽耳恐后生不解故次韵道之》[⑦]一首云：

我诗如曹郐，浅陋不成邦。
公如大国楚，吞五湖三江。
赤壁风月笛，玉堂云雾窗。
句法提一律，坚城受我降。
枯松倒涧壑，波涛所舂撞。
万牛挽不前，公乃独力扛。
诸人方嗤点，渠非晁、张双。
但怀相识察，床下拜老庞。

---

① 刘琳等校点：《黄庭坚全集》，第465页。

② 刘琳等校点：《黄庭坚全集》，第674页。

③ 刘琳等校点：《黄庭坚全集》，第703、413、670、468、660页。

④ “脱化”一语，取自徐增《而庵诗话》：“作诗之道有三：曰寄趣，曰体裁，曰脱化。今人而欲诣古人之域，舍此三者，厥路无由。”（《清诗话》，第426页）

⑤ 黄庭坚《与王周彦书》，《黄庭坚全集》，第1839页。

⑥ 参拙文《黄庭坚诗学与宋人诗话的论诗取向》，《文学遗产》2008年第4期。

⑦ 刘琳等校点：《黄庭坚全集》，第16页。

小儿未可知，客或许敦厖。

诚堪婿阿巽，买红缠酒缸。

这首五古使用散文句法，当然五言句式及用韵决定了其仍为诗语。本来在近体产生以前，乐府及文人拟乐府五言造语尚未尽离文句，但黄庭坚例如此诗的造语，却是有意破弃声律和近体句法，刻意追求古拙，达到“古体”之与近体不同的格致，这在韩愈已然，黄庭坚乐于效法。尤其“公如大国楚，吞五湖三江”，读之若有不顺，的然文句，不类诗语。韩愈诗或有之，如《送无本师归范阳》“夫岂能必然”、《双鸟诗》“有耳聒皆聋”之类[①]，大约“以文为诗”之际，敷衍而过，反自欣赏，不欲去之，但以黄氏坚执严谨，必是有意为之。他如“波涛所舂撞”“公乃独力扛”“渠非晁、张双”“诚堪婿阿巽”等，都是十分典型的文句表达。声律则“吞五湖三江”五字俱平，无一仄声振作，“赤壁风月笛”，五字中四字入声，急促不顺，都是作者的刻意追求，盖“宁律不谐，而不使句弱”[②]，务使别于近体，即作近体，也多拗律。实际上黄诗得于韩愈“以文为诗”者多，但出以严谨。若论以学养入诗，驰骋想象，驱遣神物，酣畅淋漓，光怪陆离，如韩愈《南山诗》《陆浑山火和皇甫湜用其韵》者，则以苏轼七古最为突出。如其《起伏龙行》[③]，序称“徐州城东二十里，有石潭……丰元元年春旱，或云置虎头潭中，可以致雷雨”云云：

何年白竹千钧弩，射杀南山雪毛虎。

至今颅骨带霜牙，尚作四海毛虫祖。

东方久旱千里赤，三月行人口生土。

碧潭近在古城东，神物所蟠谁敢侮。

上欹苍石拥岩窦，下应清河通水府。

眼光作电走金蛇，鼻息为云擢烟缕。

当年负图传帝命，左右羲轩诏神禹。

尔来怀宝但贪眠，满腹雷霆瘖不吐。

赤龙白虎战明日，倒卷黄河作飞雨。

---

① 方世举：《韩昌黎诗集编年笺注》，第418、406页。

② 黄庭坚：《题意可诗后》，《黄庭坚全集》，第665页。

③ 王文诰辑注，孔凡礼点校：《苏轼诗集》，第814～815页。

嗟我岂乐斗两雄，有事径须烦一怒。

这条大虫何年何月何日死于何人所发千钧之弩？这千钧之弩制作于何时，出自何人之手？而制作千钧弩的白竹又产于何地？只有一具硕大的虎颅骨，没有人知道曾经发生过的惨烈一幕和那惊天动地的嗥叫，又有多少生灵瞬间死于那虎颅骨上残存的霜牙，没有人知道那些生灵被撕啮瞬间的惨痛，所有这一切都如远古冥茫，口耳难征。其犹韩愈《石鼓歌》写石鼓残缺、蝌蚪模糊的辽杳莫辩，导人思入幽邈，正唯诗人胆力智识才得出以怪谲奇特的渺漠神思，呈现惊心动魄的意象。“眼光作电走金蛇，鼻息为云擢烟缕”的夸张想象，正是才思的显示。“当年负图传帝命，左右羲轩诏神禹”，用伏羲龙马负图、轩辕梦二龙授图、禹获神龟赐书事，缅邈恍惚，取诸传说，即以学问入诗。但较之于韩愈以文为诗的雄奇险怪，苏轼却别具议论说理的天才纵逸，往往得于理趣，这是苏、黄诗的重要区别。

宋人议论谈理，实际上也出于学问。清翁方纲《石洲诗话》卷四说：“谈理至宋人而精……诗则至宋而益加细密，盖刻抉入里，实非唐人所能囿也……宋人精诣，全在刻抉入里，而皆从各自读书学古中来，所以不蹈袭唐人也。”[①]较诸盛唐“惟在兴趣，羚羊挂角，无迹可求”，“以议论为诗”乃是宋诗最为突出的特点，诗本情景，但非概弃议论。明胡应麟谓“作诗不过情景二端”[②]，谢榛也说“诗乃模写情景之具”[③]，“作诗本乎情景”[④]，情景作为“意象”“兴象”“意境”的根本，乃是诗具审美特质的前提。但诗不免议论，即如谢榛尚情，也不能无视诗中议论说理之实，因而又说“诗有四格：曰兴，曰趣，曰意，曰理”[⑤]。清叶燮亦谓“曰理、曰事、曰情，此三言者足以穷尽万有之变态”[⑥]。其实诗中包含议论，不唯宋人，自《诗》已然，如二雅政治诗《小旻》《烝民》等，及晋左思咏史诗，南朝谢灵运山水诗，鲍照拟乐府，唐杜甫五、七长篇，白居易“新乐府”，并杜牧、李商隐咏史之作，皆着议论，甚至“纯乎议论”[⑦]。

---

① 翁方纲：《石洲诗话》卷四，《清诗话续编》，第 1426～1427 页。

② 胡应麟：《诗薮》内编卷四，第 63 页。

③ 谢榛：《四溟诗话》卷四，《历代诗话续编》，第 1221 页。

④ 谢榛：《四溟诗话》卷三，《历代诗话续编》，第 1180 页。

⑤ 谢榛：《四溟诗话》卷二，《历代诗话续编》，第 1163 页。

⑥ 叶燮：《原诗》卷二，《清诗话》，第 579 页。

⑦ 沈德潜：《说诗晬语》卷下，《清诗话》，第 553 页。

诗中议论,大体有两种情形,一为咏史等体,本在托史论事,故以议论为主。除此之外,大抵诗主情景,议论只供其用。多数诗作,即使有议论,也是述情为主而议论为次。在此情形中,议论仅有随意性、暂时性和片断性的功用,它因情志抒写的需要而被置于次要地位,并受情事物象的总体制约。如李白《将进酒》[①],通篇驱遣景物事象,借以抒发激越的情感,至中间四句,“人生得意须尽欢,莫使金樽空对月,天生我材必有用,千金散尽还复来”,则随意议论,旋又转入抒情,议论只为抒情而设。李诗又如《日出入行》[②],自始至终虚想太阳出入景象,尽皆恢奇诡谲,借以慨叹人生,便拟游心物外,其中仅得“人非元气,安能与之久徘徊”一语以为议论,显见议论的随意性、暂时性和片断性特点。

唯因诗之议论处于情景为主的整体语境中,所以不免受到情事景物的制约,从而带上情感、物象的影响,反映为“议论须带情韵以行”[③]的普遍要求。例如杜甫《自京赴奉先县咏怀五百字》中的议论:“葵藿倾太阳,物性固难夺。顾惟蝼蚁辈,但自求其穴。胡为慕大鲸,辄拟偃溟渤?以兹悟生理,独耻事干谒。兀兀遂至今,忍为尘埃没。终愧巢与由,未能易其节。”[④]宋人《扪虱新话》谓杜诗“深入理窟”[⑤],大抵在此一类。近体则如《蜀相》“三顾频烦天下计,两朝开济老臣心”[⑥],议论隐于极其简括精到的事象中,与尾联“出师未捷身先死,长使英雄泪满襟”相为融合,极尽仰慕而感慨无穷,堪称诗中议论的范例。

诗中议论的又一特点,则是“就事论事”的议论方式。所谓议论,无非议论人事,总是限于人伦世事的范围。就乐府议论而言,乃是“缘事而发”,是以“事形”为本,议论附之。但如谢灵运山水诗及唐人古体长篇,则因以臣子身份自居和作者的执着隐含“第三人称”或“第三者”的批评意识,在深层上乃是以议论为本,尽管具体的议论还是指向于事,但一首诗的基本“思想”却是议论。至于宋人议论,则已成为一种构思和造语的定式,这本是散文的表现手法,往往系于叙

---

① 王琦注:《李太白全集》,第179页。

② 王琦注:《李太白全集》,第211页。

③ 沈德潜:《说诗晬语》卷下,《清诗话》,第553页。

④ 仇兆鳌:《杜诗详注》,第325页。

⑤ 蔡梦弼:《杜工部草堂诗话》卷一引,《历代诗话续编》,第204页。

⑥ 仇兆鳌:《杜诗详注》,第890页。

述，本质上是“以文为诗”。宋人议论是全方位的，无论是近体还是古体，古体多系于事，近体即使写景抒情，也是本于理路的推求。兹以苏轼为例，五律如《次韵朱光庭喜雨》“坐知千里足，初觉两河深”[①]、《大老寺竹间阁子》“但见竹阴绿，不知汧水黄”[②]、《狄咏石屏》“雪近势方壮，林远意殊深”[③]，七律如《潮中观月》“地与楼台相上下，天随星斗共沉浮”[④]、《出颍口初见淮山，是日至寿州》“长淮忽迷天远近，青山久与船低昂”[⑤]、《初到黄州》“长江绕郭知鱼美，好竹连山觉笋香”[⑥]、《次旧韵赠清凉长老》“但怪云山不改色，岂知江月解分身”[⑦]，其中“坐知”“初觉”“但见”“不知”“方”“殊”“相”“共”“忽迷”“久与”“知”“觉”“但怪”“不改”“岂知”，都以虚字闲处无义。前述宋吴可《藏海诗话》谓曾幾“金马门深曾草制，水精宫冷近题诗”[⑧]，而云“‘深’‘冷’二字不闲道”，盖易为“金马门中”“水精宫里”，则“中”“里”二字为闲，凑句虚字可去。所以诗语用字，“实字多则健，虚字多则弱”，而“实一字则健一字，虚一字则弱一字”，故“须下实字”，元人《总论》举杜甫《暂如临邑至山湖亭奉怀李员外率尔成兴》“鼍吼风奔浪，鱼跳日映山”谓“一句能言三件事”，[⑨]就是多用实字的例子，杜诗造语缜密以此。清薛雪《一瓢诗话》亦谓“作诗不用闲言助字，自然意象具足”[⑩]，清薛雪《一瓢诗话》以为“此为最难。要知五言尚多，七言颇不易”，如陈声伯所举“西风酒旗市，细雨菊花天”[⑪]，景物宛然在目，“初不假语助而得”[⑫]，这与温庭筠《商山早行》“鸡声茅店月，人迹板桥霜”同妙，直接呈现意象。而上举苏轼诗语都以虚字连带，不仅造成字位闲置无义，更为重要的是如谢榛《四溟诗话》卷四所言“凡多用虚字

---

① 王文诰辑注，孔凡礼点校：《苏轼诗集》，第 1446 页。
② 王文诰辑注，孔凡礼点校：《苏轼诗集》，第 199 页。
③ 王文诰辑注，孔凡礼点校：《苏轼诗集》，第 1461 页。
④ 王文诰辑注，孔凡礼点校：《苏轼诗集》，第 2787 页。
⑤ 王文诰辑注，孔凡礼点校：《苏轼诗集》，第 283 页。
⑥ 王文诰辑注，孔凡礼点校：《苏轼诗集》，第 1032 页。
⑦ 王文诰辑注，孔凡礼点校：《苏轼诗集》，第 2456 页。
⑧ 曾幾：《江彦章内翰除守临川以诗贺之》，《全宋诗》卷一六五六，第 18553 页。
⑨ 张健：《元代诗法校考》，第 214 页。
⑩ 薛雪：《一瓢诗话》，《清诗话》，第 698 页。
⑪ 欧阳修：《秋怀》，《欧阳修全集》，第 232 页。
⑫ 薛雪：《一瓢诗话》，《清诗话》，第 698 页。

便是讲，讲则宋调之根”[①]，作为明前七子之一，谢榛提倡法盛唐以矫宋人，所言深中其弊，“讲”则文句之用，职在议论。但谢榛指出，诗自“中唐诗虚字愈多”，若“刘文房七言律，《品汇》所取二十一首，中有虚字者半之。如‘暮雨不知涢口处，春风只到穆陵西’[②]之类。钱仲文七言律，《品汇》所取十九首，上四字虚者亦强半。如‘不知凤沼霖初霁，但觉尧天日转明’[③]，‘鸳衾久别难为梦，凤管遥闻更起愁’[④]之类”。晚唐尤甚，流及宋人。“以文为诗”而重于议论乃是自中唐以迄有宋一代为诗的普遍弊端，严羽《沧浪诗话·诗辩》乃以“以文字为诗，以才学为诗，以议论为诗”作为宋诗的总结性批评，确有宏远的诗识。议论固依理路而行，“穷理”则根于书本学问。苏轼为诗，深入理趣，不仅议论而已。而严羽谓“诗有别材，非关书也，诗有别趣，非关理也”，对于宋人“以议论为诗”来说，正是塞断众流和釜底抽薪的痛切论断。

议论的实质是说理，但一般的议论说理是“就事论事”，基于诗中所写情事景物发表当下的议论，如杜甫《新婚别》“嫁女与征夫，不如弃路傍”，及“妇人在军中，兵气恐不扬”，只是就题议论。又如咏史托于古事而发议论，但议论的指向，总归人事，借往鉴今，“推原往验以处来事”[⑤]，都是限于人事经验，并未超出“就事论事”的固有范畴。“理趣”则不然。《晋书·烈女传·刘聪妻刘氏》：“每与诸兄论经义，理趣超远，诸兄深以叹伏。”[⑥]这是较早出现“理趣”的语料，谈理而有趣，足见谈论高妙。以“理趣”论诗已见于宋人，如吕南公《与王梦锡书》云：“尝与季源言：今同辈中求其识悟理趣如梦锡者为不少；至于思致清拔，每遣词设色，即便过人，未见有如梦锡也。”[⑦]又包恢《答曾子华论诗》“状理则理趣浑然，状事则事情昭然，状物则物态宛然”云云[⑧]。这表明宋人对于当朝诗之创作的理论自觉。“理趣”之谓“识悟”，可以推导“理”的形而上性质；状理而有“趣”，则

① 谢榛：《四溟诗话》卷四，《历代诗话续编》，第1224、1225页。
② 刘长卿：《使次安陆寄友人》，《刘长卿诗编年笺注》，第293页。
③ 钱起：《乐游原晴望上中书李侍郎》，王定璋：《钱起诗集校注》，第267页。
④ 钱起：《长信怨》，《钱起诗集校注》，第253页。
⑤ 王充：《论衡》，第398页。
⑥ 房玄龄等：《晋书》，第2519页。
⑦ 蒋述卓等编著：《宋代文艺理论集成》，中国社会科学出版社，2000年，第373页。
⑧ 曾枣庄、刘琳主编：《全宋文》卷七三二八，上海辞书出版社、安徽教育出版社，2006年，第287页。

非直接说理。在吕南宫的时代，程颐已经宣扬他的理学，此前则周敦颐理学预焉。包恢父扬、伯约、叔逊曾共求学于陆九渊，后又从朱熹游学，故推包恢谙于理学，是为当然。宋人理学各有阐发，而归于"理一分殊"，按照这一基本的思辨模式，天理是形而上的本体，万物是其作用，天理遍在万物，万物悉见天理，体以摄用，用以显体，体用一如，彻上彻下，毫无间隔，吾人则于形下物事得见天理，凡两间物事，花开草谢，鸢飞鱼跃，都是天理的自然流行。对于诗的写作，则如钱锺书举唐常建"潭影空人心"、杜甫"水流心不竞"及李白"水与心俱闲"，是皆"均现心境于物态之中，即目有契，着语无多，可资'理趣'之例"[①]。这就是"不泛说理，而状物态以明理；不空言道，而写器用之载道"，亦即"拈形而下者，以明形而上"[②]。故谓目击道存，理趣在焉。

清周焌圻《骚余賸录》卷一说："诗贵有理趣，不贵有理障。"[③]所谓"理障"，是指直接说理，反使人不克解悟，是如障蔽。清刘熙载《艺概・诗概》说："钟嵘《诗品》称'孙绰、许询、桓、庾诸公诗，皆平典似《道德论》'。此由乏理趣耳，夫岂尚理之过哉！"[④]诗非不能说理，而是不可直说，这是得于理趣与否的主要判断依据。例如朱熹《观书有感》："半亩方塘一鉴开，天光云影共徘徊。问渠那得清如许，为有源头活水来。"[⑤]清吴文溥举"宋人诗之有理趣者"若是诗，"头头是道，何等胸次"[⑥]。不仅在于观书心得，而且半亩方塘，照现广大，乃在清深，源头水活，是犹天理在焉。沈德潜说《说诗晬语》卷下云：

> 杜诗："江山如有待，花柳自无私""水深鱼极乐，林茂鸟知归"[⑦]……俱入理趣。邵子则云："一阳初动处，万物未生时。"[⑧]以理语成诗矣。[⑨]

---

① 钱锺书：《谈艺录》（补订本），第547页。

② 钱锺书：《谈艺录》（补订本），第228页。

③ 周焌圻疑误为周焌炘。周焌炘，原名清琪，字啸卿，一字季侠，河南商城人。光绪十八年（1892）举人，直隶候补知县。著有《拜梅书屋诗钞》。南开大学图书馆藏民国初钞本《骚余賸录》十卷，亦题作周焌炘，未审是否同一人。

④ 刘熙载：《艺概・诗概》，第55页。

⑤ 朱熹撰，朱杰人等主编：《朱子全书》第20册，第286页。

⑥ 吴文溥：《南野堂笔记》卷一，中华国粹书社，1912年，第7页。

⑦ 杜甫：《后游》、《秋野五首》其二，《杜诗详注》，第953、2096页。

⑧ 邵雍著，郭彧整理：《邵雍集》，中华书局，2010年，第472页。

⑨ 沈德潜：《说诗晬语》卷下，《清诗话》，第555页。

沈氏举北宋理学家邵雍《冬至吟》第一首诗语，这是直接就复卦说理，如程颐言“一阳复于下，乃天地生物之心也”[1]，是时阳气萌动，天地来复，但其机甚微，万物未生。然直说复卦之理，不能产生理趣。当然邵雍在理学家中被称为能诗，如《清夜吟》“月到天心处，风来水面时”、《小园睡起》“有水园亭活，无风草木闲”[2]，清尤侗《艮斋杂说》卷二认为邵诗深得理趣，又举杜甫《江亭》“水流心不竞，云在意俱迟”[3]，亦若邵诗之妙[4]。宋范晞文《对床夜语》卷二亦举杜甫《江亭》“寂寂春将晚，欣欣物自私”谓“一气旋转之妙，万物生成之喜，尽于斯矣”[5]，实际上已指杜诗理趣，所谓“一气”旋转，究归形上天理，天理向万物的流行，必须经过“气”化的中间环节。尽管理学发明，尚待宋贤，但天理亘古即有，生生不灭，所以可说杜诗暗合理趣。天理流遍万物，读者基于形而下的物象，引发自身理性对于形而上天理的内在体认，关键在于即象见理，正如咏物即物见意，就能产生审美的趣味。

与严羽所谓盛唐“兴趣”不同，“理趣”作为宋诗的审美趣味不像前者那样产生于情景的交融或兴象的感会、意象的呈现，而是体现为理在物中，本非借景抒情，不能给人情景交融的情兴感染，只能是对于形上之理的感悟体验。“理”作为宇宙的本体和万物的根据，本是哲学思辨所达到的形上本体。“天理”的本体境域乃是形而上的存在，无形无象而生起万事万象，是犹“无极而太极”[6]；按朱子之说，太极即天理，“无极”则指天理形上境域无形无象。天理的形上性，与庄子之“道”的本体境域一样，是“数之所不能穷……言之所不能论，意之所不能察致”[7]的形上境域，不是感知与认识的对象，只能通过“忘言”和“忘我”的方式体悟此“道”。那么，理趣“拈形而下者以明形而上”“目击而道存”，却也不只是哲学家的形上思辨。读者基于物象体悟形上之理；既已体悟此理，则其精神也就突破了形下世界的自我拘限，而使主体精神达到天理无形无象的形上境域。由于天理无形无象而容含（生起）万事万象，所以在此境域中，主体精神遂与万物合

---

① 程颢、程颐著，王孝鱼点校：《二程集》，第819页。

② 邵雍著，郭彧整理：《邵雍集》，第365、204页。

③ 仇兆鳌：《杜诗详注》，第969页。

④ 尤侗：《艮斋杂说》卷二，《艮斋杂说续说　看鉴偶评》，中华书局，1992年，第29页。

⑤ 范晞文：《对床夜语》卷二，《历代诗话续编》，第420页。

⑥ 周敦颐著，陈克明点校：《周敦颐集》，第3～5页。

⑦ 郭庆藩：《庄子集释》，《诸子集成》本，第253页。

一,从而获得“万物一体”的体道愉悦。孟子说:“万物皆备于我矣。反身而诚,乐莫大焉。”[①]张载益以“大其心则能体天下之物”,而“视天下无一物非我”[②],是即《西铭》“民胞物与”之义[③],而有至乐在焉。这种体道的至上精神愉悦,正是物我合一或天人合一,亦即个体生命与宇宙万物融为一体的最高境界,在此境界中,道德与审美融为一体,内在包含而又超越了审美的意境。如以意境论之,则可以说这一境界就是最高的意境,这是意境说的重要拓展。[④]

宋人以文为诗,包括“以文字为诗,以才学为诗,以议论为诗”,以其表现手法的偏主显示与唐人尤其是盛唐不同的审美趣味,在唐人之后卓然标立,自此遂以唐宋异宗,成为宋以降直到清末诗学史的演变大势。宋亡元继,由宋入元者如方回延续江西诗风,戴元表虽矫江西之弊,然犹存南宋江湖遗风,而“元四家”虞集、杨载、范梈、揭傒斯以馆阁文臣为诗,“皆雄浑流丽,步骤中程。然格调音响,人人如一。大概多模往局,少创新规,视宋人藻绘有余,古澹不足”[⑤],不继宋人。元代诗论则在宋人诗话之后复效唐人诗格、诗式之制,落于琐屑,可取有限。明自李东阳开始提倡唐诗,继而李梦阳倡导“文必秦汉,诗必盛唐”[⑥],不取宋调。明清之际钱谦益兼宗唐宋,清代尤其在王士禛推宗盛唐王孟、沈德潜接续明人重倡格调之后,继有翁方纲主张“肌理”,乃以宋诗为尊。乾嘉考据之盛对诗学发生了重要影响,迄道咸程恩泽、祁寯藻及稍后曾国藩相与提倡,而郑珍、何绍基、莫友芝等在理论上为其羽翼,在创作上以显著成就为其支撑,极力宗宋尤其尊黄,更追韩愈“以文为诗”,形成所谓“宋诗派”,盛极一时,对同光体发生了重要影响。

近世王赓《今传是楼诗话》说:“有清一代诗体,自道咸而一大变,开山之功首推吾皖歙县程春海侍郎……崇尚朴学……诗宗昌黎、双井。”[⑦]陈衍《石遗室诗话》亦谓程恩泽诗“私淑昌黎、双井”[⑧]。双井为黄庭坚洪州分宁(今江西修水)

---

① 朱熹:《孟子集注》,《四书章句集注》,第350页。

② 章锡琛点校:《张载集》,第24页。

③ 章锡琛点校:《张载集》,第62页。

④ 此段关于《庄子》之道和宋人理学的论述,参拙文《“以议论为诗”与理趣之境》,《贵州师范大学学报(社会科学版)》2016年第3期。

⑤ 胡应麟:《诗薮》外编卷六,第230页。

⑥ 张廷玉等:《明史》,中华书局,1974年,第7348页。

⑦ 钱仲联主编:《清诗纪事·嘉庆朝卷》,江苏古籍出版社,1989年,第8647页。

⑧ 钱仲联主编:《清诗纪事·嘉庆朝卷》,第8645页。

故里。宋人追随中唐韩愈以文为诗，苏、黄才力学力可以当之，才力学力不及者则只取叙述议论以为敷衍。至道咸宗宋学韩，路数与前代是一致的，所以程恩泽同时“诗宗昌黎、双井”。陈衍《石遗室诗话》谓程恩泽、祁寯藻皆“诗宗杜韩”，又谓“祁文端为道咸间钜公工诗者。素讲朴学，故根柢深厚……常与倡和者，惟程春海侍郎”[①]。但以程恩泽早逝，而祁寯藻耆年，与曾国藩同以上流相继倡导，使天下趋拟，其初则程氏效功。何绍基、郑珍并出程氏，郑珍深谙文字之学，何绍基好子史百家和释氏之学，并精书法，不免驳杂；何诗学苏，宕佚有余，但有芜累，郑诗学韩，“古色斑斓，如观三代彝鼎”[②]，莫有芝与之同调，并称“郑莫”。

阮元《程春海公墓志铭》说：“公幼颖异，毁齿经传皆成诵，尤好读古书，遇疑意，必考问释然而后快……居京师，益勤于学，天算、地志、六书、训诂、金石皆精究之。”[③]张穆《程侍郎遗集初编序》也有相似的评价。[④] 程恩泽论诗，强调学问，其《金石题咏汇编序》为《程侍郎遗集》中仅见论诗完本，主张“首性情，次学问”。他认为《诗》之雅、颂与楚辞《离骚》《大招》，都赖学问，学问深则性情厚，如“训诂通转，幽奥诘屈，融会之者，恍神游于皇古之世，亲见其礼乐制度，则性情自庄雅……是性情又自学问中出也”；又如吉金、乐石可补经史之缺，所以“自唐宋以来，题咏不绝，至我朝尤盛”[⑤]，此类题材不仅是以学问为诗，而且演变为以考据为诗。唐韩愈作《石鼓歌》，开创一体，及道、咸题咏金石，倍过历朝。金石之外，举凡钟鼎、书画、笔砚，凡遇一物，道、咸间人都喜作诗以为考据。程恩泽题书画最夥，如《婕伃玉印诗》写印、《郴州五盖山》叙砚石[⑥]，其诗与祁寯藻《水轮歌》[⑦]、《福州督署观右旋白螺歌》[⑧]，何绍基《铜鼓歌》[⑨]、《觉生寺大钟歌》[⑩]、《书韩苏石

---

① 钱仲联主编：《清诗纪事·嘉庆朝卷》，第 8693 页。
② 白敦仁：《巢经巢诗钞笺注》，巴蜀书社，1996 年，第 1486 页。
③ 程恩泽：《程侍郎遗集》，《丛书集成初编》本，中华书局，1985 年，第 5 页。
④ 程恩泽：《程侍郎遗集》，第 3 页。
⑤ 程恩泽：《程侍郎遗集》，第 143 页。
⑥ 程恩泽：《程侍郎遗集》，第 110、32 ~ 33 页。
⑦ 钱仲联主编：《清诗纪事·嘉庆朝卷》，第 8696 页。
⑧ 钱仲联主编：《清诗纪事·嘉庆朝卷》，第 8704 页。
⑨ 何绍基著，曹旭校点：《东洲草堂诗集》，上海古籍出版社，2006 年，第 119 页。
⑩ 何绍基著，曹旭校点：《东洲草堂诗集》，第 5 页。

鼓歌后》[①],莫有芝《红崖古刻歌有序》[②]、《黄琴坞辅辰观察所藏〈古双松卷〉歌并序》[③]、《为巢经巢释跋〈汉人记右扶风丞武阳李君永寿末完褒斜大台刻字〉而系以诗》[④]、曾国藩《太学石鼓歌》[⑤]等,都是学韩愈《石鼓歌》的路数,并结合学问,衍为考据入诗。而如郑珍题写钟鼎、碑铭、书画、异物,乃至农具、作物、饮食、病症,都是鸿篇巨制,题材之广和篇什之多,远过韩、程及何、莫、曾诸人。

程恩泽"诗宗昌黎、双井",就是"以文为诗",陈衍《石遗室诗话》谓"程春海侍郎,肆力为诗,多于句调上见变化",并举《赠王大令香杜兼呈邓湘皋》诗"吾拜……吾拜……"连续重复、《送季高行》"几年……几年……几年……"三次重叠。[⑥] 此外则如"当天""悔不""及夫""不乃"多用,近体如《鸟语》"但能……岂料……"[⑦]、《赠徐樗亭大令》"岂特……真同"[⑧]之类,都以虚字衬贴、连带凑句,重于理路推求,的然宋诗一路。但程诗之可取者,并不在于叙议,而是以学问为诗,如《郴州五盖山》[⑨]写砚石,题材接近韩愈《石鼓歌》,"能饮陈思八斗血",渗人心骨;"潜源一线穴南澥",想象谲怪;"灵液馈馏蒸云红""斧凿落处飞晴虹",则奇美绝伦。而且句法拗折近于韩愈、黄庭坚语,如"况复俎豆韩张李,得不诚感昌黎公"及"自堂徂室窥簾栊",句法紧凑,有如韩愈得于散语精练;但如"我怀其一拜君去""我欲顺途咏其事",则一顺直叙,略无斟酌。又用经典难僻之字,如"其峰硉兀戴神瀵","瀵"出《列子·汤问》"有水涌出,名曰神瀵"[⑩],"硉兀"出郭璞《江赋》"巨石硉矹以前却"[⑪],是与韩愈同尚。

何绍基诗"出入苏黄,才思皆有余"[⑫],有《觉生寺大钟歌》[⑬],亦祖韩愈《石

① 何绍基著,曹旭校点:《东洲草堂诗集》,第 84 页。
② 张剑等校点:《莫友芝诗文集》,人民文学出版社,2009 年,第 383 ~ 386 页。
③ 张剑等校点:《莫友芝诗文集》,第 381 ~ 382 页。
④ 张剑等校点:《莫友芝诗文集》,第 232 页。
⑤ 曾国藩著,王澧华校点:《曾国藩诗文集》,上海古籍出版社,2005 年,第 92 页。
⑥ 钱仲联主编:《清诗纪事·嘉庆朝卷》,第 8643 ~ 8644 页。
⑦ 程恩泽:《程侍郎遗集》,第 25 页。
⑧ 程恩泽:《程侍郎遗集》,第 89 页。
⑨ 程恩泽:《程侍郎遗集》,第 32 ~ 33 页。
⑩ 张湛:《列子注》,第 56 页。
⑪ 萧统编,李善注:《文选》,第 184 页
⑫ 钱仲联主编:《清诗纪事·道光朝卷》,第 10005 页。
⑬ 何绍基著,曹旭校点:《东洲草堂诗集》,第 5 页。

鼓歌》之类，造语如“海波夜掣鲸鱼尾，蒲牢一吼天飙驶”，想象腾越，卓尔不群。难僻字如“歕”“欿”“虡”“楗”，取于经典，适可用写古物。但如“百余年后世界移”“我今瞻仰岂偶然”之类，则散语直述，聊以足句。曾国藩有《太学石鼓歌》[①]，如“坐卧其下三徘徊”“诏移此石归汴水”，同样散语敷衍，但“周宣秉旄奠八柱，岐阳大狩鞭风雷”，可见气势非凡；“霜饕日剥空黄埃”“始昇泮沼剜苍苔”，也是古色斑斓。莫有芝是学者，为诗多咏文物，如《红崖古刻歌有序》[②]写《禹经》黑水，茫昧难求，“洪水坤维患匪剧，四载所勩排瀹便”，年岁幽远，消息隐遁；而“劓辰凿宿恣兴会，六丁雷电相后先”及“形成五岳气九鼎，光怪烂溢朱明天”，则震人心魄。但如“鬼方九侯一国耳”“乃知等尔匪事实”，却是马虎了事。难僻字如“勩、瀹、劓”等，并赖学问。而郑珍在道咸“宋诗”诸人中成就最高，主要在于以学问为诗，如《安贵荣铁钟行》[③]，写铁钟之形如“旋虫啮朽篆带缺，空腹黯黪巢蜘蛛”，正以深谙文字之学，才对断烂古物深着兴趣。且其诗夹杂西南异族风物，如“固知罗鬼世任昧”，“罗鬼”就是“黑罗罗”，黔西、平远和威宁等地也称“乌蛮”，民俗好鬼，是谓“罗鬼”。“卜麻白么定声近，者老都老宁形诬”，则连用土著语，令人遥想异俗，较之唐以来近体多写江南风物，乃是别开境界。郑珍又有《玉蜀黍歌》[④]用以考据，谓“玉黍乃是古来之木禾”，引《山海经·海内西经》“昆仑之虚，方八百里，高万仞。上有木禾，长五寻，大五围”[⑤]，衍作韵语；诗考“周穆宾王母”，“尔时此谷定入上方馔”；又考《竹书》“更名为苕堇”，“其时见之黑水阿”，而“黑水今在云南中，益见我言非炙輠”；再考“职方五种载周官，较之尧称百谷已无多”，直到黔地玉蜀黍，都以散语叙议，用资考据而已。郑珍与莫友芝并称“西南巨儒”，撰《说文逸字》《说文新附考》《汗简笺正》，坚守许学，多有发明。清末陈田《黔诗纪略后编》谓郑珍“通古经训诂，奇字异文，一入于诗，古色斑斓，如观三代彝鼎”[⑥]，同时翁同

① 曾国藩著，王澧华校点：《曾国藩诗文集》，第 92 页。

② 张剑等校点：《莫友芝诗文集》，第 384 页。

③ 钱仲联主编：《清诗纪事·道光朝卷》，第 10046 页。

④ 白敦仁：《巢经巢诗钞笺注》，第 117 ~ 118 页。

⑤ 袁珂：《山海经校注》（增补修订本），第 344 ~ 345 页。

⑥ 白敦仁：《巢经巢诗钞笺注》，第 1486 页。

书亦谓郑诗“古涩奥衍，大率如先秦以上诸子、汲冢坠简、两汉碑版文字，及马第伯《封禅记》之属”[①]。郑诗多用奇字，在道咸诸人中最为突出，唯此也最为充分地彰显了以学问为诗的“宋诗”风尚，当许出人头地，固然散语叙议的拖沓敷衍也与诸人诗一样在所不免。

近世佚名《醉余随笔》云：“曾文正学韩而嗜山谷。学韩太似处，正所谓驴夫脚跟，恶诗藜杖。”[②]这种评价有可能发自对韩愈以文为诗的抵触，更有可能是由于学韩而不逮，徒取粗陋。章炳麟《国故论衡·论诗》说：

> 宋世诗势已尽，故其吟咏情性，多在燕乐。今词又失其声律，而诗龙奇愈甚，考征之士，睹一器说一事，则纪之五言，陈数首尾，比于马医歌括。及曾国藩自以为功，诵法江西诸家，矜其奇诡，天下鹜逐，古诗多诘诎不可诵，近体乃与杯珓谶辞相等，江湖之士艳而称之，以为至美，盖自商颂以来，歌诗失纪，未有如今日者也。[③]

不妨将章炳麟对于“末世诗势”的总结视若严羽《沧浪诗话》对于一代宋诗的批评。排除其为论的狂傲和意气之见，可加以肯定的是“吟咏情性”确为诗之根本，《诗》固如此，汉乐府叙事，情以事迁，南朝以降则以情景为本，尽管“非多读书、多穷理，则不能极其至”，但究竟“诗有别材……别趣”，“以文字为诗，以才学为诗，以议论为诗”终非正途。诗自韩愈倡以文为诗，有赖于才、胆、识、力[④]，开辟一途，自是韩愈的戛戛独造，衍为有宋一代之风尚，流及晚清，则固有弊焉。不用说叙议的浅直敷衍已至末流，即如郑珍之好考据、取用难僻登峰造极，以非诗为诗，其成也在此，毁亦在此。尽管宋以后兼宗唐宋而有兴替交易，但无论如何，自韩至宋乃至晚清，以文为诗显示为区别“盛唐兴趣”的独特路向，表现手法的偏主改变了近古以来的诗学历史。

---

① 白敦仁：《巢经巢诗钞笺注》，第 1507 页。

② 钱仲联主编：《清诗纪事·道光朝卷》，第 10093 页。

③ 章太炎：《国故论衡》，第 90 页。

④ 叶燮《原诗》卷二：“曰才、曰胆、曰识、曰力，此四言者所以穷尽此心之神明。凡形形色色，音声状貌，无不待于此而为之发宣昭著。”（《清诗话》，第 579 页）

参考文献*

一、古籍

1.［魏］王弼注，［唐］孔颖达疏：《周易正义》，《十三经注疏》本，北京大学出版社，1999 年。

2.［唐］邢琦注：《周易集解》，《丛书集成初编》本，中华书局，1991 年。

3.［汉］孔安国传，［唐］孔颖达疏：《尚书正义》，《十三经注疏》本，北京大学出版社，1999 年。

4.［宋］蔡沈注：《书经集传》，上海古籍出版社，1987 年。

5.［清］孙星衍：《尚书今古文注疏》，中华书局，1936 年。

6.［汉］郑玄笺，［唐］孔颖达疏：《毛诗正义》，《十三经注疏》本，北京大学出版社，1999 年。

7.［唐］成伯玙：《毛诗指说》，文渊阁《四库全书》本，经部第 70 册，上海古籍出版社，1987 年。

8.［宋］朱熹：《诗经集传》，上海古籍出版社，1987 年。

9.［清］王鸿绪等：《钦定诗经传说汇纂》，文渊阁《四库全书》本，经部第 83 册，上海古籍出版社，1987 年。

10.［清］方玉润：《诗经原始》，中华书局，1986 年。

---

* 古籍按经史子集及其子目排序；西籍按年代排序；今著按国学、哲学与思想史、文学及文学理论、语言文字学并著者生年排序；论文约按哲学与思想、诗学、语言学并诗学论题排序；自著按出版和发表时间先后排序。

11. [汉]郑玄注,[唐]贾公彦疏:《周礼注疏》,《十三经注疏》本,北京大学出版社,1999 年。

12. [清]孙诒让:《周礼正义》,中华书局,1987 年。

13. [汉]郑玄注,[唐]贾公彦疏:《仪礼注疏》,《十三经注疏》本,北京大学出版社,1999 年。

14. [汉]郑玄注,[唐]孔颖达疏:《礼记正义》,《十三经注疏》本,北京大学出版社,1999 年。

15. [清]王聘珍:《大戴礼记解诂》,中华书局,1983 年。

16. [晋]杜预注,[唐]孔颖达正义:《春秋左传正义》,《十三经注疏》本,北京大学出版社,1999 年。

17. [汉]何休解诂,[唐]徐彦疏:《春秋公羊传注疏》,《十三经注疏》本,北京大学出版社,1999 年。

18. [清]苏舆:《春秋繁露义证》,中华书局,1992 年。

19. [唐]陆德明:《经典释文》,中华书局,1983 年。

20. [宋]朱熹:《四书章句集注》,中华书局,1983 年。

21. [清]阎若璩:《四书释地又续》,文渊阁《四库全书》本,经部第 210 册,上海古籍出版社,1987 年。

22. [魏]何晏集解,[梁]皇侃疏:《论语集解义疏》,《丛书集成初编》本,商务印书馆,1937 年。

23. [清]刘宝楠注:《论语正义》,《诸子集成》本,上海书店,1986 年。

24. [清]焦循注:《孟子正义》,《诸子集成》本,上海书店,1986 年。

25. [晋]郭璞注,[宋]邢昺疏:《尔雅注疏》,《十三经注疏本》,北京大学出版社,1999 年。

26. [清]邵晋涵:《尔雅正义》,《续修四库全书》本,经部第 187 册,上海古籍出版社,2002 年。

27. [清]郝懿行:《尔雅义疏》,商务印书馆,1933 年。

28. 杨琳:《小尔雅今注》,汉语大词典出版社,2002 年。

29. [清]钱绎撰集:《方言笺疏》,中华书局,1991 年。

30. [汉]史游撰,[唐]颜师古注:《急就篇》,《丛书集成初编》本,商务印书馆,1936 年。

31. [汉]许慎:《说文解字》,中华书局,1963 年。

32. [南唐]徐锴:《说文解字系传》,中华书局,1987 年。

33. [清]王筠:《说文解字句读》,中华书局,1988 年。

34. [清]段玉裁:《说文解字注》,上海古籍出版社,1981 年。

35. [清]朱骏声:《说文通训定声》,武汉市古籍书店影印,1983 年。

36. [清]郑珍:《说文新附考》,商务印书馆,1936 年。

37. [清]郑珍:《说文逸字》,《丛书集成初编》本,中华书局,1985 年。

38. [汉]刘熙:《释名》,《丛书集成初编》本,中华书局,1985 年。

39. [梁]顾野王:《大广益会玉篇》,中华书局,1987 年。

40. [元]刘鉴:《切韵指南》,清碧琳琅馆丛书本。

41. [清]王念孙:《广雅疏证》,中华书局,1983 年。

42. [清]郑珍:《汗简笺正》,台湾广文书局,1974 年。

43. [清]谢鼎卿:《虚字阐义》,清光绪元年京都琉璃厂善成堂本。

44. 周祖谟校:《广韵校本》,中华书局,2011 年。

45. [汉]司马迁:《史记》,中华书局,1959 年。

46. [汉]班固:《汉书》,中华书局,1964 年。

47. [南朝宋]范晔:《后汉书》,中华书局,1965 年。

48. [晋]陈寿:《三国志》,中华书局,1964 年。

49. [唐]房玄龄等:《晋书》,中华书局,1974 年。

50. [唐]李延寿:《南史》,中华书局,1975 年。

51. [唐]李延寿:《北史》,中华书局,1974 年。

52. [梁]沈约:《宋书》,中华书局,1974 年。

53. [梁]萧子显:《南齐书》,中华书局,1972 年。

54. [唐]姚思廉:《梁书》,中华书局,1973 年。

55. [唐]魏徵等:《隋书》,中华书局,1973 年。

56. [后晋]刘昫等:《旧唐书》,中华书局,1975 年。

57. [宋]欧阳修、宋祁:《新唐书》,中华书局,1975 年。
58. [清]张廷玉等:《明史》,中华书局,1974 年。

59. [清]徐元诰撰:《国语集解》,中华书局,2002 年。
60. [汉]刘向集录:《战国策》,上海古籍出版社,1985 年。
61. [汉]赵晔撰,[元]徐天祜音注:《吴越春秋》,江苏古籍出版社,1999 年。
62. [汉]刘珍等撰,吴树平校注:《东观汉记校注》,中华书局,2008 年。
63. [宋]张敦颐:《六朝事迹编类》,上海古籍出版社,1995 年。
64. [清]汤球撰,[清]黄奭辑:《众家编年体晋史》,天津古籍出版社,1989 年。

65. [宋]司马光:《资治通鉴》,中华书局,1956 年。
66. [宋]郑樵:《通志》,中华书局,1987 年。
67. [清]马骕:《绎史》,中华书局,2002 年。
68. [唐]刘知幾撰,[清]浦起龙释:《史通通释》,上海古籍出版社,1978 年。

69. [北魏]郦道元:《水经注》,岳麓书社,1995 年。
70. [北魏]杨衒之撰,周祖谟校释:《洛阳伽蓝记校释》,中华书局,1963 年。
71. [宋]施宿等:《会稽志》,文渊阁《四库全书》本,史部第 486 册,上海古籍出版社,1987 年。

72. [宋]陈振孙:《直斋书录解题》,上海古籍出版社,1987 年。
73. [清]永瑢等撰:《四库全书总目》,中华书局,1965 年。

74. [清]王先谦:《荀子集解》,《诸子集成》本,上海书店,1986 年。
75. 傅亚庶:《孔丛子校释》,中华书局,2011 年。
76. [宋]周敦颐著,陈克明点校:《周敦颐集》,中华书局,1990 年。
77. [宋]张载著,章锡琛点校:《张载集》,中华书局,1978 年。
78. [宋]程颢、程颐:《二程集》,中华书局,1981 年。

79. [宋]程颢、程颐:《二程遗书》,上海古籍出版社,2000 年。

80. [宋]朱熹:《朱子全书》,上海古籍出版社、安徽教育出版社,2002 年。

81. [宋]黎靖德编,王星贤点校:《朱子语类》,中华书局,1986 年。

82. [魏]王弼:《老子注》,《诸子集成》本,上海书店,1986 年。

83. [清]魏源:《老子本义》,《诸子集成》本,上海书店,1986 年。

84. [清]郭庆藩:《庄子集释》,《诸子集成》本,上海书店,1986 年。

85. [晋]张湛:《列子注》,《诸子集成》本,上海书店,1986 年。

86. [汉]高诱注:《淮南子》,《诸子集成》本,上海书店,1986 年。

87. [清]孙诒让:《墨子间诂》,《诸子集成》本,上海书店,1986 年。

88. 黎翔凤:《管子校注》,中华书局,2004 年。

89. [清]严可均校:《商君书》,《诸子集成》本,上海书店,1986 年。

90. [汉]高诱注:《吕氏春秋》,《诸子集成》本,上海书店,1986 年。

91. [清]王先慎:《韩非子集解》,《诸子集成》本,上海书店,1986 年。

92. [汉]王充:《论衡》,上海人民出版社,1974 年。

93. 王利器:《颜氏家训集解》(增补本),中华书局,1993 年。

94. [清]俞樾:《诸子平议》,上海书店,1988 年。

95. [清]张志聪:《黄帝内经集注》,浙江古籍出版社,2002 年。

96. [北魏]贾思勰:《齐民要术》,中华书局,1956 年。

97. [宋]郭熙撰,[宋]郭思编:《林泉高致》,中华书局,2010 年。

98. [清]倪涛:《六艺之一录》,文渊阁《四库全书》本,子部第 834 册,上海古籍出版社,1987 年。

99. [宋]宋敏求撰,诚刚点校:《春明退朝录》,《东斋记事　春明退朝录》,中华书局,1980 年。

100. [宋]沈括:《梦溪笔谈》,《丛书集成初编》本,商务印书馆,1937 年。

101. [宋]王得臣:《麈史》,上海古籍出版社,1986 年。

102. [宋]洪迈:《容斋随笔》,上海古籍出版社,1978 年。

103. [宋]孙奕:《履斋示儿编》,中华书局,1985 年。

104. [宋]罗大经:《鹤林玉露》,中华书局,1983 年。

105. [宋]王应麟著,[清]翁元圻等注:《困学纪闻》,上海古籍出版社,2008 年。

106. [宋]周密撰,张茂鹏点校:《齐东野语》,中华书局,1983 年。

107. [清]顾炎武著,[清]黄汝成集释:《日知录集释》,上海古籍出版社,2006 年。

108. [清]王士禛:《池北偶谈》,中华书局,1982 年。

109. [清]何焯:《义门读书记》,中华书局,1987 年。

110. [清]赵翼:《陔余丛考》,商务印书馆,1957 年。

111. [清]王念孙:《读书杂志》,北京市中国书店,1985 年。

112. [清]阮元:《小沧浪笔谈》,《丛书集成初编》本,中华书局,1985 年。

113. [清]吴文溥:《南野堂笔记》,中华国粹书社,1912 年。

114. [清]陈澧:《东塾读书记(外一种)》,生活·读书·新知三联书店,1998 年。

115. [清]俞樾:《春在堂全书》,凤凰出版社,2010 年。

116. [唐]欧阳询:《艺文类聚》,上海古籍出版社,1965 年。

117. [唐]徐坚等:《初学记》,中华书局,1962 年。

118. [宋]李昉等:《太平御览》,中华书局,1960 年。

119. 袁珂:《山海经校注》(增补修订本),巴蜀书社,1993 年。

120. [汉]刘向撰,向宗鲁校证:《说苑校证》,中华书局,1987 年。

121. 无名氏、葛洪撰:《燕丹子　西京杂记》,中华书局,1985 年。

122. [晋]王嘉:《拾遗记》,中华书局,1981 年。

123. [唐]裴铏著,周楞伽辑注:《裴铏传奇》,上海古籍出版社,1980 年。

124. [唐]高彦休:《阙史》,《丛书集成初编》本,中华书局,1985 年。

125. [唐]康骈:《剧谈录》,古典文学出版社,1958 年。

126. [清]尤侗:《艮斋杂说续说　看鉴偶评》,中华书局,1992 年。

127. [清]余嘉锡:《世说新语笺疏》,中华书局,1983 年。

128.《持世经》,《大正新修大藏经》,日本大藏出版株式会社,1924 年。

129.《大方广佛华严经》,《大正新修大藏经》,日本大藏出版株式会社,1924 年。

130.《佛说如幻三昧经》,《大正新修大藏经》,日本大藏出版株式会社,1924 年。

131. [隋]慧远:《大乘义章》,《大正新修大藏经》,日本大藏出版株式会社,1924 年。

132. [梁]真谛译,高振农校释:《大乘起信论校释》,中华书局,1992 年。

133. [唐]玄奘译,韩廷杰校释:《成唯识论校释》,中华书局,1998 年。

134. [隋]吉藏:《大品经游意》,《大正新修大藏经》,日本大藏出版株式会社,1924 年。

135. [隋]吉藏:《中观论疏》,《大正新修大藏经》,日本大藏出版株式会社,1924 年。

136. [隋]慧远:《维摩义记》,《大正新修大藏经》,日本大藏出版株式会社,1924 年。

137. 王华权、刘景云编撰,徐时仪审校:《一切经音义三种校本合刊》,上海古籍出版社,2008 年。

138. [明]冯惟讷辑:《古诗纪》,文渊阁《四库全书》本,集部第 1379 册,上海古籍出版社,1987 年。

139. [清]沈德潜选:《古诗源》,中华书局,2006 年。

140. [清]杜文澜辑:《古谣谚》,中华书局,1958 年。

141. 逯钦立辑校:《先秦汉魏晋南北朝诗》,中华书局,1983 年。

142. [宋]郭茂倩:《乐府诗集》,中华书局,1979 年。

143. [唐]吴兢:《乐府古题要解》,明崇祯《津逮祕书》本

144. [陈]徐陵编,[清]吴兆宜注,[清]程琰删补,穆克宏点校:《玉台新咏笺注》,中华书局,1985 年。

145. [清]彭定求等编:《全唐诗》,中华书局,1960 年。

146. 王克让:《河岳英灵集注》,巴蜀书社,2006 年。

147. 北京大学古文献研究所编:《全宋诗》,北京大学出版社,1998 年。

148. [清]钱谦益:《列朝诗集》,中华书局,2007 年。

149. [清]陈田:《明诗纪事》,上海古籍出版社,1993 年。

150. 钱仲联主编:《清诗纪事》,江苏古籍出版社,1989 年。

151. 萧艾辑注:《六言诗三百首》,中州古籍出版社,1987 年。

152. [宋]洪兴祖:《楚辞补注》,中华书局,1983 年。

153. [宋]朱熹:《楚辞集注》,上海古籍出版社、安徽教育出版社,2001 年。

154. [清]蒋骥:《山带阁注楚辞》,上海古籍出版社,1984 年。

155. 黄灵庚:《楚辞章句疏证》,中华书局,2007 年。

156. [梁]萧统编,[唐]李善注:《文选》,中华书局,1977 年。

157. [梁]萧统编,[唐]李善等注:《六臣注文选》,中华书局,1987 年。

158. [清]胡绍煐:《文选笺证》,《续修四库全书》本,集部第 1582 册,上海古籍出版社,2002 年。

159. [清]陈元龙编:《历代赋汇》,江苏古籍出版社、上海书店,1987 年。

160. [清]严可均校辑:《全上古三代秦汉三国六朝文》,中华书局,1958 年。

161. [清]董诰等编:《全唐文》,中华书局,1983 年。

162. 曾枣庄、刘琳主编:《全宋文》,上海辞书出版社、安徽教育出版社,2006 年。

163. [清]李兆洛编,殷海国、殷海安校点:《骈体文钞》,上海古籍出版社,2001 年。

164. 任二北:《敦煌曲校录》,上海文艺联合出版社,1955 年。

165. 吴云、李春台:《贾谊集校注》(增订版),天津古籍出版社,2010 年。

166. [明]张溥辑,白静生校注:《班兰台集校注》,中州古籍出版社,1991 年。

167. 张震泽:《张衡诗文集校注》,上海古籍出版社,1986 年。

168. 邓安生:《蔡邕集编年校注》,河北教育出版,2002 年。

169.《曹操集》,中华书局,1974 年。

170. 魏宏灿:《曹丕集校注》,安徽大学出版社,2009 年。

171. 赵幼文:《曹植集校注》,人民文学出版社,1984 年。

172. 俞绍初辑校:《建安七子集》,中华书局,1989 年。

173. 陈伯君:《阮籍集校注》,中华书局,1987 年。

174. 戴明扬:《嵇康集校注》,人民文学出版社,1962 年。

175. 王增文:《潘黄门集校注》,中州古籍出版社,2002 年。

176. 金涛声点校:《陆机集》,中华书局,1982 年。

177. 逯钦立校注:《陶渊明集》,中华书局,1979 年。

178. 顾绍柏:《谢灵运集校注》,中州古籍出版社,1987 年。

179. [南朝宋]刘义庆:《幽明录》,文化艺术出版社,1988 年。

180. 钱仲联:《鲍参军集注》,上海古籍出版社,1980 年。

181. 陈庆元:《沈约集校笺》,浙江古籍出版社,1995 年。

182. [明]胡之骥:《江文通集汇注》,中华书局,1984 年。

183. 曹融南:《谢宣城集校注》,上海古籍出版社,1991 年。

184. 林家骊:《吴均集校注》,浙江古籍出版社,2005 年。

185.《何逊集》,中华书局,1980 年。

186. 俞绍初:《昭明太子集校注》,中州古籍出版社,2001 年。

187. [清]倪璠:《庾子山集注》,中华书局,1980 年。

188. 祝尚书:《卢照邻集笺注》,上海古籍出版社,1994 年。

189. [清]陈熙晋:《骆临海集笺注》,中华书局,1961 年。

190. 徐定祥:《杜审言诗注》,上海古籍出版社,1982 年。

191. [清]蒋清翊:《王子安集注》,上海古籍出版社,1995 年。

192. 陶敏、易淑琼:《沈佺期宋之问集校注》,中华书局,2001 年。

193. 王启兴、张虹:《贺知章包融张旭张若虚诗注》,上海古籍出版社,1986 年。

194. 徐鹏校:《陈子昂集》,中华书局,1960 年。

195. 徐鹏:《孟浩然集校注》,人民文学出版社,1989 年。

196. 李云逸:《王昌龄诗注》,上海古籍出版社,1984 年。

197. [清]王琦注:《李太白全集》,中华书局,1977 年。

198. 陈铁民:《王维集校注》,中华书局,1997 年。

199. 万竞君:《崔颢诗注崔国辅诗注》,上海古籍出版社,1982 年。

200. 刘开扬:《高适诗集编年笺注》,中华书局,1981 年。

201. [清]仇兆鳌:《杜诗详注》,中华书局,2015 年。

202. [唐]李华:《李遐叔文集》,文渊阁《四库全书》本,集部第 1072 册,上海古籍出版社,1987 年。

203. 廖立:《岑嘉州诗笺注》,中华书局,2004 年。

204. 王定璋:《钱起诗集校注》,浙江古籍出版社,1992 年。

205. 孙望校:《元次山集》,中华书局,1960 年。

206. 储仲君:《刘长卿诗编年笺注》,中华书局,1996 年。

207. 文航生:《司空曙诗集校注》,人民文学出版社,2011 年。

208. 赵昌平校编:《顾况诗集》,江西人民出版社,1983 年。

209. 蒋寅:《戴叔伦诗集校注》,上海古籍出版社,2010 年。

210. 陶敏、王友胜:《韦应物集校注》,上海古籍出版社,1998 年。

211. 刘初棠:《卢纶诗集校注》,上海古籍出版社,1989 年。

212. 韩泉欣:《孟郊集校注》,浙江古籍出版社,1995 年。

213. [清]方世举:《韩昌黎诗集编年笺注》,中华书局,2012 年。

214. 马其昶:《韩昌黎文集校注》,上海古籍出版社,1986 年。

215. 顾学颉校点:《白居易集》,中华书局,1979 年。

216. 卞孝萱校订:《刘禹锡集》,中华书局,1990 年。

217. [唐]孟棨等:《本事诗》,古典文学出版社,1957 年。

218. 黄鹏:《贾岛诗集笺注》,巴蜀书社,2002 年。

219. 冀勤点校:《元稹集》,中华书局,1982 年。

220. 尹占华:《张祜诗集校注》,巴蜀书社,2007 年。

221. [清]王琦等:《李贺诗歌集注》,上海人民出版社,1977 年。

222. 罗时进:《丁卯集笺证》,江西人民出版社,1998 年。

223. [清]冯集梧:《樊川诗集注》,上海古籍出版社,1998 年。

224. [清]曾益等:《温飞卿诗集笺注》,上海古籍出版社,1980 年。

225. [清]冯浩:《玉溪生诗集笺注》,上海古籍出版社,1998 年。

226. [唐]元稹等:《唐宋传奇》,华夏出版社,2015 年。

227.《聂夷中诗　杜荀鹤诗》,中华书局,1959 年。

228. 祖保泉、陶礼天:《司空表圣诗文集笺校》,安徽大学出版社,2002 年。

229. 王延梯选注:《王禹偁诗文选》,人民文学出版社,1996 年。

230. 沈幼征校注:《林和靖诗集》,浙江古籍出版社,1986 年。

231. 朱东润:《梅尧臣集编年校注》,上海古籍出版社,1980 年。

232. 李逸安点校:《欧阳修全集》,中华书局,2001 年。

233. 郭彧整理:《邵雍集》,中华书局,2010 年。

234. 宁波等校点:《王安石全集》,吉林人民出版社,1996 年。

235. 沈文倬校点:《王令集》,上海古籍出版社,2011 年。

236. [清]王文诰辑注,孔凡礼点校:《苏轼诗集》,中华书局,1982 年。

237. 孔凡礼点校:《苏轼文集》,中华书局,1986 年。

238. 谭新红等编著:《苏轼词全集》,崇文书局,2011 年。

239. 刘琳等校点:《黄庭坚全集》,四川大学出版社,2001 年。

240. 郭光:《岳飞集辑注》,中州古籍出版社,1997 年。

241. 邓广铭:《稼轩词编年笺注》(增订本),上海古籍出版社,1993 年。

242. 夏承焘:《姜白石词编年笺校》,上海古籍出版社,1981 年。

243. [宋]刘克庄:《后村诗话》,中华书局,1983 年。

244. [宋]刘克庄:《后村集》,文渊阁《四库全书》本,集部第 1180 册,上海古籍出版社,1987 年。

245. 郭绍虞:《元好问论诗三十首小笺》,《杜甫戏为六绝句集解　元好问论诗三十首小笺》,人民文学出版社,1978 年。

246. [明]宋濂:《宋学士全集》,《丛书集成初编》本,中华书局,1985 年。

247. [明]李梦阳:《空同集》,文渊阁《四库全书》,集部第 1262 册,上海古籍出版社,1987 年。

248. 李叔毅等点校:《何大复集》,中州古籍出版社,1989 年。

249. 钱伯城:《袁宏道集笺校》,上海古籍出版社,1981 年。

250. [明]王夫之:《船山全书》第13册,岳麓书社,1993年。
251. [清]曹寅:《楝亭集》,上海古籍出版社,1978年。
252. 潘务正、李言校点:《沈德潜诗文集》,人民文学出版社,2011年。
253. [清]浦起龙:《读杜心解》,中华书局,1961年。
254. [清]程恩泽:《程侍郎遗集》,《丛书集成初编》本,商务印书馆,1935年。
255. [清]何绍基:《东洲草堂诗集》,上海古籍出版社,2006年。
256. 白敦仁:《巢经巢诗钞笺注》,巴蜀书社,1996年。
257. 张剑等编辑校点:《莫友芝诗文集》,人民文学出版社,2009年。
258. 王澧华校点:《曾国藩诗文集》,上海古籍出版社,2005年。

259. [明]罗贯中:《三国演义》,人民文学出版社,1955年。
260. [明]冯梦龙著,[清]蔡元放编:《东周列国志》,人民文学出版社,1975年。

261. [清]何文焕辑:《历代诗话》,中华书局,1981年。
262. 丁福保:《历代诗话续编》,中华书局,1983年。
263. 张伯伟:《全唐五代诗格校考》,陕西人民教育出版社,1996年。
264. [宋]胡仔:《苕溪渔隐丛话》,人民文学出版社,1962年。
265. [宋]阮阅编:《诗话总龟》,人民文学出版社,1987年。
266. [宋]魏庆之编:《诗人玉屑》,上海古籍出版社,1978年。
267. 郭绍虞:《宋诗话辑佚》,中华书局,1980年。
268. 张健:《元代诗法校考》,北京大学出版社,2001年。
269. 王夫之等:《清诗话》,上海古籍出版社,1978年。
270. 郭绍虞编选,富寿荪校点:《清诗话续编》,上海古籍出版社,1983年。

271. [梁]任昉撰,[明]陈懋仁注:《文章缘起注(及其他一种)》,《丛书集成初编》本,中华书局,1985年。
272. [梁]刘勰著,范文澜注:《文心雕龙注》,人民文学出版社,1958年。
273. 黄侃:《文心雕龙札记》,上海古籍出版社,2000年。

274. 刘永济:《文心雕龙校释》,中华书局,1962 年。

275. [梁]钟嵘著,曹旭笺注:《诗品笺注》,人民文学出版社,2009 年。

276. [唐]王昌龄:《诗格》,《全唐五代诗格校考》,陕西人民教育出版社,1996 年。

277. [唐]皎然著,李壮鹰校注:《诗式校注》,人民文学出版社,2003 年。

278. [唐]皎然:《诗议》,《全唐五代诗格校考》,陕西人民教育出版社,1996 年。

279.《金针诗格》,《全唐五代诗格考》,陕西人民教育出版社,1996 年。

280. [日]弘法大师原撰,王利器校注:《文镜秘府论校注》,中国社会科学出版社,1983 年。

281. [唐]王叡:《炙毂子诗格》,《全唐五代诗格校考》,陕西人民教育出版社,1996 年。

282. [唐]释虚中:《流类手鉴》,《全唐五代诗格校考》,陕西人民教育出版社,1996 年。

283. [唐]徐寅:《雅道机要》,《全唐五代诗格校考》,陕西人民教育出版社,1996 年。

284. [唐]李洪宣:《缘情手鉴诗格》,《全唐五代诗格校考》,陕西人民教育出版社,1996 年。

285. [唐]神彧:《诗格》,《全唐五代诗格校考》,陕西人民教育出版社,1996 年。

286.《续金针诗格》,《全唐五代诗格考》,陕西人民教育出版社,1996 年。

287. [宋]刘攽:《中山诗话》,《历代诗话》,中华书局,1981 年。

288. [宋]陈师道:《后山诗话》,《历代诗话》,中华书局,1981 年。

289. [宋]王直方:《王直方诗话》,《宋诗话辑佚》,中华书局,1980 年。

290. [宋]蔡居厚:《诗史》,《宋诗话辑佚》,中华书局,1980 年。

291. [宋]吴幵:《优古堂诗话》,《历代诗话续编》,中华书局,1983 年。

292. [宋]惠洪等撰,陈新点校:《冷斋夜话 · 风月堂诗话 · 环溪诗话》,中华书局,1988 年。

293. [宋]叶梦得:《石林诗话》,《历代诗话》,中华书局,1981 年。

294. [宋]吴可:《藏海诗话》,《历代诗话续编》,中华书局,1983年。
295. [宋]王灼著,岳珍校正:《碧鸡漫志校正》,巴蜀书社,2000年。
296. [宋]范温:《潜溪诗眼》,《宋诗话辑佚》,中华书局,1980年。
297. [宋]周紫芝:《竹坡诗话》,《历代诗话》,中华书局,1981年。
298. [宋]吕本中:《童蒙诗训》,《宋诗话辑轶》,中华书局,1980年。
299. [宋]黄彻:《䂬溪诗话》,《历代诗话续编》,中华书局,1983年。
300. [宋]姚宽、陆游撰:《西溪丛语　家世旧闻》,中华书局,1993年。
301. [宋]许顗:《彦周诗话》,《历代诗话》,中华书局,1981年。
302. [宋]张戒:《岁寒堂诗话》,《历代诗话续编》,中华书局,1983年。
303. [宋]张表臣:《珊瑚钩诗话》,《历代诗话》,中华书局,1981年。
304. [宋]严有翼:《艺苑雌黄》,《宋诗话辑佚》,中华书局,1980年。
305. [宋]魏泰:《临汉隐居诗话》,《历代诗话》,中华书局,1981年。
306. [宋]葛立方:《韵语阳秋》,《历代诗话》,中华书局,1981年。
307. [宋]曾季狸:《艇斋诗话》,《历代诗话续编》,中华书局,1983年。
308. [宋]陈岩肖:《庚溪诗话》,《历代诗话续编》,中华书局,1983年。
309. [宋]吴聿:《观林诗话》,《历代诗话续编》,中华书局,1983年。
310. [宋]杨万里:《诚斋诗话》,《历代诗话续编》,中华书局,1983年。
311. [宋]姜夔:《白石诗说》,《历代诗话》,中华书局,1981年。
312. [金]王若虚:《滹南诗话》,《历代诗话续编》,中华书局,1983年。
313. [宋]刘克庄:《江西诗派小序》,《历代诗话续编》,中华书局,1983年。
314. [宋]刘克庄:《后村诗话》,中华书局,1983年。
315. [宋]张炎、沈义父著,夏承焘校注,蔡嵩云笺释:《词源注　乐府指迷笺释》,人民文学出版社,1998年。
316. [宋]范晞文:《对床夜语》,《历代诗话续编》,中华书局,1983年。
317. [宋]韦居安:《梅磵诗话》,《丛书集成初编》本,中华书局,1985年。
318. [宋]李颀:《古今诗话》,《宋诗话辑佚》,中华书局,1980年。
319. [宋]蔡启:《蔡宽夫诗话》,《宋诗话辑佚》,中华书局,1980年。
320. [宋]蔡梦弼:《杜工部草堂诗话》,《历代诗话续编》,中华书局,

1983 年。

321.［宋］严羽著，郭绍虞校释：《沧浪诗话校释》，人民文学出版社，1983 年。

322.《漫叟诗话》，《宋诗话辑佚》，中华书局，1980 年。

323.［元］方回：《瀛奎律髓》，文渊阁《四库全书》本，集部第 1366 册，上海古籍出版社，1987 年。

324.［元］蒋正子：《山房随笔》，《历代诗话》，中华书局，1981 年。

325.［元］杨载：《诗法家数》，《元代诗法校考》，北京大学出版社，2001 年。

326.［元］范梈：《木天禁语》，《历代诗话》，中华书局，1981 年。

327.［元］范梈：《吟法玄微》，《元代诗法校考》，北京大学出版社，2001 年。

328.［元］揭奚斯：《虞侍书诗法》，《元代诗法校考》，北京大学出版社，2001 年。

329.［元］祝尧：《古赋辩体》，《赋话广聚》，北京图书馆出版社，2006 年。

330.［元］陈绎曾：《诗谱》，《元代诗法校考》，北京大学出版社，2001 年。

331.《沙中金集》，《元代诗法校考》，北京大学出版社，2001 年。

332.《诗法源流》，《元代诗法校考》，北京大学出版社，2001 年。

333.《诗家一指》，《元代诗法校考》，北京大学出版社，2001 年。

334.《总论》，《元代诗法校考》，北京大学出版社，2001 年。

335.［明］李东阳：《麓堂诗话》，《历代诗话续编》，中华书局，1983 年。

336.［明］徐祯卿：《谈艺录》，《历代诗话》，中华书局，1981 年。

337.［明］杨慎：《升庵诗话》，《历代诗话续编》，中华书局，1983 年。

338.［明］谢榛：《四溟诗话》，《历代诗话续编》，中华书局，1983 年。

339.［明］吴讷、徐师曾：《文章辨体序说　文体明辨序说》，人民文学出版社，1962 年。

340.［明］顾起纶：《国雅品》，《历代诗话续编》，中华书局，1983 年。

341.［明］王世贞：《艺苑卮言》，《历代诗话续编》，中华书局，1983 年。

342.［明］王世懋：《艺圃撷余》，《历代诗话》，中华书局，1981 年。

343.［明］胡应麟：《诗薮》，上海古籍出版社，1979 年。

344.［明］许学夷：《诗源辩体》，人民文学出版社，1987 年。

345.［明］谢天瑞辑：《诗法》，《续修四库全书》本，集部第 1695 册，上海古籍出版社,2002 年。

346. [明]胡震亨:《唐音癸签》,古典文学出版社,1957 年。

347. [明]陆时雍:《诗镜总论》,《历代诗话续编》,中华书局,1983 年。

348. [清]冯班:《钝吟杂录》,《清诗话》,上海古籍出版社,1978 年。

349. [清]徐增:《而庵诗话》,《清诗话》,上海古籍出版社,1978 年。

350. [清]贺贻孙:《诗筏》,《清诗话续编》,上海古籍出版社,1983 年。

351. [清]吴乔:《围炉诗话》,《清诗话续编》,上海古籍出版社,1983 年。

352. [清]叶矫然:《龙性堂诗话》,《清诗话续编》,上海古籍出版社,1983 年。

353. [清]叶矫然:《龙性堂诗话续集》,《清诗话续编》,上海古籍出版社,1983 年。

354. [清]宋徵璧:《抱真堂诗话》,《清诗话续编》,上海古籍出版社,1983 年。

355. [清]周容:《春酒堂诗话》,《清诗话续编》,上海古籍出版社,1983 年。

356. [清]王夫之:《姜斋诗话》,《清诗话》,上海古籍出版社,1978 年。

357. [清]毛先舒:《诗辩坻》,《清诗话续编》,上海古籍出版社,1983 年。

358. [清]叶燮:《原诗》,《清诗话》,上海古籍出版社,1978 年。

359. [清]王士禛:《带经堂诗话》,人民文学出版社,1963 年。

360. [清]何世璂:《然镫记闻》,《清诗话》,上海古籍出版社,1978 年。

361. [清]王士禛等:《师友诗传录》,《清诗话》,上海古籍出版社,1978 年。

362. [清]王士禛:《师友诗传续录》,《清诗话》,上海古籍出版社,1978 年。

363. [清]田雯:《古欢堂杂著》,《清诗话续编》,上海古籍出版社,1983 年。

364. [清]钱良择:《唐音审体》,《清诗话》,上海古籍出版社,1978 年。

365. [清]张谦宜:《絸斋诗谈》,《清诗话续编》,上海古籍出版社,1983 年。

366. [清]贺裳:《载酒园诗话》,《清诗话续编》,上海古籍出版社,1983 年。

367. [清]庞垲:《诗义固说》,《清诗话续编》,上海古籍出版社,1983 年。

368. [清]赵执信:《声调谱》,文渊阁《四库全书》本,集部第 1483 册,上海古籍出版社,1987 年。

369. [清]顾嗣立:《寒厅诗话》,《清诗话》,上海古籍出版社,1978 年。

370. [清]方世举:《兰丛诗话》,《清诗话续编》,上海古籍出版社,1983 年。

371.［清］方南堂:《辍锻录》,《清诗话续编》,上海古籍出版社,1983 年。

372.［清］薛雪:《一瓢诗话》,《清诗话》,上海古籍出版社,1978 年。

373.［清］李重华:《贞一斋诗说》,《清诗话》,上海古籍出版社,1978 年。

374.［清］田同之:《西圃诗说》,《清诗话续编》,上海古籍出版社,1983 年。

375.［清］黄子云:《野鸿诗的》,《清诗话》,上海古籍出版社,1978 年。

376.［清］马位:《秋窗随笔》,《清诗话》,上海古籍出版社,1978 年。

377.［清］冒春荣:《葚原诗说》,《清诗话续编》,上海古籍出版社,1983 年。

378.［清］乔亿:《剑溪说诗》,《清诗话续编》,上海古籍出版社,1983 年。

379.［清］乔亿:《剑溪说诗又编》,《清诗话续编》,上海古籍出版社,1983 年。

380.［清］袁枚:《随园诗话》,人民文学出版社,1960 年。

381.［清］赵翼:《瓯北诗话》,人民文学出版社,1963 年。

382.［清］翁方纲:《石洲诗话》,《清诗话续编》,上海古籍出版社,1983 年。

383.［清］翁方纲:《赵秋谷所传声调谱》,《清诗话》,上海古籍出版社,1978 年。

384.［清］翁方纲:《王文简古诗平仄论》,《清诗话》,上海古籍出版社,1978 年。

385.［清］翁方纲:《七言诗三昧举隅》,《清诗话》,上海古籍出版社,1978 年。

386.［清］吴雷发:《说诗菅蒯》,《清诗话》,上海古籍出版社,1978 年。

387.［清］吴骞:《拜经楼诗话》,《清诗话》,上海古籍出版社,1978 年。

388.［清］李调元:《雨村诗话》,《清诗话续编》,上海古籍出版社,1983 年。

389.［清］方薰:《山静居诗话》,《清诗话》,上海古籍出版社,1978 年。

390.［清］何文焕:《历代诗话考索》,《历代诗话》,中华书局,1981 年。

391.［清］管世铭:《读雪山房唐诗序例》,《清诗话续编》,上海古籍出版社,1983 年。

392.［清］钱泳:《履园谭诗》,《清诗话》,上海古籍出版社,1978 年。

393.［清］延君寿:《老生常谈》,《清诗话续编》,上海古籍出版社,1983 年。

394.［清］方东树:《昭昧詹言》,人民文学出版社,1961 年。

395.［清］梁章钜:《退庵随笔》,《清诗话续编》,上海古籍出版社,1983 年。

396. [清]潘德舆:《养一斋诗话》,《清诗话续编》,上海古籍出版社,1983 年。

397. [清]潘德舆:《养一斋李杜诗话》,《清诗话续编》,上海古籍出版社,1983 年。

398. [清]陈仅:《竹林答问》,《请诗话续编》,上海古籍出版社,1983 年。

399. [清]厉志:《白华山人诗说》,《清诗话续编》,上海古籍出版社,1983 年。

400. [清]刘熙载:《艺概》,上海古籍出版社,1978 年。

401. [清]施补华:《岘佣说诗》,《清诗话》,上海古籍出版社,1978 年。

402. [清]朱庭珍:《筱园诗话》,《清诗话续编》,上海古籍出版社,1983 年。

403. [清]王寿昌:《小清华园诗谈》,《清诗话续编》,上海古籍出版社,1983 年。

二、西籍

404. [古希腊]柏拉图著,朱光潜译:《柏拉图文艺对话集》,人民文学出版社,1963 年。

405. [古希腊]亚里士多德著,苗力田主编:《亚里士多德全集》第 1 卷,中国人民大学出版社,1999 年。

406. [古希腊]亚里士多德著,罗念生译:《诗学》,《诗学　诗艺》,人民文学出版社,1962 年。

407. [古希腊]亚里士多德著,方书春译:《范畴篇　解释篇》,商务印书馆,1959 年。

408. [古希腊]亚里士多德著,苗力田译:《形而上学》,中国人民大学出版社,2003 年。

409. [古罗马]贺拉斯著,杨周翰译:《诗艺》,《诗学　诗艺》,人民文学出版社,1962 年。

410. [德]黑格尔著,贺麟、王太庆译:《哲学史讲演录》第 1 卷,商务印书馆,1959 年。

411. [德]黑格尔著,贺麟、王太庆译:《哲学史讲演录》第 2 卷,商务印书馆,

1960 年。

412. [德]黑格尔著,贺麟、王太庆译:《哲学史讲演录》第 4 卷,商务印书馆,1978 年。

413. [德]黑格尔著,朱光潜译:《美学》,商务印书馆,1979 年。

414. [德]康德著,宗白华译:《判断力批判》,商务印书馆,1964 年。

415. [瑞士]索绪尔著,高名凯译,岑麒祥、叶蜚声校注:《普通语言学教程》,商务印书馆,1999 年。

416. [英]L. R. 帕默尔著,李荣等译:《语言学概论》,商务印书馆,1983 年。

417. [法]雅克·德里达著,汪堂家译:《论文字学》,上海译文出版社,1999 年。

418. [法]雅克·德里达:《哲学的边缘》(*Magrigins of philosophy*),芝加哥大学出版社,1982 年。

419. [俄]罗曼·雅柯布森(即雅各布森):《雅柯布森文集》,湖南教育出版社,2001 年。

420. [法]茨维坦·托多罗夫编选,蔡鸿滨译:《俄苏形式主义文论选》,中国社会科学出版社,1989 年。

421. [俄]波利亚科夫编,佟景韩译:《结构—符号学文艺学——方法论体系和论争》,文化艺术出版社,1994 年。

422. [英]特伦斯·霍克斯著,瞿铁鹏译:《结构主义和符号学》,上海译文出版社,1997 年。

423. [比]J. M. 布洛克曼著,李幼蒸译:《结构主义　莫斯科—布拉格—巴黎》,商务印书馆,1980 年。

424. [美]鲁道夫·阿恩海姆著,滕守尧译:《视觉思维》,光明日报出版社,1986 年。

425. [德]布鲁格编著,项退结编译:《西洋哲学辞典》,台湾"国立编译馆",1976 年。

426. Arthur Waley, *Chinese Poems*, Unwin Books, 1961.

三、今著

427. 章太炎:《国学概论》,上海古籍出版社,1997 年。

428. 章太炎:《国故论衡》,上海古籍出版社,2003 年。

429. 邹鲁:《中国国民党史稿》,中华书局,1960 年。

430. 徐复观:《中国人的生命精神》,华东师范大学出版社,2004 年。

431. 孙叔平:《中国哲学史稿》,上海人民出版社,1980 年。

432. 丁祯彦、臧宏主编:《中国哲学史教程》,华东师范大学出版社,1989 年。

433. 陈鼓应:《易传与道家思想》,生活・读书・新知三联书店,1996 年。

434. 陈鼓应:《老子今注今译》,商务印书馆,2003 年。

435. 陈鼓应:《老子注译及评介》,中华书局,1984 年。

436. 许抗生:《帛书老子注译及研究》(增订本),浙江人民出版社,1985 年。

437.《哲学研究》编辑部:《老子哲学讨论集》,中华书局,1959 年。

438. 崔宜明:《生存与智慧——庄子哲学的现代阐释》,上海人民出版社,1996 年。

439. 苗力田主编:《古希腊哲学》,中国人民大学出版社,1989 年。

440. 朱光潜:《西方美学史》,人民文学出版社,1979 年。

441. 叶秀山:《美的哲学》,人民出版社,1991 年。

442. 俞宣孟:《本体论研究》,上海人民出版社,2012 年。

443. 郑敏:《结构—解构视角:语言・文化・评论》,清华大学出版社,1998 年。

444. 张隆溪:《道与逻各斯》,四川人民出版社,1998 年。

445. 汪子嵩:《亚里士多德关于本体的学说》,生活・读书・新知三联书店,1982 年。

446. [德]夏瑞春编:《德国思想家论中国》,江苏人民出版社,1995 年。

447.《美学文献》第 1 辑,书目文献出版社,1984 年。

448. 王国维:《宋元戏曲史》,商务印书馆,1915 年。
449. 郭绍虞:《照隅室古典文学论集》,上海古籍出版社,1983 年。
450. 萧涤非:《汉魏六朝乐府文学史》,人民文学出版社,1984 年。
451. 何丹:《诗经四言体起源探论》,中国社会科学出版社,2001 年。
452. 降大任、张仁健:《咏史诗注析》,山西人民出版社,1985 年。
453.《文学遗产》编辑部:《文学遗产增刊》第 14 辑,中华书局,1982 年。
454. 王恩保、王约西选注:《古诗百首英译》,北京语言学院出版社,1994 年。

455. 梁仁编:《戴望舒诗全编》,浙江文艺出版社,1989 年。
456. 李广田:《散文三十篇》,作家出版社,1956 年。
457. 艾青:《艾青诗选》,人民文学出版社,1979 年。
458. 郭沫若:《沫若文集》,人民文学出版社,1957 年。

459. 陈子展:《诗经直解》,复旦大学出版社,1983 年。
460. 朱自清:《诗言志辨》,古籍出版社,1956 年。
461. 朱自清:《朱自清说诗》,上海古籍出版社,1998 年。
462. 余冠英:《汉魏六朝诗论丛》,中华书局,1962 年。
463. 钱锺书:《管锥编》,中华书局,1979 年。
464. 钱锺书:《谈艺录》(补订本),中华书局,1984 年。
465. 周振甫:《诗词例话》,中国青年出版社,1962 年。
466. 霍松林:《唐宋诗文鉴赏举隅》,人民文学出版社,1984 年。
467. 王运熙:《中国古代文论管窥》,齐鲁书社,1987 年。
468. 黄保真等:《中国文学理论史》,北京出版社,1987 年。
469. 蒋述卓等编:《宋代文艺理论集成》,中国社会科学出版社,2000 年。
470. 褚斌杰:《中国古代文体概论》(增订本),北京大学出版社,1992 年。
471. 陈良运:《中国诗学体系论》,中国社会科学出版社,1992 年。
472. 叶君远:《诗》,人民文学出版社,1994 年。
473. 杨仲义:《中国古代诗体简论》,中华书局,1997 年。
474. 蔡镇楚:《诗话学》,湖南教育出版社,1990 年。

475. 蔡镇楚:《中国诗话史》(修订本),湖南文艺出版社,2001 年。

476. 刘德重、张寅彭:《诗话概说》(修订版),安徽教育出版社,2009 年。

477. 何伟棠:《永明体到近体》,广东高等教育出版社,1994 年。

478. 赵仲才:《诗词写作概论》,上海古籍出版社,2002 年。

479. 施蛰存主编:《词籍序跋萃编》,中国社会科学出版社,1994 年。

480. 张光直:《美术、神话与祭祀》,辽宁教育出版社,2002 年。

481. 周积寅:《中国画论辑要》,江苏美术出版社,2005 年。

482. 饶芃子等:《中西比较文艺学》,中国社会科学出版社,1999 年。

483. 杨乃乔:《悖立与整合——东方儒道诗学与西方诗学的本体论、语言论比较》,文化艺术出版社,1998 年。

484. 张冰:《陌生化诗学:俄国形式主义研究》,北京师范大学出版社,2000 年。

485. 李广仓:《结构主义文学批评方法研究》,湖南大学出版社,2006 年。

486. 胡经之主编:《西方文艺理论名著教程》,北京大学出版社,1989 年。

487. 朱立元主编:《当代西方文艺理论》,华东师范大学出版社,1997 年。

488. 毛峰:《神秘主义诗学》,生活 · 读书 · 新知三联书店,1998 年。

489. 杨树达:《积微居小学金石论丛》(增订本),科学出版社,1955 年。

490. 杨树达:《词诠》,中华书局,1978 年。

491.《辞源》(修订本),商务印书馆,1988 年。

492. 葛信益、启功整理:《沈兼士学术论文集》,中华书局,1986 年。

493. 容庚:《金文编》,中华书局,1985 年。

494. 王力:《汉语诗律学》(增订本),上海教育出版社,1979 年。

495. 唐兰:《中国文字学》,上海古籍出版社,2005 年。

496. 启功:《汉语现象论丛》,中华书局,1997 年。

497. 梁东汉:《汉字的结构及其流变》,上海教育出版社,1959 年。

498. 裘锡圭:《文字学概要》,商务印书馆,1988 年。

499. 蒋绍愚:《唐诗语言研究》,中州古籍出版社,1990 年。

500. 申小龙:《语文的阐释——中国语文传统的现代意义》,辽宁教育出版社,1991 年。

501. 申小龙等:《汉字思维》,山东教育出版社,2014 年。

502. 冯胜利:《汉语的韵律、词法与句法》,北京大学出版社,1997 年。

503. 吴洁敏、朱宏达:《汉语节律学》,语文出版社,2001 年。

504. 孟华:《汉字主导的文化符号谱系》,山东教育出版社,2014 年。

505. 姚淦铭:《汉字心理学》,广西教育出版社,2001 年。

506. 张玉金、夏中华:《汉字学概论》,广西教育出版社,2001 年。

507. 苏新春:《汉字的语言性与语言功能》,山东教育出版社,2014 年。

508. 刘志基:《汉字体态论》,广西教育出版社,1999 年。

509. 谢冕、吴思敬主编:《字思维与中国现代诗学》,天津社会科学院出版社,2002 年。

四、论文

510. 许振国:《"三"、"负阴抱阳"、"冲气"解诂》,《河南中医》1999 年第 3 期

511. 闫斌:《"本体"一词哲学含义起源考》,山东大学硕士学位论文,2012 年。

512. 杨乃乔:《解构的阐释与逻各斯中心主义——论德里达诗学及其解构主义阐释学思想》,《中国诗歌研究》第 1 辑,2002 年。

513. 刘鑫:《文字与语言——论德里达对索绪尔的解构》,《清华大学学报(哲学社会科学版)》1994 年第 4 期。

514. 范捷平:《"逻各斯"辨误》,《杭州大学学报(哲学社会科学版)》1997 年第 4 期。

515. 王立:《"逻各斯"言说的精神》,《成都大学学报(社会科学版)》2002 年第 2 期。

516. 鲍贵:《索绪尔和逻各斯中心主义》,《外语研究》2009 年第 3 期。

517. 尚杰:《思·言·字——评德里达对形而上学的批判》,《中国社会科学》1996 年第 1 期。

518. 王国维:《人间词乙稿序》,《教育世界》1907 年第 161 号。

519. 郭绍虞:《六义说考辨》,《中华文史论丛》第 7 辑(复刊号),1978 年。

520. 王力:《中国古典文论中谈到的语言形式美》,《文艺报》1962 年第 2 期

521. 秋耘:《一得诗话》,《诗刊》1963 年第 2 期。

522. 陈良运:《诗话学论要》,《福建论坛(人文社会科学版)》2001 年第 4 期。

523. 明见:《中国诗法理论史简论》,《黄冈师范学院学报》2004 年第 1 期。

524. 张一平:《古代诗话对传统批评体裁的自我反思》,《文艺研究》2005 年第 7 期。

525. 罗根泽:《七言诗之起源及其成熟》,赵敏俐选编:《20 世纪中国文学研究论文选·汉代卷》,社会科学文献版社,2010 年。

526. 余冠英:《七言诗起源新论》,《汉魏六朝诗论丛》,中华书局,1962 年。

527. 葛晓音:《早期七言的体式特征和生成原理——兼论汉魏七言诗发展滞后的原因》,《中国社会科学》2007 年第 3 期。

528. 葛晓音:《初盛唐七言歌行的发展——兼论歌行的形成及其与七古的分野》,《文学遗产》1997 年第 5 期。

529. 赵敏俐:《论七言诗的起源及其在汉代的发展》,《文史哲》2010 年第 3 期。

530. 郭建勋、闫春红:《再论楚辞体与七言诗之关系》,《中国韵文学刊》2009 年第 3 期。

531. 张觉:《七言诗辨源》,《学术研究》2005 年第 9 期。

532. 王明辉:《汉魏六朝七言诗遭受冷遇深层原因论》,《西南师范大学学报(人文社会科学版)》2003 年第 4 期。

533. 胡淑芳:《汉代铜镜铭文中的七言诗》,《湖北大学学报(哲学社会科学版)》2005 年第 4 期。

534. 王佺:《七绝的乐府化及其创作风貌的变迁》,《株洲师范高等专科学校学报》2005 年第 4 期。

535. 李会玲:《汉代的“七言”与七言诗——兼论汉后文人七言诗一度消歇的原因》,《长江学术》2007 年第 3 期。

536. 钟如雄、林雅风:《七言诗之来源再认识》,《云南师范大学学报(哲学社会科学版)》2009 年第 6 期。

537. 韩留勇:《〈六言诗〉非孔融作考述》,《内蒙古电大学刊》2010 年第 5 期。

538. 程彦霞:《两汉四言诗研究》,郑州大学硕士学位论文,2005 年。

539. 章培恒、刘骏:《关于李陵〈与苏武诗〉及〈答苏武书〉的真伪问题》,《复旦学报(社会科学版)》1998 年第 2 期。

540. 陈鹏:《论六朝咏物诗对谢物小启的影响》,《邢台学院学报》2009 年第 1 期。

541. 李世忠:《咏史怀古辨异》,《唐山师范学院学报》2006 年第 4 期。

542. 王蒙:《汉字与中国文化》,《文汇报》2004 年 9 月 12 日。

543. 刘开富:《试论中国近体诗与西方十四行诗格律》,《楚雄师专学报》1999 年第 1 期。

544. 董治刚:《汉字记号化研究》,江西师范大学硕士学位论文,2006 年。

五、自著

545. 易闻晓:《公安派的文化阐释》,齐鲁书社,2003 年。

546. 易闻晓:《中国古代诗法纲要》,齐鲁书社,2005 年。

547. 易闻晓:《中国诗句法论》,齐鲁书社,2006 年。

548. 易闻晓:《会山堂初集》,齐鲁书社,2015 年。

549. 易闻晓:《〈大乘起信论〉的思辨结构》,《海南师范学院学报(人文社会科学版)》2000 年第 1 期。

550. 易闻晓:《意境创造的诗法功用》,《齐鲁学刊》2006 年第 6 期。

551. 易闻晓、黄红梅:《古诗、乐府考辨》,《贵州文史丛刊》2008 年第 1 期。

552. 易闻晓:《程恩泽诗论对郑珍的影响》,《贵州师范大学学报(社会科学版)》2008 年第 1 期。

553. 易闻晓:《诗道高雅的语用阐述》,《文学评论》2008 年第 2 期。

554. 易闻晓:《黄庭坚诗学与宋人诗话的论诗取向》,《文学遗产》2008 年第 4 期。

555. 易闻晓:《乐府古辞与古诗十九首关系考辨》,《贵州文史丛刊》2009 年第 1 期。

556. 易闻晓:《自然与工力:中国诗学的体用之思》,《文学评论》2010 年第 3 期。

557. 易闻晓:《论汉代赋颂文体的交越互用》,《文学评论》2012 年第 1 期。

558. 易闻晓:《汉赋"凭虚"论》,《文艺研究》2012 年第 12 期。

559. 易闻晓:《类推思维的文学推衍》,《文学评论》2013 年第 4 期。

560. 易闻晓:《赋用联绵字字本位语用考述》,《南京师范大学文学院学报》2015 年第 2 期。

561. 易闻晓:《"赋亡":铺陈的丧失》,《文学评论》2015 年第 3 期。

562. 易闻晓:《辞赋联绵字语用考述》,《南京大学学报(哲学 · 人文科学 · 社会科学)》2016 年第 1 期。

563. 易闻晓:《"以议论为诗"与理趣之境》,《贵州师范大学学报(社会科学版)》2016 年第 3 期。

后　记

本书为国家社科基金课题“中国古代诗法理论的现代阐释”（12BZW013）的结项成果（优秀），系修订后出版，获贵州师范大学中国语言文学一级学科博士点出版经费资助，幸得山东数字出版传媒有限公司赵发国先生、商务印书馆王化文先生大力帮助，尤其是山东数字出版传媒有限公司编辑张欢女士以极为严谨的精神付出了辛勤的劳动，不胜感荷！又贵州师范大学文学院讲师禹明莲，博士生何凯、马言，硕士生赵金平、赵利娇、董儒、马奇、李玉兰在本书前期校勘中做了大量工作，李学玲博士以一人之力负责后期校订，历时两月余，对本书出版具有特殊的贡献，深表谢忱！今本书付梓，内容所涉、方法之用，爰经二十年研究积累，也是一次阶段性的总结，为有家人默默奉献，才克持之以恒，庶几有所进益。斯感岁月荏苒，故园荒废，老母健在，游子难归，念此何堪，即以为志。

易闻晓

2017 年 6 月于黔中

图书在版编目(CIP)数据

中国诗法学/易闻晓著. --北京:商务印书馆,2017

ISBN 978-7-100-14045-4

Ⅰ.①中… Ⅱ.①易… Ⅲ.①诗歌理论—中国 Ⅳ.①I207.2

中国版本图书馆CIP数据核字(2017)第128362号

中国诗法学

易闻晓 著

商 务 印 书 馆 出 版

(北京王府井大街36号 邮政编码100710)

商 务 印 书 馆 发 行

山东鸿君杰文化发展有限公司印刷

ISBN 978-7-100-14045-4

2017年6月第1版 开本710×1000 1/16

2017年6月第1次印刷 印张 29.75

定价:98.00元